मार्क टली का जन्म 24 अक्टूबर, 1935 को कलकत्ता (अब कोलकाता) में हुआ। उनकी पढ़ाई भारत और इंग्लैंड में हुई। 1964 में वह ब्रिटिश ब्रॉडकास्टिंग कॉरपोरेशन (बीबीसी) की सेवा में शामिल हुए और अगले साल संवाददाता के तौर पर भारत आ गए। 1994 में बीबीसी की नौकरी से इस्तीफ़ा देने तक, तीस वर्षों तक उन्होंने दक्षिण एशिया में सभी प्रमुख घटनाओं की रिपोर्टिंग की। 1994 से दिल्ली में रहते हुए वह स्वतंत्र पत्रकार और प्रसारक के तौर पर काम करते आए हैं। दक्षिण एशिया पर उनकी कई किताबें छपी हैं जिनमें, 'अमृतसर : मिसेज़ गांधी'ज़ लास्ट बैटल' (सतीश जैकब के साथ), 'राज टू राजीव : 40 ईयर्स ऑफ़ इंडियन इंडिपेंडेंस' (ज़रीर मसानी के साथ), 'नो फ़ुल स्टॉप्स इन इंडिया', 'इंडिया इन स्लो मोशन' (गिलियन राइट के साथ), 'नॉन-स्टॉप इंडिया' और कहानियों का संग्रह 'द हार्ट ऑफ़ इंडिया' शामिल हैं।

भारत सरकार ने मार्क टली को 1992 में 'पद्म श्री' और 2005 में 'पद्म भूषण' से सम्मानित किया। 2002 में उन्हें 'केबीई' (नाइट कमांडर ऑफ़ द ब्रिटिश एम्पायर) की उपाधि मिली।

प्रभात सिंह की फ़ोटोग्राफ़ी का शगल उन्हें अख़बार की दुनिया तक ले गया। फ़ोटोजर्नलिस्ट ही बनाना चाहते थे, बन गए अख़बारनवीस। न्यूज़रूम में कई ज़िम्मेदारियाँ सँभालीं और अरसे तक 'अमर उजाला' के सम्पादक रहे। कैमरा मगर हाथ से कभी छूटा नहीं। तस्वीरें उतारते और उनकी नुमाइश करते रहे हैं। थारू जनजाति की ज़िन्दगी पर एक मोनोग्राफ़, और कुम्भ के मेले पर किताब लिखी है, अख़बारनवीसी पर भी दो किताबें हैं। अभी समाचार एजेंसी 'संवाद न्यूज़' के सम्पादक हैं। आर्ट, अदब और थिएटर में ज़िन्दगी का मक़सद तलाशते घूमते हैं।

ई-मेल : prabhatjourno@gmail.com

धीमी वाली फ़ास्ट पैसेंजर

पूर्वांचल की क़स्बाई ज़िन्दगी के क़िस्से

मार्क टली

अनुवाद

प्रभात सिंह

पहली बार अंग्रेजी में Speaking Tiger द्वारा *Upcountry Tales : Once upon a time in the heart of India* नाम से 2017 में प्रकाशित

राजकमल पेपरबैक्स में
पहला संस्करण : 2023

© मार्क टली
हिन्दी अनुवाद © राजकमल प्रकाशन प्रा. लि.

राजकमल पेपरबैक्स : उत्कृष्ट साहित्य के जनसुलभ संस्करण

राजकमल प्रकाशन प्रा. लि.
1-बी, नेताजी सुभाष मार्ग, दरियागंज
नई दिल्ली-110 002
द्वारा प्रकाशित

शाखाएँ : अशोक राजपथ, साइंस कॉलेज के सामने, पटना-800 006
पहली मंजिल, दरबारी बिल्डिंग, महात्मा गांधी मार्ग, प्रयागराज-211 001
1, अनमोल सोराबजी संतुक लेन, धोबी तलाव, मरीन लाइंस, मुम्बई-400 002

वेबसाइट : www.rajkamalprakashan.com
ई-मेल : info@rajkamalprakashan.com

यश प्रिंटोग्राफिक्स
नोएडा-201 301 (उत्तर प्रदेश)
द्वारा मुद्रित

मूल्य : ₹299

DHIMI WALI FAST PASSENGER
Stories by Mark Tully
Translated by Prabhat Singh

ISBN : 978-81-19835-84-3

क्रम

भूमिका

कहानियों के ज़रिये हम इतिहास के बारे में बात कर सकते हैं, अपने समय का ज़िक्र कर सकते हैं या फिर भविष्य में झाँक सकते हैं। '1980 के दशक में भारत' की मेरी इन कहानियों का परिवेश वर्तमान ज़रूर है मगर क़िस्से अतीत के हैं। उन दिनों जब मैं बीबीसी के दिल्ली संवाददाता के तौर पर काम कर रहा था, भारत में एक युग का अवसान होने को था। वे ऐसी अर्थव्यवस्था के आख़िरी दिन थे, जिसके चलते इस क़दर दमघोंटू माहौल था कि आर्थिक मोर्चे पर देश कहीं आगे बढ़ता दिखाई नहीं देता था। इसके बाद यानी 1990 के दशक की शुरुआत में आर्थिक उदारीकरण के उपायों के साथ स्थितियाँ बदलने लगीं। विकास की दिशा तय होने के साथ ही भारत अब अपने बूते पर एक बड़ी आर्थिक शक्ति के रूप में उभरने लगा था। किसी युग का अन्त इतिहास के लिहाज़ से बहुत महत्त्व का होता है। इसके अध्ययन से ही पता चलता है कि कोई मौलिक बदलाव क्यों हुआ, व्यवस्था और समाज का बदला हुआ क़िरदार भी समझा जा सकता है। भारत में अब तेज़ी से बढ़ती अर्थव्यवस्था है, लेकिन पीछे मुड़कर अस्सी के दौर पर निगाह डालें तो बदहाल सिस्टम, सामाजिक और आर्थिक विषमता और संस्थाओं के कमज़ोर होने जैसी देश की बुनियादी समस्याओं के समाधान के बग़ैर आर्थिक उन्नति की उम्मीदें फ़िज़ूल और बेमानी लगने लगेंगी। अस्सी

के दशक की इन कहानियों में यही समस्याएँ साफ़ दिखाई देती हैं, यों आज भी इतनी ही साफ़ है।

ये सारे क़िस्से पूर्वांचल के हैं। भारत के सबसे घनी आबादी वाले प्रान्त उत्तर प्रदेश का यह पूर्वी हिस्सा मेरे दिल के बहुत क़रीब है। मेरे परिवार की तीन पीढ़ियाँ वहाँ रही हैं, और किसी न किसी रूप में उनकी मौजूदगी मैं हमेशा महसूस करता हूँ। मेरी कहानियों के क़िरदार पूर्वांचल के लोग हैं। मैं उन्हें पूर्वांचल के 'आम लोग' नहीं कहूँगा क्योंकि मुझे नहीं लगता कि वे साधारण हैं, बल्कि मैं कहूँगा कि वे विशिष्ट लोग नहीं हैं।

विडम्बना यह है कि मेरा इरादा असल में उन महत्त्वपूर्ण लोगों के बारे में लिखने का था, भारत में जिनसे मैं बीबीसी के अपने लम्बे सेवाकाल के दौरान मिला था। रवि सिंह और प्रकाशन में उनके तत्कालीन पार्टनर डेविड दविदार का यह प्रस्ताव पहली नज़र में ख़ासा आकर्षक लगा था। संवाददाता के तौर पर अपने लम्बे करिअर में मैं कई विशिष्ट लोगों से मिला था, तो उनके बारे में लिखने के लिए मेरे तजुर्बे काफ़ी होते। मसलन, इन्दिरा गांधी से लेकर मनमोहन सिंह तक सभी भारतीय प्रधानमंत्रियों से मेरी मुलाक़ातें हुई हैं, और मेरे ख़याल से इनमें कुछ ऐसे थे, जो दूसरों की तुलना में बेहतर साबित हुए।

इन्दिरा गांधी का इंटरव्यू मैंने कई बार किया है। हाल के कई प्रधानमंत्रियों के मुक़ाबले इंटरव्यू के मामले में वह ज़्यादा उदार थीं। एक इंटरव्यू में उन्होंने पाकिस्तान के प्रधानमंत्री ज़ुल्फ़िकार अली भुट्टो के प्रति ख़ास तौर पर हमदर्दी जताई थी। भुट्टो उन दिनों ऐसे आन्दोलन का सामना कर रहे थे, जो अन्ततः उनके तख़्तापलट की वजह बना। उन्होंने कहा कि भारत जैसे विशाल और विविधतापूर्ण देश पर शासन करना उनके लिए अपेक्षाकृत आसान था क्योंकि यहाँ ऐसी कोई मुश्किल क्षेत्र-विशेष तक ही सीमित रहती है। जबकि भुट्टो के ख़िलाफ़ लाहौर में शुरू हुए प्रदर्शन तेज़ी से कराची तक फैल गए और फिर पूरे देश में उथल-पुथल मच गई।

मुझे याद है कि बीबीसी के एक महानिदेशक को मैं इन्दिरा गांधी से मिलाने के लिए ले गया था। उस मुलाक़ात में पूरे समय वह अपनी क़लम से मेज़ खटखटाती रहीं। इशारा साफ़ था कि वह ऊब रही हैं। बीबीसी के कॉमेडी सीरियल 'यस मिनिस्टर' के दूरदर्शन पर प्रसारण की इच्छा जताते हुए एक दूसरे महानिदेशक को उन्होंने अपने सहयोगियों के तमाम क़िस्से सुनाए कि अपने कामों के लिए वे मातहत नौकरशाहों पर किस क़दर आश्रित होकर रह गए हैं। वह महानिदेशक

इन्दिरा गांधी की शख़्सियत से इतने मुतासिर हुए कि सीधे हमारे दफ़्तर आए और बीबीसी के कार्यक्रमों की बिक्री के इंचार्ज अपने सहयोगी को फ़ोन करके कहा कि दूरदर्शन के कम भुगतान की परवाह न करें और 'यस मिनिस्टर' के प्रसारण के अधिकार उन्हें दे दें।

एक तीसरे महानिदेशक को मैं उन दिनों इन्दिरा गांधी से मिलाने ले गया, जब इमरजेंसी के बाद बनी जनता पार्टी की सरकार जा चुकी थी और वह फिर से सत्ता में थीं। वह महानिदेशक पहले राजनीतिक संवाददाता रह चुके थे, सो उन्होंने सीधा सवाल दागा, "देश के लोगों का समर्थन खो देने के बाद आपको कैसा लगा था?" मुझे उम्मीद थी कि इस तरह के सवाल का वह कोई सख़्त जवाब देंगी। मगर मेरी उम्मीद के विपरीत इन्दिरा गांधी मुस्कराईं और बड़ी विनम्रता से कहा, "मेरे देश के लोगों ने मेरा साथ कभी नहीं छोड़ा। अफ़वाहों से वे सिर्फ़ गुमराह हो गए थे," थोड़ा ठहरकर वह फिर मुस्कराईं और कहा, "और इनमें से तमाम अफ़वाहें बीबीसी ने फैलाई थीं।" उन महाशय ने इसका हल्का प्रतिवाद किया और फिर बात बदल दी।

इमरजेंसी के दिनों में मोरारजी देसाई को मैंने क़रीब से देखा-जाना, और जब वह प्रधानमंत्री बने तो अपने ऊपर फ़िल्म बनाने के मेरे प्रस्ताव पर सहमत हो गए। बस एक दुविधा थी। सब जानते थे कि वह स्व-मूत्रपान करते थे। मैं जानता था कि यह प्रसंग मुझे फ़िल्म में शामिल करना होगा लेकिन मुझे इस बात का भी पक्का अन्देशा था कि यह उनके उपहास की वजह बन सकता है और मैं यह हरगिज़ नहीं चाहता था। बहरहाल, विदेश मंत्रालय के प्रवक्ता ने जब यह कहते हुए कि मैं आपको अपने प्रधानमंत्री का मज़ाक़ बनाने की इजाज़त नहीं देने जा रहा, फ़िल्म को मंज़ूरी देने से इनकार कर दिया तो मैंने मान लिया कि इस प्रोजेक्ट का कुछ नहीं होने वाला। सौभाग्य से मोरारजी ने प्रवक्ता के एतराज़ को दरकिनार कर दिया। इंटरव्यू के दौरान जब मैंने इस बाबत सवाल किया तो मोरारजी ने मुझसे पूछा, "मैं आपको कैसा दिखाई देता हूँ?" मेरा उत्साह ठंडा पड़ गया। मोरारजी की चमकदार त्वचा उनकी बेहतरीन सेहत की गवाही देती थी। वह बेदाग़ और चमचमाती सफ़ेद खादी की पोशाक पहने हुए थे। बल्कि मैंने ही ढंग के कपड़े नहीं पहने थे, जैसे प्रधानमंत्री को इंटरव्यू करते वक़्त शायद मुझे पहनने चाहिए थे। तो मैंने ज़ोर से कहा, "आप मुझसे कहीं ज़्यादा बेहतर दिखाई देते हैं।"

"तुम्हारी उम्र कितनी है?" उन्होंने पूछा।

"चालीस का हो गया हूँ," मैंने जवाब दिया।

"तो फिर समझ गए न," किसी विजेता की तरह मोरारजी ने कहा, "मैं अस्सी का हो चला हूँ, इसका मतलब यह कि पेशाब सेहत के लिए बुरा नहीं।" फिर उन्होंने यह और जोड़ा, "मूत्रपान पर मैंने एक किताब लिखी थी। यह किताब बहुत नहीं बिकी, लेकिन अभी जब मैं प्रधानमंत्री हूँ तो यह ख़ूब बिकती है।"

राजीव गांधी से मुलाक़ातों में मैंने महसूस किया कि वह भारत के सबसे ज़हीन प्रधानमंत्रियों में से एक थे। विदेशी संवाददाताओं के उस ग्रुप में मैं भी शामिल था, प्रधानमंत्री बनने से पहले राजीव जिससे समय-समय पर मिलते रहते थे। मुझे याद है कि वह अपनी माँ के इर्द-गिर्द बने रहने वाले नेताओं की मंडली को ख़ारिज करते हुए कहते थे, "आपको विश्वस्त लोगों की ज़रूरत पड़ती ही है, मगर ऐसे लोगों का क्या फ़ायदा जो आपको गुमराह करते हों।" वी.पी. सिंह के सरकार और पार्टी छोड़ देने से कांग्रेस में उपजे संकट के दिनों में राजीव ने कुछ उदासी के साथ मुझसे कहा, "मैं जानता हूँ कि मुझे राजनीति की बहुत बेहतर समझ नहीं है।" उनके आख़िरी चुनाव अभियान के दौरान जब मैंने उनका इंटरव्यू लिया, तो उन्होंने कहा, "मुझे अहसास है कि पहले मुझसे ग़लतियाँ हुई हैं लेकिन यक़ीन मानिए कि मैंने उन ग़लतियों से सबक़ लिया है और आइंदा उन्हें नहीं दोहराऊँगा।"

मुझे याद है कि प्रधानमंत्री बनने से पहले जाट नेता चौधरी चरण सिंह जब गृहमंत्री थे, तो मुझसे अक्सर यह शिकायत करते कि दिल्ली पुलिस में अनुशासन क़ायम करना कितना मुश्किल काम है। वह कहते, "जब मैं मुख्यमंत्री था, तो सज़ा के तौर पर किसी अफ़सर का तबादला बुंदेलखंड के किसी चिलचिलाते बीहड़ या फिर कुमाऊँ के सुदूर ठंडे इलाक़े में कर सकता था। दिल्ली में तो मैं किसी को चाणक्यपुरी से हटाकर दरियागंज ही भेज सकता हूँ।"

एक और जाट नेता देवीलाल मुझे ख़ास तौर पर पसन्द रहे। सन् 1990 के आम चुनाव के बाद चाहते तो वह भी प्रधानमंत्री बन सकते थे मगर वी.पी. सिंह के लिए उन्होंने अपना दावा छोड़ दिया। जिस रोज़ देवीलाल ने यह फ़ैसला किया, उन्होंने यह पूछने के लिए मुझे फ़ोन किया कि क्या मुझे उनका यह फ़ैसला ठीक लगा। मैंने उनसे कहा कि मुझे लगता है कि त्याग करके उन्होंने सच्चे राजनेता की मिसाल पेश की है। मतदाताओं के बीच इसका अच्छा सन्देश जाएगा क्योंकि उन्हें लगेगा कि देवीलाल 'कुर्सी के लालची' नहीं हैं। घुरघुराती आवाज़ में उन्होंने फ़ोन मेरे सहयोगी सतीश जैकब को देने को कहा। सतीश से उन्होंने कहा, "मार्क टली कहते हैं कि मैंने बिलकुल सही किया है। लेकिन मुझे लगता है कि मैं निरा अहमक़ हूँ।"

अपने करिअर के दौरान मैं दूसरे देशों के नेताओं और प्रमुख राजनीतिज्ञों से भी मिला। ब्रिटेन की प्रधानमंत्री मार्गरेट थैचर से जब मैंने उनका संक्षिप्त बयान (जिसे आजकल के टेलीविज़न पत्रकार जाने क्यों बाइट कहते हैं) रिकॉर्ड कराने का आग्रह किया तो उन्होंने मुझे झिड़क दिया। अफ़ग़ानिस्तान पर सोवियत संघ के क़ब्ज़े के दिनों में उस वक़्त वह पाकिस्तान-अफ़ग़ानिस्तान की सीमा पर खड़ी थीं। अफ़ग़ानिस्तान की ओर इशारा करके पूरी अकड़ के साथ उन्होंने मेरा आग्रह ख़ारिज करते हुए कहा, "मेरे पास आपके लिए वक़्त नहीं है। इस समय मैं उन बेचारों के लिए फ़िक्रमन्द हूँ।" दूसरे मौक़ों पर दक्षिण एशिया के दौरे के समय मैंने 'आयरन लेडी' का इंटरव्यू किया और मुझे यह जानकर हैरानी हुई कि वह इन्दिरा गांधी की प्रशंसक हैं और उन्हें अपना दोस्त मानती हैं, हालाँकि सियासी नज़रिये से दोनों विपरीत ध्रुव हैं। मार्गरेट थैचर का यह रवैया उनके पति डेनिस की भी समझ से बाहर था। उन्होंने एक बार मुझसे कहा था, "इन्दिरा के लिए मार्गरेट का यह मोह मेरी समझ में नहीं आता। जहाँ तक मैं जानता हूँ, वह कुछ वाम रुझान वाली हैं।"

सन् 1972 में पाकिस्तान की जेल से छूटकर ढाका लौटे शेख मुजीबुर रहमान का पहला इंटरव्यू करने वालों में मैं भी था। पाकिस्तानी सेना के ख़िलाफ़ आन्दोलन में बीबीसी की भूमिका को महत्त्वपूर्ण बताते हुए वह बड़े जोश से कृतज्ञता जता रहे थे और मैं शर्मिंदा हुआ जा रहा था। मैंने उन्हें बहुत समझाया कि हम बांग्लादेश के पक्ष में नहीं, बल्कि निष्पक्ष होकर रिपोर्टिंग कर रहे थे, जो हुआ सो बताया। फिर भी शेख मुजीब को अपनी बात का यक़ीन नहीं दिला पाया।

सन् 1977 की बात है। अपने ख़िलाफ़ आन्दोलन की मेरी कवरेज ख़ारिज करते हुए ज़ुल्फ़िकार अली भुट्टो ने संसद में बेहद भावुकतापूर्ण भाषण दिया। मैंने उनका पूरा भाषण सुना। अपना भावुक भाषण उन्होंने यह कहते हुए ख़त्म किया, "होना तो यह चाहिए कि हम उसे उठाकर बाहर फेंक दें, बाहर फेंक दें लेकिन हम दरियादिल क़ौम हैं, दरियादिल क़ौम, हम दरियादिल हैं।" तो उस दरियादिली का नतीजा यह कि उठाकर फेंका नहीं गया, मैं वहीं बना रहा।

भुट्टो का तख़्तापलट करके जनरल ज़िया उल हक़ सत्ता पर क़ाबिज़ हुए तो उनके प्रवक्ता कर्नल सालिक के साथ मेरा ख़ासा असहज सम्बन्ध था। मैं सालिक को तब से जानता था, जब मैं तत्कालीन पूर्वी पाकिस्तान में सेना की कार्रवाई कवर कर रहा था। वह सख़्त, नीरस और बेरुख़ी से पेश आने वाला शख़्स मालूम होता था। लेकिन जब वह ज़िया का प्रवक्ता बन गया, तब मुझे मालूम हुआ कि

वह ख़ुशमिज़ाज इनसान है। हालाँकि वह मुझे विरोधी के तौर पर देखता है, फिर भी हमारे बीच गर्मजोशी का रिश्ता बना है। ब्रीफ़िंग के सिलसिले में एक बार मैं कर्नल सालिक के दफ़्तर गया। उनका दफ़्तर जनरल ज़िया के दफ़्तर से ऊपर वाले फ़्लोर पर था। ब्रीफ़िंग ख़त्म होने के बाद मैं यह कहकर उठने को हुआ कि मुझे लंच पर कहीं जाना है। सालिक ने ज़ोर देकर कहा कि आप अभी नहीं जा सकते हालाँकि उन्होंने इसकी वजह नहीं बताई। आख़िरकार थोड़ी देर बाद उन्होंने कहा, "ठीक है। अब आप जा सकते हैं।" जब मैंने रोके जाने की वजह पूछी तो हँसकर बोले," नमाज का वक़्त हो गया था। आपको उसी गलियारे से गुज़रना पड़ता, जहाँ राष्ट्रपति इबादत करते हैं। और उनके बारे में आपके नज़रिये से वाक़िफ़ होने के नाते मुझे डर था कि कहीं आप उन्हें पीछे से धक्का न दे दें।"

जिन लोगों से मेरी यादगार मुलाक़ातें रहीं, वे राजनेता नहीं थे। दलाई लामा और डेसमंड टूटू दो ऐसी ही शख़्सियतें हैं। इंटरव्यू के मौक़ों पर दलाई लामा की वह चिर-परिचित मुस्कान मुझे मंत्रमुग्ध करती मगर साथ ही मुझे बराबर ख़याल रहता कि वह पवित्र सन्त हैं। आर्कबिशप डेसमंड टूटू की मौजूदगी इतनी प्रभावशाली थी कि इंटरव्यू के बाद मैंने घुटने टेक दिये और उनसे आशीर्वाद माँगा।

जब मैंने उन लोगों की शख़्सियत पर किताब लिखने के बारे में सोचा, जिन्हें मैंने पत्रकार होने के नाते जाना तो कई और दिलचस्प लोगों का ख़याल ज़ेहन में आया। मगर मुश्किल यह थी कि पत्रकार के तौर पर आत्मकथात्मक ब्योरा लिखने के बारे में मैंने कभी नहीं सोचा और न ही अपनी ख़बरों को दुरुस्त और सन्तुलित रखने की फ़ौरी ज़रूरत से परे कुछ सोचा। भविष्य के बारे में सोचे बग़ैर मैं तो रोज़ के रोज़ अपने काम में खपा हुआ था। मैंने कभी डायरी नहीं लिखी और न ही बीबीसी छोड़ते वक़्त अपनी भेजी ख़बरों का कोई रिकॉर्ड लिया। बढ़ती उम्र के साथ मेरी याददाश्त कमज़ोर हुई है। शोध, ख़ासतौर पर अख़बार की क़तरनों, से ऐसे लोगों के ब्योरे जुटाने में मदद ज़रूर मिल सकती है, मगर मैं लाइब्रेरी में बैठकर काम करने वालों में से नहीं हूँ। मैंने हमेशा फ़ील्ड में रहकर, लोगों से मिलकर और घटनाओं का साक्षी बनकर लिखना पसन्द किया है। इसलिए शख़्सियतों पर लिखने का इरादा मैंने यह सोचकर छोड़ दिया कि अपने लिखे हुए पर ही सन्देह बना रहेगा।

किसी भी तरह लिख डालने का मैं हामी नहीं। मैंने पहले भी किताबें लिखी हैं। वे ज़्यादातर रिपोर्ताज हैं, मेरे लिए सर्वथा उपयुक्त विधा। किताब के लिए सामग्री इकट्ठा करते हुए भारत-भर में घूमते हुए मुझे जितना मज़ा आया, किताब लिखने

में उतना नहीं आया। दरअसल जॉर्ज ऑरवेल की वह उक्ति मुझे ठीक लगने लगी है, जिसमें उन्होंने कहा था, "किताब लिखना वैसा ही डरावना और थकाऊ संघर्ष है, जैसे किसी दर्दनाक बीमारी से लम्बा मुक़ाबला।" मैं ख़ुद अस्सी का होने वाला हूँ, तो मुझे लगा कि बुढ़ापा किताब लिखने के काम को और भी तकलीफ़देह बना देगा। अपने प्रकाशक का प्रस्ताव नहीं मानने की यह एक और वजह है। लेकिन हाल ही में बने प्रकाशन गृह 'स्पीकिंग टाइगर' के सह-संस्थापक रवि सिंह ने ज़ोर देकर कहा कि मेरे दिमाग़ में एक और किताब है और यह किताब उन्हें चाहिए। उन्होंने एक और दिलकश मशविरा दिया कि मैं कहानियाँ क्यों नहीं लिखता? मेरे खाते में कहानियों का एक संग्रह 'हार्ट ऑफ़ इंडिया' पहले से है, लेकिन उसकी कहानियाँ बीस साल पहले लिखी गई थीं। उन्हीं दिनों, एक समीक्षक ने सुझाया था कि मुझे इस विधा में हाथ आज़माना चाहिए मगर मैं वापस रिपोर्ताज की दुनिया में लौट गया था।

इस संग्रह की कहानियाँ जिस काल और परिवेश में अवस्थित हैं, बहुतेरे लोग उसे भारतीय इतिहास का निर्णायक मोड़ कहते हैं लेकिन मैं, 1980 के दशक के इस काल को जब राजीव गांधी प्रधानमंत्री थे, बन्द गली का आख़िरी सिरा कहूँगा। जवाहरलाल नेहरू द्वारा भारत को दिये गए समाजवादी मॉडल के ये आख़िरी दिन थे, वही समाजवादी मॉडल जिसे उनकी बेटी इन्दिरा गांधी ने और ज़्यादा कठोर बना दिया। मूल रूप में लोगों की भलाई वाला यह सम्भावनाशील मॉडल सिर्फ़ लाइसेंस-परमिट राज के अर्थ तक सीमित होकर रह गया। सार्वजनिक क्षेत्र पर इसके एकाधिकार, निजी क्षेत्र के निवेश पर इसके नियंत्रण और विदेशी मुक़ाबले से सुरक्षा दरअसल अर्थव्यवस्था का गला घोंट रहे थे। इसे लाइसेंस-परमिट राज इसलिए कहा गया क्योंकि किसी भी तरह के निवेश से पहले, यहाँ तक कि मौजूदा निवेश की उत्पादकता बढ़ाने के लिए भी, सरकार से लाइसेंस या परमिट लेने की ज़रूरत पड़ती थी। इसे नेता-बाबू राज के नाम से भी जाना जाता था क्योंकि लाइसेंस और परमिट पर उन्हीं का नियंत्रण था और इस तंत्र के भ्रष्टाचार से उन्हीं दोनों का फ़ायदा होता था।

राजीव गांधी ऐसे पहले प्रधानमंत्री थे, जिन्होंने लालफीताशाही की विदाई का इरादा जताया। लेकिन अफ़सोसनाक यह था कि सुधार के इस इरादे के ख़िलाफ़ परमिट राज से फ़ायदा उठाने वाले नेताओं और बाबुओं के प्रतिरोध से निपटने में राजीव सक्षम नहीं थे। उन्होंने औद्योगिक लाइसेंसिंग में थोड़ी ढील दी, और दूरसंचार

और सॉफ्टवेयर उद्योगों को विस्तार की आज़ादी दी। सरकार के मरणासन्न दूरसंचार महकमे को निगम बना दिया गया और सार्वजनिक कॉल बूथ यानी पीसीओ के ज़रिये टेलीफ़ोन व्यापक तौर पर उपलब्ध हो गए। सेवाओं की उपलब्धता और अर्थव्यवस्था के विकास में सरकार की अक्षमता से पार पाने के लिए प्रौद्योगिकी मिशन बनाए। इन मिशन का उद्देश्य पानी की अपर्याप्त आपूर्ति, तिलहन की कमी और अनाड़ी नौकरशाहों के तरीक़ों के बजाय वैज्ञानिक ढंग से ऊसर ज़मीन को फिर से उपजाऊ बनाने जैसे मुद्दों पर काम करना था। मगर ये मिशन बहुत क़ामयाब नहीं हुए। गंगा की सफ़ाई का उनका अभियान एकदम नाकाम रहा।

राजीव गांधी लाइसेंस-परमिट राज का बुनियादी ढाँचा ख़त्म नहीं कर सके। हालाँकि 1991 के चुनाव में उनकी पार्टी के घोषणा पत्र में परमिट राज को कमज़ोर करने की योजना शामिल थी। इसी अभियान के दौरान उनकी हत्या कर दी गई। राजीव की मृत्यु के बाद नरसिम्हा राव ने कांग्रेस पार्टी का नेतृत्व सँभाला और अल्पमत वाली सरकार के प्रधानमंत्री बने। राव ने लाइसेंस-परमिटराज ख़त्म करने की नीयत से कई फ़ैसले लिए। 1991 में प्रधानमंत्री पद सँभालने के तुरन्त बाद उन्होंने रुपये का अवमूल्यन किया, औद्योगिक लाइसेंस नीति लगभग ख़त्म की, कम्पनियों के विस्तार पर एकाधिकार वाले प्रतिबंधों में छूट दी, और भारतीय उद्यमों में विदेशी निवेश की सीमा बढ़ा दी। इसके साथ ही उन्होंने ऐसे व्यापारिक प्रतिबंधों में भी ढील दी, जिनकी वजह से भारतीय निर्माता तब तक अन्तर्राष्ट्रीय मुक़ाबले से बचते आए थे।

नरसिम्हा राव के इन आमूल सुधारों से भारत के गाँवों में बदलाव की ऐतिहासिक प्रक्रिया शुरू हुई, और मेरी कहानियों का परिवेश ये गाँव ही हैं। इन सुधारों से कोई आर्थिक या सामाजिक क्रान्ति अलबत्ता नहीं हुई, मगर हालात ज़रूर बदले हैं और यह बदलाव जारी है। आर्थिक गतिविधियाँ बढ़ने से गाँवों का बाहर की दुनिया से नाता बहुत तेज़ी से बढ़ा है। सुधारों के लागू होने के बाद सरकारी राजस्व तीन गुना से अधिक बढ़ा है। खेती अब ग्राम्य जीवन की अकेली धुरी नहीं रह गई। निर्माण के काम का विस्तार गाँवों के लिए फ़ायदेमन्द साबित हुआ है। बेशुमार ग्रामीण अब सरकारी सड़क निर्माण परियोजनाओं सहित तेज़ी से फैले निर्माण उद्योग में काम करने के लिए पलायन करते हैं। शहरीकरण ने सेवा के क्षेत्र में रोज़गार के मौक़े दिये हैं, मसलन सिक्योरिटी सर्विस में या फिर ट्रांसपोर्ट के क्षेत्र में टैक्सियों से लेकर साइकिल-रिक्शा तक। शहरीकरण के विस्तार का नतीजा यह है कि मुख्य

सड़कों के किनारे बसे गाँव फैलकर छोटे क़स्बों में तब्दील हो गए हैं। समृद्धि बढ़ी तो उपभोक्ता वस्तुओं के उत्पादकों को भी ग्रामीण बाज़ार के अस्तित्व का अहसास हुआ और यह भी कि यह बाज़ार ख़ासा बड़ा है। मोटरसाइकिल और दूसरे दुपहिया वाहनों की तादाद बढ़ने की वजह से गाँव पहले के मुक़ाबले ज़्यादा गतिशील हुए हैं। सस्ते टेलीविज़न सेट और सेटेलाइट प्रौद्योगिकी की तरक़्क़ी से टेलीविज़न प्रसारण पर सरकार का एकाधिकार टूटा है, और निजी चैनलों के मार्फ़त भारत और दुनिया में होने वाली घटनाओं पर, थोड़ा पूर्वग्रहपूर्ण ही सही, विस्तृत नज़रिया देखने-सुनने को मिलने लगा है।

टेलीविज़न के विज्ञापन लालसा जगाते हैं। दूरसंचार प्रौद्योगिकी और सस्ते टेलीफ़ोन आने से ग्राम्य भारत में संचार क्रान्ति हुई है। बाहर की दुनिया से परिचय बढ़ने का ही नतीजा है कि गाँव के लोग जाति-वर्ण और परम्पराओं के दबाव से मुक्त, और पारम्परिक धंधों से दूर हुए हैं। दलितों के मामले में ख़ास तौर पर यह बात लागू होती है। बहुतेरे माँ-बाप को अब यह हरगिज़ मंज़ूर नहीं कि उनके बच्चों के भविष्य के सपने आधी-अधूरी सहूलियतों वाले सरकारी स्कूलों की वजह से टूट जाएँ, इसलिए निजी शिक्षा का विस्तार हुआ है। ग्रामीण भारत आगे बढ़ रहा है, हालाँकि यह हमेशा वैसा नहीं दिखाई देता, जैसा कि सचमुच होता है।

लाइसेंस-परमिट राज के आख़िरी दिनों वाले माहौल की ये कहानियाँ लिखने का मेरा एक मक़सद भी है। आर्थिक सुधारों के बाद भारत ने जो तरक़्क़ी की है, उसने नई उम्मीदें जगाई हैं। नरसिम्हा राव की जीवनी, 'हाफ-लॉयन' के लेखक विनय सीतापति ने कहा है, "भारत को दूसरे स्थान पर रहने की आदत हो गई थी। मगर 1994 आने तक, निराशावाद की जगह इस भरोसे ने ले ली कि भारत अपनी आत्मा खोये बग़ैर भी सर्वश्रेष्ठ के साथ मुक़ाबला कर सकता है।" लेकिन इन कहानियों में राजनीति, भ्रष्टाचार, नौकरशाही, क़ानून व्यवस्था, जाति-चेतना और पुलिस, जिसने भारत को इस गतिरोध से बाहर निकालने की राजीव गांधी की योजनाओं को पलीता लगाया, के बारे में पढ़ना और यह महसूस करना कि तब से अब तक शासन की प्रणाली में बहुत कम सुधार हुआ है, झूठे आशावाद का इलाज हो सकता है।

इसका इलाज यक़ीनन बहुत ज़रूरी है। नौकरशाह एन.एन. वोहरा अपने करिअर के दौरान और रिटायरमेंट के बाद भी सरकार में तमाम ऊँचे ओहदों पर रहे हैं। अभी जब मैं यह लिख रहा हूँ, वह कश्मीर के राज्यपाल हैं। सन् 2016 में उनके लिखे निबन्धों का एक संग्रह छपा—सेफ़गार्डिंग इंडिया, जिसमें उन्होंने चेताया

है कि "अगर सार्वजनिक प्रशासन प्रणाली को ज़्यादा दक्ष, उत्तरदायी, ईमानदार, परिणामोन्मुख और जवाबदेह नहीं बनाया गया तो देश में अराजकता, अशान्ति और गम्भीर उपद्रव की स्थिति का ख़तरा पैदा हो सकता है।" उन्होंने अखिल भारतीय सेवाओं, जिनमें भारत का प्रशासन सँभलने वाले अभिजात अफ़सर शामिल हैं, को 'राजनीति से प्रेरित, साम्प्रदायिक और बर्बाद' ठहराया है। एन.एन. वोहरा की यह बात भी ग़ौर के क़ाबिल है कि मौजूदा दौर के संस्थागत संकट की एक वजह 'आर्थिक सुधारों का हल्ला' भी है।

मुझे लगता है कि भारत एक बार फिर झूठी उम्मीदों के झमेले में फँस रहा है। यूनिवर्सल आइडेंटिटी कार्ड, व्यापक इलेक्ट्रॉनिक बैंकिंग, डिज़िटल रिकॉर्ड और स्मार्टफ़ोन आ जाने से बहुतों को लगने लगा है कि नई टेक्नोलॉजी की वजह से अब प्रशासनिक सुधारों की या शासन प्रणाली को बेहतर बनाने की ज़रूरत नहीं रह गई है, कि इससे भ्रष्टाचार पर काबू पाया जा सकेगा और टेक्नोलॉजी ही दक्षता की गारंटी होगी। लेकिन अर्थशास्त्री अशोक मोदी बिलकुल ठीक कहते हैं कि "नए संस्थानों और प्रेरणा के बिना टेक्नोलॉजी न तो जल-स्रोत रीचार्ज कर सकती है, और न ही बुनियादी शिक्षा, स्वास्थ्य और सार्वजनिक सेवाओं का बन्दोबस्त कर सकती है।"

तो मुमकिन है कि पढ़ने वालों को यह लगे कि ये कहानियाँ तीस साल पहले की नई प्रणाली या संस्थानों में सुधार की ज़रूरत बताती हैं तो फिर इतने लम्बे अरसे में इतना कम बदलाव क्यों हो पाया कि एन.एन. वोहरा सरीखे रसूख़दार नौकरशाह को इस तरह की डरावनी चेतावनी जारी करनी पड़ी।

इन कहानियों में भारतीय इतिहास के एक ख़ास दौर की ज़िक्र करने की मेरी कुछ अपनी वजहें हैं। बीबीसी के संवाददाता के तौर पर मेरा ज़्यादातर वक़्त लाइसेंस-परमिट राज में ही बीता, और मैं इसके आख़िरी दिनों के साथ ही नए ज़माने की शुरुआत का गवाह भी रहा हूँ। इसलिए लाज़िमी है कि इन कहानियों के किरदारों की प्रेरणा वही लोग हैं, जिनसे मैं मिला हूँ और जिनकी कहानियाँ मैंने सुनी हैं। इन कहानियों की पृष्ठभूमि में पूर्वांचल के होने की भी ठोस ज़ाती वजहें हैं। पहली बार जब मैं वहाँ गया, तो मुझे यह अजीब-सा एहसास हुआ कि मैं पहले यहाँ आ चुका हूँ। उस अनुभव के कुछ साल बाद, मेरे एक चचेरे भाई ने मुझे मेरी परदादी एस्थर ऐनी बेट्स के ख़ासे दिलचस्प संस्मरण भेजे, जो भारत की आज़ादी की पहली लड़ाई या अंग्रेज़ी हुकूमत के नज़रिये से कहें तो सैनिक विद्रोह के दिनों के उनके अनुभव थे।

उन्हीं संस्मरणों को पढ़ते हुए मुझे मालूम हुआ कि मेरी परदादी के पिता आर. निकल्सन ने पूर्वांचल में गोरखपुर ज़िले के सलेमपुर डिविज़न में अठारह महीने तक अफ़ीम एजेंट के तौर पर काम किया था। वह जगह सबसे नज़दीकी यूरोपीय स्टेशन से तीस मील दूर थी। यूरोपियन लोगों की नज़दीकी बस्ती भी वहाँ से क़रीब बारह मील की दूरी पर थी, हालाँकि बाद में चार्ल्स बेट्स नाम के एक व्यापारी ने क़रीब में ही अपना बँगला बना लिया। वह शोरा, चीनी और चमड़े के साथ ही दूसरी 'देसी चीज़ों' का कारोबार करते थे, एस्थर तब सिर्फ़ 17 साल की थीं। उन्होंने लिखा है कि उन पाँच भाई-बहनों, एक बच्चे, उसके माँ-बाप और चाची ने क़रीब दो महीने हर वक़्त इस दहशत में गुज़ारे कि उनके पिता के ख़ज़ाने की हिफ़ाज़त में तैनात सिपाही विद्रोह करके उन सबको मार डालेंगे और ख़ज़ाना लूट लेंगे। ख़ज़ाने से आशय पत्थर की उस छोटी-सी इमारत से था, जहाँ अफ़ीम उगाने वाले किसानों को एडवांस देने और फिर उनकी फ़सल का दाम चुकाने के लिए निकल्सन को मिली अच्छी-ख़ासी रक़म रखी हुई थी। बेचैनी और उलझन के उन दिनों में चार्ल्स बेट्स का अधिकांश समय निकल्सन परिवार के साथ बीतता। इसी दौरान युवा एस्थर और वह प्रेम में पड़ गए।

ख़ुद निकल्सन अफ़ीम कोठी छोड़ने के लिए तब तक राज़ी नहीं हुए, जब तक उन्हें यह ख़बर नहीं मिल गई कि बाग़ी सैनिकों का एक बड़ा जत्था ख़ज़ाना लूटने के इरादे से उसी ओर बढ़ा आ रहा है। वह इस बात से भी ख़ौफ़ज़दा हो गए कि बाग़ी उनकी और उनके परिवार के लोगों की हत्या भी कर सकते हैं। इसके बाद ही उन्होंने चार्ल्स बेट्स के साथ, पूरे परिवार को कहारों के साथ पालकियों और एक बग्घी में रवाना कर दिया। निकल्सन वहाँ तब तक बने रहे, जब तक कि बाग़ी सिपाही काफ़ी क़रीब नहीं आ गए। वहाँ से निकलकर निकल्सन चार्ल्स और अपने परिवार के साथ शामिल हो गए। बारिश की वजह से कच्चे रास्तों पर उनका क़ाफ़िला धीमे-धीमे ही आगे बढ़ रहा था और उन्हें इस बात का भी डर था कि कीचड़ में घोड़े के खुर और बग्घी के पहियों के निशानों का पीछा करते हुए बाग़ी सैनिक कहीं उन लोगों तक पहुँच न जाएँ। लेकिन, जैसा कि एस्थर ने अपने संस्मरण में लिखा है कि "थोड़ी ही देर बाद एक चौराहे तक पहुँचकर हम लोगों ने नदी की ओर जाने वाला रास्ता पकड़ा। उनका पीछा करते हुए बाग़ी भी चौराहे तक आ गए और आसपास खेतों में काम करने वालों से दरयाफ़्त किया कि हम लोग किस ओर गए हैं। हमारी हिफ़ाज़त की मंशा से उन लोगों ने बाग़ियों को

ग़लत रास्ते की ओर इशारा करते हुए बता दिया कि हम गोरखपुर की तरफ़ गए हैं।" क़रीब दस मील चलने के बाद वे लोग नदी तक पहुँचे जहाँ एक नाव पहले से मौजूद थी। इलाक़े से ख़रीदे हुए देसी उत्पाद चार्ल्स बेट्स इसी नाव में कलकत्ते की तिजारती कम्पनियों को भेजा करते थे। तीन दिनों के बाद वे लोग दीनापुर पहुँच गए, जो सुरक्षित था।

इसके साल-भर बाद कलकत्ता कैथेड्रल में एस्थर निकल्सन और चार्ल्स बेट्स का ब्याह हो गया। उनके तेरह बच्चों में से एक हर्बर्ट निकल्सन बेट्स मेरे दादा थे। उनका जन्म औरंगाबाद में हुआ, जो अब पूर्वांचल के पड़ोसी प्रान्त बिहार में है। पूर्वांचल से अपने परिवार के अतीत के रिश्ते जान लेने के बाद जब मैं अपनी पहली यात्रा के उस अजीब एहसास को याद करता हूँ तो मेरा यह भरोसा और मज़बूत हो जाता है कि पुनर्जन्म हमारे इन्तज़ार में रुका हुआ भविष्य है। पूर्वांचल मेरे लिए बेहद ख़ास बन गया, और अपनी कहानियाँ लिखने के लिए मैं वहीं लौट गया।

मेरी इन कहानियों में कुछ हल्की-फुल्की हैं, और कुछ ज़्यादा गम्भीर। इनके नायक और नायिकाएँ सभी ख़ास हैं, जिन्होंने अपने दौर की प्रचलित कुप्रथाओं, भ्रष्टाचार और सामाजिक असमानताओं के ख़िलाफ़ अपने स्तर पर सामर्थ्य-भर मुक़ाबला किया। पत्रकारिता तो मुद्दों के सामान्यीकरण और स्याह-सफ़ेद के बूते पनपती है। हाल ही में एक लेख में मैंने भारत के 'जाति, वर्ग और लिंग के आधार पर भेद करने वाले अमानवीय तंत्र' के बारे में पढ़ा, 'मध्यकालीन स्त्री-विरोधी नियमों वाले देश', 'सामंती और पितृसत्तात्मक परम्पराओं' और 'दमन और लिंग-भेद की पुरानी परम्पराओं में अब तक जकड़े होने' के बारे में पढ़ा। पूर्वांचल भी तो भारत का हिस्सा है, जिस पर ख़ास तौर पर पिछड़े इलाक़े, जातिवादी, पितृसत्तात्मक, माफ़ियागिरी, भ्रष्टाचार और भी जाने कितनी तरह के ठप्पे लगाए जाते रहे हैं। तो इन कहानियों को लिखने की आख़िरी वजह यह है कि काले और सफ़ेद के बीच मैं पूर्वांचल की धूसर तस्वीर दिखाना चाहता हूँ, क्योंकि मुझे मालूम है कि भारत के उस हिस्से में भी ज़िन्दगी उतनी बुरी नहीं है, और न ही पहले रही है, जितनी कि वह समझी-बताई जाती है। पूर्वांचल और पूर्वांचल के लोगों के बारे में बहुत कुछ कहना और बताया जाना बाक़ी है। इन कहानियों में, 'हलवाहे का सन्ताप' के नायक की हिम्मती पत्नी राधा किसी तरह से पितृसत्ता का शिकार नहीं है। सन्तनगर जाने वाली ट्रेन को बचाने की लड़ाई की अगुवा अरुणा जोशी भी औरत ही है। 'एक रण मन्दिर की ख़ातिर' कहानी के नायक बुधराम और साधु बन गए राम भरोसे दोनों ही

अपनी जातियों के पारम्परिक उत्पीड़न के ख़िलाफ़ जूझते हैं। हालाँकि इन कहानियों में सरकारी शिक्षकों की छवि बहुत अच्छी नहीं है मगर 'असन्तुष्ट प्रेमी' कहानी के पंडित मदन मोहन तिवारी शिक्षक ही हैं, जो युवा अजित की प्रतिभा पहचानते हैं और उसे आगे बढ़ने में मदद करते हैं। 'मिलनपुर में क़त्ल' कहानी के थानेदार पुलिस फ़ोर्स के दूसरे ज़रख़रीद क़िस्म के लोगों से एकदम उलट मिज़ाज के हैं। मुझे यक़ीन है कि ये सारी कहानियाँ पूर्वांचल में घट सकती हैं। इनमें से कुछ घटनाएँ सचमुच हुई भी हैं, हालाँकि दो किरदारों को छोड़कर, जिनके व्यक्तिगतों अनुभवों के हवाले से मैंने कहानियाँ लिखी हैं, अधिकांश किरदार मेरी कल्पना का नतीजा हैं।

नई दिल्ली

जून, 2017

कहानी टीले वाले मन्दिर की

चारपाई पर पाँव लटकाए बैठे बुधराम की निगाहें घर लौटते गाँव वालों, उनके मवेशियों और बकरियों के रेहड़ पर थीं। यह उसका हर शाम का शगल है। उसके घर में बैठने वाली इकलौती चीज़ वह चारपाई ही है, जिस पर बैठकर वह इन लोगों को तब तक ताकता रहता, जब तक अँधेरा नहीं हो जाता। इसके बाद उठकर वह चूल्हा जलाता ताकि रात का खाना बना सके। अरसा पहले जब उसके बेटों ने उसे घर से निकाल दिया था, तब से गाँव के बाहर वीराने में बड़े बरगद के नीचे यह जर्जर झोंपड़ी ही बुधराम का ठिकाना है, जिसका छप्पर कब का गल चुका था, और जिसे उसने कबाड़ से ढाँक रखा था। लेकिन अभी थोड़ा उजाला बाक़ी था, और आम और बरगद पर बसेरा करने वाले परिंदों का लौटना अभी शुरू ही हुआ था। आमतौर पर, बुधराम को कौवों की कर्कश काँव-काँव, मैना की चहचहाहट या तोतों की टर्राहट से कोई फ़र्क़ नहीं पड़ता, क्योंकि यह सब तो कोसमा की ज़िन्दगी का हिस्सा हैं। और पूर्वी उत्तर प्रदेश के इस गाँव कोसमा में ही तो उसकी पूरी ज़िन्दगी बीती है। मगर आज यह शोर उसे परेशान कर रहा था—"चुप," वह ख़ामख़्वाह ही चिल्लाया। "चुप रहो! भागो यहाँ से!" दरअसल, इस वक़्त वह उस मुश्किल के बारे में सोच रहा था जो उसके उस शाम के फ़ैसले के बाद आने वाली थी। और परिंदों की इस धमाचौकड़ी से उसके सोचने में ख़लल पड़ रहा था।

यह 1985 की गर्मियों की बात है, पिछले साल उठे तूफ़ान के बाद अमन और ख़ामोशी के दिन। पिछले बरस, जब फ़ौजों के स्वर्ण मन्दिर में दाख़िल होने और वहाँ की मुक़द्दस इमारतों में से एक की तबाही का बदला लेने के लिए प्रधानमंत्री इन्दिरा गांधी के दो सिख अंगरक्षकों ने उनकी हत्या कर दी और जिसके बाद उत्तर भारत में भड़के दंगों में हज़ारों सिख मारे गए। इन्दिरा के बेटे राजीव ने आम चुनावों में भारी बहुमत हासिल किया, और इसके बाद स्थिरता बहाल हो पाई। हाल ही में उन्होंने यू.पी. असेम्बली का चुनाव भी जीता। दिल्ली की राजनीतिक गतिविधियाँ, जो देश के दूसरे हिस्सों के मुक़ाबले यू.पी. के गाँवों और क़स्बों पर हमेशा ही ज़्यादा असर डालती हैं, इन दिनों ठंडी है। फिर भी बुधराम को चैन नहीं है।

यों बुधराम को अपनी सही उम्र का तो पता नहीं मगर अपनी पीठ के दर्द और घुटनों की जकड़न से उसे यह अन्दाज़ ज़रूर है कि हँसिया लेकर धान काटने के लिए दिन-भर खेत में बैठ पाना अब उसके बस का नहीं है। वह सोचता है कि गाँव की सियासत में करिअर शुरू करने की उसकी उम्र भी निकल गई, या यों कहें कि किसी भी क़िस्म की सियासत के लिहाज़ से अब वह बहुत बूढ़ा हो चुका है।

फिर भी उसे लगता है कि इस बुढ़ापे में भी जो सपना उसने देखा है, वह एक काम तो उसे करना ही होगा। अपने तजुर्बे से वह अच्छी तरह जानता है कि सियायत के लिए जितनी हिम्मत चाहिए, वह उसमें नहीं है। वह कभी बहुत हिम्मती नहीं रहा। अपनी इसी कमी की वजह से वह अपना संयुक्त परिवार नहीं बचा सका। उसकी पत्नी की मौत के बाद दोनों बेटों ने उसे घर से निकाल दिया और घर का बँटवारा कर लिया। यही वजह है कि दलितों को घर देने की सरकारी योजना में घर हासिल करने के लिए जूझने के बजाय उसने यह टूटी-फूटी झोंपड़ी डाल ली। उसे ख़ूब अच्छी तरह मालूम है कि सिर्फ़ हक़ की बिना पर कुछ मिलने से रहा। घर पाने के लिए उसे अफ़सरों को, और शायद गाँव के प्रधान को भी घूस देनी पड़ती और उसे डर था कि जितना पैसा दे पाने की उसकी हैसियत है, वे लोग शायद ही उसे क़बूल करते। एक बार बहुत हिम्मत करके वह गंगा पार बिहार में कोयले की खदानों में काम करने के लिए गया भी, मगर दबंगों और चोरों का वहाँ इतना बोलबाला है कि वह डर गया। वहाँ सब कुछ उन्हीं लोगों के इशारे पर चलता था। फिर कितना कचरा और गंदगी थी, हवा में हरदम कोयले की धाँस से वह बुरी तरह खाँसता। सो जल्दी ही वह कोसमा लौट आया, और बड़े असामियों के खेतों में मज़दूरी और साथ ही अपने छोटे से खेत की जुताई-बुवाई में लग गया। जब खेतों

में कोई काम न होता तो यहाँ-वहाँ मजूरी कर लेता। वह अब यह सोचकर हैरान है कि रिवायत के ख़िलाफ़ जाने और अपने प्रधान और बिरादरी के दूसरे लोगों से भिड़ने के बारे में उसने सोचा भी कैसे।

इसी वक़्त झोंपड़ी के सामने से गुज़र रहे कुछ लोगों ने उसे बैठा देखकर आवाज़ लगाई, "अरे बुधराम भइया, चप्पल पहनो और चलो। तुमको तो बिरादरी की मीटिंग में पहुँचना है। तुमने ही तो यह सारा बखेड़ा खड़ा किया है।"

लेकिन बुधराम ने सोचा कि क्या सचमुच उसका मीटिंग में जाना ठीक होगा? ऐसा नहीं हो सकता कि दलितों की पूजा के लिए सन्त रविदास का मन्दिर बनाने का ख़याल वह भूल ही जाए? कुछ दिनों तक लोग उस पर हँसेंगे, चिढ़ाएँगे, फिर जल्दी ही वे उसका यह अहमक़पना भूल जाएँगे। थोड़ी देर के लिए यह मान भी लें कि वह मन्दिर बनाने के अपने इरादे पर डटा रहता है और बिरादरी वाले इस पर राज़ी हो भी जाते हैं तो भी गोसाईं ब्राह्मण तो इस पर ज़रूर बवाल करेंगे। वे यह बात हरगिज़ पसन्द नहीं करेंगे कि गाँव में दलितों का अपना मन्दिर हो। वे सोचेंगे, "ये भंगी अपनी औक़ात भूल गए हैं, और उनसे ऊपर उठने लगे हैं।" गाँव के अमन में ख़लल पड़ सकता है। कहो बलवा हो जाए। और अगर बलवे में कहीं किसी को चोट लगी या कोई मर-मरा गया तो इल्जाम उसी के सिर आएगा, उसे तो बिरादरी से बाहर कर देंगे। हुक्का-पानी बन्द हो जाएगा। न्ना, मन्दिर से कुछ हासिल होने वाला थोड़े ही है। बेहतर तो यही होगा कि वह अपनी चारपाई पर लम्बी तानकर सो रहे।

लेकिन तभी उसे एक और ख़याल आया : मुमकिन है कि बिरादरी वाले ही मन्दिर की उसकी योजना को ख़ारिज कर दें। यानी कि अपने मक़सद में वह नाकाम रहा मगर यह तसल्ली तो रहेगी कि अपने प्रिय सन्त रविदास की ख़ातिर उसने भरसक कोशिश की। सन्त यह बात तो समझ ही लेंगे और तब बुधराम को कोई मुश्किल नहीं होगी। और न ही गाँव वाले उसे मीटिंग से भाग खड़ा होने वाला बुज़दिल समझेंगे।

सूरज अब तक डूब चुका था। चारपाई से उठकर बुधराम ने अपनी रबड़ की चप्पलें पहनीं, अपने सिर से ऊँची लाठी उठाई और गाँव की दलित बस्ती की तरफ़ जाने वाली सँकरी गलियों के रास्ते निकल पड़ा। रास्ते के दोनों ओर खुली नालियाँ और भंगी जाति के दलितों के छोटे-छोटे और ज़्यादातर मिट्टी के बने हुए घर थे। घरों में औरतें शाम का खाना बनाने में जुटी थीं। चूल्हों में जलते उपलों के धुएँ की

गंध ने बुधराम को थोड़ी राहत दी। यह गंध उसे हमेशा भाती रही है। गोसाईं टोले की गलियों में कंक्रीट बिछा है मगर इस ऊबड़-खाबड़ और टूटे हुए खड़ंजे वाले रास्ते पर उसे बहुत चौकन्ना रहने की ज़रूरत थी। सामने से आती एक बैलगाड़ी से बचने के लिए उसे रास्ते पर इतना किनारे होना पड़ा कि नाली में गिरते-गिरते बचा। उधर नाँद में मुँह डाले एक काली मोटी भैंस और उसका पाड़ा बँधे थे। नाँद से मुँह निकालकर भैंस ने गुस्ताख़ निगाहों से उसकी तरफ़ देखा और फिर वापस चारा खाने में मगन हो गई। बुधराम ने किसी तरह ख़ुद को सँभाला। औरतों का एक झुंड बैठा बतिया रहा था। उसे देखा तो गप्पें मारना छोड़कर औरतों ने उसे ताना मारा, "अरे बुधराम, तुम गाँजा पीने लगे हो क्या? अपने लिए ढंग की एक झोंपड़ी तो बना नहीं पाए और तुम्हें लगता है कि तुम मन्दिर बना लोगे?" उनकी बातों को अनसुना करके वह आगे बढ़ गया। उसी समय कहीं से कुत्तों का एक झुंड नमूदार हुआ और उसके पीछे-पीछे चलने लगा। बुधराम ने अपनी लाठी उठाकर उन्हें दुरदुराया, कुत्ते भाग गए। गली से निकलकर आख़िरकार वह खुले में आया, जहाँ सामने ही रामप्रसाद का पक्का मकान था। गाँव के प्रधान रामप्रसाद बिरादरी के भी प्रधान थे। किसी तरह उन्होंने अपना घर पक्का करा लिया था।

बुधराम यह देखकर सकपका गया कि बिरादरी के लोग पहले ही जुट चुके थे। कुर्ता-पाजामा पहने गमछा सिर पर बाँधे या कन्धे पर धरे बुज़ुर्गों की जमात दो चारपाइयों और प्लास्टिक की कुर्सियों पर जमी हुई थी। नौजवान उनके पीछे की तरफ़ खड़े थे—बहुतों ने पॉलिएस्टर की पतलून और क़मीज़ पहन रखी थी, कुछ जीन्स और टी-शर्ट में भी थे। लालटेनें जलाकर रख दी गई थीं। रामप्रसाद की कोशिशों से उनके गाँव में बिजली की लाइन तो आ गई थी, मगर बिजली कभी-कभार ही आती थी। ज़मीन के उस हिस्से का कीचड़ तेज़ धूप में सूख चुका था। हल्की हवा में वहाँ खड़े यूकेलिप्टस के ऊँचे दरख़्त झूम रहे थे, गर्मी से थोड़ी राहत थी। ज़मीन पर यहाँ-वहाँ पड़ी पॉलिथीन की नीले-सफ़ेद थैलियाँ भी हवा की वजह से उड़ती फिर रही थीं।

"आओ, आओ बुधराम," प्रधान रामप्रसाद ने उसे देखते ही कहा, "यहाँ आकर मेरे पास बैठो। और बताओ कि यह क्या अनाप-शनाप बके जा रहे हो?"

बुधराम जाकर प्रधान के पास वाली कुर्सी पर बैठ गया मगर मारे डर और घबराहट के उसकी आवाज़ ही नहीं निकल रही थी। थोड़ी देर की ख़ामोशी के बाद

कमल उठ खड़ा हुआ। बिरादरी के हिसाब से वह काफ़ी हट्टा-कट्टा और बदमिज़ाज अधेड़ था, जिसकी शोहरत झगड़ालू इनसान के तौर पर थी। ख़ासी हिकारत के अन्दाज़ में उसने बोलना शुरू किया, "ये हमारे लिए मन्दिर बनवाना चाहते हैं मगर हिम्मत इनमें इतनी भी नहीं है कि उसके बारे में बोल पाएँ। आप सही कहते हैं, प्रधान जी। यह सब बेहूदा बात है। गोसाईं ऐसा हरगिज़ नहीं होने देंगे। ठीक है कि गाँव में हमारी बिरादरी के लोग ज़्यादा हैं तभी आप गाँव के प्रधान हैं लेकिन देश तो ऊँची जाति वाले चलाते हैं। इस मन्दिर के चक्कर में ख़ाली बखेड़ा होगा। जो भी हो, मैं तो न भगवान और मन्दिर को मानता हूँ और न ही वहाँ के कर्मकांड में मेरा कोई विश्वास है? वो सब ब्राह्मणों के चोंचले हैं और धर्म का इस्तेमाल उन्होंने हमेशा ही हम पर जुल्म ढाने के लिए किया है। न तो हमारा कोई मन्दिर कभी था और न ही अब हमें इसकी कोई ज़रूरत है। ये सब हमारी परम्परा नहीं है।"

कमल वापस बैठ गया और प्रधान को इस तरह घूरा, जैसे कह रहा हो, 'बस। अब यह मामला ख़त्म हुआ।'

लेकिन कई बुज़ुर्गों ने यह कहते हुए विरोध जताया, "नहीं, नहीं। ऐसा मत कहो। यह हमारी इज़्ज़त का सवाल है।"

"यह हमारी इज़्ज़त का सवाल कैसे है?" प्रधान ने पूछा।

महात्मा गांधी की तरह का गोल फ्रेम वाला सस्ता-सा चश्मा पहने एक बुज़ुर्ग ने आँखें मिचमिचाते हुए जवाब दिया, "रामप्रसाद भाई, यह कहना कि मन्दिर सिर्फ़ ब्राह्मणों के लिए हैं, हमारा अनादर ही तो है। हमें भी उतना ही अख़्तियार है, जितना कि उन लोगों को। और यह हक़ हमें क़ानून ने दिया है।"

कमल फिर अपनी कुर्सी से उठ खड़ा हुआ और उन बुज़ुर्ग की तरफ़ झपटते हुए बोला, "सिर्फ़ इसलिए बुढ़ऊ कि तुम पढ़े-लिखे हो तो तुम्हें लगता है कि सारा क़ानून तुम्हीं जानते हो। अनपढ़ ज़रूर हूँ मगर मैंने भी दुनिया देखी है। ज़रा बताओ तो कि तुम्हारा क़ानून हमें कब बचाने आया है? क़ानून अमीरों के लिए होता है, नेताओं और ख़ुद पुलिस वालों की हिफ़ाज़त के लिए होता है, क़ानून हमारे-तुम्हारे लिए नहीं है। ये नेता और पुलिस वाले ऊँची जात वालों के लिए काम करते हैं। और अगर हमने मन्दिर बनाने की कोशिश की तो भी वे लोग यही करेंगे।"

इसके बाद तो वहाँ पाले खिंच गए और बहस तेज़ हो गई। न तो बुधराम ही कुछ बोले और न ही पतलून-जीन्स वाले लड़के। शोरगुल और चीख़ते-चिल्लाते लोगों के बीच हाथापाई की नौबत देखकर आख़िरकार प्रधान उठ खड़े हुए और

तेज़ आवाज़ में कहा, "ख़ामोश...सब लोग चुप हो जाओ और बैठ जाओ!" फिर बुधराम की तरफ़ देखकर बोले, "देखो बुधराम, अगर तुम चाहते हो कि तुम्हारा मन्दिर बने तो तुम्हें बोलना पड़ेगा। वरना हम यह समझेंगे कि तुम्हें भी लगता है कि मन्दिर बनाना मुमकिन नहीं है और ऐसी कोई कोशिश गोसाइयों और पुलिस वालों को लाकर हमारे सिर पर खड़ा कर देगी।"

फ़ैसले की घड़ी आ गई। अभी नहीं तो फिर कभी नहीं। बुधराम ने महसूस किया जैसे मन्दिर का सारा बोझ उसके कन्धों पर आ पड़ा हो। पता नहीं वे इतना बोझ उठाने के क़ाबिल हैं भी या नहीं? उसे मालूम था कि ज़िन्दगी में पहली बार उसे भाषण देना है, नहीं तो बड़ी ज़लालत उठानी पड़ेगी और मन्दिर के मंसूबे पर हमेशा के लिए पानी फिर जाएगा। मगर उसे डर था कि वह ढंग से बोल नहीं पाएगा और उस सूरत में भी मंसूबा फेल ही होना है। इसलिए वह ख़ामोश बैठा रहा। प्रधान कोई बुरा आदमी नहीं था और न ही वह पूरी तरह मन्दिर का विरोधी था। ऊँची जाति वालों से झगड़ा मोल लेकर वह अपनी प्रधानी पर बट्टा नहीं लगने देना चाहता था मगर साथ ही उसे यह भी लगता था कि अगर मन्दिर बन गया तो बिरादरी का मुखिया होने के नाते यह उसकी प्रधानी के दिनों की यादगार निशानी होगा। उसने बुधराम के कन्धे पर हाथ रखकर कहा, "बोलो भाई। हम लोगों को यह तो बताओ कि तुम्हारे लिए यह मन्दिर इतना ज़रूरी क्यों है। शायद हम लोगों की भी समझ में आ जाए। तुम पहले ही इस बात का काफ़ी बतंगड़ बना चुके हो। इसी वजह से तो हम लोग यहाँ इकट्ठा हैं। चलो, फिर से बता दो कि आख़िर इसकी ज़रूरत क्यों है?"

प्रधान की बातों से कुछ हौसला बँधा तो बुधराम बोलने के लिए खड़ा हो गया। लगातार गमछा उमेठते हाथों से उसकी बेचैनी साफ़ ज़ाहिर हो रही थी। आख़िरकार उसने बोलना शुरू किया, "भाइयो, प्रधान जी पूछ रहे हैं कि आख़िर मैं मन्दिर क्यों बनवाना चाहता हूँ। मैं पूरी ईमानदारी से आपको अपने दिल की बात बता सकता हूँ, वो सब जो मैं महसूस करता हूँ। ज़िन्दगी ने मुझे जो भी दिया, मैंने क़बूल किया है। मैं बहुत ख़ुश नहीं रहा मगर कभी बहुत तकलीफ़ भी महसूस नहीं की। मेरी क़िस्मत अच्छी थी कि मुझे बढ़िया बीवी मिली। उसकी मौत के बाद मेरा परिवार बिखर गया और बच्चों ने मुझे दरकिनार कर दिया। यह मेरे लिए तकलीफ़देह था। तकलीफ़ की उस घड़ी में ही मुझे सन्त रविदास की याद आई। उन्होंने ही मुझे बताया कि क्या छोटा क्या बड़ा, भगवान हम सभी के अन्दर हैं। तभी मुझे लगा

कि मैं उनका दोस्त बन सकता हूँ। मेरे रविदास ने कहा कि ये हमारी इंद्रियों के नौ दरवाज़े हैं, जो हमें अपने भीतर ईश्वर को खोजने और मोक्ष पाने से रोकते हैं। इन्हीं इंद्रियों का ग़ुलाम होने की वजह से हमें ज़िन्दगी के सुख-दुख, मौत और पुनर्जन्म के चक्कर से छुटकारा नहीं मिलता। भाइयो, मैं यह सब पूरी तरह से तो नहीं समझ पाता लेकिन सन्त रविदास की पूजा करते वक़्त मुझे अक्सर लगता है कि भगवान हमारे भीतर हैं। इसलिए मैं चाहता हूँ कि मन्दिर बने ताकि पूरी बिरादरी के लोग सन्त की पूजा करके भगवान को महसूस कर सकें।"

थोड़ा रुककर उसने आगे कहा, "आप सब जानते हैं कि बहुत सारे दलित सन्त रविदास को मानते हैं और उनके तमाम मन्दिर भी हैं। फिर हमारे यहाँ उनका मन्दिर क्यों नहीं हो सकता?"

यह सब सुनकर प्रधान हैरान था। उम्र में वह बुधराम से थोड़ा ही छोटा था और बचपन से उसे जानता था। जानता था कि बुधराम ने कभी स्कूल का मुँह नहीं देखा, वह अनपढ़ हैं और इतने सीधे-सादे और संकोची भी हैं कि किसी मामले में पहल करने के बजाय बने-बनाए ढर्रे पर चलना उनकी फ़ितरत रही है।

"तुमने यह सब कहाँ से सीखा?" प्रधान ने पूछा।

कमल की हिक़ारत-भरी आवाज़ आई, "अरे, पंडितों की सोहबत में रहने लगे होंगे। मगर मुझे नहीं लगता कि कोई पंडित इन्हें अपने पास फटकने भी देगा।"

भीड़ ने कमल को डपटना शुरू कर दिया। कई लोग एक साथ चिल्लाए, "तुम अपना मुँह बन्द रखो और बैठ जाओ", "अरे, उनको बोलने तो दो", "तुम बोलो बुधराम, उसे बकने दो, उसकी परवाह मत करो।" प्रधान ने लोगों को चुप कराते हुए कमल को डपटा, "तुमको कुछ पता भी है कि रविदास ने या किसी और सन्त ने क्या कहा है? अबकी बार अगर तुमने बीच में टाँग अड़ाई तो तुम्हें मीटिंग से बाहर कर दूँगा। समझे तुम!"

भीड़ में ख़ामोशी छा गई और बुधराम ने फिर से बोलना शुरू किया, "प्रधान जी, आपने पूछा कि मुझे यह सब कैसे मालूम है। आपको तो पता ही है कि अपनी बिरादरी में गाने का रिवाज है। अनपढ़ भले ही हों मगर तमाम भजन हमें याद रहते हैं। जब मैं छोटा था तो मेरे बाप ने रविदास के ढेरों भजन मुझे याद कराए थे और उनका मतलब सोचे-समझे बग़ैर ही मैं बरसों वे भजन गाता रहा। लेकिन फिर जैसे-जैसे मैं बड़ा हुआ, मैंने महसूस किया कि उन भजनों में मेरे लिए नसीहत भी है। तो रविदास के बारे में मैंने जितना जाना-समझा, ज़्यादातर भजनों की बदौलत

ही है।" फिर उसने अपने प्रिय सन्त का एक भजन गाना शुरू कर दिया। कुछ उम्र और कुछ संकोच की वजह से उसकी आवाज़ थोड़ी काँप रही थी।

जऊ तुम गिरिवर तऊ हम मोरा,
जऊ तुम चन्द तऊ हम भइ है चकोरा।
माधवे तुम न तोरहू तऊ हम नहीं तोरहिं—
तुम सिऊ तोरि कवनि सिऊ जोरहि।
जऊ तुम दीवरा तऊ हम बाती,
जऊ तुम तीरथ तऊ हम जाती।
साची प्रीति हम तुम सिऊ जोरी—
तुम सिऊ जोरि अवरी संग तोरी।
जह जह जाऊ तहाँ तेरी सेवा—
तुमसो ठाकुरु अउरु न देवा
तुम्हरे भजन कटहि जम फाँसा—
भगति हेत गावै रविदासा।

भजन ख़त्म करके बुधराम ने कमल की ओर देखते हुए कहा, "अब तो तुम यह नहीं कह सकते कि भगवान की पूजा हमारी परम्परा में नहीं है।" जैसे ही वह बैठा चारों तरफ़ से तालियाँ गूँज उठीं। उसे तब और आश्चर्य हुआ, जब उसे 'बुधराम ज़िन्दाबाद', 'बुधराम तुम संघर्ष करो हम तुम्हारे साथ हैं', 'अपना मन्दिर बना के रहेंगे' जैसे नारे सुनाई दिये। भीड़ का रुख़ देखकर कमल चुपचाप वहाँ से खिसक लिया। प्रधान ने एलान किया, "भाइयो. बिरादरी की राय तो अब ज़ाहिर हो ही गई है। बुधराम मन्दिर बनाएँगे और हम सब उनकी मदद करेंगे। इस तरह हमारी बिरादरी की मान-प्रतिष्ठा भी बनी रहेगी।"

मन्दिर बनाने का फ़ैसला लेना और बात है और सचमुच इस पर अमल करना और बात। प्रधान के लिए भी अफ़सरशाही के तमाम अड़ंगों से पार पाना आसान थोड़े ही होगा।

दलितों ने उस ज़मीन पर मन्दिर बनाना तय किया, जो एक ज़माने से उन लोगों की तफ़रीह का ठिकाना थी। गाँव के बाहर टीले पर वह छोटा-मोटा जंगल था, जिसके सामने की तरफ़ गाँव की हद बाँधने वाली नदी का घुमाव था। बिरादरी

के बड़े-बूढ़ों को ख़ूब याद है कि दोपहर को वहाँ पाकड़ और पीपल की छाँव में दलितों की महफ़िल जुटा करती थी। वे बुधराम और दूसरे लोगों का गाना सुनते। ताश खेलते, हुक़्क़ा पीते और दुख-सुख बतियाते। वे उसे हमेशा से ही ग्राम समाज की ज़मीन मानते आए हैं, लेकिन अब तो यह पटवारी से लिखाकर लेना होगा। मन्दिर बनाने के लिए तो शायद किसी अफ़सर की मंज़ूरी की ज़रूरत भी पड़े, क्योंकि धरम-करम से जुड़ा होने के नाते यह 'नाज़ुक मसला' समझा जाता है। हो सकता है कि उन्हें ज़िले के कलेक्टर से भी मिलना पड़े और सुना है कि उनसे मिलना आसान नहीं। सरकारी योजनाओं में गाँव को मिलने वाले फ़ायदों के लिए जूझते हुए प्रधान रामप्रसाद का ऐसे कितने ही धूर्त और भ्रष्ट अफ़सरों से पाला पड़ता रहा है। तो अफ़सरों के बारे में उसे इतना तजुर्बा तो है ही कि इस मामले में उसने राजनीतिक मदद लेने की ठानी क्योंकि यह ग़ैर-मामूली और उलझाऊ मसला था।

पास के गाँव में संजय गुप्ता नाम का एक शख़्स था, जो इलाक़े के एमएलए का गुर्गा मशहूर था। वैसे तो उसकी किराने की एक दुकान थी, मगर दुकान उसकी बीवी सँभालती थी और वह पूरे दिन एमएलए के कामों में लगा रहता या फिर अपनी नेतागिरी चमकाता फिरता। एमएलए का नाम लेकर वह सरकारी दफ़्तरों में लोगों के फँसे हुए काम कराता, मसलन राशन कार्ड दिलाना, जाति या बीपीएल का सर्टिफ़िकेट बनवाना। लोग अपनी अर्ज़ियों पर अफ़सरों की मंज़ूरी दिलाने में उसकी मदद लेते, ताकि उन्हें कोई सरकारी इमदाद मिल सके। वह हमेशा ही सियासी लिहाज़ से अहम ऐसे मामलों की ताक में रहता था, जिसे लेकर उसे सीधे अपने आक़ा के पास जाना पड़े। ज़ाहिर है कि रामप्रसाद को आया देखकर उसे ख़ुशी हुई। उसे लगा कि पूरी दलित बिरादरी से जुड़े इस मामले में दम है। संजय अच्छी तरह जानता था कि एमएलए दलित वोट बैंक को ख़ासी अहमियत देता है क्योंकि उन्हीं की बदौलत चुनाव में हार-जीत तय होती है।

हालाँकि ख़ुद एमएलए ने कलेक्टर से सिफ़ारिश की फिर भी उनका काम होने में थोड़ा वक़्त लग गया। लेकिन संजय अपनी ज़बान का पक्का निकला और काग़ज़ उनके पूरे थे ही। और एक दिन सबेरे-सबेरे बुधराम कोसना के कुछ दलितों को लेकर टीले की मन्दिर बनाने वाली जगह पर पहुँच गया ताकि ट्रक से रेत और सीमेंट की बोरियाँ उतारी जा सकें। मन्दिर छोटा ही बनना था, इसलिए सामान भी बहुत नहीं था। फिर भी बुधराम को मौक़े पर रहना इसलिए ज़रूरी लगा कि ठेकेदार गारा-वारा बनाने में कोई गड़बड़ी न कर दे।

टीले के नीचे बहती नदी के उस पार शिव का एक भव्य मन्दिर था। आमों के झुरमुट के बीच गुलाबी रंग से पुते शिवालय का शिखर इतना ऊँचा था कि पेड़ों के ऊपर दिखाई देता था। बुधराम के पिता बताते थे कि वह शिवालय उनके सामने बना था मगर मन्दिर के पुजारी के मुताबिक़ वह प्राचीन शिव मन्दिर है। और उनके प्राचीन कहने का मतलब यह कि वह कम से कम दस हज़ार साल पुराना है। मन्दिर के पुराने पुजारियों की तरह यह पुजारी भी गोसाईं बिरादरी का ही था। यों कोसमा में बड़ी आबादी दलितों की थी, लेकिन गोसाईं भी ठीक-ठीक तादाद में थे और बुधराम और दूसरे भंगी गोसाइयों से दूर रहने में ही भलाई समझते थे। गोसाइयों के ब्राह्मण होने के दावे को चूँकि सन्देह की निगाह से देखा जाता था, इसलिए ब्राह्मणवादी परम्पराओं और अनुष्ठानों पर सख़्ती से अमल करके वे अपने दावे को सही साबित करने की कोशिश में रहते।

उस रोज़ सुबह जब बुधराम और उसके साथी ट्रक से सामान उतार रहे थे, सबेरे की आरती से फ़ारिग होकर पुजारी मन्दिर के बाहर आम के पेड़ के नीचे आराम से बैठा अख़बार पढ़ रहा था। इतने में मन्दिर की साफ़-सफ़ाई करने वाला लड़का भागता हुआ उसके पास आया और चिल्लाते हुए ख़बर दी, "पंडित जी, पंडित जी, उधर पहाड़ी के ऊपर कुछ हो रहा है। लगता है कि वहाँ कुछ बना रहे हैं।" अख़बार से सिर उठाकर पुजारी ने ग़ौर से टीले की तरफ़ देखा तो वहाँ कुछ दलित तो दिखाई दिये मगर यह समझ नहीं आया कि वे आख़िर कर क्या रहे हैं। पर यह तो पता करना ही पड़ेगा कि वहाँ क्या चल रहा है? पुजारी ने अपना भगवा शॉल कन्धों पर लपेट लिया, और नदी की तरफ़ बढ़ गया। बाँस के बने टुटहे पुल को पार करके धीरे-धीरे वह टीले पर चढ़ने लगा।

सफ़ेद जटा-जूट और हवा में लहराती सफ़ेद दाढ़ी, चाकू की तरह नुक़ीला जबड़ा और धँसी हुई आँखें—दारुण काया वाला वह शख़्स धीरे-धीरे वहाँ पहुँचा, जहाँ गाँव के कुछ दलित मदद के लिए जमा हुए थे।

"क्या हो रहा है यहाँ?" पुजारी ने गुर्राते हुए पूछा।

"कुछ ख़ास नहीं," बुधराम उसे देखकर चौकन्ना हो गया। "हम यहाँ कुछ छोटा-मोटा काम करा रहे हैं। फ़िक्र करने की कोई बात नहीं।"

"नहीं, तुम यहाँ कुछ नहीं बना सकते। यह मन्दिर की ज़मीन है और मैं तुम्हें यहाँ कुछ नहीं बनाने दूँगा।"

"लेकिन हमें बताया गया है कि यह ज़मीन ग्राम समाज की है। और अफ़सरों

ने हमें यहाँ मन्दिर बनाने की इजाज़त भी दी है। इससे तुम्हारे मन्दिर को कोई फ़र्क़ थोड़ी ही पड़ेगा क्योंकि वह तो वैसे भी दूसरे गाँव की हद पर है।"

"तुम्हें किसने कह दिया कि ज़मीन ग्राम समाज की है? किस अफ़सर ने कहा?"

"पटवारी ने बताया। गाँव-भर की ज़मीनों का हिसाब तो वही रखता है न।"

"देखो, मैं तुम्हें बता रहा हूँ कि उसने तुम लोगों को ग़लत बताया है। यह ज़मीन मन्दिर की है और अगर तुमने यहाँ कुछ भी बनाया तो हम गोसाईं लोग उसे गिरा देंगे। ज़रा उस तरफ़ देखो," पुजारी ने एक अधबनी इमारत की तरफ़ इशारा करते हुए कहा, "तुम लोग सोचते थे कि उस ज़मीन पर स्कूल बना लोगे और देख लो उसका क्या हाल हुआ। वहाँ न कभी कोई बच्चा पढ़ने बैठा और न कोई मास्टर पढ़ाने आया। समझ गए न। अब तुम लोग चुपचाप फूट लो यहाँ से। और ये जो रेता-सीमेंट आया है, इसे मैं अपने शंकर महादेव मन्दिर की मरम्मत में लगा लूँगा।"

पुजारी का रुख़ देखकर दलितों ने आपस में तय किया कि बेहतर होगा कि गाँव लौटकर वे प्रधान को सारा मामला बता दें। उन लोगों ने मौक़े पर अगर जल्दबाज़ी दिखाई तो गोसाईं भड़क सकते हैं और वैसे में कमल जैसे लोगों को यह कहने का मौक़ा मिल जाएगा, 'देखा! हमने तो पहले ही चेताया था।'

मन्दिर को लेकर प्रधान रामप्रसाद का उत्साह एकदम चरम पर था। एमएलए जितनी आसानी से उन लोगों की मदद करने को तैयार हो गया, उससे यह तो पता चल ही गया था कि उसे दलितों के वोट की कितनी परवाह है और दलितों के गाँव का प्रधान होने के नाते लाज़िमी था कि ख़ुद उसके लिए भी यह बढ़िया मौक़ा है। वह उस दिन के बारे में सोचता, जब एमएलए या शायद किसी मंत्री के हाथों मन्दिर का लोकार्पण होगा और वह यानी रामप्रसाद उस जलसे में भाषण देगा। इस मौक़े पर मौजूद रहे वीआईपी के नामों के साथ उसके नाम वाला एक पत्थर भी मन्दिर पर लगाया जा सकता है। जैसे ही उसे गोसाईं पुजारी के हंगामे की ख़बर लगी, उसने तुरन्त तय किया कि सारे काग़ज़-पत्तर लेकर उन लोगों को पुलिस के पास जाना चाहिए और मन्दिर बनाने के लिए सुरक्षा माँगनी चाहिए। उसने यह सोचकर बुधराम को भी साथ ले लिया कि आस्थावान थानेदार पर एक बुज़ुर्ग की धर्मनिष्ठता का अच्छा असर पड़ेगा।

पुलिस स्टेशन पास के एक क़स्बेनुमा गाँव के बाहर की तरफ़ ढहते हुए क़िले के खँडहर में आबाद था। बुधराम कभी थाने नहीं गया था। उसने थाने के अन्दर लोगों पर जुल्म ढाने, यहाँ तक कि बलात्कार की वारदात के रोंगटे खड़े कर देने

वाले तमाम क़िस्से सुन रखे थे। थाने धरती पर नरक जैसी जगहें होती हैं और पुलिस वाले आदमी के भेष में साक्षात राक्षस। उसे यह देखकर हैरानी हुई कि थानेदार बाहर आँगन में बैठकर इत्मीनान से चाय पीते अपने कुछ दोस्तों के साथ गप्पें मार रहा था। बीच-बीच में वह हँसता भी था। उसने वह ख़ाकी वर्दी भी नहीं पहनी थी, जिससे बुधराम ख़ौफ़ खाता है। वह सफ़ेद पाजामा के ऊपर सिर्फ़ एक बनियान पहने हुए था, जिससे उसकी बड़ी सी तोंद ढकी हुई थी।

प्रधान ने जब थानेदार को अपना परिचय दिया तो उसने कुर्सियाँ मँगाईं और उन दोनों को बैठने के लिए कहा। बुधराम को तब और भला लगा, जब थानेदार ने उनके लिए भी चाय मँगाई। बुधराम गाँव की दुकान पर जाकर कभी-कभार चाय पी आते हैं और इसे वह अपना अकेला फ़ालतू ख़र्च मानते हैं। थानेदार उन्हें ख़ासा मिलनसार लगा। उसे जब दिन का सारा वाक़या बताया गया तो उसने कहा, “बिलकुल चिन्ता मत करो, हम हैं न! हम यहाँ काहे के लिए बैठे हैं। हमारे मुख्यमंत्री ख़ुद ही दलित वोटों की बड़ी क़द्र करते हैं, और उन्होंने हमें बता रखा है कि तुम लोगों के हक़ की हिफ़ाज़त के लिए अब ख़ास क़ानून बन गए हैं। जो भी मन्दिर बनाने से रोकेगा, उठाकर सीधा अन्दर कर दूँगा। गोसाइयों को एक बार हड़काकर जब मैं यह बताऊँगा न कि तुम लोगों के मामले में क़ानून कितना सख़्त है तो उनकी फूँक सरक जाएगी। वो जेल थोड़े ही जाना चाहेंगे, न ये चाहेंगे कि मेरे सिपाही लट्ठ मार-मारकर उनके चूतड़ लाल कर दें।” फिर हँसते हुए बोला, “अगर मैं तुम लोगों का ध्यान नहीं रखूँगा और कहीं तुमने मुख्यमंत्री से मेरी शिकायत कर दी तो वह मुझे उठाकर किसी उजाड़ इलाक़े में फेंक देंगे और भाई तुम तो देख ही रहे हो कि मैं यहाँ कितने आराम से हूँ। तो इस मामले में कार्रवाई से तुम लोगों का तो भला होगा ही, मेरी भी भलाई है।”

“मगर पहले आप हमारे काग़ज़ तो देख लीजिए,” प्रधान ने कहा।

“नहीं, काग़ज़ देखने की क्या ज़रूरत है? हम पुलिस वाले हैं, यहाँ हम जो कह दें, वही क़ानून है,” थानेदार ने शेखी बघारते हुए कहा, “अगर मैं गोसाइयों से कह दूँ कि ज़मीन इन लोगों की है तो उनको मानना ही पड़ेगा। उन लोगों के पास जाकर मेरा बस इतना ही बोलना काफ़ी है कि, “पुलिस तुम्हारे ख़िलाफ़ है” और वे जितने हैं न और ज़मीन का लालची वह पुजारी, सबकी अक़्ल ठिकाने आ जाएगी। अभी मैं थोड़ा फँसा हुआ हूँ मगर कुछ रोज़ में फ़ुर्सत पाकर गोसाइयों से मिलता हूँ और तब तुम देखना क्या होता है। मैंने कहा न, तुम बिलकुल फ़िक्र मत करो।”

रामप्रसाद और बुधराम जाने के लिए उठे मगर थानेदार ने इसरार किया, "अरे, बैठो तो सही, एक कप चाय और हो जाए। मैं कुछ नाश्ता भी मँगाता हूँ।" काम ख़त्म हो जाने के बाद प्रधान को अब थाने के बाहर निकलने की जल्दी हो रही थी क्योंकि थानेदार के उस ख़ुशामदी रवैये के बावजूद वह बेचैनी महसूस कर रहा था। इसलिए उसने बड़ी शाइस्तगी से इनकार करते हुए थानेदार से इजाज़त ली और बाहर निकल आया। नाश्ता करने और दोबारा चाय पीने की ख़्वाहिश छोड़कर बुधराम भी बुझे मन से उठ आए।

थाने से बाहर निकलकर दोनों सड़क पर आ गए और उधर से गुज़र रही जीप को हाथ देकर रुकने का इशारा किया। ड्राइवर ने ज़ोर से ब्रेक लगाए और जीप थोड़ा आगे जाकर रुक गई। ठसाठस भरी उस जीप में लोग पीछे की तरफ़ भी लटके हुए थे। नए मुसाफ़िरों के लिए वहाँ रत्ती भर भी जगह दिखाई नहीं देती थी। मगर उनके गाँव के आसपास तक पहुँचने के लिए इन डग्गामार जीपों के सिवाय दूसरा और कोई साधन नहीं। दूसरे मुसाफ़िरों के चिल्लाने की परवाह किए बग़ैर दब-दबाकर जगह बनाते हुए वे दोनों किसी तरह उस जीप में सवार हो गए। अपने पीछे डीज़ल का धुआँ और धूल का ग़ुबार छोड़ती जीप सड़क पर उछलती हुई आगे बढ़ी तो बुधराम के दिमाग़ में थानेदार की बातें गूँजने लगीं। थानेदार की डींगें और उन लोगों की मदद के लिए उसकी इस तरह उत्सुकता से जाने क्यों वह फ़िक्रमन्द हो उठा। "आख़िर वह भी तो ऊँची जात का है। ठाकुर है। ठाकुर ज़मींदारों के यहाँ मैंने भी काम किया है और जानता हूँ कि ठाकुर दलितों के हमदर्द नहीं हो सकते," उसने सोचा। "मुमकिन है कि वह हमें उल्लू बना रहा हो। ये पुलिस अफ़सर बड़े चालाक होते हैं। क़ानून पलटना उनके बाएँ हाथ का खेल है। उसने कहा नहीं कि वह ख़ुद ही क़ानून है? उस पर कैसे भरोसा कर सकते हैं?" जीप उछलती हुई कुछ दूर आगे बढ़ी तो बाहर उसे मुख्यमंत्री वीर बहादुर के मुस्कराते चेहरे वाला एक पोस्टर दिखाई दिया, जिसमें ऊपर की तरफ़ प्रधानमंत्री राजीव गांधी का मुस्कराता हुआ और बड़ा चेहरा चिपका था। पोस्टर देखकर उसने गहरी साँस ली और ख़ुद को तसल्ली दी, "मगर हो सकता है कि मुख्यमंत्री की वजह से पुलिसवाले को सचमुच लगता हो कि उसे अब हम लोगों की इज़्ज़त करनी पड़ेगी। हो सकता है कि उसने जो कहा, वह सच ही हो कि अगर हमने शिकायत कर दी तो उसका तबादला हो जाएगा या कहो सस्पेंड हो जाए। हो सकता है कि हमारे पास अब उतनी ताक़त हो।"

गाँव लौटकर प्रधान ने फिर से बिरादरी के लोगों को बुलाया ताकि थानेदार से हुई मुलाक़ात के नतीजों पर सबकी राय ली जा सके। उन लोगों की बातचीत के बीच बुधराम ने जान-बूझकर चुप्पी साध ली थी। सबकी राय थी कि थानेदार की बात पर भरोसा करना चाहिए और मन्दिर का काम आगे बढ़ाना चाहिए। वैसे भी छोटा सा मन्दिर बनाना था, तो उसमें बहुत तामझाम की ज़रूरत नहीं थी। दो तजुर्बेकार मिस्त्रियों को मन्दिर बनाने का काम सौंप दिया गया। इस काम में आगे-आगे रहने या ज़िम्मेदारी लेने की हालाँकि बुधराम को कोई ख़्वाहिश नहीं थी मगर जब उनसे कहा गया तो बड़ी अनिच्छा से देखरेख करने के लिए वह राज़ी हो गए।

धर्म के बारे में उनके भाषण और सन्त रविदास के भजन के ज़रिये आलोचकों को चुप कराने के उस वाक़ये के बाद से बिरादरी में उनकी धाक जम गई थी। इसी का नतीजा था कि बुधराम से भूमि पूजन करने और मन्दिर का काम निर्विघ्न पूरा होने के लिए प्रार्थना करने को कहा गया। अगले रोज़ सबेरे धूप तेज़ होने से पहले ही बिरादरी के लोग टीले पर मन्दिर बनाने की जगह पर इकट्ठा हो गए। मर्दों को इस मौक़े के लिए किसी ख़ास सज-धज की ज़रूरत नहीं लगी लेकिन औरतों ने ख़ूब चटख़ रंगों वाली शानदार साड़ियाँ पहन रखी थीं, और बच्चे सलवार-क़मीज़, क़मीज़ और निकर पहनकर आए थे, कुछ बनियान में भी थे।

बुधराम को बहुत अन्दाज़ा नहीं था कि भूमि-पूजन कैसे करते हैं मगर अपनी समझ से वह बढ़िया ही कर रहे थे। तभी उसने देखा कि कई लठैतों को साथ लिये पुजारी तेज़ी से उसी ओर आ रहा है। वे ज़ोर-ज़ोर से चिल्ला रहे थे और जब वे क़रीब आ गए तो बुधराम और वहाँ इकट्ठा भीड़ ने सुना—"भागो! नीच भंगी साले! भाग जाओ नहीं तो तुम्हारा सिर फोड़ देंगे।" वहाँ इकट्ठा दलितों में सनसनी फैल गई, उनके चेहरे फक् पड़ गए। औरतों ने झट से अपने बच्चों को गोद में उठा लिया और चीख़ते हुए वहाँ से भाग निकलीं। मर्दों में से भी कुछ 'भागो-भागो' चिल्लाते हुए भाग पड़े। मगर बुधराम समेत बहुत सारे आदमी वहीं खड़े रहे। गोसाइयों ने जब देखा कि भागने की बजाय दलित जमे हुए हैं और क़रीब जाने पर हमला कर सकते हैं तो वे कुछ दूरी पर रुक गए और दलितों को गरियाने लगे। जाति को लेकर उनकी अश्लील फ़ब्तियों से दलितों का ग़ुस्सा भड़क गया और वे गोसाइयों के मुक़ाबले के लिए आगे बढ़ आए। मगर वे मुक़ाबला करते कैसे? वे लोग तो पूजा करने आए थे, और निहत्थे थे। दूसरी तरफ़ गोसाईं न सिर्फ़ तादाद में उनसे

ज़्यादा थे बल्कि मोटी-मोटी लाठियाँ लेकर लड़ने की पूरी तैयारी से आए थे। पहले दलित के सिर पर इतने ज़ोर की लाठी पड़ी कि वह वहीं गिर पड़ा, यह देखकर बाक़ी के लोग पीछे हट गए। इतने में एक बूढ़ा आदमी घूमा और हमलावरों को ललकारता हुआ तेज़ी से उनकी ओर दौड़ पड़ा। ये देखकर दो और नौजवानों को जोश आ गया और वे भी उसके पीछे दौड़े। गोसाइयों को इसकी उम्मीद न थी, उन्होंने घबराकर एक-दूसरे की तरफ़ देखा। तभी उनमें से किसी ने राइफ़ल से हवा में फ़ायर किया। गोली की आवाज़ सुनते ही वहाँ भगदड़ मच गई और गोसाइयों की तरफ़ दौड़े जा रहे दलित भी लौट भागे। गोसाईं जहाँ थे, वहीं खड़े रहे। विजयी मुद्रा में उन्होंने ज़ोरदार ठहाके लगाए। उनके पुजारी ने कहा, "मुझे नहीं लगता था कि यह सब इतना आसान होगा।" बड़ी उम्र के एक गोसाईं ने मलाल के अन्दाज़ में कहा, "धत् तेरे की! उन भंगियों को सबक सिखाने के लिए हमें उनके पीछे जाना चाहिए था। थोड़ा लाठी भाँजने का मज़ा लेते, दो-चार और के सिर फोड़ते और उन्हें उनकी औक़ात बता देते।"

उधर गाँव में पस्त होकर लौटे दलितों की बैठक एक बार फिर जुटी। आम राय थी कि यह ज़िल्लत बर्दाश्त नहीं की जा सकती। अलबत्ता कमल ने यह जताकर मज़े लिये कि उसकी आशंका सही साबित हो गई। उसकी बात से यह ज़रूर हुआ कि कमल को चुप कराने और मन्दिर बनाने का प्रधान का इरादा और पक्का हो गया। उसने तय किया कि वह फिर थानेदार के पास जाएगा और मन्दिर बनने तक अपनी बिरादरी वालों की हिफ़ाज़त के लिए पुलिस की तैनाती के लिए कहेगा।

पिछली बार का वह ख़ुशमिज़ाज थानेदार गाँव में हुए बवाल की ख़बर पाकर मारे ग़ुस्से के तमतमाने लगा। जब मैं ख़ुद गोसाइयों के पास जाकर उन्हें चेता आया था तो फिर यह बवाल हुआ कैसे? हमेशा की तरह उसने फिर शेखी बघारना शुरू कर दिया, "मैंने उन्हें क़ानून का ख़ौफ़ दिखाया, इतने प्यार से समझाया मगर लगता है कि क़ायदे से समझाने पर कोई बात उनके भेजे में नहीं घुसती। और अगर वे लाठी की ज़बान ही समझते हैं तो हम उनको लठियाकर भी अक़्ल सिखा सकते हैं। कुछ सिपाहियों को लेकर मैं फिर आता हूँ, कुछ की अच्छे से ठुकाई करते हैं, और दो-चार को उठाकर हवालात में डालते हैं।"

उधर गोसाईं भी हाथ पर हाथ धरे नहीं बैठे थे। वे कोर्ट चले गए और टीले पर किसी तरह के निर्माण पर रोक का स्टे ऑर्डर हासिल कर लिया। कोर्ट ने कहा कि जब तक उस ज़मीन की मिल्कियत का फ़ैसला नहीं हो जाता, वहाँ कोई काम

नहीं होगा। अफ़वाह थी कि उन लोगों ने मजिस्ट्रेट को घूस दी, और यह बात सचमुच अजीब लगने वाली थी कि मजिस्ट्रेट ने उस ज़मीन को झगड़े की ज़मीन मान लिया, जिसके बारे में पटवारी तस्दीक़ कर चुका था कि रिकॉर्ड में वह गाँव की सार्वजनिक भूमि दर्ज है। प्रधान को यक़ीन था कि इतनी बड़ी ख़ामी के चलते यह फ़ैसला पहली सुनवाई में ही ख़ारिज हो जाएगा, तो इस स्टे ऑर्डर के ख़िलाफ़ अपील के लिए उसने एक वकील कर लिया।

इस मामले की कोर्ट में सुनवाई से पहले एक रोज़ सुबह की बात है। बुधराम अपनी झोंपड़ी में सो रहा था कि पीठ पर किसी चीज़ की तेज़ ठोकर से उसकी आँख खुल गई। झटके से उठा तो देखा कि ख़ाकी वर्दी पहने एक सिपाही उसके सिर पर खड़ा है। "उठ जा," सिपाही ने हुक्म दिया, "मूर्ति ढूँढ़ने के लिए मुझे तेरे घर की तलाशी लेनी है।"

"मूर्ति, कैसी मूर्ति?" उनींदे बुधराम ने कनखी से सिपाही की तरफ़ देखते हुए पूछा।

"ज़्यादा होशियारी न दिखा। तुझे ख़ूब मालूम है कौन-सी मूर्ति। वही मूर्ति जो तू ग़ैर-क़ानूनी मन्दिर में लगाने वाला है।"

"ऐसी कोई मूर्ति नहीं है।"

बुधराम को चारपाई से धक्का देते हुए सिपाही गरजा, "हरामी, मुझसे झूठ मत बोल। चल हट जा मेरे रास्ते से।" उसने झोंपड़ी में नज़र दौड़ाई मगर वहाँ चारपाई, चूल्हे के क़रीब रखी मिट्टी की दो हाँड़ियों और कोने में रखे टिन के एक छोटे बक्से के सिवाय कुछ और नज़र नहीं आया। बक्से की तरफ़ इशारा करते हुए सिपाही ने गुर्राकर कहा, "चल उसे खोलकर दिखा, उसमें क्या छुपाकर रखा है।" बक्से के पास बैठकर बुधराम ने उसमें रखा अपनी गृहस्थी का कुल सामान निकालकर सिपाही के सामने फैला दिया—दो जोड़ी कुर्ता-पाजामा, एक जोड़ी गमछा, दो चादरें, स्टील की एक थाली, स्टील का एक गिलास, राशनकार्ड और रूमाल में बँधे इक्कीस रुपये। बक्से में कुछ न पाकर सिपाही का पारा चढ़ गया। उसने बुधराम को दबोच लिया और बुरी तरह झकझोरते हुए ग़ुस्से से चिल्लाया, "मुझे बता दे मूर्ति कहाँ है। बता दे कहाँ है वरना मार-मारकर तेरी टाँगें तोड़ दूँगा। कभी चल नहीं पाएगा तू।"

बुधराम बार-बार कहता रहा, "कोई मूर्ति नहीं है, हवलदार साहब। कोई मन्दिर नहीं है।"

आख़िरकार पुलिस वाले ने हार मान ली और बुधराम को छोड़कर अपने अफ़सर को बताने झोंपड़ी से बाहर निकल गया। उसके जाते ही बुधराम ने काँपते पैरों से प्रधान के घर की तरफ़ दौड़ लगा दी। रास्ते में उसने देखा कि गाँव-भर में फैले पुलिस वाले घरों और झोंपड़ों, गोरुआर और बैठकों की तलाशी ले रहे हैं, कूड़े और चारे के ढेर में लाठियाँ कोंचकर देख रहे हैं। यहाँ तक कि प्रधान और उनके पूरे कुनबे को घर से बाहर निकालकर वे लोग अन्दर तलाशी ले रहे थे।

आधे घंटे में गाँव-भर के दलितों के घरों में उन्होंने सब कुछ उलट-पलट कर डाला, फ़र्नीचर तोड़ दिये, खुली हुई अलमारियों का सामान बाहर फेंक दिया, बक्सों के ताले तोड़ डाले मगर मूर्ति उन्हें कहीं नहीं मिली। प्रधान और बुधराम को अब इस छापेमारी के इंचार्ज अफ़सर के सामने पेश किया गया।

बुधराम पुलिस की जीप में बैठे थानेदार को देखकर सन्न रह गए। इसी आदमी ने तो उन लोगों की हिफ़ाज़त का वायदा किया था। उस वक़्त वह चमड़े से मढ़ा बेंत बड़ी बेचैनी से घुमाता हुआ बार-बार अपनी जाँघ पर ठोंक रहा था। प्रधान चिल्लाते हुए उसकी ओर लपका, "झूठे, मक्कार, धोखेबाज़, तुमने हमें धोखा दिया है। तुम वादाफ़रामोश हो! तुमने तो कहा था कि हमारी हिफ़ाज़त करोगे और देखो तुमने क्या किया? हमारे घर तहस-नहस कर डाले, हमारी औरतों को बेइज़्ज़त किया!" दो सिपाहियों की पकड़ से ख़ुद को छुड़ाने की कोशिश करते हुए प्रधान ने यह और जोड़ा, "देखो बुधराम को। तुम लोगों ने उसकी बनियान तक फाड़ डाली।"

थानेदार ने प्रधान की नक़ल उतारते हुए खिल्ली उड़ाई, "तौबा! बेचारे बुधराम की बनियान फाड़ दी।" उसके चेहरे पर हिक़ारत का भाव साफ़ झलक रहा था, "मैं भी मानता हूँ कि यह बहुत गम्भीर मामला है। मगर ख़ैर मनाओ कि उसकी क़िस्मत अच्छी थी। बनियान ही फाड़ी, उसे नहीं फाड़ डाला। वह तो बहुत आसान था। ज़रा उसकी काया तो देखो। ज़ोर से फूँक मार दो तो उड़ जाए।"

"तो अब तुम हमारा मज़ाक़ उड़ाने आए हो? उड़ा लो मज़ाक़ मगर जब यह सब हम जाकर विधायक जी को बताएँगे तब तुम देखना तुम्हारा क्या हाल होगा।"

"अबे मुँह बन्द रख, नहीं तो दोनों को उठाकर हवालात में डाल दूँगा," थानेदार गुर्राया। "पीड़ित मैं हूँ कि तू है। विधायक जी क्या समझते नहीं हैं कि धोखेबाज़ कौन है? तेरे साथ तो वही हुआ, जो होना चाहिए था। तूने मुझे यह बताकर धोखे

में रखा कि गोसाइयों ने तुम लोगों पर हमला किया। जबकि मैं जानता हूँ कि तुमने उन लोगों पर हमला किया। तूने मुझे यह कब बताया कि तुम सब अँधेरे में सन्त रविदास की मूर्ति ले जाकर टीले पर रखने और टीन-टप्पर से ढाँक आने की सोच रहे हो। तुम सारे कोर्ट के ऑर्डर को धता बताने की तैयारी करके बैठे हो। मुझे सब पता है कि तुम क्या करने की ठाने बैठे हो मगर ये टोटके अब पुराने हो गए, प्रधान जी। फिर तुम सारे शोर मचाते कि मूर्ति और मन्दिर का ढाँचा तो वहाँ पहले से ही है। उसे हटाने से लोगों की धार्मिक भावनाओं को ठेस पहुँचेगी। फिर तुम मज़े से वहाँ मन्दिर बना लेते और तुम्हारा कोई कुछ नहीं बिगाड़ पाता।"

थानेदार की इन बातों का प्रधान पर कोई असर नहीं हुआ। विचलित हुए बिना उसने कहा, "ये सब बेकार की बातें हैं। एकदम बकवास। हम पर हमला हुआ था और हम यह साबित कर सकते हैं। तुम कहो तो तुम्हें अभी उस आदमी से मिला दूँ, गोसाइयों ने लाठी मारकर जिसका सिर फोड़ दिया है। और ज़रा उनमें से कोई एक आदमी तो ढूँढ़ लाओ, जिसको चोट लगी हो। हमने तो मार खाने के बाद भी किसी पर हाथ नहीं उठाया। मूर्ति लगाने की बात मनगढ़ंत है, यह तो अब तुमने भी देख लिया कि हमारे पास कोई मूर्ति-वूर्ति नहीं है। यह ख़ाली बहाना है ताकि पुलिस गाँव आकर हमारी तुड़ाई कर पाए और तुम हमें इतना डरा-धमका लो कि हम मन्दिर बनाने का इरादा ही छोड़ दें।"

थानेदार को लगा कि इस तरह की काँव-काँव और तू-तड़ाक उसके ओहदे की तौहीन है और फिर इन दलितों के मुँह क्या लगना? उसने ड्राइवर से जीप आगे बढ़ाने को कहा। चलते-चलते उसने कहा, "हम पुलिस वालों के अपने मुख़बिर होते हैं, समझे। तुम्हारी झूठी बातों पर अब मैं और भरोसा नहीं कर सकता।"

फिर से झूठ बोलने का इल्जाम सुनकर बुधराम का ख़ून खौल गया। वहाँ खड़े प्रधान को अपने कानों पर यक़ीन नहीं हुआ कि वो आदमी जिसने ज़िन्दगी भर किसी से तेज़ आवाज़ में बात तक नहीं की, आगे बढ़ते हुए थानेदार पर गला फाड़कर चिल्लाया, "हरामज़ादे पुलिसिये! हमको मारने के लिए तूने घूस खाई है। तू हरामी है और बाक़ी पुलिस वालों की तरह ही चोर भी है।" बुधराम ख़ुद हैरान था कि यह कैसे हुआ। सरेआम गालियाँ सुनकर थानेदार ने ड्राइवर से जीप रोकने को कहा, छलाँग मारकर उतरा और तेज़ क़दमों से बुधराम की तरफ़ लपका। उसने बुधराम के मुँह पर तड़ातड़ दो थप्पड़ जड़ दिये, दाँत पीसते हुए बोला, "अबे नाली के कीड़े, अपनी औक़ात मत भूल। ध्यान रखियो, आइंदा घूस लेने की बात मुँह से

न निकले। मन्दिर-वन्दिर भूल जा और अपनी भंगी ज़बान को लगाम दे, नहीं तो अगली बार बेल्ट से तेरी खाल खींच लूँगा।"

पुलिस छापे के बाद प्रधान ने बिरादरी की बैठक बुलाई तो कमल भी औरों की तरह असहज दिखा। सबने माना कि यह पूरी बिरादरी की बेइज़्ज़ती का मामला है और इसका बदला लेने के लिए कुछ न कुछ तो करना ही पड़ेगा। उनकी नज़र में बुधराम उस वक़्त उनका हीरो था, क्योंकि अकेले उसी ने थानेदार के सामने खड़े होने और जवाब देने की हिम्मत दिखाई थी। पुलिस की साज़िश के बारे में बुधराम जब बोल रहा था, लोग बड़े एहतराम से सुन रहे थे, "मुझे तो यही अन्देशा है कि गोसाइयों ने घूस देकर थानेदार को अपनी तरफ़ मिला लिया है। चूँकि हम दलित हैं, इसलिए थानेदार को लगा होगा कि मार-पीट कर हम लोगों को ख़ामोश कर देगा और अफ़सर उसकी बकवास और झूठी बातों को ही सच मानेंगे। गाँव की दोनों बिरादरियों के बीच तनाव बढ़ने का बहाना बनाकर वह अफ़सरों को यह भी समझा ले जाएगा कि अगर हमें सन्त रविदास की मूर्ति लगाने दी गई तो गाँव में दंगा हो जाएगा।"

प्रधान ने सिर हिलाकर बुधराम की बात से सहमति जताई। कहा, "तुम सही कहते हो। इसी भरोसे पर वह यहाँ इतना तांडव कर गया। हमारे पास अब दो ही रास्ते हैं। या तो हम गोसाइयों पर हमला करके उनकी जमकर ठुकाई करें और अपना हिसाब बराबर कर लें या फिर अपने एमएलए संजीव राय के पास चलें। वह भूमिहार हैं मगर उन्होंने तो देखा है कि हमारे सारे काग़ज़ एकदम सही और पूरे हैं, तभी हमको मन्दिर बनाने की मंज़ूरी मिली थी। और हमारी बिरादरी के वोटों की ताक़त का भी उन्हें अन्दाज़ा है।"

गोसाइयों पर हमले का विचार तो यह सोचकर छोड़ दिया गया कि पता नहीं ऊँट किस करवट बैठे। जवाबी हमले का अन्देशा तो गोसाइयों को भी होगा ही, तो निपटने की उन लोगों ने पूरी तैयारी भी कर रखी होगी। और ऐसे में जब पुलिस भी उनका साथ दे रही है, दलित ही घाटे में रहेंगे। इसलिए प्रधान ने फिर से एमएलए के आदमी संजय गुप्ता को पकड़ा और उसने बात करके मुलाक़ात की तारीख़ तय कर दी, ताकि वे लोग एमएलए से मिलकर अपना दुखड़ा सुना सकें।

प्रधान और बुधराम उस रोज़ जब अपने काग़ज़ात और दरख़्वास्त लेकर एमएलए की कोठी पर पहुँचे, तो संजय उन्हें बाहर ही मिल गया। एमएलए की यह पुश्तैनी कोठी कभी एकदम खुली जगह पर हुआ करती थी मगर तेज़ी से फैलते

दूसरे हिन्दुस्तानी क़स्बों की तरह यहाँ भी चारों ओर छोटी-छोटी दुकानें उग आई हैं, जीपों, एम्बेसडर और मारुति कारों, ट्रैक्टर और बैलगाड़ियों की वजह से जाम सँकरी गलियों में मोटरों के शोर और भीड़ की चिल्ल-पों के बीच से किसी तरह गुज़र जाने की कोशिश में मोटरसाइकिल पर लहराते लड़के—दिन-भर यही मंज़र आम रहता है। और इन सबके बीच जहाँ-तहाँ नौजवानों के झुंड, जिनके पास कोई काम नहीं है। वे दिन-भर आने-जाने वालों को ताकते—गप्पें मारते हुए पूरा दिन गुज़ार देते हैं। एमएलए के घर के सेहन में परेशानहाल लोगों की भीड़ थी, हर किसी के पास बताने के लिए कोई समस्या थी और हाथ में अर्ज़ी। उन्हें उम्मीद थी कि उनका प्रतिनिधि होने के नाते विधायक उनकी मुश्किल पर ज़रूर ग़ौर करेंगे और अपने प्रभाव का इस्तेमाल करके मुश्किल से पार पाने में मदद करेंगे।

यू.पी. के दूसरे नेताओं की तरह ही संजीव राय भी किसी एक पार्टी में जमकर कभी नहीं रहे। अपनी सियासी ज़िन्दगी की शुरुआत उन्होंने कांग्रेस से की मगर बाद में कांग्रेस से अलग हुए धड़े के साथ चले गए। वहाँ कोई ख़ास सियासी फ़ायदा नहीं मिला तो ऊँची जाति के संजीव राय ने दलितों के आधार वाली सियासी पार्टी ज्वाइन कर ली। वह जानते थे कि अगर इलाक़े में उन्होंने अपनी स्थिति मज़बूत नहीं रखी तो यू.पी. के सियासी तूफ़ान में वह तिनके की तरह उड़ जाएँगे वरना कोई पार्टी सत्ता में रहे उनकी पूछ हमेशा बनी रहेगी। उनकी शोहरत ऐसे एमएलए की हो गई थी जो अपने इलाक़े के लोगों के काम आता है—ठसाठस भरी ट्रेन में जगह बर्थ दिलानी हो, अस्पताल में बेड, बैंक से क़र्ज़ या फिर क्रिकेट या हॉकी मैच के फ्री पास—अपने समर्थकों को उन्होंने कभी निराश नहीं किया। कुछ लोगों को बतौर चपरासी सरकारी दफ़्तर में नौकरी भी दिला चुके हैं। इन कामों की वजह से वह ख़ासे लोकप्रिय भी हैं। वोट ख़रीदने के लिए पैसा और गुंडों की फ़ौज के मुक़ाबले में ऐसी लोकप्रियता किसी नेता की बड़ी ताक़त होती है। यही वजह थी कि वह जब भी घर पर होते, अपना दरबार लगाया करते ताकि फ़रियादी उनसे मिल सकें।

हालाँकि उनके दरबार का ठाट-बाट देखकर कोई नहीं कह सकता कि सामंतों का दौर गुज़र चुका है। ख़ुद संजीव राय की क़द-काठी और हुलिया गवाह है कि सामंती ठसक अब भी उनके पोर-पोर में रची-बसी है—ऊँचा क़द, चौड़े कन्धे, खुरदरे और सख़्त चेहरे पर उठी हुई नाक और छोटे सफ़ेद बाल। दरबार में उनका आसन बरामदे में लगता, जो फ़रियादियों से भरे आँगन के मुक़ाबले कुछ फ़ीट ऊँचा था। वह ऊँची पुश्त वाली चौड़ी और ख़ूब नक़्क़ाशीदार कुर्सी पर बैठते,

जिसे बुधराम ने सिंहासन समझा। उस पर बैठकर ख़ुद एमएलए भी बरामदे को दीवान-ए-आम और ख़ुद को किसी मुगल शहंशाह से कम नहीं मानते थे और वहीं से अपनी रियाया की फ़रियाद सुना करते। हालाँकि वह ख़ादी का क़लफ़दार कुर्ता और पाजामा पहने हुए थे, और धूप पड़ने पर उनकी पोशाक जगमगा उठती थी।

फ़रियादियों की भीड़ के बीच थोड़ी मशक़्क़त के बाद संजय और उसके मुवक्क़िल किसी तरह बरामदे की सीढ़ियों तक पहुँच ही गए। वहाँ खड़े होकर संजय ने तब तक इन्तज़ार किया, जब तक कि एमएलए के क़रीब बैठे उनका दाहिना हाथ समझे जाने वाले आदमी की नज़र उस पर नहीं पड़ गई। उसने थोड़ा नीचे झुककर इन लोगों की अर्ज़ी ले ली। थोड़ी देर के बाद उस दाहिने हाथ ने प्रधान और बुधराम का नाम पुकारा तो संजय को साथ लेकर दोनों बरामदे की सीढ़ियाँ चढ़कर एमएलए के सामने पहुँच गए। प्रधान ने एमएलए के सामने सारा क़िस्सा बयान किया। सारा मामला समझ लेने के बाद एमएलए ने उसे ज़ोर से झिड़का, "तुमसे मन्दिर बनाने के लिए कहा किसने? तुम जानते थे न कि बवाल होगा? चलो अब छोड़ो यह सब। मन्दिर-वन्दिर भूल जाओ।"

एमएलए का यह रुख़ देखकर प्रधान और बुधराम दोनों सन्न रह गए। उन्हें इस तरह ख़ामोश खड़ा देखकर एमएलए ने कहा, "ठीक है, अब जाओ यहाँ से। अभी बहुत से लोगों को मुझसे मिलना है।"

दोनों दलित वहाँ से वापस जाने के लिए मुड़े ही थे कि संजय गुप्ता ने उन्हें ज़रा देर ठहरने के लिए कहा और तेज़ी से एमएलए के क़रीब बैठे गुर्गे के पास जाकर कान में कहा, "उनसे कह दो कि एक बार फिर सोच लें। इस मन्दिर के बारे में दलितों के बीच दूर-दूर तक ख़बर फैल चुकी है। उन्हें लगता है कि यह ख़ाली एक गाँव का मसला है मगर ऐसा है नहीं। अगर वह दलित सन्त का मन्दिर बनाने में मदद करेंगे तो इसमें उन्हीं का फ़ायदा है। और मदद नहीं करते तो यह उनके लिए बहुत बुरा होगा, तुम्हारे और मेरे लिए भी।"

गुर्गा जब संजय का सन्देश दे रहा था तो उसकी बात सुनते हुए एमएलए घुरघुरा रहे थे—"अच्छा, हाँ, अच्छा ठीक है।" फिर प्रधान की तरफ़ घूमकर उन्होंने पूछा, "तो तुम्हारे इस मन्दिर वाले मसले के बारे में दलितों की सारी बिरादरी को पता चल गया है?"

इस सवाल का आशय प्रधान के पल्ले नहीं पड़ा। "इस बारे में तो साहब हमें कुछ नहीं पता," परेशान प्रधान ने जवाब दिया।

बिना किसी लाग-लपेट के एमएलए ने उससे कहा, "मगर ऐसा है। मुझे अभी बताया गया है। तुम्हारी बिरादरी के लोग मुझे वोट देते हैं, इसलिए मुझसे जो बन पड़ेगा, करूँगा। लेकिन ध्यान रखना कि तुम्हारी पूरी बिरादरी के लोगों को यह बात अच्छी तरह पता चल जानी चाहिए कि मन्दिर के लिए मैंने ज़मीन ही नहीं दिलाई, उसे बनवाने में भी तुम्हारी मदद की। तुम लोग जाओ, मैं ज़रा इस मामले में कुछ और पता कर लूँ।"

इस तरह फिर से अचानक ख़त्म हुई बातचीत के बाद दोनों दलित वहाँ से निकलकर बाहर चायख़ाने पर जा बैठे ताकि बदले हुए हालात पर आपस में कुछ बात कर सकें। प्रधान ने बात शुरू की, "मन्दिर वाले मामले पर हमने तो बाहर किसी से बात की नहीं मगर गाँव-भर को तो यह बात मालूम ही है। हो सकता है कि दूसरों के ज़रिये दूर-दूर तक लोगों में फैल गई हो। संजीव राय की चिन्ता यह है कि अगर हमारी मदद नहीं की तो हमारे वोटों से हाथ धो बैठेगा। गोसाइयों के वोट तो बहुत थोड़े से हैं। ये सारे नेता ऐसे ही सोचते हैं। और उन्होंने तो यह साफ़-साफ़ कह ही दिया।"

"न्ना," बुधराम ने जवाब दिया, "हमें पता नहीं कि यह ख़बर इतनी फैल चुकी है, हालाँकि हमें यह पता रखना चाहिए था। संजीव राय को अपनी शोहरत का भी ख़याल है। मुझे लगता है कि उसके आदमी ने उसे याद दिलाया होगा कि हमारे मामले में वह पहले ही कलेक्टर तक से कह चुका है और अगर अब हमारा काम पूरा नहीं हुआ तो उसकी ही किरकिरी होगी कि बड़ा विधायक बना फिरे है, और हमारा ज़रा सा काम नहीं करा पाया।"

बुधराम की बातें सुनकर प्रधान हँसा। उसका घुटना थपथपाते हुए बोला, "एकदम सही मगर तुम्हें तो यह बात पहले से मालूम है कि मन्दिर वाली ख़बर फैलेगी। देखो, वक़्त काटने के लिए चाय की दुकान पर तुम अक्सर अड्डा जमाते हो और वही ऐसा ठिकाना है, जहाँ से ख़बरें और अफ़वाहें उड़कर ज़माने-भर में फैलती हैं। मैं जितना सोचता था, तुम उससे कहीं ज़्यादा चालाक हो, गुइंया!"

बुधराम मुँह दबाकर धीरे-से हँसा। फिर कहा, "वहाँ आने वाले कुछ दोस्तों को ज़रूर बताया था।"

"हम लोग जो कर सकते थे, कर चुके। अब तो सब कुछ एमएलए और उनके गुर्गों के हाथ में है। और वे किसी काम में हमेशा अपने फ़ायदे की सोचते हैं, इसलिए उन पर बहुत भरोसा नहीं कर सकते। मगर हम सिवाय इन्तज़ार के और कर भी क्या सकते हैं?"

बुधराम ने ज़ोर से सुड़सुड़ाते हुए चाय का लम्बा घूँट भरा और सहमति में सिर हिलाते हुए कहा, "और क्या।"

कुछ दिनों के बाद संजय गुप्ता फिर प्रधान के पास आया और अगले रोज़ सवेरे नौ बजे अपने दस-बारह लोगों को साथ लेकर थाने के पास वाले बस स्टैंड पर पहुँचने को कहा। दो घंटे के इन्तज़ार के बाद एमएलए की चार गाड़ियों का क़ाफ़िला आकर उनके सामने रुका। अपनी नई चमचमाती पजेरो में से एमएलए उतरे, पीछे-पीछे उनका गनमैन। गाड़ियों का क़ाफ़िला देखकर आते-जाते लोग रुक गए। एमएलए ने भी थोड़ी भीड़ जुटने का इन्तज़ार किया, फिर बोलना शुरू किया, "लो भाइयो, मैं आ गया। ग़रीबों और दलितों की सेवा के लिए मैं हमेशा ही आता हूँ। मैं उन नेताओं में से नहीं हूँ जो चुनाव के वक़्त आपसे मिलने आते हैं और फिर अगले चुनाव तक उनके दर्शन नहीं होते। मेरे दलित भाइयों के साथ ज़्यादती हुई है और मैं उन्हें न्याय दिलाने के लिए आया हूँ। आप मेरे साथ थाने चलिए, फिर देखिए कि इन कामचोर और घूसख़ोर अफ़सरों से मैं कैसे निपटता हूँ और कैसे आपका काम कराता हूँ।"

इसके बाद वह मोटर में बैठकर थाने की तरफ़ रवाना हो गए। तमाशा देखने की उम्मीद में पीछे चलने वालों की भीड़ भी धीरे-धीरे बढ़ती गई। इस भीड़ में संजय ने अपने तीन आदमी पहले से लगा रखे थे। भीड़ जैसे ही थाने में घुसने को हुई, संजय के आदमियों ने नारेबाज़ी शुरू कर दी—"संजीव राय ज़िन्दाबाद! यू.पी. पुलिस मुर्दाबाद!" अब इस नारेबाज़ी में भीड़ भी शरीक हो गई। शोर-शराबा सुनकर थानेदार बाहर निकल आया। एमएलए मोटर से उतरकर वहीं खड़े हो गए थे। जैसे ही थानेदार की नज़र उधर पड़ी, वह भागता हुआ गया और पैर छूकर बोला, "प्रणाम साहेब। अहोभाग्य कि आपके चरण मेरे थाने में पड़े। बड़े सम्मान की बात है।"

"सम्मान? बेकार की बात है! मैं यहाँ इसलिए आया हूँ कि तुमने वर्दी का अपमान किया है, मेरे दलित भाइयों की बेइज़्ज़ती की है," एमएलए ने गरजते हुए कहा, "तुमने उनके घर तहस-नहस कर डाले, औरतों को गालियाँ दीं। उन्हें धमकाया कि मन्दिर बनाने का उन्हें कोई हक़ नहीं क्योंकि वे दलित हैं।"

"साहेब, मैंने ऐसा कब कहा कि वे दलित हैं, इसलिए मन्दिर नहीं बना सकते," थानेदार ने ख़ुशामदी अन्दाज़ में जवाब दिया।

"चुप्प! मैं तुम्हें बताता हूँ कि तुमने क्या किया और यहाँ इन लोगों को भी बताऊँगा। दलित तुम्हारे पास मदद माँगने आए ताकि वे अपना मन्दिर बना सकें।

तुमने उनकी हिफ़ाज़त करने का वायदा किया। फिर तुमने उन्हें धोखा दिया। घूस लेकर बिलावजह उनके घरों पर छापे मारे। मैं ऊपर के अफ़सरों से तुम्हारी शिकायत करूँगा, तुमको इस ज़्यादती की सज़ा दिलाकर रहूँगा।"

डाँट खाकर थानेदार हकलाने लगा। उसके चेहरे पर पसीना टपटपा रहा था। चेहरे से टपकी बूँदें उसकी ख़ाकी क़मीज़ पर जगह-जगह फैल गई थीं। हाथ बाँधकर झुका हुआ थानेदार घिघियाया, "हुज़ूर, साहेब, मुझे माफ़ कर दीजिए। अगर मुझसे कोई ग़लती हुई है तो इसलिए कि उन दुष्ट गोसाइयों ने मुझे बहका दिया था।"

"बहका दिया था? मतलब उन्होंने तुम्हें पैसे दिये थे," एमएलए ने पूछा।

"साहेब, मैं ईमानदार अफ़सर हूँ। मेहरबानी करके माफ़ कर दीजिए। आइंदा ऐसी ग़लती नहीं होगी। दलित लोग अपना मन्दिर बना लें और मैं उन झूठे और मक्क़ार गोसाइयों को सबक सिखा के रहूँगा।"

"बिलकुल ठीक। मन्दिर बन जाए, यह देखना अब तुम्हारी ज़िम्मेदारी है। छापा मारने के एवज़ में तुमने जो घूस ली है, वह रक़म मन्दिर बनाने के लिए तुम दलितों को दे दो। तुम्हें माफ़ तभी करूँगा जब तुम यहाँ ढंग से रहोगे। मत भूलना कि अब तुम यहाँ सिर्फ़ मेरी वजह से हो।"

यह कहकर एमएलए अपनी एड़ियों पर घूमकर अपनी पजेरो की तरफ़ बढ़ गए। ड्राइवर पहले ही मोटर घुमाकर थाने के अन्दर लगा चुका था। नारे लगाती भीड़ की तरफ़ हाथ हिलाते हुए वह अपनी मोटर में बैठकर निकल गए। इस ज़िल्लत से सिटपिटाया थानेदार भीड़ के भी लौटने के इन्तज़ार में वहीं खड़ा रहा। अपना थाना ख़ाली कराने के लिए किसी कारगुज़ारी की ताब अब उसमें बाक़ी नहीं रह गई थी।

गाँव लौटे दलितों ने तय किया कि मन्दिर का काम फिर से शुरू करने से पहले थानेदार को पड़ी फटकार के असर का इन्तज़ार करना चाहिए। हालाँकि उन्हें बहुत इन्तज़ार नहीं करना पड़ा। गोसाइयों की तरफ़ से उन्हें सन्देश मिला कि गाँव में अमन की फिर से बहाली पर बातचीत के लिए वे एक मीटिंग बुलाना चाहते हैं। पहले तो दलितों को इसमें किसी साज़िश का अन्देशा हुआ। फिर सोचा कि बाज़ी तो अब उन्हीं लोगों के हाथ में है सो वे मन्दिर वाले टीले पर मीटिंग के लिए राज़ी हो गए। गोसाइयों को कहला भेजा कि चूँकि टीले वाली जगह सार्वजनिक सम्पत्ति है, इसलिए मीटिंग की सबसे मुनासिब जगह वही है। सीधे मुँह पर पड़े इस तमाचे को गोसाइयों ने ख़ास तवज्जो नहीं दी और बातचीत के लिए दोनों पक्ष टीले पर बड़े पीपल के नीचे आ जुटे।

दलित बड़ी तादाद में पहुँचे हालाँकि गोसाइयों ने बिरादरी की नुमाइंदगी के लिए अपने पुजारी समेत सिर्फ़ पाँच लोगों को भेजा था। उनमें भी पुजारी के सिवाय बाक़ी चारों ख़ामोश बैठे रहे। गोसाइयों के बात-व्यवहार, और किसी क़िस्म के तैश के बजाय उनकी नरमी देखकर इतना अन्दाज़ा तो हो गया था कि पुलिस और एमएलए को अपने ख़िलाफ़ पाकर वे अब झगड़ा बढ़ाने का इरादा छोड़ चुके हैं। लेकिन प्रधान समझता था कि गाँव में अमन तभी मुमकिन है, जब गोसाइयों की मान-प्रतिष्ठा बची रहे और इस लिहाज़ से वे कुछ रियायतों की उम्मीद भी करेंगे।

पुजारी ने बातचीत की शुरुआत की, "जहाँ तक मुझे याद पड़ता है कि इस गाँव में हम लोग हमेशा ही मिल-जुलकर रहते आए हैं। यह पहला मौक़ा है, जब कोई बखेड़ा हुआ है। तुम लोगों को मालूम होना चाहिए कि हम भी बवाल के हामी नहीं हैं। हमने पुलिस से तुम लोगों के घर छापे मारने के लिए नहीं कहा था। यह तो तुम भी जानते हो कि वह पुलिस अफ़सर कितना ख़राब आदमी है। उसने हमें गुमराह किया।"

प्रधान ने पुजारी की बात काटकर कहा, "पंडित जी, हम पुलिस के छापे वाली बात भूलने को तैयार हैं, यह भी भूल सकते हैं कि भूमि-पूजा के समय आपने हम पर हमला किया मगर यह क्षमा और सद्भाव तभी सम्भव है, जब आप हमारा मन्दिर बन जाने दें। असल मसला तो यही है।"

"प्रधान जी, आप बहुत मुँहफट हो," पुजारी ने कहा, "जो हो गया सो हो गया और हम उसे स्वीकार भी करते हैं। हम यह भी समझते हैं कि आप लोगों की भावनाओं को चोट पहुँची है मगर हमें अपने मान-सम्मान की रक्षा भी तो करनी है। अच्छा बताओ कि तुम्हारा मन्दिर कितना बड़ा होगा?"

"आप निश्चिन्त रहें, बहुत बड़ा हरगिज़ नहीं होगा," प्रधान ने भरोसा दिलाया।

"हमारे मन्दिर जितना बड़ा नहीं होगा?"

"एकदम नहीं।"

"मन्दिर के ऊपर क्या गुम्बद भी होगा?"

"नहीं।"

"मतलब मेरे मन्दिर की भव्यता पर कोई असर नहीं पड़ेगा?"

"हमारा ऐसा कोई इरादा नहीं था। पुरखों की धरोहर मानकर हमने हमेशा ही आपके मन्दिर का आदर किया है। आख़िर यह हमारी भी मातृभूमि है।"

"आप लोग टीले पर कुछ और बनाने की सोच रहे हो?"

"नहीं, हमारे लिए यह पवित्र जगह होगी।"

"तब ठीक है। मुझे नहीं लगता कि इस पर किसी को एतराज़ होगा," पुजारी ने रज़ामन्दी के लिए अपने बाक़ी साथियों की तरफ़ देखते हुए कहा। उन चारों की चुप्पी में उनकी 'हाँ' शामिल थी।

मगर प्रधान इससे सन्तुष्ट नहीं हुआ। उसने पूछा, "और कोर्ट के स्टे ऑर्डर का क्या होगा?"

पुजारी के चेहरे पर मुस्कराहट फैल गई। कहा, "हमें पहले ही मालूम था कि आख़िर में यह केस हम हार जाएँगे मगर सोचा कि अन्तिम निर्णय से पहले कई साल तक इसे कोर्ट में लटकाए तो रख ही सकते हैं। अब हमें लगता है कि केस अगर कोर्ट में चलता रहा तो गाँव के लोगों में बैर बना रहेगा और अमन की बहाली में यह अड़ंगा साबित होगा।"

"तो आप केस वापस ले लेंगे?"

"हाँ, बिलकुल।"

तो हुआ यह कि नदी के पीछे पेड़ों के झुरमुट के बीच अब सफ़ेदी में चमकता हुआ एक छोटा-सा मन्दिर है। ईंटों से बनी आठ फ़ीट लम्बी और आठ फ़ीट चौड़ी एकदम सादा इमारत, जिसकी ऊँचाई भी आठ फ़ीट से ज़्यादा नहीं है। मन्दिर में दाख़िल होने के रास्ते पर एक तरफ़ लाल रंग में मुरलीधर कृष्ण और दूसरी तरफ़ सन्त रविदास की शिष्या मीना की छवि है, जो एकदम वीणावादिनी देवी सरस्वती जैसी लगती है। अन्दर की कोठरी में पीछे फैले हुए अँधेरे के बीचोबीच सन्त रविदास की एक मूर्ति है, गले में ढेर सारी गेंदे की मालाएँ हैं। हर रोज़ सुबह उठकर बुधराम मन्दिर बुहारते हैं, दीयों में सरसों और ढिबरी में मिट्टी का तेल भरते हैं। फिर मन्दिर खोलकर दूसरे पुजारियों की तरह भगवा दुपट्टा ओढ़कर बैठ जाते हैं। बुधराम मन्दिर आने वालों का अभिवादन करने के साथ ही उनके लिए अगरबत्तियाँ जलाते हैं और सन्त रविदास के भजन गाते हैं।

उनके मन्दिर और इसे बनाने के लिए संघर्ष की ख़बर अब दूर-दूर तक फैल चुकी है। टीले वाले मन्दिर पर हर साल एक मेला लगता है और इस मेले में श्रद्धालुओं की इतनी बड़ी भीड़ जुटती है कि इन्तज़ाम के लिए पुलिस लगानी पड़ती है। बुधराम के लिए यह मन्दिर उनकी ज़िन्दगी की इकलौती अभिलाषा की पूर्ति है। लेकिन इसका श्रेय वह ख़ुद को नहीं, सन्त रविदास को देते हैं।

मिलनपुर में क़त्ल

मिलनपुर थाने में ख़ामोशी थी। कहीं से कोई नई शिकायत नहीं आई, कोई एफ़आईआर लिखाने भी नहीं आया, हवालात ख़ाली पड़ी थी और पिछले हफ़्ते बकरियों के रेवड़ में ट्रैक्टर घुस जाने के उस हादसे के बाद कोई हादसा भी नहीं हुआ। टूटी हुई लाइट और मौक़े पर जुट गई भीड़ के हाथों कटे हुए टायरों वाला वह ट्रैक्टर अब थाने में खड़ा हुआ है। एक छोटी बकरी कभी-कभार घूमती हुई आ जाती है और ड्राइवर की सीट में दुबककर सो जाती है।

दिन का यह ख़ामोश लम्हा था। सूरज धीरे-धीरे डूब रहा था, और दुपहरी की तपिश ख़त्म हो चली थी। भरे हुए थन झुलाती गाएँ खरामा-खरामा चरागाहों से घरों की ओर लौट रही थीं और धूल का एक झीना परदा उनके पीछे-पीछे चला आ रहा था। इसीलिए गाँव के पुरनिये अब भी इस वक़्त को गोधूलि बेला ही कहते हैं। शाम की यह खुनक महसूस करने के इरादे से थानेदार, सब-इंस्पेक्टर प्रेम लाल बाहर पेडेस्टल पंखे के सामने बैठे रेडियो सुन रहे थे।

प्रेम लाल ख़ासे बेज़ार क़िस्म के पुलिस अफ़सर थे। वह पुलिस की नौकरी करना ही नहीं चाहते थे मगर स्कूल और फिर कॉलेज में अच्छे नम्बरों से पास हुए तो घर वालों के ज़ोर डालने पर सब-इंस्पेक्टर की नौकरी के इम्तहान में बैठ गए। उनके पिता पूर्वांचल के एक मामूली किसान थे। उन्होंने समझाया था, "कभी

सोचा भी है कि थानेदार का ओहदा और रुतबा क्या होता है? उससे बड़ा आदमी कौन होता है? जब मैं छोटा था तो मेरी दादी बच्चों को दुआ देती थीं—"भगवान करैं हमार बबुआ थानेदार होवैं।"

प्रेम लाल ने दलील दी कि इस तरह की हनक और ताक़त में उनकी कोई दिलचस्पी नहीं है। वह पढ़ना-लिखना चाहते हैं और इस लिहाज़ से स्कूल मास्टर की नौकरी उनके लिए एकदम मुनासिब होगी। पिता ने यह कहकर उनके मन्सूबे पर पानी फेर दिया कि "पढ़ाने का काम मर्दों का नहीं है" और बताने लगे कि पुलिस की नौकरी में कहीं ज़्यादा कमाई होती है। "स्कूल के मास्टर को भला कौन घूस देता है? कुछ फिसड्डी लड़के अलबत्ता पास होने के लिए एकाध कद्दू या झोला भर चावल दे जाते होंगे। यह भी कोई घूस हुई?" वह बोले, "पुलिस पैसे के पीछे वैसे ही भागती है, जैसे कोई भूखा आदमी खाने के पीछे और पैसे खाने के उन्हें बहुतेरे मौक़े मिलते भी हैं। ढेर सारे पैसे खाने से ही तो उनकी तोंद निकल आती है। तुमने कोई पुलिस वाला देखा है जिसकी बड़ी-सी तोंद न हो?"

प्रेम लाल फिर भी अड़े रहे कि वह ऐसे लालची नहीं, उन्हें ढेर सारे पैसे चाहिए भी नहीं। वह तो चाहते हैं कि बस इतना मिल जाए कि ढंग से गुज़र-बसर हो जाए। उनका यह जवाब सुनकर पिता मारे ग़ुस्से के फट पड़े, "तुम तो बड़े संगदिल निकले। तुम्हें सिर्फ़ अपनी फ़िक्र है। कभी अपनी माँ के और मेरे बारे में भी सोचा है? ग़ुलामों की तरह खटकर मैंने तुम्हारी बहनों का ब्याह किया, तुम्हें पढ़ाया-लिखाया और आज जब तुम इस क़ाबिल हुए हो तो कहते हो कि तुम्हें बड़ा आदमी नहीं बनना! पैसे नहीं कमाना! इकलौते बेटे हो, हमारी देखभाल करने वाला कोई और तो है भी नहीं। तुम्हें कैसा लगेगा कि हम ग़रीबी में एड़ियाँ रगड़ते हुए दम तोड़ दें? तुम्हें ज़रा भी शर्म नहीं आएगी? हम तो सोचते थे कि हमारी ग़ुरबत के दिन अब ख़त्म होने को हैं, हमारा बेटा हमारी क़िस्मत बदल देगा...।"

पिता ने तानों की झड़ी लगा दी। उन्हें शान्त करने के लिए प्रेम लाल ने उनकी बात काटते हुए कहा, "अच्छा, ठीक है। ठीक है। अगर आपका इतना ही मन है तो मैं पुलिस की नौकरी ही कर लूँगा।"

मगर ख़ूब कमाई करने की अपने पिता की ख़्वाहिश प्रेम लाल पूरी नहीं कर पाए। ऐसा नहीं कि वह खाँटी ईमानदार हों मगर अपनी जेब भरने के लिए लूट-खसोट के पचड़े में वह कभी नहीं पड़े। हालाँकि नौकरी उन्हें अब थोड़ी-थोड़ी रास आने लगी थी, वैसे ही जैसे स्कूल में गणित की पढ़ाई—ज़्यादा नम्बरों के लिए बहुत

दिमाग़ लगाने के बजाय बस पढ़ते चले गए। और यही वजह है कि वह मिलनपुर के थानेदार हैं—भारत की सबसे बड़ी आबादी वाले सूबे के नक़्शे पर एकदम मामूली और छोटी-सी जगह। अब तक की नौकरी में उन्हें इसी तरह के गाँव-देहात में तैनाती मिलती रही है। क़स्बों और शहरों की मलाईदार जगहों पर पोस्टिंग के लिए ज़रूरी चालाकी के फेर में वह कभी नहीं पड़े। उन्होंने न कभी अपने सीनियर अफ़सरों के पैर छुए, न उनके सामने गिड़गिड़ाये। दोस्तों या दुश्मनों की भी पीठ में छुरा भोंकने की लियाक़त वह पैदा नहीं कर पाए। कमाई वाली कुर्सी पाने के लिए ये क़ाबिलियत होना ज़रूरी है। शहर की थानेदारी तो उन्हें अब भी मिल सकती है बशर्ते उसका दाम चुकाने की क़ुव्वत हो। उसके लिए जितना चाहिए, उतना न तो उनके पास पैसा है और न ही ऐसी कोई ललक। वह इस सोये हुए से देहाती थाने में बहुत ख़ुश हैं, जहाँ कोई अजनबी नहीं है और थोड़ी-बहुत गपशप के लिए हर किसी के पास इफ़रात फ़ुर्सत है।

सन् 1987 में गर्मियों की उस शाम थाने के सहन में बैठकर आकाशवाणी की ख़बरें सुन रहे प्रेम लाल ने सामने की ओर से एक किसान को आते देखा—लम्बी काया, बदन पर धोती, सिर पर पड़ा अँगोछा और हाथ में लाठी लिये वह शख़्स अक्सर उनसे मिलने आ जाया करता था। आते ही उसने बड़ी रोबीली आवाज़ में कहा, "अर्रे, थानेदार साहेब, आप रेडियो क्यों सुन रहे हो? ये तो एकदम झुट्ठा है। सरकारी बकवास के अलावा भी कुछ बताता है?" फिर बड़ी बेतक़ल्लुफ़ी से एक कुर्सी खींचकर बैठ गया।

दुआ-सलाम के बाद प्रेम लाल ने अपने मातहत से उनके लिए चाय लाने को कहा और फिर उसकी तरफ़ मुख़ातिब होकर पूछा, "और सुनाइए, राम भूपिंदर जी। आज की ताज़ा ख़बर क्या है?"

"कुछ ख़ास नहीं। शान्ति है। कहीं कुछ हुआ-हवाया भी नहीं। मगर गर्मी बहुत है, नहीं?"

"हाँ, गर्मी तो ख़ूब है मगर कौन जाने अभी और बढ़े। सब तरफ़ अमन-चैन है, यह सुनकर तो अच्छा लगा मगर तब आप मेरे पास क्यों आए हो?"

"बस आपके साथ थोड़ी गप्प लड़ाने, थानेदार साहेब। आपकी सोहबत में थोड़ी देर बैठने से हम जैसों का कुछ भला हो जाता है। आप समझदार हैं कि आपने ब्याह नहीं किया—ये बीवी, बच्चों के चक्कर में हम तो कुएँ के मेढक बन गए, समझो। ख़ैर छोड़ो ये सब, इलाक़े में कहाँ क्या चल रहा है, ये तो

आपको हमसे ज़्यादा ही पता होता है। इसीलिए तो मैं आपके पास चला आया। सच कहूँ तो आपके जैसा थानेदार मैंने पहले कभी नहीं देखा। इलाक़े के मुजरिमों और बदमाशों की लिस्ट आपके थाने में एकदम अपटूडेट रहती है। कौन आदमी किसकी बीवी के साथ सोया और कौन औरत किस पराये मर्द के साथ, आपको सबका राज़ पता रहता है।"

राम भूपिंदर थोड़ी देर ख़ामोश रहकर थानेदार के बोलने का इन्तज़ार करता रहा मगर जब प्रेम लाल ने इलाक़े की कोई चटपटी ख़बर नहीं सुनाई तो उसी ने बात बढ़ाई, "अच्छा हाँ, इससे मुझे याद आया कि मैंने कुछ उड़ती-उड़ती सुनी है कि बढ़ई राम स्वरूप और उसकी बीवी के बीच में कुछ टंटा चल रहा है।"

थानेदार के चेहरे पर फैली मुस्कुराहट से राम भूपिंदर ने भाँप लिया कि उन्हें पहले से मालूम है। थानेदार ने कहा, "यह तो लाज़िमी है। मैंने सुना कि ठाकुर साहेब ने उसकी बीवी को फुसला लिया है, उसे अपने कमरे में बुलाते भी हैं।"

"आपने एकदम सही पकड़ा है। मैं जानता था कि आपके पास आने पर कोई न कोई ख़बर ज़रूर मिलेगी। वो ठाकुर का बच्चा—उसे लगता है कि वह अपने हलवाहे को प्रधान और किसी की भी बीवी को हमबिस्तर बना सकता है।" राम भूपिंदर भुनभुनाया, हालाँकि वह ख़ुश था कि उसका आना बेकार नहीं गया।

अपने थाने के गाँवों की हलचल और सियासत के बारे में प्रेम लाल हमेशा बाख़बर रहते हैं और उनके मुख़बिर इस काम में बड़े मददगार हैं। ख़ुद को अगर वह इस तरह मसरूफ़ नहीं रखते तो देहात में निर्वासन की उनकी ज़िन्दगी बहुत नीरस और उबाऊ होती। झगड़े के मामलों में किसे फँसाया जा रहा है और कौन झूठ बोल रहा है, यह झट से ताड़ लेने का विलक्षण हुनर उन्हें हासिल था। गाँवों में उड़ने वाली अफ़वाहों के भुलावे से बचते हुए मामले की तह में पहुँचकर वह सच निकाल ही लाते थे। और अपने इस हुनर के चलते वह ख़ुद को आला दर्जे का जासूस मानते थे।

ठाकुर के बारे में थानेदार के मुँह से सुनी हुई बात से गुदगुदी महसूस करते हुए राम भूपिंदर ने अपनी चाय ख़त्म की और यह कहते हुए उठ चला कि बढ़ई की बीवी के मामले में कुछ और पता चला तो आकर बताएगा। प्रेम लाल भी उठकर थाने के अन्दर चले आए। ज़िन्दगी में उनका बस एक ही शगल है, शाम को किंगफिशर बियर की एक बोतल, बस। वह भी लाइट बियर, स्ट्रांग बियर से उन्हें परहेज़ है। शराब-वराब का तो ख़ैर सवाल ही नहीं उठता, चाहे अंग्रेज़ी हो या देसी

ठर्रा, उन्होंने कभी मुँह को नहीं लगाई। बियर भी अकेले में ही बैठकर पीते हैं ताकि गाँव वालों की भेदिया निगाहों से बचे रहें वरना फ़ालतू में ही बतंगड़ बन जाएगा।

अभी उन्होंने बोतल का ढक्कन खोला ही था कि दूर से शोर-शराबा सुनाई दिया। वह समझ गए कि कहीं कुछ गड़बड़ हुई है। ढक्कन वापस लगाकर उन्होंने बोतल किनारे सरका दी और इन्तज़ार करने लगे कि शोर आख़िर किस तरफ़ जाता है या कि ख़ुद उन्हें जाकर देखना पड़ेगा कि हुआ क्या है। आवाज़ें तेज़ी से थाने की तरफ़ ही बढ़ी आ रही थीं और मिनटों में ही चिल्लाते और रोते-कलपते औरतों-मर्दों की भीड़ भरभराकर थाने में घुस आई। कुछ लोग 'ठाकुर साहब मर गए' तो कुछ अस्फुट स्वर में 'ठाकुर रनवीर सिंह ज़िन्दाबाद' चिल्लाते आए।

ठाकुर रनवीर सिंह इलाक़े के ज़मींदार थे और सियासी हलक़े में उनका ख़ासा दबदबा था। लखनऊ में बैठे सियासतदाँ अच्छी तरह जानते थे कि ठाकुर जिसे कहेंगे, उनके ज़िले के गाँव वाले उसे ही वोट देंगे। अंग्रेज़ी हुकूमत के दिनों के यूपी के दूसरे ज़मींदारों की तरह ही ठाकुर के पिता भी कभी यह मानने को तैयार नहीं हुए कि देश की आज़ादी का मतलब ज़मींदारी ख़त्म होना है। आज़ादी के बाद ज़मींदारी उन्मूलन और भूमि बन्दोबस्त के नए क़ानून लागू होने के बावजूद उन्होंने न केवल इलाक़े की ज़मीनों पर अपना क़ब्ज़ा बरक़रार रखा बल्कि आसपास के गाँवों में पहले की ही तरह अपना दबदबा भी क़ायम रखा। रनवीर सिंह भी अपने पिता के नक़्शेक़दम पर ही चले। उनके गुर्गों की फ़ौज ने उनका जलवा बनाए रखा। हालाँकि वह अपनी ताक़त के बेजा इस्तेमाल को लेकर हमेशा सजग रहते और गुर्गों की नकेल कसे रहते थे। जब-तब वह गाँव वालों के काम भी कर देते थे। देखा जाए तो ठाकुर ज़िले के अफ़सरों और गाँव वालों के बीच असरदार मध्यस्थ की भूमिका में रहते थे। वह लोकप्रिय भले न हों, मगर इस नाते लोग उनकी इज़्ज़त करते थे।

'ठाकुर रनवीर सिंह ज़िन्दाबाद' का नारा लगाने वाली भीड़ का अगुवा दरअसल ठाकुर के गुर्गों का सरदार था—चौड़े सीने वाले उस नाटे-मोटे और भद्दे आदमी के चेहरे पर ख़ौफ़ पैदा करने वाली मूँछें और कानों में सोने की बालियाँ थीं, जो यक़ीनन बॉलीवुड के किसी विलेन की नक़ल लगती थीं। प्रेम लाल ने जब उससे पूछा कि आख़िर हुआ क्या तो वह फफक पड़ा, "किसी ने ठाकुर साहब को उनके बिस्तर में क़त्ल कर दिया। हमारे प्यारे ठाकुर साहब को मार डाला!" यह कहते हुए वह बुक्का फाड़कर और हिचकियाँ ले-लेकर रोने लगा।

प्रेम लाल को पक्का पता था कि उसका रोना-धोना बस तमाशा है, और ठाकुर के मरने का उसे वैसा ग़म नहीं है, जैसा जताने की वह कोशिश कर रहा है मगर उन्हें यह अन्दाज़ भी था कि उस गुर्गे से या मातम मनाने वाली उस भीड़ से उन्हें और कोई जानकारी नहीं मिलने वाली। उन्होंने वायरलेस मेसेज भेजकर ज़िले के पुलिस कप्तान यानी एसपी को ठाकुर के क़त्ल और उनके रसूख़ के बारे में जानकारी दे दी। इसके बाद उन्होंने भीड़ को यह कहकर थाने से हटाया कि वह उन लोगों के साथ मौक़े पर चल रहे हैं। मौक़ा यानी ठाकुर रनवीर सिंह की पुश्तैनी हवेली, जहाँ से ठाकुर और उनके पुरखे अपना राज-काज चलाते आए हैं।

ठाकुर की हवेली का डरा हुआ चौकीदार पहले तो फाटक खोलने में आनाकानी कर रहा था मगर जब प्रेम लाल ने उसे हवालात में डालने की धमकी दी तो उसने ख़ामोशी से फाटक खोल दिया। बारह फ़ीट ऊँचे लकड़ी के उस फाटक में दाख़िल होने के बाद कम्पाउंड पार करके चौड़ी सीढ़ियाँ चढ़कर थानेदार हवेली के उस ऊँचे चबूतरे पर पहुँच गए, जहाँ बैठकर ठाकुर अपना दरबार लगाया करते थे। ग़मज़दा लोगों की भीड़ उनके साथ ही अन्दर चली आई। दोपहर की गहमागहमी में हवेली के नौकर दरवाज़े बन्द करना भूल गए थे तो भीड़ उस बड़े हॉल में दाख़िल हो गई, जहाँ ठाकुर और उनके पुरखों की गोलियों का शिकार हुए बाघों के सिर क़तार से दीवारों पर लटके हुए थे। हॉल के दूसरे छोर पर सिंदूरी रंग की हनुमान की एक मूर्ति रखी हुई थी। प्रेम लाल के साथ आए दो सिपाहियों ने भीड़ को किनारे किया और ठाकुर के बेडरूम की तरफ़ जाने वाला रास्ता रोककर खड़े हो गए।

प्रेम लाल ने अन्दर जाकर देखा कि ठाकुर की लाश बिस्तर में पड़ी है। उनका चेहरा अपेक्षाकृत शान्त दिखाई दे रहा था। लगता था कि नींद में ही उनका क़त्ल किया गया हो। लेकिन उनकी बाँहें बाहर की तरफ़ फैली हुई थीं। लगता था कि सोते में किसी ने उन्हें बलपूर्वक दबाया हो। माथे पर तिलक जो उस रोज़ सुबह हनुमान जी की पूजा के बाद पुजारी ने लगाया होगा। उनके अस्त-व्यस्त कुर्ते-पाजामे पर लगे ख़ून के दाग़ सूखकर उनके माथे पर लगे तिलक के रंग की तरह दिखाई दे रहे थे। शरीर पर लगे घावों का मुआयना करने के बाद प्रेम लाल इस नतीजे पर पहुँचे कि वे चाकू के निशान हैं। पूरा कमरा घूमकर देखने के बाद उन्हें हैरानी हुई कि वहाँ ज़ोर-ज़बरदस्ती का कोई निशान मौजूद नहीं था। बिस्तर की चादर ज्यों की त्यों थी और कमरे की हर चीज़ क़रीने से रखी हुई थी, कहीं कोई टूट-फूट नहीं। शरीर पर घावों के सिवाय हाथापाई या लड़ाई-झगड़े का भी कोई सबूत नहीं मिला।

थानेदार प्रेम लाल ने ठाकुर के नौकर को बुलाकर पूछा, "तुमने कमरे में किसी को आने तो नहीं दिया है?"

हाथ बाँधे और सिर झुकाकर खड़े उस बूढ़े नौकर ने झट से जवाब दिया, "यक़ीन कीजिए, थानेदार साहब। ऐसा तो मैं हरगिज़ नहीं होने दे सकता। मैंने किसी को कमरे में नहीं घुसने दिया। मुझे मालूम था कि ऐसा हुआ तो पुलिस के लोग ग़ुस्सा करेंगे। हम सारे लोग बेहद डरे हुए थे।"

"किस बात से डरे हुए थे?"

"यही कि पुलिस हमें ही ख़ूनी न समझ बैठे। आप तो जानते हैं कि ऐसे में पुलिस अक्सर नौकरों पर ही इल्ज़ाम धर देती है।"

"लेकिन मैं ऐसा नहीं करता," प्रेम लाल ने रूखेपन से जवाब दिया, "मुझे तुम सभी से पूछताछ करनी पड़ेगी। सच बोलोगे तो तुम लोगों को घबराने की कोई ज़रूरत नहीं। तुममें से किसी को थाने नहीं जाना होगा। ख़ुद मैं या मेरा कोई आदमी यहाँ आ जाएगा। बस ये ध्यान रखना कि तुम लोग कहीं बाहर नहीं जाओगे, यहीं रहोगे। फ़िलहाल तो जो कुछ तुम जानते हो, मुझे बताओ।"

"साहेब, मैं तो इतना ही बता सकता हूँ कि दोपहर को आराम करने और एक नींद लेने के बाद ठाकुर हर रोज़ ख़ुद ही उठ जाते थे। आज जब तय वक़्त पर वह नहीं उठे तो दरवाज़ा खोलकर उन्हें जगाने के लिए मैं अन्दर आया तो देखा कि वह बिस्तर में मरे पड़े हैं। यह कोई साढ़े पाँच-छह बजे की बात है। उनके आराम का ख़याल करके मैंने भी उन्हें थोड़ी देर से ही जगाने की सोची।"

"तो क्या तुमने जाकर ठाकुर साहब की पत्नी को नहीं बताया?"

"मैंने उन्हें बताने की कोशिश की मगर उन्होंने तो अपने कमरे का दरवाज़ा ही नहीं खोला। चिल्लाकर बोलीं, "भाग जाओ यहाँ से और मुझे परेशान मत करो।" तब मैंने आपको ख़बर करने के लिए किसी को थाने भेजा मगर उसके फाटक से बाहर निकलते ही क़त्ल की ख़बर आग की तरह फैल गई। मुझे लगता है कि उस बेवक़ूफ़ ने किसी को बता दिया था और तभी इतने सारे लोग इकट्ठा होकर उसके साथ थाने पहुँच गए।"

प्रेम लाल ने सोचा कि थाने लौटने से पहले एक बार उन्हें ठाकुर की विधवा रानी देवी से मिल लेना चाहिए ताकि वह उन्हें भरोसा दिला सकें कि पुलिस ठाकुर के हत्यारे को पकड़ने में कोई कसर नहीं उठा रखेगी मगर उनकी नौकरानी ने बताया कि वह किसी से नहीं मिलना चाहतीं। तो ठाकुर के बेडरूम

पर ताला डालने के बाद उन्होंने सिपाहियों से कहा कि हवेली में जमा भीड़ को बाहर कर दें।

थाने लौटने पर उन्हें एसपी का फ़ोन मिला। घबराई-सी मगर दबी हुई आवाज़ में एसपी ने कहा, "प्रेम लाल यह बहुत गम्भीर मामला है। ठाकुर साहब के घर वाले अगर ज़रा भी नाख़ुश हुए तो मामला सियासी रंग भी ले सकता है और ऐसा हुआ तो इसका नज़ला मुझ पर ही गिरेगा...।"

अपने बॉस की बात बीच में ही काटते हुए प्रेम लाल ने कहा, "वो मैं समझता हूँ, सर। आप बेफ़िक्र रहें। मुझ पर भरोसा कीजिए, मैं पूरी एहतियात से काम लूँगा।"

"न्ना, ना, ना!" फ़ोन पर दूसरी तरफ़ से एसपी की घबराई हुई आवाज़ आई, "बिलकुल नहीं। तुम तो इस मामले से दूर ही रहो। तुम्हें इस केस में कुछ करना ही नहीं है। मौक़ा मुआयना करने के लिए मैंने एक टीम बना दी है, जो जल्दी से जल्दी वहाँ पहुँच जाएगी। इसके बाद इस केस की तहक़ीक़ात सीआईडी करेगी।"

यह सुनकर प्रेम लाल एकदम भन्ना गए। सीआईडी वालों पर उन्हें ज़रा भी एतबार नहीं। वह जानते हैं कि सियासतदाँ अक्सर सीआईडी के मामलों में अपनी टाँग फँसाते हैं और तब जाँच निष्पक्ष नहीं रह जाती। अपने तजुर्बे की बिना पर उन्हें पूरा भरोसा था कि ठाकुर के हत्यारों को वह जल्दी ही धर लेंगे। उन्होंने ज़ोर देकर कहा, "सर, मुझे नहीं लगता कि इस मामले में सीआईडी की कोई ज़रूरत है। वो लोग अपनी ही अकड़ में रहते हैं, किसी की सुनते तो हैं नहीं। और यहाँ के लोग उन्हें बेवकूफ़ बना लेंगे। यहाँ दरअसल इलाक़े के बारे में समझ और जानकारी के साथ थोड़े से कॉमन सेंस की ज़रूरत है, बस!"

"मुझे इन बातों से कोई मतलब नहीं है, सब-इंस्पेक्टर। सीआईडी वाले अगर उल्लू बनते हैं तो उन्हें उल्लू बनने दो," एसपी ने झुँझलाकर कहा। "मैं सिर्फ़ इतना जानता हूँ कि यह जाँच अगर मैंने तुम पर छोड़ दी और कुछ ऊँच-नीच हो गया या फिर कोई बड़ा नेता नाराज़ हो गया तो सारा ठीकरा मेरे ही सिर फूटेगा। अगर सीआईडी जाँच करेगी तो ज़िम्मेदारी उनकी होगी। मैं यही चाहता हूँ और यही होगा। समझ गए न!"

"तो आप चाहते हैं कि मैं इस मामले से बिलकुल अलग रहूँ?"

"तुम एकदम बेवकूफ़ ही हो क्या? तुमने सुना नहीं मैंने क्या कहा? मैं चाहता हूँ कि सीआईडी को शिकायत का कोई मौक़ा नहीं मिलना चाहिए। अगर वे तुमसे कोई मदद चाहते हैं, तो उनकी मदद कर देना। और अगर वे नहीं चाहते, तो उन्हें

अपने ढंग से काम करने देना। ठीक है? मेरी बात अब समझ में आ गई? तुम तो यह देखो कि अन्त्येष्टि के वक़्त कोई बवाल न होने पाए, इसके बाद तुम्हारी ज़िम्मेदारी ख़त्म।"

एसपी के रवैये से बेहद ख़फ़ा थानेदार ने जवाब दिया, "ठीक है, सर, ऐसा ही होगा।"

अगले रोज़ दोपहर के पहले तक पुलिस ने अपना काम पूरा कर लिया, पोस्टमार्टम के बाद ठाकुर की लाश उनके घर पहुँच गई थी। अन्त्येष्टि के पहले घर में होने वाले संस्कार तुरन्त ही शुरू हो गए क्योंकि क्रिया-कर्म अँधेरा होने से पहले ज़रूरी था। अर्थी पर सफ़ेद कफ़न में लिपटा ठाकुर का शव 'राम-नाम सत्य है' के उद्घोष के साथ श्मशान तक ले जाया गया, जो ठाकुर की हवेली के क़रीब ही एक छोटी-सी नदी के किनारे था। तब तक वहाँ काफ़ी लोग इकट्ठा हो चुके थे। भीड़ हालाँकि ख़ामोश और संयत थी फिर भी प्रेम लाल ने सिपाहियों को ताकीद कर रखी थी कि वे लोगों पर ग़ुस्सा करने से बाज़ आएँ।

ठाकुर का इकलौता बेटा विक्रम लखनऊ से आ गया था, जहाँ वह 'पॉलिटिकल करिअर' बनाने की कोशिश कर रहा है। इस वक़्त वह अपने पिता की देह को चिता पर रखे जाते हुए देख रहा था। चिता पर खील और गेंदे के फूल चढ़ाकर लोगों ने श्रद्धांजलि दी और इसके बाद ठाकुर के निर्जीव माथे पर भस्म मली गई और आख़िरी प्रणाम की मुद्रा में उनके हाथ बाँध दिये गए। सफ़ेद कुर्ता और धोती पहने विक्रम ने कन्धे पर मिट्टी की हाँड़ी रखकर पिता की काया पर हाँड़ी से पानी छलकाते हुए धीरे-धीरे चिता की परिक्रमा की। रुदालियों के रुदन से मुक़ाबला-सा करते हुए पंडित ऊँचे स्वर में मृतात्मा के लिए संस्कृत में प्रार्थना कर रहे थे। ये रुदालियाँ ठाकुर की पत्नी ने बुलाई थीं क्योंकि उनका कहना था कि "ठाकुर के लिए कोई और तो रोने से रहा।" चिता के तीन चक्कर लगाने के बाद विक्रम पिता के सिर की तरफ़ रुक गया। जलता हुआ पुआल लेकर उसने चिता को आग लगा दी। आग की लपटें उठीं और तेज़ी से चिता की लकड़ियाँ धधक उठीं। जलते हुए धूप और घी की महक हवा में फैल गई और रवायत के मुताबिक़ विक्रम चिता से हटकर थोड़ी दूर चला गया ताकि आग उसके पिता के शरीर को भस्म कर दे।

अन्त्येष्टि के बाद प्रेम लाल ने कप्तान के हुक्म को धता बताते हुए मामले की जाँच शुरू कर दी। उन्होंने अपने सबसे तेज़तर्रार कॉन्स्टेबिल को ठाकुर के नौकरों से बात करने के लिए रवाना कर दिया। कॉन्स्टेबिल को हिदायत थी, "थोड़ी देर

उनके साथ बैठो, गपशप करो। पूछताछ मत शुरू कर देना। दोस्ताना बातचीत, जैसे कि तुम उन्हीं लोगों में से एक हो।"

कॉन्स्टेबिल ने लौटकर ख़बर दी कि नौकरों को पक्क़ा यक़ीन है कि ठकुराइन की एक नौकरानी से ठाकुर का सम्बन्ध था। हत्या वाले रोज़ दोपहर को उस नौकरानी का पति राम स्वरूप ठाकुर से मिलने भी आया था।

"सीआईडी की टीम पहुँचने के पहले ही एक सन्दिग्ध का पता तो चल गया," प्रेम लाल ने मन ही मन सोचा। "लेकिन उन लोगों को ख़ुद ही पता लगाने देते हैं। इस बीच मैं ख़ामोशी से अपनी जाँच-पड़ताल करता रहूँगा।"

सीआईडी के दो अफ़सर जब मिलनपुर आए तो उनकी मुलाक़ात बहुत मितभाषी थानेदार से हुई। ये दोनों अफ़सर वर्दी के बजाय सफ़ारी सूट पहने थे। सूबे की नौकरशाही के अमले में सफ़ारी का चलन बहुत आम था मगर मिलनपुर के लिहाज़ से यह अटपटा पहनावा था। थानेदार ने उनसे कहा, "आप होशियार सीआईडी वाले हैं और मैं ठहरा देहाती पुलिस वाला। मुझे यक़ीन है कि आप मेरी मदद के बिना ही मुलजिम को ढूँढ़ निकालेंगे।"

दोनों अफ़सर वहाँ से निकलकर ठाकुर के नौकरों से मिलने पहुँच गए और नौकरों ने उन्हें वही सब कुछ बताया, जो प्रेम लाल को पहले से ही मालूम था। मगर सीआईडी वाले उनकी तरह सतर्क नहीं थे। उन्हें सबसे पहले जो सुराग़ हाथ लगे, उन्हीं के हवाले से वे झटपट नतीजे पर पहुँच भी गए। उनके पास ज़्यादा सिर खपाने की फ़ुर्सत नहीं थी। बस, अब ऐसा सबूत तलाश करना बाक़ी रह गया था, जो उनके नतीजे के मुताबिक़ सटीक बैठे, और अगर ज़रूरत पड़े तो ऐसे सबूत गढ़े भी जा सकते हैं। उनको शहर लौटने की जल्दी थी। कौन इस देहात में पड़ा रहेगा? यह केस बनाने में बहुत झंझट भी नहीं है। सबसे मुफ़ीद बात तो यही है कि बढ़ई राम स्वरूप या उसके परिवार की कोई राजनीतिक सरपरस्ती नहीं है तो फिर कोई झंझट भी नहीं होगा। न तो असरदार लोगों को कोई शिकायत होगी और न ही उनको अफ़सरों की नसीहतें-फ़जीहतें झेलनी पड़ेंगी।

केस बनाने के लिए ज़ाहिर है कि सबसे पहले राम स्वरूप को बुलाना पड़ेगा। उस बढ़ई के लिए बस 'जुलुम' और 'थर्ड डिग्री' की धमकी ही यह क़बूल कराने के लिए काफ़ी थी कि वह ठाकुर से मिलने के लिए आया था। थोड़ा ज़ोर देने पर यह बात तो वह मान ही गया था कि वह अपनी पत्नी के ठाकुर के साथ सम्बन्ध के बारे में बात करना चाहता था। लेकिन वह इस बात पर अड़ा हुआ था कि सचमुच

उस रोज़ वह ठाकुर से नहीं मिला था, नौकरों ने उसे भगा दिया था। जो भी हो, वह मसला तो सुलझ ही गया था।

सीआईडी का छोटा अफ़सर आकर्षक दिखने वाला शख़्स था—गहरे काले रंग के ख़िजाब किए उसके बाल कुछ इस तरह तराशे हुए थे कि लगता था कि उसके सिर पर प्लेट रखी हो, बारीक मूँछें, और आँखों पर काला चश्मा—जो उसने थाने के अन्दर और बाहर चढ़ाए रखा था। वह गुर्राया, "सुलझ गया से तुम्हारा मतलब है कि उन्होंने तुम्हें पैसे दिये थे—तुम्हें अपनी बीवी की कमाई के पैसे लेने में शर्म नहीं आई?"

राम स्वरूप का सिर इतना नीचे झुका हुआ था कि उसकी ठुड्डी उसकी छाती को छूती हुई लगती थी। वह बुदबुदाया—"मैंने कोई पैसे नहीं लिये। लेकिन अगर मैंने पैसे लिये भी होते तो क्या? ठाकुर के लिए यह कोई नई बात नहीं थी। ऐसा पहले भी होता रहा है। दूसरे लोग ऐसा करते रहे हैं।"

"तुम्हारा मतलब लोग अपनी बीवियों का धंधा करते रहे हैं?"

"आप चाहें तो ऐसा भी कह सकते हैं।"

अब सीनियर सीआईडी अफ़सर ने बातचीत में दख़ल दिया। उसने भी अपने बाल रँगे हुए थे, हालाँकि उसके सिर पर बाल इतने कम थे कि उन्हें रँगने की कोई ज़रूरत लगती नहीं थी। "हमें इस बात पर कैसे यक़ीन हो कि मामला सुलझ गया था? मुझे तो लगता है कि हत्या वाले रोज़ तुम दोबारा वापस आए क्योंकि उस सुबह तुम्हें जो रक़म दी गई थी, तुम उससे सन्तुष्ट नहीं थे। तुमने और पैसे माँगे मगर ठाकुर ने तुम्हें यह कहकर टरकाया कि तुम्हारी बीवी के लिए जो रक़म वह पहले दे चुके हैं, वह उससे ज़्यादा के क़ाबिल नहीं। इस बात से तुमने ख़ुद को बेइज़्ज़त महसूस किया, और तैश में आकर अपने औज़ार से उन पर हमला कर दिया। मुझे यक़ीन है कि वह औज़ार छेनी रही होगी, जो तुम लोग इस्तेमाल करते हो। और हम यह साबित कर देंगे।"

"यह सच नहीं है। उस रोज़ मैं उनसे मिल नहीं पाया था। मेरी उनसे कोई बातचीत नहीं हुई, मैंने तो उन्हें देखा तक नहीं।"

"हत्या के वक़्त तुम कहाँ थे?"

"मुझे नहीं मालूम कि उनकी हत्या कब हुई लेकिन मैं कुछ काम से गया हुआ था।"

"तुम किसका काम करने गए थे? हम इसकी तस्दीक़ कर लेंगे।"

"जब मैं गाँव पहुँचा तो मुझे बुलाने वाला आदमी वहाँ नहीं मिला। तो मैं पास ही चाय की दुकान पर चला गया। वहाँ से लौटकर देखा तब भी वह मुझे नहीं मिला।"

"फिर तुमने क्या किया?"

"ऐसे में मैं और क्या करता। घर लौट आया।"

सीआईडी के बड़े साहब ने उठकर राम स्वरूप के दोनों गालों पर ताबड़तोड़ तमाचे जड़ दिये। "झूठा...हरामी कहीं का। तू बस यही कहानी गढ़ पाया? कुछ दिन हवालात में रहोगे और क़ायदे से ठुकाई होगी तभी तुम्हारी अकल ठिकाने आएगी।" फिर उसने राम स्वरूप के पीछे खड़े कांस्टेबिल को हुक्म दिया, "इसे ले जाकर बन्द करो, यह अगर बाहर रहा तो कोई और नई कहानी-नई गवाही गढ़ लेगा।"

सिपाही ने थानेदार की ओर देखा और कुछ बेमन से बढ़ई को धकेलता हुआ दूर ले गया। प्रेम लाल पहले तो ख़ामोशी से देखते रहे, फिर मन ही मन बुदबुदाए, "हाँ, कमीनों अब तुम लोग बाहर जाओगे और इस आदमी को दोषी साबित करने के लिए गवाह और सबूत तैयार करोगे।"

अगले रोज़ सीआईडी के दोनों अफ़सर थाने पहुँचे। कामयाबी की ख़ुशी में उनके चेहरे चमक रहे थे। छोटे अफ़सर ने हुलसते हुए कहा, "वह हमें मिल ही गया!"

"अब सब कुछ एकदम 'फ़िक्स' हो गया," सीनियर अफ़सर ने जोड़ा।

"हाँ, मुझे यक़ीन है कि यह सब 'फ़िक्स' है," थानेदार बुदबुदाया। फिर उसने पूछा, "मगर वह है कौन?" इससे पहले कि सीआईडी वाले कुछ बोल पाते, उसने कहा, "मेरा अन्दाज़ है कि बढ़ई। है न?"

"बेशक," सीनियर अफ़सर ने कहा। "हम तो यह पहले से ही जानते थे। इत्ती-सी बात जाने क्यों तुम्हारी समझ में ही नहीं आई।"

"आपके पास इसका क्या सबूत है?"

"उसकी बीवी ने बताया है कि वह उस रोज़ ठाकुर से मिला था और उनके रवैये पर एतराज़ जताया था। अब इससे तो सारी बात साफ़ हो जाती है। वह झूठ बोल रहा है कि वह ठाकुर से नहीं मिला या उनसे बात नहीं की। वह मिला था, ठाकुर ने उसकी बेइज़्ज़ती की। ग़ुस्से और अपमान की आग में जलता हुआ बढ़ई फिर आया और ठाकुर को चाक़ू से गोदकर मार डाला। लाश पर मिले चाक़ू के इतने सारे घावों से ज़ाहिर है कि वह किस क़दर तैश में रहा होगा। ऐसे मामले सुलझाने में सबसे अहम चीज़ होती है—अपराध का मक़सद और यहाँ तो मक़सद एकदम साफ़ है।"

"और उसे फाँसी पर लटका देने के लिए इतना काफ़ी है?"

"फ़िक्र मत करो। यह जान लेने के बाद कि उसकी बीवी ने हमें क्या बताया है और थोड़ा-बहुत 'समझाने' के बाद वह अपने झूठ पर क़ायम नहीं रह पाएगा। टूट जाएगा और सब कुछ क़बूल कर लेगा।"

प्रेम लाल हैरान थे। उन्हें तो लगा था कि सीआईडी के दोनों अफ़सर कोई कुटिल युक्ति रच सकते हैं, मगर यह तो उनकी उम्मीद से एकदम अलग बात थी। उनकी बातचीत से लगता था कि वे आश्वस्त हैं कि हत्या की गुत्थी उन्होंने सचमुच सुलझा ली है। वह ख़ुद को यक़ीन दिला चुके हैं कि बढ़ई ही हत्यारा है। उन्हें यह जानकर ज़रा भी हैरानी नहीं हुई कि वे उसे मजिस्ट्रेट के सामने पेश करेंगे। साथ ही यह जुगत भी करेंगे कि यह मामला इतनी तेज़ी से सुलझाने की उनकी कामयाबी की ख़बर अख़बारों में भी आ जाए।

मगर प्रेम लाल इस बात पर भरोसा नहीं कर पा रहे थे कि बढ़ई की हैसियत वाला आदमी, जो कभी-कभार ही बँगले तक पहुँच पाता हो, दिनदहाड़े ठाकुर की हत्या करके भाग सकता है। इस हत्या में कुछ और लोग भी शामिल हो सकते हैं, जिनसे पूछताछ करने के बारे में सीआईडी वालों ने सोचा भी नहीं। एक तो ठाकुर के ग़ुर्गों का सरगना ही है—ऐसे मुँहलगे लोग अक्सर अपने सरपरस्तों से भी झगड़ पड़ते हैं, और हत्या उनके लिए मामूली बात है। और बढ़ई की बीवी! कहीं ऐसा तो नहीं कि वह ख़ुद को या किसी और को बचाने के लिए अपने पति को फँसा रही है? फिर ठाकुर का परिवार भी है—मसलन उनकी पत्नी, उनका बेटा विक्रम। थानेदार को ठाकुर और उनके बेटे विक्रम के बीच मनमुटाव के बारे में भी मालूम था। विक्रम लखनऊ में रहने लगा था और यूपी विधानसभा का अगला चुनाव लड़ने के इरादे से टिकट पाने की जोड़-तोड़ में था। ठाकुर उसके चुनाव लड़ने के ख़िलाफ़ थे। वह चाहते थे कि विक्रम लोकल पॉलिटिक्स में रहे, ताकि उनकी ज़मीन-जायदाद की हिफ़ाज़त के साथ ही कुनबे का रसूख बनाए रखने में मदद कर सके। थानेदार ने यह भी सुन रखा था कि विक्रम ने यहाँ-वहाँ से काफ़ी क़र्ज़ ले रखा है क्योंकि ठाकुर ने लखनऊ में उसकी शानो-शौक़त का ख़र्च उठाने से इनकार कर दिया था।

अपने पिता का क्रिया-कर्म करने के तुरन्त बाद विक्रम यह कहकर लखनऊ लौट गया कि उसे वहाँ 'ज़रूरी काम' है। इसलिए प्रेम लाल ने सन्दिग्धों की अपनी सूची से फ़िलहाल उसे बाहर रखने का फ़ैसला किया, और ठाकुर के ग़ुर्गों के

सरगना बृजभूषण सिंह को बुलवा लिया। पाँच हथियारबन्द लोगों के साथ बड़ी ठसक से चलता हुआ वह थाने में दाख़िल हुआ। थानेदार ने ग़ौर किया कि उस रोज़ ठाकुर के मारे जाने की ख़बर देने के लिए थाने आकर रोने वाले उस आदमी के तेवर आज बदले हुए हैं। वह सीधे थानेदार के सामने आकर खड़ा हुआ और गरजा, "ऐ दो फित्ती वाले, अपने इस थर्ड क्लास थाने में मुझे बुलाने की आपकी हिम्मत कैसे हुई? मालूम है कि अगर गरियाना न हो तो मैं एसपी से नीचे के पुलिस वालों से कभी बात नहीं करता। अब फटाफट बताओ कि मेरी क्या ज़रूरत पड़ गई वरना एसपी से शिकायत करके ऐसी जगह तबादला कराऊँगा जहाँ चूतड़ धोने के लिए भी पानी मयस्सर नहीं होगा, समझे। ठाकुर साहब मर गए हैं, मगर यह मत समझना कि मेरी कोई जान-पहचान नहीं है।"

प्रेम लाल ने उसे बोलने दिया, फिर पूछा, "अगर तुम्हें लगता है कि तुम क़ानून से ऊपर हो, तो फिर मेरे बुलाने पर यहाँ क्यों आए हो?"

"हाँ, मुझे बुलाया," बृजभूषण सिंह ने जवाब दिया, "लेकिन अगर आपको लगता है कि मैं आपके बुलाने पर यहाँ आया हूँ तो आप ग़लत सोचते हैं। मैं तो यहाँ आपको चेताने के लिए आया हूँ। मैं कहने आया हूँ कि ठाकुर साहब की मौत की जाँच अब बन्द कीजिए। हमने सुना कि सीआईडी वालों ने कहा है कि ठाकुर की मौत के लिए उनकी नौकरानी का पति ज़िम्मेदार है। वह बुढ़ऊ के साथ मज़े मार रही थी और उसके नीच पति को यह रास नहीं आया। एकदम ठीक बात है। जो होना था, सो हो गया। हम हरगिज़ नहीं चाहते कि आप या कोई और ठाकुर साहब के मामलों में टाँग अड़ाए और उनके परिवार की छवि ख़राब हो। हम यह सब बिलकुल नहीं चाहते हैं।"

"मैं जानता हूँ कि तुम ऐसा नहीं चाहते," थानेदार ने बड़े इत्मीनान से कहा, "तुम यह नहीं चाहते कि लोगों को मालूम हो कि पिछले दिनों ठाकुर साहब के साथ तुम्हारा झगड़ा हुआ था क्योंकि लोगों को धमकाकर रुपये ऐंठने की तुम्हारी हरक़तें उन्हें नाग़वार गुज़री थीं। और उन्होंने तुमसे उन लोगों की रक़म लौटाने के लिए कहा था, जो उनके पास शिकायत लेकर गए थे।"

यह सुनकर बृजभूषण सिंह का मुँह खुला का खुला रह गया, "आपको यह कैसे पता?"

अब थानेदार बृजभूषण पर चढ़ बैठा, "तुम्हारे पास केवल ताक़त है, बृजभूषण, अक़्ल बिलकुल नहीं। तुम्हारे इन फटे हुए कानों के बीच की जगह

एकदम ख़ाली है। और यह तो मैंने अभी सुना ही है कि तुम बहुत ऊँची आवाज़ में बोलते हो। ठाकुर के घर की दीवारों के भी कई कान हैं। फिर ठाकुर जैसे रसूख़दार इनसान के घर में होने वाली खटर-पटर सुनने के लिए कुछ वफ़ादार मैंने भी वहाँ रख छोड़े हैं। तुम्हें नहीं लगता कि उनसे बहस करते हुए तेज़ आवाज़ में बोलना तुम्हारे लिए अच्छा नहीं था?"

थानेदार के इस तुरुप के आगे बृजभूषण की सारी शेखी हवा हो गई। अहंकार और उद्दंडता की जगह विनम्रता ने ले ली। सफ़ाई देते हुए उसने कहा, "मगर थानेदार साहब, आप यह मत सोचिए कि हमने ठाकुर को मार डाला। मुझे पता है कि हम लोगों के पास केवल ताक़त है। आप सही कहते हैं कि हमारे पास दिमाग़ नहीं। फिर भी हम इतने बेवकूफ़ नहीं हैं कि सोने का अंडा देने वाली मुर्ग़ी को मार दें। ठाकुर के बिना हमारी औक़ात ही क्या है। और हम लोग उनकी बहुत इज़्ज़त करते थे। वह हमारे मालिक थे, और हम उनके नौकर। हम आपकी भी इज़्ज़त...।"

"बस-बस, बहुत हुआ," बृजभूषण की चापलूसी से अप्रभावित थानेदार ने उसकी बात काटी, "तुम इतने बेवकूफ़ हो कि कुछ भी कर सकते हो। मैं तुम्हारे बारे में भी तहक़ीक़ात करूँगा। और तुमको यहाँ सिर्फ़ यह पूछने के लिए बुलाया है कि उस दोपहर तुम कहाँ थे, जब ठाकुर की मौत हुई।"

"मैं घर पर सो रहा था, थानेदार साहब। क्योंकि पिछली रात-भर हम सारे काम में लगे रहे थे।"

"मैं जानता हूँ कि तुम यह नहीं बता पाओगे कि उस रात तुम क्या काम करते रहे ताकि इसकी गवाही भी न ढूँढ़ी जा सके।"

"मेरी बीवी बता देगी कि मैं घर पर ही था।"

"मगर उसकी बात पर कोई भरोसा नहीं करेगा।"

"तो फिर मैं क्या बताऊँ कि आपको मेरी बात पर यक़ीन आए?"

"यह सब मैं नहीं जानता और इसीलिए मैं ठाकुर की हत्या की अपनी जाँच जारी रखूँगा, और मेरी जाँच में तुम भी एक सन्दिग्ध हो। और इससे पहले कि हत्या की पिछली रात गुनाह करने में शक की बिना पर मैं तुम्हें गिरफ़्तार कर लूँ, तुम यहाँ से दफ़ा हो जाओ।"

इससे पहले कि ठाकुर के गुर्गे की गतिविधियों के बारे में प्रेम लाल अपनी जाँच और आगे बढ़ा पाते, फिर कप्तान का फ़ोन आ गया। वह सख़्त नाराज़ थे।

"प्रेम लाल, ठाकुर रणवीर सिंह की हत्या की जाँच में दख़ल देने के लिए मैंने तुम्हें मना किया था न! अब मैंने सुना है कि तुम ख़ुद अलग से कोई जाँच कर रहे हो।"

"आपसे किसने कहा, सर?"

"तुम्हारे लिए यह जानना ज़रूरी नहीं है। मुद्दे की बात यह कि वह बहुत असरदार आदमी हैं और ठाकुर की विधवा ने उनसे बात की है। उनकी शिकायत है कि तुम ठाकुर साहब के लोगों को परेशान कर रहे हो।"

"मैंने एक आदमी से बात की है और वह हिस्ट्रीशीटर है, सर। मैं जानता हूँ कि वह अब भी अपराध करता रहता है। उसने यह बात मेरे सामने क़बूल भी की है। मुझे यह भी मालूम है कि ठाकुर से उसका झगड़ा हुआ था। ठाकुर की हत्या वाले रोज़ वह कहाँ था, इसके बारे में भी उसके पास कोई तसल्लीबख़्श जवाब नहीं है। मेरी राय में उससे पूछताछ ज़रूरी हो जाती है।"

"तुम्हारी राय जाए भाड़ में," एसपी ने चिल्लाकर कहा, "तुमको मैंने साफ़ कहा था—इस मामले से दूर रहो। यह नाज़ुक मामला है और तुम्हें इसमें दख़ल देने की कोई ज़रूरत नहीं। सीआईडी ने जाँच पूरी कर ली है। मामला सुलझ गया है यानी मेरे लिए यह केस ख़त्म हो गया।" इतना कहकर एसपी ने फ़ोन पटक दिया।

प्रेम लाल अपने अफ़सर का न तो लिहाज़ करते थे और न ही डरते थे, वैसे ही जैसे भारतीय पुलिस सेवा के उन आत्म-सन्तुष्ट अफ़सरों को किसी ख़ातिर में नहीं लाते थे, जिनसे अब तक उनकी मुलाक़ात हुई थी। 'अजब चूतिया है,' थानेदार ने सोचा, 'ये आईपीएस वाले ख़ुद को ख़ुदा से कम नहीं समझते। पुलिस थानों में काम करने के हमारे तज़ुर्बों के मुक़ाबले ख़ुद की अहमियत कहीं ज़्यादा समझते हैं। तभी तो इन्हें पुलिस के वास्तविक कामकाज का कोई तजुर्बा नहीं होता। तभी तो दरोगा और इंस्पेक्टर जैसे छोटे ओहदे वाले उन्हें अपनी उँगली पर नचाते हैं। सामने हम उन्हें सलाम ठोंकते हैं और पीछे उनका मज़ाक़ उड़ाते हैं और इन बेवकूफ़ों को इसकी रत्ती-भर भी भनक नहीं।'

प्रेम लाल ने सोच लिया था कि वे इन ढपोरशंख सीआईडी वालों को ग़लत साबित करके ही दम लेंगे। उन्हें पक्के तौर पर लगता था कि उन लोगों ने नौकरानी को यह कहने के लिए मजबूर किया है कि हत्या वाले रोज़ उसका पति ठाकुर से मिला और उनसे बात भी की। सीआईडी वालों की कहानी की यह कमज़ोर कड़ी थी, और जैसे भी हो वे इसे तोड़कर रहेंगे।

प्रेम लाल अभी इस कड़ी को तोड़ने की उधेड़बुन में लगे ही हुए थे कि ठाकुर के घर से एक नौकर थाने आया। दुआ न सलाम, आते ही उसने बड़े रूखेपन से थानेदार से कहा, "बड़ी मेमसाहब ने आपको बुलाया है।"

"किसलिए?" प्रेम लाल ने पूछा।

"वो मुझे नहीं पता लेकिन अच्छा होगा कि आप आ जाएँ। उन्होंने कहलाया है कि यह उनका हुक्म है।"

नौकर के मुँह से यह सब सुनना थानेदार को अच्छा तो नहीं लगा, लेकिन उन्हें यह भी लगा कि यह बुलावा एक बेहतरीन मौक़ा है। ठाकुर की पत्नी रानी देवी ने अभी तक किसी से बात नहीं की थी। पति की मृत्यु के बाद से ही उन्होंने ख़ुद को अपने कमरे में बन्द किए रखा था। ठाकुर की अन्त्येष्टि के बाद तेरहवीं तक किसी संस्कार में शामिल होने से भी उन्होंने इनकार कर दिया। उनसे मिलकर पूछताछ करने का यही मौक़ा है। थोड़ी एहतियात ज़रूरी है, बस।

नौकर को उन्होंने अपनी गाड़ी में बैठने को कहा और फिर ठाकुर के बँगले की ओर रवाना हो गए। एक तरफ़ झुककर चलने वाली उनकी सरकारी जीप धीरे-धीरे आगे बढ़ रही थी। बक़ौल ड्राइवर, इसकी वजह यह है कि जीप के शॉक एब्जॉर्बर 'बैठ' गए थे। दुपहरी का सूरज सिर पर चमक रहा था, और चिलचिलाती धूप से राहत के लिए आसमान पर दूर-दूर तक कहीं बादल का एक टुकड़ा तक न था। कभी राहगीरों को छाँव देने वाले सड़क किनारे के पेड़ भी जाने कब के जलावन के लिए काटे जा चुके थे। धूप के मारे जीप जहन्नुम में तब्दील हो गई। प्रेम लाल सोच रहे थे कि ठाकुर की पत्नी ने आख़िर उन्हें इस बज्र दुपहरी में क्यों बुलाया। ज़रा भी ख़याल होता तो वह उन्हें शाम को आने के लिए कहतीं, जब सूरज का क़हर थोड़ा कम हो चुका होता। कौन जाने कि कोई बहुत ज़रूरी काम हो या कि शायद किसी वजह से वह उनके लिए कोई बड़ी मुसीबत खड़ी करना चाहती हों।

प्रेम लाल के साथ आया नौकर उन्हें ठाकुर की विधवा के कमरे तक ले गया और दरवाज़ा खटखटाया। जवाब में एक हैरतज़दा तेज़ और दृढ़ आवाज़ सुनाई दी, "कौन है?"

"मेमसाहब, आपने कहा था न थानेदार को ले आने के लिए, मैं उन्हें बुला लाया हूँ," नौकर ने जवाब दिया।

"उन्हें हॉल में ले जाओ और इन्तज़ार करने को कहो। मैं थोड़ी देर में बुलाती हूँ।"

थानेदार को समझ आ गया कि ठकुराइन उन्हें अपनी हनक से वाक़िफ़ कराना चाहती हैं। उन्हें उम्मीद थी कि ठकुराइन से मिलने के लिए उन्हें लम्बा इन्तज़ार करना पड़ेगा। और सचमुच घंटे-भर से ज़्यादा इन्तज़ार के बाद वही नौकर फिर आया और उन्हें रानी देवी के कमरे तक ले गया।

वहाँ ख़ूब नक़्क़ाशीदार और ऊँची पुश्त वाली पुराने ज़माने की कुर्सी में तनकर बैठी लम्बी और असामान्य रूप से दुबली काया दिखाई दी। उस बड़े कमरे में सिर्फ़ उतनी रोशनी थी, जितनी कि खिड़कियों पर पड़े मोटे पर्दों की दरार से आ रही थी। उस नीमअँधेरे और ख़ाली कमरे का फ़र्नीचर गर्द से अँटा पड़ा था। वह सफ़ेद साड़ी पहने थीं, जिससे उनका सिर ढका हुआ था और जिसके बीच से उनका पतला लम्बा और धँसे हुए गालों वाला चेहरा नज़र आ रहा था। ठाकुर की पत्नी थानेदार को ख़ासी अलौकिक, यहाँ तक कि भूत-सी लगीं। लेकिन वह इस बात से बख़ूबी वाक़िफ़ थे कि उनकी आख़ों में धधकता गुस्सा ग़ैरहक़ीक़ी नहीं था।

एक स्टूल की ओर इशारा करते हुए उन्होंने फ़रमान सुनाया, "मेरे पाँव छुओ और फिर यहाँ बैठ जाओ।" वह स्टूल इतना नीचा था कि उस पर बैठकर रानी देवी से बात करने के लिए उन्हें अपना सिर ऊपर उठाए रखना होगा। क्षण-भर के लिए प्रेम लाल झिझके। वह समझ गए कि रानी देवी जान-बूझकर उन्हें ज़लील कर रही हैं। एक पुलिस अफ़सर होने के नाते उन्हें अपनी वर्दी की इज़्ज़त का ख़याल भी आया। लेकिन फिर उन्होंने सोचा, "जाने दो, वह एक ग़मज़दा विधवा हैं, और उनसे बात करना मेरे लिए ज़रूरी है।" तो उनके सामने झुककर, पैर छुए बिना ही वह उस स्टूल पर जाकर बैठ गए।

बिना किसी भूमिका के रानी देवी ने उन पर सीधे हमला बोल दिया—"मैंने आपको यह कहने के लिए बुलाया है कि इस परिवार के मामलों में दख़ल देना बन्द करें। आपको अपनी हैसियत याद रखनी चाहिए।" फिर बड़ी हिकारत से बोलीं, "थानेदार हो तो गाँव वालों की झोंपड़ियों में ताक-झाँक करो, उनकी ज़िन्दगी के बारे में सवाल-जवाब करो लेकिन हम कोई गाँव वाले नहीं, हम ठाकुर हैं। हमारा रसूख़ है, मान-मर्यादा है और हम यही चाहते भी हैं। आपसे भी ऐसी ही उम्मीद है।"

इस तिरस्कार को भी नज़रअन्दाज़ करते हुए प्रेम लाल ने जवाब दिया, "बेशक, मैं आपकी और आपके परिवार की इज़्ज़त करता हूँ, मैडम, लेकिन मुझे भी अपनी ड्यूटी करनी है...।"

रानी देवी ने उन्हें टोका, "ड्यूटी। लखनऊ के बड़े अफ़सरों ने मुझे बताया है कि आपके सीनियर आपको पहले ही बता चुके हैं कि आपकी ड्यूटी क्या है। आपकी ड्यूटी इस मामले की जाँच से दूर रहना है। तो आप इससे दूर ही रहें। मुझे पता चला है कि आपने मेरे दिवंगत पति के सबसे क़रीबी सहयोगियों में से एक बृजभूषण सिंह को गिरफ़्तार कर लिया है।"

"अभी तक गिरफ़्तार नहीं किया है उसे, सिर्फ़ पूछताछ की है।"

"ठीक है, अच्छा किया जो उसे गिरफ़्तार नहीं किया। आइंदा उसे थाने मत बुलाना और न ही फिर परेशान करना।"

"मैं आपको पहले ही बता चुका हूँ, मैडम, मैं अपनी ड्यूटी करूँगा।"

रानी देवी आगे की ओर झुकीं और थानेदार की आँखों में झाँकते हुए धीमे-धीमे और सख़्ती से बोलीं, "मैं भी आपको पहले ही बता चुकी हूँ कि आपकी ड्यूटी जाँच से दूर रहने की है।" फिर वह पीछे झुकीं और रूखे स्वर में बोलीं, "अब जो होना था, हो चुका। मुझे बताया गया है कि मेरी नौकरानी के पति ने उन्हें मारा था।"

प्रेम लाल ने सिर हिलाया। "एक ईमानदार पुलिस अफ़सर होने के नाते मुझे यह मंज़ूर नहीं कि इस केस की जाँच बन्द कर दी जाए, मैडम। सीआईडी के नतीजों से मुझे सन्तोष नहीं है।"

रानी देवी को ऐसी उम्मीद नहीं थी। उनका चेहरा तमतमा गया, वह ग़ुस्से से काँप उठीं, अपनी भिंची हुई मुट्ठियाँ अपने घुटनों पर मारते हुए वे चिल्लाईं, "निकल जाओ यहाँ से! तुरन्त निकलो, बदतमीज़ कहीं के। टुटपुँजिया पुलिस वाले की दुम। मत भूल कि तेरी हैसियत क्या है और तू बात किससे कर रहा है। फ़ौरन भागो। तुम्हारी ये मज़ाल! तुम्हें तुम्हारी औक़ात तो मैं बताऊँगी। तुम्हें क्या लगता है कि अपने अफ़सरों की हुक्मउदूली करके तुम बच जाओगे। अब देखना तुम्हारा क्या हाल होता है। भागो, भाग जाओ!"

रानी देवी पर जैसे ग़ुस्से का दौरा पड़ गया था। बिना एक शब्द बोले प्रेम लाल स्टूल से उठे और कमरे से बाहर निकल गए। थाने लौटते वक़्त वह सोचते रहे कि रानी देवी सीआईडी के नतीजों को ही सही ठहराने पर इतनी आमादा क्यों हैं। सीआईडी जो मानती है, आख़िरकार जब ज़माने को मालूम होगा तो ख़ुद उनके, उनके पति और कुनबे के रसूख पर कोई अच्छा असर तो नहीं पड़ेगा। ज़ाहिर है कि वह नहीं चाहेंगी कि ठाकुर के नौकरानियों को हमबिस्तर बनाने वाली बात जगज़ाहिर हो, या कि अख़बारों में छपे। यह कोई ऐसी बात नहीं, जिसे पूरी कहानी

से अलग करके छिपाया जा सके? मुमकिन है, उन्हें लगता हो कि सीआईडी के बयान के बाद यह कहानी ख़त्म हो जाएगी। एकाध दिन की चर्चा के बाद लोग इसे भूल-भाल जाएँगे; मिलनपुर भला ऐसी कौन-सी अहम जगह है, यूपी के नक़्शे पर एक बिन्दु के बराबर ही तो है।

सीआईडी जाँच को जस का तस क़बूल कर लिया जाएगा, यह ख़याल ही थानेदार के लिए अपनी जाँच आगे बढ़ाने का इरादा और मज़बूत करने को काफ़ी था। लेकिन अभी तो उसे यह कोशिश करनी है कि वह इस खेल में बना रहे, कि कहीं उसे थाने से हटा न दिया जाए। अपने पति के राजनीतिक सम्पर्कों का इस्तेमाल करके रानी देवी उसके तबादले की कोशिश तो ज़रूर करेंगी। पास के शहर गोपीगंज में एक फ़्रीलांस पत्रकार था, जो प्रेस ट्रस्ट ऑफ़ इंडिया (पीटीआई) को ख़बरें भेजता था। हालाँकि पीटीआई को भेजने लायक़ ख़बरें वहाँ कभी-कभार ही मिलती थीं। प्रेम लाल के उस पत्रकार से अच्छे रिश्ते थे क्योंकि वे उसे ऐसी ख़बरें बता दिया करते थे, जिन्हें बड़े अफ़सर छिपाने की कोशिश में रहते थे और नहीं चाहते थे कि वे अख़बारों में छपें। सो उन्होंने पत्रकार को फ़ोन करके बताया कि ठाकुर की हत्या के मामले में कुछ नए सबूत मिले हैं, जिनसे हत्या की गुत्थी सुलझा लेने के सीआईडी के दावे पर सन्देह पैदा होता है। और यह भी कि जल्दी ही इस मामले में एक शख़्स की गिरफ़्तारी की उम्मीद है।

अगले रोज़ सबेरे यह ख़बर अख़बारों में छप गई। ख़बर पढ़कर एसपी भड़क गए। वह तुरन्त समझ गए कि ख़बर कहाँ से निकली होगी। थानेदार ने जान-बूझकर उनके हुक्म की अवहेलना की। यह तो सरासर अपमानजनक था। प्रेम लाल को तुरन्त सस्पेंड करके सज़ा के तौर पर सूबे के किसी बेहद मामूली थाने में भेजना ज़रूरी हो गया है। मगर प्रेम लाल ने बढ़िया चाल चली थी। हाल ही में पुलिस के मामलों, ख़ासतौर पर ट्रांसफ़र और पोस्टिंग के मामलों में राजनीतिक दख़ल को लेकर ख़ासा बवाल हुआ था, इसलिए एसपी के ऊपर वाले अफ़सरों ने हत्या जैसे संवेदनशील मामले की जाँच के बीच में, और मामला जबकि अख़बारों में भी आ गया था, थानेदार के तबादले की मंज़ूरी देने से इनकार कर दिया।

कुछ और दिनों के लिए अपनी कुर्सी पक्की करके प्रेम लाल फिर अपनी जाँच में जुट गए। वह सजग थानेदार थे सो बृजभूषण के गिरोह के गुर्गों में एक उनका जासूस भी था। धर्मपाल नाम के उस आदमी को थोड़ा डरा-धमकाकर और मामूली रक़म देकर मुख़बिर बनाया जा सकता था। धर्मपाल ठाकुर के लिए अपने

सरगना पर निगाह रखता रहा था, उसका यही राज़ प्रेम पाल का हथियार था। यह बात अगर बृजभूषण को मालूम हो जाती, तो वह शर्तिया धर्मपाल का जीना मुहाल कर देता। इसलिए धर्मपाल थानेदार से मिलने के लिए राज़ी हो गया। मगर उसने रात के अँधेरे में मिलना तय किया ताकि कोई उसे थानेदार के साथ देख न ले।

दो मील दूर आम के बाग़ में उससे मिलना तय हुआ। प्रेम लाल वहाँ तक पैदल ही गए क्योंकि उनकी गाड़ी आसानी से पहचान में आ जाती। पेड़ों से छनकर आ रही चाँदनी के उजास में प्रेम लाल बाग़ में काफ़ी अन्दर तक चलते गए ताकि सड़क से कोई उन्हें देखने न पाए। आम के पेड़ों पर बौर के दिन थे और हवा में बौर की भीनी ख़ुशबू तैर रही थी। जल्दी ही मुख़बिर उन्हें दिखाई दे गया। हालाँकि गर्मियों की रात के उस पहले पहर में तपिश अभी बाक़ी थी फिर भी धर्मपाल ने भूरे रंग का सूती शॉल इस तरह ओढ़ रखा था कि उसका सिर और तक़रीबन पूरा चेहरा शॉल से ढका हुआ था ताकि कोई उसे पहचान न सके। अपने सरगना की तरह ही वह भी हट्टा-कट्टा और ख़ूँख़ार दिखाई देता था। मिलते ही सबसे पहले उसने कहा, "कुछ बताने से पहले मुझे पैसे चाहिए।"

प्रेम लाल ने उसे एक लिफ़ाफ़ा पकड़ाते हुए कहा, "तुम जो बताओगे वह इस रक़म के लायक़ होना चाहिए। पहले तो मुझे यह बताओ कि हत्या से पहली रात को तुम लोगों ने क्या किया था।"

"डाका डाला था, मगर दूसरे थाने के इलाक़े में, उसका आपसे कोई लेना-देना नहीं है।"

"ठीक है। अब हत्या वाली सुबह पर आते हैं। उस रोज़ क्या बृजभूषण सचमुच पूरे दिन सोया रहा था?"

"डाका डालने के बाद हमने शराब पी और भोर होने से ठीक पहले अपने-अपने घर लौट गए। मैं दोपहर तक सोता रहा और जब सोकर उठा तो मेरे सिर में दर्द था।"

"ये पैसे मैंने तुम्हारे सिर का हाल जानने के लिए नहीं दिये हैं, समझे। मैं तुम्हारे सरगना के बारे में पूछ रहा हूँ। क्या वह सारा दिन सोता रहा?"

"यह मुझे क्या मालूम? मैं तो इतना ही बता सकता हूँ कि हममें से कोई उस रोज़ सुबह या दोपहर को उसके साथ नहीं था, वह चाहे जहाँ रहा हो।"

अब तक उसने जो कुछ बताया था, उससे कोई सुराग़ नहीं मिला। इस बातचीत से कुछ ठोस हासिल होने की उम्मीद लगाए प्रेम लाल आपा खो बैठे। "अगर तुमको

इतना ही मालूम है," उन्होंने डपटा, "तो तुम मेरा समय क्यों ख़राब कर रहे हो? रुपये लौटाओ और दफ़ा हो जाओ।"

"रुकिए-रुकिए, एक मिनट रुकिए," धर्मपाल ने हड़बड़ाते हुए कहा। "हमारे लोगों के बीच जो चर्चा है, वह आपको बता सकता हूँ। कहा जा रहा है कि बृजभूषण उस दिन बड़े घर गया था, हालाँकि हममें से किसी ने उसे वहाँ जाते हुए नहीं देखा और न ही किसी को यह मालूम है कि यह बात कहाँ से आई है। हो सकता है कि घर के अन्दर से ही आई हो, या शायद बाज़ार से। जो भी हो, बृजभूषण ठाकुर को इस तरह नहीं मार सकता है। कभी नहीं। हम लोग अमूमन छुरा इस्तेमाल नहीं करते। हमारे पास बन्दूक़ें हैं। लेकिन अगर उसने छुरा मारा ही होता तो एक बार में काम तमाम कर देता, बार-बार नहीं मारता।"

"तो तुम्हें बस इतना ही मालूम है?"

"हाँ, मगर इस बात का तो इतना हल्ला है कि ज़माने भर को पता है, हैरानी की बात है साहब कि आपने नहीं सुना।"

इस जुमले में छिपे व्यंग्य से थानेदार ने आहत महसूस किया और अचानक बातचीत ख़त्म करके उसे जाने के लिए कहा। साथ ही चेताया भी, "तुम जाओ। मगर यह ज़रूर याद रखना कि अगर मुझे कोई ऐसी बात पता चल गई जो अभी तुमको बतानी चाहिए थी तो तुम मुश्किल में पड़ जाओगे। और मेरी इस बात को हल्के में लेने की ग़लती बिलकुल मत करना।"

"ठीक है, तब रुकिए, कुछ और बताने को है," मुख़बिर ने कहा। "हमें लगता है कि बृजभूषण ठाकुर के बजाय ठकुराइन से मिलने गया होगा। वह उसे बहुत मानती हैं और कभी-कभार उससे ऐसे काम कराती हैं, जो वह अपने नौकरों से नहीं कराना चाहतीं।"

"किस तरह के काम?"

"छोटे-मोटे काम जैसे सन्देश भेजना, अफ़वाहें फैलाना, जासूसी कराना...बस ऐसे ही। ठोकने-पीटने वाला काम नहीं।"

"तुमको ऐसा क्यों लगता है कि वह उन्हीं से मिलने गया होगा?"

"नौकरों के बीच ऐसी बातें हो रही हैं, लेकिन यह सही भी हो सकता है।"

प्रेम लाल को लगा कि मुख़बिर की बात में कुछ दम तो है। बृजभूषण होता तो ठाकुर को ताबड़तोड़ छुरा नहीं मारता क्योंकि तब उनकी चीख़-पुकार से सब लोग उठ गए होते। और न ही वह दिनदहाड़े हत्या करता। तब तो शक के घेरे

में नौकरानी का पति ही अकेला बचता है और प्रेम लाल को यक़ीन था कि वह बेगुनाह है। अब तो नौकरानी सीता देवी से पूछताछ करके यह पता लगाना होगा कि सीआईडी अफ़सरों को उसने क्या बताया है।

थानेदार ने पहले तो यह मालूम किया कि गाँव वाले उसके बारे में क्या कहते हैं। मसलन क्या उसका पति उसे प्रताड़ित करता है? दहेज को लेकर कोई झगड़ा, या उसका कोई प्रेमी होने के बारे में अफ़वाहें या कोई ऐसी बात जिससे राम स्वरूप के प्रति उसकी नफ़रत की कोई वजह पता चल सके। इस मालूमात का कोई नतीजा नहीं निकला, सिवाय इसके कि वह ख़ामोश तबीयत की ऐसी औरत है, जिसे कभी अपने पति से बहस करते हुए भी नहीं सुना गया। उनके ब्याह को बहुत वक़्त नहीं हुआ है और उनकी कोई औलाद नहीं है।

सीता देवी से पूछताछ करना ज़रा नाज़ुक मसला था। क़ायदे से उससे पूछताछ के दौरान महिला पुलिस कर्मचारी की मौजूदगी ज़रूरी है मगर मिलनपुर थाने में कोई महिला कर्मचारी थी नहीं और किसी महिला को भेजने के लिए प्रेम लाल एसपी से कह नहीं सकते थे। एक तरीक़ा यह हो सकता था कि उसके पति को साथ बैठाकर पूछताछ की जाए पर ज़ाहिर है कि इस केस में यह भी सम्भव नहीं था। लेकिन गाँव में ऐसी बहुतेरी औरतें होंगी, जो यह जान-सुनकर ख़ुश ही होंगी कि ठाकुर के परिवार में क्या चल रहा था। इन हालात में प्रेम लाल को नौकरानी से बात करने के लिए यही तरक़ीब ठीक लगी। बाद में अगर वह कहीं शिकायत करती है तो कम से कम बचाव में कोई तो होगा। तो उन्होंने अपने सिपाहियों को सीता देवी की हमउम्र और उसी की बिरादरी की किसी औरत की तलाश में लगा दिया।

वह एक कमरे का छप्पर वाला कच्चा घर था। छप्पर का पुआल इस क़दर छितराया हुआ था कि उसे देखकर प्रेम लाल को लगा जैसे गाँव के किसी नाई ने बड़े बेमन से हजामत बनाई हो। सीता देवी कमरे में बैठी थी। उसका आकर्षक, बच्चे-सा चेहरा सिर पर पड़े दुपट्टे से आधा छिपा हुआ था। माहौल थोड़ा बेतक़ल्लुफ़ बनाने के इरादे से प्रेम लाल अपने साथ आई महिला के क़रीब ही पालथी मारकर फ़र्श पर बैठ गए। भरसक नरम आवाज़ में उन्होंने बोलना शुरू किया, "सीता जी, मैं तो आपकी मदद ही करना चाहता हूँ। अगर हम लोग बात करें तो हम यह तय कर सकते हैं कि लिखा-पढ़ी के वक़्त और बाद में अदालत के सामने आपको क्या कहना चाहिए। आपका बयान बहुत महत्त्वपूर्ण होगा।"

"हाँ," अपने पाँवों की ओर निगाह गड़ाए सीता देवी ने कहा। "मैं जानती हूँ।"

"तो मुझे यह बताइए कि आपने यह क्यों कहा कि आपके पति उस रोज़ ठाकुर से मिले थे और उनसे बात की थी। आपके पति के वकील यह साबित करने के लिए कि आप अपने पति से नफ़रत करती हैं, आपकी ज़ाती ज़िन्दगी के बारे में खोद-खोदकर शर्मनाक क़िस्म के सवाल करेंगे ताकि वे जज को समझा सकें कि इसी वजह से आपने सीआईडी वालों को बताया कि वह ठाकुर से मिले थे, जबकि आपके पति लगातार यही कहते रहे हैं कि वह ठाकुर से नहीं मिले।"

"पर मैं तो उनसे नफ़रत नहीं करती। मैं उनसे हरगिज़ नफ़रत नहीं करती, थानेदार साहब। मैंने वह सब उनको मुसीबत में डालने के लिए नहीं कहा।"

"तब फिर आपने ऐसा क्यों कहा?"

"क्योंकि मेरे पति ठाकुर से मिलने गए थे, उन्होंने कहा था कि वह ठाकुर से बात करना चाहते हैं।"

"लेकिन क्या सचमुच वह ठाकुर से मिले थे?"

"उन्हें मिलना ही था, अगर वह उनसे बात करना चाहते थे तो...।"

"किस बाबत?"

"इन्हीं अफ़वाहों के बारे में...।" सीता देवी की आँखों से आँसू गिरने लगे, सिसकते हुए बोलीं, "यह सब कितनी बेजा बात है। क्रूर अफ़वाहें। मैं ठाकुर के साथ नहीं सोई। मैं कभी उनके साथ नहीं रही, मैं सिर्फ़ और सिर्फ़ अपने पति के साथ रही हूँ। यह सब झूठ है और इस झूठ ने अब मेरी ज़िन्दगी तबाह कर दी है।"

प्रेम लाल ने उसके शान्त होने का इन्तज़ार किया, फिर पूछा, "सीता देवी, अगर आपसे यह साबित करने के लिए कहा जाए कि ये अफ़वाहें बेबुनियाद हैं, तो आप क्या कहेंगी?"

आँखें नीची किए हुए उसने जवाब दिया, "यह मैं नहीं जानती। अब कुछ समझ नहीं आता। मगर बड़े घर से लौटकर आने के बाद मेरे पति ने मुझसे कहा था कि उन्हें इस बात पर रत्ती-भर भरोसा नहीं है कि मैंने ठाकुर को अपना बदन छूने भी दिया होगा।"

"अगर वह ऐसा नहीं मानता कि तुम्हारे और ठाकुर के कोई सम्बन्ध हैं तो फिर वो उनसे मिलने ही क्यों गया था?"

"यह तो वही बता सकेंगे। मर्द अपनी बीवी को सारी बातें नहीं बताते हैं। और बीवी हमेशा पूछती भी नहीं," सीता देवी ने बड़ी रुखाई से जवाब दिया। थानेदार

को पहली बार लगा कि उनका सवाल उसे नाग़वार गुज़रा है। प्रेम लाल के साथ गई युवती ने भी अपना सिर हिलाते हुए उन्हें रुकने का इशारा किया। थानेदार ने पूछताछ ख़त्म करने का फ़ैसला किया, कम से कम फ़ौरी तौर पर।

समय क़ीमती था। प्रेम लाल अच्छी तरह जानते थे कि अख़बार की रिपोर्ट का असर लम्बे समय तक नहीं रहने वाला, और तब सियासी दबाव के मारे उनके अफ़सर झट से उनका तबादला कर देंगे, इसलिए तेज़ी से वह अपने थाने को लौट पड़े ताकि सीता देवी के पति से पूछताछ कर सकें।

सीआईडी वालों के रवैये से उलट प्रेम लाल ने नरमी से काम लेना मुनासिब समझा। अपने तजुर्बे से वह जानते थे कि सच उगलवाने के लिए मार-पिटाई और धौंस-धमकी हमेशा सही तरीक़ा नहीं होते, और अभी उनके लिए सबसे ज़्यादा ज़रूरी बढ़ई और उसकी बीवी के रिश्तों की सच्चाई का पता लगाना है। थाने पहुँचकर उन्होंने हवालात का ताला खोला और राम स्वरूप को बाहर आकर अपने साथ बैठने को कहा। गंदी दीवारों वाले उस दड़बे से बाहर आया राम स्वरूप अब भी उन्हीं मैले-कुचैले कपड़ों में था, जो उस रोज़ थाने बुलाए जाने के वक़्त उसने पहन रखे थे। उसकी दाढ़ी बढ़ी हुई थी। सिर झुकाए और कन्धे सिकोड़े हुए वह थानेदार की मेज़ के सामने बैठ गया और इन्तज़ार करने लगा कि देखें आगे उसके साथ क्या होता है।

प्रेम लाल ने पहले दो कप चाय मँगाई, फिर उससे कहा, "राम स्वरूप, भरोसा रखो कि मैं तुम्हारी मदद करने की कोशिश कर रहा हूँ। मैं उन दोनों चूतिया सीआईडी वालों की तरह नहीं हूँ। लेकिन मुझे सच्चाई का पता तो होना चाहिए। मैं नहीं मानता कि इस हत्या से तुम्हारा कोई लेना-देना था और तुम्हारी बीवी ने मुझे बताया कि उसका ठाकुर के साथ वैसा कोई सम्बन्ध नहीं है। मुझे उसकी बात पर भी भरोसा है।"

यह सुनते ही राम स्वरूप ने सिर उठाकर थानेदार की ओर देखा, "आपको सचमुच लगता है कि मेरी बीवी बेगुनाह है? मैं ख़ुद यही मानता हूँ। ठाकुर के पास तो मैं इसलिए गया था क्योंकि उस वक़्त मैंने उस अफ़वाह पर यक़ीन कर लिया था और अपनी बीवी से बहुत नाराज़ था, तो मैंने सोचा कि उस कलंक के बदले क्यों न ठाकुर से कुछ रक़म ही ऐंठ लूँ।"

"फिर तुम्हें कैसे लगा कि वह बेगुनाह है?"

"ठाकुर के घर से लौटकर पहली बार मैंने अपनी बीवी से उसके बारे में उड़ रही अफ़वाहों के बारे में बात की। वह फूट-फूटकर रोई और ख़ुद पर भरोसा

रखने को कहा। वह अच्छी औरत है, साहब और बहुत ईमानदार भी, और जब वह मेरे सामने छोटे बच्चे की तरह रो रही थी, तब मुझे लगा कि मैं कितना बड़ा बेवकूफ़ हूँ। अपनी मर्ज़ी से वह ठाकुर के पास जा ही नहीं सकती बशर्ते ठाकुर उससे ज़बरदस्ती न करे।"

"तो तुमने सीआईडी वालों को यह सब क्यों नहीं बताया?"

"क्योंकि मैं जानता था कि वे मेरी बात पर भरोसा नहीं करेंगे, और फिर मैं और ज़्यादा मार नहीं खा सकता था, इसलिए मैंने वही कहा जो वे मुझसे सुनना चाहते थे। और मैं बेहद शर्मिंदा हूँ कि सच में मैं अपनी बीवी का सौदा करने ही गया था।"

"ठाकुर के घर में क्या हुआ?"

"एक नौकर ने मुझसे कहा कि वह सो रहे हैं और मुझे किसी और दिन बुलाएँगे। यह थोड़ी अजीब बात थी क्योंकि ज़रा देर पहले उसी नौकर ने मुझसे चलकर मिलने को कहा था। मैं ठाकुर से मिल नहीं पाया, थानेदार साहब।"

"यह अजीब क़िस्सा है—एक आदमी अपनी बीवी के ऐसे काम के लिए किसी को ब्लैकमेल करना चाहता है, जो उसने किया ही नहीं है और वह अपने पति को फँसाने का सबूत देती है हालाँकि उसकी मंशा उसे फँसाने की नहीं। लेकिन मैं तुम दोनों पर भरोसा करता हूँ।"

प्रेम लाल को उन दोनों की बात में थोड़ी सच्चाई लगती थी, वे इस बात पर यक़ीन करना चाहते थे क्योंकि सीआईडी की थ्योरी ग़लत साबित करने के लिए यह ज़रूरी था। लेकिन उन्हें यह भी लगता था कि यह कहानी इतनी असामान्य थी कि इस पर लोगों को यक़ीन दिलाना मुश्किल होगा। उन्होंने राम स्वरूप से कहा कि वह उसे फिर से लॉकअप में बन्द नहीं करेंगे, लेकिन फ़िलहाल उसे थाने से बाहर जाने की इजाज़त नहीं देंगे। क्योंकि अगर उसे छोड़ दिया तो पूरे गाँव में हल्ला हो जाएगा कि वह घर लौट आया है। और एसपी को यह ख़बर मिलते ही इस थाने में उनके दिन पूरे समझो, वह तुरन्त उनका तबादला कराके ही दम लेंगे।

प्रेम लाल ने सोचा कि आज के लिए इतना ही काफ़ी है और अब वह इत्मीनान से बैठकर अपनी बीयर का मज़ा ले सकते हैं। लेकिन अपनी बीयर लेकर बैठने से पहले उन्होंने अपने एक सिपाही से पूछा कि सीआईडी वाले कहाँ हैं। सिपाही ने कन्धे उचकाते हुए बताया, "आप उनकी फ़िक्र मत कीजिए। वे गाँव में घूमकर लोगों को यह गवाही देने के लिए तैयार करने की कोशिश कर रहे हैं कि उन्होंने

ख़ून से तर कपड़ों में बढ़ई को ठाकुर के घर से बाहर निकलते हुए देखा है—और इसी तरह की तमाम ऊलजलूल बातें।"

"बेवकूफ़ कहीं के," प्रेम लाल ने कहा, "ऐसे लोग उन्हें नहीं मिलने वाले। मगर चलो, इस बहाने वे उलझे रहेंगे और मेरे रास्ते में अड़ंगा नहीं डालेंगे।"

इस तरफ़ से आश्वस्त होकर प्रेम लाल हस्बेमामूल अपनी बीयर की बोतल के साथ जम गए। मगर अभी उन्होंने बोतल खोली ही थी कि ठाकुर का नौकर दनदनाता हुआ थाने में दाख़िल हुआ और बड़ी रोबदार आवाज़ में बोला, "छोटे साहब आ गए हैं और आपको अभी बुलाया है, तुरन्त। यह उनका हुक्म है।"

"और अगर मैं न आऊँ तो?"

"तो आप जानो...मगर आपकी जगह मैं होता तो ऐसा कभी नहीं करता," नौकर ने जवाब दिया, और फिर उनकी ओर पीठ घुमाकर जितनी तेज़ी से आया था, उतनी ही तेज़ी से बाहर निकल गया।

ठाकुर के बेटे से तो वह पूछताछ करना ही चाहते थे और यह जितनी जल्दी हो सके उतना अच्छा। आख़िरकार, वह सन्दिग्धों की उनकी सूची में था। इसलिए, एक बार फिर अपमान का घूँट पीकर उन्होंने अभी जाने का फ़ैसला किया। अपने ड्राइवर को बुलाया और जीप में सवार होकर बड़े घर की ओर रवाना हो गए। अब तक अँधेरा हो चुका था। ड्राइवर ने हेडलाइट जलाई मगर वह नहीं जली। प्रेम लाल झल्लाए क्योंकि लाइट नहीं होने की वजह से ड्राइवर सड़क के गड्ढों को बचाते हुए गाड़ी धीमे चलाएगा और उनको ठाकुर के यहाँ पहुँचने में देर हो जाएगी। गड्ढों वाले इस रास्ते पर चलना यों भी ख़ासा मुश्किल भरा होता है, ऊपर से उनकी यह पुरानी गाड़ी जिसकी अरसे से मरम्मत तक नहीं हुई है। अँधेरे में कहीं किसी गहरे गड्ढे में पड़ गई और एक्सिल-वेक्सिल टूट गया तो और फ़ज़ीहत होगी।

थोड़ी-बहुत खरोंचें ज़रूर आईं मगर उनके अन्देशे के विपरीत रास्ते में कोई हादसा पेश नहीं आया, और वे बड़े घर पहुँच गए। पहुँचते ही थानेदार को सीधे ठाकुर के कमरे में ले जाया गया, जिसमें अब उनका बेटा रहने लगा था। विक्रम ने थानेदार को कमरे में घुसते हुए देखा मगर कोई शिष्टाचार नहीं दिखाया। वह बैठा ही रहा। अपनी माँ की तरह लम्बे चेहरे वाले उस दुबले नौजवान में अपने पिता की रौबदार शख़्सियत की छाया तक न थी। तीस साल से भी कम उम्र के उस नौजवान ने अपनी कमज़ोर शख़्सियत से पार पाने के इरादे से थानेदार को रुआब में लेने की ठानी थी। उसने थानेदार को बैठने तक के लिए नहीं कहा

और सीधे धावा बोल दिया। थानेदार की आँखों में आँखें डालकर, तेज़ बोलने से भरसक बचते हुए सामर्थ्य भर सख़्त आवाज़ में उसने कहा, "सब-इंस्पेक्टर, मुझे पता चला है कि आप मेरी माँ को परेशान कर रहे हैं और आपने मेरे पिता की दुर्भाग्यपूर्ण मौत के मामले में आगे की जाँच रोकने का उनका हुक्म मानने से इनकार कर दिया। मुझे इस बात पर सबसे ज़्यादा हैरानी हुई कि जिस पुलिस अफ़सर को मैं काफ़ी शान्त और शिष्ट समझता था, वही इतना असंवेदनशील, इतना अशिष्ट और बेढब निकला कि एक विधवा स्त्री की तकलीफ़ों का भी मान नहीं रख सका। यह सब अभी बन्द हो जाना चाहिए वरना तबादले से भी ज़्यादा बदतर हालात के लिए तैयार रहना।"

थानेदार ने बहुत संयत ढंग से जवाब दिया, "पहली बात तो यह कि मैंने आपकी माँ को, या किसी और को परेशान नहीं किया। और दूसरी बात यह कि मैं उन्हें बता चुका हूँ कि मैं केवल अपनी ड्यूटी कर रहा हूँ। मैंने एक बेगुनाह आदमी को जेल जाने से बचाया है, या शायद फाँसी से भी, और अब मैं यह पता लगाना चाहता हूँ कि दरअसल जेल किसको जाना चाहिए। मुझे लगता है कि वह आदमी आप हो सकते हैं।"

विक्रम ज़ोर से हँसा—हिक़ारत भरी हँसी—"आप मज़ाक़ कर रहे हैं। मैं तो यहाँ था भी नहीं। अगर यही आपका नायाब कारनामा है तो सच मानिए कि आप बेवकूफ़ तो बनेंगे ही, इस बेवकूफ़ी की क़ीमत भी चुकाएँगे; कोई ऐसा आदमी ढूँढ़ो, जिसके ख़िलाफ़ पक्के सबूत हों ताकि उसे दोषी साबित भी कर सको। ऐसा क्यों नहीं करते कि थाने जाकर गाँव वालों की खोज-ख़बर लो? गाँव वालों में कोई न कोई बदमाश मिल जाएगा, जिसने कोई अपराध किया हो या शायद क़त्ल भी, जिसकी आप जाँच कर सकें। मेरे पिता बड़े आदमी थे, और यह केस आपकी हैसियत से कहीं बड़ा है।"

"हो सकता है कि आपका यहाँ मौजूद नहीं होना बहाना-भर हो, आपने क़त्ल की साजिश रची हो या फिर हत्यारा भाड़े पर लिया हो।"

"भाड़े पर हत्यारे से आपका मतलब...?"

"किसी और को पैसे देकर क़त्ल करने का सौदा किया हो। आपके पास वजह भी थी।"

विक्रम भड़क गया। "बकवास बन्द करो," वह गुर्राया, "मैं अपने ही पिता का क़त्ल क्यों कराऊँगा?"

"ताकि अपने क़र्ज़े चुकाने के लिए रक़म हासिल कर सको," प्रेम लाल ने उसी अन्दाज़ में जवाब दिया। "सबको पता है कि तुमने तमाम नेताओं पर बेतहाशा रक़म लुटाई ताकि विधानसभा चुनाव में टिकट के लिए वे तुम्हारी पैरवी करें। मुझे मालूम है कि तुमने अपने पिता से यह सारा क़र्ज़ भरने के लिए कहा था और उन्होंने मना कर दिया क्योंकि उन्हें लगता था कि लखनऊ में तुम जो कुछ कर रहे हो वह सरासर बेवकूफ़ी है, और उससे परिवार की बदनामी भी हो रही है। तुम अकेले ऐसे आदमी हो, जिसके पास कोई मक़सद था। तो तुम मुख्य सन्दिग्ध हो।"

अब तक विक्रम सहम गया था। उसकी आवाज़ लड़खड़ा गई, "लेकिन... लेकिन यह आपका ख़याल है, आपने अपनी कल्पना से क़िस्सा गढ़ डाला। इस बात का क्या सबूत है कि क़त्ल की साज़िश मैंने की?" उसने पूछा।

"सबूत तो आपके पिता के आदमी ही हैं। उनसे आपकी मेल-मुलाक़ात के बारे में ख़ूब जानता हूँ और इस बात के कई गवाह हैं कि हत्या वाले दिन बृजभूषण सिंह घर में था। उसके लिए क़त्ल करना कोई नई बात नहीं।"

"ये सब कोरी अटकलबाज़ियाँ हैं। आप सिर्फ़ इसलिए मुझ पर हत्या का दोष नहीं मढ़ सकते कि मैंने अपने पिता के आदमी से बात की थी।"

"मैं ऐसा कर सकता हूँ और करूँगा भी। लेकिन उसके पहले मैं आपकी माँ को यह बताने जा रहा हूँ कि मुझे अफ़सोस है लेकिन उनके बेटे को क़त्ल के जुर्म में गिरफ़्तार करना होगा। सौजन्यता का तक़ाज़ा है कि मैं उनसे मिल लूँ।"

यह कहते हुए प्रेम लाल कमरे से बाहर निकल गए, एक नौकर को बुलाया और उससे कहा कि कोई जाकर ठाकुराइन को बता दे कि पन्द्रह मिनट बाद वह उनसे मिलने आएँगे।

पन्द्रह मिनट बीत गए तो थानेदार ने रानी देवी के कमरे का दरवाज़ा खटखटाया। उन्हें उम्मीद थी कि दरवाज़ा बन्द होगा और वह उनसे मिलने से मना कर देंगी, मगर भीतर से तेज़ और स्पष्ट आवाज़ सुनाई दी, "आ जाओ।" वह उसी कुर्सी पर बैठी थीं, जहाँ पिछली मुलाक़ात में प्रेम लाल ने उन्हें बैठे देखा था। कमरे के एक कोने में जल रहे लैंप के फीके उजाले की वजह से रानी देवी फिर नीमअँधेरे में थीं। लेकिन इस बार उनका व्यवहार बदला हुआ था। पिछली बार की तरह उन्हें नीचे स्टूल पर बैठने का हुक्म देने के बजाय उन्होंने अपनी नौकरानी से उनके बैठने के लिए कुर्सी मँगाई। यानी बराबरी का बरताव। रानी देवी ने उनका हालचाल और ख़ैरियत पूछी तो प्रेम लाल हैरानी में पड़ गए। इतना ही नहीं, उन्होंने मौसम की

तपिश के बारे में भी बात की। फिर वह मुस्कुराईं और बोलीं, "थानेदार साहब, मुझे लगता है कि पिछली बार की मुलाक़ात में आपसे मेरा बर्ताव मुनासिब नहीं था। मुझे यह ख़याल रखना चाहिए था कि आख़िर आप मेरे पति के क़त्ल का मामला सुलझाने की कोशिश कर रहे हैं। उस समय तो मैंने मान लिया था कि बढ़ई ही गुनहगार है, मगर मुझे ख़ुशी है कि आपने एक बेगुनाह को उन बेवकूफ़ सीआईडी वालों के झूठे इल्जामों से बचा लिया। और अब मुझे पता चल गया है कि हत्या किसने की—वह बृजभूषण है।"

प्रेम लाल ने कहा, "आपकी इस सदाशयता के लिए धन्यवाद। मैं ख़ुद मानता हूँ कि हत्या में बृजभूषण का भी हाथ है। आप और मैं—दोनों जानते हैं कि कई मसलों पर आपके पति से उसका मनमुटाव चल रहा था और पुलिस के रिकॉर्ड में वह घोषित अपराधी है।"

"तो फिर मामला यहीं ख़त्म हुआ," रानी देवी ने कहा।

प्रेम लाल ने महसूस किया कि उनकी आवाज़ में राहत झलक रही थी। उन्हें लगा कि काश, यह मामला इसी नतीजे पर ख़त्म हो पाता, पर यह कहाँ मुमकिन था। फ़र्श की ओर ताकते हुए उन्होंने कहा, "मैडम, मुझे अफ़सोस है कि एक गुत्थी अब भी सुलझनी बाक़ी है—क़त्ल का मक़सद। मुझे नहीं लगता कि इसमें बृजभूषण का कोई फ़ायदा था। तमाम मतभेदों के बावजूद बृजभूषण के आपके पति के साथ बने रहने में ज़्यादा फ़ायदा तो उसी का था। मेरा अन्दाज़ है कि क़त्ल के लिए किसी और ने उसका इस्तेमाल किया, बदले में उसे मोटी रक़म मिली। फिर लाश पर मिले घावों का मसला भी है। बहुत बुरी तरह क़त्ल किया गया था, सब तरफ़ ख़ून ही ख़ून, ख़ून जो बृजभूषण को फँसा सकता था। वह तो बड़ी सफ़ाई से आपके पति को चाकू के एक वार से ही मार सकता था।"

"तो आपका मतलब केस अभी बन्द नहीं हुआ?" गुस्सा रोकने की कोशिश में ठकुराइन की आवाज़ काँप रही थी।

प्रेम लाल ने सिर उठाकर रानी देवी की ओर देखा और शान्त स्वर में कहा, "नहीं, मैडम। बृजभूषण से क़त्ल करवाने वाला आपका बेटा विक्रम है। मैंने उनको बता भी दिया है कि उन पर केस होगा। अकेले वही हैं जिनके पास क़त्ल की वजह भी है।"

प्रेम लाल को लगा था कि उनकी बात सुनकर विक्रम की माँ उन्हें भला-बुरा कहेंगी, चीखेंगी-चिल्लाएँगी या शायद रोने-धोने लगेंगी मगर वह एकदम शान्त

बनी रहीं, और कहा, "तब तो मुझे भी एक बेगुनाह की जान बचानी होगी, मेरा बेटा बिलकुल निर्दोष है। अब मुझे यह क़बूल कर लेना चाहिए कि मैंने न सिर्फ़ बृजभूषण को पैसे दिये बल्कि मैंने ही अपने पति को मारा।"

फिर, अचानक वह पागलों की तरह हँसने लगीं। उस उन्मादी हँसी के बीच रानी देवी बोलीं, "मैंने उसे मार डाला। वह हरामज़ादा मेरे हत्थे चढ़ गया। और मैंने इतने सालों के अपमान और तिरस्कार का बदला चुका लिया। उसे लगता था कि मैं कोई गूँगी गुड़िया हूँ, न तो उसने मुझे ब्याहता का हक़ दिया और न कभी फूटी कौड़ी दी। हालाँकि मैं ढेर सारा दहेज़ लाई थी। तो मैंने भी उसे बता दिया कि मैं कौन हूँ।"

उनकी हँसी धीरे-धीरे थम रही थी। गला अवरुद्ध होने लगा था।

प्रेम लाल इस क़िस्म की हँसी से बख़ूबी वाक़िफ़ थे। लोग ऐसे तभी हँसते हैं जब उन्हें लगता है कि उनका खेल ख़त्म हो गया। उन्हें मालूम था कि अब बाक़ी बातें भी वह ख़ुद ही बताएँगी, इसलिए उन्हें और बोलने के लिए कुरेदने की बजाय वह ख़ामोश रहे और चुपचाप देखते रहे।

रानी देवी को ख़ुद को सँभालने में थोड़ा वक़्त लगा। फिर वह वापस अपनी कुर्सी पर पहले की तरह तनकर बैठ गईं।

"थानेदार साहब," बहुत शान्त स्वर में उन्होंने बोलना शुरू किया, "एक माँ अपने बेटे के लिए कुछ भी कर सकती है। ज़रूरत पड़ने पर वह किसी तरह का अपमान और प्रताड़ना भी बर्दाश्त कर सकती है। मेरे बेटे के जन्म के बाद हमारी शादीशुदा ज़िन्दगी ख़त्म हो गई मगर मेरे पति अपनी देह की ज़रूरतें पूरी करने के लिए इधर-उधर मुँह मारते फिरते और ऐसा वह डंके की चोट पर करते। मुझे बताया गया कि आप अविवाहित हैं इसलिए आप शायद यह न जानते हों कि एक मर्द अपनी पत्नी को कितनी तरह से प्रताड़ित कर सकता है। मगर आप उसकी कल्पना कर सकते हैं, आख़िर आप मर्द तो हैं ही न। मुझे विधवा की तरह सफ़ेद कपड़े ही पहनने को मजबूर किया गया। हाँ, खाना ज़रूर खाती थी मगर उनसे मुझे कभी फूटी कौड़ी नहीं मिली और न ही कोई आज़ादी। ऐसा नहीं कि मुझमें प्रतिवाद की हिम्मत नहीं थी या मैं यह घर छोड़ नहीं सकती थी। मुझमें यह हिम्मत थी पर ऐसा करती तो मुझे अपने बेटे को उस कमीने के पास छोड़ना पड़ता। आख़िर जब मैंने देखा कि अपनी नीचता के चलते वह राजनीति में बड़ा आदमी बनने की मेरे बेटे की सम्भावनाओं को ख़त्म करने पर तुला हुआ है, तो मुझे लगा मेरा अब तक का

सारा त्याग बेकार चला जाएगा। ठाकुर मेरे बेटे को इस गंदे और उजाड़ बिल में क़ैद रखने पर आमादा था। पानी अब सिर से ऊपर हो गया था। मैंने सोचा कि उसे मार देने से मेरे बेटे को ज़रूरत-भर पैसा मिल जाएगा और अपने ढंग से राजनीति करने की आज़ादी भी। और मुझे भी इस क़ैद से छुटकारा मिल जाएगा। बहुत दिनों से मुझे मौक़े का इन्तज़ार था।"

ठकुराइन अचानक चुप हो गईं और गोद में बँधे हुए अपने दुबले हाथों की ओर देखने लगीं। प्रेम लाल अब भी उन्हें टोकना नहीं चाहते थे, वह सिर झुकाए ख़ामोश बैठे रहे। वह उन्हें ख़ुद ही बोलने देना चाहते थे क्योंकि पुलिसिया तौर के सवाल-जवाब में ख़तरा था। कहीं ठकुराइन उसे उद्दंडता या अपमान मानकर उखड़ गईं तो आगे का क़िस्सा अधूरा रह जाएगा।

कुछ देर तक ख़ामोशी छाई रही, फिर निगाह नीचे करके बैठीं रानी देवी ने गहरी साँस लेते हुए कहा—"हे राम, रक्षा करना। यह सब मैंने इंसाफ़ की ख़ातिर किया।"

प्रेम लाल ने लगभग फुसफुसाते हुए कहा, "फिर क्या हुआ? आप मुझे बताएँगी तभी मैं कुछ मदद कर पाऊँगा।"

रानी देवी ने झटके से सिर उठाया। वह फिर से तनकर बैठ गईं और पूरे रौब-दाब के साथ बोलीं, "मुझे आपकी मदद नहीं चाहिए, थानेदार साहब। और चूँकि मेरे हुक्म के बाद भी आपने इस मामले में जाँच बन्द नहीं की तो अब आप ख़ुद ही पता करें कि यह सब कैसे हुआ।"

लेकिन प्रेम लाल तो पहले ही पता लगा चुके थे कि क़त्ल कैसे हुआ, वह तो बस पक्का करना चाहते थे। उन्होंने कहा, "ठीक है, तो मैं ही बताता हूँ। आपके पति की लाश देखने के बाद से ही मैं उलझन में था। किसी तरह की ज़ोर-ज़बरदस्ती का कोई निशान नहीं था और चेहरे पर भी एकदम शान्ति थी। यह लगभग ऐसा था जैसे वह सो रहे हों और फिर जागे ही नहीं। अन्दाज़ा तो मुझे तभी लग गया था और तब यक़ीन भी हो गया जब मैंने ठाकुर साहब के नौकर से फिर पूछताछ की। उसने मुझे बताया कि आपने उसे कोई दवाई यह कहकर दी थी कि डॉक्टर ने भेजी है, और सहेजा था कि खाने के बाद आपके पति को दे दे। नौकर ने यह भी बताया कि अपनी सेहत के बारे में फ़िक्रमन्द आपके पति हमेशा गोलियाँ-दवाइयाँ खाते रहते थे सो उन्होंने आपकी भेजी हुई दवा भी खा ली। फिर इस बात का सबूत भी मिल गया कि ठाकुर साहब का आदमी बृजभूषण उस वक़्त घर में ही था।"

रानी देवी ने बीच में टोका, "वह बहरहाल मेरा आदमी था। मुझे इस बात की ख़ुशी है कि मैंने उसे ठाकुर से छीन लिया था। हालाँकि वह बेवक़ूफ़ यही समझता था कि बृजभूषण उसका वफ़ादार है।"

"ठीक बात है, वह आपका आदमी था," थानेदार ने उनकी बात से सहमति जताई। "आपने ही उसे यह अफ़वाह फैलाने के लिए कहा कि नौकरानी आपके पति के साथ बिस्तर पर थी, और फिर नौकरानी के पति को फँसाने के लिए उसे ठाकुर साहब से मिलने के बहाने घर बुलवा लिया। लेकिन राम स्वरूप जब यहाँ आया, आपकी दवा के असर से तब ठाकुर साहब सो चुके थे, और उसके जाने के बाद छुरा लेकर आप अपने पति के कमरे में आईं। नशे की दवा की वजह से वह गहरी नींद में थे, फिर भी वह हाथ-पैर न चला सकें, इसलिए बृजभूषण ने उन्हें कसकर पकड़े रखा, और आपने उन पर वार किए। बृजभूषण तो उन्हें गला घोंटकर भी मार सकता था, वह छुरे के एक ही वार से उनका काम तमाम कर सकता था मगर आप यह नहीं चाहती थीं।"

"हाँ, यह तो मुझे ही करना था," शान्त और सधी हुई आवाज़ में उन्होंने कहा, "मैंने उसे छुरा मारा, और यह करने में मुझे कितनी ख़ुशी हुई, बता नहीं सकती। सच है कि उस वक़्त मैं आपे में नहीं थी। उसकी देह से ख़ून का फ़व्वारा छूटते हुए देखने के लिए मैंने उस पर बार-बार वार किए। बृजभूषण को मुझे वहाँ से खींचना पड़ा। मैं उसे और मारना चाहती थी। अभी और ख़ून देखना चाहती थी। जैसा मैंने बताया, मैं आपा खो चुकी थी। मैं उससे बेहद नफ़रत करती थी। ऐसा बहुत कम होता है कि मैं ख़ुद पर काबू न रख सकूँ और अब भी ऐसा नहीं होने वाला। यक़ीन मानें, मैं न रोऊँगी, न दया के लिए गिड़गिड़ाऊँगी और न ही किसी तरह का तमाशा करूँगी। और तुम, दो कौड़ी के नीच, तुच्छ और दख़लअन्दाज़ दरोगा, मुझे तुमसे बस इतना ही कहना है कि यह मत समझ लेना कि तुम जीत गए। मेरा बेटा मेरी ज़मानत करा लेगा और फिर लौटकर मैं तुम पर हँसने के लिए तुम्हें ढूँढ़ लूँगी।"

रानी देवी की उम्मीद के ख़िलाफ़ थानेदार ने उनके तानों को कोई तवज्जो नहीं दी। उन्होंने सिर्फ़ इतना कहा, "ठीक है, अब जैसा भी हो," और उठकर कमरे से बाहर चले गए।

हालाँकि वह मानते थे कि रानी देवी को ज़मानत शायद मिल भी जाए और उसके बाद यह मामला इतना लम्बा खिंच जाए कि उनके जीते-जी निपट ही न पाए। वो यह भी जानते थे कि उनके हवाले से रानी देवी के इस क़बूलनामे को

सबूत नहीं माना जाएगा क्योंकि अदालतें किसी पुलिस अफ़सर के बयान को जायज़ गवाही नहीं मानतीं, फिर भी प्रेम लाल सन्तुष्ट थे। उन्होंने एक बेगुनाह आदमी को उम्र क़ैद या शायद फाँसी चढ़ने से बचा लिया और सीआईडी वालों के ख़िलाफ़ उनकी धारणा फिर सही साबित हुई। एक बार फिर जासूसी का उनका हुनर काम आ गया और इस सोए हुए से मिलनपुर थाने में वह थोड़े दिनों और रह पाएँगे। यह जगह उन्हें रास आती है।

ठकुराइन के घर के ऊँचे, लकड़ी के फाटक से बाहर निकलते हुए उन्हें दोनों सीआईडी वाले आँगन पार करते दिखाई दिये। उन पर नज़र पड़ते ही छोटा अफ़सर चिल्लाया, "अरे तुम! तुम यहाँ क्या कर रहे हो? तुमको ऑर्डर मिला है न! ऑर्डर समझते हो—कहे की तामील। तुमसे जो कहा गया है, वह करो, समझे? तुम्हें कहा गया है कि तुम इस मामले में टाँग नहीं अड़ाओगे।"

"मामला तो निपट चुका है, दोस्त," प्रेम लाल ने शान्ति से उसे जवाब दिया। "मुझे लगता है कि तुम्हारे बॉस लोगों का फ़ोन अभी आता ही होगा।" सीआईडी वाले उनके जवाब के सदमे से उबर पाते, उसके पहले ही प्रेम लाल आगे निकल गए।

हलवाहे का सन्ताप

भारत के नौजवान प्रधानमंत्री राजीव गांधी देश को आधुनिक बनाकर 21वीं सदी में ले जाने पर आमादा थे लेकिन यूपी में करैल के धुरंत गाँव में आधुनिकता के अभी कुछ ही छींटे पड़े थे। गंगा किनारे से कुछ मील दूर काली मिट्टी वाले इस इलाक़े में नेताओं के आधे-अधूरे वायदों के बावजूद बिजली आख़िरकार पहुँच गई थी—या यों कहें कि बिजली के तार खिंच गए थे। हालाँकि इन तारों से होकर बिजली कभी-कभार ही आती और इसीलिए बिजली के बल्ब के मुक़ाबले लोग अब भी लालटेन के भरोसे थे। अलबत्ता खाते-पीते लोगों के घरों में अब कभी-कभी टेलीविज़न देखा जा सकता था। यह उन दिनों की बात है जब आज की तरह मोबाइल फ़ोन गाँव-गाँव, घर-घर तक नहीं पहुँचे थे। हाँ, सार्वजनिक फ़ोन यानी पीसीओ ज़रूर गाँवों तक पहुँच गए थे, और यह नई सहूलियत उनके ख़ासे काम की थी और अपेक्षाकृत सस्ती भी। इसके कुछ साल पहले सरकार ने जब गाँव तक मोटर रोड बनवाई थी, बाहर की दुनिया से गाँव का सम्पर्क तब भी थोड़ा बढ़ा था। लेकिन सड़क बनवाने के बाद उसके रखरखाव की किसी को याद नहीं रही सो अभी उस पर ऐसे गड्ढे हैं कि अम्बेसडर जैसी मज़बूत गाड़ी चलाना भी जोख़िम का काम है।

लब्बोलुआब यह कि ऐसे बदलावों का कुछ फ़ायदा तो था, मगर कुछ ऐसे लोग तो हर जगह मिल जाते हैं, जो ज़िन्दगी बदलने से ख़ुश नहीं होते और जो

पूरी गम्भीरता से मानते हैं कि पहले वाली ज़िन्दगी में ज़्यादा मज़ा था। किसान तीरथपाल यादव भी ऐसे ही लोगों में थे। ख़ास तौर पर ट्रैक्टर उनको ज़रा भी पसन्द नहीं थे। वह मानते थे कि ट्रैक्टर की वजह से हल चलाने के उनके परम्परागत कौशल की बेइज़्ज़ती होती थी, साथ ही वे उन बैलों के वजूद के लिए भी ख़तरा थे जिन्हें वह बचपन से ही अपने परिवार का हिस्सा मानते आए थे। हाल ही में, उनके बैलों में से एक हरिया बुख़ार की वजह से मर गया था और उन्हें इसका बहुत अफ़सोस था। उसे बचाने के लिए तीरथपाल ने तमाम देसी इलाज किए, फिटकरी से हरिया के पैर धोए, उसकी पूरी देह पर हल्दी भी मली, मगर कुछ काम नहीं आया। हारकर उन्होंने सरकारी पशु चिकित्सक को बुलाया, लेकिन उसकी हिकमत भी बेकार गई।

अब एक बैल से तो खेती होने से रही, सो दूसरा बैल ख़रीदने के लिए क़र्ज़ जुटाने को तीरथपाल ने पास के क़स्बे फ़ज़लगंज के कई चक्कर लगाए। इस बार फ़ज़लगंज से लौटते हुए वह ख़ासे उखड़े हुए थे, नहीं मालूम ग़ुस्से की वजह से या फ़िक्र की। बैंक वालों के सुलूक से वह ख़ासे ख़फ़ा था। उन्हें लगता था कि सरकारी स्कीम के हिसाब से बैंक को नया बैल ख़रीदने के लिए उन्हें क़र्ज़ देना चाहिए। हालाँकि अब चिट्ठी उनके हाथ में है और उनसे कहा गया है कि वे आकर रक़म ले लें फिर भी उन्हें फ़िक्र इस बात की है कि बैंक का वह क्लर्क फिर से कोई अड़ंगा न डाल दे। उसकी ग़ुस्ताख़ी उन्हें बहुत अखरती थी। वह जान-बूझकर उन्हें इतने दिनों तक टरकाता रहा है। पहले तो उसने यह एतराज़ किया कि तीरथराज ने अपनी दरख़्वास्त के साथ क़स्बे के बाक़ी तीनों सरकारी बैंकों के 'नो-ऑब्जेक्शन' सर्टिफ़िकेट नहीं लगाए हैं, कि उन पर दूसरे बैंकों का कोई क़र्ज़ बक़ाया नहीं है।

तो तीरथपाल को बारी-बारी उन बैंकों के चक्कर काटने पड़े और हर जगह से सर्टिफ़िकेट जुटाने के लिए उन्हें वहाँ भी टेंट ढीली करनी पड़ी।

फ़ज़लगंज में कोई बैंक क्लर्क कुछ लिये बिना कुछ नहीं देता। ख़ैर, जब सर्टिफ़िकेट ले आए तो उनसे कहा गया कि सर्टिफ़िकेट सत्यापित कराने में अभी समय लगेगा। वह भी हो गया, तो उन्हें मालूम हुआ कि अब उन्हें पुलिस से अपनी पहचान प्रमाणित करानी होगी। आख़िर में, ज़मानत के तौर पर दिये गए उनकी ज़मीन के काग़ज़ात पर एतराज़ लगा और काग़ज़ात अब जाँचने और पूरी तसल्ली करने के लिए बैंक के ऊपर वाले अफ़सरों के पास भेजे जाने थे।

फ़ज़लगंज के चौराहे को जाने वाले उस रास्ते पर, जहाँ भारतीय स्टेट बैंक की ब्रांच थी, चलते हुए तीरथपाल का हुलिया देखकर कोई भी आसानी से बता सकता

था कि वह किसान हैं—सिर पर बँधे ढीले-ढाले गमछे के नीचे से झाँकते छोटे-छोटे स्लेटी-धूसर बाल, ऐंठी हुई मूँछें, धोती, कुर्ता और बेढब चप्पलें। सर्वव्यापी हो चुके होर्डिंग्ज़ पर लगे विज्ञापनों पर नज़र पड़ी तो उन्होंने मन ही मन सोचा, "कैसी-कैसी चीज़ों के इश्तेहार आने लगे हैं! टेलीविज़न, मोटरसाइकिल, और अब तो कारों के भी। पुराने ज़माने में तो भगवान ने जो दे दिया, लोग उसी में ख़ुश रहते थे, और ज़्यादा का लालच नहीं होता था। वैसे भी कोई किसान क्या कार ख़रीदने के बारे में सोच भी सकता है? ये जितनी तरह की चीज़ों के इश्तेहार हैं, मेरी हैसियत तो उनमें से कुछ भी ख़रीदने की नहीं है, सिवाय रूपा नाम वाली उस चड्डी के। यह भी कैसी बेहूदगी है! किसी मर्द के अंडरवियर के लिए यह भी कोई नाम हुआ?"

उस गिरताऊ-सी दिखने वाली इमारत के नीचे वाले फ़्लोर पर बैंक था। तीरथपाल ने जैसे ही दरवाज़ा पार करके अन्दर क़दम रखा, उनके लोन की फ़ाइल देख रहे क्लर्क ने उन्हें पहचान लिया और बड़ी ख़ुशदिली से कहा, "आओ, आओ। आपका काम हो गया है। हम अब औपचारिकताएँ पूरी कर सकते हैं।"

"कैसी औपचारिकताएँ?" तीरथपाल सकपका गए, उन्हें लगा कि वह फिर कोई नया अड़ंगा डालने वाला है।

"अरे, घबराओ मत मेरे भाई। बस मामूली क़िस्म की औपचारिकताएँ हैं। आप तो जानते ही हैं कि फ़ॉर्म-वॉर्म भरे बग़ैर कोई सरकारी काम पूरा नहीं होता। उस सबका कोई बहुत मतलब नहीं फिर भी बहुत ज़रूरी होता है। वह तो करना ही पड़ेगा वरना आपको लोन नहीं मिल पाएगा। आप दस्तख़त करेंगे या अँगूठा लगाएँगे?"

इस सवाल से तीरथपाल को ठेस लगी, उन्होंने जवाब दिया, "मैं दस्तख़त करूँगा, आठवीं जमात पास हूँ।"

क्लर्क ने फ़ॉर्म निकालकर तीरथपाल से उन पर दस्तख़त करने को कहा। वह दनादन फ़ॉर्म पलटता और इशारे से दस्तख़त करने की जगह बता देता। तीरथपाल को यह जानने-समझने का रत्ती-भर मौक़ा नहीं मिला कि उनमें लिखा क्या था। उनसे पन्द्रह जगह दस्तख़त कराकर सारे फ़ॉर्म लिये-दिये वह मैनेजर के कमरे में घुस गया और वहाँ से तस्दीक़ कराने के बाद ख़ज़ांची के पास चला गया। थोड़ी देर बाद वह पाँच-पाँच सौ के नोटों की गड्डी लेकर लौटा और तीरथपाल को थमा दी। तीरथपाल ने नोट गिने तो लगा कि गिनने में कहीं चूक हुई है, सो भौंहें चढ़ाए हुए उन्होंने गड्डी के नोट फिर से गिन डाले, फिर क्लर्क से बोले, "लेकिन ये तो साढ़े तेरह ही हैं, मेरा लोन तो पन्द्रह हज़ार का है।"

"हाँ, बाक़ी हमारा कमीशन," बेमुरव्वती से दाँत निपोरते हुए क्लर्क ने उनकी शंका का समाधान किया, "आपके जो सारे काम हमने किए हैं, दस फ़ीसदी उसका मेहनताना बनता है न।"

"लेकिन इस रक़म से तो मैं अपना बैल नहीं ख़रीद पाऊँगा।"

"इससे क्या फ़र्क़ पड़ता है, पहले भी तो आप नहीं ख़रीद सकते थे?"

तीरथपाल ने सोच लिया कि अब उससे रार करना बेकार है, "लाठी तो उसी के हाथ में है, मैं कर भी क्या सकता हूँ?" वह बैंक से बाहर निकल ही रहे थे कि क्लर्क ने उनके घावों पर और नमक छिड़क दिया। उन्हें ताकीद करते हुए उसने ज़ोर से कहा, "देखो बैल ज़रूर ख़रीद लेना। जिस काम के लिए क़र्ज़ लिया हो, उसके सिवाय कहीं और ख़र्च करना ग़ैरक़ानूनी है। अगर हमें पता चल गया तो मुश्किल में पड़ जाओगे।"

तीरथपाल बैल ख़रीदने के अपने इरादे पर अब भी क़ायम थे, इसलिए कुछ उतावली और कुछ घबराहट में उन्होंने अपनी पत्नी राधा से बात करने का फ़ैसला किया। यादवों की उनकी बिरादरी में यों मर्द ही घर का मुखिया होता है मगर तीरथपाल इस रिवाज का अपवाद थे। उनके घर के मामलों में तो उनकी पत्नी की ही चलती थी। गाँव की औरतों के लिहाज़ से लम्बी और सुन्दर से कहीं ज़्यादा सुघड़ इकहरे बदन की राधा के काले बालों में अब भी कहीं-कहीं ही सफ़ेदी झलकती है। शाहाना शख़्सियत की मालकिन राधा घर बहुत किफ़ायत से चलाती थी, और बैंकों पर उसे ज़रा भी भरोसा नहीं था। इसीलिए इतने सालों में उसने जो थोड़ा-बहुत बचाया, अपने टिन के सन्दूक़ में छिपाकर रख छोड़ा था। बैंक क्लर्क की घूस का घाटा पूरा करने के लिए तीरथपाल ने जब उससे अपनी बचत के रुपयों में से कुछ देने को कहा तो राधा का जवाब सुनकर उन्हें हैरानी बिलकुल नहीं हुई।

वह एक और बैल ख़रीदने के पक्ष में ही नहीं थी। "लोग चाँद पर चले गए हैं, मगर तुमको हिलना क़बूल नहीं," उसने ग़ुस्से से कहा। "मैंने तुमसे कितनी बार कहा है कि बैल ख़रीदने-खिलाने के बजाय भाड़े पर ट्रैक्टर लेना कहीं सस्ता पड़ेगा। मगर तुम्हें तो एक और ख़रीदने की पड़ी है! मेरी मानो तो जो एक बैल बाँध रखा है, उसे बेचकर छुट्टी पाओ।"

"तुम तो जानती हो कि मुझे ट्रैक्टरों से नफ़रत है। ट्रैक्टर ने मुझ जैसे कितने ही हलवाहों की रोज़ी-रोटी छीन ली। वे बदसूरत होते हैं, उनमें कुछ भी तो अच्छा नहीं। बैल हमारी मिट्टी की पैदाइश हैं, ट्रैक्टर थोड़े ही हैं। फिर ट्रैक्टर वालों की

यह शोहरत आम है कि वे घमंडी होते हैं और भाड़े पर माँगने वालों से ख़राब बर्ताव करते हैं। ट्रैक्टर ख़रीद पाने की हैसियत की ठसक के साथ ही उनका भाड़ा भी हर साल बढ़ता जाता है।"

तीरथपाल थोड़ा रुके, फिर पत्नी की राय के ख़िलाफ़ उन्होंने तर्क दिया, "जो भी हो, यह हमारी इज़्ज़त का सवाल है। हमारे परिवार में अब तक हम लोग अपने खेत ख़ुद ही जोतते आए हैं। हमारे दरवाज़े पर बैल हमेशा बँधते आए हैं।"

"ख़ाली इज़्ज़त का ख़याल है," राधा ने चिढ़कर कहा। "कभी यह भी सोचा है कि घर कैसे चलेगा? तुम तो यह कभी नहीं सोचते। तुम्हें हमेशा ही लगता है कि ज़रूरत पड़ने पर रुपया कहीं न कहीं से आ जाएगा। ख़ुद ही देख लो कि ऐसा नहीं होता, तभी न हमें क़र्ज़ लेना पड़ा।"

पर आख़िर में राधा पिघल गई। उसे थोड़ी तसल्ली तो इस बात की थी कि एक और बैल आ जाने से गोबर ज़्यादा होगा तो और उपले भी बन जाएँगे, साथ ही घर की इज़्ज़त पर आँच आने से बचाने के ख़याल से उसने सन्दूक़ में छिपे अपने ख़ज़ाने से दो हज़ार रुपये निकाले और नोट अपने पति को देते हुए कहा, "इतने से तुम्हारा काम चल जाएगा।"

अपने दोस्त रणधीर यादव को साथ लेकर तीरथपाल जौनपुर जाने वाली ट्रेन पकड़ने रेलवे स्टेशन के लिए निकल पड़ा। जौनपुर में जानवरों का बड़ा मेला लगा था।

मेला शहर से कुछ मील दूर एक मैदान में लगा था। दोनों यादवों ने मवेशी देखने के लिए पहले पूरे मेले का एक चक्कर लगाया। वहाँ काले और सफ़ेद फ्रिजियन वर्ण संकर मवेशी, जर्सी वर्ण संकर वाले भूरे-सफ़ेद और देसी नस्ल के ख़ालिस हिन्दुस्तानी ख़ून वाले झक सफ़ेद मवेशी पेड़ों की छाया में बँधे हुए थे। फिर बाज़ार का मिज़ाज समझने के लिए वे दोनों चाय की एक दुकान पर जा बैठे। वहाँ उन्हें पता चला कि बाज़ार मन्दा चल रहा है। ज़ाहिर है कि ट्रैक्टरों का चलन बढ़ने से बैलों की ख़रीद-फ़रोख़्त पर असर पड़ा है और ऐसे में बढ़िया सौदा पटने की उम्मीद है।

इसके बाद तीरथपाल और रणधीर मवेशियों का ठीक से मुआयना करने फिर मेले में निकल पड़े। उन्हें देसी नस्ल के बैल की तलाश थी, जो मज़बूत होते हैं और ख़ूब खटते भी हैं। कई बैलों को देखने और अपने दोस्त से मशविरा करने के बाद तीरथपाल को ऊँची क़द-काठी वाला एक सफ़ेद देसी बैल जँच गया—ऐंठे हुए ख़ूबसूरत सींग, लम्बे नरम कान और सीधी-मज़बूत पीठ। बैल के मालिक ने

पन्द्रह हज़ार बताए मगर काफ़ी कहने-सुनने के बाद वह चौदह हज़ार पर आ गया। तीरथपाल ख़ुश हो गए। इस तरह बैल ख़रीदने के बाद कम से कम वह अपनी पत्नी से ली गई रक़म का आधा तो उसे लौटा पाएँगे।

दोनों को गाँव लौटने में छह रोज़ लग गए। जाड़ों की नरम धूप में बैल के आगे-आगे अपने दोस्त से बतियाते हुए खरामा-खरामा चलते तीरथपाल बेहद मग्न थे। घर वाले बैल बालू के नाम के साथ तुक मिलाते हुए अपने नए बैल को उन्होंने बाबू नाम दिया। साथ चलते बाबू की मौजूदगी भर से वह इस क़दर शान्त और सन्तुष्ट थे कि रास्ते-भर चेहरे पर गंदा धुआँ फेंककर गुज़र जाने वाले चूँ-चरर करते ट्रकों, तेज़ हॉर्न बजाते हुए क़रीब से गुज़र जाने वाले बस ड्राइवरों या ख़तरनाक तेज़ी से साँय-साँय निकलने वाली जीपों, अम्बेसडर और मारुति कारों से वह बेख़बर बने रहे। वह मज़े से अपनी धुन में चलते गए। इस वक़्त पैसों की तंगी या पत्नी की असहमतियों का ख़याल, सब कुछ उनके दिमाग़ से कोसों दूर थे। बाबू के आ जाने से वह आनन्द के सागर में गोते लगा रहे थे।

सफ़र में रात को ठहरने का इन्तज़ाम भी देखना होता। गाँवों में जहाँ वे रुकते, यादव बिरादरी के खेतिहर उनके सोने-खाने के लिए ज़रूरी इन्तज़ाम कर देते। तीरथपाल और उनके दोस्त आटा और आलू तो गमछे में बाँधकर ही चले थे, खाना पकाने के लिए उपले और आलू के चोखे में डालने के लिए नमक-मिर्च गाँव वाले दे देते। इससे उनके खाने का काम चल जाता। खाने के बाद रात को गाँव के हमबिरादरों के साथ बैठक-बतकही का दौर चलता—बीज और खाद के बढ़ते दाम, गेहूँ की फ़सल के लिए तय सरकारी क़ीमतों के नाकाफ़ी होने का मसला, व्यापारियों-आढ़तियों की मनमानी-बेईमानी और ज़ाहिर है कि सियासत का ज़िक्र भी इस बातचीत में आता।

रात के पड़ाव के बाद एक सुबह जल्दी निकलते वक़्त तीरथपाल ने रणधीर से कहा, "कितना अच्छा है कि गाँवों में पुरानी रीत अभी बची हुई है। हमारे यादव भाई अब भी बिरादरी का लिहाज़ करते हैं और मेहमाननवाज़ भी हैं।"

"हाँ, मगर कब तक?" उनके दोस्त ने कहा। "शहरों का लालच अब गाँवों में फैलने लगा है। जल्दी ही वह नौबत आने वाली है जब हमारे यादव बिरादर हमें ठहराने के लिए पैसे माँगेंगे।"

"सही बात है, मैंने सुना है कि शहरों में यादवों के बीच भाईचारा ख़त्म हो रहा है और हर आदमी ख़ुदग़र्ज़ हो गया है। गाँवों में अभी इतनी ग़नीमत तो है कि

लोग जाति-बिरादरी के भाईचारे में अब भी भरोसा करते हैं। इसी में हमारी भलाई भी है। हम सारे बिरादरी वाले अगर एक साथ खड़े नहीं होंगे तो बेईमान अफ़सरों और दूसरी जातियों का मुक़ाबला कैसे कर पाएँगे, जो हमसे इस वजह से जलती हैं कि हमारे पास ज़मीनें हैं? और उन दलितों से हम अपनी हिफ़ाज़त कैसे करेंगे जो दिनोदिन सिर पर चढ़े आ रहे हैं? क्या हमने उन्हें अपनी आँखों के सामने ही बदलते नहीं देखा? सरकार ने उनके हौसले बढ़ा दिये हैं, तभी तो छाती फुलाकर वे हमारे सामने खड़े होने लगे हैं। वे हमारे कुओं से पानी भरना चाहते हैं, हमारे खेतों में काम करने की बेजा मज़दूरी माँगते हैं—ऐसे ही चलता रहा तो वे हमारी बेटियों से ब्याह करने की माँग करेंगे।"

तीरथपाल की बातों से उद्विग्न रणधीर ने बातचीत को फ़लसफ़ाना रंग देते हुए कहा, "नई हवा के मारे शहरातुओं में इन दिनों रीत-रिवाज तबाह करने का जैसे फ़ैशन चल पड़ा है। वे भूल जाते हैं कि रीत-रिवाज हमारे जीने का सलीक़ा हैं, जो हमारे पुरखे हमें सौंप गए हैं। पुरखे कोई बेवकूफ़ नहीं थे, पर नए ज़माने वालों की बात मानकर हम अगर रीत-रिवाजों से पीछा छुड़ा लेते हैं, तो सचमुच यह हमारी बेवकूफ़ी होगी। वे तो यह भी कहते हैं कि जाति-वाति कुछ नहीं होती। पर उन्हें इस बात की ज़रा भी समझ होती कि अपनी पहचान के लिए किसी न किसी समूह में होना कितना ज़रूरी है, तो वे ऐसा नहीं कहते। अकेले आदमी की ताक़त ही क्या? और क्या बिसात? ब्राह्मण, बनिया और राजपूत सोचते हैं कि वे हमसे श्रेष्ठ हैं, लेकिन हम यादवों में एका रहते वे ख़ूब जानते हैं कि हमारा कुछ नहीं बिगाड़ पाएँगे। हमें खेती की अपनी परम्परा पर फ़ख्र है। और हम ही अन्न नहीं उगाएँगे, तो अपना ये पोथी-पत्रा और सारा ज्ञान लेकर ब्राह्मण कहाँ जाएँगे?"

"ठीक कहते हो," तीरथपाल ने रणधीर की बातों पर सहमति जताई और बातचीत का रुख़ फिर अपने पसन्दीदा विषय की ओर घुमा दिया। "अब यही देख लो कि लोग आजकल ट्रैक्टरों का गुणगान करते रहते हैं। वे चाहते हैं कि हम खेती के पुराने तौर-तरीक़े भूल जाएँ। बड़े शहरों में बैठे वे लोग कैसे समझ सकते हैं कि हम किसान, हमारे जानवर और हमारी ज़मीन सब एक हैं! आप इनमें से किसी एक का अनादर करते हैं तो दरअसल आप इन सबका अनादर करते हैं। ट्रैक्टर ज़मीन की बेहुरमती करते हैं, बलात्कार, वे धमधमाते हैं, इसे रौंदते हैं, ज़मीन के लिए उनमें श्रद्धा-आदर का भाव नहीं होता, क्योंकि उनमें दिल नहीं होता। मशीनों में कोई भावना थोड़े ही होती है, तो वे अपने काम पर भला गर्व

कैसे कर सकते हैं? खेतों की आहिस्ता-आहिस्ता जुताई देखकर यह बात किसी की समझ में आसानी से आ सकती है कि मेरे बैल ज़मीन के साथ कितने अच्छे ढंग से बरताव करते हैं, और मुझे पता है कि उन्हें अपने काम पर नाज़ भी होता है। मेरे पिता हमेशा कहते थे, "तुम्हारे बैल तुम्हारे सखा हैं, संगी हैं, उनसे दोस्त की तरह पेश आना चाहिए।"

तो यह हुआ कि जब दोनों यादव धुरंत गाँव पहुँचे, तो तीरथपाल अपने नए बाँके बैल को गर्व से हाँकते हुए गलियों से गुज़रे। लेकिन अपने तंग अहाते को घेरने वाली मिट्टी की दीवार के बीच की ख़ाली जगह से जैसे ही अन्दर दाख़िल हुए, गाय दुह रही उनकी पत्नी राधा ने सिर उठाकर देखा और बोली, "अच्छा तो तुम आ गए, यह मनहूस जानवर लेकर।" बोलने के ढंग से ही उन्हें लग गया कि वह उखड़ी हुई है। "बहुत ख़ुश लग रहे हो लेकिन तब क्या करोगे जब यह बैल सारा कुछ चट कर जाएगा, वह भी जो हमारे पास नहीं है?"

तीरथपाल ने अपने उत्साह पर पानी फेरने वाले राधा के ताने को नज़रअन्दाज़ करते हुए कहा, "ठीक है, जो हमारे पास नहीं है, उसे यह खा भी कैसे सकता है? लेकिन तुम यह क्यों कह रही हो कि हमारे पास पैसा नहीं है? मैंने इतना अच्छा सौदा किया कि तुम्हारे हज़ार रुपये बचा भी लाया हूँ। तुमको ख़ुश होना चाहिए। और तुम हो कि तारीफ़ करने की बजाय मुझे कोस रही हो।"

राधा उठ खड़ी हुई, अपने पति का कुर्ता पकड़कर उसे झिंझोड़ती हुई चिल्लाई, "हज़ार रुपये! एक हज़ार, तुम्हारी हज़ार रुपल्ली से क्या बनेगा, जब हम पर आ पड़ी विपदा से पार पाने के लिए हज़ारों रुपये चाहिए!"

इतने वर्षों से साथ रहते हुए तीरथपाल को राधा के तेवर का ख़ूब अन्दाज़ा था मगर उसका ऐसा उग्र रूप उन्होंने पहली बार देखा था। सकपकाये तीरथपाल ने पूछा, "कैसी विपदा, तुम क्या कह रही हो, मुझे कुछ समझ में नहीं आ रहा है?"

"तुम जब अपना यह लाड़ला बैल ख़रीदने गए थे, तब पुष्पा घर लौट आई। हमने उसकी शादी पर इतना ख़र्च किया फिर भी उसे लौटकर यहीं आना पड़ा। और वो इसलिए कि तुमने उसे ब्याहने के लिए जो आवारा पति खोजा था, वह अब अपने बीमार बच्चे का इलाज कराने से इनकार कर रहा है।"

तीरथपाल ने कहा, "अच्छा, मुझे घर के अन्दर तो आने दो ताकि हम आपस में इस मसले पर बात कर सकें। अपनी मुसीबत के बारे में गाँव-भर को सुनाकर फ़ज़ीहत कराना क्या ज़रूरी है?"

राधा एक किनारे हो गई। बाबू को बाड़े में बाँधकर तीरथपाल उस नीचे-लम्बे कच्चे भवन में दाख़िल हुआ, जिसकी मिट्टी की दीवारें गाय के गोबर से लीपी हुई थीं और जो घर और बखार दोनों का काम करता था। अन्दर जाकर वह चारपाई पर बैठ गया, गमछा उठाकर एक तरफ़ रखा, सफ़र का बचा हुआ राशन अभी उसमें बँधा हुआ था, फिर हाथों पर अपना सिर टिकाकर सोचते हुए उनका मन करुणा और तकलीफ़ से भर गया। कराहती हुई आवाज़ उनके मुँह से निकली, "यह क्या हो गया? मुझे लगा कि रुपये-पैसे के झंझट से अब हमें छुटकारा मिल जाएगा कि यह मुसीबत आ पड़ी। पुष्पा कहाँ है?"

"हाँ, यह बड़ी मुसीबत है," उनकी पत्नी ने तीखे स्वर में कहा। "पुष्पा अभी बेटे को नहला रही है। डॉक्टर कहता है कि जल्दी ही उसका ऑपरेशन करना होगा वरना उसकी जान जा सकती है। उसके पेट में कुछ गड़बड़ी है।"

"तो चलो, उसे लेकर सीधे सरकारी अस्पताल चलते हैं। वे ऑपरेशन कर देंगे," तीरथपाल ने सुझाया।

"डॉक्टर का कहना है कि बच्चा वहाँ बचेगा नहीं क्योंकि एक तो वहाँ गंदगी बहुत है और दूसरे वहाँ काम करने वाले इतने निकम्मे हैं कि मरीज़ को ज़रूरत होने पर भी वे अपनी जगह से नहीं हिलते चाहे मरीज़ उनकी अपनी माँ ही क्यों न हो। तुम तो जानते हो कि लोग खुलेआम कहते हैं, किसी को मारना हो तो सरकारी अस्पताल ले जाओ। वैसे भी, अगर हम वहाँ जाते हैं तो हमसे दवाओं के लिए पैसे माँगे जाएँगे। वे कहेंगे कि अस्पताल के स्टोर में दवाएँ हैं ही नहीं। हो सकता है कि वे घूस भी माँगें। यानी हम चाहे जहाँ जाएँ, हमें तुरन्त रुपयों की ज़रूरत है। बैंक से मिले रुपये ही इस वक़्त काम आ गए होते मगर अब तो तुम बैल ख़रीद लाए। चन्दर और बलराम से मदद ले सकते हैं, मगर वह मुझे अच्छा नहीं लगेगा।"

पत्नी की इस बात से तीरथपाल भी सहमत थे। अपने बड़े दामादों से रुपये माँगना उनकी शान के ख़िलाफ़ बात होगी। "नहीं, नहीं, हम उनसे नहीं माँग सकते," उन्होंने कहा। "अब तो महाजन के पास जाना ही अकेला रास्ता बचा है। मैं उसके पास जाकर उधार माँगता हूँ। रुपये तो वह दे देगा मगर सूद ज़्यादा माँगेगा। हमें कितना चाहिए?"

"बीस हज़ार।"

तीरथपाल को लगा कि वह रो पड़ेंगे, लेकिन उन्होंने किसी तरह ख़ुद को सँभाला। उन्होंने कहा, "अच्छा, तुम अपने जोड़े हुए रुपये दे दो तो यह रक़म कुछ कम हो जाएगी।"

"वह जो थोड़ा-बहुत है, मैं तुमको उसमें हाथ नहीं लगाने दूँगी," उनकी पत्नी ने निर्णायक स्वर में कहा। इस मसले पर अब और बातचीत की गुंजाइश ख़त्म देखकर वह उठे और गाँव के साहूकार रामपाल से मिलने निकल गए।

अपनी दो एकड़ ज़मीन गिरवी रखने के बाद तीरथपाल को साहूकार से क़र्ज़ मिल गया। हर महीने दो फ़ीसदी ब्याज देना होगा और जब तक क़र्ज़ की पूरी रक़म चुकता नहीं हो जाती, तीरथपाल का उस ज़मीन पर कोई हक़ नहीं होगा।

बच्चे की तकलीफ़ की वजह एपेंडिसाइटिस निकली और उसका ऑपरेशन सफल रहा मगर पुष्पा ने ससुराल लौटने से इनकार कर दिया। उसके पिता ने बहुत समझाया कि ब्याहता बेटी का यों मायके लौट आना कुल के लिए कलंक की बात है। माँ ने उसे बुज़दिल कहते हुए झिड़का। कहा कि उसे अपने पति और अपनी सास या हर ऐसे आदमी के सामने हिम्मत से, डटकर खड़े होना चाहिए, जो उसके लिए मुसीबत खड़ी करता हो। लेकिन पुष्पा पर इन बातों का कोई असर नहीं हुआ। वह अपनी ही ज़िद पर अड़ी रही।

कुछ दिनों बाद महाजन तीरथपाल को लेकर सब-रजिस्ट्रार के दफ़्तर गया, और वहाँ उन्हें एक काग़ज़ पर दस्तख़त करने को कहा। नामालूम-सी क़ानूनी ज़बान में लिखे हुए उस दस्तावेज़ में क्या था, यह तो तीरथपाल की समझ में नहीं आया मगर उन्होंने यह मानकर दस्तख़त कर दिये कि वह शायद ज़मीन रेहन रखने की क़ानूनी कार्यवाही होगी। तब महाजन ने उनसे यह भी कहा कि तीरथपाल चाहें तो अब भी अपनी ज़मीन पर खेती कर सकते हैं और वह जितने घंटे काम करेंगे, उसका मुआवजा उनके क़र्ज़ की रक़म की अदायगी में जोड़ लिया जाएगा, लेकिन उन्होंने यह कहते हुए इनकार कर दिया, "हम यादव रेहन रखी हुई अपनी ही ज़मीन पर काम करना अपमान समझते हैं।"

दूसरी और तीसरी बेटी के ब्याह के लिए तीरथपाल अपनी तीन एकड़ ज़मीन पहले ही गिरवी रख चुके थे, दो एकड़ अब और चली गई, लेकिन दो एकड़ अब भी उनके पास बची हुई थी। तो अब वह इन्हीं बचे हुए खेतों में मेहनत करने में जुट गए। घुटनों से ऊपर तक मोड़कर बाँधी गई नीली चमकदार लुंगी और नंगे बदन तीरथपाल खेत की जुताई करने में लगे थे। एक हाथ में उन्होंने कसकर हल की मूठ पकड़ रखी थी ताकि धूप में पककर सख़्त हुई मिट्टी पर इधर-उधर फिसलने के बजाय हल का फल ज़मीन को गहरे तक खोदता हुआ चले। उनके दूसरे हाथ में सोंटा था, जिसे कोंचकर वह जब-तब बाबू और बालू को आगे ठेलते ताकि

उनकी चाल में रवानी बनी रहे। जुए के बोझ तले सिर झुकाए दोनों बैल इधर-उधर पूँछ फटकारते खेत के एक छोर से दूसरे छोर तक चलते और तीरथपाल का इशारा पाकर घूम जाते। हल के पीछे चलते हुए तीरथपाल कभी उन्हें टिकटिकाते, कभी हुलकारते—"खैंच के चलो।" तेज़ धूप में उनके माथे पर चमकता पसीना बहकर आँखों में टपकने लगता तो वे गमछे के कोने से पोंछ लेते। यह मशक़्क़त वाला काम था मगर इसका सिला भी मिलता था। बाबू भी ख़ूब खटने वाला बैल निकला। बालू जैसे तजुर्बेकार बैल का वह बढ़िया जोड़ीदार साबित हुआ। इसलिए तीरथपाल को भी हलवाही के अपने हुनर का पूरा मज़ा आ रहा था। कहीं दूर ट्रैक्टर चलने की आवाज़ सुनाई दी तो तीरथपाल सोचने लगे, "उस मशीन पर बैठकर उसे खेत में आगे-पीछे चलाने के मुक़ाबले यह कहीं ज़्यादा मुश्किल और कष्टसाध्य काम है। मैं देखना चाहता हूँ कि किसी ट्रैक्टर वाले को कभी एक जोड़ी बैल हाँकना पड़े तो वह क्या करेगा। बैल तो उसे उल्लू बनाकर ही छोड़ेंगे क्योंकि उन्हें पता चल जाएगा कि उसे कुछ नहीं आता। वह बैलों को समझता ही नहीं।"

अपने अहाते में लौटकर तीरथपाल ने बैलों की देह पर लगी मिट्टी और पसीना धोया, उन्हें चारा डाला और फिर प्यार से उनकी पीठ थपथपाकर घर के अन्दर चले गए। वह थक गए थे मगर दिन-भर के काम से सन्तुष्ट थे। फ़र्श पर बैठी उनकी पत्नी रात के खाने के लिए सब्ज़ियाँ काट रही थी। उन्हें अन्दर आते देखकर उसने ऊपर देखा और बोली, "तुम्हारे चेहरे पर ख़ुशी इस बात की गवाही है कि तुम्हारा और तुम्हारे बैलों का दिन-भर का काम बढ़िया रहा। लेकिन सोचो कि इससे हमें क्या फ़ायदा होगा? हमारे पास अब कुल दो एकड़ खेत बचा है और उसमें तो इतना ग़ल्ला भी नहीं होगा कि हमारे खाने-भर को पूरा हो जाए, बेचने की तो बात ही छोड़ो। तो फिर हम अपना क़र्ज़ा कैसे उतार पाएँगे।"

बिना कुछ बोले तीरथपाल अपने हाथ-पाँव धोने चला गया। राधा बड़बड़ाती रही, "मैंने ऐसा अड़ियल आदमी नहीं देखा। इतना ज़िद्दी और अड़ियल आदमी...।" सब्ज़ियों पर हाथ चलाते हुए उसका भुनभुनाना भी चलता रहा। फिर ऊँची आवाज़ में उसने अपने पति को ख़बर दी, "तुम्हारे भाई की चिट्ठी आई है।"

तीरथपाल का एक भाई था—रामपाल। उम्र में उनसे कुछ साल बड़ा और इकलौता भाई। बहुत समय पहले वह कलकत्ता चला गया था और किसी मालदार मारवाड़ी सेठ के यहाँ ड्राइवर था। रामपाल चालीस पार कर गया था, लेकिन उसने शादी नहीं की थी और अकेले की अपनी ज़िन्दगी से ख़ुश था। तीरथपाल को अपने

भाई की नौकरी के बारे में ज़्यादा कुछ नहीं मालूम था, सिवाय इसके कि उसका साहब काफ़ी 'बड़ा आदमी' था। हालाँकि पिता की मौत के बाद दोनों भाइयों के बीच ज़मीन का बँटवारा हो जाना चाहिए था, लेकिन रामपाल ने बँटवारे के बारे में कभी कुछ नहीं कहा। साल में एक बार वह गाँव आता और फ़सल बेचने से मिले रुपयों में से अपना हिस्सा लेकर लौट जाता। तीरथपाल भाई को जितना दे देते, वह चुपचाप रख लेता। रुपये-पैसे को लेकर उसने कभी झिकझिक नहीं की। यही वजह थी कि दूर रहते हुए भी दोनों भाइयों के बीच सौहार्द का रिश्ता बना हुआ था। मगर अभी तो कटाई का नहीं, बुवाई का समय था, इसलिए अपने भाई का वह पोस्टकार्ड पाकर तीरथपाल को बहुत हैरानी हुई, जिसमें उसने लिखा था कि जैसे ही साहब छुट्टी दे देंगे, वह गाँव आ जाएगा।

पोस्टकार्ड के कुछ ही दिनों के भीतर रामपाल भी आ पहुँचा। पूरी आस्तीन की धारीदार क़मीज़, बढ़िया प्रेस की हुई क्रीज़ वाली पतलून और गाँव की धूल से अँटे हुए फ़ैशनेबुल नोकदार काले जूतों में जब वह तीरथपाल के अहाते में दाख़िल हुआ तो देखा कि चारे के ढेर के क़रीब बैठा उसका भाई बाबू को चारा खिला रहा है।

"यह तो बढ़िया बैल है," बाबू की तारीफ़ करते हुए रामपाल ने अपने आने की ख़बर दी।

"हाँ, और ख़ूब खटता भी है," जवाब देते हुए तीरथपाल अपने भाई को गले लगाने के लिए उठ खड़े हुए।

तीरथपाल यह सोचकर बेचैन हो रहे थे कि कहीं उनका भाई ज़मीन बाँटने या फिर फ़सल की रक़म में ज़्यादा हिस्सा माँगने के इरादे से तो नहीं आया है। जैसे ही दोनों जने जाकर बरामदे वाले छप्पर के नीचे बैठ गए, उनसे रहा नहीं गया। उन्होंने पूछ ही लिया, "वैसे तुम इन दिनों तो गाँव नहीं आते। क्या हुआ, कोई मुश्किल तो नहीं है?" उनकी आवाज़ में व्यग्रता झलक रही थी।

रामपाल ने जवाब दिया, "नहीं तो, मुझे कोई दिक़्क़त नहीं है। बढ़िया तनख़्वाह है, रहने के लिए क्वार्टर है, रहमदिल मालिक है, ज़िन्दगी ढंग से बसर हो रही है। मैंने तुम्हें बताया ही था कि मेरा साहब भला आदमी है, उनकी पत्नी और बच्चे भी मुझे बहुत मानते हैं। मुझे अपने घर का ही आदमी समझते हैं।"

"तो फिर क्या बात है? तुम्हारे आने से बेशक हम सब बहुत ख़ुश हैं क्योंकि वैसे तुम आते ही कहाँ हो, वही साल में एक बार। तभी लगा कि ज़रूर कोई ख़ास बात होगी।" उसी वक़्त अचानक तीरथपाल के दिमाग़ में कुछ कौंधा।

उन्होंने पूछा, "अच्छा, कहीं ऐसा तो नहीं कि तुमने आख़िरकार ब्याह करने का फ़ैसला कर लिया?"

रामपाल हँस पड़ा, "अरे नहीं, भाई। शादी और अब, इस उम्र में! शहरों में शादी किए बिना भी गुज़ारा हो जाता है, और मुझे कभी इतना वक़्त भी नहीं मिला कि शादी के लिए कोई औरत तलाश करता। इसके अलावा, परिवार पालने के झंझट के बजाय अकेले रहना मुझे आसान लगा। दरअसल, अभी मैं यहाँ अपनी नहीं, तुम्हारी मुश्किलों की वजह से आया हूँ।"

"क्या मतलब?" तीरथपाल ने कुछ सशंकित होते हुए पूछा।

"तुम तो जानते हो कि गाँव में कोई बात छिपाकर नहीं रखी जा सकती, तो यह ख़बर मेरे पास भी पहुँच गई कि तुमने हमारी ज़मीन महाजन के पास गिरवी रख दी है। ज़मीन-जायदाद के मामलों में या अपने गाँव के मसलों में ही मुझे कभी बहुत दिलचस्पी नहीं रही, मगर मुझे यह सोचकर अफ़सोस हुआ कि अगर आज हमारे पिता होते तो परिवार की ज़मीन गिरवी रखने की इस बदनामी से उनको कितनी तकलीफ़ पहुँचती। पहले जब अपनी बेटियों की शादी के समय तुमने ज़मीन गिरवी रखी थी तब मैंने तुमसे कुछ नहीं कहा था, मगर तुमने फिर से वही किया। मेरी तो समझ में यह भी नहीं आ रहा है कि ज़रूरत थी तो तुमने मुझसे पैसे क्यों नहीं माँग लिये। तुम्हें तो पता है कि मैंने थोड़ा-बहुत जोड़ रखा है।"

"बेशक, मैं समझता हूँ कि यह सब सुनकर तुम्हें कैसा लगा होगा। मगर यह ज़िन्दगी और मौत का सवाल था, हमें अपने नाती की जान बचानी थी। उसके नीच बाप ने हाथ खड़े कर दिये थे। वह बेटे का इलाज करा नहीं रहा था और पुष्पा रोये जा रही थी कि कुछ करो! जल्दी कुछ करो! वरना वह मर जाएगा। हमें तुरन्त रुपयों की ज़रूरत थी और उस समय महाजन के पास जाने के सिवाय हमें कुछ और सूझा ही नहीं। फिर बेटियों की शादी के मौक़े पर जब तुमने हमारी मदद करने से इनकार कर दिया तो तुमसे माँगने के बारे में हम भला कैसे सोचते? तब तो तुमने सिर्फ़ ताना ही दिया था कि हम पैसे की बर्बादी कर रहे हैं। और हम तुमको यह नहीं समझा पाए थे कि घर की इज़्ज़त बनाए रखने के लिए शादी में तड़क-भड़क कितनी ज़रूरी होती है।"

"चलो, ये सब बातें अब जाने दो। परिवार की इज़्ज़त के बारे में हमारा नज़रिया अलग है। हमें इस पर बहस नहीं करनी है। तो जैसा मैंने तुमसे कहा कि मैंने थोड़ा-बहुत बचाकर रखा है, और वे रुपये बैंक में पड़े ही तो हुए हैं। तो ज़मीन बचाने

के लिए मैं तुम्हें रुपये देने को तैयार हूँ। तुम जब चाहो मुझे वापस कर सकते हो। वैसे देखा जाए तो उसमें आधी ज़मीन मेरी भी है, इसलिए यह पैसा कोई एहसान नहीं है। समझ लो कि मैं ज़मीन में रक़म लगा रहा हूँ।"

लेकिन दोनों भाई जब महाजन के पास अपनी ज़मीन छुड़ाने गए तो पता चला कि यह काम इतना आसान नहीं था। महाजन ने उन्हें बताया कि तीरथपाल ने जिस काग़ज़ पर दस्तख़त किए थे, असल में वह ज़मीन की बिक्री का दस्तावेज़ था, न कि ज़मीन रेहन रखने का अनुबंध। और यह कि इस सौदे से वह बहुत ख़ुश है और अब ज़मीन लौटाने का उसका कोई इरादा नहीं है। यह सुनकर तीरथपाल के पाँव के नीचे से तो ज़मीन ही खिसक गई। वह महाजन के आगे घिघियाए, रामपाल ने गालियों का अपना तरकश उस पर ख़ाली कर दिया लेकिन वह उन दोनों पर हँसे जा रहा था। आख़िर में रामपाल ने चिल्लाकर कहा, "तुम जैसे मादरचोद से बात करने का कोई मतलब नहीं है। तुझे तो अब हम कोर्ट में देखेंगे," और महाजन को वैसे ही हिकारत से हँसता हुआ छोड़कर दोनों भाई वहाँ से निकल आए।

महाजन के घर से निकलकर दोनों भाई ख़ामोश चले आ रहे कि धड़धड़ाता हुआ एक ट्रैक्टर उनके क़रीब से गुज़रा। रामपाल के बेदाग़ शहरातू कपड़े खेत की जुताई करके लौट रहे उस ट्रैक्टर से उड़ती धूल-मिट्टी में सन गए। वह झल्लाया, "इस गाँव में अब किसी के पास रत्ती-भर शऊर नहीं रह गया है। पुराना ज़माना होता तो हमारे गुज़र जाने तक वह ठहर गया होता।"

"हाँ, मगर उस ज़माने में ट्रैक्टर कहाँ होते थे," तीरथपाल ने जवाब दिया। "ट्रैक्टर का मालिक होने से दिमाग़ में गर्मी चढ़ जाती है।"

घर लौटने के बाद दोनों भाई बैठकर सूरते-हाल के बारे में सोचने लगे।

फिर तीरथपाल ने बात शुरू करते हुए कहा, "तुमने ग़ुस्से में आकर उससे कह तो दिया कि कोर्ट में देख लेंगे, पर अब ज़रा ठंडे से दिमाग़ से सोचकर देखो। मुझे तो लगता है कि कोर्ट-कचहरी करने का कोई फ़ायदा नहीं। पंचायत शायद उससे बेहतर हो। अदालतों के बारे में मैंने तो सुना है कि एक तो वह बहुत ख़र्चीली हैं और दूसरे वहाँ अक्सर इंसाफ़ नहीं मिल पाता। मजिस्ट्रेट बड़े लोगों का रुआब मानते हैं और महाजन भी बड़ा आदमी है। उसके पास मजिस्ट्रेट को घूस खिलाने के लिए रुपये भी हैं।"

"ख़र्च की परवाह मत करो। ख़र्च मैं करूँगा," रामपाल ने जवाब दिया।

"तुम वकील की फ़ीस दे सकते हो मगर हम यह तो नहीं जानते कि मजिस्ट्रेट को कैसे ख़रीदा जाता है। मान लो कि हम केस जीतने का पक्का इन्तज़ाम नहीं कर पाते हैं, तब क्या होगा? तब तो तुम्हारा पैसा भी बर्बाद जाएगा और क़ानूनी फ़ैसला हमारे ख़िलाफ़ हुआ तो हम ज़मीन से भी हाथ धो बैठेंगे।"

"हम केस नहीं हारेंगे। इतना तो बिलकुल साफ़ है। इतनी बढ़िया दो एकड़ ज़मीन बीस हज़ार रुपये में कौन बेचेगा? ज़ाहिर है कि यह किसी तरह का क़र्ज़ था, और सरकार मनमाना सूद वसूलने वाले साहूकारी के इन तौर-तरीक़ों को बिलकुल नहीं मानती, इसलिए अदालत वह काग़ज़ हरगिज़ स्वीकार नहीं करेगी, जिस पर उसने तुमसे दस्तख़त कराए थे।"

"हाँ, उसने मुझसे दस्तख़त कराए थे; मगर काग़ज़ मुझे पढ़ने नहीं दिया, कहा कि जब तक मैं दस्तख़त नहीं करूँगा, वह मुझे रुपये नहीं देगा," तीरथपाल ने अपने भाई की बात से रज़ामन्दी जताई।

"ठीक है, यह बात भी हमारे हक़ में है कि उसने तुम्हें दस्तख़त करने के लिए मजबूर किया। हमारा केस एकदम मज़बूत है। अब तुम पंचायत-वंचायत भूल जाओ।"

अख़िरकार तीरथपाल को मानना पड़ा कि यह मामला गाँव की पंचायत में ले जाना बेकार है क्योंकि महाजन और सरपंच आपस में मिले हुए हैं। कोर्ट जाना ही ठीक रहेगा। वह चाहते थे कि उनका समझदार और तजुर्बेकार भाई उनका केस लड़ने के लिए कम से कम वकील तय करने और उसे पूरा मामला समझाने के लिए कुछ दिन और रुक जाए मगर रामपाल इसके लिए राज़ी नहीं हुआ। वह अपनी छुट्टियों से ज़्यादा समय तक रुककर अपने साहब को नाराज़ करने का जोख़िम नहीं उठाना चाहता था।

हालाँकि तीरथपाल के लिए वकीलों की कोई कमी नहीं थी। फ़ज़लगंज कोर्ट औपनिवेशिक शैली में ईंटों की बनी एक ख़ूबसूरत मेहराबदार इमारत थी, जो अंग्रेज़ों ने विरसे में छोड़ी थी। लेकिन मुक़दमेबाज़ी के मामले में आज़ाद भारत चूँकि अंग्रेज़ों के ज़माने से कहीं आगे निकल गया था, सो मजिस्ट्रेटों के पास आनेवाले मामलों की तादाद के लिहाज़ से पुरानी इमारत काफ़ी छोटी पड़ने लगी। फिर बदली हुई ज़रूरतों का ख़याल करके सरकार के लोक निर्माण विभाग ने सुरुचिपूर्ण वास्तुशिल्प वाली कोर्ट की उस पुरानी इमारत के पास ही कंक्रीट की एक और इमारत बना दी है, जिसमें वास्तु-कला की कोई ख़ूबी तो नहीं दिखाई देती मगर जिसकी दीवारों के धूसर हो चले पीले रंग पर जगह-जगह काले रंग के धब्बे देखे जा सकते हैं। यहीं

कोर्ट की इमारत के बाहर बने कामचलाऊ ठिकानों में क़स्बे के वकील बैठते, जो ख़ुद को एडवोकेट कहलाना पसन्द करते थे। चारों तरफ़ से खुले हुए इन ठिकानों में बाँस के खंभों पर टिकी टिन की चादर के सिवाय और कुछ नहीं था। यहाँ की सबसे ज़्यादा पहचानी जाने वाली आवाज़ पुराने ढब के टाइपराइटरों की खट्-खट् है, जिन पर बैठकर वकीलों के मुंशी क़ानूनी दस्तावेज़ों को शक़्ल देने में मसरूफ़ मिलते हैं।

ऐसे ही ठिकानों की क़तार के बीच इधर घूमते हुए तीरथपाल हिन्दी में लिखे हुए वकीलों के नाम और उनकी योग्यता वाले बोर्ड पढ़ते रहे। उन्होंने सुन रखा था कि कई वकील बड़े धोखेबाज़ होते हैं और एक ही मामले में दोनों तरफ़ से पैसे ले लेते हैं। उन्होंने सोचा कि ऐसे धोखे से बचने के लिए उन्हें अपनी जाति का ही वकील करना चाहिए, मगर यह भी आसान नहीं लगता था। जो पहला बोर्ड उन्होंने देखा उस पर 'अनुज कुमार राय, एलएल.बी. बनारस हिन्दू विश्वविद्यालय' लिखा हुआ था। उन्हें यह ठीक लगा, मगर उसके नाम से ही लगता था कि वह भूमिहार है, और भूमिहार तो ख़ुद के ब्राह्मण होने का दावा करते हैं। 'एडवोकेट पंडित शिवसागर मिश्रा' तो बिला शक ब्राह्मण ही थे। उनके बगल में 'गोविन्द तिवारी' थे, एक और ब्राह्मण। तीरथपाल को लगने लगा कि सारे वकील ब्राह्मण ही हैं, और ठीक भी है क्योंकि सदियों से वही लोग सबसे ज़्यादा पढ़ते-लिखते आए हैं। अन्ततः उन्हें अपने काम के लायक़ एक वकील मिल ही गया : "राम गोपाल यादव, एलएल.बी.।"

राम गोपाल का बोर्ड पढ़ते हुए तीरथपाल को थोड़ी चिन्ता हुई। इस वकील के पास लोकल कॉलेज की डिग्री थी, जबकि ब्राह्मणों के पास बड़ी-बड़ी मशहूर यूनिवर्सिटियों की डिग्रियाँ थीं—बनारस, लखनऊ और इलाहाबाद यूनिवर्सिटी। राम गोपाल यादव ने उनकी ओर देखा, वह उस दिन के पहले या शायद अकेले सम्भावित मुवक़्क़िल थे। तो हाथ में पकड़ा हुआ 'दैनिक जागरण' अख़बार उसने तह करके किनारे रख दिया और तीरथपाल से बैठने को कहा। वकील नौजवान था, तीसेक बरस का या शायद उससे भी कम। उम्र देखकर उस पर भरोसा करने का हौसला वह नहीं जुटा पा रहे थे। "क्या मुझे किसी और अनुभवी वकील के पास नहीं जाना चाहिए?" उन्होंने सोचा। लेकिन उस दुबले-पतले और चंट नौजवान के चेहरे पर झलकती चालाकी उन्हें जँच गई। फिर वकील के लिबास में वह उन्हें एकदम पेशेवर लगा—काला कोट, सफ़ेद क़मीज़ और वकीलों वाला फ़ीता। तो तीरथपाल ने उसकी बात मान ली और बैठ गए।

वकील ने तीरथपाल से बात करते हुए धीरे-धीरे उनकी पूरी कहानी सुनी और फिर तपाक से बोला, "हमारा केस मज़बूत है। एकदम साफ़। आपसे जिस क़ाग़ज़ पर दस्तख़त कराए गए हैं, क़ानून की नज़र में उसका कोई मोल नहीं है। क्योंकि महाजनी का धंधा ही ग़ैरक़ानूनी है। यह साफ़-साफ़ जालसाज़ी का मामला है और हम इस केस में ठगी की शिकायत और जोड़ सकते हैं—हम दोनों का केस बनाएँगे। सबसे पहले हमें थाने जाकर एफ़आईआर दर्ज कराने के लिए दरख़्वास्त देनी होगी। फिर यह देखना होगा कि पुलिस केस दर्ज करके मामला मजिस्ट्रेट के सामने पेश करे।"

यह सुनकर तीरथपाल का चेहरा उतर गया। "लेकिन पुलिस मेरा काम कभी नहीं करेगी। मैं तो बहुत छोटा आदमी हूँ। और फिर महाजन उन्हें घूस खिला देगा।"

"आप उसकी चिन्ता न करें, हम वकीलों के पास पुलिस से काम कराने के अपने तरीक़े होते हैं।"

राम गोपाल अपनी ज़बान का पक्का निकला, और फिर वह दिन आ गया जब दूसरे दर्जे के मजिस्ट्रेट की कोर्ट में तीरथपाल और महाजन आमने-सामने थे। कोर्ट में वकीलों, मुवक़्क़िलों और उनके हिमायतियों की भीड़ थी, और सबको अपने मामले मजिस्ट्रेट के सामने पेश होने का इन्तज़ार था। झक सफ़ेद धोती पहने महाजन बहुत बना-ठना लग रहा था, और वकीलों की एक टोली के साथ खड़ा हँसी-मज़ाक़ में मशगूल था। तीरथपाल चुपचाप राम गोपाल के पास जाकर खड़ा हो गया।

कोर्ट का कोलाहल मद्धिम हो गया, जब कुछ गरिमामयी चाल के साथ मजिस्ट्रेट इजलास में दाख़िल हुए, लाल कोट और उसके ऊपर चपरास बाँधे एक चपरासी उनके पीछे चल रहा था। अंग्रेज़ी हुकूमत के दौर के उसके पुरखे यही वर्दी पहना करते थे। यह अब भी चलन में है, कि इसका मतलब चपरासी को क़ानून की महिमा का प्रतीक जताना होगा। मगर मजिस्ट्रेट की शख़्सियत को महिमामयी हरगिज़ नहीं कहा जा सकता था। वह तक़रीबन उतने ही गोल थे, जितनी कि लम्बे। पक रहे बालों की लटें फैलाकर उनके पूरे सिर पर इस तरह चिपकाई गई थीं कि गंजापन छिपाया जा सके मगर यह कोशिश नाकाम लगती थी। उनकी काफ़ी बड़ी ठुड्डी इस क़दर स्थूल थी कि गर्दन उसके पीछे छिप गई थी, और उनके गोल चेहरे का आधा हिस्सा बड़े काले चश्मे के पीछे छिपा हुआ था। चश्मा देखकर लगता था कि वह उनकी नाक से फिसलकर कभी भी गिर सकता है।

राम गोपाल जब अपने मुवक्क़िल की ओर से बोलने के लिए मजिस्ट्रेट से इजाज़त देने का आग्रह करने उठा, तो उसे झिड़क दिया गया। "यह पुलिस केस है," मजिस्ट्रेट ने कहा, "वे इतने क़ाबिल हैं कि आरोपियों पर अभियोग लगा सकें। आप वकील लोग हमेशा इस तरह के छोटे-मोटे मामलों को तूल देते रहते हैं ताकि पैसा बना सकें।"

"लेकिन श्रीमान, यह जालसाज़ी का गम्भीर मामला है। मेरे मुवक्क़िल की ज़मीन हड़प ली गई है।"

"इस तरह के मामलों को गाँव में ही निपटा लेना चाहिए। अब आप इसे बड़ा मामला बनाना चाहते हैं ताकि इस बहाने शोहरत पा सकें। मेरे यहाँ यह सब नहीं चलेगा। आप बैठ जाइए और मामले की कार्रवाई आगे बढ़ने दीजिए।"

मगर राम गोपाल ने हार नहीं मानी। "योर ऑनर, यह क़ानून का मामला है, गाँव का कोई मामूली-सा झगड़ा नहीं है। मैं आपको यह बताना चाहता हूँ कि क़ानून के लिहाज़ से यह गम्भीर अपराध का मुद्दा है। मेरे केस की बुनियाद ऐसा दस्तावेज़ है, जो ग़ैरक़ानूनी है। यानी क़ानून तोड़ा गया है और क़ानून की मुहाफ़िज़ कोर्ट है, ग्राम पंचायत नहीं।"

"मुझे मत बताइए कि कोर्ट का क्या फ़र्ज़ है," मजिस्ट्रेट ने ग़ुस्से से कहा। "यह मैं तय करूँगा कि क्या क़ानूनी है और क्या नहीं।"

"लेकिन कोर्ट को यह बताना मेरा फ़र्ज़ है कि वह दस्तावेज़ ग़ैरक़ानूनी क्यों है, क्योंकि हमारे केस का सारा दारोमदार उसी पर टिका है।"

"आपका फ़र्ज़ क्या है, मैं यह भी बता देता हूँ। आप बैठ जाएँ, क़ानून अपना काम करेगा।"

"लेकिन मेरे मुवक्क़िल को मेरी मदद की ज़रूरत है क्योंकि वह क़ानून नहीं जानता है। वह जिस दस्तावेज़ पर दस्तख़त कर रहा था, उसे भी समझ नहीं पाया था, वह...।"

मजिस्ट्रेट ने फिर वकील की बात काटते हुए कहा, "तो आप कह रहे हैं कि आपका मुवक्क़िल अनपढ़ है। तब तो आँख मूँदकर दस्तावेज़ पर दस्तख़त करके उसने क़ानून तोड़ा है। क़ानून कहता है कि आप किसी ऐसे शपथ-पत्र में शपथपूर्वक कुछ नहीं कह सकते, जो सच नहीं है। और अगर आप इसे समझते ही नहीं हैं, तो यह क़सम कैसे खा सकते हैं कि यह सच है?"

"योर ऑनर, यह कोई हलफ़नामा नहीं है। इस दस्तावेज़ की कोई क़ानूनी वैधता ही नहीं है।"

"आप मुझे फिर क़ानून सिखाने लग गए। मैंने कहा न कि यह मैं तय करूँगा।"

"ऐसा इसलिए है क्योंकि मेरा मुवक़्क़िल दस्तावेज़ नहीं समझता है, और तभी उसको मेरी नुमाइंदगी की ज़रूरत पड़ी है, योर ऑनर। मेरा मुवक़्क़िल किसान है। ज़मीन की क़ीमत जानता है। अपनी दो एकड़ उपजाऊ और सिंचित ज़मीन भला बीस हज़ार रुपये में बेचने को वह क्यों राज़ी होगा?"

"अब आप उम्मीद करते हैं कि मुझे ज़मीन की क़ीमत भी मालूम होनी चाहिए। मुझे ज़मीन से क्या लेना-देना? मैं मजिस्ट्रेट हूँ, किसान या दलाल नहीं। अगर आपको अदालत में इस मसले पर बहस करनी ही थी तो फिर आपने रेवेन्यू ऑफ़िसर से ज़मीन की मालियत का सर्टिफ़िकेट लेकर पेश क्यों नहीं किया?"

अपनी खीज और ग़ुस्से में वकील यह भूल गया कि वह कहाँ खड़ा है और फट पड़ा, "क्योंकि किसी बेवकूफ़ के सिवाय हर कोई जानता है कि यह क़ीमत अनर्गल है, एकदम बकवास।"

अदालत में मौजूद लोग ठट्ठा मारकर हँस पड़े। ग़ुस्से से तमतमाए मजिस्ट्रेट अपनी कुर्सी से उछल पड़े, अपनी हथौड़ी उठाकर ज़ोर-ज़ोर से मेज़ पीटते हुए वह चीख़े—ऑर्डर-ऑर्डर। हवा में तैर रही हँसी थम गई और मजिस्ट्रेट ने ऐलान किया, "यहाँ मुझे बेवकूफ़ कहा गया। यह अदालत की तौहीन है। इससे कोर्ट की मर्यादा भंग हुई है। तौहीन-ए-अदालत के इस मसले पर क्या कार्रवाई करनी है, यह मैं सोचूँगा। अब कोर्ट बर्ख़ास्त। आज मैं और मामलों की सुनवाई नहीं करूँगा।"

अपनी तारीख़ पर सुनवाई के लिए उस रोज़ कोर्ट में जुटे वादी, वकील और पुलिस वाले भुनभुनाते हुए बाहर निकल गए। मजिस्ट्रेट उठकर पीछे की ओर बने कमरे में चले गए, जिसे चैंबर कहा जाता है। महाजन और उसका वकील भी पीछे-पीछे चैंबर में पहुँच गए। वे दोनों मजिस्ट्रेट के बुरी तरह आहत अहं पर मरहम लगाने के साथ ही उनके ग़ुस्से की आग में घी भी डालते गए। तीरथपाल और उनका वकील जिज्ञासुओं की भीड़ के सवालों को दरकिनार करते हुए कचहरी कम्पाउंड के बाहर निकल गए।

बाहर आकर वे दोनों वकील के घर की ओर बढ़े क्योंकि वही एक जगह थी जहाँ वे इत्मीनान से बैठकर बात कर सकते थे। मजिस्ट्रेट के ग़ुस्से का क़िस्सा अब तक ज़माने-भर को पता चल गया था। इस वाक़िये से परेशान तीरथपाल ने रास्ते में अपने वकील से पूछा, "अब हम क्या करेंगे?"

वकील ने कहा, "मानता हूँ कि मुझे वह सब नहीं कहना चाहिए था, लेकिन वह मादरचोद साफ़-साफ़ तरफ़दारी कर रहा था और बड़ी चालाकी से बदतमीज़ी भी...तो मेरे मुँह से निकल गया। हमें अब इससे निपटने की तरक़ीब सोचनी होगी, रणनीति बनानी पड़ेगी। दो-एक दिन में मैं कुछ करता हूँ।"

राम गोपाल यादव शातिर वकील था। वह अच्छी तरह जानता था कि सीधे भिड़ना हमेशा ही अक़्लमन्दी नहीं होती, कि कई बार सीधे रास्ते से बेहतर घुमावदार रास्ता होता है। इस केस में आगे बढ़ने का सबसे सीधा तरीक़ा तो यही था कि इसे किसी दूसरे मजिस्ट्रेट की कोर्ट में ले जाने की अर्ज़ी लगा दी जाए। मगर यह ख़र्चीला तरीक़ा होगा और वह तीरथपाल पर ख़र्च का बोझ बढ़ाना नहीं चाहता था। जाने क्यों उसे तीरथपाल से हमदर्दी हो गई है। हालाँकि यह बात कुछ अटपटी थी क्योंकि अपने मुवक़्क़िलों के लिए हमदर्दी उसके स्वभाव में हरगिज़ नहीं थी। इसकी वजह शायद तीरथपाल की सादगी थी या फिर उस जैसे नौसिखिया वकील पर भरोसा करने की उनकी सहजता। वजह चाहे जो हो, मगर ख़र्चीली क़ानूनी तरक़ीब सुझाकर राम गोपाल उस बूढ़े आदमी को दूहना नहीं चाहते थे। तो शातिर दिमाग़ राम गोपाल ने पूरे मामले पर मजिस्ट्रेट के नज़रिये से ग़ौर करना शुरू किया।

उसने सोचा कि क्या उस रोज़ की बेइज़्ज़ती के लिए माफ़ी माँगना काफ़ी होगा। लेकिन फिर उसने सोचा कि मजिस्ट्रेट तो शायद इसके बाद भी अपने फ़ैसले में पक्षपात करने से बाज़ नहीं आएगा, ख़ासतौर पर तब, जब महाजन ने उनको पैसे देने की पेशकश की ही हो। लेकिन ठहरो, राम गोपाल ने सोचा, मजिस्ट्रेट अगर महाजन के हक़ में फ़ैसला देता है तो यह उसी के लिए ख़तरनाक साबित होगा। तब लोगों को लगेगा कि मजिस्ट्रेट ने अपनी बेइज़्ज़ती का बदला लेने के लिए ऐसा किया है और अख़बारों के लिए यह ख़ासी सनसनीख़ेज़ ख़बर होगी। राम गोपाल का एक दोस्त फ़्रीलांस पत्रकार था और सूबे की राजधानी से छपने वाले एक अख़बार में उस रोज़ अदालत में हुए वाक़िये की रिपोर्ट छपी भी थी। यानी तीरथपाल के केस में जब फिर सुनवाई शुरू होगी तो उसमें अख़बारों की भी दिलचस्पी होगी; कि पत्रकारों को बढ़िया ख़बर की तलाश रहेगी। मजिस्ट्रेट का फ़ैसला अगर दुर्भावनापूर्ण हुआ तो अख़बार शर्तिया इस पर लिखेंगे और तब मजिस्ट्रेट के लिए मुसीबत खड़ी हो सकती है। राम गोपाल को लगा कि ज़्यादा सम्भावना इस बात की है कि अपनी भलाई का ख़याल करके मजिस्ट्रेट निष्पक्ष फ़ैसला देंगे। इसलिए उसने मामले की सुनवाई शुरू होने का इन्तज़ार किया।

कई हफ़्ते के बाद मामला जब फिर से शुरू हुआ, तो राम गोपाल यह देखकर ख़ुश हो गया कि कोर्ट में स्थानीय पत्रकारों के बीच सूबे की राजधानी के दो-एक पत्रकार भी मौजूद थे। उसने तीरथपाल से कहा, "प्रेस वालों की भीड़ देखकर मजिस्ट्रेट ज़रूर परेशान हो जाएगा।" मजिस्ट्रेट पता नहीं परेशान हुआ या नहीं, पर उसे इस बात की हड़बड़ी ज़रूर थी कि मामला जल्दी से ख़त्म हो।

राम गोपाल के माफ़ी माँगने के साथ मामले की कार्यवाही शुरू हुई। मजिस्ट्रेट ने उसकी माफ़ी न तो स्वीकार की और न ही अस्वीकार और बड़ी रुखाई से वकील को खड़े रहने के लिए कहा, कि वह अपनी बात पहले ही कोर्ट को बता चुका था। इसके बाद मजिस्ट्रेट महाजन के वकील की ओर घूमे और संक्षेप में अपना पक्ष रखने को कहा। वह मजिस्ट्रेट को नाराज़ नहीं करना चाहता था, इसलिए सचमुच बहुत मुख़्तसर बोला। जिरह करते हुए उसने कोर्ट को बताया कि तीरथपाल ने जिस दस्तावेज़ पर दस्तख़त किए, वह क़ानूनी है, कि इस बात का कोई सबूत नहीं है कि काग़ज़ पर दस्तख़त करने के लिए उसे मजबूर किया गया, कि जिस ज़मीन का यह मुक़दमा है वह बेहद ख़राब है, और यह कि उसकी बीस हज़ार रुपये से ज़्यादा मालियत का भी कोई साक्ष्य कोर्ट में नहीं दिया गया है। इसके बाद मजिस्ट्रेट ने अपना फ़ैसला सुनाया।

पहले तो उन्होंने बड़ी गम्भीरता और विस्तार से यह बताया कि बचाव पक्ष के वकील के आचरण से वह कितना आहत हुए हैं और कैसे उनके आचरण से क़ानून की महिमा का बेहद गम्भीर अनादर हुआ है। "फिर भी," मजिस्ट्रेट ने आगे कहा, "मैं अपना कर्तव्य अच्छी तरह समझता है और इंसाफ़ के तराज़ू को बराबर रखना मेरा फ़र्ज़ है। मैं फ़राख़-दिल भी हूँ, इसलिए अपने साथ हुई बेइज़्ज़ती को इंसाफ़ के रास्ते में नहीं आने दूँगा।"

राम गोपाल तीरथपाल के कान में फुसफुसाया, "मुझे लगता है कि यह सही जा रहा है।"

इंसाफ़ का भरोसा दिलाने के बाद मजिस्ट्रेट ने हिन्दुस्तानी तहज़ीब में आपसी तालमेल और सन्तुलन की अहमियत पर छोटा-मोटा भाषण दे डाला। भगवद्गीता का हवाला देकर कहा कि न तो ज़्यादा खाना चाहिए और न ही कम, न बहुत ज़्यादा सोना चाहिए और न बहुत कम। उनका यह उद्धरण असम्बद्ध था और मौजूदा मामले से उसका तालमेल बिलकुल नहीं बैठता था, फिर भी कोर्ट में मौजूद लोगों के बीच अपनी बुद्धिमत्ता के बखान का यह मौक़ा वह हाथ से नहीं जाने

देना चाहते थे। आख़िर में वह मुद्दे पर आए : "चूँकि इंसाफ़ का तराज़ू सन्तुलित रहना चाहिए और चूँकि हमारी भारतीय संस्कृति हमें सन्तुलन सिखाती है, तो अपना अपमान किए जाने के बावजूद मैं सन्तुलित इंसाफ़ ही करूँगा। मेरा फ़ैसला है कि वादी तीरथपाल यादव ने बिना पढ़े-जाने दस्तावेज़ पर दस्तख़त किए और इस वजह से वह अदालत का समय बर्बाद करने का दोषी है। उसे आगाह किया जाता है कि आइंदा ऐसा न करे। रामपाल महाजन जालसाज़ी का दोषी है और उस पर तीन हज़ार रुपये का जुर्माना लगाया जाता है। बिना किसी वित्तीय लेन-देन के तीरथपाल को उसकी ज़मीन लौटा दी जाए।"

तीरथपाल ने ख़ुश होकर अपने नौजवान वकील की पीठ थपथपाई और महाजन ने मन ही मन मजिस्ट्रेट को गरियाया। इस केस में पत्रकारों की दिलचस्पी अब ख़त्म हो गई थी सो वे अपने रास्ते चले गए।

अदालत के बाहर महाजन और उसके वकील ने राम गोपाल को धमकाया कि वे इस फ़ैसले के ख़िलाफ़ अपील करेंगे। राम गोपाल ने महाजन को समझाया कि तब उसे इस मामले में जेल भी हो सकती है। महाजन अपील की बात भूल गया, अब तो उसे अपना क़र्ज़ा भी भूलना होगा क्योंकि राम गोपाल ने कहा है कि जालसाज़ी करके बनाए गए दस्तावेज़ का कोई वजूद ही नहीं, तो फिर रक़म लौटाने का सवाल ही नहीं उठता। महाजन अब अपनी और फ़ज़ीहत कराने से बचना चाहता था सो उसने वह रक़म बट्टे खाते में गई मान ली, हालाँकि यह सूदख़ोरी के उसके उसूल के ख़िलाफ़ था।

तीरथपाल ने अपनी पत्नी को अदालत में नहीं आने दिया था। कोर्ट-कचहरी मर्दों का काम है। इसके अलावा, अगर मजिस्ट्रेट की कोई बात उसे नाग़वार गुज़रती तो वह उन पर चिल्ला सकती थी और इससे उनका केस ख़राब ही होता। यह भी हो सकता था कि उनके बीच वहीं कहा-सुनी हो जाती, तो ज़ाहिर है कि लोगों के बीच बीवी से झगड़ने की ज़िल्लत भी उठानी पड़ती।

वह जब घर लौटे तो कमर पर हाथ धरे वह दरवाज़े पर ही खड़ी मिली, और यह कहते हुए उनकी अगवानी की, "तुम्हारे चेहरे पर छाई मुर्दनी देखकर ही लगता है कि ख़राब ख़बर है। है न!"

"पूरी तरह से नहीं," नीचे ज़मीन की तरफ़ देखते हुए तीरथपाल ने थोड़े व्यथित स्वर में जवाब दिया।

"सामने देखो," उसने कहा, "और सच-सच बताओ कि क्या हुआ है?"

"मजिस्ट्रेट ने मुझे डपट दिया।"

"पर क्यों? तुम ऐसी गड़बड़ कैसे कर सकते हो कि तुम मुसीबत में फँस जाओ, और लोगों का ख़ून चूसने वाला वह महाजन बच जाए?"

"मैंने जाने-सोचे बिना ही काग़ज़ पर दस्तख़त जो किए थे।"

फिर चेहरे पर विजयी मुस्कान लिये तीरथपाल ने उसकी ओर देखा और कहा, "तुम यह सोचकर ख़ुश हो रही हो न कि मैंने गड़बड़ कर दी है, कि तुम्हें पहले ही इसका अन्देशा था। लेकिन तुम ग़लत सोच रही हो! मैंने कोई गड़बड़ी नहीं की। अपनी ज़मीन वापस मिल गई है और क़र्ज़ भी माफ़ हो गया है।"

लेकिन राधा को इतने से सन्तोष नहीं हुआ। "यह तो चलो अच्छी बात है, मेरे स्वामी-मेरे देवता। ज़मीन आपको वापस मिल गई, लेकिन बीज और खाद कहाँ से आएगा? और अगर हम फ़सल ही नहीं उगा सकते तो फिर ज़मीन का क्या फ़ायदा?"

"उसके लिए मैं कुछ भी करके पैसे जुटाऊँगा, उधार लूँगा, बाबू और बालू के साथ मिलकर दूसरों के खेतों में काम करके भी पैसा कमाऊँगा।"

"तुम फिर उन मनहूस बैलों को बीच में ले आए। हमारी सारी मुसीबतों की जड़ ये बैल ही हैं!" राधा चिल्लाई। "छोटे खेतिहरों की मदद तो तुम पहले भी करते रहे हो और मैंने देखा है कि दूसरों के खेतों में काम करके तुमने कितनी कमाई कर ली। मैं जो कह रही हूँ, एक बार कान खोलकर सुन लो—इन बैलों को हटाना होगा। जब हम अपने खाने-भर को नहीं जुटा सकते, तो इनका पेट कैसे भरते रह सकते हैं। दूसरे लोगों को बुलाकर तुम्हें ट्रैक्टर से अपने खेतों की जुताई करानी होगी। इसके अलावा और कोई रास्ता नहीं।"

तीरथपाल ने अपना सिर हिलाया। "अगर अपनी ज़मीन पर काम करके मैं ख़ुद अपने गुज़ारे के लायक़ नहीं जुटा सकता तो लानत है मेरे किसान होने पर। फिर तो मेरे पास करने को कुछ बचता ही नहीं।"

"आख़िर तुम्हें वही सब करने में क्या परेशानी है जो इतने सारे दूसरे मर्द कर रहे हैं? ज़मीन के बारे में सोचना छोड़ो, ज़मीन किसी को बँटाई पर दे दो और तुम दिल्ली या किसी और शहर जाकर कमाओ। तुम अपने भाई की तरह ड्राइवरी कर सकते हो।"

"लेकिन मुझे तो बस बैलगाड़ी हाँकनी आती है," तीरथपाल की आवाज़ में बेबसी झलक रही थी।

"ठीक है, तो गाड़ी चलाना तुमको सीखना होगा," राधा ने छूटते ही जवाब दिया। "लेकिन पहले तो तुम्हें बाबू को बेचने के लिए जौनपुर जाना होगा। रह गया बालू तो उसे मैं देख लूँगी। वह इतना बूढ़ा हो गया है कि जौनपुर के बाज़ार में उसका ख़रीदार नहीं मिलेगा। उसे तो कसाइयों को ही देना पड़ेगा।"

तो क़ानूनी लड़ाई जीतकर लौटा तीरथपाल एक बार फिर अपनी पत्नी के सामने हार गया। वह बालू से छुटकारा पाने की तैयारी में जुट गई। बहुत पुरानी बात नहीं है, जब हरिया के पहले वाला बालू का जोड़ीदार उसने कसाई के हाथों बेच दिया था। राधा को याद आया कि तब उसके पति ने एक पीसीओ पर फ़ोन किया था। वह पीसीओ वाला उस कारोबारी के लिए सन्देश लेता था, जो कुछ मील दूर के बाज़ार में जानवरों का धंधा करता था। उत्तर प्रदेश में पशु-वध ग़ैरक़ानूनी था, लेकिन वह बाज़ार बाँझ गायों और बूढ़े बैलों के फलते-फूलते कारोबार का ठिकाना था। इन मवेशियों को नावों से गंगा के पार बिहार ले जाया जाता था, जहाँ पशु-वध और जानवरों की तस्करी आम थी। कई बार तो कुछ मवेशी बिहार से दूर बांग्लादेश की सीमा तक पहुँचा दिये जाते हैं और वहाँ से सीमा पार वाले देश के मांस बाज़ार की ज़रूरत पूरी करने के लिए आगे भेज दिये जाते हैं।

पिछली बार उस बूढ़े बैल से छुटकारा पाने के लिए उसे कसाई को देना तीरथपाल को बिलकुल अच्छा नहीं लगा था और तब उन्होंने तय कर लिया था कि आइंदा ऐसा हरगिज़ नहीं करेंगे। फिर भी उस व्यापारी का ब्योरा उन्होंने रख लिया था। बेमन से उन्होंने व्यापारी का नाम और उस पीसीओ का नम्बर राधा को दे दिया। कुछ दिनों की घरेलू उथल-पुथल के बाद एक रोज़ एक मैला-कुचैला छोटे क़द का आदमी तीरथपाल के आँगन में दिखाई दिया—उसका आधा चेहरा रूखे-भद्दे बालों से ढका हुआ था, जो दाढ़ी और ठूँठ के बीच की कोई चीज़ लगते थे, और उसका कुर्ता-पाजामा देखकर ही लगता था कि उन्हें अरसे से साबुन और पानी नसीब नहीं हुआ था।

तीरथपाल को घर के अन्दर ही रोककर राधा पशु-व्यापारी के उस आदमी से सौदेबाज़ी करने लगी, जो उसे देने के लिए एक हज़ार रुपये लेकर आया था। राधा ने उससे दोगुनी रक़म माँगी। "अरे, नासमझ औरत, मुझसे बहस मत करो," उसने बेहद रूखे ढंग से कहा। "तुम अपना और मेरा दोनों का समय बर्बाद कर रही हो। मैं तो ख़ाली नौकर हूँ। मालिक ने मुझे एक हज़ार बताने को कहा है तो इसका मतलब है एक हज़ार, बस।" फिर वह खूँटे से बँधे बालू का पगहा खोलने के लिए नीचे झुक गया।

बरामदे में बैठे तीरथपाल यह सौदेबाज़ी देख रहे थे और अपने आगत के बारे में सोच रहे थे। यों वहाँ उन्हें अँधेरा ही दिखाई दे रहा था। बड़ी मुश्किल से वे अपनी आधी ज़मीन वापस ले पाए थे—आधी से ज़्यादा अब भी रेहन थी। उनके संगी, उनके बैल, जा रहे थे। ख़ुदमुख़्तार किसान होने का उनका अभिमान भी जाता रहा। और जल्दी ही वह बेघर भी हो जाएँगे। उनकी पत्नी उन्हें घर से बाहर भेजने पर आमादा है, वह उन्हें ऐसी शहरी ज़िन्दगी जीने के लिए मजबूर कर रही है, जहाँ हलवाही के उनके हुनर का किसी के लिए कोई मोल नहीं होगा।

इन डरावने ख़यालों के बीच वह उधेड़बुन में डूबे हुए थे कि गली से गुज़र रहे ट्रैक्टर की कर्कश फट्-फट्-फट् उनके कानों में पड़ी। घृणास्पद ट्रैक्टर की वह आवाज़ और उनकी नज़रों के सामने बालू की रस्सी खोलकर उसे उनसे दूर ले जाने के लिए खड़ा पशु-तस्कर का वह गुर्गा—उनकी बर्दाश्त से बाहर हो गया। इतने दिनों तक कोशिश करके अपने जिस ग़ुस्से पर वह काबू करते आए थे, अचानक वह फूट पड़ा। ग़ुस्से की तेज़ लहर उनके तन-बदन में दौड़ गई। उन्होंने झपटकर अपना लट्ठ उठाया और घर के बाहर दौड़ पड़े। उस नाटे आदमी के हाथ से बैल की रस्सी झपटते हुए वह राधा पर चिल्लाए, "इसे अभी मेरे घर से बाहर निकालो, नहीं तो मैं तुम्हारी टाँगें तोड़ दूँगा!" आमतौर पर शान्त स्वभाव वाले अपने पति के व्यवहार में अचानक इस बदलाव से राधा सन्न रह गई। जैसे ही तीरथपाल ने उस नाटे आदमी की पीठ पर मारने के लिए लाठी ऊपर उठाई, राधा पीछे हट गई। लेकिन नाटा चालाक और फ़ुर्तीला था, और ऐसे झगड़ों के बीच से साफ़ निकल जाने का अभ्यस्त भी, तो लठियाए जाने के डर से वह वहाँ से भाग खड़ा हुआ।

तीरथपाल चिल्लाते हुए उस ग़रीब के पीछे दौड़े, "मादरचोद, भैनचोद, रुक, मैं तुझे दिखाता हूँ," फिर उन्हें लगा कि यह उनकी शान के ख़िलाफ़ है, तो वे लौट आए।

ख़ुद के लिए खड़े होने के इस हौसले ने आख़िरकार तीरथपाल में नया जोश से भर दिया। उन्होंने पक्का इरादा कर लिया कि अब वे अपने मुक़द्दर से लड़ेंगे। तीरथपाल के बदले हुए तेवर और हुक्मउदूली के सदमे से राधा अभी निकल भी नहीं पाई थी कि वे उस पर बरस पड़े, "तू भी कान खोलकर सुन ले, अपना घर छोड़कर मैं कहीं नहीं जाने वाला। शहर में वो मज़दूरों की तरह का काम मुझसे नहीं होगा। मैं किसान हूँ और किसान होना इज़्ज़त की बात है। बालू और बाबू मेरे संगी, वे भी यहीं रहेंगे। मैं जैसे चाहूँ अपने खेतों की जुताई करूँगा। तू मुझे रोक नहीं सकती। आई बात समझ में!"

फिर वह मुड़ा और सीधे घर के अन्दर चला गया।

राधा का पारा चढ़ गया। उसका सदमा अब ग़ुस्से में बदल चुका था। वह अपने पति पर ज़ोर से चिल्लाई, "तुम्हारा घर, तुम्हारी इज़्ज़त, तुम्हारे संगी, तुम्हारी ज़मीन—सब कुछ तुम्हारा है! मगर इन सबका ख़र्च कैसे उठाओगे?"

"मुझे भगवान पर भरोसा है," तीरथपाल ने उसे जवाब दिया।

तीरथपाल को इस बात पर ज़रा भी शक नहीं था कि यह भगवान का ही काम था। उनके पिता अक्सर कहते थे कि जैसे पलकें आँख की हिफ़ाज़त करती हैं, वैसे ही परिवार की ज़मीन की हिफ़ाज़त करना उनका फ़र्ज़ है। यह तो तय है कि भगवान ने ही मदद की, तीरथपाल ने सोचा, तभी तो वे पत्नी को ललकारने की हिम्मत जुटा सके वरना वो तो किसान होने का उनका अभिमान और अपनी ज़मीन की हिफ़ाज़त का हक़ दोनों उनसे छीने ले रही थी। वह चाहती थी कि खेती के लिए ज़मीन किसी और दे दे यानी ज़मीन उनकी और मज़ा करे कोई और। अब उन्हें पक्का यक़ीन हो गया था कि सारी ज़मीन हासिल करने का कोई न कोई रास्ता भी भगवान ही दिखाएँगे।

इस नए आत्मविश्वास ने तीरथपाल को साहसी बना दिया था और शाम तक इसमें और इज़ाफ़ा हो गया। आसमान का सूरज नीचे आ चुका था और उसका तेज़ भी मद्धिम पड़ गया था। तीरथपाल पुराने पीपल की ओर निकल आए, जिसके नीचे बना चबूतरा गाँव के उनके बिरादरों की गपशप और बतकही का पसन्दीदा अड्डा था। सबने एक स्वर में बधाई देते हुए उनका अभिनन्दन किया। "तुमने बहुत अच्छा किया! बहुत-बहुत अच्छा!" एक किसान ने कहा। "तुमने उस हरामी को सबक सिखा दिया," दूसरे ने कहा। तीसरे ने कहा, "यादवों की लाज रह गई।" चौथे बिरादर ने यह कहते हुए बधाई दी, "तुमने उस महाजन को कोर्ट में घसीटकर बड़ी हिम्मत का काम किया है।" लेकिन बाद में उसने यह और जोड़ा, "मुझे उम्मीद है कि वह तुमसे बदला नहीं लेगा।"

इसके बाद बातचीत का रुख़ बदल गया। अब वे ऐसी सम्भावनाओं पर बात करने लगे जिनकी वजह से तीरथपाल की हालत पहले के मुक़ाबले कहीं ज़्यादा बदतर भी हो सकती थी। झुकी कमर वाले एक बुज़ुर्ग किसान ने कहा, "मैं इन महाजनों को सत्तर साल से जानता हूँ। वे जोंक हैं, ख़ून चूसने वाले। अपने शिकार को तब तक नहीं छोड़ते, जब तक ख़ून की आख़िरी बूँद नहीं चूस लेते। मुझे डर है कि मामला यहीं ख़त्म नहीं होगा। कोई महाजन अपना क़र्ज़ा ऐसे नहीं छोड़ता

है, कि कहीं ऐसा न हो कि उसके दूसरे क़र्ज़दार भी ऐसी तरक़ीब करके उसके चंगुल से छूट जाएँ। महाजन के लिए भी यह उसकी इज़्ज़त का सवाल है। इस मामले की ख़बर अख़बारों में छप गई है, सो वह यह बात छिपा भी नहीं सकता; दूसरे महाजनों को पता चलेगा तो वे उसका मुँह काला कर देंगे। तो अपनी साख बचाने की ख़ातिर वह कुछ भी करेगा।"

कम उम्र के एक सम्पन्न किसान ने कुछ क्षुब्ध होते हुए बुज़ुर्ग की बात काटी, "तुम जैसे बूढ़े अपने ज़माने के क़िस्से सुनाकर ऐसे ही हर बात पर ड्रामा करने लगते हो। अब ज़माना बदल गया है। तुमने देख लिया न कि किसी से धोखा या जालसाज़ी करके छिपा लेना इतना आसान नहीं है। मजिस्ट्रेट को ख़रीद तो सकते हैं मगर ज़रूरी नहीं कि वह आपके हक़ में ही फ़ैसला दे। प्रेस भी बहुत मुस्तैद है। जैसा अभी तुमने ख़ुद कहा कि यह केस अख़बारों में आ गया है तो कोई मुश्किल पड़ने पर तीरथपाल भाई पत्रकारों को बता सकते हैं। फिर उनके पास बहुत क़ाबिल और तेज़ वकील भी है, और वह काले कोट वाले तमाम दूसरे बदमाशों की तरह दोनों ओर से पैसे नहीं लेगा।"

दूसरे नौजवान यादव ने सहमत होते हुए सिर हिलाया और बोला, "तुम बूढ़े लोगों को ब्राह्मणों-ठाकुरों के आगे सिर झुकाने और ख़ून चूसने वाले महाजनों की हर बात ख़ामोशी से मान लेने की ऐसी आदत पड़ गई है कि तुम देख ही नहीं पाते कि अब पहले का ज़माना नहीं रहा, बहुत बदल गया है। तुम यह भी भूल जाते हो कि अब हम किसानों का अपना नेता है। मुलायम सिंह ने अपनी पार्टी बना ली है।"

बुज़ुर्ग किसान बुदबुदाया, "मुझे तो कुछ बदला हुआ नहीं दिखाई देता। मुलायम सिंह की अपनी पार्टी है और वह दिनोदिन अमीर हो रहे हैं। मैं तो जहाँ था, वहीं हूँ। मुलायम हों या राजीव, मेरे लिए सब एक जैसे हैं।"

लेकिन उस बूढ़े किसान की बातों का तीरथपाल की जीत के जश्न पर कोई असर नहीं हुआ। वह अपना सिर और ऊँचा किए हुए घर लौटे।

अपने घर के अहाते में दाख़िल होते ही तीरथपाल को बरामदे में बैठी राधा दिखाई दी। उस वक़्त वह सब्ज़ियाँ काट रही थी। उनको देखते ही उसका चेहरा तन गया, भौंहें चढ़ गईं। उस वक़्त उनके हौसले इतने बुलन्द थे कि उसकी चढ़ी हुई त्योरियों का उन पर कोई असर न हुआ वरना तो अब तक वह छिपने की जगह खोज रहे होते। उसके तेवर नज़रअन्दाज़ करते हुए विजयी भाव से उन्होंने कहा,

"कितनी अजीब बात है न! कहाँ तो अपनी ज़मीन गँवाने की वजह से मैं गाँव में अपनी इज़्ज़त भी गँवाने को था और कहाँ अब मैं गाँव भर का हीरो हूँ।"

"हीरो! ख़ाली बर्तन ज़्यादा शोर करते हैं," कटी हुई सब्ज़ियों पर ही नज़र गड़ाए हुए राधा बुदबुदाई।

उधर, तीरथपाल की बिरादरी वाले आश्वस्त करते रहे कि महाजन बदला लेने की सोचेगा भी नहीं और डरने की कोई बात नहीं, और इधर राधा लगातार बदला लेने के बारे में ही सोचती रही थी ताकि अपने पति की अक़्ल ठिकाने लगा सके। अगले कुछ हफ़्तों तक उसके दिमाग़ में यही एक बात चलती रही। आख़िरकार उसे एक तरक़ीब सूझ गई।

गाँव के पीसीओ पर जाकर उसने कलकत्ता में उस घर पर फ़ोन लगाया, जहाँ रामपाल काम करता था।

रामपाल की आवाज़ से ही पता चल गया कि उसके फ़ोन करने से वह ख़ुश नहीं था। "क्या बात है?" उसने बड़ी रुखाई से पूछा। "मैंने तुम दोनों से कहा है कि मुझे फ़ोन मत किया करो। हम नौकरों के लिए फ़ोन आने से मेमसाहब नाराज़ होती हैं।"

"मुझे आपके भाई के बारे में ज़रूरी बात करनी है," राधा ने दबी ज़बान में कहा। "कोर्ट में मुक़दमा जीतने के बाद से उसका दिमाग़ ख़राब हो गया है, वह मेरी कोई बात ही नहीं सुनता, पैसा पानी की तरह बहा रहा है, और हालत बहुत ख़राब है...।"

रामपाल ने अचानक बातचीत ख़त्म करते हुए बड़े अनमने ढंग से कहा, "अच्छा ठीक है, वह सब मुझे चिट्ठी में लिखकर भेजो," और फ़ोन रख दिया।

राधा अनपढ़ नहीं थी, लेकिन उसे ढंग की चिट्ठी लिखना नहीं आता था। नतीजा यह कि रामपाल को जो पोस्टकार्ड मिला, उससे फ़ोन पर मिली जानकारी से ज़्यादा कुछ पता नहीं चलता था। लेकिन क़र्ज़ लेकर ख़र्च करने की अपने भाई की आदत से वह ख़ूब वाक़िफ़ था इसलिए बेमन से उसने गाँव जाने का फ़ैसला किया ताकि ख़ुद पता लगा सके कि वहाँ क्या हो रहा है।

इसके तीन दिन बाद अँधेरा उतरने के ऐन पहले रामपाल गाँव पहुँच गया। कुत्तों के भौंकने से राधा को उसके आने की आहट मिल गई थी। इसके पहले कि छोटे वाला आँगन पार करके वह घर में दाख़िल हो, राधा अपनी गाथा लेकर बैठ गई, "भगवान का शुक्र है कि आप आ गए। मुझे नहीं मालूम कि अभी वह कहाँ गए

हैं। हो सकता है कि और पैसे उधार लेने गए हों, यह आदमी हम सबको बर्बाद करके दम लेगा...।"

रामपाल ने उसे चुप करा दिया, "ख़ामोश हो जाओ। मुझे घर के अन्दर तो आने दो, और मेरे लिए एक कप चाय बना दो। मैं पस्त हो गया हूँ, बस-स्टॉप से पैदल ही आना पड़ा। चाय पीने के बाद बात करेंगे।"

चाय ख़त्म करके रामपाल ने उससे बात की। जल्दी ही उसे लग गया कि राधा उस घर में अपना रुतबा कम हो जाने की वजह से ज़्यादा फ़िक्रमन्द थी, और रुपये-पैसे की दिक़्क़त से कहीं ज़्यादा पति की ख़ुदमुख़्तारी और दबंगई उसे परेशान कर रही थी। उसने कई बार एक ही शिकायत की, "वह मेरी कोई बात ही नहीं सुनते।" घर की माली हालत के बारे में उसकी एक ही बात रामपाल की समझ में आई, और वह थी बैलों को रखने का ख़र्च मगर इसे भी उसने बहुत बढ़ा-चढ़ाकर बताया। वह भूल गई कि बैल खेतों में खटते भी हैं, फिर उनके गोबर से खाद-ईंधन भी जुटता ही है। इन सबका भी तो कोई मोल होगा?

क़रीब दस मिनट बाद तीरथपाल लौट आए। आते ही राधा उन पर चढ़ बैठी, "कहाँ गए थे? इधर कुछ दिनों से देख रही हूँ कि कहाँ आते-जाते हो, मुझे बताते तक नहीं। यहाँ तुम्हारे भाई आकर बैठे हैं और मैं उनको यह भी नहीं बता सकती कि तुम कहाँ हो। कुछ लाज-हया बाक़ी रह गई कि नहीं।"

तीरथपाल ने कहा, "मुझे यक़ीन है कि इस मौक़े का फ़ायदा उठाकर तुमने उनके कान भर दिये होंगे। अपनी बकवास कर चुकी होगी। अब चलो, मेरे लिए एक कप चाय बना दो।"

"ख़ुद ही बना लो।"

"यह तुम्हारा काम है।"

"और तुम्हारा काम केवल अपने दोस्तों के साथ अड्डेबाज़ी करना ही रह गया है। चाय की दुकान पर बैठकर शेखी मारने में समय बर्बाद करना, उन्हें बताना कि तुम कितने बड़े हीरो हो और फिर उन्हें एक के बाद एक कप चाय पिलाना-खिलाना...यही काम बचा है न अब तुम्हारे पास? कमाने के बजाय उड़ाना। हमारे पैसे की बर्बादी करना।"

"चुप रहो। मैं उस महाजन के पास गया था, जिसके पास अपनी बेटियों की शादी के लिए ज़मीन गिरवी रखी थी। उसका कहना है कि अगर हम उसका क़र्ज़ भर दें तो वह हमारी ज़मीन लौटा देगा।"

"क्यों मज़ाक़ कर रहे हो? अगर हम उसका क़र्ज़ चुका दें? उसे देने के लिए कहाँ से आएँगे रुपये?"

"ठीक है, पर अब मुझे लगता है कि भगवान सचमुच मेरी मदद कर रहे हैं। उन्होंने एकदम सही समय पर मेरे भाई को भेज दिया है। मुझे यक़ीन है कि रामपाल हमारी मदद करेगा।"

फिर वह रामपाल की ओर घूमे, दुआ-सलाम नहीं कर पाने के लिए माफ़ी माँगी और कहा, "पिछली बार तुमने उलाहना दिया था कि मैंने तुमसे मदद के लिए क्यों कहा। मैं अब तुमसे कह रहा हूँ। अगर तुम मुझे मुनासिब सूद पर रुपये उधार दे दो तो वादा करता हूँ कि ख़ूब मेहनत करके मैं ज़्यादा कमाऊँगा और तुम्हारा उधार लौटा दूँगा।"

"यह तरीक़ा मुझे ठीक मालूम होता है," रामपाल ने कहा। "पर मुझे इसके बारे में सोचना होगा। ज़मीन के बारे में गाँव के कुछ लोगों से बात करनी होगी—उसकी क़ीमत के बारे में और उसे फिर से ठीक-ठाक उपजाऊ बनाने में आने वाले ख़र्च के बारे में भी। क्योंकि मुझे नहीं लगता कि उस कंजूस महाजन ने खेत के रखरखाव के लिए खाद-वाद पर कुछ भी ख़र्च किया होगा। फ़िलहाल, तुम लोग अपना झगड़ा बन्द करो और मुझे थोड़ा आराम करने दो।"

रामपाल दो रोज़ गाँव में रहा। इस दौरान अपने भाई और भाभी के बीच क़ायम उदास चुप्पी से बचते हुए वह बिरादरी के उन बुज़ुर्ग किसानों से मशविरा करता रहा, जिन्हें वह अपने बचपन और जवानी के दिनों से जानता है। तीसरे दिन सुबह ताज़ा लस्सी के साथ पराँठे के नाश्ते के बाद, रामपाल ने तीरथपाल को अपने फ़ैसले के बारे में बताया, लेकिन तभी जब उसने देख लिया कि राधा भी वहाँ मौजूद है। इसलिए कि व्यावहारिकता और कुशलता के लिहाज़ से अपने भाई के मुक़ाबले उसे राधा पर ज़्यादा भरोसा था। राधा की तरह की कोई औरत उन्हें मिली होती तो ब्याह करने में कोई हर्ज़ नहीं था। हालाँकि तभी, जब वह उसे गाँव में छोड़ सकता होता। राधा जैसी औरतें दूर से ज़्यादा भली लगती हैं।

"गाँव के बुज़ुर्गों और किसानों से बात करने के बाद मैं इस नतीजे पर पहुँचा हूँ कि हमें अपनी ज़मीन वापस ले लेनी चाहिए; इसलिए महाजन का क़र्ज़ चुकाने के लिए मैं तुम्हें उधार दूँगा," उसने अपने भाई से कहा। "मगर तुम्हें अपने वकील दोस्त रामगोपाल से मिलकर पक्का काग़ज़ बनवाना होगा ताकि बाद में महाजन तुम्हें दाँव देकर यह न कहने पाए कि तुम अब भी उसके क़र्ज़दार हो।"

तीरथपाल ने ख़ुशी से मुस्कराते हुए अपनी पत्नी की ओर देखा, और कहा, "देखा? मैंने तुमसे कहा था न कि भगवान चाहेंगे तो मेरी ज़मीन मुझे वापस मिल जाएगी, और देख लो, मिल गई।"

"भगवान की मदद से," उसने ठिठोली की। "तुम्हारा मतलब है कि अपने भाई से पैसे ऐंठने में।"

"क्या तुम अपना झगड़ा बन्द करके मेरी बात सुनोगे?" रामपाल ने कहा। "मेरी एक शर्त है। लोगों का कहना है कि बैलों से खेती करना अब किफ़ायती नहीं रह गया है। खेती से पैसा कमाने के लिए नए तरीक़े अपनाने होंगे और इसका मतलब है ट्रैक्टर का इस्तेमाल। तो अफ़सोस की बात ज़रूर है मगर अब ओसारे में बँधे उन दोनों ख़ूबसूरत जानवरों को हटाना पड़ेगा।"

यह राधा की जीत का मौक़ा था। उसे इसकी उम्मीद थी, बल्कि वह जानती थी कि ऐसा ही होगा। उसके पति के मुक़ाबले, रामपाल ज़्यादा समझदार थे और इतने भावुक भी नहीं थे कि देख न सकें कि दुनिया कितनी बदल गई है और कि हमें इसके साथ बदलने की ज़रूरत है। और इस तरह उसने अपने पति को पछाड़ दिया था। उसके उन दुलारे बैलों को घर से जाना ही होगा। तीरथपाल ने इसका विरोध किया मगर उनका भाई अपनी बात पर अड़ा रहा। उसने धमकाया कि तीरथपाल ने अगर उसकी बात नहीं मानी तो वह पटवारी के पास जाकर ज़मीन का बँटवारा करा लेगा और अपना हिस्सा ले लेगा। तब गाँव में तीरथपाल की हैसियत भी जाएगी, और उनकी आजीविका भी, क्योंकि आधे खेत से उसकी कमाई भी आधी रह जाएगी।

तो बालू और बाबू अपने रास्ते चले गए, एक जौनपुर के बाज़ार में बिकने के लिए और दूसरा नदी के पार बूचड़ख़ाने में, और इस तरह धुरंत गाँव ने आधुनिकता की ओर छोटा-सा ही सही, एक और क़दम बढ़ाया।

ख़ानदानी धंधा

देहरादून के नामी पब्लिक स्कूल में रहते हुए सुरेश श्रीवास्तव ने पढ़ाई-लिखाई के लिहाज़ से ऐसा कुछ ख़ास नहीं किया था, मगर दिल्ली यूनिवर्सिटी में दाख़िले के लिए उनके पिता का रसूख काफ़ी था। उनके पिता सुनील श्रीवास्तव सांसद थे, और नेहरू-गांधी परिवार के ऐसे वफ़ादार सहयोगी, जो उत्तर प्रदेश की उठापटक वाली सियासत में बड़े काम के साबित हुए थे। दिल्ली यूनिवर्सिटी जाकर भी पढ़ाई के बारे में सुरेश की ग़ैरसंजीदगी में कोई बदलाव नहीं आया था। फिर भी, अपने तमाम समकालीनों की तरह, उनकी ख़्वाहिश थी कि इंग्लैंड या अमेरिका जाकर पढ़ें, या कम से कम वहाँ की किसी यूनिवर्सिटी में दाख़िला तो ले ही लें। उनके पिता ने ब्रिटिश काउंसिल से मशविरा किया तो उन्हें बताया गया कि नौजवान सुरेश को ससेक्स यूनिवर्सिटी फ़ॉर डेवलपमेंट स्टडीज़ में दाख़िला मिल सकता है, बशर्ते यूनिवर्सिटी की पूरी फ़ीस भर दी जाए।

और फिर ससेक्स यूनिवर्सिटी ने सुरेश को 'डेवलपमेंट स्टडीज़' में एम.ए. करने के लिए दाख़िला दे भी दिया। सुनील श्रीवास्तव बहुत ख़ुश हुए। उन्होंने क़हक़हा लगाया, "विकास, विकास—बस यही तो चाहिए। मौजूदा राजनीति की ज़रूरत यही है।" "राजीव ऐसा चाहते हैं, इसलिए पूरा देश चाहता है। ज़माने लद गए, जब आपकी ख़ानदानी हैसियत या आपकी जाति की वजह से आपको वोट मिल

जाते थे। अब यह भी ज़रूरी नहीं कि पैसा काम आ जाएगा। लोग अब इस बात पर एतबार करना चाहते हैं कि आप उनकी ज़िन्दगी बेहतर बनाने के लिए काम करेंगे, उनके लिए बिजली-सड़क का इन्तज़ाम करेंगे और हो सके तो टेलीफ़ोन और कंप्यूटर भी लाएँगे। तो आपको विकास के ऐसे मुद्दों की बात करनी है। पढ़ाई कर लेने के बाद हो सकता है कि तुम विकास कराने के वायदों के बजाय हमारे इलाक़े का सचमुच विकास करा सको।"

सुरेश के ससेक्स यूनिवर्सिटी पहुँचने के थोड़े समय बाद ही उनके पिता चल बसे। उस समय वह संसद में छठी बार शिवपुर संसदीय क्षेत्र की नुमाइंदगी कर रहे थे। सुरेश उन दिनों अपने साथ पढ़ने वालों से मेलजोल बढ़ाने और तालमेल बिठाने में ही बहुत मसरूफ़ थे। उनकी सोहबत में तमाम ऐसे हमख़याल थे, जिन्हें दरअसल पढ़ाई और ग्रेड को लेकर न तो कोई फ़िक्र थी और न ही ख़ास सरोकार। पिता के अन्तिम संस्कार में बेटे की ज़िम्मेदारियाँ निबाहने भर के लिए वह भारत आए, लेकिन जल्दी ही ससेक्स लौट गए। शिवपुर में उप-चुनाव हुआ तो उन्होंने इसमें कोई ख़ास दिलचस्पी नहीं ली। कांग्रेस पार्टी ने उनके पिता के उत्तराधिकारी के तौर पर जिस उम्मीदवार को चुनाव में खड़ा किया, वह जीत गया। और इस तरह उनकी ख़ानदानी सीट पर किसी और का क़ब्ज़ा हो गया।

एक शाम, जब इम्तिहान सिर पर थे, सुरेश और उनके दोस्त 'रेड लॉयन' के बार में जुटे ताकि ग्रेड वग़ैरह को लेकर अगर किसी तरह का सरोकार या फ़िक्र बची रह गई हो, तो उसे हार्वे की कड़वाहट में घोलकर पी जाएँ। सुरेश ग़ैरमामूली तौर पर रंजीदा थे। दोस्तों में से एक ने उनसे पूछा, "आख़िर बात क्या है, मेरे प्यारे? तुम कुछ परेशान लग रहे हो।"

सुरेश ने जवाब दिया, "लानत है यार, तुम भी परेशान हो जाते अगर कोई नीच तुम्हारी उम्मीदें चुरा लेता।"

बलूत की शहतीरों वाले उस ठिकाने में हँसी का ज़ोरदार ठहाका गूँजा। "उम्मीदें!" उनके दोस्तों ने क़हक़हा लगाया। "बेचारे सुरेश की उम्मीदें खो गईं, चोरी हो गई हैं। एना, तुम इस पर क्या कहोगी?"

एना भी उन लोगों के साथ हँस पड़ी। सुरेश के साथ उसके प्रेम-सम्बन्ध थे। उसके कूल्हे थोड़े चौड़े थे और टाँगें भी सुन्दर नहीं कही जा सकती थीं। उन्मुक्त स्वभाव की, घने-लम्बे ताँबई बालों वाली उस लड़की की नाक चपटी मगर चेहरा ख़ुशदिल था। सेक्स के बारे में उसका नज़रिया और खुलापन सुरेश के उससे लगाव

की एक और वजह थी। हालाँकि उसे अपने साथ भारत लाने का सुरेश का कोई इरादा नहीं था मगर उसे इसकी परवाह भी नहीं थी।

दोस्तों का मज़ाक़ सुरेश की समझ में नहीं आया। "ठीक है, ठीक है," उसने एतराज़ किया। "लेकिन तुम जानते हो कि मेरे कहने का क्या मतलब है। मैं तुम लोगों को पहले भी बता चुका हूँ कि हमारे देश में राजनीति कारोबार है—धंधा, और हमारा चुनाव-क्षेत्र हमारी रोज़ी थी। उप-चुनाव कराने के लिए वे मेरे लौटने का इन्तज़ार कर सकते थे। लेकिन हाई कमान को मस्का मारकर कोई धूर्त चुनाव लड़ा और जीत गया, मेरा हक़ मारा गया। उसने हमारी सीट छीन ली। अब मेरा गुज़ारा कैसे होगा? यह कोई हँसी-ठट्ठे की बात नहीं है," सुरेश ने झल्लाते हुए कहा।

सारे दोस्त हैरान रह गए, जब उन्होंने एना को अपने बॉयफ्रेंड की खिंचाई करते हुए सुना, "क्या बात करते हो, सुरेश। किसी और को दोष क्यों देते हो? इसके लिए तो तुम ख़ुद ही ज़िम्मेदार हो। तुमने कभी किसी बात को गम्भीरता से नहीं लिया, पिता की अन्त्येष्टि के बाद तुमको दिल्ली में रुकना चाहिए था मगर तुम नहीं रुके। तुम्हें लगा कि ज़िन्दगी किसी तरह चल ही जाएगी इसलिए न तो तुमने चुनाव के बारे में कुछ सोचा और न ही टिकट के लिए कोई जतन किया। तुम तो बस हम लोगों के साथ झक मारने के लिए यहाँ दौड़ आए।"

"तुम कुछ ज़्यादा ही बोल गईं," सुरेश ने व्यथित होकर कहा। "मैं तो पढ़ाई की ख़ातिर लौटा।"

"बोलक्स," एना ने कहा और सारे लोगों ने अपने बीयर मग उठा लिये।

किसी तरह एम.ए. पूरा करने के बाद सुरेश को लगा कि सच्चाई का सामना उन्हें कभी न कभी तो करना ही पड़ेगा इसलिए उन्होंने दिल्ली लौटने का फ़ैसला कर लिया। सियासत में अपना रास्ता बनाने की सलाह लेने के लिए वह रमेश तिवारी से मिले। रमेश उनके पिता के दोस्त थे और कभी इन्दिरा गांधी के क़रीबी दरबारियों के ख़ेमे में हुआ करते थे लेकिन बाद में इन्दिरा के बेटे राजीव ने उन्हें बाहर कर दिया था।

"तुम्हारे पास दो रास्ते हैं," तिवारी ने उनसे कहा, "इन दिनों पार्टी हेडक्वार्टर्स में ऐसे तमाम नौजवान चक्कर लगाते फिरते हैं, जो 'फ़ॉरेन-रिटर्न' हैं और जो पार्टी में बदलाव लाने की कितनी ही फैंसी और विचित्र तरक़ीबें राजीव को भिड़ाने की फ़िराक़ में रहते हैं। इन लौंडों को लगता है कि अपनी कम्प्यूटर की समझ भर से वे सियासत के बारे में भी सब कुछ जानते हैं और इसके लिए गाँव-गाँव धूल फाँकते घूमने की कोई ज़रूरत ही नहीं। कम्प्यूटर जानते हैं तो वे मेरे जैसे आदमी

से ज़्यादा बेहतर सलाह दे सकते हैं! अरे, मैंने यूपी का चप्पा-चप्पा देखा है, धूल फाँकी है, गाँव-देहात में घूम-घूम कर चप्पलें घिस डालीं। पूर्वांचल के हर गाँव की राजनीति के बारे में मुझसे अच्छा कौन जानता है। फिर भी मुझे बाहर कर दिया।"

"मगर क्यों? आपकी पहुँच तो श्रीमती गांधी तक थी।"

"क्योंकि राजीव उन लड़कों की ही सुनते हैं, जिन्हें किसी एक गाँव के प्रधान का नाम तक नहीं मालूम। और नतीजा सामने है—पार्टी में सुधार की योजनाएँ, पार्टी में ओहदों के लिए चुनाव होंगे, और तो और चुनाव में पार्टी का उम्मीदवार अब वर्कर और मेम्बर तय करेंगे! और उससे भी बड़ा मज़ाक़ यह है कि तमाम जगहों पर न तो वर्कर हैं और न ही मेंबर। ये कंप्यूटर वाले लड़के बस इसी तरह की ऊटपटाँग बातें बता सकते हैं।"

"मगर फिर भी, आपको नहीं लगता है कि मुझे यहाँ दिल्ली वालों की उस जमात में घुसने की कोशिश करनी चाहिए, जिनकी पहुँच राजीव तक है? डेवलपमेंट में मेरी विदेशी डिग्री की वजह से क्या मैं वैसा क़ाबिल आदमी नहीं हूँ, जिसकी उन्हें तलाश रहती है?" सुरेश ने अधीर होकर पूछा।

"नहीं," रमेश तिवारी गुर्राए, "तुम्हारे पिता ने मुझे बताया था कि यूनिवर्सिटी में तुम्हारे दाख़िले के लिए कैसे उन्हें अपने रसूख़ का इस्तेमाल करना पड़ा था क्योंकि तुम पढ़ाई में बहुत फिसड्डी थे। उन्होंने तो यह भी कहा था कि वह तुम्हें निरा भोंदू समझते हैं। राजीव को दिन-रात उलटी-सीधी पट्टी पढ़ाने वाले इन शातिर कंप्यूटर वालों का मुक़ाबला करने की क़ाबिलियत तुममें नहीं है...।"

"अफ़सोस की बात है कि मेरे पिता मेरे बारे में ऐसा सोचते थे," सुरेश की आवाज़ में थोड़ी नाराज़गी थी। "वह ख़ुद भी कोई बहुत पढ़ाकू नहीं थे। फिर भी राजनीति में तो उन्होंने बढ़िया ही किया, तो मैं क्यों नहीं कर सकता?"

"हो सकता है तुम भी करो, मगर पहले ख़ुद को उसके लायक़ तो बना लो। अभी तुम जाओ और जाकर अपने पिता के चुनाव क्षेत्र में काम करो। गाँवों में जाओ और वहाँ अपनी पहचान बनाओ। उन लोगों को यक़ीन दिलाओ कि तुम अपने पिता की विरासत सँभालने के क़ाबिल हो।"

"पर मैं क्या कहता हूँ, मुझे नहीं लगता कि मुझसे वह सब हो पाएगा। मैं तो शहरी ज़िन्दगी का आदी हूँ," सुरेश रिरियाया।

"ठीक है, तब तो मैं तुम्हें यही सलाह दे सकता हूँ कि राजनीति को भूल जाओ," तिवारी ने अचानक बातचीत ख़त्म करते हुए कहा।

धूल फाँकते हुए एक गाँव से दूसरे गाँव भटकने और किसी ऐसे मुफ़स्सल शहर में रहने के तिवारी के मशविरे से ही उनका मन बुझ गया, जहाँ कभी कुछ नहीं हुआ हो और जहाँ उनके मन-मिज़ाज का कोई साथी-संगी भी नहीं होगा। सुरेश ने राजनीति के अलावा दूसरे कॅरिअर के बारे में सोचना शुरू किया। मगर कुछ महीनों के बाद उन्हें लग गया कि सिविल सर्विसेज़ के इम्तहान बहुत सख़्त होते हैं और वह इम्तहान पास कर पाना उनके बूते की बात नहीं है। विदेशी यूनिवर्सिटी का टैग होने के बावजूद कॉरपोरेट कम्पनियों ने भी डेवलपमेंट स्टडीज़ की उनकी डिग्री को ख़ास तवज्जो नहीं दी। उनके एक दोस्त ने सुझाया कि एनजीओ सेक्टर उनके लिए बहुत मुनासिब रहेगा, जहाँ वे अपनी डिग्री का बढ़िया इस्तेमाल कर सकते हैं, लेकिन उन्होंने सुन रखा था कि एनजीओ चलाने में बहुत मेहनत करनी पड़ती है और कमाई बहुत थोड़ी है। कुछ लोगों ने उन्हें 'हॉस्पिटैलिटी इंडस्ट्री' में हाथ आज़माने की भी सलाह दी, लेकिन उन्होंने देख रखा था कि होटल के काम में मेहमानों की ख़ुशामद-चापलूसी भी करनी पड़ती है और इसका तसव्वुर ही उनके लिए बेहद ख़ौफ़नाक था, बहुत ऊँचाई से किसी गहरे गड्ढे में गिरने की तरह डरावना। यों भी, बार में वह पीने वालों की तरफ़ बैठने के क़ायल थे। इसलिए अब उन्हें लगने लगा कि कुनबे के कारोबार में जाने के अलावा कोई चारा नहीं, भले ही उसके लिए उन्हें एक मुफ़स्सल आदमी की ज़िन्दगी बितानी पड़े। उन्होंने मान लिया कि अब यही उनका मुक़द्दर है। उनके पिता अक्सर कहा करते थे, "तुम्हारी तक़दीर में मेरी सियासत का बोझ अपने कन्धों पर लेना ही बदा है।" हालाँकि तब उन्हें यह ऐसा बोझ नहीं लगा था, जैसा कि अब लग रहा है।

ग़नीमत यह थी कि शिवपुर कम से कम रेलवे के नक़्शे पर तो था और सुनील श्रीवास्तव की कोशिशों का एक हासिल यह भी था कि रेल मंत्री से कहने-सुनने के बाद बिहार की ओर जाने वाली एक एक्सप्रेस ट्रेन का ठहराव शिवपुर में हो गया था।

बदक़िस्मती से, टाइमटेबिल के मुताबिक़ यह एक्सप्रेस सवेरे दो बजे शिवपुर स्टेशन पहुँची। अपना सामान ख़ुद ही लिये-दिये सुरेश लस्टमपस्टम अपने डिब्बे से नीचे उतरे। प्लेटफ़ॉर्म पर सन्नाटा था। सुरेश को फ़र्स्ट क्लास में तैनात रेलवे के मुलाज़िम पर यह भरोसा नहीं हुआ कि ट्रेन के शिवपुर पहुँचने से पहले वह उन्हें जगा देगा इसलिए वह कपड़े बदले बग़ैर ही सो गए थे सो इस वक़्त उनके कपड़े गंदे दिखाई दे रहे थे। अभी वह केवल सम्भावित नेता थे, फिर भी सियासत की आम रवायत का तक़ाज़ा था कि 'सुरेश श्रीवास्तव ज़िन्दाबाद' के नारे लगाते हुए

उत्साही नौजवानों का झुंड उनकी अगवानी के लिए वहाँ मौजूद होता। लेकिन यहाँ तो हाल यह था कि उनके पिता के कारकुन ने भी बेवक़्त बिस्तर छोड़कर स्टेशन आना गवारा न किया और एक रिक्शे वाले को उन्हें स्टेशन से ले आने के लिए कह दिया था। यह भी हो सकता था कि उनकी अगवानी के लिए कुनबे-भर के लोग स्टेशन पर जुटते, मगर उनकी माँ की कुछ साल पहले मौत हो गई थी और उनके सारे चचेरे भाई दिल्ली या लखनऊ जाकर आबाद हो गए थे। सुरेश ख़ुद इकलौती औलाद थे।

अगले रोज़ दोपहर को सुरेश अपने कुनबे के आलीशान बँगले के बरामदे में बैठे थे, उन्होंने हल्के पीले रंग की महँगी पतलून और सफ़ेद-गुलाबी रंग की धारियों वाली बेदाग़ क़मीज़ पहन रखी थी, जिसकी आस्तीन में सोने के कफ़-लिंक झिलझिला रहे थे। तभी उनके पिता के एजेंट मदन लाल मिश्र आ पहुँचे। वह धोती-कुर्ता पहने हुए थे। उनकी दुबली देह थोड़ी झुक गई थी, और उनके पिचके हुए गाल बढ़ी हुई सफ़ेद दाढ़ी से ढके हुए थे क्योंकि शिवपुर में रोज़ हजामत बनाने का कोई रिवाज नहीं था। उनका कुर्ता धूमिल सफ़ेद रंग का था और ज़ाहिरा तौर पर पुराना था। वह सुरेश के पाँव छूने के लिए नीचे झुके, साथ ही लगे माफ़ी माँगने कि उनको लेने के लिए ख़ुद स्टेशन पर हाज़िर नहीं हो पाए।

"वो सब जाने दो," सुरेश ने कहा। "तुम्हारी उम्र के किसी आदमी से यह उम्मीद नहीं की जा सकती कि उतनी रात को वह अपनी नींद ख़राब करेगा। अब तुमको और मुझे अपनी सारी ताक़त लगाकर इस चोर से अपने कुनबे की यह सीट दोबारा हासिल करनी होगी।"

"हाँ-हाँ, बिलकुल, सुरेश भैया। बड़े शर्म की बात है कि दिल्ली में रमेश भाई आपके पैदाइशी हक़ की हिफ़ाज़त भी नहीं कर पाए," मदन लाल ने कहा। उसकी बात और लहजे से ख़ुशामद ज़ाहिर हो रही थी। "अब हम शिवपुर वालों को ही इसे ठीक करना होगा।"

यह देखकर कि वह बूढ़ा आदमी अभी तक उनके सामने मँडरा रहा था, और तय नहीं कर पा रहा था कि उसे बैठना चाहिए या नहीं, सुरेश ने एक कुर्सी मँगाई और बड़े आदर से कहा, "बैठ जाइए, मदन लाल जी।"

कुर्सी के किनारे पर बैठा एजेंट आगे की तरफ़ झुका हुआ था और ज़मीन की तरफ़ देख रहा था। सुरेश को लग गया कि वह कुछ कहना चाहता है मगर हिचक रहा है। आख़िरकार मदन लाल ने सिर उठाकर उनकी ओर देखा और

कहा, "बुरा मत मानिएगा, मगर यहाँ आपको ढंग के कपड़े पहनने चाहिए। यहाँ सारे नेता हमेशा ही देसी ढंग के कपड़े पहनते हैं क्योंकि लोग उनसे ऐसी उम्मीद करते हैं। मुझे मालूम है कि यह बेवकूफ़ी की बात है। लोगों को समझना चाहिए कि जिस नेता का कुर्ता जितना सफ़ेद होता है, उसका दिल उतना ही काला होता है। मेरे जैसे समझदार लोग जानते हैं कि आम आदमी की तरह के कपड़े पहनने की नेताओं की यह आदत एकदम बनावटी है। मगर जैसा कि मैंने कहा, लोग इसी की उम्मीद करते हैं।"

सुरेश भौचक्का रह गया। "ओहो, मदन लाल जी!" उसने कहा। "आपके कहने का मतलब यह तो नहीं है कि मुझे भी आपकी तरह धोती पहननी चाहिए? अव्वल तो मुझे नहीं मालूम कि इसे कैसे बाँधते या पहनते हैं? फिर यह बेहूदी चीज़ कहीं खुलकर फिसल गई या फिर मेरा पैर ही इस पर पड़ गया तो सीधा मुँह के बल गिरूँगा।"

"नहीं, नहीं," मदन लाल ने झट से उनको आश्वस्त करते हुए कहा, "आपके पिता तो यहाँ धोती ही पहनते थे लेकिन आपके लिए वह ज़रूरी नहीं। मैं दर्ज़ी को बुला दूँगा और कुर्ता-पाजामा सिलने के लिए वह आकर आपका नाप ले लेगा।"

सुरेश अपनी सज-धज और कपड़े-लत्ते के बारे में बहुत सचेत रहते थे। उन्होंने पोशाक बदलने की राय का पुरज़ोर विरोध किया कि वह आधुनिक नौजवान हैं और आधुनिकता लाने के लिए ही शिवपुर आए हैं। वह विदेश हो आए हैं और उन्होंने देख रखा है कि वहाँ लोग किस तरह रहते हैं, वे उनका ओढ़ना-पहनना और रहन-सहन ख़ूब जानते हैं। और ख़ुद भी उसी तरह जीने का इरादा रखते हैं। मदन लाल ने बेमन से उनका यह फ़ैसला मान लिया मगर बहुत नरमी से ख़बरदार भी किया कि बाद में कहीं उनको पछताना न पड़े।

इसके बाद उनकी बातचीत कहीं ज़्यादा अहम् मुद्दे पर आ टिकी और उस घुसपैठिये को कमज़ोर करने के बारे में होने लगी, जो अब शिवपुर का सांसद था।

सुरेश के पास इसका जवाब था। वे विकास और उन्नति के आधुनिक तौर-तरीक़ों के बारे में अपनी पढ़ाई से हासिल समझ के बूते पर लोगों को यह समझाएँगे कि वे किस तरह उनकी ज़िन्दगी में क्रान्तिकारी बदलाव ला सकते हैं। लोगों को यक़ीन दिलाने और प्रभावित करने की अपनी क़ाबिलियत दिखाने के चक्कर में सुरेश ने विकास पर एक भाषण दे डाला और मदन लाल ख़ासे धैर्य और ख़ामोशी के साथ सुनते रहे। सुरेश ने विकास के शब्दकोश के उन सारे शब्दों के हवाले

से बड़ी असरदार व्याख्या की, जो मौजूदा दौर में चर्चा में बने रहते हैं—मसलन, महिला सशक्तिकरण, पितृसत्तात्मक परम्परा, समावेशिता, समानता, शासन, संस्थागत संरचनाएँ और भी बहुत कुछ। संरचनात्मक परिवर्तन के सिद्धान्त पर लम्बी-चौड़ी बात करने के फेर में कई जगह वे लड़खड़ा भी गए। मदन लाल ने बीच-बीच में जब भी टोकना चाहा, उन्होंने बड़ी रुखाई से "पहले मुझे अपनी बात पूरी कर लेने दो" कहकर उन्हें ख़ारिज कर दिया। अपनी बात ख़त्म करने के बाद चेहरे पर आत्म-सन्तुष्ट मुस्कान लिये सुरेश जब बैठ गए तो उन्होंने पूछा, "अच्छा, अब बताइए कि आप क्या सोचते हैं?"

मदन लाल ने बेहद विनम्रता के साथ माना कि यह बेहतरीन प्रदर्शन था और ऐसा कुछ भी उन्होंने आज से पहले कभी नहीं सुना। फिर, दोनों हथेलियों से अपना माथा रगड़ते हुए और आँख मिलाने से जान-बूझकर बचते हुए, उन्होंने कहा, "सुरेश भैया, जब आप इंग्लैंड में थे, तो क्या उन लोगों ने आपको भारत में अपने मतदाताओं के काम कराने की तरक़ीबों के बारे में भी कुछ सिखाया-बताया था? या कि निकम्मे, आलसी और भ्रष्ट बाबुओं को कितनी ज़ोर से धक्का मारें कि वे सचमुच अपना काम करने लगें, लोगों को सरकारी सेवाएँ मिलने लगें और बाबू सरकारी धन बाँटने लगें?"

"मैं समझा नहीं," सुरेश ने कहा। भाषण के नशे से वे अभी उबर नहीं पाए थे। "आपने सुना नहीं कि इन्तज़ामिया में ज़िम्मेदारी के बँटवारे के बारे में अभी मैंने क्या कहा? इस तरह काम आसानी से हो सकते हैं। विकास निधि और उसे ख़र्च करने की ज़िम्मेदारी ऊपर वालों पर ही छोड़ने के बजाय नीचे तक के अफ़सरों और सिस्टम को सौंप दीजिए। पंचायती राज। हमारे प्रधानमंत्री भी तो यही चाहते हैं।"

मदन लाल ने इसके जवाब में कहना चाहा, "ताकि भ्रष्टाचार और फल-फूल सके," मगर यह सोचकर ख़ामोश रह गए कि सुरेश से पहली ही मुलाक़ात में इतनी बेबाकी मुनासिब न होगी। तो विकास के सिद्धान्त की हवा-हवाई बातों में ज़्यादा वक़्त गँवाने के बजाय उन्होंने शिवपुर की हक़ीक़त के बारे में बात छेड़ दी। मदन लाल ने कहा, "अब मुझ नाचीज़ की राय भी सुन लीजिए। मैं तो कहता हूँ कि हमें अपना काम पूरा करने और अफ़वाहें फैलाने के बारे में भी सोचना चाहिए।"

"अफ़वाहें फैलाने का काम? वो क्यों," सुरेश ने थोड़ा हैरान होकर पूछा।

"हाँ। अफ़वाहें हमारा सबसे ताक़तवर हथियार होंगी। इसी के बूते हम दुश्मन को आसानी से धूल चटा देंगे। हम ऐसी अफ़वाहें फैलाएँगे जिससे लोगों को लगने

लगे कि हमारा दुश्मन केवल वोट माँगने वाला एम.पी. है, वह ऐसा नेता है जो ख़ाली वोट के लिए यहाँ आता है और फिर अगले चुनाव तक अपनी शक्ल भी नहीं दिखाता। लोग इस बात पर यक़ीन कर भी लेंगे क्योंकि चुनाव जीतने के बाद वह सचमुच यहाँ लौटकर नहीं आया है। हम कहेंगे कि दिल्ली में बैठकर वह पब्लिक का पैसा खा रहा है। इलाक़े की तरक़्क़ी के लिए आने वाला फ़ंड हड़प रहा है। साथ ही हमें आपके बारे में ऐसी कहानियाँ फैलाते रहना चाहिए, जिनसे आपके पिता की तरह आपकी साख भी मज़बूत होती रहे। उनकी पहचान ऐसे सांसद के तौर पर थी, जो लोगों के काम आते थे और इसी तरह यह भी कि अपने चुनाव क्षेत्र को ख़ासा वक़्त देते थे, यहाँ लोगों के बीच समय बिताते थे। यह अतिशयोक्ति थी, अतिरंजित प्रतिष्ठा। अफ़वाहें हमेशा अतिशयोक्ति ही होती हैं, पर इस बात में सच्चाई थी।"

"पर अफ़वाहें फैलाना! इसके बजाय मैं ख़ुद घूमकर इलाक़े के लोगों और मतदाताओं से मिलूँगा, उनसे बात करूँगा, मदन लाल जी। मैं बैठकें करूँगा, भाषण दूँगा, और इसी तरह के काम..."

"क्या आपको भरोसा है कि यह सब काम आएगा? आप अभी थोड़े कम तजुर्बेकार हैं," मदन लाल ने हिचकिचाते हुए कहा।

"बेकार की बात है," सुरेश ने जवाब दिया। "हमारे ख़ानदान की रवायत रही है। असरदार बोलना और लोगों को अपना बनाना हमारे ख़ून में है।"

मदन लाल सुरेश के इस दावे से सहमत तो नहीं था, फिर भी रज़ामन्दी में सिर हिलाते हुए बोला, "तो फिर ठीक है।" और इसके बाद वो चुनाव-क्षेत्र के अलग-अलग गाँवों में सुरेश के दौरे का ख़ाका खींचने में जुट गया, जहाँ उनके लिए सभाओं का इन्तज़ाम किया जा सके। दौरे के लिए उसने ऐसे गाँव चुने, जहाँ विकास के थोड़े-बहुत काम हुए थे। ताकि सुरेश के पिता को विकास कराने का श्रेय दिया जा सके।

हालाँकि सुनील श्रीवास्तव के ज़्यादातर कार्यकर्ता नए वाले सांसद के ख़ेमे में चले गए थे, फिर भी मदन लाल ने जिन गाँवों में जाना तय किया, वहाँ उसके भरोसे के कुछ ऐसे लोग ज़रूर थे, जिन पर पुराने सांसद के बारे में बढ़िया राय क़ायम करने लायक़ बातें करने का यक़ीन किया जा सकता था। मदन लाल ने सुरेश को यह मशविरा भी दिया कि वे अपना भाषण छोटा ही रखें तो अच्छा रहेगा। "एक निवेदन है, सर जी," उसने कहा, "आपकी हिन्दी बहुत अच्छी नहीं है, इसलिए

आपसे चूक हो सकती है। बेहतर होगा कि आप हर गाँव में एक ही बात कहें और मुख़्तसर कहें तो चूक की गुंजाइश नहीं रहेगी। आपको बोलना क्या है, यह मैं आपको बता दूँगा।"

सुरेश को उसकी यह बात अखर गई। "क्या मतलब, तुम मेरी हिन्दी की तौहीन कर रहे हो? मेरी हिन्दी एकदम फ़र्स्ट क्लास है, और तुम्हारी इस पेशकश का शुक्रिया, अपने भाषण मैं ख़ुद लिख सकता हूँ।"

बदक़िस्मती से मदन लाल की बात सही थी। सुरेश की हिन्दी में ज़ोख़िम सचमुच कम न था। वे बोर्डिंग स्कूल में पढ़े थे, जहाँ हिन्दी को हिकारत से 'वर्नाकुलर' कहा जाता और हिन्दी में बोलने पर मास्टरों की त्योरियाँ चढ़ जातीं, बुरी तरह घुड़क दिया जाता। यहाँ तक कि बहुत छोटे बच्चों को भी हिन्दी में सिखाने-पढ़ाने के बारे में नहीं सोचा जाता था। कुछ साल इंग्लैंड में रहने का जो असर उनकी ज़बान और लहजे पर पड़ा, रही-सही कसर उसने पूरी कर दी। जो थोड़ी-बहुत हिन्दी वह बोलते थे, अब उसमें भी अंग्रेज़ियत झलकती थी।

मदन लाल की उम्मीदों का दारोमदार अब केवल इस बात पर था कि भोजपुरी बोलने वाले देहातियों को सुरेश की हिन्दी की ख़तरनाक गड़बड़ियाँ शायद ही पल्ले पड़ें। फिर भी, कम बोलने के फ़ायदे बताकर उसने सुरेश को समझाने की एक और कोशिश की, कहा, "सर जी, गुज़ारिश यही है कि आप थोड़े में बात पूरी कर लें। आपको तो उन्हें बस इतना बताना है कि आप अपने पिता के बेटे हैं और उनकी सेवा करने आए हैं।"

"बकवास," सुरेश ने जवाब दिया, "गाँव वाले मुझे सुनने आएँगे तो मुझसे बढ़िया भाषण की उम्मीद भी करेंगे।"

"यक़ीन कीजिए, ऐसी कोई बात नहीं है। दरअसल वे आपको देखने आएँगे क्योंकि आप उन लोगों के नेता के वारिस हैं, अपने पिता के बेटे...।"

"मगर यह तो भाई-भतीजावाद हुआ," मदन लाल पर अपनी हिन्दी का रौब जमाने के लिए सुरेश ने कुनबा-परस्ती के लिए हिन्दी का भारी-भरकम शब्द इस्तेमाल करते हुए कहा। "नई दुनिया में भाई-भतीजावाद की कोई जगह नहीं होनी चाहिए। आदमी को ख़ुद अपने भरोसे, अपने पाँवों पर खड़ा होना चाहिए।"

शेखी मारने के चक्कर में सुरेश यह भूल गए कि ख़ुद वे ही कब अपने पैरों पर खड़े हैं? सच तो यह है कि वे अपने मरहूम पिता के कन्धों पर सवार थे। मदन लाल सीधे इस ओर इशारा तो कर नहीं सकते थे, तो जवाब में उन्होंने कहा, "हमारी

पार्टी की बुनियाद ही भाई-भतीजावाद है, सुरेश भैया। नेहरू और गांधी की पीढ़ियाँ न होतीं तो कांग्रेस पार्टी कब की ख़त्म हो गई होती। और आगे भी अगर ये नहीं होंगे तो पार्टी मुँह के बल धड़ाम गिरेगी। यहाँ के लोग, ख़ासतौर पर गाँव-देहात में लोग उम्मीद करते हैं कि नेता का बेटा ही अपने पिता का सियासी वारिस भी बने। और कोई बाप अगर अपने बेटे को आगे नहीं बढ़ाता तो इसे उसकी ज़्यादती माना जाता है। वैसे भी, आप तो यहाँ इसीलिए आए हैं न कि आप अपने पिता के बेटे हैं। तो मुझे लगता है कि यह बात भूलना मुनासिब नहीं होगा।"

पहले गाँव के दौरे पर निकले सुरेश को नए क़िस्म के तजुर्बे हो रहे थे। देश के उस मामूली क़स्बे की सड़क पर ट्रैफ़िक रेंग रहा था—बैलगाड़ियाँ और हाथ-ठेले, साइकिल और रिक्शा, दो-चार ऑटोरिक्शा, कभी-कभार गुज़रतीं खटारा अम्बेसडर कारें और बीच सड़क मुसाफ़िरों को उतारती हुई बसें—और इसी बेतरतीब भीड़ के बीच किसी तरह रास्ता बनाते हुए उनकी जीप धीरे-धीरे आगे बढ़ रही थी। सुरेश को यह देखकर भी बहुत निराशा हुई कि जीप के आगे कांग्रेस पार्टी का झंडा लगा होने और 'संसद सदस्य' वाली चमकती प्लेट के बावजूद लोग उन्हें रास्ता नहीं दे रहे थे। इतना ही नहीं, क़स्बे के इकलौते चौराहे के बीचोबीच खड़े ट्रैफ़िक पुलिस के सिपाही ने भी उन्हें कोई तवज्जो नहीं दी। उनकी जीप का ड्राइवर लगातार हॉर्न बजा रहा था मगर सिपाही पर उसका कोई असर नहीं हुआ, न ही ट्रैफ़िक की उस भूलभुलैया से बाहर निकालने की उसने कोई कोशिश की।

आख़िरकार क़स्बे की भीड़भाड़ से निकलकर उनकी जीप देहात वाले इलाक़े में आ गई। ड्राइवर ने अब जीप दौड़ाना शुरू कर दिया। समय-समय पर सामने से आने वाले ट्रकों से बचने या रास्ता देने से इनकार करने वालों को ओवरटेक करने के चक्कर में वह जीप को ख़तरनाक ढंग से घुमाता था। और इस तरह उसने शाम होने से पहले उन लोगों को मिर्चीपुर गाँव पहुँचा दिया।

गाँव के क़रीब पहुँचने पर मदन लाल ने कहा, "मीटिंग के लिए यह बहुत सही समय है, इन दिनों खेतों में करने के लिए कुछ है नहीं और लोग भी ख़ाली हैं।" इसी बीच न जाने कहाँ से ढेर सारे बच्चे आ गए, और शोर करते हुए उनकी जीप के आगे-पीछे चलने लगे। थोड़ी ही देर में अधेड़ उम्र का एक शख़्स उनकी ओर आता दिखाई दिया। क़रीब आया तो सुरेश से दुआ-सलाम हुई। वह राम सिंह राय थे, गाँव के बड़े किसानों में से एक, और अपनी पीढ़ी के लोगों के बीच अजूबा भी क्योंकि कृषि महाविद्यालय से डिप्लोमा लेने के बावजूद वह खेतिहर हैं। राम सिंह

के साथ सुरेश और मदन लाल गाँव की गलियों से होते हुए आगे बढ़े। बच्चे उनके पीछे लगे रहे। बच्चों का कहा गया कि 'सुरेश श्रीवास्तव ज़िन्दाबाद' के नारे लगाते चलें। वे सारे अपनी पूरी ताक़त और जोश से नारा लगा भी रहे थे। सुरेश के आने की ख़बर तेज़ी से गाँव-भर में फैल गई, और धीरे-धीरे अच्छी-ख़ासी भीड़ उस खुले मैदान में जुट गई, जहाँ सभा होनी थी। औरतें ज़मीन पर बैठ गईं, बुज़ुर्गों के लिए जाने कहाँ से प्लास्टिक की कुर्सियाँ और खाटें आ गईं, और उनके पीछे गाँव के नौजवान खड़े हो गए।

मदन लाल ने सुरेश का परिचय देते हुए सभा की शुरुआत की। अपने सम्बोधन में उसने बताया कि अपने पिता और उन सबके नेता की मृत्यु से उनको जो नुक़सान हुआ है, सुरेश को उसका बहुत अफ़सोस है, इसलिए वे उनसे हमदर्दी जताने आए हैं, साथ ही वह वायदा करने भी आए हैं कि वे ख़ुद को संसद में उनकी नुमाइंदगी के क़ाबिल साबित करेंगे। उनकी इस बात से वहाँ मौजूद लोग चकरा गए क्योंकि उन्हें लगा कि नए सांसद के तौर पर वारिस तो वे पहले ही चुन चुके थे। लोगों ने यह बात उठाई भी मगर मदन लाल ने उस पर ध्यान नहीं दिया और बेफ़िक्री से बोलते रहे। "अरे वो, वह चोर है," उसने जवाब दिया। "उसने श्रीवास्तव परिवार की सीट हड़प ली है। मगर फ़िक्र मत करो, आप लोगों की मदद से हम उसे खदेड़कर दम लेंगे।"

नए सांसद को निकम्मा और नाकारा साबित करने के लिए उसने अब लोगों से सवाल करने शुरू कर दिये, "अच्छा बताओ कि क्या वह कभी तुम्हारे गाँव आया?"

"नहीं," गाँव के लोगों ने जवाब दिया।

"अच्छा, चुने जाने के बाद क्या वह पूरे चुनाव-क्षेत्र में कहीं आया?"

"नहीं।"

"अब आई बात समझ में!" मदन लाल ने विजेता भाव से कहा। "मैंने तुम्हें बताया न कि वह एक चोर है। वह तुम्हारे वोटों पर डाका डालने के लिए यहाँ आया और वोट बटोरकर दिल्ली चला गया ताकि ख़ुद अमीर बन जाए। और सुरेश जी इंग्लैंड से लौटते ही तुम्हारे साथ रहने यहाँ आ गए। वह केवल विकास की पढ़ाई करने के लिए इंग्लैंड गए थे ताकि वे तुम्हारे लिए विकास ला सकें। उनके पास आधुनिक ज्ञान है, नई दुनिया की जानकारियाँ हैं जो तुम्हारे बहुत काम आएँगी। आइए, अब उन्हीं के मुँह से सुनते हैं कि वह क्या सोचते हैं, उनकी योजना क्या है।"

मदन लाल के भाषण के दौरान बूढ़ों के बीच सुरेश के पहनावे को लेकर कानाफूसी चलती रही थी। शहरी छैलों की तरह के कपड़े, जूतों पर चमकते छोटे सुनहरे बकसुए और आँखों पर चढ़ा सोने के पतले फ्रेम वाला काला चश्मा, जैसा उन्होंने पहले कभी नहीं देखा था। "इसने और नेताओं की तरह कपड़े क्यों नहीं पहने हैं?" फुसफुसाते हुए वे एक-दूसरे से पूछ रहे थे। यानी ख़ुद को हमसे ऊपर कुछ ख़ास जता रहा है। बनतू कहीं का। ये क्या हम लोगों को नीचा दिखाने यहाँ आया है? ये वोट माँगने वाला नेता कम और सरकारी दफ़्तर का कोई हेकड़ बाबू या सेठ ज़्यादा दिखाई देता है।

सुरेश बोलने के लिए खड़े हुए तो फुसफुसाहट बन्द हो गई, और बेचैन करने वाली एक ख़ास तरह की चुप्पी फैल गई। "मेरे प्यारे भाइयो और बहनो, ख़ुद को आपके बीच पाकर आज मैं बहुत ख़ुश हूँ" जैसे सम्बोधन का दस्तूर भूलकर सुरेश के सीधे ही बोलना शुरू कर देने से बात थोड़ी और बिगड़ गई। बग़ैर किसी तकल्लुफ़ के उन्होंने ऐसी बातों की झड़ी लगा दी, जो सुनने वालों को अनगढ़ क़िस्म का हुक्मनामा लगा। वह बोले, "आप लोगों को मेरे पिता को याद रखना चाहिए, आपको वो सब याद रखना चाहिए जो उन्होंने आपके लिए किया, आपको वे बदलाव याद रखने चाहिए जो वे इस गाँव में लाए।" बदक़िस्मती यह हुई कि सुरेश हिन्दी के शब्दों, बदला और बदलाव, के मायने समझने में गड़बड़ा गए। भीड़ के बीच फिर से फुसफुसाहट शुरू हो गई। "इसके बाप बदला लेकर आए? किससे बदला लिया? यह बेवकूफ़ क्या बोले चला जा रहा है?" उन्होंने एक दूसरे से पूछा।

एक नौजवान खड़ा होकर चीख़ा, "तो क्या तुम हमसे बदला लेने आए हो?"

सारे लोग ठहाका मारकर हँस पड़े।

एक और लड़का चिल्लाया, "बदला तो हमें तुमसे लेना चाहिए। तुम्हारे बाप ने हमें जो धोखा दिया उसका बदला...हर बार जब वो आते तो बड़े-बड़े वायदे कर जाते थे, मगर हुआ कभी कुछ नहीं।"

गाँव के बड़े-बूढ़ों ने किसी तरह भीड़ को शान्त कराया तो सुरेश ने फिर बोलना शुरू किया। किसी अनाड़ी की तरह अब वे तरक़्क़ी और विकास के बारे में अपना नज़रिया समझाने की कोशिश कर रहे थे और मदन लाल उनकी आस्तीन खींचते हुए दबी ज़बान में बड़ी बेचैनी से कहते जा रहे थे, "छोटा कीजिए छोटा, जल्दी से ख़त्म कीजिए।" जल्दी ही भीड़ की बेकली और कुलबुलाहट, झुँझलाहट, फुसफुसाहट और हँसी-ठिठोली से सुरेश को भी आभास हो गया कि उनकी बातों

में किसी को कोई दिलचस्पी नहीं बची है और बेहतर होगा कि जल्दी से बात ख़त्म करके वे वहाँ से हट जाएँ। मदन लाल ने धीरे-से कहा कि उन्हें यह अपील करते हुए बात पूरी करनी चाहिए कि उन्हें उम्मीद है कि उनके पिता की याद में लोग उन्हें अपना समर्थन देंगे। तो सुरेश अचानक वहीं रुक गए, फिर कहा, "आपको मेरा साथ देना पड़ेगा, उस चोर का नहीं, क्योंकि मैं सुनील श्रीवास्तव का बेटा हूँ और यह मेरी ख़ानदानी सीट है।" एक बार फिर भाषा की उनकी समझ ने उन्हें दाँव दे दिया। उनकी ज़बान और लहजे में समर्थन के लिए आग्रह के बजाय आदेश और अनिवार्यता झलक रही थी। "करना पड़ेगा।" उनके मुँह से निकला ही था कि भीड़ में पीछे से कोई चिल्लाया, "भैनचोद! हमें हुकुम देने वाले तुम कौन होते हो? हमें तुम्हारा ही साथ क्यों देना पड़ेगा?"

इसके बाद तो बाक़ी भीड़ भी बेकाबू हो गई। तभी किसी ने मिट्टी का ढेला उठाकर सुरेश और मदन लाल की तरफ़ उछाल दिया। बाक़ियों के लिए यह जैसे कोई इशारा था। ढेलों के साथ-साथ उन दोनों पर पत्थरों की बारिश भी होने लगी। मदन लाल ने मुड़कर वहाँ से दौड़ लगा दी, वह चिल्लाया, "भागो यहाँ से, भाग चलो!" सुरेश ने भीड़ को समझाने की नाकाम कोशिश की। "सुनो, मेरी बात सुनो! मेरी बात तो सुनो!" वह चिल्लाए, लेकिन उनके चिल्लाने का किसी पर कोई असर नहीं हुआ। अब लोगों को उन पर निशाना लगाने में मज़ा आने लगा था और ढेले से कहीं ज़्यादा पत्थर उन पर फेंके जा रहे थे, सो वे भी मुड़कर वहाँ से भाग निकले। जीप में चढ़ने के लिए वह थमे ही थे कि एक छोटा-नुकीला पत्थर आकर उनके माथे पर लगा। उनके चेहरे पर ख़ून बह निकला, और वे किकियाये, "कमबख़्त, जंगली कहीं के!" मदन लाल ने उन्हें अपना रूमाल पकड़ाया और ड्राइवर से कहा कि जितनी तेज़ हो सके, वहाँ से निकल चले।

सुरेश घर पहुँचे तो उनका हुलिया बिगड़ा हुआ था, गुच्ची के उनके जूते कीचड़ में सने हुए थे, क़मीज़ मैली हो चुकी थी और चेहरे से कॉलर पर टपका ख़ून सूख चुका था। घर में दाख़िल होते ही सामने पड़े नौकर की फ़िक्र और सवालों से वह झुँझला उठे, उसने पूछा, "अरे साहब, यह आपको क्या हो गया? आपको तो बहुत चोट लगी है। इतना सारा ख़ून बहा है!"

"कुछ नहीं हुआ है," सुरेश ने झट से कहा, "कुछ भी नहीं हुआ है। अपनी बकवास बन्द करो, और जाकर बर्तन में थोड़ा पानी और कोई कपड़ा लेकर आओ।"

"मैं डॉक्टर को भी बुला लेता हूँ। आपको तो बहुत चोट लगी है।"

"नहीं, डॉक्टर को बिलकुल मत बुलाना," सुरेश ने उसे डपटा। "यह मेरी इज़्ज़त का सवाल है। और मैं नहीं चाहता कि इस टुटपुँजिया जगह में हर किसी को पता चल जाए कि मेरे साथ क्या हुआ है।"

अगली सुबह मदन लाल ने सुरेश को बताया कि उनके भाषण की ख़बर जंगल की आग की तरह गाँव-गाँव फैल गई थी। सुरेश ने बड़ी संजीदगी से शिकायत की, "यह तो सचमुच बहुत बेजा बात है। मेरी हिन्दी इतनी ख़राब नहीं थी। वे नीच गाँव वाले बस मज़ा लेना चाहते थे। फिर, अब हमें क्या करना चाहिए, क्या कर सकते हैं? मैं हार मानने वाला नहीं हूँ।"

मदन लाल आगे झुके, उनका हाथ पकड़ा, और धीरे-से बोले, "मैं इसी के बारे में सोचता रहा हूँ। मुझे एक तरक़ीब सूझी है, जिससे हमारी गाड़ी दोबारा पटरी पर आ सकती है और हम आगे बढ़ सकते हैं।"

फिर अपनी योजना समझाते हुए उसने सुझाव दिया कि उन्हें एकदम नीचे से शुरुआत करनी चाहिए, साथ ही कार्यकर्ताओं की भर्ती करके अपना एक संगठन खड़ा करने की कोशिश करनी चाहिए। यह सब करने में वक़्त लगेगा और लोग तब तक उस सत्यानाशी सभा के बारे में भूल जाएँगे और अपने बनाए हुए संगठन की मदद से बाहर निकलना और गाँव वालों का सामना करना मुमकिन हो सकेगा।

मदन लाल की योजना सुनते ही पिछले रोज़ की सभा की नाकामी, रंग में भंग और अंग-भंग की यादें सुरेश के दिमाग़ से बहुत दूर चली गईं। उत्साह से लबरेज़ सुरेश झटके से उठे और सकुचाए हुए मदन लाल को यह कहते हुए गले लगा लिया, "ज़बरदस्त! आपके दिमाग़ का भी जवाब नहीं। आपने जैसा कहा है हमें बिलकुल वैसा ही करना चाहिए। दिल्ली में बैठा हाई कमान भी तो यही चाहता है कि हमें ज़मीनी स्तर पर संगठन फिर से खड़ा करना चाहिए और हम यही करेंगे। ग्रासरूट लेवल पर काम, ग्रास तो हालाँकि यहाँ बहुत नहीं है फिर भी काम करेंगे।"

यह कहते-कहते वे रुक गए, पेशानी पर बल डालते हुए पूछा, "मेरे पिता के संगठन का क्या हुआ? उनके इतनी बार जीतने में संगठन ने भी तो मदद की होगी। उनके आदमियों को फिर से काम पर लगाना ज़्यादा आसान होगा?"

"वो सारे आया राम-गया राम हैं, आज यहाँ हैं, तो कल कहीं और। वे सब आपके मुख़ालिफ़ ख़ेमे में चले गए हैं।" मदन लाल ने बताया।

दिल्ली में इन दिनों युवा शक्ति—कुछ इसे यूथिज़्म भी कहते—का बड़ा ज़ोर था। हाईकमान के आसपास यूथिज़्म की सनक का यह संगीत बराबर गूँजता सुनाई देता। इस वाद का मूल मंत्र था कि पार्टी को पावर में लाने का ज़िम्मा नौजवानों को दिया जाए और वे ही सत्ता के मुहाफ़िज़ बनें। राजीव गांधी तो तब चालीस साल के भी नहीं हुए थे, जब उन्होंने अपनी माँ की विरासत सँभाली और दुनिया के सबसे युवा प्रधानमंत्रियों में शुमार हुए। तो सुरेश को सूझा कि उन्हें शिवपुर में एक युवा संगठन बनाना चाहिए। उन्होंने भारत के युवा देश होने और 'डेमोग्राफ़िक डिविडेंड' के बारे में पढ़ भी रखा था, तो उन्होंने सोचा कि वे इस डिविडेंड यानी युवा आबादी का फ़ायदा उठा सकते हैं।

भारत के युवाओं के बारे में इस आशावादी आकलन पर उन्होंने बहुत गहराई से ग़ौर नहीं किया था, इसलिए उन्हें इस बात का हरगिज़ अन्दाज़ नहीं था कि कम पढ़े-लिखे और बेकार नौजवानों से फ़ायदे की उम्मीद फ़ज़ीहत में बदल सकती है। न ही उन्हें इस बात का अहसास था कि उनके संगठन में शामिल होने और उनकी पार्टी का कार्यकर्ता बनने में अधकचरी पढ़ाई करके बेरोज़गार घूम रहे नौजवानों को ही दिलचस्पी हो सकती है, जो ज़ाहिर है कि बाग़ी तबीयत के अक्खड़ लोग होंगे। सियासत की दुनिया में ही बाल सफ़ेद करने वाले मदन लाल जैसे तजुर्बेकार को यह योजना नहीं जँची और उसने सुरेश को समझाने की कोशिश की कि इस तरह की रणनीति पर काम करना जल्दबाज़ी होगी। उसने चेताया भी कि यूपी जैसी पिछड़ी जगह में नौजवानों की पार्टी दूर की कौड़ी है।

मदन लाल का कहना था, "यहाँ के गाँवों में अब भी बुज़ुर्गों का दबदबा है और उन्हीं की चलती है। नौजवान उसी को वोट देते हैं, जिसे बड़े-बूढ़े ठीक समझते हैं। इस लिहाज़ से पहले हमें उनकी ज़रूरत है। हमें बूढ़ों को अपने साथ मिलाने की कोशिश करनी चाहिए वरना ख़ालिस नौजवानों का संगठन बनाने के फेर में वे आपके ख़िलाफ़ हो जाएँगे और तब आप कहीं के नहीं रहेंगे।"

"ओह, मुझे तो यह मालूम नहीं था," सुरेश ने जवाब दिया। "जानते हो तुम्हारी दिक़्क़त क्या है? तुम ज़िन्दगी भर इसी पिछड़े इलाक़े में फँसे रहे हो, इसलिए तुमको पता ही नहीं है कि दुनिया में क्या हो रहा है। दुनिया-भर में नौजवान आगे आ रहे हैं और ज़िम्मेदारियाँ सँभाल रहे हैं।"

सुरेश पर अपनी बात का कोई असर नहीं होता देखकर मदन लाल नाउम्मीद ज़रूर हुआ, पर शाइस्ता बने रहने की कोशिश करते हुए भी सुरेश को तीखा जवाब

देने से ख़ुद को नहीं रोक पाया, कहा, "आप बिलकुल ठीक कहते हैं, सर जी, लेकिन हमारे वोटर इसी पिछड़े इलाक़े में रहते हैं सो वे पिछड़े हैं भी। मेरे ख़याल से आपको भी थोड़ा-सा पिछड़ा बन जाना चाहिए।"

सुरेश जो युवा संगठन बनाना चाहते थे, उसके लायक़ उम्मीदवार तो वहाँ बहुतेरे थे। शिवपुर की गलियों और नुक्कड़ों पर झुंड के झुंड खड़े, चाय की दुकानों में अड्डेबाज़ी करने वाले और सरकारी दफ़्तरों के बाहर जमा जत्थों में कितने ही नौजवान मिलते थे। डेनिम की तंग पतलून और रंग-बिरंगी टी-शर्ट उनकी वर्दी थी और सिर पर ऊबड़-खाबड़ बाल जिसे वे अपने ज़माने का फ़ैशन समझते थे। इनमें से कुछ कामचलाऊ कॉलेजों के ग्रेजुएट थे, जो केवल 'मानित' विश्वविद्यालय थे—'डीम्ड' यूनिवर्सिटी। सरकारी दफ़्तरों के बाहर खड़े होने वाले नौजवान छोटे-मोटे अफ़सरों और अपना काम लेकर वहाँ आने वाले आम लोगों के बीच दलाली का धंधा करते। आम लोगों को यह बात ख़ूब मालूम थी कि सरकारी मशीनरी में काम कराने के लिए तेल-पानी की ज़रूरत होती है, मगर यह नहीं जानते थे कि तेल कहाँ और कैसे देना है। और यही दलाल उनके काम आते थे। ये दलाल जाति प्रमाण-पत्र, राशन कार्ड और ड्राइविंग लाइसेंस जैसे दस्तावेज़ हासिल करने में उनकी मदद करते। उनसे अगर पूछा जाए कि वे क्या करते हैं तो आमतौर पर एक ही जवाब मिलता था, 'टाइम-पास।' इसका मतलब यह था कि वे डिग्री लेने और पक्की नौकरी पाने के बीच का वक़्त काट रहे हैं। हालाँकि नौकरी उन्हें शायद ही मिल पाती हो। बाहर की दुनिया में उनकी डिग्री को कोई भाव नहीं देता। वह इतनी कमतर आँकी जाती थी कि नौकरी के कई विज्ञापनों में साफ़-साफ़ लिखा होता था कि 'डीम्ड यूनिवर्सिटी' के स्नातकों को अर्ज़ी भेजने की ज़रूरत नहीं है। दलालों और दूसरे 'टाइम-पास' करने वालों की आम शोहरत भी अच्छी नहीं थी। भले घरों की लड़कियों के लिए उन्हें ख़तरा माना जाता था और हिकारत से उन्हें लफंगा और बदमाश, कामचोर और ठग, यहाँ तक कि कभी-कभी गुंडा भी कहा जाता।

ऐसे लड़कों से बात करते हुए देखे जाना भी मदन लाल की शान के ख़िलाफ़ था, इसलिए नए संगठन में उनकी भर्ती का ज़िम्मा वो ख़ुद तो नहीं ले सकता था। इस बार वह सुरेश को यह समझाने में कामयाब हो गया कि अगर वो गली-गली जाकर उन लड़कों से मिले तो वे शर्तिया उसका मज़ाक़ उड़ाएँगे और उसे अपना-सा मुँह लेकर लौटना पड़ेगा। "तो अब हम क्या करें?" सुरेश ने तुनककर पूछा। "इतना अच्छा आइडिया, लेकिन अमल में कैसे लाया जाए?"

उन्हें उम्मीद थी कि मदन लाल ही कोई तरक़ीब निकालेंगे। हालाँकि मदन लाल को इस योजना की कामयाबी पर गहरा सन्देह था, फिर भी उसने रास्ता सुझाया। कहा कि वो अपने पोते को कुछ टाइम-पास वालों से मिलने भेजेगा। वह उनसे मिलेगा और बताएगा कि अगर वे बँगले पर आकर सुरेश से मिलते हैं तो यह उनके लिए भावी सांसद का आदमी बनने का बढ़िया मौक़ा होगा। ऐसा मौक़ा जो छिटपुट दलाली के मुक़ाबले कहीं ज़्यादा फ़ायदे का साबित हो सकता है।

कुछ दिनों बाद मदन लाल का पोता एक नौजवान को साथ लिये सुरेश के बँगले के बरामदे में दिखाई दिया। सुरेश ने नज़र उठाकर उसके हुलिये का जायज़ा लिया, उनके महँगे रे-बेन चश्मे की घटिया-सी नक़ल के पीछे छिपी उसकी आँखें, सिर के छँटे हुए कड़े बाल ब्रश के बालों की तरह खड़े हुए थे। सुरेश को सिल्वेस्टर स्टेलोन की फ़िल्म के विलेन की याद हो आई, हालाँकि उनके सामने खड़े लड़के की काया उस विलेन के मुक़ाबले आधी ही थी। उसकी दाहिनी कलाई में बँधे कलावे की रंग-बिरंगी छटा और टी-शर्ट के ऊपर सोने की एक चेन झूल रही थी। मदन लाल के पोते ने उसका परिचय कराया, "ये अच्छे राय हैं, पुराने छात्र नेता हैं।"

चूँकि इस तजुर्बे की कामयाबी पर मदन लाल को रत्ती-भर भरोसा नहीं था, उसने सुरेश को इस बात पर राज़ी कर लिया था कि संगठन बनाने का काम धीरे-धीरे ही किया जाए। तो यह तय हुआ कि पहले एक ही नेता की भर्ती हो और फिर उसे उसके कुछ दोस्तों के साथ दो-एक विकसित गाँवों में क़िस्मत आज़माने भेजा जाए। अच्छे राय को यक़ीन था कि वह गाँव-गाँव में ऐसे नौजवानों के गुट बना लेगा जो सुरेश की पार्टी के कार्यकर्ता का काम करेंगे।

"मैं तो आपका आदमी हूँ," उसने सुरेश को भरोसा दिलाया। "छात्र नेता रहा हूँ तो राजनीति के बारे में सब कुछ जानता हूँ। कॉलेज के दिनों में मैं इतना दबंग नेता था कि कुलपति के दफ़्तर में कभी भी आ-जा सकता था, वह मुझसे बहुत ख़ौफ़ खाता था कि कहीं उसके ख़िलाफ़ धरने पर न बैठ जाऊँ। मेरी इतनी धमक थी कि रजिस्ट्रार को जिसके नम्बर बढ़ाने के लिए कह दूँ, वह बढ़ा देता था क्योंकि मुझे मालूम होता था कि उसने कब-कहाँ किससे घूस खाई है। बेवकूफ़ से बेवकूफ़ लड़कों को मेरे कहने से कॉलेज में दाख़िला मिल जाता था। नेता मुझे अपने साथ मिलाकर रखना चाहते थे।"

"अगर तुम इतने ही ताक़तवर थे तो ये गली-गली आवारागर्दी करते क्यों घूम रहे हो? तुम्हें तो अब तक बड़ा नेता बन जाना चाहिए था?" मदन लाल ने पूछा।

"कॉलेज छोड़ा तो मैंने राजनीति से छुट्टी ले ली," अच्छे राय ने हौले से कहा। "लेकिन अब इस टाइम-पास से ऊब रहा हूँ तो फिर से राजनीति में लौटना मुझे अच्छा लगेगा।" सुरेश को उसकी बातें जँच रही थीं मगर मदन लाल बहुत आश्वस्त नहीं हुआ। अच्छे राय की इस आत्ममुग्धता से मदन लाल को शक हुआ कि वह ज़रूरत से ज़्यादा शेख़ीबाज़ है और शायद उसके बड़बोलेपन की वजह से कॉलेज छोड़ने के बाद उसके साथ वालों ने भी उसे छोड़ दिया। और नेता बनने के लिए चेलों-चापलूसों की भीड़ का साथ होना ज़रूरी होता है। उसे लगा कि ऐसा घमंडी आदमी ग्राम्य समाज में पैठ बनाने के क़ाबिल नहीं, जहाँ उम्र का लिहाज़ अब भी बाक़ी है। तो उसने पूछ लिया, "क्या तुम्हें गाँव की राजनीति का कोई तजुर्बा है?"

"नहीं," अच्छे राय ने जवाब दिया। "मैं यहीं शिवपुर में पैदा हुआ था। मगर गाँव की राजनीति जल्दी ही समझ जाऊँगा। फिर मुझे उन गँवारों से ही तो व्यवहार बनाना है, जो अपने बैलों की तरह बेवकूफ़ होते हैं। वे लोग मेरे जैसे डिग्री-पास आदमी का मुक़ाबला क्या ही कर पाएँगे।"

मदन को अब पक्का भरोसा हो गया कि इस लड़के के बारे में उनका अनुमान एकदम सही था। और सुरेश की इजाज़त लिये बग़ैर उन्होंने युवक को वहाँ से भगा दिया। अच्छे राय से कहा, "चले जाओ यहाँ से, तुम ख़ाली बड़ी-बड़ी बातें करना जानते हो मगर वे सब बहुत बेहूदा बातें हैं। किसान तुम्हें जमकर लठियाएँगे और अगर पहले ही गाँव से ज़िन्दा बचकर निकल पाए तो बड़े नसीब वाले कहलाओगे।"

मदन लाल का पोता कुछ और टाइम-पास वालों को लेकर आया मगर वे सब तो और ख़राब निकले। उनमें से किसी को राजनीति का कोई अनुभव नहीं था। कुछ मूर्खतापूर्ण आत्मविश्वास से लबालब, छाती फुलाए हुए आए, और कुछ में आत्मविश्वास की इतनी कमी थी कि सुरेश या मदन से निगाह मिलाने से बचते हुए बस सिर झुकाए खड़े रहे, और उनके किसी सवाल पर इस तरह बुदबुदाकर जवाब देते कि मुश्किल से समझ आता था। साफ़तौर पर, राजनीति में ऐसे लोगों की ज़रूरत रैली में भीड़ बढ़ाने के इस्तेमाल से ज़्यादा नहीं थी। इसके लिए उन्हें थोड़े पैसे दो, किसी ट्रक या लॉरी में ठूँसकर रैली वाली जगह पर पहुँचा दो, और वहाँ ज़िन्दाबाद के नारे लगाते हुए वे भाषण करने वालों के मुखर समर्थक नज़र आएँगे।

ऐसे उम्मीदवारों के इंटरव्यू करने में सुरेश को अब ऊब होने लगी, जिनके बारे में ख़ुद वह भी बता सकते थे कि वे लोग किसी काम के नहीं हैं। उनके काम लायक़ आत्मविश्वास तो अब तक केवल एक ही आदमी में दिखा, और वह है

अच्छे राय। तो सुरेश ने मदन लाल से कहा कि उसे फिर बुलाएँ। मदन लाल ने हालाँकि मना किया, पर उन्होंने तर्क दिया, "तुम्हारे पोते ने बताया था कि वह छात्र नेता रह चुका है, उसे राजनीति का कुछ तजुर्बा तो होगा।"

पिछली बार भगाए जाने का अच्छे राय के अभिमान पर कोई असर दिखाई नहीं दिया, वह पहले की तरह ही ढीठ और ऐंठा हुआ दिखाई देता था। उसके काम का ख़ाका खींचकर संक्षेप में उसे समझाया गया कि गाँवों के नौजवानों को सुरेश पर क्यों भरोसा करना चाहिए, और किस तरह उनका मुस्तक़बिल सुरेश का साथ देने में ही महफ़ूज़ रहेगा। इसके साथ ही अच्छे राय को अच्छी-ख़ासी रक़म भी दी गई ताकि लोगों को खिलाने-पिलाने पर खुले हाथ से ख़र्च कर सके। उसे शिवपुर के कुछ चुनिंदा गाँवों में जाकर सुरेश के नए बनने वाले संगठन के लिए युवाओं की भर्ती करने का ज़िम्मा सौंपा गया।

हिन्दुस्तान में, अगर कोई मजबूरी न हो तो, कोई आदमी किसी काम पर अकेले नहीं निकलता है, सो अच्छे राय ने भी तीन और टाइम-पास तलाश करके अपने साथ ले लिये। उन लोगों का अगला-पिछला रिकॉर्ड जान लेने के बाद अच्छे को यक़ीन हो गया था कि ये तीनों उसके लिए कभी चुनौती या ख़तरा नहीं बन सकते। फिर वे सब एक साथ गाँव के लिए रवाना हो गए।

मगर उनका दौरा बहुत लम्बा नहीं चल पाया। अच्छे राय अगले ही रोज़ सुरेश के बँगले पर लौट आया। उसके सिर पर पट्टी बँधी थी और बाँह लटकन में। उसे इस हाल में देखकर मदन लाल की पेशानी पर बल पड़ गए, फिर गहरी साँस भरते हुए उन्होंने पूछा, "वही हुआ जिसका मुझे डर था। गाँव में लोगों ने तुम्हारी पिटाई कर दी। है न!"

"पहले ही गाँव में," ग़ुस्से से भरे अच्छे राय ने जवाब दिया।

"ओफ्फो, कितने भयानक लोग हैं," सुरेश ने कहा, "इन जंगली गाँव वालों से पार पाना तो नामुमकिन है।"

मदन लाल को उनकी बात बहुत नागवार लगी। "बिलकुल नहीं, वे लोग वैसे हरगिज़ नहीं हैं, जैसा अभी आपने कहा। उनसे निपटना एकदम मुमकिन है बशर्ते इतनी अक़्ल हो कि उनसे बात कैसे की जाए, कैसे पेश आया जाए। वे लोग ऐसे किसी आदमी को घास नहीं डालते जो उनकी इज़्ज़त करना भी न जानता हो। आपके पिता ने यह सबक़ जल्दी सीख लिया था। मगर न तो आप यह बात समझ पा रहे हैं और न ही यह शेख़ीबाज़। हो सकता है कि लठियाये जाने के बाद अब इसे

थोड़ी अक़्ल आ गई हो।" फिर उन्होंने घूमकर अच्छे राय की ओर देखा और पूछा, "मुझे सारी बात बताओ कि वहाँ क्या हुआ, तुम्हारी पिटाई की नौबत क्यों आई?"

"हमने तो वैसा ही किया, जैसा आपने कहा था। हमने ताश खेल रहे कुछ लड़कों को पकड़ा, उन्हें रोकड़ा दिखाया और कहा कि अगर वे आपके संगठन में शामिल हो जाते हैं और आपके आदमी को एम.पी. बनने में मदद करते हैं तो उन्हें और रोकड़ा मिलेगा, साथ ही गाँव की पंचायत से बूढ़ों को हटाकर वे ख़ुद क़ाबिज़ हो सकते हैं।"

"वो लड़के तुम्हें कहाँ मिले थे, ये सारी बातें तुमने कहाँ कीं?" मदन लाल ने सवाल किया।

"पेड़ के नीचे, जहाँ बैठे वे सब ताश खेल रहे थे। वहाँ आसपास और कोई नहीं था। लेकिन जाने कैसे उन लोगों को पता चल गया। लगता है कि वह गाँव जासूसों से भरा पड़ा है।"

"बेवकूफ़, गाँव में कोई बात छुपती नहीं है, हर जगह कान लगे होते हैं। बहरहाल, तुम आगे बताओ, फिर क्या हुआ?"

"फिर जाने कहाँ से ढेर सारे लोग एक साथ वहाँ जुट गए और हमें घेर लिया। हमें वहाँ से भागते भी नहीं बना। उन सबने हमें ऐसी-ऐसी गालियाँ दीं, जैसी मैंने पहले कभी नहीं सुनीं—हरामी, गाँडू, लफंगे भैंनचोद, और कहा कि हमारे चूतड़ों में लाठी ठूँस देंगे—वो-वो कहा जो पुलिस वाले भी नहीं कहते! उन्होंने कहा कि हम गाँव के लड़कों को उन लोगों के ख़िलाफ़ भड़का रहे हैं। तभी उनमें से किसी ने चिल्लाकर कहा, "मारो सालों को" और फिर सब हम पर पिल पड़े, तड़ातड़ लाठियाँ हम पर बरसने लगीं। हमें लग गया कि अब हम ज़िन्दा नहीं बचने वाले, तभी एक बुजुर्ग ने मुझसे मेरा नाम पूछा। मैंने जब उसे अपना नाम बताया, तो उसने कहा, "राय? माने कि तुम भूमिहार हो," और फिर वह चिल्लाया, "रुको, रुको, ये लड़के भूमिहार हैं।" लाठियाँ बरसाने वाले हाथ थम गए। तब उन लोगों ने हमसे कहा कि हम वहाँ से भाग जाएँ और फिर कभी उस गाँव में अपनी शक्ल न दिखाएँ। हमारी इतनी ठुकाई करके भी उनका मन नहीं भरा था, चलते-चलते भी उन्होंने हमारे चूतड़ों पर लात जमा दी। फिर हमने वहाँ से दौड़ लगा दी। हमारी जाति ने हमारी जान बचा ली। कुल क़िस्सा यही है।"

इतनी लाठियाँ और लात खाने के बदले मुआवज़े के दावे को दरकिनार करते हुए मदन लाल ने अच्छे राय को डपटकर वहाँ से भगा दिया और हालात पर ग़ौर

करने लगे। वह अब इतनी दूर निकल आए थे कि वहाँ से लौटना उनके लिए मुमकिन नहीं था। मैदान छोड़कर भागने या औरों की तरह आया राम-गया राम बनकर पाला बदलने के बारे में भी वह नहीं सोच सकते थे। यह उनके लिए बहुत शर्मनाक होगा। उनके पाला बदलने से शिवपुर में उनकी हैसियत पर कोई फ़र्क़ नहीं पड़ने वाला, वहाँ तो राजनीति में आगे बढ़ने के इस तरीक़े को मंज़ूरी मिली हुई है, लेकिन मुश्किल यह है कि ऐसे में सुरेश का क़रीबी होने की वजह से लोग ताना देने और उनकी हँसी उड़ाने से नहीं चूकेंगे। नए सांसद को चुनौती देने की सुरेश की बेसिर-पैर की कोशिशों के चर्चे पूरे शिवपुर और आसपास के गाँवों में हैं। उनके पास दो ही रास्ते हैं : सियायत से संन्यास ले लें या फिर हालात बेहतर बनाने की एक और कोशिश करें और सुरेश को शिवपुर सीट का असली उम्मीदवार साबित करने की मुहिम में जुट जाएँ।

अपनी दूसरी योजना के इतने दर्दनाक अंजाम के बाद भी सुरेश क़तई निराश नहीं हुए। "यह तो बड़ा बेवकूफ़ निकला, गधा कहीं का," उन्होंने कहा। "हमने आदमी ही ग़लत चुना। उसकी अकड़फूँ और डींगें हाँकने से मुझे पहले ही लग गया था कि वह गड़बड़ करेगा और गाँव के बुज़ुर्गों को नाराज़ कर देगा। तुमने ही इतना ज़ोर दिया कि स्टूडेंट पॉलिटिक्स करता था तो हमारा काम कर ले जाएगा। अब मुझे लगता है कि हमें जो भी करना है, ख़ुद ही करना होगा और गाँव के लड़कों को अपने साथ मिलाने के लिए इन टाइम-पास दलालों को बिचौलिया बनाने का ख़याल छोड़ना होगा।"

मदन लाल ने सुरेश को यह याद दिलाना मुनासिब नहीं समझा कि इन दलालों को बिचौलिया बनाने का विचार ख़ुद उन्हीं का था, उनके ही कहने से अच्छे राय को दोबारा बुलाया गया था और उसकी ठुकाई वाले हादसे से पहले तक वह अपनी इस योजना को लेकर बहुत ख़ुश भी थे। लेकिन उन्होंने बहुत दृढ़ता से कहा, "अगर आप फिर से गाँव जाकर ओखली में सिर डालना चाहते हैं तो बेशक जाएँ मगर मैं आपके साथ नहीं जाऊँगा।"

"ओह, मुझे नहीं लगता कि वही सब फिर से होगा। बड़े-बूढ़ों और नौजवानों को शीशे में उतारना मुझे ख़ूब आता है, मैं जानता हूँ कि उनसे कैसे पेश आना चाहिए। और वैसे भी, वे लोग मेरी जैसी हैसियत वाले आदमी को पीटने की हिमाक़त कभी नहीं करेंगे।" फिर मदन लाल के चेहरे पर बढ़ती बदग़ुमानी और चढ़ती हुई भौंहें देखकर उन्होंने जल्दी से यह और जोड़ा, "बेशक, हमें थोड़े दिन रुक जाना चाहिए ताकि इस तमाशे की बात लोगों के ज़ेहन से निकल जाए।"

अब मदन लाल ख़ुद को रोक नहीं पाए और साफ़ कहा, "तमाशा? आपको यह सब तमाशा लगता है। अब तक तो सब अनर्थ ही हुआ है। और हमें यह भी नहीं भूलना चाहिए कि आपकी इस हैसियत के बावजूद हमें पहले गालियाँ पड़ चुकी हैं और हम पर पत्थर भी फेंके जा चुके हैं।"

सो उस समय तो बात यहीं ख़त्म हो गई, मगर यह भी लम्बे समय तक नहीं चल सका। बिना कुछ हासिल किए सुरेश दिल्ली नहीं लौट सकते थे। आख़िर यह उनकी इज़्ज़त का सवाल था। साथ ही शिवपुर की ज़िन्दगी उन्हें नीरस और बेहद उबाऊ लगने लगी थी। उनकी सोहबत के लिए वहाँ कोई नहीं था। अब तो मदन लाल ने भी उनसे दूरी बना ली थी, उसे डर था कि कहीं फिर से उनकी किसी ऊटपटाँग तरक़ीब में न फँस जाए। अब तो, उसने सम्मान का वह दिखावा करना भी छोड़ दिया था, जो मातहत के व्यवहार का हिस्सा होता है। वहाँ कोई क्लब भी नहीं था, जहाँ जाकर वह मन बहला सकते, और न ही कोई 'बार' था। और चूँकि सुरेश को पढ़ने का शौक़ कभी रहा नहीं तो किताबें भी उनके मनबहलाव का ज़रिया नहीं बन सकती थीं। यों भी किताबों के बारे में सोचने का कोई फ़ायदा नहीं होता क्योंकि उनके बँगले में किताबें नहीं थीं और वो इसलिए कि उनके पिता की भी पढ़ने में दिलचस्पी नहीं थी। ले-देकर नीरस सरकारी रेडियो और टेलीविज़न चैनल के भरोसे उनके दिन गुज़र रहे थे। इंग्लैंड के अपने अच्छे दिनों को याद करने के लिए सुरेश कभी-कभार बीबीसी लगा लिया करते थे।

एक शाम, अपने बरामदे में बैठकर किंगफ़िशर बीयर पीते हुए सुरेश ने सोचा, "शायद मुझे एना को और गम्भीरता से लेना चाहिए था। शायद मुझे उससे शादी कर लेनी चाहिए थी, ऐसा कर लेता तो उसके साथ ब्रिटेन में मैं आराम से रह सकता था। मुझे यक़ीन है कि मुझे वहाँ नौकरी मिल जाती। यहाँ न मेरे पास कोई काम है, और न ही कोई दोस्त। वहाँ रहते हुए कभी अकेले बैठकर नहीं पी। पर अब तो बहुत देर हो चुकी है। मैं उसे अच्छी तरह जानता हूँ, उसने अपने लिए कोई और ढूँढ़ लिया होगा।" अपने बीयर का मग फिर से भरते हुए उन्होंने ख़ुद को तसल्ली दी, "वैसे भी मेरे लिहाज़ से वह बहुत आज़ाद-ख़याल लड़की थी, तो शायद जो हुआ ठीक ही हुआ।"

एना और ससेक्स के बारे में सोचते हुए अचानक उन्हें एक और सबक़ याद आ गया, जो ससेक्स यूनिवर्सिटी के दिनों में उन्हें इतनी बार याद कराया गया था कि दिमाग़ पर नक़्श हो गया था और वह था—महिला सशक्तिकरण : अगर आप

बदलाव लाना चाहते हैं, तो महिलाओं को अपने पक्ष में करें। वह अपनी कुर्सी से उछल पड़े, हाथ में पकड़े मग से बीयर छलकाते हुए वह टेलीफ़ोन की तरफ़ दौड़े, और मदन लाल का नम्बर डायल किया। अरसे से कुपित कुनबे का वह सेवक जब लाइन पर आया, तो सुरेश ने झट से कहा, "मदन लाल जी, मदन लाल जी, आप जल्दी से यहाँ आ जाइए। बस चले आइए। मैंने कुछ नया सोचा है, और यह सचमुच बढ़िया योजना है। इस बार कोई गड़बड़ी नहीं हो सकती। आप आइए, मुझे आपकी मदद चाहिए।"

मदन लाल की आवाज़ में मातहती की नरमी नदारद थी। बड़े सपाट ढंग से उसने कहा, "इस बार की तरक़ीब बढ़िया होनी चाहिए, भैया जी। मैं कल सुबह आ जाऊँगा," और भुनभुनाते हुए फ़ोन रख दिया, "गधे को गाड़ी में जोत लेने से वह घोड़े की तरह दुलकी नहीं चलने लगता।"

मदन लाल को जब महिलाओं वाली नई योजना के बारे में बताया गया तो वह हैरान रह गया। "भगवान के लिए औरतों के पचड़े में न पड़ें। अगर आप उन्हें इस मामले में घसीटते हैं, तो आपको पत्थर तो पड़ेंगे ही, लोग संगसार कर डालेंगे। आपकी जान भी जाएगी। वैसे भी औरतें यहाँ किसी गिनती में नहीं आतीं। वे उसी को वोट देती हैं, जिसको वोट देने के लिए उनके मर्द कहते हैं।"

इस बात पर सुरेश उलझ पड़े, उन्होंने मदन लाल को एक लम्बा, उलझाऊ और निबन्धनुमा भाषण दे डाला कि कैसे महिलाओं को उनके अधिकारों के लिए जागरूक बनाकर उन्हें ताक़तवर और ख़ुदमुख़्तार बनाया जा सकता है। मगर मदन लाल पर इसका कोई असर नहीं पड़ा। वह जानते थे कि पूर्वी उत्तर प्रदेश के गाँवों का जो हाल है, उसमें ऐसी बातों पर अमल की कोई गुंजाइश नहीं है, और यूपी ही क्यों, पूरे हिन्दुस्तान के किसी गाँव के लिए यह प्रासंगिक नहीं है। सुरेश को इस मुल्क और यहाँ के हालात के बारे में कुछ भी नहीं पता है, उन्होंने इसकी कोई कोशिश भी नहीं की, तब भी जब वो यहाँ रहते थे। सुरेश के भाषण ख़त्म कर लेने के बाद मदन लाल इतना ही कह पाए, "मैं तो आपको यही सलाह दूँगा कि महिलाओं से उलझने का ख़याल बिलकुल छोड़ दें। आपके पिता होते तो वे भी आपको औरत जात से दूर रहने के लिए ही कहते।"

लेकिन सुरेश रज़ामन्द नहीं हुए। "आप ग़लत कह रहे हैं। मेरे पिता छह बार एम.पी. रहे तो यक़ीनन महिलाओं के वोट जीतने का उनका कोई तो तरीक़ा रहा होगा। औरतें, मदन लाल जी, हमें उन्हीं से शुरुआत करनी चाहिए। कुछ सोचिए।"

"ठीक है, उनके आख़िरी दिनों में हाई कमान ने गाँवों में शौचघर बनवाने की मुहिम चलाने के बारे में सोचा था ताकि महिलाओं को शौच के लिए खुले में न जाना पड़े। आपके पिता ने शौचालय बनवाने के लिए कुछ फ़ंड का इन्तज़ाम भी किया था, हालाँकि मुझे पक्का पता नहीं है कि वे बन भी सके या नहीं। उन्होंने ऐसा इसलिए किया क्योंकि उन्हें लगता था कि महिला वोटर इससे ख़ुश हो जाएँगी।"

"देखा! मैंने कहा था न! आप वाक़ई ग़लत कह रहे थे। मेरे पिता ने सोचा था कि महिलाओं को अपना वोट ख़ुद तय करने के लिए राज़ी किया जा सकता है। तो हम यहीं से शुरू करते हैं—शौचालय से।"

सुरेश ने फिर एक योजना का ख़ाका तैयार किया। इसके मुताबिक़ वे और मदन लाल ऐसे गाँव में जाएँगे, जहाँ उनके पिता ने शौचालय बनाने के लिए पैसे दिये थे। वे उस गाँव की औरतों से बात करेंगे। और बातचीत इस तरह होगी—"मुझे यक़ीन है कि ये शौचालय आपको मेरे पिता की याद दिलाते होंगे और यह भी कि वे शिवपुर के लोगों, ख़ासतौर पर औरतों का हमेशा ही कितना ख़याल रखते थे। आपके नए सांसद ने औरतों के लिए कुछ नहीं किया। अपने पिता का बेटा होने के नाते अगर मैं सांसद बना तो वादा करता हूँ कि आपके गाँव में और अधिक शौचालय बनवाऊँगा, और अधिक विकास लेकर आऊँगा।"

यह सब सुनकर मदन लाल सन्न रह गए। यह क्या सच में इतना बेवक़ूफ़ है? इसे लगता है कि मैं, मदन लाल मिश्र, ब्राह्मण होकर इसके साथ गाँव-गाँव शौचालय देखता फिरूँगा, और वो भी महिलाओं के शौचालय? इसके अलावा, हाल के ख़ौफ़नाक तजुर्बों और शौच जैसे निजी मौज़ूँ पर गाँव की औरतों से ऊटपटाँग हिन्दी में सुरेश की बातचीत के नतीजे में मिलने वाली बेहिसाब शर्मिंदगी के बारे में सोचकर ही वह सिहर गए। फिर, बातचीत का जो ख़ाका सुरेश ने बनाया था, वह इतना मामूली और कच्चा था कि गाँव की औरतों पर उसका कोई असर नहीं होने वाला था। इसलिए एक बार फिर उन्होंने सुरेश को समझाने की भरपूर कोशिश की कि वो अपनी इस योजना पर अमल का ख़याल छोड़ दें।

"आपके पिता ने कभी भी महिलाओं से सीधे मुलाक़ात नहीं की," शान्त बने रहने की कोशिश करते हुए मदन लाल ने समझाया, "वह अच्छी तरह जानते थे कि औरतों से सीधे बात करना ख़ासा नाज़ुक मसला है। उनके मर्दों की मार्फ़त बात करना ही उन्हें सबसे मुनासिब लगता था। अलबत्ता जब आपकी माँ ज़िन्दा थीं तो

औरतों से मिलने और उनकी तकलीफ़ों पर बातचीत करने के लिए वह उन्हें अपने साथ ले जाया करते थे।"

"लेकिन तुमने तो देखा ही है कि मर्दों को मेरी बातें समझ में नहीं आतीं।"

"जी, मगर इसमें क़ुसूर किसका है?"

"मेरा तो नहीं है।"

"क़ुसूर तो पूरी तरह आपका ही है। आपने अगर मेरी बात मानी होती तो कम से कम इस तरह बेवकूफ़ नहीं बनते, इतनी रुसवाई न होती। आपकी ख़राब हिन्दी की वजह से ही मैंने आपको अपना भाषण छोटा करने के लिए कहा मगर आप तो विकास के बारे में न जाने क्या-क्या उलटा-सीधा राग अलापने लगे।"

पानी अब मदन लाल मिश्र के सिर के ऊपर आ चुका था और वह आपा खोने के हाल में आ गए थे। हालाँकि, जी-हुजूरी में माहिर उनके जैसे मातहत के लिए यह बात एकदम असामान्य थी। तो उस अनहोनी की नौबत आने से पहले वह उठ खड़े हुए। ख़ुद को बहुत जज़्ब करते हुए मदन लाल जाने से पहले सुरेश को बताते गए, "शौचालय या औरतों से मेरा कोई लेना-देना नहीं है। फिर भी अगर आप इसी पर आमादा हैं तो मैं किसी ऐसी औरत को आपके पास भेज दूँगा, जो ढंग से हिन्दी बोल सके और औरतों से बात कर सके। क्योंकि ये दोनों ही काम आप ख़ुद नहीं कर पाएँगे।"

सुरेश को मदन लाल से ऐसे व्यवहार की बिलकुल उम्मीद नहीं थी और उसकी बात से वह ख़ासे आहत हुए। मगर अपनी नई योजना आजमाने का उनका इरादा अब और मज़बूत हो गया।

मदन लाल के नया मददगार भेजने के इन्तज़ार के दौरान सुरेश एक रोज़ खंड विकास अधिकारी से मिलने ब्लॉक दफ़्तर चले गए ताकि उन गाँवों का पता लगा सकें, जहाँ शौचालय बनवाए गए थे। वह बीडीओ के दफ़्तर में दाख़िल हुए तो मेज़ पर झुके वह किसी फ़ाइल का मुआयना कर रहे थे। उन्हें अन्दर आता हुआ देखकर झट से पूछा, "आप कौन हैं? आपको अन्दर किसने आने दिया?" लेकिन सुरेश ने जब अपना परिचय दिया तो उनका सुर बदल गया। आख़िर वह इतने लम्बे समय तक एम.पी. रहे आदमी के बेटे थे। एम.पी. भले ही गुज़र गए हों, मगर उनका बेटा इतनी पहुँच वाला तो होगा ही कि उनके लिए मुसीबत खड़ी कर सके। तो जब सुरेश अपनी मंशा समझा रहे थे, तो बीडीओ बीच-बीच में उनकी बातों से इत्तेफ़ाक़ जताते रहे—"आप ठीक कह रहे हैं, ठीक बात है, आपके पिता

तो निहायत भले आदमी थे...आप जो कह रहे हैं, बिलकुल सही है...उनका काम आपको तो आगे बढ़ाना ही चाहिए।" लेकिन सुरेश के अपनी बात पूरी करने तक बीडीओ का उत्साह काफ़ी कम हो चुका था।

"शौचालय? आप शौचालयों के बारे में पूछ रहे हैं, है न? मतलब आपको इस बारे में पक्का यक़ीन है? आपके पिता ने तो वाटर-हार्वेस्टिंग और ऐसे ही दूसरे बेहतर काम कराए...झंझट कम और फ़ायदा ज़्यादा...।"

"यहीं आप ग़लती कर रहे हैं," सुरेश ने बीच में ही उनकी बात काटी। "आज के दौर में औरतों की अहमियत तो आप जानते ही हैं और शौचालय उनके लिए बड़े फ़ायदे के हैं। और आपको यह भी पता होगा कि दिल्ली की सरकार साफ़-सफ़ाई के लिहाज़ से शौचालय बनाने पर बहुत ज़ोर दे रही है।"

"जी, जी, आप बिलकुल ठीक कहते हैं, मुझे इस पर ग़ौर करना चाहिए था," बीडीओ ने बड़े अदब से उनकी बात पर रज़ामन्दी जताई। फिर कहा, "शौचालय वाली फ़ाइलें मैं निकलवा लेता हूँ और एकाध दिन में फ़ाइलें लेकर मैं आपसे मिलने आ जाऊँगा। आप मेरे दफ़्तर आने की ज़हमत मत उठाइएगा।"

इस मुलाक़ात को हफ़्ते-भर से ऊपर हो गया था कि एक दिन बीडीओ एक फ़ाइल लेकर सुरेश के बँगले पर आ पहुँचे। उन्होंने सुरेश को फ़ाइल में लगा एक सर्टिफ़िकेट दिखाकर तस्दीक़ की कि दलौदा नाम के एक गाँव में शौचालय बनाए गए थे।

"तो इसका मतलब यह है कि शौचालय बन गए थे और अब वे इस्तेमाल में हैं?" सुरेश ने उनसे पूछा।

बीडीओ हैरान हुए। झट से बोले, "अरे नहीं, सर, इस्तेमाल में हैं या नहीं, यह मैं पक्के तौर पर नहीं कह सकता। फ़ाइल में यह नहीं लिखा है, इसमें तो इतना ही लिखा है कि शौचालय बनाने का काम पूरा कर लिया गया था।"

"और इनके रखरखाव का क्या? सार्वजनिक शौचालयों को बहुत रखरखाव की ज़रूरत पड़ती है।"

"मैं इस बारे में तो आपको ज़्यादा कुछ नहीं बता सकता, सर। रखरखाव की ज़िम्मेदारी दरअसल दूसरे महकमे की है, पीडब्ल्यूडी या शायद डीआरडीए की, या हो सकता है कि यह काम ग्राम पंचायत ही देखती हो। इसका मुझे पक्का पता नहीं है," बीडीओ ने कहा और जल्दी से बाहर निकल गया।

शौचालय बनाने का काम पूरा होने का सर्टिफ़िकेट हाथ आ जाने के बाद सुरेश ख़ुश थे। उन्हें अब उस महिला सहयोगी का इन्तज़ार था, जो औरतों से बात कर

सके और उनकी मंशा के बारे में उन सबको अच्छी तरह समझा सके। मदन लाल को कई-कई बार याद दिलाने के बाद आख़िरकार एक दिन उन्होंने एक युवती को भेजा। ठीक-ठाक शक्ल-सूरत वाली उस युवती का आधा चेहरा काले रंग के बड़े फ्रेम वाले चश्मे से ढका हुआ था। बरामदे में आने के बाद उसने अपना नाम बताया—कामिनी। यह भी बताया कि वह यूपी के कई स्वयंसेवी संगठनों के लिए काम करती है। उसके कन्धे पर कपड़े का एक झोला लटक रहा था, जो उसके पेशे में काम करने वाले लोगों की पहचान है और इसी नाते झोला लेकर चलना ज़रूरी भी था। हाल ही में सोशियोलॉजी से बीए पास करने वाली कामिनी को लगता था कि हिन्दुस्तान के गाँवों के विकास के बारे में वह सब कुछ जानती है। तो सुरेश ने जब अपनी योजना के बारे में उसे बताया तो उसने इसे ख़ारिज करने में बहुत देर नहीं लगाई।

"शौचालयों के ज़रिये विकास वाले नारों से आपको बहकना नहीं चाहिए। नया-नया मामला है इसलिए इतना जोश दिखाई देता है, धीरे-धीरे यह ठंडा पड़ जाएगा और तब हम झोलावालों को कोई और झुनझुना मिल जाएगा। मेरा मानना है कि गाँव की औरतों के लिए हर सुबह खेतों में जाना कोई बोझ नहीं है, बल्कि वे इससे ख़ुश ही हैं। इस बहाने दूसरी औरतों से मिलना-जुलना जो हो जाता है। रही साफ़-सफ़ाई की बात तो वह भी कोई ऐसा मसला नहीं बशर्ते फ़ारिग होने के बाद वे उस पर मिट्टी डाल दें। शौचालय के सिवाय दूसरी तमाम चीज़ें हैं, औरतों को जिनकी ज़्यादा ज़रूरत है। मसलन हमें ऐसी योजनाओं के बारे में सोचना चाहिए, जिनसे चार पैसे उनके हाथ में आएँ।"

"शौचालयों के बारे में ऐसी बातें मैंने पहले कभी नहीं सुनीं, मगर...।"

कामिनी ने पलटकर कहा, "जहाँ तक मुझे लगता है, आपने बहुत कुछ नहीं सुना है।"

"अच्छा...मैं ये कह रहा था। ओफ्फो," सुरेश हड़बड़ाहट में बुदबुदाये। कामिनी के लहजे के आत्मविश्वास और गम्भीरता ने उन्हें चक्कर में डाल दिया था। "जो भी हो," आख़िरकार उन्होंने कहा, "मैं तो इतना जानता हूँ कि मेरे पिता ने शौचालय बनवाए थे, भले ही औरतों को यह पसन्द आया हो या नहीं।"

कामिनी ने कन्धे उचकाते हुए कहा, "ठीक है, अगर आप यही चाहते हैं तो ऐसे ही सही। तो फिर चलिए, हम आपके गाँव चलते हैं और वहीं चलकर देख लेते हैं कि औरतें आपके पिता के बनवाए शौचालयों के बारे में क्या कहती हैं।"

वह लपककर जीप में चढ़ गई और पीछे-पीछे सुरेश भी धीरे से जीप में आ गए।

दलौदा गाँव, जहाँ कुछ शौचालय बनवाए जाने के बारे में बीडीओ ने सुरेश को बताया था, नदी से क़रीब चौथाई मील दूर था। कामिनी और सुरेश जैसे ही जीप से उतरे, सिर पर पीतल के घड़े सँभालते हुए, एक लय में कूल्हे हिलातीं क़रीब दस औरतों का झुंड आता दिखाई दिया। सुरेश उनकी तरफ़ लपके मगर कामिनी ने उन्हें पीछे खींच लिया। "आपको कुछ पता भी है, नहीं न? इतनी जल्दबाज़ी करने की कोई ज़रूरत नहीं है। हम यहाँ गाँव के बाहर इन औरतों से बात नहीं कर सकते। वरना ज़रा-सी देर में यहाँ भीड़ जमा हो जाएगी और वे अपना मुँह बन्द कर लेंगी। हम नदी के किनारे चलते हैं, वहाँ शर्तिया तमाम औरतें होंगी और मर्द नहीं होंगे।"

नदी जाने वाला रास्ता ताज़ा रोपे हुए धान के खेतों के बीच सँकरी पगडंडी से होकर गुज़रता था। सुरेश बड़ी एहतियात से धीरे-धीरे पाँव आगे बढ़ा रहे थे। उन्हें डर था कि कहीं पगडंडी से फिसलकर खेतों में गिरे तो धान के पौधे तो कुचलेंगे ही, गीली मिट्टी में सन जाने की फ़ज़ीहत होगी, सो अलग। आम के बाग़ से होकर गुज़रने वाले चौड़े और खुले रास्ते पर पहुँचकर उन्होंने राहत की साँस ली। थोड़ा आगे बढ़कर खुली हुई जगह में मवेशी चरते हुए दिखाई दिये और फिर नीचे जाने के लिए एक ढलुआँ रास्ता जो नदी किनारे तक जाता था। नदी तो ख़ैर क्या, वह पानी की कुछ ज़्यादा चौड़ी धार थी।

कामिनी का अनुमान बिलकुल सही था। वहाँ किनारे पर औरतों का एक झुंड आपस में बतकही में मशगूल मिला। सुरेश हिचकिचाए। उन्हें नहीं मालूम था कि उन औरतों से बातचीत कैसे शुरू की जाए लेकिन कामिनी सीधे उनके पास चली गई। "नमस्ते, बहनो," उसने पास जाकर कहा, और फिर अपना परिचय देते हुए उस एनजीओ का ज़िक्र किया, जिसके लिए वह काम करती थी। उन औरतों में से एक ने कहा, "अच्छा हाँ, हमने आपके संगठन का नाम सुना है। मगर आप लोगों ने हमारे लिए तो कुछ नहीं किया।"

"अभी तक तो नहीं किया है, मगर मैं यही जानने के लिए आई हूँ कि हम आपके लिए क्या काम कर सकते हैं।"

"यह आदमी कौन है?"

"वह आपके पुराने सांसद के बेटे हैं, वही जिनकी मृत्यु हो गई थी। उनका नाम सुरेश श्रीवास्तव है। वह आपके इलाक़े का सांसद बनना चाहते हैं, उनकी पुश्तैनी सीट पर अभी कोई और क़ाबिज़ हो गया है। वह भी यही पता लगाने के लिए आए

हैं कि आप लोगों को क्या चाहिए ताकि आप सबके सहयोग से अपनी सीट वापस जीत लेने के बाद वो उन सब कामों का इन्तज़ाम करा सकें।"

कामिनी से बात करने में उन औरतों को रस आ रहा था। इस बहाने उनकी रोज़ की ज़िन्दगी की एकरसता टूटी थी, कुछ नया हो रहा था। वे देर तक बतियाते रहना चाहती थीं। जल्दी ही पता चल गया कि सरस्वती नाम की एक औरत उनकी अगुवा थी। वह दूसरी औरतों के मुक़ाबले ज़्यादा लम्बी थी और उसके बालों से झाँकती सफ़ेदी बताती थी कि उम्र में भी वह उन सबसे बड़ी थी। बाक़ी की सारी औरतें उसे दीदी कहकर बुला रही थीं।

गाँव आने का अपना मक़सद समझाने के बाद कामिनी ने जब बोलना बन्द किया तो सरस्वती ने सुरेश से पूछा, "तुम क्या गूँगे हो? अपने पिता के बारे में हमें बताने के लिए तुम्हें इनकी ज़रूरत क्यों पड़ी? आख़िर वह तुम्हारे बाप थे, इनके नहीं।" सारी औरतें हँस पड़ीं। सुरेश झेंप गए और नीचे ज़मीन की तरफ़ देखने लगे। कामिनी ने भी तुरन्त कहा, "चलिए, अब आप इन्हें अपने पिता के बारे में बताइए। सब कुछ मुझ पर ही मत छोड़िए।"

अभी तक शर्मिंदगी के मारे हुए सुरेश ने थोड़ी देर की ख़ामोशी के बाद ख़ूब रियाज़ और एहतियात से तैयार किया हुआ अपना छोटा-सा भाषण दिया, जिसका लब्बोलुआब यह था कि उनके पिता बेहद मिलनसार और इज़्ज़तदार सांसद रहे, जिन्होंने गाँवों के विकास के लिए हक़ीक़त में काम कराए। वे उन सांसदों में से नहीं थे, जो काम कराने के वायदे करते हैं और फिर भूल जाते हैं।

सरस्वती ने यह बात मानी कि स्वर्गीय सांसद 'काफ़ी अच्छे आदमी' थे, फिर उसने पूछा, "लेकिन तुम्हारे पिता ने यहाँ क्या काम कराया?"

"मैं जानता हूँ कि उन्होंने इस गाँव में अच्छा काम किया...।"

"क्या काम?" सरस्वती ने उन्हें बीच में ही रोक दिया। "मुझे तो कुछ याद नहीं पड़ता। हमारे गाँव में पीने को पानी तक नहीं है, यह तुम ख़ुद ही देख सकते हो कि पानी जुटाने के लिए हमें यहाँ तक आना पड़ता है, दिन में दो घंटे बिजली आती है, और वह भी कभी-कभार जिस रोज़ हमारी क़िस्मत अच्छी हो, गाँव में एक स्कूल है, जिसका मास्टर जब मन होता है, आता है और फिर ग़ायब हो जाता है, कोई हारी-बीमारी हो तो छह किलोमीटर दूर सेंटर पर जाना पड़ता है और जैसे-तैसे पहुँच भी जाओ तो वहाँ कोई मिलता नहीं। तो फिर मुझे समझाओ कि तुम्हारे पिता ने हमारे गाँव के लिए क्या किया है?"

"उन्होंने तुम लोगों के लिए शौचालय बनवाए," सुरेश ने जवाब दिया।

औरतों के उस गोल में फिर हँसी का ठहाका लगा। "शौचालय!" सरस्वती ने कहा, "तुम इस गाँव में एक भी शौचालय ढूँढ़कर दिखाओ तो ज़रा।"

"लेकिन मुझे तो पता है कि शौचालय बने थे। शौचालय बनाने का काम पूरा किए जाने का सर्टिफ़िकेट मैंने ख़ुद अपनी आँखों से फ़ाइल में देखा है।"

औरतों के ज़ोरदार ठहाके एक बार फिर गूँज उठे जब सरस्वती ने कहा, "ओह हाँ, वो भूत शौचालय!"

"भूत शौचालयों से आपका मतलब क्या है? मैं आपको बता रहा हूँ न कि मैंने यह सर्टिफ़िकेट ख़ुद देखा है कि शौचालय बनाए जा चुके हैं।"

"तुमको सचमुच ऐसा लगता है कि बाबू लोग काग़ज़ पर जो कुछ लिखते हैं, उसका हक़ीक़त से भी कोई रिश्ता होता है? हमारे गाँव में भूत शौचालय हैं क्योंकि भूतों की तरह उनका भी कोई वजूद नहीं, हक़ीक़त में वे कहीं हैं ही नहीं।"

कामिनी को लगा कि यही सही मौक़ा है, और अपनी चालाकी में उसने बड़ी गड़बड़ कर डाली। वह अपना वही वाला सिद्धान्त बघारने लगी, जो बँगले पर उसने सुरेश को बताया था, कि गाँव की औरतों को वैसे भी शौचालय की ज़रूरत नहीं है, क्योंकि खेतों में जाना ही उन्हें भला लगता है और कि यह उनकी समाजी ज़िन्दगी का हिस्सा है।

यह सुनते ही औरतों का मिज़ाज अचानक बदल गया। सरस्वती फट पड़ी, "बेहया औरत! तेरी हिम्मत कैसे हुई कि यहाँ आकर हमें ही हमारी ज़ाती ज़िन्दगी के बारे में यह सब बताए। तुमको लगता है कि हम गंदी औरतें हैं, कि खेतों को गंदा करना हमें अच्छा लगता है? तुमको लगता है कि तुम शहर वाली मेमों को ही हया-शर्म आती है, हम गाँव में रहने वालियों को हया नहीं? तुम्हें जब ज़रूरत हो पाखाने-पेशाब के लिए जा सकती हो, और हम यहाँ अँधेरा होने के इन्तज़ार में ख़ुद को रोके रखते हैं और ख़ुद को बीमार कर लेते हैं। और हमसे ये सब बातें करने के लिए तुम एक मर्द को साथ लेकर आई हो! भाग जाओ यहाँ से और इस बेवकूफ़ को भी अपने साथ ले जाओ। इस जैसे गधे को यहाँ कोई वोट नहीं देने वाला।"

फिर उन औरतों ने अपने बर्तन सिर पर उठाए और वहाँ से चल पड़ीं।

घर लौटने के बाद सुरेश ने मदन लाल के सामने सारा क़िस्सा बयान किया। उन्होंने सुझाव दिया कि अब भी बहुत कुछ नहीं बिगड़ा है, अगर वे लोग भूत शौचालयों को हक़ीक़त में बदल सकें तो औरतों का समर्थन हासिल करने का यह

नायाब तरीक़ा होगा। मदन लाल ने यह सुझाव तुरन्त ख़ारिज कर दिया। "ज़ाहिर है कि शौचालय बनाने का फ़ंड खा-पीकर पहले ही हज़म किया जा चुका है। हो सकता है कि तुम्हारे पिता ने भी कुछ खाया हो। और यह सारी धाँधली छिपाने के लिए काग़ज़ों में जिस तरह का खेल किया होगा, वह तिकड़म न तो आपके पल्ले पड़ेगी और न ही आप उसे पकड़ पाएँगे। अब शौचालय को भूल जाइए। भले के लिए ही वे खो गए।"

"तो अब हम क्या करें?"

"हम अब और कुछ नहीं कर सकते हैं। आपको अब अपने ही हिसाब से सोचना होगा। आपके पिता का वफ़ादार होने की वजह से ही मैं अभी तक बेवकूफ़ी की आपकी सारी स्कीमों में साथ बना रहा और विकास के बारे में आपकी सारी बकवास भी सुनता आया। अब मेरी समझ में आ गया है कि आप इस इलाक़े से चुनाव लड़ने के क़ाबिल कभी नहीं बन सकते। मेरी सलाह तो यही है कि आप दिल्ली लौट जाएँ और विकास की अपनी सारी थ्योरी वहीं जाकर आजमाएँ। वहाँ के हवा-हवाई माहौल में आपकी थ्योरी की ज़्यादा क़द्र होगी, यहाँ धरातल पर उसका कोई मोल नहीं। मैं वह करने जा रहा हूँ, जो मैंने कभी सपने में भी नहीं सोचा था कि मैं करूँगा। आया राम-गया राम बनकर अब मैं आपके पिता की विरोधी भूमिहार पार्टी के लिए काम करूँगा। अभी तक का मेरा तजुर्बा उनके काम आ सकता है।" इतना कहकर मदन लाल वहाँ से चला गया।

तो लगा कि इसी के साथ सुरेश के राजनीतिक कॅरिअर का अन्त हो गया। लेकिन कॅरिअर सँवारने का एक और मौक़ा उन्हें मिलने वाला था। इस बार के मौक़े में कामयाबी की गुंजाइश ज़्यादा थी।

सुरेश को दिल्ली लौटने की कोई जल्दी नहीं थी। वह जानते थे कि उनकी हरकतों की ख़बर कांग्रेस हेडक्वार्टर्स तक पहुँच चुकी होगी और वहाँ जाने पर होने वाली ज़िल्लत से वे बचना चाहते थे। उनकी ऊब, उदासी और अकेलेपन के बीच ही वह मौक़ा आ पड़ा। एक रोज़ दोपहर को एक नौकर बड़ी फुर्ती से बरामदे में आया, और हड़बड़ाई हुई आवाज़ में कहा, "चौधरी रंजीत सिंह आपसे मिलने आ रहे हैं। हमें ख़बर मिली है कि वे रास्ते में हैं।"

अपनी बची-खुची इज़्ज़त बचाने की ज़रूरत का ख़याल करते हुए सुरेश ने उससे पूछा, "पहले से अपॉइंटमेंट लिये बग़ैर वो क्यों आ रहे हैं? उनसे कहो कि पहले अपॉइंटमेंट लें। यह कोई ख़ाला का घर है कि मुँह उठाए और चले आए।"

"लेकिन साहब, वह पुराने मुख्यमंत्री हैं, बहुत बड़े आदमी हैं," नौकर ने कहा, "मैं तो उनको वापस नहीं लौटा सकता।"

"जहाँ तक मेरा सवाल है, कांग्रेस के मुक़ाबले वह एक छोटी-मोटी रीज़नल पार्टी के नेता हैं, तो मुझे उनसे क्या परेशानी है? और मेरा उनसे काम ही क्या?"

उनकी बात अभी पूरी भी नहीं हो पाई थी कि बग़ीचे वाले गेट से किसी के चिंघाड़ने की आवाज़ सुनाई दी, "खोलो, खोलो, जल्दी गेट खोलो। चौधरी रंजीत सिंह बाहर खड़े हैं।"

लॉन में काम कर रहा एक माली तेज़ी से उस तरफ़ दौड़ा और उनके लिए गेट खोल दिया। छह फ़ीट से निकलता हुआ क़द, पहलवानों की तरह कटे हुए छोटे-छोटे सफ़ेद बाल, उसी तरह का खुरदुरा चेहरा और बैल की तरह की गर्दन वाले चौधरी रंजीत सिंह ख़ासे विकट दिखाई देते थे। अपने पिछलग्गुओं के झुंड के बीच में तेज़ी से चलते हुए वह बरामदे की ओर बढ़े। दुआ-सलाम और बैठने के लिए न्योते के इन्तज़ार जैसे तकल्लुफ़ दरकिनार करते हुए चौधरी रंजीत सिंह सुरेश के सामने वाली कुर्सी पर आ धमके और बैठते ही उन पर टूट पड़े, "अच्छा, लड़के, तुमने ख़ुद ही अपना उल्लू बना लिया है, है न?" गहरी कर्कश आवाज़ में उन्होंने सवाल किया। "तुम्हारे पिता मेरे दोस्त थे। मैं नहीं जानता कि अपने बेटे के बारे में यह सब जानकर उन्हें कैसा लगता कि गाँव की औरतों की बेइज़्ज़ती करने, बड़े-बूढ़ों को दुखी और परेशान करने और कुल मिलाकर उसकी बेवकूफ़ियों पर लोग कीचड़ उछाल रहे हैं। तुम्हें क्या लगता है कि तुम विदेश हो आए हो, तो यहाँ आकर तुम हमारे जैसे लोगों को सिखाओगे कि हमें क्या करना चाहिए? मेरे पास इतना दिमाग़ है कि तुम्हें शिवपुर से खदेड़वा दूँ।"

सुरेश पर उस बुज़ुर्ग नेता की धौंस का कोई असर नहीं हुआ। "इस सबका आपसे क्या लेना-देना है?" उन्होंने ग़ुस्से में पूछा। "अपने भले-बुरे के बारे में मैं ख़ुद सोच सकता हूँ और सच पूछिए तो मुझे किसी ऐसे आदमी के मशविरे की कोई ज़रूरत नहीं जो मेरे पिता का शुभचिन्तक नहीं रहा। जब आप ऐसी पार्टी के नेता हैं, जो मेरे पिता का विरोध करती रही, तो फिर आप उनके दोस्त कैसे हो सकते हैं?"

ग़ुस्से से तमतमाए रंजीत सिंह फट पड़े, "मुझसे इस तरह बात करने की तुम्हारी हिम्मत कैसे हुई! अपनी औक़ात मत भूलो। यहाँ हम अपने बड़ों-बूढ़ों की इज़्ज़त करते हैं और राजनीति में भी हम अपने बड़ों का आदर करते हैं। तुम विदेश से अपने दिमाग़ में गोबर भरकर आए हो। जितना भी अंग्रेज़ी कचरा उन लोगों ने

तुम्हारे दिमाग़ में भरा है न, उसका यहाँ कोई मतलब नहीं है। रत्ती-भर भी नहीं, समझे? तुमको तजुर्बे की ज़रूरत है। तजुर्बा, समझे! तुमको यूपी की धूल फाँकनी होगी, यूपी की मिट्टी में अपनी जड़ें जमानी होंगी तभी यहाँ के गाँव-देहात के बारे में जान पाओगे, यहाँ के लोगों को समझ पाओगे। तुम अभी कल के छोकरे हो, और ऊपर से इतने नासमझ, तुम्हें लगता है कि तुम बराबरी पर आकर मुझसे बात कर सकते हो? विकास के बारे में निहायत बेतुकी और ऊटपटाँग बातों के साथ यहाँ-वहाँ कूदते फिरने का मतलब क्या है, ऊपर से ये अहंकार और फ़ितूर कि तुम हमारे काम करने के तरीक़े बदल सकते हो। मैं तो तुम्हारे पिता के साथ अपनी दोस्ती के नाते तुम्हारी मदद करना चाहता था। इस इलाक़े के लोगों के मन में उनके लिए जो इज़्ज़त है, उसे देखते हुए तुम मेरे काम के भी साबित हो सकते थे मगर तुम तो यहाँ ये मानकर आए कि तुम सब कुछ जानते हो। अपने दिमाग़ से वह सारा विदेशी कचरा साफ़ करो और सुनो। यहाँ राजनीति किताबों से नहीं सीखी जाती है। याद रखो—तुम कुछ नहीं जानते हो।"

इस हमले से सुरेश धड़ से नीचे आ गिरे। उनकी सारी अकड़, सारा ग़ुस्सा हवा हो गया, उनकी हालत पंचर टायर जैसी हो गई। उन्होंने माफ़ी माँगी, "चौधरी रंजीत सिंह जी, मुझे माफ़ कर दीजिए। मैं सचमुच अक्खड़पने और बेवक़ूफ़ी से पेश आया। मैं आपको यक़ीन दिलाता हूँ कि अब मुझे सबक़ मिल गया है। लेकिन आप मेरी इस नासमझी के लिए भी मुझे माफ़ करें कि मैं अब भी यह नहीं समझ पाया हूँ कि आप मेरी मदद क्यों करना चाहते हैं और मैं किस तरह आपके काम आ सकता हूँ। सच में यह बात मेरी समझ में नहीं आई है...और आपने तो ख़ुद ही कहा कि मैं कल का छोकरा हूँ।"

"सिर्फ़ यही एक बात नहीं है, जो तुम्हारी समझ में नहीं आई," बुज़ुर्ग नेता ने सख़्ती से जवाब दिया। "तुमको यह भी समझना होगा कि ये पार्टी-वार्टी का धंधा ख़ालिस धोखा है। मैं कितनी पार्टियाँ बदल चुका हूँ, मुझे ख़ुद याद नहीं। अगर कोई पार्टी मुझे रास नहीं आती है तो मैं दूसरी पार्टी में चला जाता हूँ या फ़िर दूसरी पार्टी बना लेता हूँ। नेताओं को यहाँ शंटिंग इंजन माना जाता है, कोई इंजन ट्रेन खींचकर स्टेशन पर लाता है और वही ट्रेन कोई दूसरा इंजन खींचकर आगे ले जाता है। कोई आदमी तमाम नई पार्टियाँ बनाता है और फिर मालूम पड़ता है कि नेता कोई और बन जाता है। मगर मेरे साथ ऐसा नहीं हुआ। मैंने नई पार्टी बनाई और मुख्यमंत्री बन गया।"

चौधरी रंजीत सिंह ने सुरेश की जाँघ थपथपाई, फिर अपनी सैंडिल उतार दी, जिसे वह काफ़ी पहले ही उतार चुके होते अगर बात उतनी तेज़ी से आगे न बढ़ गई होती। आवाज़ में काफ़ी मुलायमियत लाकर उन्होंने कहा : "जहाँ तक तुम्हारे पिता का सवाल है, तो इसमें हैरानी किस बात की कि उनसे हमारी दोस्ती थी। अगर तुम कभी लखनऊ विधानसभा में गए होते तो देखते कि वो विधायक जो आए दिन सदन में एक-दूसरे को गरियाते हैं, बाहर निकलकर कैंटीन में साथ बैठकर खाते-पीते हैं, ठहाके लगाते हैं और गप्पें मारते हैं। तुम्हारे पिता को कांग्रेस छोड़ने के लिए मनाने की मैंने हमेशा कोशिश की क्योंकि उस पार्टी में कोई आज़ादी नहीं है। कांग्रेसी सिर्फ़ ग़ुलाम होते हैं, गांधी परिवार की ग़ुलामी करने में ही उनकी उम्र बीत जाती है। मैं उनसे हमेशा यही कहता था कि अपनी क़ाबिलियत के लिहाज़ से वे इससे ज़्यादा के हक़दार हैं। हम दोनों साथ मिलकर बहुत अच्छा काम कर सकते थे, मगर उनकी एक बड़ी कमज़ोरी थी—एक ऐसे परिवार के लिए वफ़ादारी का जज़्बा पाले रहने की भूल, जिसने उनके लिए कभी कुछ नहीं किया। उन्हें कभी छोटे-मोटे मंत्री का भी ओहदा नहीं दिया।"

"तो आपके ख़याल से मुझे क्या करना चाहिए? मैं सियासत कैसे सीख सकता हूँ? अपने पिता का नाम, उनकी शोहरत बनाए रखने के लिए मुझे क्या करना चाहिए?"

चौधरी ने आगे की तरफ़ झुककर सुरेश की ठुड्डी ऊपर उठाई और उनकी आँखों में झाँकते हुए एक-एक शब्द चबाते हुए बोले, "सियायत सीखी नहीं जाती, सियासत की जाती है। यह बात हमेशा याद रखना।"

फिर, पीछे होकर उन्होंने कुर्सी की पुश्त पर पीठ टिकाई और बोलते गए, "सबसे पहले तो तुम्हें वो सारी वाहियात बातें भूल जाने की ज़रूरत है, जो तुम विदेश से सीखकर आए हो और यह समझ लेना चाहिए कि सियासत एक धंधा है। इस सूबे में केवल यही सच्चा कारोबार है, और इसीलिए जितने भी करोड़पति उद्योगपति हैं, यहाँ पैसा लगाने या धंधा करने से बचते हैं। वे यहाँ उद्योग नहीं लगाना चाहते। सो हम उद्योग-मुक्त राज्य हैं। और जब यह बात तुम्हारी समझ में आ जाए तो ग़ुलामों की यह पार्टी छोड़ देना, जिसने मरने के बाद भी तुम्हारे पिता का इतना मान नहीं रखा कि शिवपुर की सीट से तुम्हें चुनाव लड़ाते। फिर तुम मेरे पास चले आना, और मेरी पार्टी में शामिल हो जाना। कांग्रेस वालों ने हेडक्वार्टर के किसी चापलूस को यह सीट दे दी, जिसे यहाँ कोई जानता तक नहीं। फिर देखना कि तुम्हारे पिता की शोहरत और मेरा साथ—दोनों मिलकर क्या कमाल करते हैं। इस बेहूदे को

शिवपुर से ऐसा खदेड़ेंगे कि यहाँ तो छोड़ो, पूरे यूपी में जल्दी कहीं दिखाई नहीं देगा। मेरे बाज़ुओं में इतनी ताक़त है कि जीत का सेहरा तुम्हारे सिर बाँध सकें।"

बात ख़त्म करके चौधरी रंजीत सिंह बेंत की कुर्सी से उठे, फिर सुरेश की पीठ पर धौल जमाते हुए बोले "तो इस बारे में सोचना, लड़के," और सुरेश कुछ कह पाते, इसके पहले ही वह तेज़ी से बरामदे से निकले और चले गए।

तो सुरेश के लिए राजनीतिक कॅरिअर बनाने का यह दूसरा मौक़ा था। मगर जल्दी ही सुरेश ने तय कर लिया कि अब वह इस पचड़े में नहीं पड़ेंगे। सच तो यह है कि यह फ़ैसला उन्होंने गाँव वालों से अपनी पिछली मुठभेड़ के बाद ही कर लिया था। उन्हें तभी यक़ीन हो गया था कि वे अपने पिता के नक़्शेक़दम पर चलने के लायक़ नहीं थे। यह ख़ानदानी कारोबार उनके बस का नहीं था; ऐसे लोगों के बीच में काम करना बड़ा मुश्किल था, जो ख़ासतौर पर उन्हें बिलकुल पसन्द नहीं करते थे और ईमानदारी की बात तो यह है कि ख़ुद वे भी उन लोगों को कहाँ पसन्द करते थे। बेशक, वह समझ चुके थे कि यह हरगिज़ ज़रूरी नहीं कि वोटर अपने नेता को पसन्द ही करें फिर भी इतना तो होना ही चाहिए कि राजा और प्रजा कम से कम बुनियादी चीज़ों की बराबर समझ रखते हों। उन्हें यह अहसास हो गया था कि चौधरी रंजीत सिंह चाहेंगे कि वह ख़ुद को सिरे से बदल डालें—ससेक्स यूनिवर्सिटी की सुख-शान्ति वाली दुनिया में रहकर लौटे आरामपसन्द और अंग्रेज़ीदाँ नौजवान से उनकी उम्मीद है कि वह ख़ुद को पूर्वी उत्तर प्रदेश की कठोर और अप्रत्याशित ज़िन्दगी में ढाल ले। बिना किसी संगी-साथी के उन्हें इस मामूली क़स्बे में रहना होगा और कई-कई दिनों, हफ़्तों बल्कि महीनों तक 'यूपी की धूल' फाँकनी पड़ेगी। अपनी खुरदरी शख़्सियत से कहीं ज़्यादा खुरदरी ज़बान वाले चौधरी रंजीत सिंह बहुत सख़्त सुपरवाइज़र साबित होंगे, और उनसे वह पहले ही भर पाए हैं। तो सुरेश बड़ी ख़ामोशी से शिवपुर से खिसक लिये। अपने मन मुताबिक़ काम की तलाश में वह दिल्ली लौट गए या क़िस्मत ने साथ दिया तो कौन जाने उनकी इंग्लैंड वापसी का ही कोई जुगाड़ बैठ जाए।

एक गांधीवादी की प्रेम कथा

अजीत सिंह ख़ुशी-ख़ुशी स्कूल से बाहर निकल आया। सुबह के 8.30 बज रहे थे, और इस वक़्त तक पढ़ाई शुरू भी हो जानी चाहिए थी, मगर जब वह क्लास में पहुँचा तो वहाँ ब्लैकबोर्ड पर नोटिस लिखा हुआ मिला, "बैंक गए हैं। आज पढ़ाई नहीं होगी।" अरोड़ा मास्टर का इस तरह ग़ायब होना कोई नई बात नहीं थी और ऐसे मौक़े पर अजीत हमेशा ख़ुश हो जाता। उसके लिए ऐसी छुट्टियों का मतलब अरोड़ा मास्टर की पिटाई से छुटकारा होता था—न सिर पर चपत और न पीठ पर छड़ी की मार। पूरी क्लास के सामने उल्लू नहीं बनना पड़ेगा। अपने शागिर्दों को ज़लील करना अरोड़ा मास्टर का पसन्दीदा शगल था और उनकी बदज़बानी की सबसे ज़्यादा मेहरबानी अजीत पर रहती। छोटे चेहरे वाला वह लड़का जिसे दूसरे लड़के 'बौना' कहकर चिढ़ाते और जिसका आधा चेहरा मोटे लेंस वाले चश्मे से छिपा रहता था, अरोड़ा मास्टर का सबसे आसान शिकार था।

अगले ही रोज़ की बात है, इतिहास की क्लास में मास्टर ने अजीत को खड़ा होने को कहा। क्लास में पीछे बैठने वाले लड़कों ने, जो अभी तक चाचा चौधरी के कॉमिक्स में आँख गड़ाए हुए थे, झट से नज़रें ऊपर उठाकर उसकी तरफ़ देखा। कॉमिक्स के मुक़ाबले उन्हें अब क्लास में ज़्यादा मनोरंजन की गुंजाइश लग रही थी।

मास्टर ने गुर्राकर पूछा, "अजीत सिंह, बताओ कि भारत के पहले प्रधानमंत्री कौन थे?"

अच्छी-ख़ासी चुप्पी के बाद कुछ सकुचाई हुई आवाज़ में जवाब आया, "मुझे लगता है कि महात्मा गांधी।"

"तुमको लगता है! तुम सोचते हो! तुम्हारी सारी दिक़्क़त यही है कि तुम कुछ नहीं सोचते। मेरे ख़याल से तुम यह भी सोचते हो कि इन्दिरा गांधी उन्हीं की बेटी थीं?"

"जी हाँ, मास्टर जी।"

"ग़लत। दोनों सवालों के जवाब ग़लत हैं। सही जवाब है जवाहरलाल नेहरू। मुझे तो लगता है कि पूछ लूँ तो तुम्हें अपने बाप का नाम भी नहीं मालूम होगा। तुम जैसे लड़के स्कूल क्यों चले आते हैं? सिर्फ़ मुझे तंग करने के लिए? घर जाओ और जाकर अपनी बकरियाँ चराओ। तुम्हारे लिए वही सबसे सही काम है।"

पूरी क्लास हँस पड़ी। भौचक अजीत बैठ गया। वह तय नहीं कर पाया कि उसे क्लास से चले जाना चाहिए या रुकना चाहिए। सिर झुकाए हुए वह ख़ामोशी से बैठा रहा।

अजीत के पिता रणवीर सिंह किसान थे। जाट बिरादरी के रणवीर, अरोड़ा मास्टर के प्राइमरी स्कूल से पाँच किलोमीटर दूर एक गाँव में रहते थे। अच्छी-ख़ासी जोत वाले किसान थे और घगवाल गाँव के लिहाज़ से काफ़ी सम्पन्न और समृद्ध भी। उनका पुश्तैनी घर कच्चा था—मिट्टी से बना हुआ एक बड़ा कमरा और तीन छोटे कमरे। सामने का हिस्सा अलबत्ता ईंटों से पक्का बना हुआ था। घर के बड़े आँगन में बँधी भैंसें पूँछ हिलाकर मक्खियाँ उड़ाती मिलतीं। भैंसों के अलावा वहाँ लाल रंग का चमकता हुआ एक ट्रैक्टर भी खड़ा रहता। यह रणवीर सिंह ने हाल ही में ख़रीदा था, और इसकी वजह से जाट बिरादरी में उनका रुतबा और बढ़ गया था। पैंतीसेक साल उम्र, बलिष्ठ बदन, ऊबड़-खाबड़ सख़्त चेहरे पर लम्बी पतली नाक और फटे हुए कान, जो नौउम्री के दिनों में अखाड़े में ज़ोर-आज़माइश की निशानी थे।

जाटों की परम्परा के मुताबिक़ अपनी मर्दानगी पर उन्हें नाज़ था मगर रणवीर की समझ में यह नहीं आता था कि आख़िर अजीत जैसा कमज़ोर, शर्मीला और इतना नाटा बेटा उनके घर में पैदा कैसे हो गया। इसके लिए वह अपनी बीवी को दोषी मानते थे, कि उसी के पुरखों में कोई खोट रहा होगा, जिसे उन लोगों ने बहुत ढंग से छिपाए रखा। उस दिन जब अरोड़ा मास्टर से हलकान अजीत घर लौटा तो उसकी आँखों से झरझर आँसू बह निकले, जिसे सबके हँसने के डर से उसने

अब तक रोके रखा था। "मास्टर जी ने आज फिर मेरा मज़ाक़ बनाया," सिसकते हुए उसने कहा। "यह ठीक नहीं है। वो हमेशा मेरा ही मज़ाक़ उड़ाते हैं।" लेकिन उसके सुबकने का रणवीर पर कोई असर नहीं हुआ। कोई हमदर्दी जताने के बजाय थोड़ी मायूसी और थोड़ी नाराज़गी भरे स्वर में रणवीर ने बेटे से कहा, "अगर दूसरे लड़कों से तुम्हारी दोस्ती होती, तुम भी उनके गुट में होते तो वह जाहिल-लद्धड़ और हरामी मास्टर तुम्हारा मज़ाक़ उड़ाने की हिम्मत कभी न करता। वह तुम्हें इसलिए बेइज़्ज़त करता है क्योंकि वह जानता है कि तुम कमज़ोर हो और तुम्हारा कोई दोस्त नहीं है।" अजीत की माँ, मधु, सुडौल काया वाली आकर्षक महिला थीं और अपने पति की तरह ही मज़बूत कलेजे वाली जाटनी। उन्होंने भी कोई मुरव्वत बरतने के बजाय उसे नसीहत दी, "तुम्हें अपने लिए ख़ुद लड़ना सीखना पड़ेगा।"

तो यही अजीत, फ़ाइनल इम्तिहान पास करके जब हाई स्कूल में पहुँचा तब भी वह सहमा-सा, ख़ुद अपने बारे में अनिश्चित मगर अपनी मूढ़ता के बा़रे में मुतमइन लड़का था। उसकी नई क्लास में अरोड़ा मास्टर की क्लास के मुक़ाबले कहीं ज़्यादा उधमी लड़के थे। यहाँ क्लास में चारों तरफ़ काग़ज़ के गोले और जहाज़ ही नहीं उड़ते थे, किताबें, जूते और चॉक के टुकड़े भी इफ़रात उड़ाए जाते, ख़ासतौर पर इतिहास की क्लास में। मदन मोहन तिवारी की उम्र चालीस के ऊपर थी और इतिहास पढ़ाने के साथ ही वह अजीत के क्लास टीचर भी थे। क्लास में गालियाँ सुनाई देना आम बात थी और कई बार टीचर भी उनके निशान पर होते। खिल्ली उड़ाना, चिढ़ाना भी चलता रहता। यहाँ कॉमिक्स पढ़ने वाले नहीं थे, बल्कि काशी में छपी पोर्नोग्राफ़ी का ज़ोर था। पोर्नोग्राफ़ी के गम्भीर अध्येता पीले पन्नों वाली वे किताबें पढ़ते और भद्दे-कामुक क़िस्म के फ़िकरे कसते। कभी-कभी तो हुड़दंग इतना बढ़ जाता कि हो-हल्ला सुनकर हेडमास्टर तेज़ क़दमों से क्लास में दाख़िल होते और सामने पड़े तीन-चार लड़कों को पकड़कर पीट देते। 'पंडित जी' की काहिली और नाकामी के लिए उन्हें गरियाते और फिर लड़कों को धमकाते हुए लौट जाते कि अगर क्लास में ढंग से नहीं बैठे तो उनकी और ठुकाई होगी।

अपनी क्लास में हंगामे के बीच, मास्टर तिवारी ख़ामोश बैठे अजीत को देखते थे, जो हो-हल्ले से दूर, एकदम अलग बैठा बस उन लोगों को देखता रहता था। उसके चश्मे की वजह से वह उन्हें पढ़ाकू लगता था और मास्टर सोचते कि क्या वह ऐसा छात्र है, जो सचमुच पढ़ना चाहता है। तो एक दिन उन्होंने अजीत से क्लास ख़त्म होने के बाद रुकने के लिए कहा।

क्लास रूम की बेंच पर उसके पास बैठते हुए मास्टर तिवारी ने उससे पूछा कि बड़ा होकर वह क्या करना चाहता है।

"खेती नहीं करना चाहता," अजीत ने जवाब दिया। "अगर मैं खेती करता हूँ तो उम्र-भर अपने बाप के ताने सहने पड़ेंगे क्योंकि उन्हें लगता है कि मुझमें खेती करने की योग्यता नहीं है।"

"तब तो तुमको नौकरी करनी पड़ेगी, किसी दफ़्तर में, और उसके लिए तुम्हें स्कूल का इम्तिहान पास करना पड़ेगा।"

"हाँ, सो तो है। पर मुझे वह मुश्किल लगता है क्योंकि लोग हमेशा से ही मुझे बेवक़ूफ़ मानते हैं।"

"मुझे तो ऐसा हरगिज़ नहीं लगता," तिवारी ने धीरे से कहा। "मुश्किल दरअसल यह है कि तुम्हें कभी बताया ही नहीं गया कि कैसे पढ़ना है या क्या पढ़ना है। इतिहास बढ़िया विषय है क्योंकि यह तुम्हें केवल तथ्यों को दोहराने वाला रट्टू तोता बनना नहीं सिखाता बल्कि किताबों से विद्या और ज्ञान हासिल करने और उसे समझने में मदद करता है। अगर तुम अपने पढ़े हुए शब्दों को समझना भी सीख जाते हो, तो इससे दूसरे विषयों की पढ़ाई में भी मदद मिलेगी। मसला सिर्फ़ अपने भले के बारे में सोचने का है। मन से पढ़ने लगोगे तो तुम्हें यह दिलचस्प भी लगेगा।"

"लेकिन प्राइमरी स्कूल में अरोड़ा मास्टर तो हमेशा इतिहास की मेरी समझ का मज़ाक़ उड़ाते थे," अजीत ने अपनी उलझन तिवारी मास्टर के सामने रखी। "मेरी समझ में यह नहीं आ रहा है कि अचानक मैं बेवक़ूफ़ से इतना होशियार कैसे बन सकता हूँ।"

"नहीं, यह सब अचानक नहीं होगा। मगर होगा ज़रूर, क्योंकि विद्या माई सरस्वती उसी के पास आती हैं, जो उनकी अगवानी के लिए तैयार हो।"

भावशून्य चेहरा लिये अजीत एकटक उन्हें देख रहा था। मास्टर तिवारी ने समझाया, "मैं तुम्हें बता सकता हूँ कि होशियार छात्र बनने की सारी ख़ूबियाँ तुममें हैं। तुम ऐसे लड़के हो, जो सोच सकता है, जो केवल वही याद नहीं करता जो उसे बता दिया गया हो, या इम्तिहान में पास होने के लिए नक़ल के भरोसे नहीं रहता, जैसा कि इन बेशर्म लड़कों में से ज़्यादातर करते हैं। मैं तुम्हें ट्यूशन दूँगा और फिर तुम देखना कि क्या होता है।"

अजीत एकदम भौचक था। उसके दूसरे टीचर और यहाँ तक कि माँ-बाप भी हमेशा उसे मूढ़ ही मानते आए हैं। उसे मालूम था कि उसकी ख़ूबियों के बारे में

तिवारी मास्टर की इस राय पर उसके पिता को बिलकुल भरोसा नहीं होगा, और ट्यूशन की फ़ीस भरने के लिए तो वे कभी राज़ी नहीं होंगे। लेकिन तिवारी का इरादा एकदम पक्का था।

"मैं जानता हूँ कि तुम क्या कर सकते हो, उन्होंने कहा। "मैं कई सालों से पढ़ा रहा हूँ और जैसे तुम्हारे पिता बता सकते हैं कि कौन-सी बछिया बड़ी होकर ज़्यादा दूध देगी, वैसे ही मैं अपने किसी छात्र की समझ-सामर्थ्य के बारे में बता सकता हूँ। जहाँ तक फ़ीस का सवाल है, तो मैं उन टीचरों में से नहीं हूँ, जो माता-बाप को उनके बच्चे के लिए ट्यूशन की ज़रूरत बताकर उनसे मोटी फ़ीस ऐंठ लेते हैं। मुझे पैसा नहीं चाहिए। स्कूल की पढ़ाई के बूते मेरे एक छात्र की क़ामयाबी ही मेरा इनाम होगा।"

घर जाते हुए अजीत रास्ते-भर इस बारे में सोचता रहा। आख़िरकार कोई तो ऐसा मिला, जिसे उसमें गुंजाइश नज़र आती है। उसके सामने यह एक रास्ता है, जिस पर चलकर वह खेतिहर की खटाऊ ज़िन्दगी से बच सकता था, अपने दबंग बाप के तानों से बच सकता था, जो उसे हमेशा इस बात के लिए ज़लील करते हैं कि उसमें जाटों जैसी मर्दानगी नहीं है, और वह कभी खेती करने लायक़ नहीं बन सकता। दूसरी ओर, उसकी अब तक की ज़िन्दगी के तजुर्बों में ऐसा कुछ भी नहीं है, जिसकी वजह से तिवारी की इस बात पर यक़ीन कर पाए कि वह होशियार छात्र बन सकता है। और अगर वह नाकाम हो गया, तो उसकी हालत और बदतर हो जाएगी। उसके पिता को उसकी हँसी उड़ाने की एक और वजह मिल जाएगी, और तब वह ख़ुद को और भी नाकारा महसूस करेगा। उसे यक़ीन हो जाएगा कि अरोड़ा सही कहता था, वह सचमुच बेवकूफ़ है। वैसे भी, उसके पिता शायद ही यह बात मानें।

बहरहाल, घर पहुँचने तक अजीत ने तय कर लिया कि वह पहली अड़चन से पार पाने की कोशिश करेगा, कि तिवारी मास्टर से ट्यूशन लेने के लिए वह अपने पिता को मना सकता है या नहीं। जैसी कि उम्मीद थी, रणवीर सिंह ने साफ़ मना कर दिया।

"तुम्हारे कहने का मतलब है कि सच में यह मास्टर तुम्हें मुफ़्त में ट्यूशन देने को कह रहा है?" उन्होंने हैरानी से पूछा। "तब तो ज़रूर दाल में कुछ काला है। बिना कुछ लिये आजकल कोई कुछ नहीं करता है। नाम तिवारी है तो शर्तिया वह मक्कार ब्राह्मण होगा। ये ब्राह्मण हमेशा हम जाटों को नीचा दिखाने की फ़िराक़

में रहते हैं, यही साबित करने की कोशिश में लगे रहते हैं कि वे कितने चालाक हैं और हम कितने मूर्ख। हो सकता है कि यह उसकी चाल हो और उसका इरादा तुम्हारे साथ कोई बदतमीज़ी करना हो। ये ब्राह्मण लोग ख़ुद के भगवान से भी ज़्यादा पवित्र होने का दिखावा करते हैं लेकिन एक हरामी ब्राह्मण किसी मायने में दूसरे हरामियों से ज़रा भी कम नहीं होता।"

उदास निगाहों से देखते हुए अजीत बुदबुदाया, "मुझे मालूम है कि तिवारी मास्टर नेक इनसान हैं। उनके बारे में कभी कोई बुरी बात नहीं सुनी। बहुत सादगी से रहते हैं। उनके घर में कोई और है भी नहीं कि घर की ज़िम्मेदारियों के दबाव में उन्हें बेईमानी करनी पड़े।"

रणवीर ने बड़बड़ाते हुए कहा, "जो भी हो, तुम्हारे लिए बेहतर यही रहेगा कि तुम स्कूल-विस्कूल छोड़ो और आकर खेती में मेरा हाथ बँटाओ, जैसे मैं अपने बाप के साथ काम करता था। मेरे पास स्कूल का सर्टिफ़िकेट भले नहीं है मगर उसके बिना खेती में मेरा कोई नुक़सान तो नहीं हुआ। और सच पूछो तो ज़्यादा पढ़ना-लिखना नुक़सानदेह है। जिसे देखो मुँह उठाए अपना काम कराने चला आता है, और आपको उनकी छोटी-छोटी चीज़ों के लिए बीसों तरह के फ़ॉर्म भरने पड़ते हैं। ये सरकारी बाबूगिरी बकवास है। मेरे पिता इसे टेबल-वर्क कहते थे—यह सब नामर्द लोगों का काम है। तिवारी तुमको यही बना देगा—नामर्द!"

उस रोज़ बात यहीं ख़त्म हो गई। अजीत अपने पिता से सीधे भिड़ना नहीं चाहता था और रणवीर ने मान लिया कि हमेशा की तरह उनके कहे को क़ानून मानकर उनका बेटा चुप बैठ जाएगा। लेकिन कुछ दिनों के बाद अजीत के मन में फिर हलचल होने लगी। तिवारी मास्टर भी इस बीच कई बार पूछ चुके थे। अजीत ने सोचा कि इतना बड़ा होने के बाद अपने बूते कुछ करने का यह पहला मौक़ा मिला है, और वह एकदम अकेला भी नहीं, तिवारी मास्टर का सहारा भी है। इस ख़याल से उसका इरादा और मज़बूत हुआ कि यह उसकी ज़िन्दगी का अहम मोड़ है—अभी नहीं तो कभी नहीं। 'अगर यह मौक़ा मैंने गँवा दिया तो फिर उम्र-भर बाप की ग़ुलामी करनी पड़ेगी, और ज़िन्दगी बर्बाद हो जाएगी,' उसने मन ही मन सोचा, 'खेती से मुझे नफ़रत है, मुझे बेहतर ज़िन्दगी जीनी है।'

अजीत ने फिर अपने पिता से इजाज़त नहीं माँगी। स्कूल की पढ़ाई ख़त्म होने के बाद वह ट्यूशन के लिए रुक जाता। शुरू-शुरू में जब वह देर से घर आया, घर वालों ने कुछ नहीं कहा। लेकिन उसके पिता को शक हो गया और आख़िरकार

एक रोज़ शाम को ट्यूशन से घर लौटा अजीत आँगन से गुज़र रहा था कि रणवीर सिंह ने उसकी गर्दन पकड़ ली। वह ग़ुस्से से दहाड़े, "अबे हरामी, तुझे लगता है कि तू मुझे उल्लू बना लेगा? मैं उतना बेवकूफ़ नहीं हूँ जितना तू मुझे समझता है। तू छिपकर उसी ज़हरीले आदमी के यहाँ जाता है, उसी बाभन तिवारी के पास, है न? और इसीलिए देर से घर आता है। सच-सच बता दे, नहीं तो यहीं तेरी टाँगें तोड़ दूँगा।"

घर में अचानक हुए इस बवंडर से आशंकित अजीत की माँ ने पति को टोकते हुए पूछा, "यह तिवारी कौन है?"

"इसी से पूछो," रणवीर ने चिल्लाकर जवाब दिया तो अपने बेटे को घूरते हुए उन्होंने सवाल किया, "यह सब क्या है? अपने बाप का कहा नहीं मानकर तू आख़िर क्या करता घूम रहा है?"

अजीत ने कोई जवाब नहीं दिया। उसकी चुप्पी से भड़के रणवीर का ग़ुस्सा सातवें आसमान पर पहुँच गया। गरजते हुए बोले, "यह हरामी का पिल्ला ट्यूशन पढ़ने जाता है क्योंकि इसे लगता है कि यह हमसे ज़्यादा होशियार हो गया है। इसके लिए खेती बेकार का काम है और माँ-बाप भी किसी मतलब के नहीं। यह हमें गँवार समझता है क्योंकि हम आठवीं पास हैं। यह सोचता है कि यूनिवर्सिटी जाकर यह साहब बन जाएगा और तब अपने बाप को मुँह चिढ़ाएगा।"

"बकवास। इसके ट्यूशन की फ़ीस कौन दे रहा है?"

"इसके मास्टर, और कौन? वह दुष्ट बाभन इसे मुफ़्त में पढ़ा रहा है। कौन कहे अपना इनाम वह तुम्हारी औलाद से ही वसूल करने की सोचता हो?"

"अपने बाप का कहा टालने की तेरी हिम्मत कैसे हुई?" अजीत की माँ अपने बेटे पर चिल्लाई। "वह ऐसी मार मारेंगे कि ज़िन्दगी भर याद रखेगा।"

अपनी बीवी की बात सुनकर रणवीर को लगा कि वह उन्हें शह दे रही है, सो अपनी लाठी लेने के लिए आँगन पार करके अन्दर चले गए। उनका इरादा भाँपकर मधु चिल्लाते हुए अपने पति और बेटे के बीच आ खड़ी हुई, "नहीं, नहीं, मेरा यह मतलब नहीं है। तुम मेरे बेटे को नहीं मारोगे। मैं तुम्हें ऐसा नहीं करने दूँगी!" रणवीर ने लाठी पटक दी, और पूछा, "फिर मैं क्या करूँ? तुम्हीं बताओ। तुमको लगता है कि मैं उसका दुश्मन हूँ? ये खेती नहीं करेगा तो खाएगा क्या?"

अपने पति को अजीत से दूर खींचते हुए मधु ने कहा, "आप ही तो हमेशा कहते रहते हैं कि आपका बेटा इतना कमज़ोर है कि वह कभी खेतिहर नहीं बन

पाएगा, तो क्यों नहीं उसे कुछ और आजमाने देते? तुम्हें पढ़ाई-लिखाई से बेहद चिढ़ है मगर पढ़ाई इतनी तुच्छ भी नहीं है। यह तो तुम भी जानते हो। फिर बाबू बनने की ख़्वाहिश में क्या बुराई है? उसे तुम्हारा कहना मानना ही चाहिए मगर अब जब यह बात खुल ही गई है तो उसे पढ़ने दो। देखते हैं कि वह कितना-क्या कर पाता है। और मान लो कि अगर वह घर छोड़कर कहीं भाग जाए, तो हमें क्या हासिल होगा?"

उनका ग़ुस्सा शान्त हो गया, और अपनी हार मानते हुए रणवीर बेंत की टुटही कुर्सी पर धम्म से बैठ गए। गहरी साँस लेते हुए कहा, "ठीक है। तुम कहती हो तो ऐसे ही सही। अब जो होना है, सो हो।"

तो घर में बना तनाव का माहौल धीरे-धीरे कम होता गया, और माँ-बाप ने ख़ामोशी से मान लिया कि अजीत को स्कूल से लौटने में देर हो जाएगी। हालाँकि देर से घर लौटने की वजह ट्यूशन है, इसका ज़िक्र कोई नहीं करता था।

पंडित मदन मोहन तिवारी ने शादी नहीं की थी। वह स्कूल के अहाते में बने स्टाफ़ क्वार्टर में ही रहते थे। कंक्रीट के बक्से की तरह के उस क्वार्टर में शौचालय बाहर था और वहीं क़रीब में नहाने-धोने के लिए एक टोंटी लगी थी। उनके तंग कमरे के फ़र्श पर जहाँ-तहाँ किताबों का ढेर लगा रहता, लोहे की एक चारपाई और पुराने ज़माने की लकड़ी की दो कुर्सियों के लिए जगह मुश्किल से बचती थी। खाना बनाने का कोई इन्तज़ाम नहीं था। पास के एक ढाबे पर काम करने वाले लड़के सुबह-शाम स्कूल मास्टर का खाना दे जाते थे। बीड़ी फूँकना पंडित जी का अकेला शगल था, इसलिए कमरे में तम्बाकू के धुएँ की महक भरी रहती।

हालाँकि यह कमरा मामूली और अनाकर्षक था फिर भी अजीत को यह बहुत पसन्द था क्योंकि यहीं आकर पहली बार उसने जाना था कि पढ़ाई इतनी रुचिकर भी हो सकती है। इतना ही नहीं, यहीं आकर पहली बार उसके भीतर राजनीतिक चेतना जागी थी। मास्टर को वेदों के समय से लेकर आज़ादी के आन्दोलन तक का सारा इतिहास मालूम था। जंगे-आज़ादी और बँटवारे के दौर के इतिहास का अजीत पर गहरा असर हुआ। पंडित जी ने अजीत को समझाया कि अगर सचमुच शिक्षित बनना है तो स्कूल की किताबों को रटना छोड़कर दूसरी किताबें भी पढ़ना बहुत ज़रूरी है। उन्होंने ब्रिटिश राज के आर्थिक इतिहास पर एक किताब अजीत को पढ़ने के लिए दी, और उससे ऐसे उलझाऊ सवालों पर भी बात की कि देश में रेलवे का ढाँचा खड़ा करना भारत के फ़ायदे के लिए था या फिर ब्रिटेन के। अजीत

ने अंग्रेज़ी हुकूमत के सामाजिक प्रभाव के बारे में भी पढ़ा और उसे लगा कि ख़ुद ब्राह्मण होने के बावजूद पंडित जी को इस बात का अफ़सोस था कि अभिलेख बनाने के चक्कर में लोगों को श्रेणियों में बाँटने के अंग्रेज़ों के जोश ने तमाम जातियों के बीच बँटवारे को और मज़बूत ही किया। देश-विभाजन की वजह बने धार्मिक भेद के मुद्दे पर भी गुरु-चेले में ख़ूब तर्क-वितर्क होते—धार्मिक बँटवारे के लिए अंग्रेज़ किस हद तक ज़िम्मेदार थे; क्या गांधी खुले तौर पर हिन्दू थे; क्या जिन्ना ने हिन्दुओं के ख़िलाफ़ मुसलमानों में नफ़रत भड़काई थी; क्या नेहरू को मुस्लिम लीग के साथ थोड़े और समझौते की कोशिश करनी चाहिए थी?

अजीत के लिखे निबन्ध पढ़ते हुए पंडित जी यह देखकर ख़ुश होते कि उनका अन्दाज़ा एकदम सही था। अजीत के लेखन कौशल में लगातार सुधार हो रहा था, साथ ही उसका आत्मविश्वास भी बढ़ रहा था। इसका नतीजा यह कि दूसरे विषयों की पढ़ाई में भी उसने ख़ुद को बेहतर साबित किया, क्योंकि अपनी क्षमताओं पर सन्देह करना अब उसने छोड़ दिया था।

स्कूल का आख़िरी इम्तहान ख़ूब अच्छे नम्बरों से पास करने पर भी अगर किसी को अफ़सोस हुआ तो वह उसके माँ-बाप ही थे। रणवीर की समझ और बेटे की पढ़ने की ख़्वाहिश में कभी कोई तालमेल नहीं रहा और अब भी उन्हें पढ़ाई-लिखाई का कोई भविष्य दिखाई नहीं देता था। खेती उनके ख़ून में थी और वह मानते थे कि कुनबे की ज़मीन पर काम करना हर जाट का मुक़द्दस फ़र्ज़ है। रणवीर के पिता के आख़िरी शब्द यही थे, "तुम मेरे अच्छे बेटे हो। मुझे मालूम है कि तुम हमारी ज़मीन की हिफ़ाज़त करोगे और इसे कुनबे में ही बनाए रखोगे।" रणवीर ने अपने पिता की बात का मान रखा; उन्होंने न केवल पुरखों की ज़मीन की हिफ़ाज़त की, बल्कि उसे बढ़ाया भी। अब उन्हें ऐसा लग रहा था कि उनके मरने के बाद पुरखों की ज़मीन का कोई मुहाफ़िज़ नहीं रह जाएगा, क्योंकि उनकी इकलौती औलाद को पुरखों की रवायत में कोई दिलचस्पी ही नहीं है। इसके बावजूद रणवीर को अब भी उम्मीद थी कि अजीत को अपनी बेवकूफ़ी का अहसास होगा। वो तो यहाँ तक सोचते थे कि शायद आगे की पढ़ाई के डर से वह अपना इरादा बदल देगा।

लेकिन अजीत का आत्मविश्वास अब इतना मज़बूत हो चुका था कि अपने पिता के कहने, मज़ाक़ उड़ाने या धमकाने पर भी वह अपने लिए तय रास्ते पर आगे बढ़ने का पक्का इरादा रखता था। उसने सोच रखा था कि वहीं के कॉलेज में दाख़िला ले लेगा और भारतीय इतिहास की अपनी पढ़ाई जारी रखेगा। लेकिन

स्कूल में इम्तिहान के बेहतरीन नतीजे को देखते हुए मास्टर तिवारी ने नसीहत दी कि ऊँचा लक्ष्य हासिल करने के लिए निगाह ऊपर रखनी चाहिए। उन्होंने कहा कि लखनऊ, इलाहाबाद या बनारस में कहीं दाख़िला पाकर ख़ुश हो जाने के बजाय उसे दिल्ली जाना चाहिए। अपने ताज़ा हासिल आत्मविश्वास के बावजूद अजीत ने कभी सपने में भी नहीं सोचा था कि दूसरे दर्जे के सरकारी स्कूल में पढ़ा, एक छोटे से गाँव के एक मामूली किसान का बेटा, जिसके पास न तो धन-बल है और न ही कोई सियासी रसूख, कुलीन लोगों के दिल्ली विश्वविद्यालय में अपने लिए जगह बना सकेगा। उसने सोचा कि वहाँ दाख़िला मिलना कोई आसान बात तो नहीं है। वहाँ दाख़िले के कड़े मुक़ाबले में तो वे लोग ही आगे रहेंगे, जो महँगे प्राइवेट स्कूलों से पढ़कर आए होंगे या फिर जिनके पास असरदार लोगों की सिफ़ारिश वाली जादुई छड़ी होगी।

लेकिन अजीत के ट्यूटर के पास भी एक तरह की सिफ़ारिश थी। तिवारी मास्टर के कॉलेज के दिनों के दोस्तों में से एक अब दिल्ली विश्वविद्यालय में इतिहास पढ़ाते थे, और उन्होंने अजीत की हरसम्भव मदद करने का वादा किया था। अजीत की हौसलाअफ़ज़ाई करते हुए तिवारी ने कहा, "तुम दिल्ली जाने के क़ाबिल हो। अच्छे नम्बर आए हैं और तुम कोई रट्टू-तोता तो हो नहीं। तुम्हें ख़ुद पर भरोसा होना चाहिए। एक बार कोशिश करने में कोई हर्ज नहीं।" तो तमाम ज़रूरी और उलझाऊ औपचारिकताओं से पार पाकर आख़िरकार अजीत को दिल्ली विश्वविद्यालय के प्रतिष्ठित कॉलेजों में से एक में बीए ऑनर्स इतिहास में दाख़िला मिल ही गया। इस ख़बर से अजीत ख़ुद ख़ासा हैरान हुआ, उसके पिता व्याकुल थे और माँ ख़ुश, हालाँकि उन्होंने अपनी ख़ुशी किसी पर ज़ाहिर नहीं होने दी।

दिल्ली के सफ़र पर निकला अजीत ट्रेन के दूसरे दर्जे में ऊपर की बर्थ पर लेटा हुआ था। वह जाग रहा था क्योंकि नींद उससे कोसों दूर थी। यूपी से दिल्ली जाने वाली यह कमतर क़िस्म की ट्रेन थी। उसके बाक़ी के सहयात्री सो चुके थे। माहौल खर्राटों से थरथरा रहा था, चारों ओर कई तरह के खर्राटे गूँज रहे थे—कुछ घुरघुरा रहे थे तो कुछ गलगला रहे थे, कुछ कर्कश तो कुछ बुदबुदाहट-सी नरम आवाज़ वाले। मगर उसके जागने की वजह यह कोलाहल नहीं था। यह तो आगत की आशंकाएँ और डर को समझने की उधेड़बुन थी। उसकी समझ में यह नहीं आ रहा था कि आख़िर वह ऐसी जगह आने के लिए तैयार ही क्यों हो गया। अपने

शहर के किसी छोटे-मोटे कॉलेज में दाख़िला लेकर वहीं क्यों नहीं रह गया—कम से कम उस कॉलेज में लोग उसी की ज़बान में बात तो करते, उसी की तरह खाने-पहनने वाले लोग होते, यहाँ तक कि वैसे ही नहाने वाले लोग, जैसे कि वह ख़ुद नहाता है? अपने शहर के कॉलेज में उसे इस बात का पूरा इत्मीनान भी रहता कि वह कोई ऐसी चूक नहीं कर बैठेगा, जिस पर बाक़ी के लोग उसका मज़ाक़ उड़ाएँ; वहाँ टुटपुँजिया या देहाती समझ लिये जाने का भी कोई ख़तरा न रहता। दिल्ली यूनिवर्सिटी में रैगिंग के ख़ौफ़नाक क़िस्से उसने सुन रखे थे कि पुराने छात्र कॉलेज आने वाले नए लड़कों पर कैसे-कैसे सितम ढाते हैं, उनसे ऐसे-ऐसे काम कराते हैं जो अपमानजनक तो हैं ही, कई बार ख़तरनाक भी होते हैं। ऐसी सख़्त आज़माइश से क्या वह पार पा सकेगा? फिर उसने यह भी सोचा कि कहीं उसके क़द और कमज़ोर निगाह की वजह से उसे प्राइमरी स्कूल जैसी ज़िल्लत तो नहीं झेलनी होगी!

ट्रेन बहुत देरी से चल रही थी और आख़िरकार दोपहर के बाद वह पुरानी दिल्ली रेलवे स्टेशन पहुँच गया। यह उन रेलवे स्टेशनों में से एक है, जिन्हें अंग्रेज़ों ने किसी क़िले की तरह भव्य बनवाया था ताकि हिन्दुस्तानी रियाया पर रौब ग़ालिब कर सकें। बाहर निकलते ही 'ऑटो, ऑटो, टैक्सी, टैक्सी' चिल्लाती हुई भीड़ ने उसे घेर लिया। उनके चेहरे उसे खलनायकों से मेल खाते हुए लगे, और उनमें से कई, साफ़-सुथरी कौन कहे, चीकट-सी स्लेटी वर्दी पहने हुए थे। वह कुछ तय कर पाता इसके पहले ही एक स्कूटर-रिक्शा वाले ने खींचकर उसे अपने ऑटो में बैठा लिया। कॉलेज तक ले जाने के लिए उसने जो किराया माँगा, वह एकदम ग़ैर-मुनासिब था मगर उसके पास ख़ामोशी से मंज़ूर कर लेने के अलावा कोई चारा भी नहीं था।

बेहद शोरगुल वाली सड़कों पर ऊटपटाँग ट्रैफ़िक से गुज़रते हुए ऑटो वाले ने आधे घंटे बाद अजीत को लाल और सफ़ेद रंग की उस बड़ी-सी दोमंज़िला इमारत के सामने उतार दिया, जिसमें सामने की तरफ़ बड़ा-सा लॉन था। वहाँ जींस और खादी का कुर्ता पहने अधेड़ उम्र का एक आदमी लड़कों के उस झुंड की मदद में लगा हुआ था, जो अपने बैग और बिस्तरबन्द के साथ पहुँचे थे। हॉस्टल के लिए फ़ॉर्म भरने और लड़कों को अपने कमरों तक पहुँचने में मदद करने के लिए वह उनसे पाँच-पाँच रुपये वसूल कर रहा था। अजीत भी इस झुंड में शामिल हो गया। सफ़र के बाद हालाँकि उसके पास बहुत थोड़े पैसे बचे थे, फिर भी अजीत ने यह सोचकर उसे पाँच रुपये दे दिये कि अगर ज़रूरत पड़ी तो एक वक़्त वह भूखा

रह लेगा। पाँच रुपये बचाकर वह आसानी से उन सीनियर्स का शिकार नहीं बनना चाहता था, जो यक़ीनन घात लगाकर बैठे होंगे।

हॉस्टल में मिले अपने कमरे में जाकर उसने थोड़ा-बहुत सामान खोला और फिर शाम के खाने के लिए कैंटीन की ओर निकल गया। कैंटीन जाते हुए वह थोड़ी घबराहट महसूस कर रहा था। वहाँ एक कोने में अकेले बैठकर उसने खाना खाया—घुटी हुई गंदी-सी लौकी, पनियल दाल और बासी रोटी। ऐसा खाना जिसे उसकी माँ केवल कुत्तों के खाने लायक़ समझतीं। उसके चारों तरफ़ बैठे लड़के आपस में गप्पें मारने में मशगूल थे, मगर उस पर किसी ने ग़ौर नहीं किया। उसका यह अकेलापन अगले रोज़ सुबह भी बना रहा, जब बाल्टी लिये बाथरूम के बाहर वह अपनी पारी के इन्तज़ार में खड़ा था। वहाँ जमा लड़कों की तादाद टोंटियों के मुक़ाबले काफ़ी ज़्यादा हो गई थी। लाइन तोड़कर लड़के आगे चले जाते मगर वह किसी को टोकने की हिम्मत नहीं जुटा पाया। नतीजा यह कि नहाने वालों में वह सबसे आख़िरी शख़्स था।

उसका अगला इम्तहान उन पाँच सीनियर्स से मुलाक़ात थी, जो आख़िरी साल के छात्र थे और दरवाज़ा खटखटाए बग़ैर उसके कमरे में घुस आए थे। उनमें से चार तो बॉलीवुड की बी-ग्रेड फ़िल्मों के हीरो की नक़ल मालूम होते थे—क़मीज़ में ऊपर के तीनों बटन खुले हुए और बाहर झाँकते उनकी छाती के बाल। उनके चेहरे दाढ़ी की खूँटियों से ढके हुए थे। पाँचवाँ लम्बे क़द का चौड़े कन्धों वाला सिख था, जिसकी लम्बी दाढ़ी छाती तक लहरा रही थी। पारम्परिक पगड़ी के बजाय उसने सिर पर ख़ूब कसकर लाल रंग का कपड़ा बाँध रखा था।

उसके साथी उसे जस्सी कहकर सम्बोधित कर रहे थे और अपने हाव-भाव से वही उनका नेता लगता था। चाशनी में डूबी आवाज़ में बेहद विनम्रता से उसी ने बोलना शुरू किया, "पहले तो हम बिना इजाज़त आपके कमरे में घुस आने के लिए माफ़ी माँगते हैं।"

"ठीक है, कोई बात नहीं," बेचैन अजीत ने जवाब दिया।

"पहले तो तू ये समझ ले कि यहाँ क्या ठीक है और क्या नहीं यह हम तय करेंगे, तेरे जैसा कोई मरियल पिल्ला नहीं," जस्सी का लहज़ा अचानक बदल गया था। धमकाने वाले ख़तरनाक ढंग से वह बोला, "मैंने सुना कि तेरा नाम अजीत सिंह है। तू जाट है या राजपूत? यह तो पक्का है कि तू सिख नहीं है।"

"मैं जाट हूँ," अजीत बुदबुदाया।

सिख ने कन्धे पीछे खींचकर अपनी छाती बाहर निकालते हुए कहा, "मैं जट्‌ट सिख हूँ, एक तरह जाट ही समझ ले। मुझे देख, मैं वैसा दिखता हूँ जैसा कि जट्‌टों और जाटों को दिखाई देना चाहिए। तू तो नाटे बैल जैसा दिखता है। गड़बड़ी क्या हुई? तेरी माँ तेरे बाप के बजाय किसी बौने के साथ सोई थी क्या?"

इस बेहूदगी से आतंकित अजीत ने सिर झुकाये हुए ही कमज़ोर आवाज़ में जवाब दिया, "मुझे नहीं मालूम।"

कमरे में ज़ोर का ठहाका गूँज उठा। उन लोगों ने ज़ोर-ज़ोर से नारे लगाने शुरू कर दिये, "बौने को मालूम नहीं कि किसके साथ सोई थी उसकी माँ। बौने को मालूम नहीं कि किसके साथ सोई थी उसकी माँ।"

अजीत की आँखों में आँसू आ गए। उन लोगों ने अब नया नारा शुरू किया, "रोना लड़का, ब्लबर बॉय, ब्लबर बॉय।"

इतने में जस्सी चिल्लाया, "ख़ामोश! ज़रा मुझे यह तो पता करने दो कि यह नाटा बैल हमारे कॉलेज में कैसे घुस आया।" फिर अजीत की ठुड्‌डी पकड़कर उसका सिर ऊपर उठाकर आँखों में देखते हुए उसने पूछा, "तो तेरे बाप ने तुझे यहाँ दाख़िला दिलाने के लिए कोई सिफ़ारिश लगाई? बोलने से ही पता चलता है कि तू गाँव से आया है। तुम साले देहातियों का दिमाग़ भी एकदम देहाती होता है, जिसमें चारे और गोबर के सिवाय कुछ नहीं होता, तो दाख़िले लायक़ नम्बर तो तुझे मिल नहीं सकते। फिर तेरे बाप ने किस मंत्री के चूतड़ चाटे?"

अजीत चुप रहा। जस्सी ने अपना सवाल दोहराया, "ओए, तू बौना भले सही, मगर गूँगा बौना थोड़े ही है। यहाँ तेरा दाख़िला किसने कराया?"

फिर अजीत के मुँह पर एक झन्नाटेदार थप्पड़ पड़ा। आख़िरकार उसने जवाब दिया, "मैं टॉपर था। मेरे नम्बरों की वजह से ही मुझे दाख़िला मिला है।"

"अरे! ये तो किताबी कीड़ा निकला," उन लोगों ने क़हक़हा लगाया और फिर नारे लगाने लगे, "पढ़ाकू कीड़ा, हरामी कीड़ा, पढ़ाकू कीड़ा, हरामी कीड़ा।"

जस्सी ने अपने गुर्गों को टोका, "ठीक है, बहुत हो गया। चलो, इस पढ़ाकू कीड़े को अब किताबों में लोट लगाने देते हैं। मुझे लगता है कि उसे समझ आ गया होगा कि यहाँ बॉस कौन है।"

फिर उसने अजीत से कहा, "समझ ले कि तू बड़ा क़िस्मत वाला है। बिरादरी के नाम पर तू धब्बा ज़रूर है, मगर है तो आख़िर जाट ही न! मेरा उसूल है कि मैं बिरादरी वालों को नहीं पेलता वरना कई लड़कों की तो ऐसी रैगिंग ली कि दर्द और

हतक बर्दाश्त न कर पाए तो ख़ुदकुशी कर ली। दूसरे, आज मेरा दिन भी अच्छा गुज़रा है। तेरी ही तरह का एक और चूतिया है—चुटियाधारी। जिस दिन से यहाँ आया है, रोज़ मन्दिर जाता है। मगर आज उसकी पूजा किसी काम न आई। हमने उसके सीने पर गाय का मूत मलवाया और यह साबित करने के लिए कि वह सच्चा पुजारी है, उसे थोड़ा पिलाया भी। फिर उसे बताया कि वह गौमूत्र नहीं, मेरा मूत था। इन लड़कों ने अपनी आँख से देखा था कि मैंने उस बोतल में पेशाब की थी। वो अभी तक दहाड़ें मार रहा है और बाथरूम में उल्टियाँ कर रहा है। समझ गया न, हमसे डरना सीख ले और दिन हो कि रात हमारा हुकुम मान। मैं यहाँ बाहुबली हूँ, और ये सारे मेरे आदमी हैं। भूलना नहीं, अच्छा।"

फिर जस्सी घूमा और कमरे से बाहर चला गया, पीछे-पीछे उसके चमचों का गिरोह भी।

अजीत को संत्रास देने वालों को गए अभी थोड़ा ही वक़्त गुज़रा था कि टुटहा सूटकेस लिये एक और छात्र उसके कमरे में दाख़िल हुआ। उसके दिलकश चेहरे पर चौड़ी मुस्कान थी, उसने अपना हाथ आगे बढ़ाया, "नमस्ते। मेरा नाम दिलीप कुमार है, तुम्हारा रूममेट हूँ, फ़ितरत न देर से आया हूँ। अभी-अभी गलियारे में मैंने उन हरामियों को जाते देखा, जो ख़ुद को यहाँ का बॉस समझते हैं। वे उल्लू के पट्ठे ख़ुद को बाहुबली कहते हैं। मुझे लगता है कि वे लोग तुमसे ही मिलकर जा रहे थे।"

"हाँ," हालिया तजुर्बे से हिले हुए अजीत ने कहा।

"तुम्हें उनसे डरने की ज़रूरत नहीं, वे मामूली गुंडों से ज़्यादा कुछ नहीं हैं।"

"मेरे स्कूल में ऐसे तमाम थे," अजीत ने ख़ुद को संयत करने की कोशिश करते हुए कहा। "मुझे लगता है कि अगर उनसे उलझा न जाए तो वे भी आपको नहीं छेड़ेंगे।"

"तुम बिलकुल ठीक कहते हो। पिछले साल कॉलेज आने पर मेरा स्वागत भी ऐसे ही हुआ था लेकिन जल्दी ही मैं समझ गया कि इनकी औक़ात फूले हुए गुब्बारों से ज़्यादा नहीं है। ये शेख़ीबाज़ कॉलेज के दादा बनना चाहते हैं मगर इनमें दम नहीं है। दादागिरी और रैगिंग के ख़िलाफ़ यूनिवर्सिटी के क़ायदे इतने सख़्त हैं कि वे तुम्हें कोई नुक़सान पहुँचाने की हिम्मत नहीं करेंगे। तुम उनसे बचकर रहना। बहरहाल तुम्हारा नाम क्या है? मैं भी कितना बेवकूफ़ कि तुमसे नाम पूछने के बजाय उन बेहूदों के बारे में बकबक करने लग गया।"

"अजीत।"

"अच्छा, ऐसा करते हैं अजीत, कि चलकर चाय पीते हैं और वहीं थोड़ी गप्पें मारेंगे।"

ऐसे मिलनसार रूममेट के आने से ख़ुश अजीत ने झट से कहा, "बिलकुल ठीक है।"

दिलीप इस क़दर मिलनसार और मंडलीबाज़ तबीयत का था कि उसके दोस्त बेहिसाब थे। कैंटीन में घुसते ही वह छात्रों की भीड़ में घिर गया। वे उसे गले लगा रहे थे, प्यार से पेट में घूँसे मार रहे थे, उसका सिर थपथपा रहे थे। वे सारे ख़ुश थे और ख़ासे जोश में भी क्योंकि वे मान चुके थे कि अब वह यूनिवर्सिटी कैंपस में लौटकर कभी नहीं आएगा।

"अरे, क्या हुआ? तुम वापस कैसे लौट आए?" उन्होंने पूछा। "तुम तो फेल हो गए थे। इम्तहान में नम्बर भी नाममात्र को आए। हमने सोचा कि अब तो तुम गए।"

"शाम को मिलता हूँ तो सब तफ़सील से बताऊँगा," दिलीप ने उनसे कहा, "अभी मुझे थोड़ा वक़्त इसके साथ बिताना है। यह मेरा रूममेट है और यहाँ जमने में मुझे इसकी मदद करनी है। वो गुंडे इससे मिलकर जा चुके हैं। गाँव से आया है, अभी इसे मेरी मदद की बहुत ज़रूरत है।"

दोस्तों की भीड़ छँट गई। अजीत को साथ लेकर दिलीप बैठ गया, दो कप चाय मँगवाई और बोलना शुरू किया, "मैं बदमाश हूँ। ये लोग सही कह रहे हैं, सचमुच मुझे यहाँ नहीं होना चाहिए।"

"मगर क्यों नहीं?"

"मैं फेल हो गया था। अपने पहले साल के इम्तहान में फेल हो गया!"

"तो फिर से यहाँ दाख़िला कैसे मिला?"

"ओह, मैंने उसका जुगाड़ कर लिया, बहुत मुश्किल नहीं था। इसके लिए मैंने न तो किसी से सिफ़ारिश कराई, न किसी की चमचागिरी की। मैंने कॉलेज के अफ़सरों को यक़ीन दिला दिया कि परिवार में किसी की मौत की वजह से मैं अवसाद का शिकार हो गया था और वे मुझे एक और मौक़ा देने को राज़ी हो गए। क़िस्मत से सभी लेक्चर्स में मेरी हाज़िरी 75 फ़ीसदी थी, और इसने मेरी बड़ी मदद की। ऐसा नहीं है कि सचमुच मैं उन सभी लेक्चर्स में मौजूद था, मगर मुझे ऐसी तरक़ीबें मालूम हैं कि मौजूद रहे बग़ैर भी हाज़िरी का बेहतरीन रिकॉर्ड कैसे बनाया जा सकता है, और लेक्चर के सिरदर्द से कैसे बचा जा सकता है।

हक़ीक़त तो यह है कि मैं शायद ही किसी लेक्चर में गया, और मैंने कोई काम नहीं किया।"

"तुम्हें इसका कोई अफ़सोस नहीं है?" अजीत ने पूछा।

"अफ़सोस? नहीं तो। मैंने जमकर मस्ती की। हम लोग दारू पार्टी करते थे। मुझे वोदका के नशे में मज़ा आता, कमज़ोर लोग बीयर पीते। इतना ही नहीं, कमला नगर में एक रिक्शा वाला है—वीडी शर्मा, उससे हम हशीश ख़रीदते और भाँग तो पान के कई ठिकानों पर मिल जाती। लेकिन हम बड़े उपद्रवी थे, तो नतीजा यह कि लड़कियों के साथ दोस्ती और पढ़ाई दोनों में फेल हो गए।"

"तो क्या तुम गर्लफ्रेंड बनाना चाहते थे?" अजीत को ख़ुद अपने सवाल पर थोड़ी हैरानी हुई। दिलीप से मुलाक़ात हुए अभी मुश्किल से घंटा-भर हुआ था मगर जिस तरह वह कॉलेज की अपनी गुज़री हुई ज़िन्दगी की अन्तरंग बातें साझा कर रहा था, सवाल पूछने की यह सहजता उसी का असर था।

दिलीप ने ठहाका लगाया, "हाँ, सही समझे। गर्लफ्रेंड पाने की तमन्ना तो हर किसी को होती है। अगर पहले से कोई नहीं है तो जल्दी ही तुम्हें भी उसकी तलाश होगी, हालाँकि तुम्हें देखकर मुझे नहीं लगता कि कोई मिलेगी। अफ़सोस कि मेरे साथ भी ऐसा ही है। मैं और मेरे दोस्त लड़कियों के पीछे लगे रहते, मगर हमारा तरीक़ा बहुत कच्चा और भोंड़ा था और लड़कियाँ हमें ज़रा भी भाव नहीं देती थीं। हमारा गिरोह उनके आगे-पीछे घूमता, हम चिल्लाते, "मैं बहुत अकेला हूँ, मुझे अपना नम्बर दे दो" और इसी तरह की ऊटपटाँग बातें। हम सोचते कि यह सब बहुत दिलचस्प और मज़ेदार है, मगर वे ऐसा नहीं सोचती थीं। वे हमें दफ़ा हो जाने के लिए कहतीं। यह सब बेहद अहमक़ाना था, सचमुच। अब इस बार मैं अपनी पढ़ाई को लेकर गम्भीर होना चाहता हूँ और एक गर्लफ्रेंड भी ढूँढ़ना चाहता हूँ। वह पढ़ाई में मेरी मदद करेगी और इन हुड़दंगियों से मुझे दूर रखेगी। मगर मुश्किल यह है कि मेरे दोस्त चारों ओर हैं, तुमने अभी देखा ही है, और वे मुझे पुराने तौर-तरीक़ों की ओर घसीटने की कोशिश ज़रूर करेंगे और...।"

"ओह, मगर तुम ऐसी नौबत मत आने देना, तुमको उन्हें ऐसा नहीं करने देना चाहिए," दिलीप की बात बीच में ही काटते हुए अजीत ने कहा। आगे की तरफ़ झुककर दिलीप की आँखों में झाँकते हुए उसने कहा, "दोस्तों को ऐसा हरगिज़ मत करने दो। मैं तुम्हारी मदद कर सकता हूँ। लड़कियों के बारे में तो मैं कुछ नहीं जानता लेकिन पढ़ाई के बारे में जानता हूँ। मेरे एक बहुत उत्साही टीचर थे और

उन्होंने मुझे सिखाया कि पढ़ाई कितनी दिलचस्प और मज़ेदार हो सकती है। वे मवाली पढ़ाकू कीड़ा कहकर मेरा मज़ाक़ भले उड़ा लें लेकिन मेरी समझ में नहीं आता कि पढ़ाकू और जिज्ञासु होने में भला काहे की शर्म। पढ़ाई में भरपूर मज़े का यह तजुर्बा हासिल करने में तुम्हारी मदद कर सकता हूँ।"

"नहीं, पढ़ाई में शर्म करने जैसी तो कोई बात नहीं है," दिलीप ने हामी भरी। "हालाँकि मैंने तुमसे यही कहा कि पिछले साल की अपनी हरकतों पर मुझे कोई अफ़सोस नहीं, फिर भी कई बार लगता है कि मुझे अपने किए पर शर्मिंदा होना चाहिए। एक साल मैंने सिर्फ़ बर्बाद किया।"

और इस तरह दो एकदम उलट मिज़ाज वाले लोगों के बीच दोस्ती की शुरुआत हुई—वाचाल दिलीप और ख़ामोश अजीत, जो अपने उस्ताद तिवारी मास्टर की तरह ही प्रेरक शिक्षक साबित हुआ। वह दिलीप को समझाने में क़ामयाब हो गया कि इम्तहान पास करने के लिए कोर्स की किताबें चाट डालने और फिर वही सारा कुछ इम्तहान की कॉपी पर उतार आने का ढर्रा बेहद उबाऊ है। अजीत ने अपने रूममेट और दोस्त से कहा कि उसे पढ़ने का दायरा बढ़ाना चाहिए, और अपने विषय से सम्बन्धित दूसरी किताबें भी पढ़नी चाहिए, ऐसी किताबें जो दरअसल इतिहास की ही थीं। कुछ ऐतिहासिक उपन्यास और आत्मकथाएँ पढ़ने की सलाह दी, जिन्हें पढ़ना अपेक्षाकृत आसान था मगर विषय के लिहाज़ से जो असरदार थीं। नतीजा यह हुआ कि दिलीप न सिर्फ़ रुचि लेकर पढ़ने लगा, अजीत से उन पर चर्चा भी करने लगा। दिलीप के निबन्धों में आए गुणात्मक बदलाव से उसके शिक्षक हैरान थे। एक टीचर ने तो उससे कहा, "अब लगता है कि तुम्हारे पास दिमाग़ भी है। पहले इस्तेमाल क्यों नहीं किया? मैं तो तुमको हमेशा कम-अक़्ल ही मानता था।" दिलीप ने फुसफुसाते हुए जवाब दिया, "मुझे नहीं पता।"

पढ़ाई को लेकर दिलीप में जागी इस दिलचस्पी का मतलब यह हरगिज़ नहीं था कि लड़कियों के बारे में उसकी दिलचस्पी कम हो गई थी। एक दिन वह भड़भड़ाता हुआ कमरे में दाख़िल हुआ और चीख़ते हुए अजीत को बताया, "लो जी, मैंने कर दिखाया। आख़िर मैंने कर ही लिया!"

"क्या कर लिया?" अजीत ने सवाल किया।

"मैंने एक लड़की के साथ कर लिया।"

"कर लिया? तुम्हारा मतलब है कि तुमने किसी लड़की के साथ सेक्स किया है?"

"अरे नहीं, तुम बेवकूफ़ हो। काश, ऐसा हुआ होता। लेकिन मैंने एक लड़की को अपने साथ कॉफ़ी पीने के लिए राज़ी कर लिया है।"

"सिर्फ़ यही बात है न?"

"अभी तक मैं जो हासिल कर पाया, यह उससे एक क़दम आगे की बात है, बच्चू। ख़ैर, उसकी एक शर्त है। मुझे एक दोस्त को साथ लाना होगा, क्योंकि वह अपनी दोस्त को साथ लाने की ज़िद कर रही है।"

"क्या, सिर्फ़ एक कप कॉफ़ी के लिए?"

"हाँ, और मैंने उसे बता दिया है कि मेरे साथ तुम आओगे। तो यह तुम्हारे लिए अच्छा मौक़ा है।"

"मुझे नहीं लगता कि मुझे ऐसे किसी मौक़े की ज़रूरत है," अजीत ने बगल में रखी हुई किताब उठाते हुए कहा। "मैं किसी लड़की के फेर में नहीं पड़ना चाहता। इससे मेरी पढ़ाई का हर्ज होगा।"

"इतना नाटक मत करो। तुम्हें क्या लगता है कि किस वजह से तुम्हारी पढ़ाई का नुक़सान होगा? साथ में एक कप कॉफ़ी ही तो पीनी है। मुमकिन है कि उसकी दोस्त को तुम पसन्द ही न आओ। यह भी हो सकता है कि मेरी वाली मुझे ही पसन्द न करे।"

अजीत ने मज़बूत आवाज़ में मंजूरी दे दी, "अच्छा ठीक है, वैसे भी इस बात की गुंजाइश नहीं है कि कोई लड़की मेरी ज़िन्दगी में हलचल मचा सकती है।" उसे यक़ीन था कि लड़की उसे पसन्द नहीं करेगी। पिता कितनी बार उसकी क़द-काठी की हँसी उड़ाते, स्कूल के साथी 'बौना' कहकर चिढ़ाते, कॉलेज के गुंडों ने नाटा बैल कहा ही। तो ऐसे आदमी को कोई लड़की भला कैसे पसन्द कर सकती है? वह न तो लड़कियों की परवाह करता था और न उनके बारे में बहुत सोचता ही था। उसके गाँव में लड़कियों को लड़कों से अलग रखा जाता था और इससे उसे कोई फ़र्क़ नहीं पड़ता था। तरुणाई के दिनों में हार्मोन्स के बदलाव का भी उस पर कोई असर नहीं पड़ा, शायद इसलिए कि वह अपनी पढ़ाई में डूबा हुआ था। यूनिवर्सिटी आने से पहले माँ उसके लिए कोई लड़की खोजने की जुगत करती रहीं, लेकिन पिता ने कोई तवज्जो नहीं दी, बेटे के नाते तो वह उनके चित्त से पहले ही उतर चुका था। अजीत ने भी कोई परवाह नहीं की।

तो किसी तरह की उम्मीद पाले बिना मन में थोड़ी-बहुत उत्सुकता लिये अजीत दिलीप के साथ कनॉट प्लेस के इंडियन कॉफ़ी हाउस चला गया। दिलीप

से मिलने के लिए राज़ी हुई उस लड़की का नाम सुरजीत कौर था। लम्बे क़द और मज़बूत बदन वाली सुरजीत बहुत सुन्दर तो नहीं थी मगर तीखे नैन-नक्श की वजह से आकर्षक दिखती थी। लम्बे, काले और घने बाल उसकी पीठ पर लहराते थे। उनकी बातचीत शुरू हो पाती, इसके पहले ही सुरजीत ने वैधानिक चेतावनी से मिलता-जुलता ब्योरा जारी किया।

"पहले तो एक बात बिलकुल साफ़ समझ लो," उसने कहा, "इस तरह की बकवास बात यहाँ कोई नहीं करेगा कि "तो फिर हम दोस्त हुए।" हम यहाँ गर्लफ्रेंड बनने के लिए नहीं आए हैं। सच तो यह है कि मुझे भी नहीं पता कि हम यहाँ क्यों हैं। लेकिन एक बात तो पक्की है कि दिलीप की ख़ूबसूरती हमें खींचकर यहाँ नहीं लाई है, हालाँकि वह उतना ख़ूबसूरत है भी नहीं, जितना कि वह ख़ुद को समझता होगा। वजह बस इतनी-सी है कि मेरे मना करने पर दिलीप के चेहरे की मुस्कान ग़ायब हो गई थी, और वह इतना उदास लग रहा था कि मुझे उसके लिए अफ़सोस होने लगा।"

इस मुँहफट लड़की की बात सुनकर दिलीप चकित था, लेकिन उसकी दोस्त अदित्री ने बात सँभाल ली, "आपस में बातचीत शुरू करने का यह तो कोई तरीक़ा नहीं हुआ, सुरजीत। हो सकता है कि ये लड़के बॉयफ्रेंड-गर्लफ्रेंड का चक्कर चलाए बग़ैर ही हमसे दोस्ती करना चाहते हों।" गोल बंगाली चेहरे पर ख़ूबसूरत चपटी नाक वाली वह लड़की दुबली-पतली और छोटे क़द की थी।

फिर वह अजीत से मुख़ातिब हुई और मुस्कुराते हुए बोली, "अच्छा चलो, कुछ अपने बारे में बताओ। हम तो तुम्हारा नाम तक नहीं जानते।"

अजीत ने बुदबुदाते हुए अपना नाम बताया। फिर उसने कहा, "मुझे भी नहीं पता कि मैं यहाँ क्यों आया हूँ। मैं तो सिर्फ़ इसलिए चला आया क्योंकि दिलीप ऐसा चाहता था। कोई लड़की पटाने के चक्कर में मैं कभी नहीं पड़ा और न ही इसमें मेरी कोई दिलचस्पी है।"

"तब ठीक है। यह तो बहुत बढ़िया बात है कि तुम्हें हममें कोई दिलचस्पी नहीं है, और हमने भी देख लिया कि तुम लोगों में कोई सुरख़ाब के पर नहीं लगे हैं। हम जा रहे हैं," सुरजीत ने तमतमाते हुए कहा। वह झटके से उठ खड़ी हुई, उसके प्याले से कॉफ़ी छलक गई, वह बुदबुदाई, "द चीक ऑफ़ इट!"

अदित्री ने सुरजीत की कलाई पकड़कर बैठने को कहा। "माना कि वह रुखाई से बात कर रहा है मगर हम भी वैसा ही करें, यह तो ज़रूरी नहीं है," उसने कहा।

"और मुझे नहीं लगता कि उसने जान-बूझकर ऐसा किया, वह सिर्फ़ घबराया हुआ है, यह क्या तुम्हें नहीं दिखाई देता?" फिर अजीत की ओर मुड़ते हुए उसने कहा, "अच्छा, अब फिर से शुरू करते हैं। अजीत, तुम क्या पढ़ रहे हो?"

"इतिहास।"

"मैं भी। तुम्हारी दिलचस्पी मुख्यत: किस दौर के इतिहास में है?"

"उन्नीसवीं और बीसवीं सदी का भारत। मैं समझना चाहता हूँ कि कैसे हमने अंग्रेज़ों को अपने देश पर राज करने दिया और क्या सचमुच वे अहिंसा से डरकर भागे या युद्ध इसकी वजह था।"

"युद्ध क्यों?"

"क्योंकि द्वितीय विश्वयुद्ध के बाद ब्रिटेन चुक गया था; भारत पर राज करने की न तो उसमें इच्छा बची थी और न ही संसाधन।"

इस बातचीत से अधीर हो उठी सुरजीत ने दख़ल दिया, "ठीक है, ठीक है, हम यहाँ इतिहास पढ़ने के लिए नहीं आए हैं। मुझे लगता है कि तुम भी इतिहासकार हो, दिलीप?"

"यह तो नहीं कहूँगा कि इतिहासकार हूँ। पढ़ाई में मैं बहुत फिसड्डी हूँ। पिछले साल फेल हो गया था, इसलिए अब अजीत की मदद ले रहा हूँ। वह सचमुच इतिहासकार है।"

सुरजीत ने उसकी बात हवा में उड़ाते हुए कहा, "मुझे मतलब नहीं कि कौन इतिहासकार है और कौन नहीं। मैं साइंस की स्टूडेंट हूँ। हम तथ्यों में यक़ीन करते हैं, ऐसे तथ्य जिन्हें साबित किया जा सके। इतिहासकार सिद्धान्त गढ़ते हैं। अजीत की बात हमने अभी सुनी ही है। तो हम अपने वर्तमान की सच्चाइयों के बारे में कुछ बात करते हैं। इस यूनिवर्सिटी में पढ़ाई के तौर-तरीक़े पुराने हो चुके हैं। देश गम्भीर संकट से गुज़र रहा है क्योंकि हमारे राजनेता भ्रष्ट हैं। भारत में महिलाओं को आज़ादी अब भी मयस्सर नहीं है—वही परम्परागत ब्याह, दहेज और तमाम रूढ़ियाँ। लाखों लोग हैं, जो अमानवीय परिस्थितियों में गंदगी के बीच ज़िन्दगी गुज़ार रहे हैं और बच्चे हमारे यहाँ कुपोषित हैं। धर्म के नाम पर अंधविश्वास फैला हुआ है, साइंस ने साबित कर दिया है कि कोई भगवान नहीं है, फिर भी इस क़ायनात में हम आँख मूँदकर धर्म में आस्था रखने वालों का देश बने हुए हैं। यहाँ तक कि जिस प्रधानमंत्री से हमने यह उम्मीद लगा रखी थी कि वह हमें इस अँधेरे से बाहर निकाल लाएँगे, मुल्लाओं को ख़ुश करने के लिए उन्होंने शाह बानो को उनके

क़ानूनी हक़ से बेदख़ल कर दिया और अब तो अयोध्या में उन्होंने साधुओं के लिए मस्जिद खोल दी है। ये तथ्य हैं, हमारे समय की सच्चाई। इतिहास भूल जाओ। हमें इन मसलों पर बात करनी चाहिए।"

सुरजीत के इस आवेश-भरे और बेलाग-लम्बे व्याख्यान से वे स्तब्ध थे, उनमें से कोई कुछ न बोला। आख़िरकार उसी ने चुप्पी तोड़ी, "तुम लोगों से बात करना फ़िज़ूल है। तुम बहरे और गूँगे हो।" वह फिर उठ खड़ी हुई और इस बार वह चली गई।

"एक मिनट रुको तो सही," दिलीप ने उसे आवाज़ दी। "मैं क्या तुमसे फिर मिल सकता हूँ?"

सुरजीत रुकी, मुड़कर उसने तिरस्कार-भरी निगाह से दिलीप की ओर देखा। "हो सकता है कि हम किसी गलियारे से गुज़रते हुए मिल जाएँ, हालाँकि मुझे इसकी ज़रा भी उम्मीद नहीं है। चलो अदित्री, हम इन दोनों उल्लुओं के साथ अपना वक़्त बर्बाद कर रहे हैं।"

अदित्री उसके पीछे जाने के लिए उठ खड़ी हुई मगर जाने से पहले उसने अपने पेइंग गेस्ट हाउस का टेलीफ़ोन नम्बर एक नैपकिन पर लिखकर अजीत की ओर बढ़ा दिया। अजीत ने उसके हाथ से नैपकिन ले तो लिया मगर उसकी समझ में कुछ नहीं आ रहा था। उसका चेहरा देखने से लगता जैसे कि वह पूछना चाहता हो, "यह तो बताती जाओ कि काग़ज़ के इस टुकड़े का मुझे करना क्या है?" लेकिन अदित्री तब तक जा चुकी थी। सुरजीत उसे खींचते हुए सीढ़ियाँ उतर रही थी।

"कितनी बेहूदा, कितनी घमंडी और बेहूदा है यह तो," मेज़ पर सिर झुकाए दिलीप ने निरीह स्वर में कहा। "अजब दुनिया है। तुम्हें लड़कियों से कोई मतलब नहीं तो एक लड़की तुम्हें अपना फ़ोन नम्बर दे जाती है। और मुझे मतलब है तो मेरे मुँह पर तमाचा मारकर चली गई। मुझमें तो अभी यहाँ से उठने की भी ताब नहीं है। ऐसा करो, एक और कॉफ़ी मँगाओ।"

अजीत ख़ुद भौचक था। जैसे-जैसे दिन बीतते गए, उसकी उलझन बढ़ती गई, यहाँ तक कि मन लगाकर अपना काम करना भी उसके लिए मुश्किल हो गया। वह समझ नहीं पा रहा था कि इस स्थिति से कैसे निपटा जाए। अदित्री को फिर से देखने, उससे मिलने की ख़्वाहिश से उसका मन खिल उठता। ऐसी अनुभूति उसे पहले कभी नहीं हुई। उसने कभी सोचा भी न था कि उसके मन में किसी लड़की से मिलने की ऐसी तड़प हो सकती है। लेकिन यही हुड़क उसे और गहरे संकोच से भर देती। मान लो कि वह उसे फ़ोन कर भी ले मगर बात क्या करेगा? अदित्री

जैसे ही फ़ोन उठाएगी, उसकी ज़बान तालू से चिपक जाएगी, वह हकलाने-बुदबुदाने लगेगा तो वह उसे बेवकूफ़ समझेगी, इस तरह अपनी बेइज़्ज़ती कराने की ज़रूरत ही क्या है? हो सकता है कि वह यह भी सोचे कि वह उसे फँसाने की कोशिश कर रहा है, या कि वह उसके साथ सेक्स का रिश्ता बनाना चाहता है। हो सकता है, उसने अपना नम्बर यूँ ही दे दिया हो, इसका और कोई मतलब ही न हो, तब? हो सकता है कि यह केवल उसकी सहृदयता हो? यह भी हो सकता है कि उसने जान-बूझकर ऐसा किया हो ताकि वह उसे बेइज़्ज़त कर सके। हालाँकि वह इस तरह की लड़की नहीं लगती थी। बहरहाल, उसने तो उसका नम्बर माँगा भी नहीं था, ऐसा करने की उसमें हिम्मत ही नहीं है, फिर भी वह नम्बर उसे दे गई थी।

ऐसे ही कितनी तरह के ख़याल अजीत के दिमाग़ को लगातार मथते रहते और वह निश्चेष्ट हो जाता। अपने रूममेट से उसे कोई उम्मीद नहीं थी। दिलीप की समझ में नहीं आ रहा था कि अजीत की मुश्किल क्या है। एक रोज़ उसने कहा भी कि उसे अदित्री को फ़ोन करके उससे मिल लेना चाहिए। अजीत सकते में आ गया था, उसे डर था कि ऐसा करना फिर से आफ़त और ज़िल्लत को न्योता देना होगा। इसके बाद से दिलीप ने उसे सलाह देना छोड़ दिया।

अजीत ने फ़ोन को कभी हाथ भी न लगाया होता, अगर उस रोज़ सुरजीत उसे कैंटीन में न मिल गई होती। उसे वहाँ बैठा हुआ देखकर सुरजीत तेज़ क़दमों से चलती हुई उसकी मेज़ तक आई और ऊँची आवाज़ में कहा, "तुम आदमी हो कि पाजामा, अजीत? कोई निहायत ही डरपोक आदमी होगा, जिसे लड़की अपना फ़ोन नम्बर दे और वह पलटकर फ़ोन भी न करे।"

"मैं...मुझे नहीं पता था कि मुझे उसको फ़ोन करना चाहिए या नहीं," अजीत ने कातर स्वर में जवाब दिया।

"हे भगवान!" सुरजीत ने तमतमाकर कहा। फिर आवाज़ में नरमी लाकर उसने कहा, "ठीक है, मैं कह रही हूँ न, अब तो तुम्हें पता चल गया! कोई लड़की अपना फ़ोन नम्बर दे जाए और तुम उसे फ़ोन भी न करो, तुम्हें नहीं लगता कि यह उसकी बेइज़्ज़ती करना हुआ? तुमको अब क्या टेलीफ़ोन तक घसीटकर ले जाना पड़ेगा? जाओ और अभी उसको फ़ोन करो ताकि उसे मालूम पड़े कि तुम कोई बे-अदब या बेवकूफ़ आदमी नहीं हो।"

इतने हंगामे के बाद अजीत अब भी बहुत मुतमईन नहीं था, उसे यह नहीं सूझ रहा था कि अदित्री ने अगर अच्छे से बात भी की तो वह क्या कहेगा। इसी

उधेड़बुन में हॉस्टल लौटकर उसने अदित्री का नम्बर डायल किया। उसने राहत की साँस ली, जब फ़ोन उठाने वाले ने उससे कोई पूछताछ नहीं की और चिल्लाया, "अदित्री, फ़ोन फ़ॉर यू।" अदित्री लाइन पर आई तो हकलाते हुए उसने कहा, "हैलो। मैं...मेरी हिम्मत नहीं पड़ रही थी, लेकिन फिर मैं, उम्म...तुम जानती हो, तुम्हारी दोस्त...तुम्हारी दोस्त, उसने मुझसे कहा और इसलिए मैं...।"

अदित्री ने उसे बीच में टोका, "कौन हो तुम? किस दोस्त की बात कर रहे हो? मुझे नहीं लगता कि मैं आपको जानती हूँ, और जानना भी नहीं चाहती हूँ।"

वह हड़बड़ा गया कि अदित्री कहीं फ़ोन काट न दे, तो वह चिल्लाया, "मैं हूँ। मैं अजीत हूँ। अजीत, दिलीप का दोस्त, तुम्हारी दोस्त सुरजीत...।"

"अरे अजीत। तुम हो, माफ़ करना। बेशक मुझे याद है। कितना अच्छा है कि तुमने फ़ोन कर लिया। अच्छा बताओ कि इतिहास पर बात करने के लिए हम कब मिल सकते हैं?"

तो मामला अब अजीत के हाथ से निकल चुका था, तारीख़ तय हो गई और इस तरह उनकी दोस्ती का आग़ाज़ हुआ।

कई मायने में यह असम्भव-सी दोस्ती थी। अजीत गाँव वाला और अदित्री का कुनबा शहरी और कुलीन। उसके पिता कलकत्ता में एक अन्तर्राष्ट्रीय बैंक में अफ़सर थे और उनकी माँ प्राइवेट स्कूल में पढ़ाती थीं। वे दोनों ब्राह्मण थे, दोनों चटर्जी, और अजीत के पिता के नज़रिये के उलट, वे शिक्षा को महत्त्व देते थे। अपनी बेटी को उन्होंने दिल्ली यूनिवर्सिटी में पढ़ने भेजा था क्योंकि कलकत्ता के विश्वविद्यालय हड़ताल और बन्द के लिए बदनाम थे, जिसकी वजह से पढ़ाई में अड़चन आती और इम्तहान में देरी होती थी। चटर्जी दम्पती पश्चिमी सोच वाले थे और अपनी इकलौती बेटी के प्रेम-विवाह पर उन्हें कोई एतराज़ न था। लेकिन अगर उन्हें यह मालूम हो जाए कि उनकी बेटी की दोस्ती गाँव के खेतिहर ख़ानदान के किसी लड़के से है, तो उनके विचारों की इस उदारता में ख़लल ज़रूर पड़ सकता था।

उनकी दोस्ती तेज़ी से परवान चढ़ी। अजीत और अदित्री अब हर रोज़ ही साथ कॉफ़ी पीते हुए देखे जाते। दूसरे छात्रों के बीच उन्हें 'आइटम' कहा जाने लगा। कुछ फूहड़ और बेपर की बातें भी उड़ाई गईं मगर हैरानी की बात यह कि अभी कुछ समय पहले तक बेहद शर्मीले स्वभाव वाले अजीत पर इनका कोई असर नहीं पड़ा। दिलीप उससे पूछता, "बात कहाँ तक पहुँची?" और अजीत के इस जवाब पर उसे यक़ीन नहीं होता, "कहीं नहीं। वह उस तरह की लड़की नहीं है।"

अदित्री के पीजी की मालकिन का 'अपने काम से काम' वाला रवैया उनके बड़े फ़ायदे का था। मकान मालकिन को इस बात में कोई दिलचस्पी नहीं थी कि उनके यहाँ रहने वाली लड़कियाँ कब आती-जाती हैं, या उनके यहाँ कौन लोग आते-जाते हैं। वे जो चाहें करने के लिए आज़ाद हैं, बशर्ते किराया समय पर देती रहें। इस तरह अजीत को अदित्री के कमरे पर आने-जाने की छूट थी और न तो कॉलेज के अफ़सरों को और न ही अदित्री के माँ-बाप को इसकी ख़बर दिये जाने का कोई ख़तरा था।

अजीत और दिलीप अब भी दोस्त थे, और रूममेट भी। अदित्री के साथ अपने दोस्त के सम्बन्धों के बारे में खोद-खोदकर पूछने के बजाय दिलीप को उन किताबों के बारे में अजीत से चर्चा करना पसन्द था, जो वह उन दिनों पढ़ रहा होता। हालाँकि पहले के मुक़ाबले अब वह पढ़ाई में ज़्यादा तल्लीन रहता था फिर भी पुराने दोस्त कभी-कभार ललचाकर उसे पुराने ठिकानों पर ले ही जाते। कई बार वह रात को लौटता तो उसके क़दम डगमगा रहे होते, और तब वह अजीत को जगाकर बैठा देता। फिर अजीत को देर तक उसका अतिभावुक प्रलाप सुनना पड़ता, जिसका लब्बोलुआब यह होता कि वह कितना घटिया आदमी है, वह लफंगा है, जो अजीत की दोस्ती के क़ाबिल ही नहीं। आख़िर में, नशे से चूर दिलीप सो जाता और अगली सुबह मलाल और पछतावा लिये उठता।

एक रात, ज़ोर-ज़ोर से दरवाज़ा पीटने और क्रुद्ध आवाज़ों के शोर से अजीत की आँख खुली, "दरवाज़ा खोल, खोल, अबे ओ हरामी!" उसने उठकर दरवाज़ा खोला तो सामने दिलीप को सहारा देकर लाए अस्त-व्यस्त हुलिये वाले दो लड़के लहराते हुए खड़े थे। दिलीप नशे में धुत्त था, उल्टी से उसकी क़मीज़ गीली थी। उसे देखकर उन लोगों ने दिलीप को छोड़ दिया, वह धम्म से नीचे गिर पड़ा। इस पर कोई ध्यान दिये बिना वे दोनों लड़खड़ाते हुए खिसक लिये। वे कहते जा रहे थे, "इसको अब तुम्हीं सँभालो, साले पढ़ाकू।" दिलीप को उठाकर अन्दर ले आना अजीत के बस का नहीं था इसलिए वह उसे खींचकर कमरे में ले आया। फ़र्श पर ही लिटाकर सिर के नीचे तकिया लगा दिया, और कंबल ओढ़ा दिया। अगली सुबह दिलीप तब तक बेसुध पड़ा रहा जब तक लेक्चर से वापस लौटे अजीत ने उसे हिलाकर नहीं जगाया। थोड़ी कोशिश के बाद दिलीप उठकर बैठा और फिर अपनी क़मीज़ की ओर देखते हुए कहा, "यह बेहद शर्मनाक बात है। मैंने पहले भी शराब पी है, ख़ूब-ख़ूब पी है, इतनी कि नशे में धुत्त होकर जब मैं

बिस्तर पर पड़ता तो पूरा कमरा गोल-गोल घूमता मालूम पड़ता, लेकिन ऐसा तो पहले कभी नहीं हुआ।"

अजीत ने कहा, "तुम्हारे दोस्त जब तुम्हें यहाँ पटक गए थे, तुम्हारी हालत किसी लाश जैसी थी।"

"दोस्त," दिलीप की हँसी में कड़वाहट झलक रही थी, "वे दोस्त नहीं हैं। मेरा बदलना और बेहतरी के लिए बदलना वे बर्दाश्त नहीं कर पा रहे हैं। मुझे घसीटकर वे अपने बराबर लाना चाहते हैं। मेरे गिलास में उन लोगों ने शायद कुछ मिलाया होगा। कुछ कर लें मगर मैं अब उनके जैसा नहीं बन सकता। मैं तुमसे कहता हूँ, अजीत, वे लोग मुझे नीचे नहीं खींच पाएँगे। मुझे देखो, उल्टी में लिथड़ा बैठा मैं। अब मैं शराब को कभी हाथ नहीं लगाऊँगा।"

अपना यह संकल्प दिलीप पूरी तरह भले नहीं निभा पाया लेकिन अजीत ने फिर कभी उसे इस क़दर नशे में नहीं देखा।

आधुनिक भारतीय इतिहास के प्रति जुनून ने अजीत और अदित्री की दोस्ती का रंग और गाढ़ा कर दिया। दोनों इतिहास के कितने ही मुद्दों पर चर्चा में मुब्तिला रहते—1857 का विद्रोह स्वतंत्रता का पहला युद्ध था या सैनिक विद्रोह, इतनी कम तादाद में आए अंग्रेज़ कैसे भारत जैसे मुल्क पर राज करने में कामयाब रहे, स्वतंत्रता आन्दोलन क्या वाक़ई जन-आन्दोलन था या यह शिक्षित मध्यवर्ग के लोगों का आन्दोलन था। और क्या देश का विभाजन टाला जा सकता था! वे आर्थिक इतिहास के बारे में भी बातें करते, ऐसे सवालों के जवाब तलाश करते कि भारत के आर्थिक पिछड़ेपन के लिए उपनिवेशवाद को किस हद तक दोष दिया जा सकता है, और उपनिवेशवाद से उबरा भारत दुनिया का दूसरा सबसे ग़रीब देश क्यों बन गया।

वे मौजूदा दौर के सवालों से भी जूझते—भ्रष्टाचार, नौकरशाही, नेता-बाबू या लाइसेंस-परमिट राज जैसे मुद्दे, जो राजीव गांधी को अपनी माँ इन्दिरा गांधी से विरासत में मिले, हिन्दुओं और मुसलमानों के बीच मौजूद साम्प्रदायिक तत्त्वों से राजीव का अपना लगाव, जिसके बारे में बात करते हुए सुरजीत उस रोज़ तैश में आ गई थी, ग़रीबी का सवाल प्रत्यक्ष तौर पर जिससे निपटने का कोई तरीक़ा दिखाई नहीं देता। अजीत की राय में भारत कहीं बेहतर स्थिति में होता अगर महात्मा गांधी की सलाह मानकर कांग्रेस राजनीति से अलग रहती और सामाजिक आन्दोलन खड़ा करती। वह इस बात के लिए नेहरू की आलोचना करता कि अंग्रेज़ों से विरसे में

मिली औपनिवेशिक शासकीय संस्थाओं में कोई सुधार करने में वह विफल रहे, ख़ासतौर पर पुलिस। अजीत हमेशा कहता कि आज़ाद हिन्दुस्तान की पुलिस पहले के मुक़ाबले कहीं ज़्यादा क्रूर है।

वे दोनों बेहद गम्भीर सोच वाले लोग थे, लेकिन उनकी दोस्ती का एक हल्का-फुल्का पहलू भी था। अजीत अपने स्कूल के दिनों में क्लासरूम के हुड़दंग और अरोड़ा-मास्टर के क़िस्से सुनाता, जिन्हें सुनने में अदित्री को ख़ूब लुत्फ़ आता। अपने कॉलेज के लेक्चरर की तमाम हरकतों पर बात करते हुए वे ख़ूब हँसते। इन्हीं में एक थे, लड़कों ने जिन्हें बिहारी बाबू नाम दे रखा था। बिहारी बाबू ने अपनी पूरी ज़िन्दगी इसी कॉलेज में गुज़ार दी, यहीं पढ़े और यहीं पढ़ाते रह गए। उनके लेक्चर हमेशा एक जैसे होते, एक ही तरह के निबन्ध हर साल इम्तहान के पर्चे में आते, मानो उनके ग्रेजुएट होने के साथ ही इतिहास की पढ़ाई वहीं ठहर गई हो। विद्यार्थी पिछले साल वाले निबन्ध ख़रीद लेते—इनमें से कई तो ऐसे थे, जो बिहारी बाबू के विद्यार्थियों की कई पीढ़ियाँ पढ़ती आई हैं। आख़िरकार बिहारी बाबू को हाल ही में इस बात का पता चल गया। उनके चश्मे के मोटे लेंस के नीचे आँसू ढरक पड़े, सुबकते हुए बोले, "ऐसा धोखा, मैंने कभी सोचा भी नहीं था कि मेरे कॉलेज के विद्यार्थी ऐसा करेंगे। कभी नहीं सोचा था कि इस कॉलेज में, मेरे कॉलेज में इस तरह का धोखा होगा।" उनके इस विलाप से दिलीप इतना हिल गया कि उसके सहपाठी जब भी बिहारी बाबू की खिल्ली उड़ाते, वह उनके बचाव में खड़ा हो जाता। "अरे, हमारा हस्र भी उनके जैसा ही हो सकता है। मुझे ख़ुद कोई रास्ता नहीं सूझता। कौन जाने साल-दर-साल फेल होकर मैं यहीं टिका रहूँ या क़िस्मत ने साथ दिया तो यहीं कोई नौकरी मिल जाए!"

अपना मज़ाक़ उड़ाना दिलीप की ख़ूबी थी, गर्लफ्रेंड बनाने में नाकामी के क़िस्से सुना-सुनाकर वह अजीत और अदित्री को ख़ूब हँसाता, उन दोनों प्रेम सम्बन्धों के क़िस्से भी जिनका हाहाकारी अन्त हुआ। वह कहता कि इन दोनों रिश्तों के ख़ात्मे की वजह दरअसल यह थी कि उसने 'बहुत तेज़ी से बहुत आगे निकल जाने' की कोशिश की। और नतीजा यह कि वह बदकार और अय्याश क़रार दिया गया। वह अदित्री से अक्सर पूछ लेता कि क्या सुरजीत को लेकर अब भी कोई गुंजाइश बची है, हँसते हुए वह जवाब देती—यक़ीनी तौर पर एकदम नहीं।

अजीत और अदित्री ने अपने रिश्ते पर कभी चर्चा नहीं की। उन्होंने यह कभी सोचा ही नहीं कि उनका रिश्ता सिर्फ़ दोस्ती का है या इससे कुछ ज़्यादा। प्रेम का

ज़िक्र उनके बीच कभी नहीं आया। अजीत को महसूस होने लगा कि स्वभाव से वह वैसा ब्रह्मचारी नहीं है, जैसा ख़ुद को मानता आया है। ज़िन्दगी में पहली बार उसने किसी औरत की सोहबत की सनसनी महसूस की और यह सोचकर काँप गया कि कहीं अदित्री यह भाँप ले तो उसे कितना बुरा लगेगा। ख़ास सतर्कता बरतता कि वह कहीं उसे छू न ले। कभी-कभी अदित्री के इशारों से लगता कि वह अब ज़्यादा अन्तरंगता चाहती है। वे साथ टहल रहे होते तो वह उसका हाथ पकड़ने की कोशिश करती, लेकिन वह झट से हाथ पीछे खींच लेता। उसके बालों को सहलाती तो वह उसका हाथ हटा देता। अपनी मुलाक़ातों को लेकर भी वह ख़ास एहतियात बरतता कि वह किसी तरह का दबाव महसूस न करने पाए। वह हमेशा उससे पूछ लेता कि अगली बार कब मिलेंगे और वो जब भी तय करती, वह चुपचाप मान लेता। भले ही वह कई दिनों तक न मिलने का फ़ैसला करे, उसने कभी बहस नहीं की।

अदित्री हताश हो गई। उसे लगता कि अजीत को भी कुछ जताना चाहिए, कम से कम थोड़ा स्नेह, थोड़ी आत्मीयता। उसे भी पता चले कि आख़िर अजीत की ज़िन्दगी में उसकी अहमियत क्या है? उसने फ़ैसला किया कि अपनी अनुभवी और अन्वेषी दोस्त सुरजीत से इस बारे में सलाह लेगी। यूनिवर्सिटी से एक बस स्टाप की दूरी पर दोनों एक स्टॉल पर बैठी मसाला चाय पीने के लिए जुटीं। इतनी दूर तक वे इसलिए चली आईं ताकि उनकी बतकही में कोई व्यवधान न पड़े। अदित्री ने अपनी कशमकश के बारे में बोलना शुरू किया मगर सुरजीत ने उसे टोक दिया, "ये सब तो मैं जानती हूँ। तुम्हें क्या लगता है कि मैं तुम लोगों पर नज़र नहीं रखती हूँ? लेकिन यह सब क्या है? यह आदमी तुम्हारा बॉयफ्रेंड है या नहीं? तुम उससे प्रेम करती हो या नहीं? तुम लोगों को मैंने दूसरे जोड़ों की तरह साथ घूमते हुए नहीं देखा। आमतौर पर अगर आप रिलेशनशिप में हैं तो ये लड़के आपको अकेला नहीं छोड़ते। एकदम चिपकू—वे हर समय आपके साथ ही रहना चाहते हैं, और किसी दूसरे लड़के के साथ आपको हँसते-बोलते भी देख लें तो परेशान हो जाते हैं। हर वक़्त उनका एक ही सवाल होता है—"क्या तुम मुझे प्यार करती हो?" वे कितने ही संजीदा क्यों न हों, यह अति मगर उबाऊ हो जाती है। मगर तुम्हारा अजीत चिपकू नहीं लगता, इसलिए मुझे हैरत होती है कि आख़िर यह चल क्या रहा है। तुम्हीं बताओ, मैं कुछ ग़लत सोच रही हूँ!"

"नहीं, तुमने सही समझा। हर बार पहल मुझे ही करनी होती है, कहना पड़ता है कि हमें मिलना चाहिए। अगर मैं न कहूँ, तो हम कई-कई दिन नहीं

मिलते। पर मैं जानती हूँ कि वह मुझे बहुत पसन्द करता है, और मैं भी उसे पसन्द करती हूँ।"

"पसन्द करता है? यह थोड़ी हल्की बात नहीं लगती?"

"हल्की ही सही, मगर कम से कम वह उन लोगों की तरह तो नहीं है जो केवल लड़कियों के निकर्स के अन्दर हाथ डालने में दिलचस्पी रखते हैं।"

"या ब्रा के अन्दर। बहरहाल, यह मामला मुझे कुछ अटपटा लगता है। क्या उसको लड़के पसन्द हैं? कैंपस में ऐसे कई लड़के हैं, जो अपनी पहचान छिपाने के लिए लड़कियों को घुमाते रहते हैं।"

"नहीं, मैं जानती हूँ कि वह होमोसेक्सुअल नहीं है, क्योंकि हमारी मुलाक़ातों में कई बार मैंने उसे ख़ुद पर काबू पाने की कोशिश करते देखा है।"

"तुम्हें कैसे मालूम?"

"तुम सब जानती हो। मुझसे फ़िज़ूल के सवाल मत करो। मुझे लगता है कि वह उन लोगों में से है, जो औरत और सेक्स से डरते हैं। वैसे भी, मैं उसके साथ सेक्स के बारे में नहीं सोचती मगर कभी-कभी नेह पाने की चाहत तो होती है।"

"लेकिन क्या तुम उससे प्यार करती हो?"

"एक तरह से मुझे लगता है कि हाँ। कम से कम—ठीक है, मुझे नहीं मालूम। शायद। मगर कुछ तो है...।"

"अच्छा चलो, मुझे बताओ," सुरजीत ने अधीर होकर कहा, "यह कोई तुम्हारी इतिहास की क्लास थोड़े ही है।"

"ठीक है, मैं ही थोड़ा चिपकू हूँ। जब वह नहीं मिलता है न, तो मुझे उसकी याद आती है।"

"तो फिर उससे बात करो।"

"बात करूँ, क्या कहूँगी उससे? उससे कहूँ कि हमें एक-दूसरे का हाथ पकड़ना चाहिए, कि मुझे उसको गले लगाना है? यह तो सरासर बेवकूफ़ी होगी।"

"अब तुम वाक़ई बेवकूफ़ी की बात कर रही हो। अरे, उससे पूछो कि तुम्हारा साथ उसे कैसा लगता है। वह तुमसे प्रेम करता है या नहीं?"

अदित्री ने सिर हिलाया। "मुझे डर है कि ये बातें उसे उद्विग्न न कर दें। कहीं वह बिदक न जाए।"

"चलो, बातों में तुमने मुझे चित कर दिया। अभी तो यह सब बहुत बचकाना लगता है, जैसे दो स्कूली बच्चे साथ-साथ घूमते हों। मैं तो तुमको

यही सलाह दे सकती हूँ कि जैसा चल रहा है, चलने दो फिर देखते हैं कि क्या बनता है।"

अदित्री ने इसी पर अमल करने की सोची।

अजीत ने किसी से मशविरा नहीं किया, यहाँ तक कि दिलीप से भी नहीं। वह अच्छी तरह जानता था कि अदित्री के दुलार का जवाब नहीं दे पाने की उसकी दुविधा के मूल में वह घबराहट, वह एहसास-ए-कमतरी है, जिससे वह ज़िन्दगी-भर त्रस्त रहा है। स्कूली दिनों के ख़ौफ़नाक तजुर्बे, लोगों के बीच बेइज़्ज़ती का डर, माँ-बाप की निगाह में नाकारा होने से ख़ुद पर डगमगाता भरोसा, अपने क़द और चश्मे की वजह से हँसी का पात्र बन जाने की आशंकाओं ने उसे हमेशा बेचैन रखा। यहाँ तक कि पढ़ाई में बेहतर मुक़ाम हासिल करके भी वह आश्वस्त नहीं हो सका। नाकामी का डर उसे अब भी परेशान किए रहता है। अदित्री के लगाव को वह महसूस करता था और उसका जवाब देना भी चाहता था मगर अपने इस डर का क्या करे कि कहीं कुछ गड़बड़ न कर बैठूँ, कोई फूहड़पन या अनाड़ीपन, जो उसे बर्दाश्त न हो। उसे ख़ुद इस बात पर एतबार न था कि अदित्री से उसे लगाव है। ख़ुद को अनाकर्षक मानने के अलावा भी कई वजहों से वह अपने को अदित्री के क़ाबिल नहीं पाता था। मसलन, अंग्रेज़ी बोलने के लहजे से उसका देहातीपन, सरकारी स्कूल की पढ़ाई ज़ाहिर हो जाती, उसका लहजा शायद उसके गाँव के पिछड़ेपन की चुगली भी करता, जहाँ उसके जैसे घरों में अभी हाल के दिनों तक शौचालय नहीं थे और निवृत्त होने के लिए हर किसी को बाहर खुले में जाना पड़ता था। उसकी समझ में तो शारीरिक सम्बन्धों की परिणति ब्याह है। और ब्याह का मतलब अदित्री को वह सब दिखाना होगा, जो वह पीछे छोड़ आया था।

इस तरह अजीत और अदित्री के बीच शारीरिक सम्बन्धों की नौबत तो नहीं आई मगर वह रिश्ता, सुरजीत जिसे बचकानी दोस्ती कहती, ख़ूब फला-फूला। रूमानियत दरकिनार करके इतिहास और भारत की मौजूदा दौर की सच्चाइयों को लेकर उनके बीच ख़ूब बहसें होतीं। छात्र संघ के चुनाव प्रचार के दौरान वे दक्षिणपंथी भारतीय जनता पार्टी के छात्र संगठन एबीवीपी और कांग्रेस पार्टी के छात्र संगठन एनएसयूआई के उम्मीदवारों के बीच बहस सुनने गए। वहाँ से बाहर आकर अजीत ने कहा, "इन लोगों को सुनकर पता चलता है कि राजनीति का स्तर कितना गिर गया है। मैं तो इनमें से किसी को वोट नहीं दूँगा। देश में कितनी तरह की गम्भीर आर्थिक और सामाजिक समस्याएँ हैं और ये सारे बेवकूफ़ इतनी

देर तक सिर्फ़ धर्म के मुद्दे पर बहस करते रहे, और धर्म के बारे में भी इनका नज़रिया कितना बचकाना है।"

"हाँ, बिलकुल सही बात," अदित्री ने जवाब दिया। "और ये बहस भी कहाँ कर रहे थे। ये तो सड़क-छाप लड़ाके ज़्यादा मालूम होते थे। उस बीजेपी वाले बेवकूफ़ को लगता है कि सभी हिन्दुस्तानियों को मान लेना चाहिए कि वे हिन्दू हैं क्योंकि ईसाई, मुसलमान और बाक़ी सभी कोई और मज़हब अपनाने से पहले हिन्दू थे। यह तो ऐतिहासिक रूप से भी सही नहीं है।"

"नहीं, वे तो यह भी कह सकते हैं कि हमें ख़ुद को बन्दर हिन्दू कहना चाहिए क्योंकि हम सारे मूल रूप से बन्दर थे।"

वे दोनों एक साथ हँस पड़े, फिर अजीत ने कहा, "दूसरी तरफ़, उस बेवकूफ़ कांग्रेसी लड़के को लगता है कि भारत में कोई धर्म होना ही नहीं चाहिए। भाजपा के हिन्दुत्व वाले वक्तव्य पर हमले के फेर में वह इतने जोश में आ गया कि भाषण छोड़कर सभी धर्मों के ख़िलाफ़ आँय-बाँय-शाँय बकने लगा। मैं जानता हूँ कि तुम्हारी दोस्त फ़ायरब्रांड सुरजीत को यह अच्छा लगा होगा, मगर यह व्यावहारिक नहीं है, है कि नहीं? यह सरासर मूर्खता है। क्यों नहीं लोगों को उनकी तरह जीने के लिए छोड़ देते और इस बात पर फ़ोकस करते कि हर किसी को भरपेट खाना मिले, शिक्षा मिले और सभी लोग क़ानून का पालन करें?"

"सुरजीत अपनी जगह ठीक है, अजीत। मुझे लगता है कि वह हम सबसे ज़्यादा समझदार है। लोगों की ज़िन्दगी में बदलाव के लिए वह साइंस के इस्तेमाल की हामी है। अपना बहुत सारा समय वह दिल्ली की झुग्गियों में बिताती है, बच्चों को साइंस पढ़ाती है, उन्हें साफ़-सफ़ाई के बारे में सचेत करती है। वह कहती है कि पढ़ाई पूरी करने के बाद वह उन बच्चों के लिए स्कूल खोलेगी और मुझे उसकी बात पर भरोसा है क्योंकि स्कूल के लिए उसने फ़ंड जुटाना शुरू भी कर दिया है। भविष्य में हम जो भी करेंगे, यह उससे कहीं ज़्यादा है, इसलिए उसका मज़ाक़ न उड़ाओ। हाँ, तुम्हारी यह बात सही है कि कभी-कभी वह हद पार कर जाती है।"

अजीत और अदित्री की तमाम बातचीत कमोबेश इसी तरह पूरी होती, किसी मसले पर दोनों के बीच आम तौर पर सहमति बन जाती। लेकिन वे बहस भी करते, और कभी-कभी तो काफ़ी तीखी बहस। एक शाम अदित्री के छोटे-से कमरे में इकलौती कुर्सी पर अजीत बैठा था, और अपने बिस्तर के किनारे पर वह अधलेटी थी। अजीत ने पूछा, "तुमको नहीं लगता है कि गांधी ने अगर नेहरू को राष्ट्रीय

आन्दोलन का नेता और फिर प्रधानमंत्री नहीं चुना होता तो देश के हालात कुछ और होते?"

"इसका जवाब देना आसान नहीं है," अदित्री ने कहा। "लेकिन मैं जानती हूँ कि तुम्हारे हिसाब से हालात अलग होते क्योंकि नेहरू को तुम पसन्द नहीं करते। मुझे लगता है कि तुम्हारे गांधी के बहुत से विचार साफ़ तौर पर सिवाय नासमझी के और कुछ नहीं कहे जा सकते। वह नहीं चाहते थे कि हमारे यहाँ ट्रेनें चलें, वह नहीं चाहते थे कि हमारे पास अस्पताल हों—इस पर तुम क्या कहोगे?"

"नेहरू को मैं बहुत-सी वजहों से पसन्द नहीं करता," अजीत ने झट जवाब दिया। "यह नेहरू ही थे, जिन्होंने हमें ऐसे झंझटों में डाला कि हम आज तक उबर नहीं पाए हैं। शानदार आर्थिक ऊँचाइयों का सपना दिखाकर उन्होंने नए भारत के निर्माण की शुरुआत की। और इसमें सबसे ऊपर क्या था, वे बाँध और इस्पात कारखाने, जिनको उन्होंने आधुनिक भारत के मन्दिर कहा। हमारे पारम्परिक मन्दिरों से ज़्यादा इन मन्दिरों ने भी ग़रीबों के लिए कुछ नहीं किया। नेहरू को सबसे नीचे से, गाँवों से, शुरुआत करनी चाहिए थी, जहाँ देश के बहुसंख्य लोग आबाद हैं। गांधी की अपनी ख़ूबियाँ-ख़ामियाँ थीं लेकिन उसके लिए तुम्हें उनका मज़ाक़ नहीं उड़ाना चाहिए। वह चाहते थे कि विकास की शुरुआत गाँवों से हो, लेकिन सत्ता पाकर आश्वस्त नेहरू ने उसी शख़्स को भुला दिया, जिसने उन्हें शीर्ष तक पहुँचाया था। गांधी के कन्धों पर सवार होकर नेहरू सत्ता में आए और फिर उन्हें दरकिनार कर दिया। यह नेहरू का ही दोष है कि मेरे परिवार की तरह गाँवों में रहने वाले लोग इस क़दर पिछड़े हैं।"

अदित्री ने पहली बार अजीत को इतना उत्तेजित देखा था। उसने यह कहकर उसे शान्त करने की कोशिश की, "तुम भूल रहे हो कि तुम इतिहासकार हो, अजीत। तुम नेताओं की भाषा बोल रहे हो और राजनीतिक भाषण मुझे बिलकुल पसन्द नहीं। शान्त हो जाओ, ताकि हम तार्किक चर्चा कर सकें।"

मगर अजीत ने बोलना बन्द नहीं किया, "तुम नेहरू के ख़िलाफ़ कुछ सुनना ही नहीं चाहतीं क्योंकि वह ग़रीबों के पक्षधर होने का दावा करते थे, लेकिन सच तो यह है कि वे तुम्हारे जैसे लोगों के वर्ग के साथ खड़े थे, जिन्हें असली भारत के बारे में न तो कुछ पता है और न ही परवाह।"

यह अदित्री के बर्दाश्त के बाहर था। वह उठ खड़ी हुई और अजीत के कन्धों को झकझोरते हुए चिल्लाई, "बस, बहुत हो गया! तुम बहुत बोल चुके। अब अगर

तुम चुप नहीं हुए, तो मैं तुम्हें कमरे से बाहर कर दूँगी। नेहरू का विरोध अपनी जगह, मगर उस परिवार से इतनी नफ़रत कि अपना आपा खो दो। तुम्हें उनमें कोई अच्छाई नज़र नहीं आती। मैं तुमसे पूछती हूँ कि वह कौन था, जिसने हमें हिन्दी-हिन्दूवालों से बचाया? और यह किसकी वजह से मुमकिन हुआ कि दूर के उस गाँव से, जिसे तुम पिछड़ा कहते हो, चलकर तुम इस शानदार कॉलेज में आ पाए और यहाँ बैठकर बुलंद आवाज़ में जहालत और पाखंड भरा भाषण दे रहे हो?"

अजीत को झटका लगा। उसने महसूस किया कि उसने आपा खो दिया था। अदित्री ने अगर उसे इस तरह नहीं रोका होता, तो उनके बीच झगड़ा होना तय था, और वह बेहद ख़ौफ़नाक बात होती। पहले ऐसी नौबत कभी नहीं आई। अपनी ग़लती सुधारने की कोशिश करते हुए उसने कहा, "अदित्री, मुझे बहुत अफ़सोस है। मुझे इस तरह नहीं बोलना चाहिए था। यह निहायत बेवकूफ़ी थी। मैं तुम्हें नाराज़ नहीं करना चाहता था; बात बस इतनी-सी है कि अगर तुम गाँवों के हालात देख पातीं तो समझ जातीं कि कांग्रेस और नेहरू-गांधी के बारे में मेरा यह नज़रिया क्यों है।"

"हम नेहरू की बात कर रहे थे, अजीत, उस कांग्रेस की नहीं, जो वह आज है। कोई बात नहीं, अब यह सब भूल जाओ," अदित्री ने कहा, "मैं चाय बनाती हूँ। दिमाग़ ठंडा करने का यह आज़माया हुआ नुस्ख़ा है। आइंदा हम सिर्फ़ इतिहास के बारे में बात करेंगे।"

कॉलेज लौटते समय अजीत नेहरू के बारे में अपनी असहमतियों को लेकर चिन्तित था। वह उन दोनों की पृष्ठभूमि के अन्तर के बारे में भी सोचता रहा। उसने मन ही मन सोचा, "महानगर में पली-बढ़ी और कॉन्वेंट में पढ़ी अदित्री उसके भीतर के आक्रोश को भला कैसे समझ सकती है, जो एक पिछड़े गाँव में बड़ा होने के चलते उसमें भरा है, उसके स्कूल के हिंसक और निरर्थक माहौल से उसमें जन्मा है, और जो उस माली हालत की देन है, जिसमें कड़ी मेहनत करने के बावजूद उसके पिता अपने बुढ़ापे के दिनों के लिए कुछ नहीं बचा पाते?" उस रात वह सो नहीं सका, उसे फ़िक्र हो रही थी कि उसका यह ग़ुस्सा कहीं उनके रिश्ते में ज़हर न घोल दे। उसे डर था कि पूँजी के ख़िलाफ़ उसके मन में भरे आक्रोश के चक्कर में वह अदित्री से ही न भिड़ जाए।

इस झगड़े ने अदित्री को भी बेचैन कर दिया। भविष्य के बारे में उसने कई बार अजीत से बात करने की कोशिश की। पर वह हर बार टाल जाता। उसे डर था कि उनके बीच मतभेद कहीं इस हद तक न बढ़ जाएँ कि वापसी मुमकिन न

हो। वह कहता, “हम साथ-साथ हैं, दोस्त हैं। हमारे बीच सब कुछ ठीक है। तो चर्चा करने के लिए क्या है?”

लेकिन अजीत को भविष्य के सवाल का सामना करने पर मजबूर होना पड़ा। एक रोज़ अदित्री और दिलीप के साथ वह कैंटीन में कॉफ़ी पी रहा था, तभी कॉलेज की एक लेक्चरर डॉ. सुषमा गुप्ता भी उनकी मेज़ पर आ बैठीं। वह ऐसी लेक्चरर नहीं थीं, जो अक्सर कैंटीन आते और विद्यार्थियों की बातचीत में हिस्सा लेते। गम्भीर और विदुषी डॉ. गुप्ता अपने विद्यार्थियों के कामों पर तीखी और चुभने वाली टिप्पणियों के लिए पहचानी जाती थीं। उन्हें अपनी मेज़ पर आया देखकर अजीत और दिलीप तो सकपका गए, लेकिन अदित्री ने अभिवादन करके उनसे कॉफ़ी के लिए पूछा। डॉ. गुप्ता ने बातचीत की शुरुआत इस सवाल से की कि हाल ही में यूनिवर्सिटी ने पाठ्यक्रम और परीक्षाओं में जो सुधार किए हैं, उनके बारे में वे क्या सोचते हैं। फिर उन्होंने पूछा कि फ़ाइनल का इम्तिहान देने वाले छात्र क्या पीजी की पढ़ाई के लिए कॉलेज में रुकने की सोच रहे हैं। दिलीप ने हँसते हुए जवाब दिया, “मैंने कभी नहीं सोचा था कि अपने बारे में ऐसा कह पाऊँगा मगर अब पढ़ाई में मुझे इतना मज़ा आने लगा है कि मैं एमए के लिए रुक सकता हूँ। हाँ, अगर अजीत के सम्पर्क में आने से पहले कोई मुझसे यह पूछता तो मेरा जवाब होता कि किसी तरह बीए पास कर लूँ तो अहोभाग्य, मेरे लिए वही बहुत होगा!”

अदित्री ने कहा, “मैं अपनी ज़िन्दगी की राह तलाशना चाहती हूँ। मैं सिविल सर्विस में जाऊँगी, बशर्ते उसका इम्तिहान पास कर लूँ।”

“मुझे भरोसा है कि तुम ऐसा कर सकती हो, तुम ज़हीन हो और हमने तुम्हें इस क़ाबिल बनाया भी है,” डॉ. गुप्ता ने कहा, “और तुम, अजीत?”

“मुझे मालूम नहीं, डॉ. गुप्ता,” उसने धीरे से कहा।

“यह क्या बात हुई, अजीत। मेरे सारे स्टूडेंट्स में से तुम्हीं ऐसे हो, जिसको एमए और फिर पीएचडी करनी चाहिए। शिक्षाविद् के तौर पर तुम्हारा भविष्य बहुत अच्छा है। इसीलिए तो मैं यहाँ तुम लोगों के पास आई। दाख़िले या स्कॉलरशिप को लेकर अगर कोई दिक़्क़त आए या कोई और मसला हो, मैं मदद करने के लिए तैयार हूँ। उम्मीद करती हूँ कि तुम मेरे पीएचडी छात्र होगे। तुम मुझे निराश नहीं करोगे, है न?”

“मैं अभी तय नहीं कर पाया हूँ, मैम कि मुझे शिक्षक ही बनना है,” अजीत ने जवाब दिया। “अकादमिक दुनिया बहुत प्रतिस्पर्धी है। ऐसा लगता है कि शिक्षक

अपना अधिकांश समय एक-दूसरे का गला काटने, ऊँचा ओहदा पाने और प्रोफ़ेसर बनने की कोशिश में बिताते हैं। इतनी प्रतिस्पर्धा की क़ाबिलियत शायद मुझमें नहीं है।"

"ये अतिरंजित बातें हैं, अजीत। हाँ, थोड़े-बहुत चुगलख़ोर लोग हैं, लेकिन मैं उनकी अनदेखी करती हूँ, और अपने शोध में जुटी रहती हूँ। जैसे-जैसे आप ख़ुद को और अपनी क्षमता को साबित करते चलते हैं, आपका आत्मविश्वास बढ़ता जाता है और ज़रूरत पड़ने पर अपनी लड़ाई ख़ुद लड़ने के क़ाबिल हो जाते हैं। दिल्ली यूनिवर्सिटी तक पहुँचने के लिए तुमने पहले ही बहुत अच्छा किया है। मुझे पता है कि तुम पूर्वांचल के ऐसे गाँव के किसान परिवार से हो, जो अपेक्षाकृत बहुत विकसित इलाक़ा नहीं है। मैं यह भी बता सकती हूँ कि यहाँ बैठे हमारे दोनों दोस्त अपेक्षाकृत समृद्ध परिवारों के हैं, जैसे इस कॉलेज के अधिकांश छात्र।"

"एकदम सही कहा आपने," दिलीप हँसा। "मेरे पिता ने मुझे महँगे स्कूल में पढ़ाया। वह बड़े कारोबारी हैं।"

"मेरे पिता इतने समृद्ध नहीं हैं," अदित्री ने कहा, "फिर भी ठीक-ठाक कमा लेते हैं।"

"सुन लिया न तुमने?" डॉ. गुप्ता ने कहा, "यह तुम्हीं हो जिसे यहाँ तक पहुँचने के लिए संघर्ष करना पड़ा अजीत, और अपने जूझने का माद्दा तुम पहले ही साबित कर चुके हो। और यह मत भूलो कि यहाँ तुम्हारी लड़ाई में मैं तुम्हारे साथ हूँ।"

अदित्री और दिलीप ने भी अजीत को शिक्षण में अपना कॅरिअर बनाने के लिए राज़ी करने की कोशिश की, लेकिन वह ख़ुद को इसके लिए राज़ी नहीं कर सका। हालाँकि, डॉ. गुप्ता को वह नाराज़ नहीं करना चाहता था सो उसने वायदा किया कि इस बारे में सोचेगा।

आख़िरकार वह वक़्त आ ही गया। इम्तिहान ख़त्म हो चुके थे। यूनिवर्सिटी में उनके दिन पूरे हुए। अदित्री को लगा कि अब उसे ही पहल करनी पड़ेगी क्योंकि अजीत ने तो अब तक भविष्य के बारे में फ़ैसला लेने की इच्छा का कोई संकेत नहीं दिया। तो उसने सुझाया कि क्यों न अपने पसन्दीदा ठिकाने, लोदी गार्डन्स, चला जाए।

बगीचे, मक़बरे और दिल्ली सल्तनत के दिनों में बने स्मारकों वाला लोदी गार्डन गर्मियों में वक़्त गुज़ारने की बेहतरीन जगह थी। अर्जुन के पेड़ों पर नए पत्ते थे। जकरंदा नीले रंग के फूलों से ढके हुए थे और गुलमोहर के पेड़ों पर लाल फूल दहक रहे थे। अमलतास पर पीले रंग के फूलों की जादुई छटा बिखरने लगी थी। ताड़ के पेड़ों और छितराये बबूल के जंगल के क़रीब से गुज़रते हुए उन्हें

गलबहियाँ डाले युवा जोड़े मिले। वहाँ टहलते हुए वे अपने इम्तिहान के बारे में बातें कर रहे थे। दोनों को लगता था कि पर्चे आसान थे। अदित्री हँसी, "उम्मीद है कि हम ओवर-कॉन्फ़िडेंट नहीं हैं।"

"यह तो नतीजा आने पर ही पता चलेगा, तभी देखेंगे," अजीत ने जवाब दिया।

अदित्री रुक गई और अजीत की आँखों में झाँकते हुए बोली, "हाँ, हमें कुछ और भी देखना होगा, बुद्धू। मुझे पता है कि तुम इससे बचते रहे हो मगर हमें देखना होगा कि आगे हमें क्या करना है। ध्यान रहे कि मैंने 'हमें' कहा है।" फिर उसने मज़बूती से अजीत का हाथ पकड़ लिया, वह उसकी गिरफ़्त से हाथ छुड़ाने की कोशिश करता रहा मगर वह उसे खींचती हुई अपने पसन्दीदा नीम के पास ले गई, और छोटे सफ़ेद फूलों से लदे घने झाड़ की छाया में बैठा दिया। उन फूलों की वह धूल भरी गंध बाद की ज़िन्दगी में अजीत को हमेशा उस दोपहर की याद दिलाती थी।

दोनों एक-दूसरे से दूर बैठे, लेकिन अदित्री ने अजीत का हाथ पकड़ लिया और इस बार उसने हाथ छुड़ाने की कोशिश नहीं की, "बहुत हुआ, अजीत," वह बोली, "तुम शुतुरमुर्ग की तरह नहीं बने रह सकते। तुम्हें मुझको बताना पड़ेगा कि तुम आगे क्या करने की सोचते हो। मुझे यक़ीन है कि तुम फ़र्स्ट आओगे, फिर पीजी करके तुम प्रोफ़ेसर बन सकते हो। डॉ. गुप्ता भी तुम्हारी मदद करेंगी। तुम्हें इस बारे में सोचने से इनकार क्यों है?"

"पिछले तीन सालों में मुझे ऐसे तमाम प्रोफ़ेसर मिले, जिन्होंने मुझे इस कॅरिअर से दूर रखने की कोशिश की है। और फिर नकचढ़े स्टूडेंट्स को छोड़कर वे किसी और का क्या भला करते हैं? मुझे लगता है कि मुझे अपने लोगों के लिए कुछ ठोस और सार्थक काम करना चाहिए। ऐसे काम के लिए ही तो तुम सुरजीत की मुरीद हो, नहीं? मुझे लगता है कि मैं भी बेहतर बदलाव के लिए काम करना चाहता हूँ, ऐसा काम जिसकी लोगों की ज़िन्दगी में कोई अहमियत हो।"

लेकिन अदित्री उसे यूँ ही नहीं छोड़ने वाली थी। "ठीक है, तुम्हें मालूम ही है कि मैं सिविल सर्विस का इम्तिहान देने की सोच रही हूँ। तुम भी यही क्यों नहीं करते? तुमने इम्तिहान निकाल लिया और कलेक्टर बन गए तो फिर गाँवों के लिए अच्छा काम कर सकते हो।"

"मैंने कभी किसी कलेक्टर को हमारे गाँवों के लिए कुछ अच्छा करते नहीं देखा, अदित्री। फ़ाइलों के पहाड़ के पीछे छिपे वे अपने दफ़्तरों में बैठे रहते हैं। सियासी रसूख वालों को छोड़ दें तो वे किसी से बात तक नहीं करते। जल्दी से

जल्दी कहीं और ढंग की जगह तैनाती के लिए वे ख़ुद अपनी ही सिफ़ारिश करते हैं। यह सब करने के बजाय अगर वे ईमानदारी से काम करने की कोशिश करें तो सिस्टम के लिए बेकार मान लिये जाते हैं।"

अदित्री हार मानने वाली नहीं थी, उसने कॅरिअर के तमाम विकल्प सुझाए। अजीत ने उन सबको ख़ारिज कर दिया, और क़ानून को तो उसने यह कहते हुए बेहद सख़्ती से ख़ारिज कर दिया, "वकील! वे पेशेवर झूठों से ज़्यादा कुछ नहीं हैं।"

अजीत के इस नकारात्मक रवैये से झल्लाई अदित्री ने पूछा, "फिर और क्या बचा? तुम्हें कुछ न कुछ तो करना ही होगा।"

अजीत ने गहरी साँस ली, अदित्री के हाथ से अपना हाथ छुड़ाया और कुछ अटकते हुए बोला, "कुछ तो है। ऐसा कुछ है जो मुझे लगता है कि मुझे करना चाहिए लेकिन मैंने तुम्हें नहीं बताया...क्योंकि इसमें हमारे लिए कोई भविष्य नहीं है।"

पहली बार अदित्री को ग़ुस्सा आ गया। तेज़ आवाज़ में उसने पूछा, "तुम महान हो। चलो कम से कम तुमने हमारे भविष्य को लेकर कुछ तो सोचा। फिर मुझसे कोई बात किए बग़ैर ही तुम नतीजे पर भी पहुँच गए। सच में तुम अजूबा हो, अजीत।"

"तुम्हारे हाथ जोड़ता हूँ, अदित्री, पूरे पार्क को यह पता होना क्या ज़रूरी है कि हमारा झगड़ा हो रहा है? दरअसल वह थोड़ी मुश्किल राह है और मुझे पता था कि तुम परेशान हो जाओगी, इसलिए तुमसे पहले कभी ज़िक्र नहीं किया। मैं... देखो, हम तुम्हारे कमरे पर चलते हैं और वहीं एकान्त में बैठकर बात करते हैं।"

"मैं तुम्हें यहाँ लाई क्योंकि मुझे पता है कि तुम्हें यह जगह पसन्द है और मैंने सोचा कि यहाँ बैठकर हम अपने भविष्य के बारे में इत्मीनान से बात कर सकेंगे, और अब तुम वापस उसी तंग कमरे में लौटना चाहते हो।"

"हाँ, बिलकुल। इसलिए कि यह नितान्त निजी है।"

"ठीक है। मैं वाक़ई तुम्हें नहीं समझ पाई। हम अभी-अभी तो यहाँ पहुँचे हैं और तुम लौटने के लिए बस पकड़ना चाहते हो। मगर मैं झगड़ा करने के लिए नहीं लौटना चाहती। मेहरबानी करके झगड़ा मत करना।"

जब से उन्होंने एक-दूसरे को जाना, आज तक उनके बीच ऐसी अजीब चुप्पी की नौबत कभी नहीं आई थी, लेकिन डीटीसी की उस खटारा बस में अभी वे दोनों एकदम ख़ामोश बैठे थे। टूटे हुए स्प्रिंग और खड़खड़ाती काया वाली वह ख़स्ताहाल बस शहर के अराजक ट्रैफ़िक के बीच किसी तरह रेंगती हुई दिल्ली यूनिवर्सिटी के

नॉर्थ कैंपस की ओर बढ़ रही थी। थके हुए इंजन से रिसता धुआँ खुली हुई खिड़की से अन्दर आ रहा था और उसकी बदबू पूरी बस में भरी हुई थी। बस में पंखा भी नहीं था। अदित्री ने चुप्पी तोड़ी, "इस बस के फ़र्श पर अंडा फ्राई कर सकते हैं।" अजीत ने कोई जवाब नहीं दिया।

आख़िरकार, गर्मी से पस्त और चिड़चिड़ाए हुए अजीत ने अदित्री के पीछे-पीछे उसके कमरे तक जाने वाली अँधेरे में डूबी सीढ़ियाँ चढ़ीं। अनमनी-सी वह ज़ंग लगे ताले से जूझ रही थी। जैसे ही वे कमरे गें दाख़िल हुए, अजीत को लगा वह किसी धधकती हुई भट्टी के सामने पड़ गया है। बिना खिड़की और रोशनदान वाला वह दड़बा बुरी तरह तप रहा था। कमरे की नीची छत से झूलते सीलिंग फ़ैन के ब्लेड बदरंग नज़र आते थे। अजीत ने पहले कभी इस पर ग़ौर नहीं किया था, क्योंकि वे ख़ुशहाली के दिन थे। अदित्री ने पंखा चालू किया, तो गर्म हवा कमरे में फैल गई, गर्मी पर मगर कोई असर नहीं हुआ। "तुम कुर्सी पर बैठो। मैं बिस्तर पर बैठ जाऊँगी," अदित्री ने थोड़ी बेमुरव्वती से कहा। "मैं तुम्हारे लिए पानी लाती हूँ, अभी तुम्हें बस यही मिलेगा, चाय या नीबू पानी कुछ नहीं, जब तक हम यह मसला निपटा नहीं लेते।"

अजीत को पानी देने के बाद, अदित्री बिस्तर पर पालथी मारकर बैठ गई। अपने बालों में उँगलियाँ फिराते हुए, मुँह लटकाकर सामने बैठे अजीत को देखकर वह हँस पड़ी। "अजीत, अजीत। तुम सच में मेरे बुद्धू हो। हमारे इतना वक़्त साथ गुज़ारने के बाद भी तुम्हारा यह नर्वस चेहरा देखना हास्यास्पद लगता है। तुम फिर से वही शर्मीले और ख़ामोश लड़के नहीं बन सकते, जिसमें मुझे फ़ोन करने की हिम्मत नहीं थी। चलो, अब मुझे बताओ कि तुम क्या करना चाहते हो। तुम्हारी हरकतों से नहीं लगता कि यह उतना ख़राब होगा, जितना कि तुम सोचते हो।"

अदित्री ने उसके बोलने का इन्तज़ार किया। आख़िरकार अजीत बुदबुदाया, उसकी आवाज़ वैसे ही लरज़ रही थी जैसी कि शुरुआती दिनों में हुआ करती थी, "मुझे वापस अपने गाँव जाना है।"

"क्या?" वह चिल्लाई। "अपनी सारी पढ़ाई-लिखाई और मेहनत बर्बाद करके, अपने लिये बनाए हुए सारे मौक़े गँवाकर तुम लौट जाना चाहते हो, ताकि गाँव में ख़ुद को दफ़न कर लो? तुमने ख़ुद ही मुझे बताया है कि गाँव जातिवाद, भ्रष्टाचार और क्षुद्र राजनीति का ऐसा अभिशाप हैं, जहाँ कुछ भी अच्छा हो ही नहीं सकता। ऐसा करने के बारे में तुम सोच भी कैसे सकते हैं? और—फिर हमारा क्या होगा?"

अजीत ने ख़ुद को संयत करके उसे समझाने की कोशिश की, "गाँव वापस लौटना मेरा फ़र्ज़ है। उन लोगों को मैं सिर्फ़ इसलिए नहीं छोड़ सकता कि मैं पढ़-लिख गया हूँ। अगर मैं वापस नहीं गया तो गांधी और गाँवों के विकास के बारे में मेरी उन तमाम बातों का क्या मोल रह जाएगा, यह तो सरासर पाखंड होगा न! दरअसल, शिक्षित होने की वजह से मेरा लौट जाना और भी ज़रूरी हो जाता है, ताकि अपने लोगों के लिए ढंग से काम कर सकूँ, और वे 'मेरे' लोग हैं। मैं वहीं से आया हूँ और मुझे वहीं लौटना होगा।"

"तुम वहाँ क्या करोगे?" अदित्री ने पूछा, उसकी आवाज़ काँप रही थी।

"अभी कुछ पक्का नहीं है। हो सकता है मास्टर बन जाऊँ या अपना ही स्कूल खोल लूँ। कोई एनजीओ बना सकता हूँ या किसी एनजीओ में शामिल हो जाऊँ, यह भी हो सकता है कि वही करूँ, जो मेरे पिता हमेशा से चाहते हैं—हमारी जाति और कुनबे का परम्परागत काम—खेती। मेरी पढ़ाई गाँव में मुझे ख़ास इज़्ज़त दिला सकती है और हो सकता है कि मैं इतना असरदार हो जाऊँ कि गाँव वालों को भ्रष्ट अफ़सरों और नेताओं के ख़िलाफ़ एकजुट करके उन्हें उनका हक़ दिला सकूँ। अभी तो जातिवाद और स्वार्थी नेताओं के चक्कर में पड़कर गाँव बर्बाद हैं, और लोगों के बीच बनी इस खाई का फ़ायदा नेता उठा रहे हैं।"

"अगर तुम्हारे महात्मा गाँव के लोगों को एकजुट नहीं कर पाए, इतने वर्षों का लोकतंत्र उन्हें एकजुट नहीं कर सका, तो तुम्हें कैसे लगता है कि यह काम तुम कर सकते हो?"

"यह सब मुझे नहीं पता। मुझे तो बस इतना पता है कि कुछ करना मेरा फ़र्ज़ है।"

अदित्री को लग गया कि अजीत को रोक पाना उसके बस का नहीं है। वह उसे अच्छी तरह जानती थी; भले ही उन दोनों में से किसी ने यह ज़ाहिर नहीं किया हो, पर वे दोस्त हैं और प्रेमी भी। इसी उम्मीद में कि शायद उनके साझा भविष्य की कोई गुंजाइश निकल सके, उसने पूछा, "हमारे बारे में क्या? तुम्हारे इस मंसूबे में मेरे लिए कोई जगह नहीं हो सकती है?"

"हाँ कहना चाहता हूँ। लेकिन मुझे ना कहना पड़ेगा। शादी किए बिना एक लड़की से किसी तरह का रिश्ता रखना गाँव में अच्छा नहीं समझा जाएगा। तुम्हारे बारे में उलटी-सीधी बातें फैलाई जाएँगी, और वह मैं बर्दाश्त नहीं कर सकूँगा।"

"और शादी के बारे में क्या?"

"अदित्री, मैं तुम्हें अपने गाँव में क़ैद करके नहीं रख सकता। यह एक शानदार और ख़ूबसूरत परिंदे को पिंजरे में रखने जैसा होगा।"

"ऐसे अजनबी की तरह बात मत करो। मैं कोई विलायत से नहीं आई हूँ। तुम्हारी तरह मैं भी अपना रास्ता चुनने में समर्थ हूँ, वह कितना भी मुश्किल क्यों न हो। तो मेरा रास्ता मुझे ही तय करने दो, मेरे फ़ैसले तुम मत करो।"

"मुझे ग़लत मत समझो, अदित्री। तुम अच्छी तरह जानती हो कि मैं ऐसा नहीं कर रहा हूँ। वैसे भी, मेरे माँ-बाप ऐसी लड़की को कभी स्वीकार नहीं करेंगे जो न केवल अलग जाति की बल्कि देश के एकदम अलग हिस्से की भी है।"

"तो तुम्हारा मतलब है कि हम एक-दूसरे से फिर कभी नहीं मिल पाएँगे? तुम बहुत निष्ठुर हो रहे हो।"

"हमारी दोस्ती के इस तरह ख़त्म होने की यह तकलीफ़ असहनीय है, लेकिन हाँ, साफ़दिली के साथ अलग होना बेहतर है।"

अदित्री का चेहरा मुरझा गया और आँसू उसके गालों पर बह निकले। "यह दोस्ती भर नहीं है, बेवकूफ़, कम से कम मेरे लिए तो नहीं है। तुम क्या इतना भी नहीं कह सकते कि तुम मुझसे प्यार करते हो? मुझे तो लगता था कि तुम भी मुझसे प्यार करते हो, या शायद मैं ऐसी उम्मीद करती थी। हे भगवान, मैं तुम्हें कितना कुछ देना चाहती थी, और तुम हमेशा छिटककर दूर हो जाते। आख़िरकार अब तुमने मुझे ठुकरा दिया।"

"प्लीज़ अदित्री, नहीं रोओ। यह बहुत बुरी बात है।"

"मैं क्यों न रोऊँ। मैं बहुत दुखी हूँ। मेरा सब कुछ तो बर्बाद हो गया।"

"यह सच नहीं है कि मैंने तुम्हें ठुकराया है, क्या तुम नहीं जानती हो? यह किसी तरह सम्भव नहीं था। कहाँ तुम और कहाँ मैं, कितना बेमेल, मैं देहाती टिंगू... गाँव का ऐसा गँवार जो वहाँ भी बेमेल ही बना रहा, तो तुम कैसे—तुम्हारी जैसी ख़ूबसूरत कोई कैसे..."

"ओफ़्फ़ो, चुप हो जाओ, भगवान के लिए चुप रहो!" अदित्री चिल्लाई। "तुम कितने मूर्ख, कितने मूर्ख और आत्मलीन इनसान हो। तुम यह मान क्यों नहीं लेते कि मैं तुमसे प्यार करती हूँ? मैं तुमसे प्यार करती हूँ, मैं तुमसे प्यार करती हूँ।"

उसने ख़ुद को वापस बिस्तर पर फेंक दिया, बाँहें फैलाकर लेटी हुई वह अब तक रो रही थी। वह किसी बच्चे की तरह गिड़गिड़ा रही थी, विनती कर रही थी, "अजीत, मेरे प्यारे बुद्धू, मेरे पास आओ, एक बार मैं तुमको गले से लगा लूँ, तब

तुम समझोगे कि मैं तुमसे कितना प्यार करती हूँ।" वह बिस्तर तक गया और उसके क़रीब खड़ा हो गया। अदित्री ने उसकी कलाई पकड़ ली और उसे अपने पास खींचने की कोशिश की। उसने ज़ोर से खींचकर अपनी कलाई छुड़ा ली, और रोते हुए पीछे हट गया, "नहीं, नहीं, नहीं। मैं यह नहीं कर सकता। मुझे जाना चाहिए। इससे बस सब चीज़ें और असहनीय हो जाएँगी। मुझे जाने दो।"

अदित्री ने रोते हुए कहा, "तो जाओ, चले जाओ यहाँ से," और उसने अपना चेहरा दीवार की ओर घुमा लिया ताकि वह उसे जाते हुए न देख सके।

अजीत फूट-फूट कर रो पड़ा और कमरे से बाहर निकल गया। हॉस्टल लौटते समय उसे लगा कि फ़िक्र और बेचैनी ने फिर से उसके भीतर डेरा डाल दिया था। मन ही मन उसने स्वीकार किया कि जो चीज़ उसे रोक रही थी, वह सचमुच फ़र्ज़ की पुकार नहीं थी, या कम से कम प्रमुख वजह तो वह नहीं ही थी। वह ख़ूब अच्छी तरह से जानता था कि अदित्री उससे प्यार करती थी, पर ख़ुद उसे इस बात पर यक़ीन नहीं था कि वह ऐसा आदमी है, जिसे कोई भी स्त्री प्यार कर सके। सच तो यही है कि वह छिपने के लिए भाग रहा था।

अजीत की फ़िक्र की इस परछाईं ने अदित्री की ज़िन्दगी को बहुत गहरे तक प्रभावित किया। उसने इम्तिहान पास किया और आईएएस बन गई। उसकी ट्रेनिंग के दिनों में और बाद के कॅरिअर में भी अलग-अलग मौक़ों पर सहकर्मियों ने उसके क़रीब आने की कोशिश की, मगर उसने कोई दिलचस्पी नहीं दिखाई। माँ-बाप ने उसके लिए जो भी रिश्ते तलाश किए, वह उन्हें भी ख़ारिज कर देती। अजीत ने अपने ज़िले में शिक्षा में सुधार की ख़ातिर एक एनजीओ बना लिया था और वहाँ तैनात आईएएस से अक्सर भिड़ता रहता। माँ-बाप ने उसके लिए जो दुल्हन तलाश की, उसने ख़ामोशी से उसे क़बूल कर लिया, लेकिन उनकी कोई औलाद नहीं हुई।

धीमी वाली फ़ास्ट पैसेंजर

हरी झंडी हिलाते हुए गार्ड ने सीटी बजाई, ड्राइवर पैट थॉमस ने एहतियात के साथ धीरे-धीरे रेगुलेटर घुमाया, फ़ायरमैन ने बड़ी सफ़ाई से बेलचे में कोयला भर-भर के गुलाबी-लाल लपटों से दहकते फ़ायरबॉक्स में झोंकना शुरू किया, और शहंशाह अकबर से मिले नाम वाला वह इंजन, लोकोमोटिव नम्बर 2071, आहिस्ता-आहिस्ता फ़रीदपुर जंक्शन से आगे बढ़ने लगा। यह 'ट्रेन नम्बर 410 सन्तनगर फ़ास्ट पैसेंजर' थी। यह 1986 की बात है, और फ़रीदपुर-सन्तनगर ब्रांच लाइन पर चलने वाली रेलगाड़ियों में लगे स्टीम इंजन इस बात की गवाही थे कि भारतीय रेलवे की प्राथमिकता में यह रूट बहुत महत्त्व का नहीं था। इस रूट पर मीटर गेज़ का ब्रॉड गेज़ में नहीं बदला जाना भी इसी बात की पुष्टि करता था। फिर भी इस लाइन पर रोज़ चलने वाली दो ट्रेनें मुसाफ़िरों के लिए बड़ी नियामत थीं।

फ़रीदपुर क़स्बा एक ज़िले का मुख्यालय था और इस तरह नौकरशाही और अदालती कामकाज की गतिविधियों का केन्द्र था। सन्तनगर, जंगलों के किनारे की तरफ़ आबाद, किसी बहुत बड़े गाँव की तरह का, छोटा-सा ख़ुशनुमा क़स्बा था, जहाँ एक सन्त का मन्दिर था। ऐसे में सन्तनगर के बहुतेरे लोगों को फ़रीदपुर तक जाना ही पड़ता था, वहाँ ज़िला कलेक्टर के किसी मातहत के पाँव पकड़कर वे अपनी फ़ाइल आगे बढ़ाने की गुहार करते। उन दिनों सीधे कलेक्टर से मिल पाना

हर किसी के बस की बात नहीं थी। मुक़दमेबाज़ लोगों के इस देश में अदालतों के पास ख़ूब काम होता है, सो सन्तनगर के वादियों और प्रतिवादियों—दोनों को रेलगाड़ी की ज़रूरत पड़ती। सरकारी दफ़्तरों के बाबू, फ़रीदपुर में दूध बेचने वाले दूधिए, और थोड़ी ताज़ी सब्ज़ी बेचने निकले कुँजड़ों के साथ ही क़स्बे के स्कूल-कॉलेज में पढ़ने के लिए जाने वाले बच्चे और नौजवान ट्रेन के नियमित मुसाफ़िर थे। इन सबके अलावा सन्त के मन्दिर पर जाने वाले श्रद्धालुओं की भीड़ भी होती। यों आम दिनों में इस क़दर भीड़ होती कि दूधियों में लगेज वैन पर क़ब्ज़ा करने की होड़ रहती, और भीड़-भाड़ वाले ख़ास मौक़ों पर तो डिब्बों की छतों पर भी जगह कम पड़ जाती। बाबुओं को आराम से बैठने की जगह ज़रूर मिल जाती। उनके बैठने की कुछ ख़ास बेंचें मुकर्रर थीं, और उनकी ताक़त की हनक इतनी थी कि दूसरे लोग वहाँ बैठने की हिमाक़त नहीं करते थे। भारत के सरकारी तंत्र में बाबू लोग सबसे निचली पायदान पर होते हैं पर रसूख के मामले में उन साहबों पर भी भारी पड़ते हैं, जिनकी वे मातहती करते हैं। आख़िर फ़ाइलें तो उन्हीं के क़ब्ज़े में रहती हैं। यह तो बाबू ही तय करते हैं कि कौन-सी फ़ाइल आगे बढ़ानी है, कौन-सी फ़ाइल रोकनी है और कौन-सी फ़ाइल गुम हो जानी है। वे अपने साहबों से भले नहीं डरते मगर भगवान से डरते हैं, सो अपने काम पर जाने के लिए निकले ये लोग भजन गा-गाकर अपना सफ़र काटते।

ट्रेन में भीड़ की वजह से होने वाली असुविधा के बावजूद रोज़ वाले मुसाफ़िर सवारी के दूसरे साधनों के बजाय इसी को तरज़ीह देते। बसें टूटी-फूटी थीं, सड़कों के गड्ढों से होकर गुज़रने से ख़स्ताहाल इन बसों की रफ़्तार तो धीमी होती ही थी, रास्ते में कहीं भी ख़राब हो जातीं। जीप-टैक्सी की सवारी करना तो बस के मुक़ाबले कहीं ज़्यादा हौलनाक और असुविधाजनक था क्योंकि उनके ड्राइवर तब तक नहीं चलते थे, जब तक कि गाड़ी के दोनों तरफ़ सवारियाँ लटकने न लगें और देर से आने वाले गाड़ी की छत का कोई हिस्सा पकड़कर पीछे के बंपर पर झूलने नहीं लगें। रही-सही कसर सड़क के गड्ढों को लेकर इन जीप-ड्राइवरों के लापरवाह रवैये से पूरी हो जाती। ठिकाने तक पहुँचने की हड़बड़ी में गड्ढों से बचकर निकलने की कोशिश करने के बजाय वे गाड़ी सीधे गड्ढों में उतार दिया करते थे, हालाँकि इस चक्कर में गाड़ी का धुरा अक्सर टूट भी जाता। अफ़सोस कि ख़ासी सस्ती और इत्मीनान की सवारी ताँगों के दिन लद चुके थे। लेकिन एक और अजीब गाड़ी चला करती थी, जिसमें चेसिस पर लकड़ी का चौड़ा तख़्ता कसा होता और यह पंपिग

सेट में इस्तेमाल होने वाले मोटर से चलती। इलाक़े में उपलब्ध सार्वजनिक वाहनों में ये सबसे सस्ती मगर सबसे दुखदायी भी थी, क्योंकि इस जुगाड़ के डिज़ाइनरों ने इसमें स्प्रिंग के इस्तेमाल की ज़रूरत नहीं समझी थी।

इसलिए ट्रेन बेहद लोकप्रिय थी। फ़ास्ट पैसेंजर की रफ़्तार के बारे में जब कोई रेलवे के अफ़सरों से शिकायत करता, तो उसे जवाब मिलता, "यह है तो फ़ास्ट ट्रेन, सिर्फ़ चलती धीमे है।" फिर भी यह कम से कम आराम की सवारी थी। ट्रेन को तरजीह मिलने की यह एक और वजह थी। लेकिन इसका एक फ़ायदा और भी था। किसी और सवारी से आने-जाने वालों को किराया देना पड़ता था जबकि ट्रेन की सवारी एकदम मुफ़्त थी। तीस मील के सफ़र का किराया बहुत मामूली था, सो पिछले कुछ सालों से रेलवे ने टिकटों की जाँच करनी ही छोड़ दी थी। टिकटों की जाँच के लिए सन्तनगर फ़ास्ट पैसेंजर पर तैनात टीटीई सरकारी बाबुओं के साथ बैठे उनके भजनों का आनन्द लिया करते।

अपने इंजन की तरह ही ड्राइवर पैट थॉमस भी गुज़रे ज़माने की निशानी थे। वह उन एंग्लो-इंडियन मुलाज़िमों में से एक थे, जो तरक़्क़ी पाकर मेल ट्रेन के ड्राइवर के ओहदे तक पहुँचे थे। अंग्रेज़ों ने रेलवे में एंग्लो-इंडियंस की भर्ती इस ख़याल से की क्योंकि उन्हें लगता था कि राज के प्रति उनकी वफ़ादारी असन्दिग्ध होगी, हालाँकि इस ख़याली वफ़ादारी के इनाम के तौर किसी एंग्लो-इंडियन को कोई बड़ा ओहदा नहीं मिला। भारत की आज़ादी के बाद उनमें से कई लोग देश छोड़कर चले गए, मगर पैट हमेशा कहते कि चाहे कुछ हो जाए, भारत उनका देश है। रेलवे में अपनी हैसियत पर उन्हें नाज़ था, कि अगर वे ब्रिटेन, ऑस्ट्रेलिया या एंग्लो-इंडियन अप्रवासियों को क़बूल करने वाले किसी और मुल्क में चले जाते, तो वहाँ उन्हें कौन पूछता। लम्बा क़द, मज़बूत बदन, और लम्बे रंजीदा चेहरे पर साफ़-सुथरी टूथ-ब्रश मूँछों वाले पैट की पहचान एक चिड़चिड़े शख़्स की थी। साथ काम करने वाला फ़ायरमैन उनकी ऊँची कसौटी पर खरा नहीं उतरता, इसलिए फ़ौज़ी तरीक़े की पुराने फ़ैशन वाली अंग्रेज़ी ज़बान में अक्सर डाँट खाता। वह हमेशा नीले रंग की डांगरी और इंजन-ड्राइवर की पारम्परिक काली टोपी पहनते थे। रेलवे में स्टीम इंजन जब चलन से बाहर होना शुरू हुए तो उन्हें बताया गया कि डीज़ल इंजन चलाने के लिए उन्हें फिर से ट्रेनिंग लेनी होगी, मगर उन्होंने यह कहते हुए इनकार कर दिया, "मैं घटिया बस ड्राइवर नहीं बनना चाहता। किसी स्टीम मैन को मालूम होना चाहिए कि अपने इंजन से बेहतरीन काम लेने के लिए उसे क्या

करना है। उसे चार आँखें चाहिए, दो आगे और दो पीछे। उसे आगे की लाइन और पटरियाँ देखनी होती हैं, फ़ायरबाक्स की आग और टेंडर में कोयले पर भी निगाह रखनी होती है। डीज़ल के ड्राइवर को क्या करना होता है—एक बटन दबाओ, इंजन चालू और फिर आगे बढ़ जाओ—साला एकदम बस ड्राइवर के माफ़िक़।" जैसे-जैसे स्टीम इंजन ग़ायब होते गए, पैट थॉमस के लिए लाइन खोजना मुश्किल, और बहुत मुश्किल होता गया, यही वजह थी कि मेन-लाइन ट्रेनों को छोड़कर उन्हें सन्तनगर ब्रांच-लाइन जैसे महत्त्वहीन रूट पर आना पड़ा।

अकबर उस रोज़ फ़रीदपुर के बाहरी इलाक़ों से आगे निकलकर, 40 किलोमीटर प्रति घंटे की गति से ग्रामीण इलाक़ों के किनारे से गुज़र रहा था, तभी ट्रेन को झटका लगा और वह ठहर गई। ड्राइवर थॉमस के मुँह से गाली निकली। "ये स्साले चेन पुलर्स!" उनके फ़र्स्ट फ़ायरमैन नदीम ख़ान ने कहा, "यह तो अजीब बात है। मैं जानता हूँ कि ज़ंजीर हमेशा कहाँ खींची जाती है, यहाँ तो ऐसा पहले कभी नहीं हुआ। शायद ट्रेन में सचमुच कुछ गड़बड़ है, शायद आग। या शायद कोई गिर गया है।"

"बकवास," ड्राइवर थॉमस ने कहा। "आँखें खोलकर देख, यार। कुछ बेहूदों ने अपने गाँव के पास ट्रेन रोकने के लिए ज़ंजीर खींची है। उधर देख, वे खेतों में भाग रहे हैं और बेवकूफ़ दूधिये उनके पीछे हैं, उन्हें लगता है कि ज़ंजीर खींचना उन्हीं की बपौती है। वे अगर उनको पकड़ पाते हैं तो शर्तिया सिर फुटौवल होगी। मगर उनकी दादागिरी मैं अभी भुलाए देता हूँ।" फिर ड्राइवर थॉमस ने रेगुलेटर खोल दिया, लगातार सीटी बजाते हुए ट्रेन आगे बढ़ने लगी। अकबर ने धीरे-धीरे जैसे ही गति पकड़ी, दूध वाले मुड़े और खेतों से होकर ट्रेन में सवार होने के लिए दौड़ लगा दी।

"हरामी कहीं के," ड्राइवर थॉमस बड़बड़ाया। "मैंने जब नौकरी शुरू की थी, उन दिनों ट्रेनों में चलने वाली रेलवे पुलिस ऐसे ज़ंजीर खींचने वालों के सिर तोड़ दिया करती थी, या फिर गार्ड उन्हें पकड़कर मजिस्ट्रेट के सामने पेश कर देता था। अब तो रेलवे में कोई इसकी परवाह ही नहीं करता, और रेलवे ही क्यों, भगवान भरोसे चल रहे इस देश में किसी को क़ायदे-क़ानून का कोई डर ही नहीं रह गया है।"

क़ायदे से इस ट्रेन का सिर्फ़ एक ठहराव है, सूरापुर नाम का एक छोटा-सा स्टेशन। उस रोज़ ज़ंजीर खींचने के वाक़िये की वजह से अकबर रोज़ के समय से भी दस मिनट की देरी से खड़ंजे वाले उस छोटे स्टेशन में दाख़िल हुआ। हमेशा की तरह दूधिए वहाँ उतरे और ट्रेन के डिब्बों की खिड़कियों पर झालर की तरह

टँगे हुए दूध के अपने डिब्बे उतारकर इंजन की तरफ़ बढ़ गए। ड्राइवर थॉमस ने इंजन का खौलता हुआ पानी उनके डिब्बों में भर दिया ताकि वे विसंक्रमित हो जाएँ। फिर साइकिल पर चढ़कर वे अपने घरों को निकल गए। हालाँकि सूरापुर में ट्रेन का ठहराव सिर्फ़ दो मिनट का था, मगर इस भाईचारे में ट्रेन पन्द्रह मिनट तक खड़ी रही, लेकिन किसी मुसाफ़िर ने इस पर कभी एतराज नहीं किया।

ट्रेन सन्तनगर पहुँची, तो झक सफ़ेद वर्दी और आधिकारिक टोपी पहनकर प्लेटफ़ार्म पर खड़े स्टेशन मास्टर राम कृष्ण ने अगवानी की। गार्ड चलकर उनके पास आया और कहा, "स्टेशन मास्टर साहब, रास्ते में एक छोटी-सी घटना हुई है, आज किसी ने नई जगह पर ज़ंजीर खींच दी। मुझे नहीं लगता कि हमें इसकी रिपोर्ट करने की ज़रूरत है, आप क्या कहते हैं? खामखाह का बवाल होगा, ट्रेनें समय पर चलाने की मंत्री की मुहिम के चक्कर में कौन जाने जाँच-वाँच शुरू हो जाए।"

"अरे, वह सब छोड़ो," स्टेशन मास्टर ने रुखाई से कहा। "मेरे पास इससे बड़ी ख़बर है, बहुत बुरी ख़बर।"

"क्या ख़बर है?"

"यह लाइन बन्द होने जा रही है।"

"बन्द? यह सम्भव नहीं है! अब आप ऐसे ही कोई लाइन बन्द नहीं कर सकते। इसके ख़िलाफ़ क़ानून हैं।"

"क़ानून हो या न हो, दिल्ली से आज मेरे एक दोस्त का फ़ोन आया था, वह रेल भवन में बाबू है। उसका अफ़सर रेलवे बोर्ड में है इसलिए उसे पता रहता है कि अन्दरख़ाने वहाँ क्या चल रहा है। उसी ने बताया कि हमारी लाइन को लेकर बड़ा बवंडर मचा हुआ है और चेयरमैन ने इसे फ़ौरन बन्द करने का आदेश दिया है।"

हालाँकि गार्ड और स्टेशन मास्टर दोनों को इस बात पर यक़ीन नहीं हो रहा था कि उनकी यह मामूली ब्रांच-लाइन रेलवे बोर्ड के ग़ौर करने लायक़ कोई मुद्दा भी हो सकती है—रेलवे बोर्ड के ज़िम्मे 6,59,000 किलोमीटर ट्रैक का विशाल नेटवर्क है, जिनसे होकर हर रोज़ 14,300 ट्रेनें गुज़रती थीं—पर ख़बर सच्ची थी। और यह सब फ़रीदपुर के सांसद संजय सिंह राय का किया-धरा था। इस लाइन पर मँडरा रहे ख़तरे के ज़िम्मेदार वही थे।

राय के बहुत तरह के धंधों में लोकल बस का कारोबार भी शामिल था, जिसमें केवल उन्हीं के नाम का डंका बजता। उनके इस एकाधिकार को अकेली चुनौती

ट्रेन ही थी, जिसकी लोकप्रियता की वजह से सन्तनगर की बस-सेवा में उन्हें घाटा उठाना पड़ता। सांसद ने इसे अपनी बेइज़्ज़ती के रूप में लिया। बीस सालों से वह इस सीट पर चुनाव जीतते आए हैं, और आज तक किसी ने उनकी सत्ता को चुनौती नहीं दी थी। और यह छोटी-मोटी, टूटी-फूटी पिद्दी-सी रेलवे लाइन उनकी बस-सेवा को धता बताकर उन्हें उल्लू बना रही थी।

अपने आहत अभिमान पर मरहम लगाकर, राय ने सबसे पहले तो फ़रीदपुर के स्टेशन मास्टर को यह जानने के लिए चारा डाला कि ट्रेन से हर रोज़ कितनी आमदनी होती है और यह जानकर वह ख़ुश हुए कि राजस्व शून्य है क्योंकि मुसाफ़िरों से भाड़ा वसूल ही नहीं किया जाता। फिर उन्होंने केन्द्रीय रेल मंत्री से मिलने के लिए समय माँगा। मंत्री भी उन्हीं की तरह कांग्रेस पार्टी के सदस्य थे। संसद में वह मंत्री के दफ़्तर में उनसे मिले। बातचीत की शुरुआत कुछ अच्छी नहीं रही। ठंडी मगर भेदक आँखें और बेदर्दी से भिंचे हुए होंठों वाले मंत्री निष्ठुर शख़्स थे। ख़ासी अधीरता में उन्होंने यह कहते हुए बात शुरू की, "मुझे उम्मीद है कि आप भी ऐसा कोई फ़िज़ूल प्रस्ताव लेकर मेरा वक़्त बर्बाद करने नहीं आए हैं कि आपके निर्वाचन क्षेत्र के लिए कोई नई ट्रेन चला दी जाए, या किसी एक्सप्रेस का ठहराव आपके लोकल स्टेशन पर होना चाहिए, जहाँ न कोई चढ़ता है और न ही उतरता है। जाने क्यों हर एमपी को लगता है कि रेलवेज़ केवल उन्हीं के लिए बनी है। आपको पता है कि असम से दिल्ली तक सांसदों ने कह-कहकर तिनसुकिया मेल के इतने स्टॉप बनवा लिये कि लोग उसे दिनदुखिया मेल कहने लगे हैं। अभी मैंने उसके कम से कम बीस स्टॉप काटे हैं, तब जाकर ट्रेन समय से चलने लगी है, या कम से कम कभी-कभी तो समय पर चल पा रही है।"

राय के चेहरे पर फैली चौड़ी मुस्कुराहट से उसके फूले हुए गालों पर सिलवटें खिंच गईं। अपनी कुर्सी पर पीछे की तरफ झुकते हुए बड़े सन्तुष्ट भाव से उसने थोड़ा लम्बा खींचकर 'अच्छा' का उच्चारण किया, फिर कहा, "तब तो मंत्री जी, आपको यह जानकर ख़ुशी होगी कि मैं ऐसे किसी काम से आपके पास नहीं आया हूँ। और मैं आपसे कुछ माँगने नहीं, आपको बताने आया हूँ कि एक लाइन और उसके स्टेशन बन्द कर दीजिए।"

मंत्री ने झटके से निगाह ऊपर की। "इसका क्या मतलब हुआ कि आप मुझे बताने आए हैं? मत भूलिए कि मंत्री मैं हूँ।"

फिर मन ही मन सोचा, 'ये सांसद अपने आपको समझते क्या हैं, मंत्री को हुक्म दे रहे हैं। गुस्ताख़ कमीने। इसे मेरे पाँव छूने चाहिए थे और कोई तोहफ़ा लेकर आना चाहिए था, कम से कम गुलदस्ता ही लाता।'

राय पर इन बातों का कोई असर नहीं हुआ। शान्त भाव से उन्होंने कहा, "इतना ग़ुस्सा मत कीजिए, मंत्री जी। शान्त हो जाइए। सारा मामला सुनेंगे तो समझ जाएँगे कि मेरी बात पर अमल क्यों आपके ही भले की बात है।"

"मुझे यह लफ़्ज़ पसन्द नहीं है, श्री संजय सिंह राय। मैं सिर्फ़ अपने फ़ैसलों पर अमल करता हूँ। लेकिन आप बताइए।"

राय ने बताना शुरू किया कि उन्हें पता चला है कि फ़रीदपुर-सन्तनगर लाइन न केवल घाटे में चल रही है, बल्कि इससे कोई राजस्व भी नहीं मिलता है। फिर उन्होंने बड़ी चतुराई से यह भी बताया कि इस बाबत अगर वह संसद में सवाल उठाते हैं तो बेवजह धन की बर्बादी होगी, और रेल मंत्री को भी ख़ासी शर्मिंदगी झेलनी पड़ेगी। मंत्री को यक़ीन था कि लाइन बन्द करने की राय की इस माँग के पीछे कोई व्यक्तिगत कारण है। उनके पूछने पर सांसद राय ने बेझिझक बता भी दिया कि रेलवे की वजह से उनकी बस-सर्विस को घाटा हो रहा है। मामला देखने की मंत्री की रज़ामन्दी के साथ बैठक ख़त्म हो गई।

राय के कमरे से बाहर निकलते ही मंत्री ने अपने पीए से रेलवे बोर्ड के अध्यक्ष को फ़ोन लगाने को कहा। कहने की ज़रूरत नहीं है कि अध्यक्ष को फ़रीदपुर-सन्तनगर लाइन के बारे में कुछ मालूम नहीं था, लेकिन उन्होंने भी इस मामले को देखने का वायदा किया। फिर रेलवे प्रशासन में नीचे तक सारे अफ़सरों ने इस मामले को देखने का वायदा कर लिया। अध्यक्ष ने पूर्वी रेलवे के मुखिया को फ़ोन किया, जो कुछ भी नहीं जानते थे और मुखिया ने उस मंडल के प्रबन्धक को फ़ोन लगाया, जिस मंडल में फ़रीदपुर स्टेशन आता था। हालाँकि प्रबन्धक का दफ़्तर फ़रीदपुर स्टेशन से ज़रा-सी दूरी पर था, मगर उसे भी इस बाबत कोई जानकारी नहीं थी। उन्हें यह अन्दाज़ भर था कि यह भी घाटे वाली लाइनों में से एक है। तो उन्होंने फ़रीदपुर जंक्शन के मुख्य टिकट परीक्षक को अपने दफ़्तर में बुलवा भेजा। उस अदना अफ़सर ने आकर आख़िरकार इस बात की पुष्टि की कि ट्रेन में टिकटों की जाँच नहीं होती; और जहाँ तक वह जानता है, सच तो यह है कि कोई टिकट लेता ही नहीं है।

यही जानकारी अब उसी क्रम में रेलवे के बड़े अफ़सरों को भेज दी गई। हर स्तर पर अफ़सरों ने अपने मातहतों को दोषी ठहराया। रेलवे बोर्ड के अध्यक्ष

ने जब मंत्री को यह रिपोर्ट दी कि सचमुच उस लाइन पर एक नये पैसे की आमदनी नहीं हुई तो यह भी कहा कि पूर्वी रेलवे के मुखिया को वह जमकर फटकार लगाने वाले हैं। और मुखिया ने साफ़ किया कि मंडल प्रबन्धक को वह छोड़ने वाले नहीं हैं, उनका प्रमोशन रोक देंगे। ख़मियाज़ा लेकिन ओहदे में सबसे नीचे वाले टिकट परीक्षक ने भुगता। मंडल प्रबन्धक ने जाँच पूरी होने तक उसे सस्पेंड कर दिया, जिसका मतलब यह था कि उसे अपनी नौकरी से भी हाथ धोना पड़ सकता है।

डाँट-फटकार की यह सरकारी प्रक्रिया पूरी होने के बाद ऊपर से चला एक आदेश मंडल प्रबन्धक तक पहुँचा कि इस मामले की जाँच शुरू कर दें। यह रेलवे लाइन बन्द करने से पहले ज़रूरी, लम्बी और धीमी प्रक्रिया थी। चूँकि उनका दफ़्तर फ़रीदपुर में था, इसलिए लाइन बन्द होने के फ़ैसले की ख़बर तुरन्त लोकल प्रेस में लीक हो गई, और यह ख़बर फैलने के तुरन्त बाद सन्तनगर नगरपालिका की अध्यक्ष अरुणा जोशी ने आपात जनसभा बुला ली। सख़्त मिज़ाज की अरुणा जोशी सेवानिवृत्त प्रधानाध्यापक थीं। बैठक में इस बात पर आम सहमति थी कि लाइन बन्द नहीं होनी चाहिए। कई वक्ताओं ने कहा कि सफ़र की सहूलियत के साथ ही रेलवे स्टेशन की वजह से क़स्बे का ख़ास रुतबा है। एक बुज़ुर्ग आदमी ने कहा, "अपने बेटे की शादी के लिए अख़बारों में मैंने जो वैवाहिक विज्ञापन दिये थे, उनमें ख़ासतौर पर इस बात का भी ज़िक्र किया था कि लड़का रेलवे वाले शहर में रहता है। मुझे इसमें कोई सन्देह नहीं है कि उसे अच्छी दुल्हन मिलने के पीछे यह भी एक वजह रही। रेल मंत्रालय क्या हमारी आने वाली पीढ़ियों के बारे में नहीं सोचता? यह शर्मनाक बात है।" बुज़ुर्ग की हाँ में हाँ मिलाते हुए भीड़ गरज उठी और "रेल मंत्री मुर्दाबाद! रेलवे बोर्ड हाय-हाय!" के नारे लगने लगे।

अरुणा जोशी ने उनकी चीख़-पुकार ख़त्म होने का इन्तज़ार किया और फिर कहा, "अच्छा या बुरा, रेलवे ने हमारी इस मामूली ब्रांच लाइन की कभी परवाह ही नहीं की। यह तो अभी, जब राय बस सर्विस शुरू हुई है, उन्हें हमारा ख़याल आया है। क्या हम मान लें कि यह संयोग-भर है?" इस पर और ज़ोर से नारे लगे—"संजय सिंह मुर्दाबाद! एमपी राय हाय-हाय!" बैठक ख़त्म होने से पहले फ़ैसला किया गया कि तत्काल ही एक 'हमारी रेलवे बचाओ कमेटी' बनाई जानी चाहिए, ट्रेन में सफ़र करने वाले अलग-अलग वर्गों के प्रतिनिधि जिसके सदस्य होंगे। तो कमेटी की पहली बैठक में शामिल होने के लिए दूध वालों, सब्ज़ी वालों,

स्कूल के शिक्षकों और भजन गाने वाली बाबू मंडली से अपने दो-दो प्रतिनिधि भेजने के लिए कहा गया।

लाइन बन्दी की सुगबुगाहट से भड़के लोगों की भावनाओं के बारे में जल्दी ही मंडल प्रबन्धक को भी पता चल गया। रेलवे बचाने के लिए कमेटी बनने के थोड़ी देर बाद ही जब वह अपने दफ़्तर में बैठे थे, कंट्रोल रूम से उन्हें फ़ोन पर ख़बर मिली कि फ़रीदपुर से दो किलोमीटर दूर क़रीब दो सौ लोग मेन लाइन पर धरना देकर बैठे हैं और उन्होंने एक महत्त्वपूर्ण ट्रेन रोक रखी है। पुलिस से कोई मदद नहीं मिल पाई क्योंकि एसपी का कहना है कि ऊपर से ऑर्डर के बग़ैर वह कुछ नहीं कर सकते। फ़ोन पर दूसरी तरफ़ मौजूद शख़्स ने यह कहकर उनकी मुश्किल और बढ़ा दी कि कई बार रेलवे ट्रैक पर धरने कई दिन तक खिंच जाते हैं।

लेकिन मंडल प्रबन्धक व्यवहार-कुशल अफ़सर थे और इस मामले को निपटाने की कोशिश किए बिना ऊपर वाले अफ़सरों की डाँट फिर खाने का जोख़िम वह नहीं उठा सकते थे। हालाँकि वह जानते थे कि उन्हें लोगों का ग़ुस्सा और विरोध झेलना पड़ेगा, फिर भी वह धरने की ओर रवाना हो गए। मौक़े पर पहुँचकर उन्होंने देखा कि अप और डाउन दोनों मेन लाइनों पर प्रदर्शनकारियों की भीड़ जमा है, और इसके पहले कि लोग जान पाते कि वह मंडल प्रबन्धक हैं, हवा में मुट्ठी लहराते हुए, फ़ॉग-हॉर्न जैसी फटी आवाज़ में एक मुस्टंडा दूधिया चिंघाड़ा, "मंडल प्रबन्धक मुर्दाबाद! मंडल प्रबन्धक वापस जाओ, वापस जाओ!" अब दूसरे प्रदर्शनकारी भी उसके साथ मिलकर नारे लगाने लगे। थोड़ी देर बाद अरुणा जोशी ने हाथ के इशारे से भीड़ को शान्त कराया और सकपकाए हुए प्रबन्धक को बोलने के लिए बुलाया। वह अपनी एम्बेसडर कार की छत पर चढ़ गए और भीड़ को सम्बोधित करते हुए कहा, "भाइयो और बहनो, मैं एक रेल कर्मचारी हूँ। किसी लाइन का बन्द होना मुझे हरगिज़ पसन्द नहीं। तो मुझे इस बात की बेहद ख़ुशी है कि आप सब भी ऐसा ही महसूस करते हैं। लेकिन आप जैसे ही दूसरे तमाम मुसाफ़िरों को परेशानी और रेलवे की बदनामी से आख़िर क्या हासिल होगा? भाइयो और बहनो, मैं आपके नेताओं के साथ मिल-बैठकर इस मुश्किल का समाधान तलाशने पर बात करना चाहूँगा कि हम इस लाइन को कैसे बचा सकते हैं। जितना आप चाहते हैं, उतना ही मैं भी चाहता हूँ कि यह लाइन बन्द न हो।"

अरुणा जोशी जानती थीं कि दूध बाँटने का रोज़ का अपना काम छोड़कर दूधिये लम्बे समय तक वहाँ बैठे नहीं रह सकते थे, सब्ज़ी वालों की भी रोज़ी-रोटी का

सवाल है, और दफ़्तरों से लम्बे समय तक ग़ायब रहे तो बाबुओं पर भी कार्रवाई का ख़तरा मँडराने लगेगा। इसलिए बातचीत का मंडल प्रबन्धक का प्रस्ताव उन्हें मुँह माँगी मुराद जैसा लगा, धरने के शर्मनाक ढंग से बिखरने से बचाव का यह बढ़िया तरीक़ा होगा। "हम बेसबब यहाँ नहीं जुटे हैं, मैनेजर साहब," उन्होंने कहा। "यहाँ आए ये मेरे भाई-बहन बहादुर और निडर हैं, लेकिन हम अविवेकी नहीं हैं। चूँकि आप बातचीत का अनुरोध लेकर हमारे पास आए हैं, तो हम बात करने के लिए तैयार हैं।"

मौक़े पर जो बातचीत हुई, उसमें यह तय हुआ कि मंडल प्रबन्धक अपने अफ़सरों को लाइन बन्द करने का फ़ैसला रद्द करने के लिए राज़ी करेंगे बशर्ते कि मुसाफ़िर टिकट ख़रीदने को राज़ी हों। प्रबन्धक ने बताया कि ट्रेन का मासिक सीज़न टिकट किसी भी दूसरी सवारी के किराये के मुक़ाबले काफ़ी सस्ता है। इस पर प्रदर्शन कर रहे मुसाफ़िरों ने भुनभुनाना शुरू कर दिया, लेकिन अरुणा ने उन्हें समझाया कि यह समझदारी का सौदा है, उन्हें इससे ज़्यादा की उम्मीद नहीं करनी चाहिए। इससे फ़िलहाल इतना तो होगा कि उनकी लाइन और स्टेशन बन्द होने से बच जाएँगे। मंडल प्रबन्धक अगर अपने अफ़सरों को मनाने में नाकाम रहे तो वे लोग फिर धरने पर बैठ जाएँगे।

मेन लाइन पर प्रदर्शनकारियों के क़ब्ज़े के दौरान मौजूद लोकल रिपोर्टरों की नोटबुक भर गईं। फ़ोटोग्राफ़रों की ख़ातिर प्रदर्शनकारियों ने भी अपने ग़ुस्से का बेहतरीन ढंग से इज़हार किया। उनकी स्टोरी और तस्वीरें अगले दिन के राष्ट्रीय अख़बारों में छपने के लिए समय से दिल्ली पहुँच जाएँगी। अरुणा को अन्दाज़ा था कि इन ख़बरों के बाद फिर से धरने और बदनामी के डर से रेलवे बोर्ड और रेल मंत्री भी लाइन बन्द करने के फ़ैसले पर दुबारा विचार कर सकते हैं, ख़ास तौर पर तब, जब यह लाइन ज़ीरो आमदनी वाली नहीं रह जाएगी।

यह समझौता, ज़ाहिर है कि उस एक शख़्स को रास नहीं आया, जो इस पूरे बवाल की जड़ था। सांसद राय ने उम्मीद लगा रखी थी कि एक ही दाँव में पटखनी देकर वह जीत जाएँगे। उन्होंने सोच लिया कि अब आगे उन्हें क्या करना है, रेलवे के मुसाफ़िरों की अक़्ल ठिकाने लगाने और अपनी हनक क़ायम रखने का सबसे बढ़िया तरीक़ा रेल सेवा में अड़चन डालना था। प्रदर्शनकारियों को वह उन्हीं के दाँव से चित कर देंगे।

तो इस समझौते के कुछ ही अरसे बाद, फ़रीदपुर जाने वाली सवेरे की रेलगाड़ी खींचता हुआ अकबर जंगल के ढलान की ओर बढ़ रहा था, तभी फ़ायरमैन

नदीम ख़ान चिल्लाया, "ब्रेक! ब्रेक! गाड़ी रोको। आगे लाइन पर कुछ लोग हैं।" ड्राइवर थॉमस ने इंजन से बाहर लटककर देखा कि बैनर लिये पाँच या छह नौजवानों का एक झुंड पटरी पर बैठा है और उनके बैनरों पर लिखा है—"धन की बर्बादी बन्द करो। फ़रीदपुर रेलवे बन्द करो," तो उसका पारा चढ़ गया। "रेलवे बन्द करो, हुँह?" वह ग़ुस्से में बड़बड़ाया, "मैं इनको मज़ा चखाता हूँ, तुम देखना मैं इनका तमाशा कैसे ख़त्म करता हूँ।" उन्होंने रेगुलेटर थोड़ा और खोल दिया, तो अकबर की चाल और धड़धड़ाहट दोनों तेज़ हो उठीं, और लगातार सीटी बजाता हुआ वह तेज़ी से धरने की तरफ़ बढ़ने लगा। धरने वालों के क़रीब पहुँचते-पहुँचते, ड्राइवर थॉमस और उनका फ़ायरमैन दोनों बाहर की ओर झाँकते हुए चिल्लाए, "ब्रेक फेल! ब्रेक फेल!" साथ ही हाथ हिलाकर वे उन लड़कों को ट्रैक से हटने का इशारा भी करते जा रहे थे। लड़के डर गए। जिसे जहाँ सींग समाया, उठकर उसी तरफ़ भाग खड़ा हुआ। थॉमस ने इसके बाद ही ब्रेक लगाए। पटरी पर छूटे बैनर और दूसरा कचरा हटाने के लिए वह इंजन से नीचे उतरे तो ट्रेन खड़ी हो जाने की वजह समझने के लिए अपने डिब्बों से निकल आए मुसाफ़िरों ने तालियाँ बजाकर उनकी सराहना की, और फिर सन्तनगर-फ़रीदपुर फ़ास्ट पैसेंजर अपने रास्ते पर आगे बढ़ गई।

यह एक जंग की शुरुआत थी। सांसद राय के भाड़े के लड़कों ने जिन रेलवे मुसाफ़िरों के सफ़र में अड़ंगा डाला था, वे सब बदला लेने के लिए सवेरे वाली बस के रास्ते में सड़क पर जा बैठे। बस के ड्राइवर ने प्रदर्शन करने वालों से पैंतरेबाज़ी की कोशिश की तो लोगों ने धक्का देकर बस खाई में गिरा दी। जवाब में सांसद ने कुछ लोगों को भेजकर रेलवे ट्रैक में छेड़छाड़ करा दी, नतीजे में अकबर पटरी से उतर गया। कोई गम्भीर हादसा नहीं हुआ क्योंकि ट्रेन कभी तेज़ चलती ही नहीं थी। मुसाफ़िरों को यह देखकर और ताव आ गया कि हादसे वाली जगह पर सांसद की कुछ बसें खड़ी थीं ताकि उनमें बैठकर वे अपने ठिकानों तक चले जाएँ। उन बसों में बैठने की कौन कहे, मुसाफ़िरों ने उन पर इतने पत्थर बरसाए कि वे चलने के क़ाबिल ही नहीं रह गईं। इससे फ़ारिग होकर वे फ़रीदपुर से आने वाली रिलीफ़ रैक का इन्तज़ार करने लगे, जो उन्हें लेने आने वाली थी।

उस रोज़ शाम को स्टेशन मास्टर ने मुसाफ़िरों को बताया कि ट्रैक 'ज़रा-सा पंक्चर' हो गया था। उनके कहने का मतलब था कि मामूली दरार आई थी मगर उनकी इस बात से मुसाफ़िरों को सांसद की बस-सर्विस के ख़िलाफ़ लड़ाई का

नया हथियार मिल गया। अगली सुबह जब सांसद की दो बसों के ड्राइवर पहुँचे तो देखा कि बस के किसी टायर में हवा नहीं है।

बस और ट्रेन की इस जंग में प्रेस वालों को अब मज़ा आने लगा था। अरुणा जोशी से तुलना करते हुए सांसद के ख़िलाफ़ हर रोज़ कुछ न कुछ छपता। वह पूँजीपति था, जो जनता की भलाई से ज़्यादा अपनी भलाई वाले कामों में जुटा रहता। लोगों के भले की लड़ाई में आगे रहने वाली अरुणा जोशी बहादुर थीं और इन कामों से उनका कोई निजी हित सधता नहीं दिखाई देता था। लेकिन उनके किरदार पर कालिख पोतने की कोशिशों में सांसद ने कोई क़सर नहीं छोड़ी। अपने आदमियों से कहा, "जाओ और जाकर इसका काला चिट्ठा पता करो। दाल में कुछ न कुछ तो काला होगा ही। वह घूस नहीं लेती तो सेक्स का चक्कर तलाश करो। ज़ाहिर है कि उम्र-भर वह इसके बग़ैर तो नहीं रही होगी। उसकी ज़िन्दगी में कोई आदमी खोजो, किसी दूसरे का पति भी हो सकता है, या...एक मिनट ठहरो, कहीं अपनी इस मनहूस रेलवे की तरह वह छोटी लाइन वाली तो नहीं, मतलब कि शायद उसे औरतें पसन्द हों।" मगर उनके आदमी ख़ाली हाथ लौट आए, उनके पास अरुणा जोशी के ख़िलाफ़ बताने के लिए कुछ नहीं था।

इस योजना के नाक़ाम होने के बाद सांसद ने मौजूदा हालात को अपने पक्ष में करने के लिए लोगों की राय बदलने की ठानी। ऐसी युक्ति कि जनता उन्हें अपना मसीहा मान ले, साथ ही अरुणा और रेलवे का समर्थन मद्धिम पड़ जाए। उन्होंने ऐलान करा दिया कि सन्तनगर और फ़रीदपुर के बीच लोग अब उनकी बसों में मुफ़्त सफ़र कर सकते हैं, बल्कि उनकी किसी भी बस में कोई किराया नहीं देना होगा। कहने की ज़रूरत नहीं कि उनकी यह चाल रेलवे मुसाफ़िरों को ललचाने के लिए थी, क्योंकि ट्रेन में चढ़ने के लिए अब तो उन्हें किराया भरना ही पड़ेगा।

सांसद के इस ऐलान के बाद क़स्बे में दो गुट बन गए। प्रतिद्वंद्वी की धोखेबाज़ी बेनक़ाब करने के लिए अरुणा ने जनसभा बुलाई। क़स्बे के सेंट्रल पार्क में जमा भारी भीड़ के बीच उन्होंने कहा, "अपने एमपी को आप सब अच्छी तरह जानते हैं। बीस सालों से अपने पद का दुरुपयोग करके वह केवल पैसा बनाने में लगे हैं। यहाँ हुए सारे सरकारी कामों के ठेके अपने लोगों को दिलाकर उन्होंने करोड़ों रुपये कमाए, यहाँ तक कि गाँवों में सड़कों की मरम्मत के ठेकों के लिए भी उन्होंने मोटा कमीशन लिया।" भीड़ में बहुतों ने सिर हिलाकर उनकी बात से सहमति जताई। "क्या आपको लगता है कि अचानक वह कोई सन्त या महात्मा बन गए हैं?"

उन्होंने तल्ख़ी से पूछा, "भगवा चोला पहनने वाले साधु के मन भी खोट हो सकता है, और संजय सिंह राय तो अगर गेरुआ भी पहन लें, तो भी उनका दिल काला ही रहेगा। वह सिर्फ़ इतना चाहते हैं कि रेलवे बन्द हो जाए ताकि फ़रीदपुर वाली उनकी बसें कमाई कर सकें। आपको लगता है कि ट्रेन बन्द हो जाने के बाद वह आपको अपनी बसों में मुफ़्त में चढ़ने भी देंगे?"

अरुणा रुक गईं और भीड़ ने एक साथ उनके सवाल का जवाब दिया, "नहीं!"

"नहीं," अरुणा ने कहा, "वह भाड़ा-भर वसूल नहीं करेंगे बल्कि भाड़ा बढ़ा भी लेंगे क्योंकि तब उनकी बस के मुक़ाबले दूसरी कोई सवारी होगी ही नहीं।"

अगले रोज़ संजय सिंह राय उसी चबूतरे पर खड़े थे, जहाँ से बोलते हुए अरुणा ने उन पर बेहिसाब इल्ज़ाम लगाए थे। उनके सामने शहरियों का सैलाब था, तादाद के हिसाब से जो अरुणा के जुटान से कम हरगिज़ नहीं था। लम्बे समय से सांसद और कुशल वक्ता के बोलने की शुरुआत हमदर्दी हासिल करने की अपील से हुई, "मेरे प्यारे भाइयो और बहनो," लाउडस्पीकर पर उनकी आवाज़ गूँजी, "आपको यह बताते हुए मुझे गहरी पीड़ा हो रही है कि कल मुझे बहुत बेइज़्ज़त किया गया। मेरी नीयत पर सन्देह जताया गया। कहा गया कि मैं मक्कार और झूठा हूँ, कि मैं अपने फ़ायदे के लिए आप लोगों को धोखा दे रहा हूँ, कि मेरी बात पर भरोसा नहीं किया जा सकता। मैं इस बात से और व्यथित हूँ कि मुझ पर ये सारे आरोप एक स्त्री ने लगाए। आप सब जानते हैं कि मैं शरीफ़ और इज़्ज़तदार आदमी हूँ, मिज़ाज मैंने फ़क़ीरों जैसा पाया है। तो उनके ख़िलाफ़ ख़राब बोलकर मैं उनको जवाब भी नहीं दे सकता हूँ। मगर मैं आपसे पूछता हूँ कि जिस शख़्स को आपने चौथी बार एमपी चुना, क्या वह चालाक हो सकता है? क्या वह साजिश और धोखेबाज़ी कर सकता है? क्या कोई धोखेबाज़ वो सारे काम कर सकता है, जो मैंने आपके लिए किए हैं? धोखेबाज़ तो चुनाव के दिनों में वायदे करने आते हैं, जो आपको सपने दिखाते हैं कि क़स्बे को ऐसा बना डालेंगे कि आप पहचान भी नहीं पाएँगे, ज़मीन-आसमान का अन्तर हो जाएगा—और फिर जब वे ग़ायब होते हैं तो अगले पाँच साल तक नज़र नहीं आते। मगर मैं तो हमेशा आपके साथ ही रहा हूँ। विकास के उन कामों को देखिए, जो मैंने आपके लिए कराए हैं। मैं आपका सेवक हूँ, और हमेशा आपका सेवक ही रहूँगा।"

इसके बाद सांसद ने पहली बार चुने जाने से लेकर अब तक हुए विकास के काम गिनाने शुरू किए, और उन सारे कामों का श्रेय ख़ुद को ही दिया, मसलन

मुख्य सड़कें फिर से बनाने और बार-बार उनकी मरम्मत के काम, जो ऐसे ठेकेदार करते जिनके काम की उत्कृष्टता की वह क़सम खा सकते थे; प्राइवेट स्कूल जो उन्होंने शुरू किया क्योंकि दोनों सरकारी स्कूल इतने घटिया थे और उनकी इमारतें इतनी ख़स्ताहाल हो चुकी थीं कि उन्हें दुरुस्त कराने की कोशिशें बेकार थीं; एक प्राइवेट क्लिनिक उन्होंने बनवाया क्योंकि एकमात्र सरकारी अस्पताल कई किलोमीटर दूर था, और लोकल डिस्पेंसरी में पिछले बीस सालों से न तो कोई डॉक्टर था और न ही दवाएँ; महिलाओं के लिए सिलाई की मुफ़्त कक्षाएँ, जो एक एनजीओ की ओर से चलाई जाती थीं, और जिसे एक अमेरिकी कम्पनी से अनुदान मिलता था, लेकिन यह एनजीओ क्या उनकी पत्नी ही नहीं चलाती थीं? उन्होंने यह भी बताया कि उनके ख़िलाफ़ भ्रष्टाचार का कोई मामला किसी अदालत में कभी नहीं आया, और इससे साफ़ हो जाता है कि उन पर लगने वाले सारे आरोप उनके विरोधियों की फैलाई हुई अफ़वाहें हैं। सांसद ने एक बार फिर लोगों से यह सवाल करते हुए अपनी बात ख़त्म की कि क्या यह सम्भव है कि उनके जैसा आदमी सन्तनगर के लोगों को धोखा दे सकता है, ऐसा आदमी जिसने उन लोगों के लिए इतना कुछ किया और जिस पर उन लोगों ने इतना भरोसा जताया था। उनके पिछलग्गुओं ने ज़ोर-ज़ोर से नारे लगाए "संजय सिंह राय जिन्दाबाद!" और फिर भीड़ बिखर गई।

पाले अब साफ़-साफ़ खिंच चुके थे। अरुणा का समर्थन करने वालों में सिर्फ़ रेल मुसाफ़िर नहीं थे। सन्तनगर के बहुतेरे शहरियों को डर था कि उनका शहर अगर रेलवे के नक़्शे से हट जाएगा तो उनकी आमदनी बुरी तरह प्रभावित होगी। दुकानदारों, व्यापारियों और दूसरे लघु उद्योग चलाने वालों को आशंका थी कि रेलवे बन्द होने से शहर आने वालों की तादाद में कमी आएगी और ऐसे में उनका कारोबार घट जाएगा। सन्तनगर में मन्दिर की मौजूदगी भी ख़ासी अहम थी। सन्त, पंडित, पुजारी, और दूसरे तमाम लोग, जिनकी रोज़ी मन्दिर से जुड़ी थी, इस बात से परेशान हो उठे कि रेलवे के न रहने पर तीर्थयात्रियों का आना कम हो जाएगा। अपने सांसद पर उन्हें भरोसा नहीं था, वे अरुणा को सम्मान की निगाह से देखते, जिन्होंने शहरियों के लिए इतना कुछ किया और उन पर कभी कोई उँगली नहीं उठा सका। लेकिन सांसद के वफ़ादारों का भी एक तबक़ा था, इसमें वे लोग भी शामिल थे, जो ट्रेन में नहीं चढ़ते थे और जिन्हें ज़िले भर में मुफ़्त बस यात्रा वाली बात बहुत जँची थी। इसलिए चायख़ानों में और नुक्कड़ों पर बहसें शुरू हो गईं, यहाँ तक कि घरों के भीतर भी, जहाँ इन बहसों ने परिवार बाँट दिये। एक गुट

पोस्टरों से दीवारें पाट देता तो दूसरी तरफ़ वाले जाकर पोस्टर फाड़ आते। पर रेलवे फ़िलहाल बेराकटोक चल रही थी। सांसद को मानना पड़ा कि रेल-सेवा में अड़ंगे की कोशिश वाली उनकी रणनीति किसी काम न आई।

शहर का पारा चढ़ने के साथ ही झगड़े-झंझट बढ़ने लगे। नौबत कई बार हाथापाई तक पहुँच जाती। ज़्यादा गम्भीर लड़ाई तब हुई, जब सांसद के कुछ समर्थकों ने स्टेशन के प्लेटफ़ॉर्म पर जाकर क़स्बे के नाम वाले कई बोर्डों पर कालिख पोत दी। कुछ लोगों ने उन पर हमला किया, इतनी ठुकाई की कि चोटों के इलाज के लिए कुछ को अस्पताल तक जाना पड़ा। स्टेशन मास्टर ख़ुद अपने सिवाय किसी और को नियमों के उल्लंघन की इजाज़त नहीं देते थे, सो उन्होंने इस मामले को गम्भीरता से लिया और थाने में एफ़आईआर दर्ज करा दी। रिपोर्ट में उन्होंने रेलवे परिसर में ज़बरदस्ती घुस आने और रेलवे की सम्पत्ति को नुक़सान पहुँचाने का आरोप लगाया।

इस एफ़आईआर ने थाने के इंचार्ज चौधरी राम सिंह को परेशान कर दिया। थुलथुल काया वाले चौधरी आलसी भी थे और वर्षों से नौकरी करते हुए पुलिस के काम से अब बेहद ऊब चुके थे। उसे अन्देशा था कि जोश में उस स्टेशन मास्टर ने कहीं दूसरे लोगों को भी यही रास्ता सुझाना शुरू कर दिया तो एक के बाद एक एफ़आईआर उनकी मेज़ पर फड़फड़ाती दिखाई देंगी। ये हाथापाई और झगड़े अगर कहीं दंगे में बदल गए तो स्थिति और बदतर हो जाएगी, क्योंकि तब वह बड़े अफ़सरों की निगाह में चढ़ जाएगा और ऐसा वह हरगिज़ नहीं चाहता था। उसे एक ही रास्ता सूझा कि अरुणा जोशी से बात करके यह तनातनी कम कराने के लिए राज़ी करे। वह अच्छी तरह जानता था कि हालात और बिगड़े तो सांसद को ख़ुशी ही होगी, और बहुत से लोग इस जुगत में जुटे भी होंगे कि बात बिगड़े।

तो गाड़ी लेकर थानेदार उनसे मिलने चला गया। चुंगी दफ़्तर की उस जर्जर इमारत में शिकायतें लेकर पहुँचे लोगों की ख़ासी भीड़ जुटी थी। भीड़ के बीच से रास्ता बनाता हुआ वह आगे बढ़ा और अरुणा जोशी के दफ़्तर में घुस गया। बाहर ही बैठे अरुणा के पीए ने उन्हें रोकने की बहुत कोशिश की कि बिना अपॉइंटमेंट के वह अध्यक्ष से नहीं मिल सकते, लेकिन उसकी अनसुनी करते हुए चौधरी ने आगे बढ़कर अध्यक्ष के कमरे का दरवाज़ा खोला और अन्दर चला गया। अरुणा ने सिर उठाया और फ़ौलादी आँखों से उसे देखते हुए रौबदार आवाज़ में पूछा, “हाँ? क्या बात है?” थानेदार की जैसे बोलती ही बन्द हो गई। अरुणा ने फिर पूछा, “हाँ,

बताइए?" थानेदार की हालत उस स्कूली बच्चे जैसी हो गई थी, जिसे हेड्मास्टर ने सफ़ाई देने के लिए क्लास में खड़ा कर दिया हो। बुदबुदाते हुए उन्होंने कहा, "मैडम, मैं माफ़ी चाहता हूँ कि अपॉइंटमेंट लिये बिना ही आपसे मिलने आ गया। मैं दिल से आपकी बहुत इज़्ज़त करता हूँ, क़स्बे का हर आदमी आपका सम्मान करता है, मैं तो यहाँ तक कहता हूँ कि...।"

अरुणा ने उसकी बात बीच में ही काटी, "ये सब चापलूसी की बातें करना बन्द कीजिए, बैठ जाइए, और काम की बात कीजिए। ज़रूर कोई बड़ी बात होगी वरना मुझे मालूम है कि थाने के बाहर आप कम ही निकलते हैं।"

"इसी रेलवे लाइन के मामले में आपसे बात करनी है," थानेदार ने संयत होते हुए कहा। "लोगों में ग़ुस्सा बहुत बढ़ गया है और मुझे डर है कि कोई बड़ी वारदात न हो जाए।"

अरुणा के जवाब से थानेदार को थोड़ी हैरानी हुई। उन्होंने कहा, "आप बिलकुल ठीक कह रहे हैं, थानेदार साहब," और फिर पूछा, "मगर क्या किया जा सकता है? संजय सिंह राय बेहद ज़िद्दी और घमंडी आदमी हैं। रेलवे लाइन बन्द कराने की अपनी ज़िद वह नहीं छोड़ने वाले, और मैं अपने लोगों को निराश नहीं कर सकती। इसके अलावा, मुझे यह भी लगता है कि राय की बस-सर्विस को फ़ायदा पहुँचाने के लिए रेल मंत्री को हमारी रेलवे और हमारे शहर का मान छीनने का कोई हक़ नहीं है।"

उत्साहित थानेदार ने उनकी बात से सहमति जताई। "सही कह रही हैं, मैडम, आपने एकदम सही बात कही है। एमपी साहब बहुत ज़िद्दी हैं, और अभिमानी भी। उन्हें अपनी शान, अपने चेहरे की—वो उसे अंग्रेज़ी में कैसे कहते हैं, मैडम? —बड़ी फ़िक्र रहती है।"

"वो तो ख़ैर होनी भी चाहिए," अरुणा ने मुस्कराते हुए कहा। उस सुबह वह पहली बार मुस्कराई थीं। "अपने फूले हुए गालों और दोहरी ठुड्डी के चलते एकदम मेढक दिखाई देते हैं। मगर आपके कहने का मतलब शायद यह है कि पीछे हटने से उनके सम्मान को ठेस लगेगी। जिसे अंग्रेज़ी में 'ही वुड लूज़ फ़ेस' कहेंगे। उनके अपनी ज़िद छोड़ने के लिए, मैं वह सब करने को तैयार हूँ, जो मेरे बस में है। इसके लिए हमें मध्यस्थ की ज़रूरत होगी और कोई बीच का रास्ता तलाशना पड़ेगा। झगड़ा निपटाने का सबसे बढ़िया हिन्दुस्तानी तरीक़ा तो यही है कि कोई ऐसा समाधान निकाला जाए कि दोनों पक्षों को लगे कि जीत उन्हीं की हुई है और

किसी को यह न लगे कि वे हारे हैं। महात्मा गांधी कहते थे कि एक वकील का फ़र्ज़ है कि अपने मुवक्क़िलों में सुलह कराने की कोशिश करे, न कि उन्हें आपस में लड़ने के लिए उकसाए। आप तो क़ानून के रखवाले हैं। आप मध्यस्थता करें।"

अरुणा यह ज़िम्मेदारी उसके कन्धों पर डाल रही हैं, यह सुनकर ही थानेदार एकदम चौकन्ना हो गया। "मैडम," वह घिघियाया, "मैं महात्मा गांधी नहीं हूँ, और न ही कोई वकील। मैं तो पुलिस का अदमा-सा अफ़सर हूँ और पुलिस पर कोई भरोसा नहीं करता। मैं मध्यस्थता कैसे कर सकता हूँ? इसका तो सवाल ही पैदा नहीं होता, मैडम।"

"ठीक है, तब जाइए और जाकर कोई ऐसा आदमी तलाश कीजिए, जो मध्यस्थ बन सके," अरुणा ने कहा, और वापस अपनी फ़ाइलें देखने लगीं।

थाने लौटते हुए चौधरी राम सिंह का सिर भिन्ना रहा था, और मारे ग़ुस्से के जाने कैसे-कैसे ख़याल उसके दिमाग़ में आ रहे थे। "बड़ी बेवकूफ़ और सिरफिरी औरत है...गांधी से खामखाह मेरी तुलना करने बैठ गई...कहीं मेरा मज़ाक़ तो नहीं उड़ा रही थी...कोई पुलिस वाला गांधी हो सकता है भला! और बेसिर-पैर का यह मशविरा क्या हुआ—"मध्यस्थ खोज के लाओ।" इस ज़रा-से क़स्बे में मैं गांधी कहाँ से तलाश लाऊँगा? यहाँ तो लोग भी छोटे-मोटे ही हैं...गांधी तो महात्मा थे, साक्षात देवदूत, तभी तो लोग उन पर भरोसा करते थे..." तभी अचानक पीछे की ओर झुकते हुए थानेदार ने अपनी जाँघ पर ज़ोर का हाथ मारा और सकपका गए ड्राइवर से कहा, "देवदूत! भगवान का भेजा हुआ आदमी! यही न! मुझे मिल गया। गाड़ी घुमा लो और चुंगी दफ़्तर चलो।"

यह देवदूत सन्त तुलसी रामदेव थे। वह कई पीढ़ियों पहले एक बड़े ज़मींदार के बनाए पंथ की सन्त-परम्परा में से थे। अधेड़ उम्र के उन ज़मींदार ने अपनी सारी धन-दौलत और रुतबा त्याग कर संन्यास ले लिया था और यहाँ आ गए थे। तब यहाँ जंगल हुआ करता था। उन्होंने अपना नाम आनन्द रामस्वरूप रख लिया, उनके पांडित्य, तप, आध्यात्मिकता और चमत्कारी शक्तियों की ख्याति ऐसी फैली कि उनकी झोंपड़ी के आसपास आबादी बस गई। उनका प्रवचन सुनने के लिए जुटने वाले भक्तों की भीड़ देखते हुए छोटी-मोटी दुकानें खुल गईं। लोग अपनी मुश्किलें लेकर उनके पास आते और दैवी शक्तियों का इस्तेमाल करके उनसे छुटकारा दिलाने की प्रार्थना करते। यह आबादी जल्दी ही गाँव में तब्दील हो गई, और बाद में यही गाँव विकसित होकर सन्तनगर क़स्बा बना। आनन्द रामस्वरूप के निधन के बाद

उनकी स्मृति अक्षुण्ण रखने और उनके उत्तराधिकारियों के रहने के लिए वहाँ एक भव्य मन्दिर बन गया। उनमें हालाँकि पंथ के संस्थापक की तरह न वैराग्यभाव था, और न ही उनकी तरह की दैवी शक्तियाँ मगर इस ख़ामियों के बावजूद पंथ का प्रभाव बना रहा। जैसे-जैसे समय बीता, उनकी शख़्सियत और शक्तियों के बारे में कहे-सुने जाने वाले क़िस्से अतिरंजित हो गए, नतीजे में उनकी कीर्ति-प्रतिष्ठा बढ़ती ही गई। अब तो ये क़िस्से सदियों पुराने हो चुके हैं।

मौजूदा सन्त, सन्त तुलसी रामदेव भी वैरागी हैं, और आध्यात्मिक पुरुष के तौर पर उनकी बड़ी ख्याति है। उनके चमत्कारों के साक्षी होने का दावा करने वाले भी तमाम लोग मिल जाते हैं। लोग उनका बहुत सम्मान करते थे और उनकी बात भी मानते थे। आमतौर पर वह अपने प्रभाव का इस्तेमाल करने से बचते, फिर भी क़स्बे की फ़िज़ा को ख़तरा बनने वाले झगड़े निपटाने के लिए कभी-कभार वह मध्यस्थता कर देते थे। तो थानेदार ने जैसे ही मध्यस्थता के लिए उनका नाम सुझाया, अरुणा यह कहते हुए फ़ौरन राज़ी हो गईं, "मैं भी एकदम बुद्धू हूँ। यह तो मुझे ख़ुद सोचना चाहिए था।"

थानेदार जानता था कि एमपी को इसमें बहुत दिलचस्पी नहीं होगी, मगर वह भी कम शातिर नहीं था। उसने भी एक युक्ति सोच रखी थी और उसे उम्मीद थी कि सांसद मना नहीं कर पाएँगे। दोनों जब मिले तो थानेदार के अन्देशे के मुताबिक़ नेता अब भी रेलवे लाइन बन्द कराने पर अड़ा हुआ था। वह किसी भी मध्यस्थता पर ग़ौर करने को तैयार नहीं था। उन्होंने कहा, "लोगों में गहरी नाराज़गी है कि इस लाइन पर इतना पैसा बर्बाद किया जा रहा है, जो हद से ज़्यादा है।" थानेदार ने झट हामी भर दी, ज़ाहिरा तौर पर उसने यह बात दिल से कही, "आप सही कह रहे हैं, सर, बिलकुल सही। इससे तो किसी को इनकार हो ही नहीं सकता और रेलवे वाले पैसे की यह शर्मनाक बर्बादी रोकने में बहुत ढिलाई बरत रहे हैं।" सांसद जानते थे कि सामने बैठा पुलिस वाला चालाक है, संजीदा नहीं, कि वह हवा का रुख़ भाँपने की कोशिश कर रहा है, इसलिए जब तक यह तय नहीं हो जाता कि कौन जीतेगा, वह दोनों पक्षों की तरफ़दारी करता रहेगा। फिर भी वह थानेदार की बक-बक सुनते रहे। "मैं जानता हूँ, सर, कि ट्रेन के मुक़ाबले आपकी बस-सेवा तेज़ है और ज़्यादा आरामदेह भी। और अगर प्रतिस्पर्धा नहीं रहेगी तो आप सड़क पर और बसें लगा सकेंगे और यह तो समाज सेवा होगी।" लेकिन थानेदार की आगे की बातों से सांसद सजग हो गए। वह थोड़ा तनकर बैठ गए। थानेदार बोले

जा रहा था, "मगर मुश्किल यह है कि इस क़स्बे के लोग बहुत ज़िद्दी हैं और बदलाव बिलकुल पसन्द नहीं करते। पुलिस वाला होने के नाते शहर का जो माहौल मैं भाँप सका हूँ, वह आपके ख़िलाफ़ है। लोग कह रहे हैं कि आप लालची और भ्रष्ट हैं क्योंकि उन्हें लगता है कि लाइन बन्द कराने के लिए आपने मंत्री और रेलवे अफ़सरों को घूस दी है। मुझे पता है कि यह सच नहीं है। मुझे मालूम है कि मंत्री को धमकाने के लिए आपने ज़ीरो आमदनी वाली जानकारी का इस्तेमाल किया था। पैसे का कोई लेन-देन नहीं हुआ।"

"तुम्हें यह कैसे पता?" सांसद ने हैरानी से पूछा। "मैंने इसके बारे में किसी को नहीं बताया।"

"सरकारी दफ़्तर उन बाल्टियों की तरह होते हैं, सर, जिनमें छेद होते हैं। उनसे रिसने वाला गंदा पानी इकट्ठा करने में हम पुलिस वाले माहिर हैं। बहरहाल, अब आपने मान लिया कि मेरी रिपोर्ट सही है। अफ़सोस की बात यह है कि हम सच्चाई जानते हैं, अभी आपने ही मेरी बात की तस्दीक़ की है, फिर भी हम पर कोई यक़ीन नहीं करता। इसलिए मंत्री को रिश्वत देने वाला यह क़िस्सा ख़त्म करने में मैं आपकी कोई मदद नहीं कर सकता हूँ।"

"तो तुम मेरे लिए क्या कर सकते हो?"

"सर, मेरे जैसे थानेदार तो बस अपने हलक़े के बारे में जानते हैं। और जैसा कि मैंने आपको अभी बताया, हम हवा का रुख़ भाँप लेते हैं। मैं तो आपको यही बता सकता हूँ कि रेलवे के ख़िलाफ़ आपकी मुहिम से लोगों में बहुत नाराज़गी है और हवा का रुख़ आपके ख़िलाफ़ है। मुझे लगता है कि बस और ट्रेन के इस झगड़े में बीच का रास्ता निकालने के लिए अगर आप सन्त जी की मध्यस्थता से इनकार कर देते हैं तो मामला और बिगड़ जाएगा।"

"कैसे?"

"अरुणा जी अगर लोगों को यह बता दें कि सन्त की मध्यस्थता आपको मंज़ूर नहीं है और आपने इससे इनकार कर दिया है, तो लोगों के बीच ग़लत सन्देश जाएगा। उन्हें लगेगा कि आप पूज्य सन्त का अपमान कर रहे हैं। वह श्रद्धेय हैं। लोग तो यह भी कह सकते हैं कि आपको ईश्वर में भरोसा नहीं है क्योंकि आपके मन में सन्त के लिए कोई सम्मान नहीं है।"

थानेदार के इस तर्क में दम था। खिड़की से बाहर झाँकते हुए सांसद ने इस बारे में सोचा। उन्हें लगा कि वह फँस गए हैं। अगर वह मध्यस्थता के लिए राज़ी

नहीं होते हैं तो लोग उनके ख़िलाफ़ हो जाएँगे और ऐसे में उनकी छवि को भारी नुक़सान हो सकता है। उनके पास उपाय ही क्या है? लड़ाई जारी रखें? लेकिन सच तो यह है कि इस लड़ाई से उनकी बदनामी ही हो रही थी। तो मंत्री को मनाया जाए कि लाइन बन्द करने की कार्यवाही वापस ले लें? फरीदपुर से सन्तनगर के रूट पर फ़ायदा ज़रूर है मगर उनकी बसें तो और तमाम रूट्स पर भी चलती हैं, और वहाँ उनका एकाधिकार है। यानी इस लड़ाई में अगर पीछे हट भी जाते हैं तो कोई ख़ास आर्थिक नुक़सान नहीं होने वाला, कोई भारी नुक़सान तो शर्तिया नहीं होगा। मगर, यह बड़ी शर्मिंदगी भरी शिकस्त मानी जाएगी।

थानेदार ने उनके विचारों में ख़लल डाला। "मध्यस्थता की बात मान लीजिए, सर। अभी आप जिस झंझट में फँस गए हैं, उससे साफ़ बच निकलने का यह सबसे बढ़िया तरीक़ा है। मान लीजिए कि सन्त जी रेलवे का पक्ष लेते हैं, तो भी आपको कोई शर्मिंदगी नहीं उठानी पड़ेगी। बल्कि देखा जाए तो आप तब भी फ़ायदे में रहेंगे, क्योंकि तब लोगों को लगेगा कि देवतुल्य सन्त का मान रखने के लिए आपने इतना बड़ा त्याग किया। वोटर त्याग करने वाले नेता को पसन्द करते हैं, सन्तों के लिए उनके मन में बेहद सम्मान होता है।"

सांसद जब अपने विकल्पों के फ़ायदे-नुक़सान का हिसाब लगा रहे थे, इत्मीनान से बैठा थानेदार उनके जवाब का इन्तज़ार कर रहा था। अन्ततः सांसद ने खिड़की की ओर से मुड़कर उसकी ओर देखा और बात ख़त्म करते हुए कहा, "अच्छा, थानेदार साहब। आप चलो। मैं इस बारे में सोचता हूँ।"

सांसद को तय करने में बहुत देर नहीं लगी। अगले ही दिन प्रेस कॉन्फ्रेंस बुलाकर उन्होंने घोषणा कर दी कि बस और ट्रेन के बीच फ़ैसला करने के लिए वह सन्त से आग्रह करेंगे। अरुणा ने उनका यह बयान सुधारने की कोई कोशिश नहीं की। दोनों सन्त से मिलने पहुँच गए। मन्दिर की धर्मशाला के छोटे-से कमरे में वे सन्त तुलसी रामदेव से मिले। झुककर उनके पैर छुए और फिर पालथी मारकर उनके सामने बैठ गए। सन्त एक स्टूल पर बैठे थे। उस रोज़ मौसम गर्म था। कमरे में केवल एक छोटी-सी खिड़की थी, पंखा नहीं था। लेकिन महात्मा गांधी की तरह सिर्फ़ एक लँगोटी पहने और कन्धे पर गेरुआ सूती शॉल डाले सन्त गर्मी से एकदम अप्रभावित लगते थे। उनके लम्बे सफ़ेद बाल करीने से कंघी किए हुए थे और उनके चेहरे या देह पर पसीने की एक बूँद भी नहीं थी। सन्त की कृपा पाने के इरादे से सांसद ने यह कहते हुए बात शुरू की, "सन्त जी, आप जैसे सत्पुरुष

का मैं हमेशा से मुरीद रहा हूँ। हिमालय की कंदराओं में रहकर साधना करते हुए भी आपको कभी ठंड नहीं लगती और न ही यहाँ गंगा किनारे के झुलसते मैदान में गर्मी महसूस होती है। फिर भी थोड़ी सहूलियत से रहने में क्या हर्ज है? मैं कल ही आपके कमरे में पंखे का इन्तज़ाम करता हूँ।"

सांसद की इन चिकनी-चुपड़ी बातों का सन्त पर कोई असर नहीं हुआ। "ऐसा हरगिज़ न करें," उन्होंने झट से कहा। "मैं साधु हूँ, इसलिए साधु की तरह रहता हूँ। बाहर बहुत से लोग मिलने की प्रतीक्षा कर रहे हैं, तो बताइए कि आप दोनों, ऐसे महत्त्वपूर्ण लोग, मुझ जैसे मामूली साधु से क्यों मिलने आए हैं।"

"रेलवे वाला मसला है," कुछ बुझे से स्वर में सांसद ने कहा।

"ओह अच्छा। मैं तो हालाँकि इस मन्दिर से बाहर कहीं आता-जाता नहीं, लेकिन क़स्बे की, बल्कि दुनिया-भर की सारी ख़बरें मुझे अपने भक्तों से पता चलती रहती हैं। तो रेलवे को लेकर जो कुछ चल रहा है, मुझे सब पता है। रेलवे बहुत अच्छी है, मेरे दर्शन के लिए आने वाले बहुतेरे भक्त ट्रेन से ही आते हैं।"

बातचीत पूरी तरह ग़लत दिशा में जाने से चिन्तित सांसद ने फ़ौरन कहा, "लेकिन बस-सेवा भी बहुत अच्छी है, सन्त जी।"

"हाँ, हाँ," सन्त ने अधीर होकर कहा, "लेकिन अगर दोनों ही अच्छी हैं, तो दोनों चलाएँ। कोई ट्रेन से आएगा तो कोई बस से। इसमें क्या मुश्किल है?"

"लेकिन बस में तो कोई चढ़ता ही नहीं," सांसद ने शिकायत की।

"तो इसका मतलब बस अच्छी नहीं होगी, उसे बन्द कर दें।"

"क्या यही आपका फ़ैसला है, सन्त जी?" अरुणा ने उम्मीद-भरी आवाज़ में पूछा।

"हाँ, पर शायद मुझे फ़ैसला नहीं करना चाहिए। ईश्वर को तय करने दो। दोनों में कौन बेहतर है, यह निर्णय ईश्वर ही करेगा।"

"लेकिन ईश्वर यह कैसे तय कर सकते हैं?" अरुणा ने संशय ज़ाहिर किया।

"एकदम साफ़ है। रेस। दोनों के बीच मुक़ाबला हो," सन्त ने कहा, उनका चेहरा निर्विकार था। "ट्रेन हार जाए तो लाइन बन्द कर दें।"

"सन्तनगर से फ़रीदपुर तक रेस?" सांसद को अपने कानों पर विश्वास नहीं हुआ।

"बेशक।"

"तो आपका यही फ़ैसला है?" सांसद की तरह ही अरुणा को भी इस बात पर यक़ीन नहीं हो रहा था।

"हाँ, मुक़ाबला कराओ। मैं आप दोनों को आशीर्वाद देता हूँ, ताकि बस या ट्रेन में किसी एक के पक्ष में न खड़ा दिखूँ, बाक़ी ईश्वर की मर्ज़ी, विजेता का फ़ैसला वही करेंगे। अब आप लोग जाएँ और मन्दिर में जाकर अपनी जीत के लिए प्रार्थना करें।"

अरुणा और सांसद दोनों ही मुक़ाबले वाली बात से ख़ुश नहीं थे क्योंकि दोनों को ही अपनी जीत का भरोसा नहीं था। मगर प्रेस में वे पहले ही यह बयान दे चुके थे कि सन्त का फ़ैसला उन्हें मंजूर होगा तो अब मुक़ाबला करना ही होगा। मुक़ाबले की ख़बर जंगल में आग की तरह फैल गई। राष्ट्रीय अख़बारों के लोग सन्तनगर पहुँच गए। रेलवे मुख्यालय यानी रेल भवन में खलबली मच गई। रेलवे बोर्ड के अध्यक्ष अच्छी तरह जानते थे कि इस तरह का मुक़ाबला रेलवे के नियमों के ख़िलाफ़ था, मगर अब यह केवल जनहित का मुद्दा नहीं रह गया था। क़स्बे के लोगों की भारी दिलचस्पी के साथ ही अब धार्मिक पहलू भी इसमें जुड़ गया था, सो ख़ुद कोई फ़ैसला लेने के बजाय उन्होंने इसे मंत्री पर टाल दिया। मंत्री ने इसे कैबिनेट के हवाले कर दिया। कैबिनेट को लगा कि इस मुक़ाबले को लेकर लोगों में इतना जोश है कि अगर खेल बिगाड़ा तो सरकार की बड़ी बदनामी होगी। इसलिए, रेलवे की नियमावली के तमाम नियम-क़ायदों को धता बताते हुए मुक़ाबले की मंज़ूरी दे दी गई।

सन्तनगर में मुक़ाबले की तैयारियों ने अब ज़ोर पकड़ लिया। मुक़ाबला कराने के लिए बनी कमेटी ने दौड़ की तारीख़ और मुक़ाबले के नियम तय कर दिये। यह तय करने के लिए लम्बी उठापटक और बहस चली कि बस में कितने लोग होंगे और ट्रेन में कितने लोग सफ़र करेंगे ताकि दोनों पर भार बराबर रहे। ट्रेन को पछाड़ने के आकांक्षी सांसद का कहना था कि उन्हें वैसे ही चलना चाहिए, जैसे कि अब तक चलते आए हैं। अरुणा का तर्क था कि यह अनुचित होगा क्योंकि बस हमेशा ख़ाली चलती है और ट्रेन में हमेशा ही क्षमता से ज़्यादा यात्री होते हैं। आख़िरकार यह तय हुआ कि सांसद अपनी बस-भर सवारियाँ जुटाएँगे और रेलवे के अफ़सरों से कहा गया कि ट्रेन में उतने ही लोग रहेंगे, जितनी आधिकारिक रूप से तय क्षमता है। सन्तनगर के विधायक हरबंस लाल यह कहते हुए इस मामले में कूद पड़े कि मुक़ाबले की शुरुआत उनके जैसे प्रतिष्ठित आदमी को ही करनी चाहिए।

रेलवे के मंडल प्रबन्धक ने अकबर यानी फ़ास्ट पैसेंजर के इंजन की झटपट ओवरहालिंग के लिए एक टीम सन्तनगर भेज दी। वर्षों से दौड़ रहे अकबर के

वाल्व लीक हो रहे थे और पाइप भी टूट-फूट गए थे, मरम्मत के बाद उसकी क्षमता और जीत की सम्भावना में ख़ासा सुधार आ गया। दैवी कृपा के लिए बॉयलर में गंगाजल भरे जाने का सुझाव भी दिया गया, लेकिन इंजीनियरों ने इसे अव्यावहारिक बताकर ख़ारिज कर दिया।

सांसद के लिए बस के चुनाव के विकल्प सीमित थे क्योंकि वह ख़र्च करने में नहीं, पैसा कमाने में विश्वास करते थे। कम से कम लागत में ज़्यादा से ज़्यादा मुनाफ़ा उनका सिद्धान्त था, तो रखरखाव पर कम ख़र्च करके वे ज़्यादा माइलेज लेते आए थे। इसीलिए उनकी बसें तब तक रगड़ी जाती थीं, जब तक वे इतनी खटारा न हो जाएँ कि उन्हें बोझ लगने लगें। इतने पर भी वह हमेशा पुरानी बसें ही ख़रीदते थे।

मुक़ाबले की सुबह अकबर के ऊपर गंगाजल छिड़का गया, और उसकी सफलता के लिए एक पंडित ने देर तक पूजा की। इसके बाद ड्राइवर पैट थॉमस ट्रेन लेकर स्टेशन पहुँचे। अकबर को पीले और नारंगी गेंदे की ढेर सारी मालाओं से ख़ूब सजाया गया था। काले रंग से ताज़ा पेंट किया गया उसका बॉयलर, किसी हवलदार के जूते की नोक की तरह चमक रहा था। कुप्पी के चारों ओर पीतल का क्राउन तेज़ धूप में चमचमा रहा था। कुप्पी के ठीक नीचे एक नेम-प्लेट थी, जिस पर 'अकबर अमर रहे' लिखा हुआ था। यही नारा उस भीड़ के बीच भी बुलंद हो रहा था, जिसे कुछ दूरी पर पुलिस ने रोक रखा था। ड्राइवर पैट थॉमस अपनी पारम्परिक पोशाक में थे—नीली डांगरी और इंजन-ड्राइवर वाली टोपी। फ़ायरमैन नदीम ख़ान और उनके सहयोगी उस रोज़ नीले रंग की बुशर्ट और इसी रंग की पतलून में दिखाई दिये। उन्होंने भी इंजन-ड्राइवर वाली टोपी पहन रखी थी।

अकबर जैसे ही प्लेटफ़ॉर्म पर आकर रुका, भीड़ टूट पड़ी। पुलिस ने उन्हें रोकने की कोशिश नहीं की और ट्रेन की क्षमता-भर मुसाफ़िरों के ही सवार होने की सारी क़वायद बेकार चली गई। आदमी, औरतें और बच्चे भरभराकर डिब्बों में सवार होने लगे। यहाँ तक कि खड़े होने की जगह भी नहीं बची। पार्सल वैन और शौचालयों के भीतर भी लोग ठुँसे पड़े थे। डिब्बों के अन्दर जाने के रास्ते यात्रियों से अँट गए तो वे पायदान पर लटक लिये। डिब्बों की छतों पर एक इंच जगह नहीं बची और जिन्हें क़िस्मत से वहाँ बैठने की जगह मिल गई थी, वे अब ऊपर चढ़ने की कोशिश करने वालों को पीछे धकेल देते।

जहाँ तक बस का सवाल है, सांसद ने सोचा कि फूलों की सजावट सिर्फ़ पैसे की बर्बादी है और अपनी गंदी बस को फिर से पेंट करने पर तो वह शर्तिया ख़र्च नहीं करने वाले। अलबत्ता अपनी बस पर गंगा जल उन्होंने भी छिड़कवाया। अब रेलवे स्टेशन के परिसर में खड़ी यह खटारा बस कंजूस सांसद को मुँह चिढ़ाती लगती थी। बस के ड्राइवर चन्द्रजीत यादव को भी अपने रूप-रंग की परवाह नहीं थी। शेव के बिना उसका चेहरा सफ़ेद बालों से ढका हुआ था, और टी-शर्ट भी बहुत साफ़ नहीं दिखती थी। उसके सिर पर एक गंदी बेसबॉल कैप थी। बड़े, चौड़े कन्धे, भारी तोंद, मोटी गर्दन, करमकल्ले से कान और चेहरा, जैसा कि अभी बताया ही, वह किसी भैंसे की तरह दिखता था। चन्द्रजीत यादव को सांसद ने मुक़ाबले के लिए चुना था क्योंकि उसके जैसा दिखने-बोलने वाला शख़्स यक़ीनन मुक़ाबला हारना कभी नहीं चाहेगा। बस में उसके पीछे लड़कों की पंचमेल टोली थी। इनमें से कुछ तो पार्टी कार्यकर्ता ही थे, आमतौर पर जिनके लिए पार्टी के काम का मतलब क्षुद्र राजनीतिक उठापटक का फ़ायदा उठाना और नेताओं की जूठन चाटना था। सांसद के आदमी होने की धौंस जमाकर वे दलाली, गुंडई और वसूली करते फिरते। बाक़ी लोगों को भीड़ जुटाने वाले एक ठेकेदार ने भाड़े पर बुलाया था, मगर इस सेवा के लिए सांसद से उसने एक पाई भी नहीं ली क्योंकि बदले में उसने इमारतों और सड़कों की मरम्मत का बड़ा ठेका मिलने की उम्मीद लगा रखी थी।

अकबर की तीन लम्बी सीटियाँ इस बात का इशारा थीं कि ड्राइवर थॉमस दौड़ के लिए एकदम तैयार थे। जवाब में तीन बार बस के कर्कश हॉर्न की आवाज़ गूँजी। स्टेशन की छत पर विधायक ऐसी जगह खड़े हुए, जहाँ से दोनों ड्राइवर उन्हें देख सकें, और लम्बे इन्तज़ार के बाद जब उन्होंने देख लिया कि उनकी फ़ोटो खिंच गई है, तो तेज़ी से गार्ड वाली सीटी बजाते हुए उन्होंने बड़े नाटकीय ढंग से झंडी नीचे झुका दी। दौड़ शुरू हो गई।

उस रोज़ ख़ास तौर पर भारी लोड का ख़याल करके ड्राइवर थॉमस अकबर पर बेवजह बोझ डालने से बच रहे थे। इसलिए वह धीरे-धीरे स्टेशन से बाहर निकले और सन्तनगर के बाहरी इलाक़े में पहुँचकर आहिस्ता-आहिस्ता तेज़ी पकड़ ली। जैसे ही वह लाइन के लिए निर्धारित अधिकतम गति पर पहुँचे, उन्होंने महसूस किया कि किसी ने ब्रेक लगा दिये हैं। वह झल्लाए, "ओफ़्फ़ो, किसी उल्लू के पट्ठे हरामी ने ज़ंजीर खींच दी है।" सांसद की ओर से इस काम पर लगाया गया वह हरामी आदमी वाक़ई उल्लू का पट्ठा था, क्योंकि ज़ंज़ीर खींचने के बाद भागने

की कोशिश करते हुए यात्रियों ने उसे पकड़ लिया और फिर जमकर ठुकाई कर डाली। रह-रहकर लगातार सीटी बजाते हुए ड्राइवर थॉमस ने ट्रेन फिर आगे बढ़ा दी। ज़ंजीर खींचने वाले का पीछा करते हुए ट्रेन से नीचे उतरे यात्री वापस अपने डिब्बों की ओर लपके। उनमें से कुछ ही चढ़ सके। कुछ को मुसाफ़िरों ने ऊपर चढ़ने ही नहीं दिया क्योंकि उन्हें लगता था कि उनके डिब्बे में पहले से ही काफ़ी भीड़ है। कुछ को ट्रेन के निगाह से ओझल होने तक उसके पीछे दौड़ लगाते देखा गया।

बस के सफ़र की शुरुआत भी कोई बहुत अच्छी नहीं रही। ड्राइवर जब सन्तनगर की मुख्य सड़क पर पहुँचा तो उसका सामना अपने मालिक के ख़िलाफ़ नारे लगाते हुए जुलूस से हुआ। जैसे ही बस जुलूस के क़रीब पहुँची, नारे बदल गए "बस वापस जाओ, वापस जाओ।" लगातार हॉर्न बजाती हुई बस और ड्राइवर की भद्दी-अश्लील गालियों को नज़रअन्दाज़ करके सड़क घेरे हुए जुलूस बेहद शाहाना चाल से आगे बढ़ रहा था। चन्द्रजीत यादव चीख़े जा रहा था। वह कुछ कर नहीं पा रहा था, मगर तभी एक नौजवान यात्री ने जुलूस से बचकर वहाँ से निकलने की तरक़ीब सुझाई। मुख्य सड़क छोड़कर उन्हें भीड़-भाड़ वाली उन सँकरी गलियों से होकर गुज़रना पड़ा, जो बस के लिए बनी ही नहीं थीं। किसी तरह निकल जाने की हड़बड़ी के मारे मोटरसाइकिल सवारों से झगड़ते, स्कूटर-रिक्शा वालों से हाथापाई करते और बस को रास्ता देने के लिए सड़क किनारे रखी सब्ज़ियाँ हटाने को मजबूर फड़ वालों की गालियाँ खाते हुए वे किसी तरह वहाँ से निकल आए। हालाँकि एक बेहद पतली गली से गुज़रते हुए किनारे दबाने के फेर में बस एक ओर नुच भी गई।

जैसे-तैसे बस खुली सड़क पर पहुँच गई। शहर से बाहर निकलने में वे आधा घंटा गँवा चुके थे। चन्द्रजीत यादव का मूड पहले से ही ख़राब था, जंगल से निकलते ही और ख़राब हो गया। उसने ख़ुद को रेलवे ट्रैक के किनारे गाड़ी चलाते हुए पाया। ट्रैक पर उसने दूर जाती हुई ट्रेन देखी, उनके बीच फ़ासला बढ़ता ही जा रहा था, और फिर धुएँ की लकीर छोड़ती हुई ट्रेन निगाह से ओझल हो गई। धुआँ धीरे-धीरे बादलों में जज़्ब हो गया। गड्ढों से होकर गुज़रती बस किसी घोड़े की तरह उछलती मालूम देती थी, जो अपने पीठ से सवार को फेंक देने की कोशिश में हो। सड़क के बेतरह टूट चुके हिस्सों से बचने के लिए बस यहाँ-वहाँ घूमती जाती थी। सड़क की बदहाली को कोसते हुए चन्द्रजीत यादव किसी तरह बस की गति बनाए रखने के लिए लगातार गियर बदल रहा था, हालाँकि वह ट्रेन की गति

से धीमी ही चल रही थी। बस धूल उड़ाती चली जा रही थी। स्टीयरिंग व्हील के साथ कुश्ती करते और धूल के इस बादल के बीच सामने आँख गड़ाए चन्द्रजीत को ट्रेन फिर दिखाई दे गई, हालाँकि वह अब भी बहुत दूर थी। एक गहरा गड्ढा जैसे ही बस के सामने आया, एक्सीलरेटर पर उसी समय उसके पैर का दबाव बढ़ गया। तेज़ी से गति अचानक बढ़ी तो बस बेकाबू हो गई और स्टीयरिंग-व्हील उसके हाथों से छूट गया। किसी तरह स्टीयरिंग पर काबू करते हुए, चन्द्रजीत यादव ख़ुद पर ही चिल्लाया, "आराम से, आराम से! जल्दबाज़ी ज़्यादा, और स्पीड कम, सुअर के बच्चे!"

सड़क का यह ख़ासतौर पर ख़तरनाक टुकड़ा पार करके बस जैसे ही आगे निकली, चन्द्रजीत और बस के यात्रियों को धीरे-धीरे यह साफ़ हो गया कि ट्रेन कहीं नहीं जा रही है। बस जब ठहरी हुई ट्रेन के क़रीब पहुँची, तो खिड़कियों से बाहर लटककर यात्रियों ने झूमते हुए ज़ोर की हूटिंग की और मुट्ठियाँ हवा में लहराईं। पास से बस गुज़रती हुई देखकर ट्रेन में सवार यात्री निराशा के सन्नाटे में डूब गए।

इंजेक्टर से जुड़े पानी के एक ज़ंग लगे पाइप में रिसाव की वजह से अकबर रुक गया था। फ़ुटप्लेट पर साथ चल रहा इंजीनियर तेज़ी से इंसुलेटिंग टेप लपेटकर किसी तरह और पानी बहने से रोकने या हवा अन्दर जाने से रोकने की कोशिश में जुटा हुआ था। "एयर लेने की वजह से ही इंजेक्टर ने काम करना बन्द कर दिया और तभी इंजन रुक गया," वह ड्राइवर थॉमस को समझा रहा था।

मितव्ययिता के चक्कर में ताँबे की जगह स्टील का पाइप लगाने के लिए पैट थॉमस ने रेलवे के अफ़सरों को कोसा। फिर उन्होंने इंजीनियर के इर्द-गिर्द इकट्ठा हो गए फ़ोटोग्राफ़रों और उन पत्रकारों को कोसना शुरू कर दिया, जो उनसे यह सवाल पूछ-पूछकर हलकान किए दे रहे थे कि इंजन में आख़िर क्या गड़बड़ी हो गई। मुक़ाबला ख़त्म मानकर और अपनी रेलवे लाइन खो देने से निराश यात्रियों ने ट्रेन के आसपास के खेतों में खड़ी फ़सल रौंद डाली।

आख़िरकार पाइप बदल दिया गया। इंजीनियर और ड्राइवर इंजन की फ़ुटप्लेट पर सवार हुए, जहाँ फ़ायरमैन आग पर नज़र रखे हुए था। ड्राइवर थॉमस ने बेकार सूती कपड़े के टुकड़े से अपने हाथ पोंछे और अपनी टीम का हौसला बढ़ाते हुए कहा, "सब ठीक है, अब चलो। मुक़ाबला अभी ख़त्म थोड़े ही न हुआ है। उन बेहूदों को हम अब भी हरा सकते हैं क्योंकि हम उनसे तेज़ चल सकते हैं। कोयला झोंको, आग तेज़ करो। बिलकुल डटे रहो। हम उस पुरानी खटारा बस को चुटकियों

में हरा सकते हैं। कौन जानता है, बस रास्ते में ख़राब हो गई हो और जिस तरह वह चूतिया ड्राइवर बस चला रहा है, बहुत मुमकिन है कि रास्ते में कहीं लड़ा बैठा हो।"

थॉमस का अन्दाज़ा गलत नहीं था। कुछ किलोमीटर दूर जाकर बस अचानक तेज़ झटके के साथ खड़ी हो गई थी। राइफ़ल की गोली दगने की तरह का ज़ोरदार धमाका हुआ। तेज़ी से लहराती हुई बस दाईं तरफ़ झुकी और फिर रुक गई। उसका टायर पंक्चर हो गया था। ड्राइवर ने उतरकर पंक्चर टायर वाले पहिये पर निगाह डाली और फिर बस मालिक को गालियाँ देने लगा, "वह मादरचोद कंजूस। इस पुराने रबड़ चढ़े टायर के बूते वह हमसे रेस जीतने की उम्मीद करता है।"

बस से उतर आए यात्री चन्द्रजीत यादव को घेरकर खड़े हो गए। वे उससे ऐसे अटपटे और बेहूदे सवाल कर रहे थे कि वह और बौरा गया। उस भारी पहिये से अकेले जूझते हुए उसने एक नौजवान से मदद करने को कहा। उस युवक ने यह कहते हुए मना कर दिया, "ये सब घटिया काम है। टायर में हाथ लगाकर मैं अपने अच्छे-भले कपड़े गंदे नहीं करूँगा। मुझे बस में बैठने के पैसे मिले हैं, न कि मिस्त्री का काम करने के।"

"तुम बड़े क़िस्मत वाले हो कि अभी मुझे यह रेस जीतनी है वरना यहीं तुम्हारी ऐसी-तैसी कर देता," ग़ुस्से से फुफकारते चन्द्रजीत यादव ने उसे जवाब दिया। अतिरिक्त टायर की तलाश में बस के पीछे की तरफ़ बढ़ते हुए वह बड़बड़ा रहा था, "मुझे यक़ीन है कि टायर होगा नहीं। उस कमीने कंजूस ने शायद रखवाया ही नहीं होगा।" मगर वह ग़लत सोच रहा था। एक टायर और था। हालाँकि इसकी हालत पंक्चर वाले टायर से भी ज़्यादा बदतर थी। इस पर चढ़ाई हुई रबड़ एकदम चिकनी हो चुकी थी और कुछ जगहों पर उतरी हुई थी। बहरहाल, चन्द्रजीत यादव ने कोशिश करके कुछ यात्रियों की अनिच्छा के बावजूद उन्हें टायर बदलने में मदद के लिए मना लिया। पहिया बदल दिया गया। बस धीमी गति से चल पड़ी, क्योंकि चन्द्रजीत को लग गया था कि बदले गए टायर के साथ नरमी नहीं बरती तो उस पर चढ़ी हुई रबड़ पूरी तरह उतर सकती है।

इस बात से अनजान कि हालात एक बार फिर उनके पक्ष में आ गए हैं, ड्राइवर थॉमस अकबर को लाइन-स्पीड पर ले आए थे। एग्ज़ॉस्ट की लय, पिस्टन की तेज़ खड़खड़ाहट, फ़ुटप्लेट की झनझनाहट, चिमनी से निकलता धुआँ, झूमता-हिलता बॉयलर—ये वो आवाज़ें और नज़ारे थे, जिनके साथ पैट ने अपनी पूरी ज़िन्दगी बिताई, और जिनसे उन्हें अब भी प्यार था। मनुष्य की जानकारी में सबसे मनमौजी

मशीन, स्टीम इंजन को बरतने और उससे बेहतर नतीजे हासिल करने का हुनर उन्हें सिद्ध था। सेफ़्टी वाल्व से कभी-कभी निकलने वाली बर्फ़ की तरह सफ़ेद भाप की फुहार, इस बात की निशानी थी कि अकबर की रफ़्तार अभी और तेज़ की जा सकती है, लेकिन ट्रैक की ख़राब हालत को देखते हुए पैट थॉमस को डर था कि वह पटरी से उतर सकता है। इस आशंका से कि उनके विरोधियों ने आगे फिर कोई अवरोध न खड़ा कर रखा हो, आगे की लाइन पर अपनी निगाहें गड़ाए हुए, वह उन दिनों के बारे में सोच रहे थे जब वे बॉम्बे-हावड़ा मेल, वन अप और टू डाउन हावड़ा-कालका मेल जैसी भारत की महत्त्वपूर्ण ट्रेनें चलाया करते थे। तभी नदीम ख़ान की चीख़ ने उन्हें चौंका दिया। वह चिल्लाया, "पानी, पानी, ड्राइवर साहब! हमारे पास पानी ख़त्म हो रहा है। गेज़ देखो, यह सुई एकदम तली छू रही है। हमें रुकना होगा और रुककर पानी लेना होगा।"

"मगर कहाँ से, बेवकूफ़?" पैट थॉमस गुर्रा पड़ा।

ड्राइवर की इस झल्लाहट से चिढ़े फ़ायरमैन ने जवाब दिया, "आप तो इस रूट पर अरसे से चल रहे हैं तो आपको मालूम ही होगा कि पास में एक गाँव है।"

"टेंडर भरने के लिए जब बाल्टियों में पानी ढोना पड़ेगा तब वह पास नहीं लगेगा। बहरहाल, गाँव वाले हमें शायद ही पानी लेने दें। अब केवल एक ही काम कर सकते हैं। कोयला झोंकना बन्द करो, हम धीरे-धीरे आगे जाएँगे। बहुत दूर रह भी नहीं गया है, हम पहुँच जाएँगे।"

तो अकबर मद्धिम गति से आगे बढ़ रहा था कि सड़क एक बार फिर ट्रैक के समानान्तर आ गई। वहीं दूसरे फ़ायरमैन ने देखा कि बस पीछे से आ रही है। बस ड्राइवर ने देखा कि अभी उसके पास एक और मौक़ा है, तो एक और पंक्चर का जोख़िम उठाने का फ़ैसला करते हुए उसने एक्सीलरेटर दबा दिया। टायर से उतरे रबड़ की लगातार फटफटाहट को उसने नज़रअन्दाज़ कर दिया। बस धीरे-धीरे ट्रेन के बराबर आ गई और जैसे ही उसे पछाड़कर आगे निकली, जोश से भर आए बस यात्रियों ने ज़ोर-ज़ोर से जय-जयकार की। बस की इस चुनौती का मुक़ाबला करने के लिए इंजन की स्पीड तेज़ करने की ताब ड्राइवर थॉमस में नहीं थी, क्योंकि बॉयलर सूख जाने के नतीजे ज़्यादा भयावह होते।

सड़क और रेलवे ट्रैक जब फिर से अलग हुए, तब तक बस और ट्रेन के बीच दूरी काफ़ी बढ़ चुकी थी। वे अब फ़रीदपुर के बाहरी इलाक़े में दाख़िल हो रहे थे। क़िस्मत बस का साथ देती लग रही थी। सड़क पर बहुत भीड़भाड़ नहीं थी।

रबड़ चढ़ा टायर भी काबू में था। आगे बस एक ख़तरा और रह जाता है—रेलवे क्रॉसिंग। बस जैसे ही क्रॉसिंग के क़रीब पहुँचने को हुई, चन्द्रजीत यादव चिल्लाया, "हम जीत गए! उन कमीनों को हमने औक़ात बता ही दी! क्रॉसिंग के फाटक खुले हुए हैं!" उसके पीछे बैठे यात्रियों ने सीटियाँ बजाईं और नारे लगाने लगे : "राय बस-सर्विस ज़िन्दाबाद! संजय सिंह ज़िन्दाबाद!" लेकिन बस अभी कुछ मीटर की दूरी पर ही थी, कि क्रॉसिंग की घंटी बजने लगी और फाटक नीचे गिरने लगे। बस के आगे सिर्फ़ एक कार काँखती-सी चल रही थी, सफ़ेद रंग की एक एम्बेसडर। अपना सिर खिड़की के बाहर निकालकर चन्द्रजीत यादव ज़ोर से चीख़ा, "अबे आगे बढ़, ओ गधे, ज़रा एक्सीलरेटर दबा ले, गाड़ी जल्दी भगा नहीं तो फाटक बन्द हो जाएगा।" कार वाला बुज़दिल निकला। उसमें क्रॉसिंग के गेट-कीपर को चुनौती देने की हिम्मत नहीं थी, नतीजा यह कि गेट बन्द हो गया। बस के यात्री भरभराकर नीचे उतरे और क्रॉसिंग की ओर दौड़ पड़े। मुट्ठियाँ लहराते हुए वे चिल्लाए, "खोलो, खोलो, फाटक उठाओ, यह सांसद की बस है। तूने अगर हमें जाने नहीं दिया तो वह तुझे सही कर देंगे। गेट उठा, मादरचोद!"

लेकिन गेट-कीपर अड़ गया। नियम है कि ट्रेन आने से पाँच मिनट पहले क्रॉसिंग बन्द हो जाना चाहिए, सो उसने बन्द कर दिया।

पास ही एक खोखे पर चाय पी रहे दो सिपाही यह सारा तमाशा देख रहे थे। उन्हें अपनी कारगुजारी दिखाने और मौज़-मस्ती का मौक़ा मिला तो कुछ पूछे-जाँचे बग़ैर वे हरकत में आ गए। अपनी लाठियाँ लहराते हुए, "भागो, भागो" करते वे फाटक की ओर दौड़े। ख़तरा भाँपकर यात्री बस की ओर भागे, उनका पीछा कर रहे सिपाहियों को सन्तोष हुआ कि दो-एक को उन्होंने लठिया दिया था।

यात्री बस में चढ़ ही रहे थे कि ड्राइवर सिपाहियों पर चिल्लाया, "बेवकूफ़! खामखाह क्यों अपनी शामत बुला रहे हो, तुम्हें अपनी नौकरी प्यारी नहीं है क्या? तुम लोग सांसद के आदमियों को पीट रहे हो। अभी ट्रेन से हमारा मुक़ाबला चल रहा है। और यह सांसद की नाक का सवाल है। यह बस भी उन्हीं की है, और इसे जीतना ही चाहिए। अगर उनकी नाक कट गई तो देखना वह तुम दोनों को नकटा बनाकर छोड़ेंगे।"

सिपाहियों ने एक-दूसरे की ओर देखा। एक ने कहा, "मैंने बस और ट्रेन की दौड़ के बारे में कुछ सुना था। अगर यह सांसद की बस है तो गेट खुलवा देना ठीक रहेगा।" तो वे दोनों वापस पीछे की ओर दौड़े और गेट को लाठियों से पीटते

हुए गेट-कीपर को धमकाया कि नियम रेलवे नहीं, पुलिस बनाती है, इसलिए अच्छा होगा कि वह बस निकाल दे। धीरे-धीरे फाटक फिर से ऊपर उठ गए। पहले कार ने पटरी पार की, उसके पीछे-पीछे बस ने। मारे ख़ुशी के मुसाफ़िर उछल पड़े। जोश से भरे लोगों में से कोई चन्द्रजीत यादव से हाथ मिला रहा था, कोई उसकी पीठ पर धौल जमाकर शाबाशी दे रहा था। अकबर की छुक-छुक-छुक दूर से सुनाई पड़ रही थी। गेट-कीपर ने झट से फाटक फिर गिरा दिये।

और फिर, मंज़िल से एक किलोमीटर से भी कम दूरी पर, सड़क जहाँ फ़रीदपुर स्टेशन की तरफ़ मुड़ती है, वहीं बस का इंजन घुरघुराने लगा। बस ने झटका खाया, और उसका इंजन बन्द होने का आया। ड्राइवर बेरहमी से एक्सीलरेटर पर पैर पटकता गया। झटका खाकर बस फिर ज़रा आगे बढ़ी और फिर एकदम रुक गई। मुर्दा इंजन पर सेल्फ़-स्टार्टर का कोई असर नहीं हुआ। थोड़ी देर तक इग्नीशन से जूझने के बाद ड्राइवर चन्द्रजीत यादव ने अचानक ज़ोर का ठहाका लगाया। यात्री हैरान थे, मगर ड्राइवर पर जैसे हँसी का दौरा पड़ गया था। "ओ हो-हो," वह बड़बड़ाया, "आख़िरकार उस कमीने को अपनी करनी का फल मिल ही गया!" उसकी हँसी रोके नहीं रुक रही थी, हँसी के मारे उसकी तोंद हिले जा रही थी, और वह बमुश्किल बोल पा रहा था, "यह—यह तो कमाल हो गया, एकदम कमाल, चोर का भाई गिरहकट निकला, वह ठग तो अपने ही दाँव से चित हो गया...।"

लोगों ने उससे पूछा, "किसके बारे में बात कर रहे हो?" हँसी से अब भी व्याकुल ड्राइवर ने जवाब दिया, "उस गधे को उल्लू बना दिया।"

"किस गधे को?"

"अरे वही एमपी, इस थर्ड-क्लास बस का मालिक। मुझे मालूम है कि इस दौड़ के लिए उन्होंने बस में ज़रूरत से ज़्यादा डीज़ल डलवाया था। मुझे रसीद भी दिखाई थी, जब मुझे हड़का रहे थे कि टैंक से डीज़ल निकालने जैसी कोई हेरा-फेरी नहीं होनी चाहिए। मगर उन्हें तो उनके अपने लोगों ने ही धोखा दे दिया! बात बिलकुल साफ़ है। फ़र्ज़ी रसीद लाकर पकड़ा देने की तिकड़म बड़ी पुरानी है। डीज़ल कम डलवाओ और ज़्यादा की रसीद बनवाकर बाक़ी का पैसा पेट्रोल पम्प-वाले के साथ बाँट लो।"

एक यात्री ने सवाल किया, "मगर तुमने क्यों नहीं देखा कि डीज़ल ख़त्म होने वाला है?"

चन्द्रजीत यादव ने उसे मूर्ख ठहराते हुए उसका सवाल ख़ारिज कर दिया। "एकदम बेवकूफ़ ही हो, तुमको लगता है कि कबाड़ी के पास जाने लायक़ इस बस में फ़्यूल मीटर या कोई और गेज़ काम कर रहा होगा?"

इस बीच अकबर की छुक-छुक-छुक क़रीब आती जा रही थी। क्रॉसिंग से गुज़रकर अब वह मंज़िल की तरफ़ जा रहा था। ड्राइवर थॉमस ने जब बस को खड़ा देखा तो फ़रीदपुर स्टेशन के रास्ते में अपने इंजन की क़ीमती भाप बर्बाद करने से ख़ुद को रोक नहीं पाया—जीत का ऐलान करती हुई सीटी की तेज़ आवाज़ से फ़िज़ा गूँज उठी।

अकबर का अभिनन्दन करने के इन्तज़ार में स्टेशन पर हज़ारों लोगों की भीड़ जमा थी। अपनी हार देख लेने के बाद सांसद वहाँ से चुपके से खिसक लिये, यह देखकर भीड़ ने ज़ोर का नारा लगाया, "संजय राय मुर्दाबाद! अरुणा जोशी ज़िन्दाबाद!" रेलवे समर्थकों ने अरुणा जोशी को कन्धों पर उठा लिया और इंजन तक लेकर गए। वे नारे लगते जा रहे थे—"हमारा नेता कैसा हो? अरुणा जोशी जैसा हो! अरुणा जोशी!" उन्होंने इंजन क्रू के लोगों को गेंदे के फूलों की माला पहनाई और फिर पैट थॉमस को गले लगा लिया, पैट विह्वल हो गए। हालाँकि प्रेस के सामने आवेगहीन ड्राइवर ने कुछ और कहने से इनकार करते हुए सिर्फ़ इतना कहा, "हमने अपनी ड्यूटी की।" झंडी दिखाकर मुक़ाबले की शुरुआत कराने वाले विधायक हरबंस लाल ने मौक़ा ताड़कर ड्राइवर और फ़ायरमैन से हाथ मिलाते हुए अपनी फ़ोटो खिंचाई। अगले रोज़ के अख़बारों में उन रिपोर्ट्स के साथ छपी अपनी फ़ोटो देखकर वह बहुत ख़ुश हुए, जिनमें रेलवे बन्द कराने की संजय सिंह राय की नाकाम कोशिशों का ज़िक्र था। राय का घमंड चूर करने वाली इन रिपोर्ट्स में रेल मंत्री के बारे में भी कुछ अच्छा नहीं लिखा गया था।

मगर अफ़सोस कि यह विजयोल्लास अकबर के ख़ात्मे के साथ पूरा हुआ। इस मुक़ाबले में व्यापक जनरुचि को देखते हुए रेल मंत्री ने सन्तनगर तक लाइन बन्द करने का अपना आदेश रद्द कर दिया। अपनी खीज मिटाने के लिए, इसी के साथ उन्होंने यह आदेश भी कर दिया कि अकबर को हटाकर उसकी जगह डीज़ल इंजन लगाया जाए। लाइन बच गई, मगर छुक-छुक की तान चली गई।

क़िस्सा एक भिक्षु का

मानसून आ चुका था। बिहार और उत्तर प्रदेश की सीमा पर आबाद बलरामपुर गाँव में भी उसकी आमद दर्ज हुई। अभी कुछ हफ़्ते पहले तक भयानक गर्मी में झुलसकर यह इलाक़ा धूसर हो गया था। दलित बस्ती के एक बुज़ुर्ग ने कहा था, "सूरज का मुँह चूमने के लिए धरती उसके बहुत क़रीब चली गई और उसने ऐसा कसकर तमाचा जड़ा कि धरती का मुँह लाल हो गया।" मगर अब हवा में नमी और चरागाहों में हरियाली है। राम भरोसे कुल सात बरस का है, दलित है, गाँव के दूसरे मवेशियों के साथ चराने के लिए उसने अपने पड़ोसी की गाय ले रखी है। गायों की देखभाल उसका रोज़ का काम है, और उसके स्कूल नहीं जाने की एक वजह यह भी है। उसके घर में हालाँकि गाय नहीं थी, मगर पड़ोसी अपनी गाय के दूध का एक हिस्सा दे देता था। यह गाय कुछ अड़ियल और मनमौजी थी, मनमानी करती तो अक्सर राम भरोसे अपनी लाठी उसकी पीठ पर जमा देता। लाठी उतनी ही लम्बी थी, जितना कि वह ख़ुद। कभी वह इधर-उधर निकल जाती, तो उसे वापस रास्ते पर लाने के लिए लाठी फेंककर मारने का ठीक-ठाक हुनर भी उसने सीख लिया था।

एक रोज़ राम भरोसे ने इसी तरह गाय की ओर लाठी फेंकी मगर उसका निशाना चूक गया और लाठी एक अहीर लड़के को जा लगी, "मर गया, मर

गया!" चिल्लाता हुआ वह ज़मीन पर लोटने लगा। उसके माथे से ख़ून बह रहा था। आसपास मवेशी चरा रहे उसकी बिरादरी वाले दौड़कर उसके पास पहुँच गए, और चिल्लाए, "लड़के को मार दिया, अरे मार दिया!" फिर जब उन्होंने देख लिया कि घाव बहुत गहरा नहीं है, और लड़का उस चोट से मरेगा नहीं, तो वे राम भरोसे पर टूट पड़े, उसे उठाकर ज़मीन पर पटक दिया और लाठियों से पीटने लगे। राम भरोसे की क़िस्मत अच्छी थी कि गंगा किनारे क्रिया-कर्म करके लौट रहे कुछ लोग उसी समय वहाँ पहुँच गए। उन्होंने अहीरों को दौड़ा लिया, राम भरोसे धूल झाड़कर किसी तरह खड़ा हुआ तो उसे और गाय को पहुँचाने वे घर तक गए। वहाँ उन्होंने लड़के की माँ बीना देवी से कहा, "तुम्हारा बेटा बाल-बाल बच गया। हम लोग अगर समय पर नहीं पहुँचे होते तो वे आज इसे मार ही डालते। उन अहीरों के ख़िलाफ़ तुम्हें पुलिस में रिपोर्ट लिखानी चाहिए।" बीना ने राम भरोसे को खींचकर सीने से चिपटा लिया और फिर अन्दर ले गई। वह दो कमरों का कच्चा घर था—फूस और मिट्टी की झोंपड़ी। जो लोग उसके बेटे को बचाकर लाए थे, उनके प्रति कृतज्ञता का एक शब्द भी उसके मुँह से नहीं निकला। उसने न तो उनसे पानी के लिए पूछा और न ही बैठने के लिए कहा। वह जानती थी कि वे न तो पानी पिएँगे और न ही उसके यहाँ चारपाई पर बैठेंगे क्योंकि वह दलित का घर था और वे लोग ठाकुर थे। अन्दर, उसने अपने बेटे को फ़र्श पर बिछी चटाई पर लिटा दिया। उसकी फटी हुई क़मीज़ उतार दी और सरसों के तेल में डूबे कपड़े से उसकी पीठ की चोटों को पोंछ दिया।

राम भरोसे के पिता रामचन्द्र भूमिहीन थे और मज़दूरी ही उनकी आजीविका का ज़रिया थी। इमा़रतों के निर्माण में सिर पर ईंटें ढोने से शुरुआत करके अब वह ख़ुद मिस्त्री बन गए हैं। अपने काम की वजह से अक्सर उन्हें हफ़्तों घर से दूर रहना पड़ता था। जिस रोज़ यह घटना हुई, वह दूर के शहर में काम कर रहे थे और अपने बेटे की पिटाई की ख़बर उन्हें दो रोज़ बाद मिल पाई। उन्होंने जब इस घटना के बारे में सुना, काम छोड़कर वह फ़ौरन गाँव के लिए रवाना हो गए।

रामचन्द्र का बचपन बेहद दुश्वारियों भरा रहा। छह साल की उम्र में ही उन्हें बीस किलोमीटर दूर नेशनल हाइवे पर एक ढाबे में सफ़ाई का काम करने भेज दिया गया था। वहाँ कभी कोई उनके सिर पर चपत लगा देता, या मन हुआ तो लात भी जमा देता मगर यह ज़रूर हुआ कि गाँव के बहुतेरे दलित बच्चों के विपरीत उन्हें

खाने को भरपूर मिला और तभी दूसरों के मुक़ाबले वह लम्बे और मज़बूत देह वाले नौजवान निकले। ढाबे के अपने कटु अनुभवों की वजह से ही शायद उनकी त्योरी हर वक़्त चढ़ी रहती और आँखें कठोर और भावहीन दिखाई देतीं।

रामचन्द्र ने घर पहुँचकर जब अपने बेटे से सारी कहानी सुनी, तो मारे ग़ुस्से के उनकी आँखें लाल हो गईं। उनकी आवाज़ सख़्त और लहज़ा ख़तरनाक था, "अब बहुत हो गया! ये ऊँची जात वाले कमीने सोचते हैं कि हम दलितों को लात खाने की इतनी आदत है कि हम कोई भी बेइज़्ज़ती बर्दाश्त कर लेंगे। मगर मैं उनमें से नहीं हूँ। मैं इस तरह का ज़ुल्म सहन नहीं करने वाला। उनके जैसे कायर कुत्तों से मैं चाहूँ तो अकेले ही निपट सकता हूँ, मगर उन्हें सचमुच सबक़ सिखाने के लिए मैं पुलिस के पास जाऊँगा। ताकि उन अहीर लौंडों की वैसी ही ठुकाई हो, जैसी कि उन लोगों ने मेरे बेटे की की है।"

अपने पति की तरह ही भावहीन आँखों वाली बीना देवी विकट महिला हैं, उनके होंठ पतले और काले हैं। यह सुनते ही वह जैसे काटने को दौड़ीं, बोलीं, "तुम्हारा दिमाग़ ख़राब हो गया है। थाने के पास भी मत फटकना। मेरे बापू हमेशा कहते थे कि अंग्रेज़ों का सबसे घटिया काम यही था कि वे गाँवों में थाना-पुलिस ले आए। इसके पहले गाँव में हमारी अपनी परम्पराएँ थीं और अपने झगड़े हम अपनी बिरादरी में ही सुलझा लेते थे...।"

रामचन्द्र ने उसे बात पूरी नहीं करने दिया और टोका, "तू अपना मुँह बन्द रख, औरत। और यह बकवास बन्द कर। तेरे जैसे लोगों की वजह से ही हमें ऐसी ज़िल्लतें उठानी पड़ती हैं। वे हमें गंदा और अछूत कहते हैं और हम कुछ नहीं करते। वे हमारे साथ कुत्तों से भी बदतर तरीक़े से पेश आते हैं और हम विरोध नहीं करते। वे बताते हैं कि हम क्या कर सकते हैं और क्या नहीं, अपने ही गाँव में हम कहाँ जा सकते हैं और कहाँ नहीं, और हम चुपचाप इसे मान लेते हैं। मगर मैं नहीं मानूँगा, मैं उनका मुक़ाबला करूँगा। उन लोगों के ख़िलाफ़ रिपोर्ट लिखाने मैं थाने जा रहा हूँ।"

बीना ने उनका हाथ पकड़ लिया। "तुम बेवकूफ़ हो। बैठे-बिठाए मुसीबत मत मोल लो। गाँव में हमारी बिरादरी के थोड़े ही लोग हैं, हमें यह सब बर्दाश्त करना पड़ेगा। ख़ून का बदला ख़ून तो तभी ख़त्म होगा, जब वे हमें ख़त्म कर देंगे। दूसरी बिरादरी वाले भी उन्हीं का साथ देंगे और हमारी बस्ती फूँकने का बहाना पाकर ख़ुश ही होंगे। वे हमें गाँव से निकाल भी सकते हैं। तुम्हें लगता है कि पुलिस उन्हें

रोक लेगी? नहीं, बिलकुल नहीं रोकेगी। जब हम मर जाएँगे या बेघर हो जाएँगे तो यह इज़्ज़त हमारे किस काम की?"

"तेरी बुज़दिली की ये बातें मैं सुनने से रहा," रामचन्द्र ने कहा और अपने बेटे का हाथ पकड़कर झोंपड़ी से बाहर निकल गए। पीछे उनकी बीवी चिल्ला रही थी, "तुम अपनी ज़िन्दगी के पीछे हाथ धोकर पड़े हो और हम सबको भी बर्बाद कर दोगे! थाने जाने से पहले कम से कम ढंग का एक कुर्ता तो पहन लेते!"

थानेदार बलवंत सिंह नाम के एक बुज़ुर्ग सिख थे। करीने से लिपटी हुई उनकी सफ़ेद दाढ़ी ठुड्डी के नीचे जाली में सिमटी हुई थी। लम्बे केश ख़ाकी पगड़ी के नीचे दबे हुए थे, और उन्होंने बढ़िया प्रेस की हुई बेदाग़ ख़ाकी वर्दी पहन रखी थी। राम भरोसे की कहानी सुनने के बाद उन्होंने क़मीज़ उठाकर उसके शरीर का मुआयना किया। फिर पूछा कि क्या कोई हड्डी-वड्डी टूटी है। रामचन्द्र के यह बताने पर कि उन्हें ऐसा तो नहीं लगता, थानेदार मुस्कुराया, "मुझे भी यही लगा, मामूली खरोंचें-वरोंचें लगी हैं, और लड़कों के बीच ऐसे झगड़े तो होते ही रहते हैं। गाँव में बवाल खड़ा करने से अच्छा होगा कि इस मामूली झगड़े को तुम भूल ही जाओ, वरना गाँव का झगड़ा निपटाने हम पुलिस वालों को आना होगा। तब हमारी लाठियों से हड्डियाँ टूटेंगी और वे सिर्फ़ अहीरों की हड्डियाँ नहीं होंगी।"

लेकिन रामचन्द्र ने रिपोर्ट लिखाने पर ज़ोर दिया ताकि पुलिस उनके बेटे पर हुए हमले की जाँच करे। कहा कि अनुसूचित जातियों की हिफ़ाज़त के लिए अब क़ानून बन गए हैं; ज़माना बदल चुका है, और कोई पुलिस अफ़सर अगर किसी दलित की शिकायत दर्ज करने से मना करता है या बचता है, तो उसके ख़िलाफ़ अनुशासनात्मक कार्रवाई हो सकती है।"

थानेदार बलवंत सिंह रिपोर्ट दर्ज करने से अब भी हिचक रहे थे। उन्हें रामचन्द्र से सहानुभूति थी। वह जानते थे कि रिपोर्ट दर्ज कराके वह अपनी ही मुसीबत को न्योता दे रहा है। बलवंत सिंह ख़ुद मज़हबी सिख थे—ऐसे सिखों की बड़ी तादाद थी, जिन्हें नीची जाति का माना जाता था और जो अरसे से ऐसे काम करते आए हैं, जिन्हें ऊँची जाति वाले नीची निगाह से देखते। हालाँकि सिख गुरुओं ने जाति-बिरादरी के भेद की हमेशा आलोचना ही की, फिर भी सिख धर्म से यह भेद पूरी तरह ख़त्म नहीं हो पाया था। ऊँची जाति वालों का अपमानजनक रवैया बर्दाश्त करने के बजाय थानेदार के पिता पंजाब में अपनी मातृभूमि छोड़कर ग़ाज़ीपुर चले आए थे। सिख क़ौम अपनी दिलेरी और बहादुरी के लिए पहचानी ही जाती है तो

थोड़ी कोशिश से उन्हें चौकीदार की नौकरी मिल गई। और इस तरह उनका बेटा उत्तर प्रदेश पुलिस में भर्ती हो गया।

रामचन्द्र का ध्यान एफ़आईआर के मसले से हटाने के लिए बलवंत सिंह ने पूछा कि जिस उम्र में राम भरोसे को स्कूल में होना चाहिए, वह गाय क्यों चरा रहा है।

"क्योंकि स्कूल का ख़र्च उठा पाना मेरे बस का नहीं—इतनी सारी किताबें, वर्दी, और भी पता नहीं क्या-क्या, वह मेरा इकलौता बच्चा थोड़े ही है," रामचन्द्र ने वजह बताई।

"तो अगर तुम उसकी पढ़ाई का ख़र्च नहीं उठा सकते तो फिर मुक़दमा लड़ने के लिए पैसे कहाँ से लाओगे?"

"वो मुझे पता नहीं," रामचन्द्र ने निगाह नीची करके जवाब दिया, उनके कन्धे झुक गए। लेकिन लम्बी चुप्पी के बाद अचानक वह तनकर बैठ गए और थानेदार पर चिल्लाए, "ठीक है, ठीक है कि मेरे पास पैसे नहीं हैं। तब आप ही मुझे बताइए कि इस जुलुम के ख़िलाफ़ लड़ने के लिए मैं क्या करूँ? क्या आप भी उन्हीं लोगों में से हैं, जिन्हें लगता है कि हमें ख़ामोश रहना चाहिए और अपने साथ कीड़े-मकोड़ों की तरह का बरताव देखते रहना चाहिए? क्या आप भी ऐसा सोचते हैं?"

"शान्त हो जाओ," थानेदार ने कहा, "मुझ पर चिल्लाने से कोई फ़ायदा नहीं होगा। अगर तुम सुनो तो मैं बताऊँगा कि तुम्हें क्या करना चाहिए।"

रामचन्द्र अपना मुँह बन्द करके चुपचाप बैठ गए। गुस्से से भरी आँखों से वह थानेदार को घूर रहे थे। थानेदार बोल रहे थे, "मैं ख़ुद मज़हबी सिख हूँ, हमारी बिरादरी भी न जाने कितनी पीढ़ियों से तुम्हारी तरह ही अंधेर झेलती आई है। तुम्हें वही करना चाहिए, जो मेरे पिता ने किया था। उन्होंने मुझे पढ़ाया-लिखाया, शिक्षित बनाया। अब तुम मुझे ही देखो। कोई मेरी बेइज़्ज़ती नहीं कर सकता। अगर किसी ने ऐसी हिमाक़त की तो इतनी गालियाँ पड़ेंगी कि बहुत बेशर्म आदमी की ज़बान पर भी ताला पड़ जाएगा। देश की नसों में दौड़ते जाति-बिरादरी के इस ज़हर से लड़ने का अकेला तरीक़ा पढ़ाई है। इस प्रथा से छुटकारा नहीं है, आपको इससे ऊपर उठना होगा। यहाँ के दलितों को ही देख लो, ऊँची जाति के हिन्दू तुम्हें हमेशा से अछूत मानते आए, और क्योंकि तुम अनपढ़ थे इसलिए ईसाई धर्मगुरुओं की चिकनी-चुपड़ी बातों में आसानी से आ गए कि यीशु तुम्हारा भाई है, मगर इससे तुम्हें क्या मिला? तुम्हें पता चला कि जाति के हमले से चर्च भी नहीं बच पाया,

ऊँची जाति वाले ईसाइयों से तुम वहाँ भी अलग थे, और वे तुम्हें निम्न में भी निम्नतम मानते। हम सिखों को सिखाया जाता है कि कोई जाति नहीं होनी चाहिए, सभी लोग बराबर हैं। हाँ, बड़े गुरुद्वारों में कोई भेदभाव नहीं होता। लंगर में सब साथ बैठकर खा सकते हैं, मगर बाहर, छोटे शहरों और गाँवों के गुरुद्वारों में भी हमारे साथ भेदभाव होता है। मेरे पिता कहा करते कि ऊँची जाति वालों को लगता है कि इनसान का पाखाना साफ़ करना दलितों का कर्तव्य है; और उनका अपना कर्तव्य पवित्र गाय का गोबर साफ़ करना है।"

थानेदार की बातों और उनके सौम्य व्यवहार से रामचन्द्र का व्याकुल चित्त शान्त हुआ। उनको किसी पुलिस अफ़सर से बराबरी के ऐसे बरताव, और दोस्ताना तरीक़े से ऐसी बातचीत की उम्मीद बिलकुल नहीं थी। "तो आपके कहने का मतलब यह है कि अपने बच्चों को पढ़ा-लिखाकर हम उन्हें दिखा सकते हैं कि हम नीच नहीं हैं?" उन्होंने पूछा।

"बिलकुल, अपने हीरो बाबा साहेब आंबेडकर को ही देख लो। वह इतने पढ़े-लिखे थे कि पीएचडी करने अमेरिका की यूनिवर्सिटी में गए और उनका इतना मान था कि देश की आज़ादी के बाद उनसे संविधान लिखने को कहा गया।"

"बाबा साहेब का बहुत सम्मान है, मैंने बहुत जगहों पर उनकी मूर्तियाँ लगी देखी हैं। वह गांधी और नेहरू जितने महान थे, हमारे लोग उन्हें पूजते हैं। लेकिन हम अपनी तुलना उनसे कैसे कर सकते हैं?"

"उनसे अपनी तुलना करने की बात नहीं है। उनकी कहानी से नसीहत ज़रूर लेनी चाहिए। अपने बचपन में उन्होंने क्या कम अपमान झेले थे? मगर वह इससे ऊपर उठे। तुम कहते हो कि तुम उन्हें पूजते हो, फिर उनका कहा क्यों नहीं मानते? उन्होंने सारे दलितों को पढ़ने और ऊँची जाति वालों को हैसियत बताने के लिए कहा। अपनी हिफ़ाज़त के लिए कब तक पुलिस के पास भागते रहोगे? पुलिस भी उसी समाज का हिस्सा है, जो तुम्हें दबाता-प्रताड़ित करता है। तुम्हारे झगड़े निपटाने के लिए हममें से कुछ लोग भले ही लाठी लेकर पहुँच जाएँ, पर हम हर समय तुम्हारी रक्षा नहीं कर सकते। तुम्हें ख़ुद को ही मज़बूत बनाना होगा।"

वह रामचन्द्र के जवाब का इन्तज़ार करते रहे। उन्हें उम्मीद थी कि वह ग़ुस्से में कुछ बोलेंगे, बहस करेंगे। मगर रामचन्द्र ख़ामोश रहे।

"तो फिर तुम राज़ी हो? पुलिस केस के बजाय स्कूल?" थानेदार ने अन्ततः पूछा।

रामचन्द्र ने सिर हिलाया और जाने के लिए उठ खड़े हुए। थानेदार बलवंत सिंह ने राम भरोसे के सिर पर हाथ फेरते हुए कहा, "तुम ख़ूब मन लगाकर पढ़ना ताकि तुम्हारे पिता को तुम पर नाज़ हो।"

रामचन्द्र अपने वायदे के पक्के निकले। उन्होंने वर्दी ख़रीदने लायक़ पैसे इकट्ठे किए और राम भरोसे का दाख़िला गाँव के प्राइमरी स्कूल में करा दिया। राम भरोसे के स्कूल में पहले दिन से पहले ही उसके पिता ने बता दिया था कि किसी भी हाल में उसे किसी की चमचागिरी नहीं करनी है, न मास्टरों की ख़ुशामद करनी है और न ही ऊँची जात वाले लड़कों की। ख़ुद को दीन नहीं दिखाना है। न किसी के आगे झुकना है और न ही किसी के पाँव छूने हैं। अगर डराते-धमकाते हैं तो भी रोना नहीं है। उसे यह बात गाँठ बाँध लेनी है कि वह दूसरे लड़कों के बराबर है, चाहे वे ब्राह्मण, बनिया हों या अहीर या कुम्हार।

राम भरोसे ने यह सबक़ इतने ढंग से याद कर लिया था कि स्कूल में सवेरे क्लास टीचर के पैर छूने का मन नहीं होने की वजह से जल्दी ही वह मुसीबत में पड़ गया। "मैं अपने पिता के पैर नहीं छूता, तो फिर इस आदमी के पैर क्यों छुऊँ?" उसने मन ही मन सोचा। पहले तो वह इस तरह बचता रहा कि गुरु के पैर छूने वाले लड़कों की भीड़ में सबसे पीछे खड़ा रहता। अन्ततः मास्टर ने जब उसका बचना ताड़ लिया तो उसे हाथ सामने करके हथेली फैलाने को कहा और फिर बेंत बरसाने लगा—तड़ाक, तड़ाक, तड़ाक। लेकिन राम भरोसे टस से मस नहीं हुआ, अपना मुँह उसने सख़्ती से बन्द किए रखा।

थोड़ी और पिटाई करने के बाद मास्टर को लग गया कि मार का उस पर कोई असर नहीं हो रहा है, राम भरोसे झुकने वाला नहीं है, न ही वह उनके पाँव छुएगा, तो उन्हें प्रतिशोध का दूसरा तरीक़ा सूझा। राम भरोसे उत्साही और मेहनती छात्र था, कक्षा में उसकी मेधा मुखर थी। मास्टर जब-तब ख़ासतौर से मुश्किल सवाल पूछते और व्यंग्यात्मक लहजे में कहते, "राम भरोसे। तुम बहुत होशियार हो। खड़े हो जाओ और जवाब दो।" राम भरोसे अगर जवाब नहीं दे पाता तो पूरी क्लास के सामने उसकी पीठ पर बेंत लगाए जाते। पिटाई से वह ठमकता ज़रूर, लेकिन उसके मुँह से कभी आवाज़ नहीं निकली। मार खाने के बाद सिर ऊँचा किए हुए वह अपनी जगह पर लौट आता।

मास्टर का ग़ुस्सा दिनोदिन बढ़ता गया क्योंकि इस लड़के का जज़्बा हिलाने में वह नाकाम हो रहे थे। उनका ग़ुस्सा जितना बढ़ता, ज़बान की कड़वाहट

उतनी ही बढ़ जाती। यह बात उन्हें ख़ासतौर पर व्यथित करती कि एक दलित उनकी बेइज़्ज़ती कर रहा है। आख़िरकार एक रोज़ उनका ग़ुस्सा फट पड़ा, और राम भरोसे को उन्होंने बड़ी बेरहमी से पीटा, तड़ातड़ घूँसे बरसाए, लात से मारा और चिल्लाए, "अबे गलीज़ अछूत कुत्ते! अब मैं तुझे बताता हूँ कि तेरी औक़ात क्या है। तेरी यह मज़ाल कि तू मुझसे आँख मिलाकर बात करेगा!" यह चीख़-पुकार सुनकर स्कूल स्टाफ़ के दूसरे लोग दौड़े और मास्टर को खींचकर राम भरोसे से अलग किया। वह मास्टर फिर कभी स्कूल में दिखाई नहीं दिये। लेकिन अब हर कोई राम भरोसे से कन्नी काटने लगा था, यहाँ तक कि नए आए मास्टर भी उसे नज़रअन्दाज़ ही करते।

दसवीं का इम्तहान पास किया तो राम भरोसे को छात्रवृत्ति मिल गई। उसके बूते उसने पास के बड़े स्कूल में दाख़िला ले लिया मगर उसकी पढ़ाई वहीं ख़त्म हो गई। उन दिनों पूरा देश इन्दिरा गांधी की लगाई इमरजेंसी के साये में जी रहा था, और पूरे उत्तर भारत के सरकारी कर्मचारी उनके बेटे संजय गांधी का परिवार नियोजन कार्यक्रम लागू कराने के लिए जूझ रहे थे। नसबन्दी के लिए मर्दों की तलाश उनका बड़ा संघर्ष था। स्कूल के प्रिंसिपल ने, जो ब्लॉक शिक्षा अधिकारी भी थे, एक दिन राम भरोसे को अपने दफ़्तर में बुलाया और पूछा कि उसके पिता के कितने बच्चे हैं। राम भरोसे ने जब उन्हें बताया कि छह, तो प्रिंसिपल ने कहा, "अपने पिता को मेरे पास भेज दो, मैं उनकी नसबन्दी का इन्तज़ाम करता हूँ। उन्हें भेज ज़रूर देना क्योंकि अगर सरकार को पता चल गया कि इतने सारे बच्चों के बाद भी अब तक उनकी नसबन्दी नहीं हुई है, तो वह बड़ी मुश्किल में फँस जाएँगे।"

राम भरोसे ने अपने पिता को यह सब बता दिया। रामचन्द्र ने इस बारे में बिरादरी के एक बुज़ुर्ग से सलाह माँगी, जिनकी उम्र 70 साल से ज़्यादा हो चुकी थी फिर भी उनकी नसबन्दी कर दी गई थी। उस बूढ़े ने रामचन्द्र को ख़ुद ही नसबन्दी शिविर में जाने की सलाह दी। "स्कूल वाले अफ़सर को जाने दो," उन्होंने कहा। "वह तुम्हें नसबन्दी कराने ले जाएगा और कहेगा कि वही तुमको लेकर आया है, फिर सरकारी इनाम ख़ुद ले लेगा। तुम्हें तो यह देखना है कि नसबन्दी कराने के बदले सरकार जो इनाम देती है, वह सीधे तुमको ही मिले।"

रामचन्द्र ने उनकी यह सलाह मान ली, और कुछ दिनों के बाद, जब स्कूल के प्रिंसिपल ने राम भरोसे से पूछा कि अभी तक वह अपने पिता को उनके पास क्यों नहीं लाया, तो राम भरोसे ने जवाब दिया, "उन्होंने अपना ऑपरेशन करा लिया है।"

"कैसे?"

"वह ख़ुद ही चले गए।"

"क्यों?"

"ताकि इनाम की रक़म उनको मिले, न कि आपको," राम भरोसे ने बिना सोचे-समझे उनसे कह दिया।

"मुँहज़ोर, बदतमीज़!" प्रिंसिपल चिल्लाए। "चल भाग यहाँ से। मैं तुझे सबक़ सिखाऊँगा। अपने बाप की ढिठाई की क़ीमत तो अब तुझे ही चुकानी पड़ेगी। एक अनपढ़-अछूत को लगता है कि वह सरकारी अफ़सर को धोखा देकर बच जाएगा! निकल बाहर मेरे दफ़्तर से!"

अगले रोज़ हाज़िरी लेते वक़्त क्लास टीचर ने राम भरोसे का नाम नहीं पुकारा। उसने पूछा तो क्लास टीचर ने बताया कि रजिस्टर में उसका नाम ही नहीं है, उसे जाकर ब्लॉक शिक्षा अधिकारी से मिलना चाहिए। राम भरोसे समझ गया कि प्रिंसिपल ने उससे बदला लेने के लिए रजिस्टर से उसका नाम काट दिया है। बहुतेरी कोशिश के बावजूद राम भरोसे के पिता अपनी औलाद को उस स्कूल में फिर से दाख़िल नहीं करा पाए। उन्हें बताया गया कि सरकारी नियमों के उल्लंघन और सरकारी अफ़सर पर हमला करने की वजह से उनके बेटे को स्कूल से निकाल दिया गया है। यह साबित करने के लिए प्रिंसिपल के पास दो गवाह थे और एक मेडिकल सर्टिफ़िकेट भी।

रामचन्द्र बुरी तरह टूट गए। उनके सपने बिखर गए। उनका बेटा पढ़ाई में इतना होशियार था कि उन्हें भरोसा हो चला था कि थानेदार की बातों से प्रेरित उनका सपना सच होकर रहेगा, कि राम भरोसे इतना पढ़ेगा कि न सिर्फ़ ख़ुद ऊपर उठेगा बल्कि बच्चों में सबसे बड़ा होने के नाते पूरे परिवार को ज़िल्लत की इस ज़िन्दगी से छुटकारा दिला सकेगा। वह अपनी बीवी से कहते, "आख़िरकार, इतना पढ़-लिखकर हमारा बेटा बड़ा अफ़सर बन गया तो फिर अपना काम कराने के लिए आने वाले लोगों को उसकी इज़्ज़त करनी ही पड़ेगी। लोग सिफ़ारिश कराने उसके पास आएँगे, उसके सामने सिर झुकाएँगे।" लेकिन अब, जब उन्हें यक़ीन हो चुका था कि राम भरोसे कभी स्कूल नहीं जा सकेगा, उनकी बीवी ने चीख़ते हुए कहा, "मैंने तुमसे कहा था कि थानेदार धूर्त है। पढ़ाई के बारे में उसकी सारी बातें बकवास! वह तुम्हारी रिपोर्ट लिखना ही नहीं चाहता था, क्योंकि तब उसे जाँच करनी पड़ती। जाँच की ज़हमत से बचने के लिए उसने तुम्हें उल्लू बनाया।

लेकिन तुमने मेरी एक नहीं सुनी।" रामचन्द्र के घावों पर नमक छिड़कते हुए उसने अपने बेटे के अंधकारमय भविष्य की दारुण तस्वीर खींच डाली। "तुम सोचते थे कि राम भरोसे बड़ा अफ़सर बन जाएगा। देख लो, अब वह तुम्हारी तरह मामूली राजगीर के सिवाय और कुछ नहीं बन सकता, जिसकी कोई इज़्ज़त नहीं करता। किसी काम से अगर उसे किसी बड़े अफ़सर के पास जाना भी पड़ा तो साहब के दफ़्तर के बाहर बैठे चपरासी को छोड़कर ऊपर किसी से नहीं मिल पाएगा, और चपरासी भी उसे जूते की नोक पर रखेगा।"

"बस भी कर और चुप हो जा," रामचन्द्र ने कहा। "तेरा बेटा बड़ा आदमी बनता, ज़िन्दगी भर हमें बेइज़्ज़त करते आए उन कमीने लोगों से ऊपर उठ पाता तो क्या तुझे ख़ुशी नहीं होती?"

"फ़िज़ूल के सपने देखने से हमारी ज़िन्दगी नहीं बदलने वाली," बीना देवी ने कड़वी हँसी हँसते हुए जवाब दिया। "अच्छी या बुरी, हमें रहना इसी दुनिया में है। तुम्हें अपने बेटे को इस दुनिया में जीने के लायक़ बनाना चाहिए था। तुमने उसे बड़े-बड़े सपने दिखाए और अब वह भुगतेगा।"

शुरू में तो राम भरोसे ने अपना मुक़द्दर मानकर इसे मंज़ूर कर लिया। कम से कम उसे अपने पिता के साथ नियमित रूप से काम मिल रहा था और उनसे ईंटें बिछाने का कौशल उसने सीख लिया था। वह सिर पर ईंट-पत्थर ढोने वाला कोई मामूली मज़दूर नहीं था। अब वह कमा रहा था क्योंकि छोटी बहन की शादी के ख़र्च के लिए पैसे जुटाना उसका भी फ़र्ज़ था।

लेकिन धीरे-धीरे, उसके मन में असन्तोष पनपने लगा। वह सोचता, "मुझे पता है कि मैं इससे कहीं ज़्यादा के क़ाबिल हूँ। आख़िर मेरे पास दिमाग़ है और मुझे उसका इस्तेमाल करना भी आता है। स्कूल में मैंने यह करके दिखाया है। अगर उस मादरचोद प्रिंसिपल ने मेरा नाम नहीं काटा होता तो मुझे यक़ीन है कि स्कॉलरशिप लेकर मैं कॉलेज जा सकता था।"

यही बेचैनी राम भरोसे को दिल्ली जाने के बारे में सोचने को उकसाने लगी, जहाँ कम से कम बेहतर काम करने के मौक़े थे। उसने छोटू राम से सलाह करने का फ़ैसला किया। छोटू उसका चचेरा भाई था। वह उसके पिता की उम्र का था और दिल्ली रहकर आया था। क़रीब बीस साल तक राजधानी में काम करता रहा, और साल में सिर्फ़ एक बार गाँव आता, मगर फिर एक रोज़ किसी लॉरी ने उसकी

साइकिल में टक्कर मार दी और वह इतनी बुरी तरह घायल हो गया कि मज़दूरी करने लायक़ नहीं रहा।

राम भरोसे जब अपने चचेरे भाई से मिलने पहुँचा, वह अपनी झोंपड़ी के बाहर चारपाई पर पड़ा सो रहा था। उसकी बनियान में तमाम जगह छेद थे, और पाजामा वक़्त के साथ पीला पड़ चुका था। उसने छोटू राम को जगाने के लिए धीरे से उसका कन्धा पकड़कर हिलाया तो चारपाई के नीचे लेटे एक मरियल चितकबरे कुत्ते ने बेतरह भौंकना शुरू कर दिया। छोटू राम ने करवट ली, उनींदी आँखों से राम भरोसे को देखा और फिर नाराज़गी से बोला, "अरे, अब क्या कोई अपने घर में चैन से सो भी नहीं सकता? ज़माना इतना ख़राब हो गया है? अब तुम मुझे क्यों परेशान करने चले आए हो?"

"दिल्ली। मुझे यह पूछना है कि वहाँ नौकरी कैसे मिलेगी।"

"दिल्ली? अरे छोड़ो भाई। वह नामुराद शहर तो मैं छोड़ आया हूँ। ख़ुद को सज़ा देने के लिए अगर मैं वहाँ लौटना भी चाहूँ तो अब नहीं जा सकता क्योंकि मेरी पीठ अब इस लायक़ नहीं बची कि मेहनत वाला कोई काम कर सकूँ। वैसे भी, मैंने सुना है कि तुम यहाँ ठीक-ठाक काम कर रहे हो। दिल्ली जाकर भला तुम क्या करना चाहते हो? माना कि वहाँ ज़्यादा मज़दूरी मिलेगी, मगर वहाँ खाना, पीना, रहना भी तो महँगा है। झुग्गी में रहना पड़ेगा, या बहुत क़िस्मत वाले हुए तो क़ैदख़ाने की तरह की कोई कोठरी मिल जाएगी। मैं तो कहूँगा कि घर पर ही रहो।"

"लेकिन मैं मज़दूरी के अलावा कुछ और करना चाहता हूँ। मैं जानता हूँ कि शहर में मैं कर पाऊँगा मगर मुझे यह नहीं मालूम कि शुरुआत कैसे करनी है।"

"शुरुआत तो तुम शायद कर लो मगर आगे कभी नहीं बढ़ पाओगे। मैं कभी नहीं बढ़ पाया," छोटू राम झल्लाया। "अच्छा, अब मुझे सोने दो।"

"फ़िर भी मैं कोशिश करना चाहता हूँ। आपने कैसे शुरू किया था? मुझे बताओ, कोई रास्ता, कोई तरीक़ा तो सुझाओ।"

छोटू राम ने गहरी साँस ली। "ठीक है। अगर तुम्हारा इतना ही मन है। मैं बताता हूँ कि तुम्हें क्या करना है, फिर तुम मेरा पीछा छोड़ो ताकि मैं आराम से सो सकूँ। पहले बलिया जाओ। वहाँ छोटी लाइन से बनारस जाने के लिए चालू डिब्बे का टिकट खरीदो। फिर बड़ी लाइन से दिल्ली जाने का टिकट निकालो। दिल्ली में चाहे किसी स्टेशन पर पहुँचो, पुरानी दिल्ली या नई दिल्ली, वहाँ से हज़रत निज़ामुद्दीन के लिए बस पकड़ लो...।"

"रुको, रुको, रुको," राम भरोसे ने कहा, "मैं भागकर क़लम और कॉपी ले आता हूँ, मुझे यह सब लिख लेना चाहिए।"

राम भरोसे जब लौटकर आया, तो छोटू राम ने दिल्ली तक पहुँचने के अपने निर्देश फिर से दोहरा दिये, और यह कहकर अपनी बात ख़त्म की कि हज़रत निज़ामुद्दीन स्टेशन पर बस से उतरने के बाद साइकिल-रिक्शा में बैठकर वह ग़ाज़ीपुर वाले राम स्वरूप के पास चला जाए। "वहाँ हर कोई उसे जानता है, स्टेशन के ठीक पीछे सराय काले ख़ाँ के इलाक़े का बड़ा दादा है। उसे जब बताओगे कि तुम ग़ाज़ीपुर ज़िले के हो, वह हमारी बिरादरी के लोगों के साथ ठहरने के इन्तज़ाम में तुम्हारी मदद करेगा। तुम्हें जितना जानना ज़रूरी था, अब मैंने तुम्हें सब बता दिया है। लेकिन अगर तुम मेरी बात मानो, तो मैं तुमसे यही कहूँगा कि मत जाओ, वह शहर क़ैदख़ाना है।"

लेकिन राम भरोसे ख़ुद को एक बार आज़माने पर आमादा था, और मुश्किल से हफ़्ते-भर बाद ही कन्धे पर एक छोटा झोला लिये वह वाराणसी स्टेशन पर था। वाराणसी से नई दिल्ली जाने वाली काशी विश्वनाथ एक्सप्रेस रात के अँधेरे में धड़धड़ाती हुई चली जा रही थी। हमेशा की तरह मुसाफ़िरों से ठसाठस भरे जनरल कोच में शौचालय की ओर जाते एक नौजवान ने राम भरोसे का पैर कुचल दिया। वह उसी की उम्र का रहा होगा। खेद जताते हुए उसने विनम्रता से माफ़ी माँगी। "इसमें तुम्हारी कोई ग़लती नहीं है," राम भरोसे ने जवाब दिया। "रेलवे वाले ही नकारे हैं। इस डिब्बे में तिल धरने की जगह नहीं है। रेलवे को मालूम होना चाहिए कि धक्का लगकर किसी के भी खुले दरवाज़े से गिर जाने का ख़तरा है, मगर इस बारे में वे कुछ नहीं करते।"

"यहाँ तो हमेशा ऐसे ही रहता है," युवक ने कहा। "साल में दो या तीन बार मैं दिल्ली आता-जाता हूँ तो मुझे मालूम है कि ऐसी ही भीड़ रहती है।" उनकी बातचीत जैसे-जैसे आगे बढ़ी, राम भरोसे को पता चला कि उसका सहयात्री एक सिक्योरिटी कम्पनी में गार्ड की नौकरी करता है। उसने राम भरोसे से कहा कि उसकी पढ़ाई-लिखाई को देखते हुए उसी की कम्पनी में उसे आसानी से नौकरी मिल सकती है।

तो इस मुलाक़ात का नतीजा यह हुआ कि राम भरोसे '24 ऑवर सिक्योरिटी लिमिटेड' के दफ़्तर पहुँच गया। राम स्वरूप की मदद से भोगल में उसके रहने का ठिकाना हो गया, जहाँ एक कमरे में वह तीन और दलितों के साथ रहेगा। वहाँ

से बस में बैठकर दस मिनट में दफ़्तर पहुँच गया। सिक्योरिटी कम्पनी में, इंटरव्यू कर रहा शख़्स उसके दसवीं के सर्टिफ़िकेट से काफ़ी प्रभावित हुआ, और उसने बताया कि राम भरोसे को एक विदेशी के घर पर चौकीदार तैनात कर दिया गया है। राम भरोसे ने बताया कि उसे अंग्रेज़ी नहीं आती, तो अफ़सर ने झट जवाब दिया, "तुम्हारे जैसा समझदार आदमी जल्दी ही अंग्रेज़ी सीख जाएगा।" नौकरी की शर्तें कठोर थीं—हफ़्ते में छह रोज़ रात को बारह घंटे की ड्यूटी, सरकारी छुट्टियों वाले दिन भी कोई छुट्टी नहीं मिलेगी, बल्कि सवेतन कोई अवकाश नहीं। तनख़्वाह भी कोई बहुत अच्छी नहीं थी, बस न्यूनतम वेतन। हमेशा चुस्त रहना बहुत ज़रूरी था और वर्दी के दाम उसकी तनख़्वाह से काट लिए जाएँगे।

राम भरोसे अगली रात अपनी ड्यूटी पर पहुँच गया। लम्बे क़द वाले उस गंजे अंग्रेज़ का चेहरा घंटों धूप में रहने की वजह से साँवला हो गया था। शहर की पॉश डिफ़ेंस कॉलोनी के अपने फ़्लैट के बरामदे में वह बेंत की कुर्सी पर बैठा हुआ था, पास ही मेज़ पर बीयर का गिलास रखा हुआ था। राम भरोसे यह देखकर हैरान हुआ कि उसने गहरे नीले रंग का सूती कुर्ता और सफ़ेद पाजामा पहन रखा था। उसे लगता था कि विदेशी कभी हिन्दुस्तानी कपड़े नहीं पहनते। उसे तब और भी हैरानी हुई, जब अंग्रेज़ उठकर खड़ा हो गया और, "नमस्ते, राम भरोसे जी" कहकर उसका अभिवादन किया। उसका लहज़ा अंग्रेज़ी था मगर वह हिन्दी में बात कर रहा था। उसने कहा, "मेरा नाम जॉन हैलिडे है, लेकिन आप मुझे जॉन ही कहें, और ये 'साहब-वाहब' के पुछल्ले की कोई ज़रूरत नहीं है।"

हैलिडे भारत में टूथपेस्ट, हेयर ऑयल, साबुन और दूसरी उपभोक्ता वस्तुएँ बेचने वाली मल्टीनेशनल कम्पनी में कई सालों से काम कर रहे थे। कम्पनी का सारा ज़ोर भारत के शहरों में अपने उत्पादों की बिक्री पर था। काफ़ी देर से, 1980 के दशक की शुरुआत में, उन्हें पता चला कि गाँव-देहात भी उनके उत्पादों के लिए नायाब बाज़ार हैं। गाँवों में मार्केटिंग के अभियान की निगरानी का ज़िम्मा हैलिडे को मिला। वह उस तरह के मैनेजर नहीं थे, जो सारा दिन दफ़्तर में बैठकर कन्ज़्यूमर रिसर्च पढ़ते या अपनी सेल्स टीम की रिपोर्ट में माथा मारते। उन्हें भारत के छोटे शहरों-गाँवों में जाकर अपने तजुर्बे के आधार पर कोई राय क़ायम करना ज़्यादा अच्छा लगता था। यह वही थे, जिन्होंने कम्पनी को छोटी बोतल, छोटे ट्यूब और दूसरी चीज़ों के छोटे पैकेज बनाने के लिए राज़ी किया, ताकि गाँव-देहात के लोग आसानी से उनके उत्पाद ख़रीद सकें।

राम भरोसे के आ जाने के बाद हैलिडे कभी-कभी शाम को बरामदे में उसके साथ बैठकी करने लगे ताकि ग्राम्य जीवन के अपने अनुभवों को बलरामपुर गाँव में चौकीदार की ज़िन्दगी के अनुभवों की रोशनी में समझ सकें। उन दोनों के बीच इस बेमेल रिश्ते की आत्मीयता से राम भरोसे इतना आश्वस्त हो गया कि ड्यूटी में ढिलाई भी करने लगा। उसे लगने लगा कि कम्पनी के साथ उसके कॉन्ट्रैक्ट के हिसाब से उसे बारह घंटे की ड्यूटी देनी ज़रूरी है। यह ज़रूरी थोड़े ही है कि वह पूरे समय जागता रहे। मगर 24 ऑवर सिक्योरिटी का इंस्पेक्टर ऐसा नहीं सोचता था। वह ख़ुद बहुत पुरजोश शख़्स नहीं था, इसलिए कई महीने बाद जब वह अपने गार्ड्स की मुस्तैदी जाँचने निकला तो उसने देखा कि हैलिडे के घर के बरामदे में राम भरोसे कंबल बिछाकर सोया हुआ है, जबकि उसे बाहर गेट पर बैठे होना चाहिए था। अपनी चौकसी का सबूत पाकर इंस्पेक्टर ख़ुश हो गया, उसने खर्राटे ले रहे चौकीदार की फ़ोटो खींच ली।

दो दिन बाद जब नया चौकीदार दिखाई दिया, तो हैलिडे ने पूछा कि राम भरोसे कहाँ है, उसने जवाब दिया, "उसे तो बर्ख़ास्त कर दिया।"

"मगर क्यों?" हैलिडे ने पूछा।

"ड्यूटी पर सो रहा था," जवाब मिला।

हैलिडे की नज़र में किसी चौकस चौकीदार के मुक़ाबले राम भरोसे की सोहबत की अहमियत ज़्यादा थी, इसलिए अगले ही दिन उन्होंने सिक्योरिटी कम्पनी से कह दिया कि रात को राम भरोसे अगर ड्यूटी पर नहीं लौटा तो वह कम्पनी से कॉन्ट्रैक्ट ख़त्म कर देंगे। राम भरोसे बहाल हो गया, उसी रात को लौट आया। वह बहुत शर्मिंदा था लेकिन हैलिडे ने इतना ही कहा, "ज़्यादा सतर्क रहें। अगली बार शायद मैं न बचा सकूँ।" साल दर साल, वक़्त बीतता गया और ऐसी नौबत कई बार आई मगर हर बार बर्ख़ास्तगी एक रात से ज़्यादा नहीं चली।

भीषण गर्मी की एक शाम, हैलिडे बरामदे में बैठे ठंडी किंगफिशर बीयर पी रहे थे और क़रीब ही राम भरोसे खड़ा था। हैलिडे के सामने वह कभी बैठता नहीं था। उदास और परेशान हैलिडे उसे अपनी कम्पनी का माल ले जा रहे ट्रक के बारे में बता रहा था, जिसे पंजाब में जी.टी. रोड के एक नाके पर पुलिस ने ज़ब्त कर लिया था क्योंकि ड्राइवर के दस्तावेज़ में कुछ मामूली विसंगति थी। पुलिस ने ड्राइवर को तस्करी के आरोप में गिरफ़्तार कर लिया था और उसके क्लीनर को भगा दिया था। ट्रक अब थाने में खड़ा था, ड्राइवर जेल में था और इन दोनों को

छोड़ने के लिए एसएचओ मोटी रक़म माँग रहा था। पूरा क़िस्सा बताकर हैलिडे ने आख़िर में कहा, "ऐसे मुल्क का आप क्या कर सकते हैं, जहाँ आपको कुछ भी करने से रोकने के लिए हर कोई साजिश में जुटा हुआ है और फिर भी सारे काम चलते रहते हैं, और फिर जब आप पूछते हैं कि यह कैसे होता है तो आपको बताया जाता है, "भगवान भरोसे। यही बात है न?"

राम भरोसे ने हिकारत से नकनकाते हुए कहा, "यही तो इस देश की सारी मुश्किल है, यहाँ हर कोई किसी न किसी भगवान को मानता है और सोचता है कि देवी-देवता ही उसका भला करेंगे। इसलिए अपने लिए वे कुछ नहीं करते हैं और दूसरों के लिए तो और भी कम। मेरे माँ-बाप को ही देख लीजिए, वे ग़रीब हैं, तिरस्कृत और उत्पीड़ित दलित हैं, फिर भी उन्होंने मेरा यह नाम रख दिया—राम में भरोसा रखने वाला शख़्स, हालाँकि राम ने उनके लिए कभी कुछ नहीं किया।"

बोलते-बोलते उसकी आवाज़ और चढ़ गई, उसने सवाल किया, "क्या मेरा ख़याल रखने वाला कोई भगवान मुझसे यह कहेगा, 'तुम सिर ऊँचा करके चलने के लिए नहीं बने, तुमको स्वाभिमान के साथ जीने की इजाज़त नहीं है?' वह किस तरह का भगवान है? आप हमेशा उन गाँवों के बारे में बात करते हैं, जहाँ आप गए हैं, ठीक, तो आपने यह भी देखा होगा कि हम दलित कैसे रहते हैं। क्या हमारा भला चाहने वाला कोई भगवान चाहेगा कि मैं ज़मींदारों और ब्राह्मणों का ग़ुलाम बनकर रहूँ? या कि मुझसे कहा जाए कि मैं अछूत हूँ, कि जनेऊ पहनने वाले मेरी छाया से भी अशुद्ध हो जाएँगे? कौन-सा भगवान उन लोगों को ताड़ना देगा, जो दूसरों का मैला अपने सिर पर ढोते हैं? मुझे पता है कि आप इतवार को सवेरे-सवेरे चर्च जाते हैं। मेरी समझ में नहीं आता कि आपके जैसा समझदार आदमी मन्दिरों और देवताओं में कैसे विश्वास कर सकता है।"

हैलिडे ने उसकी बात में दख़ल देते हुए कहा, "शायद मैं भगवान में इस वजह से विश्वास करता हूँ क्योंकि ऐसा ही मुझे सिखाया गया। लेकिन मुझे यह भी लगता है कि ईसाई धर्म जीने का सलीक़ा सिखाता है, इसके नियमों ने मुझे रास्ता दिखाया है। यह मुझे विनम्र, नि:स्वार्थ होना सिखाता है...।"

"आपके लिए यह सब बिलकुल ठीक है। आपने शायद कभी बेइज़्ज़ती नहीं झेली। हम दलितों को विनम्रता भूलकर दबंग बनने की ज़रूरत है। ये हिन्दू जो मन्दिरों में जाते हैं—क्या वे वहाँ नि:स्वार्थ और विनयी बनने के लिए जाते हैं? नहीं, वे अपनी स्वार्थपूर्ण इच्छाओं की पूर्ति के लिए प्रार्थना करने जाते हैं।"

"लेकिन ज़िन्दगी के उद्देश्य के बारे में क्या? ईसाई धर्म आपको उद्देश्य देता है।"

"कोई उद्देश्य नहीं है," राम भरोसे ने कहा और बरामदे के दूसरी तरफ़ चला गया। हैलिडे की ओर अपनी पीठ किए, उदास आँखों से रात के अँधेरे में ताकता हुआ वह खड़ा रहा।

थोड़ी देर की ख़ामोशी के बाद हैलिडे ने कहा, "मुझे लगता है कि इस मसले पर अब और बात करने का कोई मतलब नहीं है। मैं खाना खाने के लिए अन्दर जा रहा हूँ।"

अगली शाम जब राम भरोसे आया तो वह बरामदे की सबसे नीचे वाली सीढ़ी पर ही खड़ा रहा, ऊपर नहीं आया। हैलिडे ने उससे पूछा कि मामला क्या है, नीचे खड़े-खड़े ही उसने कहा, "हैलिडे साहब, मैं ऊपर नहीं आऊँगा क्योंकि मैं ड्यूटी करने नहीं आया हूँ। आपको यह बताने आया हूँ कि मैं काम छोड़ रहा हूँ। दफ़्तर में कल बता दूँगा।"

हैलिडे भौचक्का थे। "आख़िर क्यों?" उन्होंने पूछा।

"आप अकेले ऐसे आदमी थे, मुझे लगा, जिस पर मैं भरोसा कर सकता हूँ। मुझे सचमुच यक़ीन था कि आप मुझे पसन्द करते हैं और मेरे साथ बराबरी का बरताव करते हैं। कल रात मुझे लग गया कि आप मुझे झाँसा देते आए हैं, मेरे साथ खिलवाड़ करते रहे हैं। आप यह सारा दिखावा इसलिए करते रहे ताकि मुझे अपने वश में कर लें, फिर ईसाई धर्म का लबादा ओढ़ाकर अपने अंग्रेज़ दोस्तों के बीच शेखी बघार सकें कि आपने मुझे अपने धर्म में शामिल कर लिया है।"

हैलिडे हैरान था। "ओह भगवान, राम भरोसे! आप ऐसा सोच भी कैसे सकते हैं?"

लेकिन राम भरोसे अपनी बात पर अड़ा रहा, कहा, "मुझे मालूम है कि आप ईसाई धोखेबाज़ होते हैं, तो यह बात मुझे पहले ही समझ लेनी चाहिए थी कि आप मुझे धोखा दे रहे हैं। मेरे गाँव के पास वाले गाँव में आए पादरी ने दलितों से कहा कि उनकी सारी पीड़ा यीशु सहन करेंगे और यह कि ईसाई मानते हैं कि आपके ईश्वर की दृष्टि में सभी इनसान बराबर हैं। दलितों ने धर्मान्तरण कर लिया तो उन्हें पता चला कि वे किसी भी तरह से बराबर नहीं हैं। ऊँची जाति के ईसाई चर्च में उनके साथ नहीं बैठते थे, त्योहारों और जुलूसों में उन्हें शामिल होने की इजाज़त नहीं थी। कुछ लोग तो यह भी नहीं चाहते थे कि हमारी बिरादरी वाले चर्च जाएँ, उन्होंने उनसे कहा कि वे लोग अपना अलग चर्च बना लें।"

अपनी कुर्सी से छलाँग लगाकर उठे हैलिडे भागकर बरामदे की सीढ़ियाँ उतर गए और राम भरोसे को गले लगा लिया, उसकी पीठ थपथपाई और आत्मीयता भरे स्वर में कहा, "मेरे दोस्त, मेरे सच्चे दोस्त, तुमने यह कैसे सोच लिया कि मैं तुमको धोखा दूँगा? मैंने कभी, कभी तुम्हारा धर्म बदलना नहीं चाहा। जिस तरह के पादरियों की तुम बात कर रहे हो, उन्हें मैं भी पसन्द नहीं करता। मेरा मानना है कि धर्मान्तरण का मामला ईश्वर पर छोड़ देना चाहिए और वह इसके बारे में बहुत फ़िक्रमन्द हरगिज़ नहीं लगता। किसी को भी दूसरे के धर्म में दख़ल देने का हक़ नहीं है।"

"लेकिन आपने मुझे ईसाई धर्म के बारे में बताया और कहा कि आप मुझे और भी बताना चाहते हैं," असमंजस में डूबे राम भरोसे ने कहा।

"ओफ़्फ़ो...भगवान के लिए बस करो। वह सब तो मैंने सिर्फ़ यह समझाने के लिए कहा था कि मैं भगवान में क्यों भरोसा करता हूँ। मैंने तो ऐसा कभी कहा भी नहीं कि तुम ईसाई बन जाओ। ईश्वर को मानने से तुम्हारे इनकार की मैं तारीफ़ करता हूँ। मैं इस बारे में और ज़्यादा समझना चाहता था।"

"यानी आप सच में कभी मुझे ईसाई नहीं बनाना चाहते थे? मैंने इसे ग़लत समझा?"

"हाँ, बेशक तुमने ग़लत समझा। लेकिन मैं तुम्हें दोष नहीं देता। मैं समझ सकता हूँ कि तुम्हें कितनी तकलीफ़ हुई होगी। मैंने ही बेवक़ूफ़ी की। मुझे ईसाई धर्म के बारे में बात ही नहीं करनी चाहिए थी।"

विश्वासघात की अपनी तीव्र भावना की चपेट से मुक्त राम भरोसे अब भाव-विह्वल हो उठा। हैलिडे से ख़ुद को अलग करके हथेलियों से वह अपनी आँखें मलता रहा, और कहा, "शायद मैंने ही बेवक़ूफ़ी की। भावनाओं में बहकर मुझे आपको इतना ग़लत नहीं समझना चाहिए था। मगर आप जानते हैं, धर्म से मुझे नफ़रत है। धर्म ने ही दलित और सवर्ण पैदा किए हैं।" तभी अचानक वह फिर ग़ुस्से में तमतमा उठा और उसकी आवाज़ बुलन्द होती गई। "मुझे उन लोगों से नफ़रत है, जिन्हें ईश्वर में विश्वास है। उन बहुतेरे दलितों से मुझे घिन आती है, जो उन पर ज़ुल्म ढाने वालों के देवताओं के आगे सिर झुकाते हैं। वे ख़ालिस बेवकूफ़ हैं, जिन्हें भरोसा है कि मुसीबत आने पर पत्थर की कोई मूरत उनका भला करेगी, जब वे लतियाए जाएँगे, उन पर थूका जाएगा और उनके झोंपड़े फूँक दिये जाएँगे। इतना कमज़ोर होना कि आपको किसी भगवान से मदद माँगनी पड़े, दिमाग़ी बीमारी

है। अगर आप मर्द हैं, तो ईश्वर में भरोसे की इस बकवास के बजाय ख़ुद अपने पैरों पर मज़बूती से खड़ा होना आना चाहिए। पंडितों, पुजारियों, साधुओं, सन्तों के बेहूदा कर्मकांड के बग़ैर मैं ज़िन्दगी में अपना रास्ता ख़ुद तलाश कर सकता हूँ—ये सारे ख़ून चूसने वाले नक़ली लोग हैं।"

फिर राम भरोसे शान्त हो गया। विस्फोट की उस ज्वाला में उसका सारा क्रोध भस्म हो गया। उसने बड़ी नरमी से कहा, "अच्छा, साहब। मैं कहीं नहीं जाऊँगा, यहीं काम करता रहूँगा।"

घर लौटते वक़्त रास्ते में, राम भरोसे को अहसास हुआ कि चर्च जाने वाले हैलिडे को उसकी इस बात से कितना दुख हुआ होगा कि आस्थावान लोग मूर्ख और कायर होते हैं। तो अगले दिन उसने बेझिझक माफ़ी माँगी। हैलिडे ने उसकी बात का बुरा नहीं माना था। वह समझं सकते थे कि राम भरोसे के मन में आस्थावानों को लेकर इतनी कड़वाहट क्यों है। उसके बाद, समय-समय पर अपनी बातचीत में दोनों धर्म का मर्म छूते, मगर हैलिडे का ज़ोर केवल इस बात पर रहता कि धर्म जीवन को लक्ष्य देता है। वह अपने इस विश्वास पर ज़ोर देते समय ख़ासतौर पर बेहद सतर्क रहते कि सारे धर्म ईश्वर तक पहुँचने के रास्ते हैं और सत्य पर ईसाई धर्म का एकाधिकार नहीं है। हर बार वे यह कहना भी नहीं भूलते थे कि करुणाहीन धार्मिक होने से कहीं ज़्यादा बेहतर नास्तिक और अच्छा इनसान होना है। हालाँकि यह उन्होंने ख़ुद ही पाया कि ईसाई धर्म ने कुछ हद तक उन्हें सन्तुष्ट जीवन जीने में मदद की। इस दौरान राम भरोसे ने हैलिडे को यह बताना जारी रखा कि ऐसा कोई ईश्वर या धर्म नहीं था, जिस पर वह कभी भरोसा कर सके, ज़िन्दगी जीने या मुश्किलों से पार पाने में मदद के लिए किसी से प्रार्थना की उसे कोई ज़रूरत नहीं, कि वह अपने दम पर अपने ढंग से जीने में समर्थ है।

राम भरोसे किसी तपस्वी जैसा जीवन जीता। शाम के आठ बजे से अगले रोज़ सुबह आठ बजे तक ड्यूटी करता। उसने हफ़्ते के सातों दिन ड्यूटी करना तय किया, कुछ तो इसलिए कि चार पैसे ज़्यादा कमाएगा तो अपनी माँ को भेज सकेगा और कुछ इसलिए भी कि छुट्टी लेकर करेगा क्या। वह बहुत सामाजिक इनसान नहीं था, और जैसे ही अलग कमरे का भाड़ा भरने की स्थिति में आया, भोगल की वह साझा कोठरी छोड़ आया। अब वह दिल्ली से क़रीब तीस किलोमीटर दूर फ़रीदाबाद नाम के शहर में रहता और ख़ासी धीमी चलने वाली एक ग़ैर-भरोसेमन्द ट्रेन में सफ़र करके ड्यूटी पर आता। उसका कमरा चार मंज़िला घर की सबसे

ऊपर वाली मंज़िल पर था। वहाँ तक पहुँचने वाली गली गंदी और अँधेरी थी, और इतनी सँकरी भी कि दो रिक्शा एक साथ नहीं गुज़र सकते थे। कमरे में एक चारपाई, एक कुर्सी और स्टील की एक आलमारी रखने भर की जगह ही थी। सिर्फ़ एक खिड़की थी, जो इस क़दर गंदी थी कि उसे भेदकर बहुत थोड़ी रोशनी कमरे में आ पाती। उसके काम का समय भी कुछ ऐसा था कि उसने कोई दोस्त नहीं बनाया। दोस्त के नाम पर उसके पास केवल हैलिडे का ख़ानसामा और उनके ड्राइवर थे, पर राम भरोसे को लगता था कि उसकी जाति की वजह से वे लोग भी उसे नीची निगाह से देखते हैं।

लेकिन हैलिडे के अलावा एक और शख़्स था, जो उसकी ज़िन्दगी में रौशनी लेकर आया और वह थी उसकी भतीजी स्नेहा। हैलिडे से कह-सुनकर उसने अपने छोटे भाई मैपाल को नोएडा में कपड़े बनाने वाली एक फ़ैक्ट्री में पैकिंग करने का काम दिला दिया था। अपने भाई या उसकी पत्नी की उसे बहुत परवाह नहीं थी। जब उनके माँ-बाप गुज़र गए तो मैपाल का ब्याह कराना उसने अपनी ज़िम्मेदारी माना और इस तरह अपने ब्याह का मौक़ा भी गँवा दिया, मगर भाई में कृतज्ञता बोध बिलकुल नहीं था। वह और उसकी पत्नी जब दिल्ली आए, तो उन लोगों ने जो कमरा किराए पर लिया, वह राम भरोसे के कमरे से बहुत दूर नहीं था, फिर भी उन्होंने राम भरोसे को अकेला ही छोड़ दिया सिवाय तब के उनकी छह साल की बच्ची की देखरेख के लिए उन्हें उसकी ज़रूरत पड़ती। शाम को छह बजे अपनी ड्यूटी पर निकलने से पहले, दिन भर उसकी देखभाल से राम भरोसे को भी कोई एतराज़ नहीं था। अपने कमरे के दरवाज़े पर खड़े होकर वह उसकी आवाज़ का इन्तज़ार करता, सीढ़ियाँ चढ़ते हुए वह चिल्लाती हुई आती, “रामू-ताऊ, रामू-ताऊ, मैं आ गई!” वह उछलकर उसकी गोदी में चढ़ जाती और उसके दोनों गाल चूम लेती। उसके पीछे-पीछे ऊपर आया मैपाल अक्सर कहता था, “लगता है कि माँ-बाप से ज़्यादा प्यार यह ताऊ से करती है।”

स्नेहा को अपने ताऊ के साथ वक़्त बिताना अच्छा लगता था और इसकी कई वजहें थीं। उसके माँ-बाप ताऊ की तरह दरियादिल नहीं थे, मगर राम भरोसे के पास उसकी पसन्द की तमाम चीज़ें इफ़रात में मिलतीं, वहाँ गुड़िया, मिठाई, आइसक्रीम और चमकीले लाल-नीले फीतों की कोई कमी नहीं थी, और ताऊ इन फीतों से उसकी चोटी भी बना दिया करता। रिक्शा में बैठकर वे पास के पार्क चले जाते, जहाँ राम भरोसे उसे तमाम पेड़ों के बारे में बताया करता। वह समझाता कि नीम

का पेड़ दवाई की दुकान जैसा होता है। उसने स्नेहा को बताया कि नीम की दातुन से वह कैसे दाँत साफ़ किया करता था और कैसे वह टूथब्रश और टूथपेस्ट दोनों का काम करती है, त्वचा की बीमारियों के इलाज में नीम की पत्तियाँ कैसे कारगर हैं, यह भी कि नीम के पेड़ का हर हिस्सा दवा है—पत्ते, छाल, जड़, निबौली और बीज, सब पारम्परिक दवाओं में इस्तेमाल होते आए हैं। आम के पेड़ों पर बौर आता तो सफ़ेद फूलों की ओर इशारा करके वह उसे बताता, "पहले इन पर छोटे-छोटे फल आएँगे—अमिया—फिर देखना कि अमिया धीरे-धीरे कैसे बड़ी होती जाती हैं और फिर पककर रसदार-मीठा फल बन जाती है। हम उसे तोड़कर खा सकते हैं। मीठे आम खाने के लिए मगर हमें यहाँ नियमित आते रहना पड़ेगा।"

"तो हम आएँगे, ताऊ, तुम मुझे यहाँ लेकर आना," उत्सुकता से भरी स्नेहा कहती। और थककर जब वे घर लौटते, उसके गले में बाँह डाले वह सो चुकी होती।

सहृदय ताऊ और उसकी होनहार भतीजी के बीच यह रिश्ता स्नेह-बंधन से कहीं गहरा था। राम भरोसे को लगने लगा कि स्नेहा जब कहती है कि "मुझे तुम्हारे साथ रहना अच्छा लगता है," या "तुम बड़े प्यारे हो, रामू ताऊ," तो सचमुच उसका आशय प्यार से होता। प्यार, ख़तरनाक शब्द था, मगर फिर भी उसे लगता कि स्नेहा के लिए उसके स्नेह की अभिव्यक्ति इस अकेले शब्द से ही सम्भव है। निश्चय ही, उसने किसी के लिए इतना गहरा स्नेह, ऐसी आत्मीय तरलता पहले कभी महसूस नहीं की थी, यहाँ तक कि अपनी माँ के लिए भी नहीं। स्नेहा कोई ग़लती नहीं कर सकती थी, और न ही राम भरोसे ने कभी ऐसी सम्भावना के बारे में सोचा कि वह कुछ ग़लत कर सकती है। मगर तक़दीर का लेखा! राम भरोसे को हमेशा लगता कि जन्म से ही तक़दीर ने उसका साथ नहीं दिया, वही तक़दीर फिर उसके ख़िलाफ़ खड़ी थी।

इतवार की एक सुबह, जब हैलिडे के घर के बरामदे में राम भरोसे अभी सो ही रहा था, उसके भाई की पत्नी सीता देवी ने हिलाते हुए उसे जगाया और चिल्लाई, "स्नेहा मर रही है। वह नहीं बचेगी। जल्दी चलो, अभी मेरे साथ चलो। वह आपको बुला रही है। मेरी बच्ची मर रही है!"

राम भरोसे उठ बैठा और अकस्मात् बोला, "यह रोना-धोना बन्द करो। मेरी समझ में नहीं आ रहा है कि तुम क्या कह रही हो। होश में आओ और मुझे बताओ कि हुआ क्या है।"

सीता देवी ने सुबकते हुए कहा, "स्नेहा, मेरी बच्ची, वह सफ़दरजंग अस्पताल में है। तेज़ बुख़ार की वजह से उसकी जान जा रही है और वह आपको बुला रही है।"

"अर्रे, शान्त हो जाओ। बुख़ार से वह मर थोड़े ही जाएगी। मुझे यक़ीन है कि डॉक्टर की दवाओं से उसका बुख़ार उतर जाएगा। मैं तुम्हारे साथ चलता हूँ।"

उनकी चीख़-पुकार ने हैलिडे को जगा दिया। उन्हें जब सारी बात पता चली तो उन्होंने अपने ड्राइवर को बुलाया और दोनों को अपनी कार में अस्पताल भेज दिया।

उन्हें स्नेहा के वार्ड के बाहर ही रोक लिया गया। सफ़ेद वर्दी में वह नर्स कोई रिपोर्ट लिख रही थी। दुबली-पतली और छोटे क़द के साथ ही अपने पतले कूल्हों की वजह से वह महिला की बजाय लड़की की तरह दिखती थी, मगर उसकी जीभ इस अन्तर की भरपाई कर देती, जिसे वह कोड़े की तरह इस्तेमाल करती थी। "कौन हो तुम, और मुँह उठाए कहाँ घुसे जा रहे हो, धर्मशाला समझ रखा है क्या?" अक्खड़ता से उसने पूछा।

"मैं वो छोटी बच्ची स्नेहा का ताऊ हूँ," राम भरोसे ने जवाब दिया, "और यह उसकी माँ है।"

"और यह आईसीयू है। यहाँ एक बार में सिर्फ़ एक आदमी ही अन्दर जा सकता है। बाहर बैठ जाओ और इन्तज़ार करो।"

"क्या आप उसके पिता को बता सकती हैं कि हम लोग आ गए हैं?"

"ठीक है, लेकिन याद रखना, एक बार में केवल एक आदमी। यहाँ का नियम है।"

दोनों बाहर चले आए और गलियारे में खड़े हो गए। सीता देवी ख़ामोशी से रो पड़ीं। क़रीब पाँच मिनट के बाद मैपाल बाहर निकला। उसने बताया कि स्नेहा को देखने जो डॉक्टर आया था, वह कह रहा था कि उसके बचने की उम्मीद बहुत कम है। सीता देवी की रुलाई फूट पड़ी, चीख़ते हुए बोली, "मुझे अपनी बेटी को देखना है। मुझे उसके पास जाना है। मैं अन्दर जाऊँगी, मुझे अन्दर जाने दो!" मैपाल ने उसके कन्धे पर हाथ रखा और कहा, "ठीक है, तुम अन्दर चली जाओ। हम दोनों यहाँ रुकते हैं।"

आख़िरकार सीता देवी लौट आईं और उनसे कहा, "वह होश में नहीं है, बस उसकी साँस चल रही है। वह आपको बहुत मानती है, भाई साहब। आप जाकर उसके पास रुकें।"

अन्दर बिना चादर वाले बेड पर उसकी भतीजी लेटी हुई थी। साँस चलती हुई मुश्किल से दिखाई देती थी। चेहरा पसीने से भीगा हुआ था। राम भरोसे को लगा जैसे वह गहरी नींद में सो रही हो। वह ड्रिप-स्टैंड के क़रीब पड़ी कुर्सी पर बैठ गया। भतीजी का एक हाथ पकड़ते हुए उसने उसके चेहरे का पसीना पोंछा। फिर धीरे से उसे पुकारा, "स्नेहा, तुम्हारा रामू-ताऊ तुम्हारे साथ पढ़ने आया है।" यह जुमला उसने कई बार दोहराया मगर स्नेहा पर इसका कोई असर नहीं हुआ। राम भरोसे ने उम्मीद छोड़ दी और चुपचाप बैठा ख़ुद से ही बतियाता रहा। "वह क्यों? वही क्यों? जिन्हें मर जाना चाहिए, वे क्यों ज़िन्दा रहते हैं और जिन्हें जीवित रहना चाहिए, वे क्यों मर जाते हैं?" अपने ही दर्द से विह्वल होकर वह फुसफुसाया। "मेरी स्नेहा इतनी अच्छी लड़की है। हमेशा अच्छा करती है। वह मुझे प्यार करती है। उसने क्या ग़लती की है? कभी किसी को चोट नहीं पहुँचाई, किसी का दिल नहीं दुखाया। वह तो मांस भी नहीं खाती ताकि किसी जानवर को मारना न पड़े। फिर यह सब क्यों भुगत रही है?"

उसने स्नेहा से फिर बात करनी शुरू कर दी। "मैं तुम्हें खो रहा हूँ। मैं बिलकुल अकेला हूँ। तुमसे विदा भी नहीं कह सकता। काश, एक बार फिर तुम्हें मैं अपनी गोद में ले पाता, लेकिन ये लोग मुझे ऐसा नहीं करने देंगे। मैं तुम्हें पानी भी नहीं पिला सकता।"

वह ख़ामोश थी, इसलिए वह चुपचाप बैठा उसे ताकता रहा। फिर अचानक उठकर खड़ा हो गया, उसके हाथ चूमे, उसका माथा सहलाया, और रोता हुआ बाहर निकल गया। नर्स के पास से गुज़रते समय, सुबकते हुए उसने कहा, "ज़िन्दगी में जिस अकेले इनसान को मैंने प्यार किया, उसे भी खो दे रहा हूँ। मुझे पता है कि उसे फिर कभी नहीं देख पाऊँगा।"

मैपाल अपने भाई की जगह अन्दर चला गया, फिर कुछ ही देर बाद बाहर आया और कहने लगा, "उसकी साँस रुक गई है।"

उस शाम, स्नेहा की अन्त्येष्टि के बाद राम भरोसे ने अपनी ड्यूटी पर लौटने का फ़ैसला किया। अपने कमरे में अकेले बैठे रहकर शोक मनाने से क्या फ़ायदा! वह जानता था कि भाई की सोहबत में भी उसे तसल्ली नहीं मिलने वाली, मगर भरोसा था कि स्नेहा की मृत्यु की तकलीफ़ बर्दाश्त करने में हैलिडे ज़रूर उसकी मदद करेंगे।

राम भरोसे जब हैलिडे के घर पहुँचा, तब तक उसके आँसू सूख चुके थे। आँखें रूखी और उदास थीं। हैलिडे ने हमदर्दी जताने की कोशिश की तो

राम भरोसे ने उन्हें टोक दिया, सपाट आवाज़ में बोला, "कहने को अब बचा ही क्या है। उसके जाने के बाद अब मेरी ज़िन्दगी में भी कुछ नहीं रह गया। मेरे लिए कुछ नहीं बचा है। मेरे लिए उस शहर में रहने का ख़याल भी असहनीय है, जिसने उसे छीन लिया। मैं वहीं लौट जाऊँगा, जहाँ मेरी सही जगह है। यहाँ मैंने बहुत सयाना बनने की कोशिश की। ज़िन्दगी के मकसद के बारे में, ईश्वर के बारे में वे तमाम बातें जो मैंने की—वह सब मेरे जैसे देहाती के लिए नहीं हैं। दसवीं पास आदमी को इन सब मामलों में नहीं पड़ना चाहिए। मेरे जैसे किसी आदमी के लिए किसी बात का कोई मतलब नहीं है। यह मुझे मान लेना चाहिए।"

"मैं समझ सकता हूँ कि ज़िन्दगी तुम्हें कितनी व्यर्थ लग रही होगी, राम भरोसे," हैलिडे ने उत्तर दिया। "इतना ही कह सकता हूँ कि तुम्हारी तकलीफ़ बड़ी है, पर किसी बच्चे की इस नाहक मौत से ईश्वर में अपने भरोसे पर मुझे सन्देह होने लगा है।"

राम भरोसे ने बेंत की एक कुर्सी खींची और पहली बार हैलिडे के बगल में बैठ गया। दोनों हाथों से अपना सिर पकड़े वह ख़ामोश बैठा था। हैलिडे के उठकर अन्दर चले जाने तक दोनों चुपचाप बैठे रहे। फिर राम भरोसे ने बरामदे के फ़र्श पर अपना बिस्तर बिछाया और लेट गया।

इसके बाद हफ़्ते-भर तक वह हैलिडे को दिखाई नहीं दिया। फिर एक शाम अचानक आ धमका। वह दिल्ली छोड़कर अपने गाँव लौटने की तैयारी में लगा हुआ था। उसके दफ़्तर में एक मुश्किल यह पेश आ रही थी कि वे उसकी भविष्य निधि की पूरी रक़म नहीं देना चाहते थे। वह यूनियन का सदस्य था तो यूनियन वालों ने ही आख़िरकार वह मसला निपटाया। उसके मकान मालिक ने यह कहकर एडवांस की रक़म लौटाने से इनकार कर दिया कि उसे दो महीने का नोटिस देना चाहिए था। राम भरोसे को लगा कि उससे भिड़ना बेकार है।

हैलिडे के घर के बरामदे की सीढ़ियाँ आख़िरी बार चढ़ते हुए, राम भरोसे ने ग़ुस्से में कहा, "यह बहुत बेमुरव्वत लोगों का शहर है—यहाँ हर कोई आपको धोखा देने के लिए ही घूम रहा है। मैं जल्दी से जल्दी यहाँ से निकल जाना चाहता हूँ।"

"मुझे चिट्ठी-विट्ठी तो लिखोगे न?" हैलिडे ने पूछा।

"मुझे नहीं लगता। यह सब किसी सपने की तरह है, जो गाँव की ज़िन्दगी में लौटने के बाद धुँधला जाएगा—और वही शायद ठीक भी रहेगा।"

"मगर मेरे लिए यह सब सपना नहीं रहा। हमारी इतनी सारी बातों-बहसों का क्या कोई मतलब नहीं था?"

"वाक़ई नहीं। आपका अक़ीदा ऐसे ईश्वर में है, जो प्यार करता है। मुझे लगता है कि मेरे अपने दुखों के साथ ही दुनिया-भर की सारी तकलीफ़ें, निस्सन्देह बताती हैं कि कोई ईश्वर नहीं है। हमने बातें बहुत कीं, फिर भी हम अलग-अलग दुनिया के लोग हैं।"

"शायद हमें इस ईश्वर वाली बहस में नहीं पड़ना चाहिए था।"

"इसकी शुरुआत आपने ही की, क्योंकि आपका भगवान आपके लिए बहुत मायने रखता है।"

"शायद मुझमें तुम्हारे जैसी हिम्मत नहीं है, मेरे दोस्त। मुझे विश्वास है कि चाहे कुछ भी हो जाए, चाहे हमें कितनी ही तकलीफ़ें सहनी पड़ें, आख़िर में, जैसा कि बाइबिल में कहा गया है, 'परमेश्वर हमारी आँखों से सारे आँसू पोंछ डालेगा; तब न तो मृत्यु रहेगी, न शोक, न रोना, और न कोई पीड़ा रहेगी।'"

इन शब्दों की सुन्दरता और हैलिडे की निष्ठा ने राम भरोसे को बहुत प्रभावित किया। उसने कहा, "आपको यह सब बोलते हुए सुनकर मुझे बहुत अच्छा लगता है। मगर मैं इस पर भरोसा कैसे कर सकता हूँ? आपके धर्म पर मुझे भला कैसे विश्वास हो?"

हैलिडे ने जवाब दिया, "तुम शायद भरोसा नहीं कर सकते और तुम्हें करना भी नहीं चाहिए।"

"मगर क्यों?"

"क्योंकि यह तुम्हारा धर्म नहीं है। मैं पहले भी बता चुका हूँ कि तुम्हारा धर्म क्या हो सकता है। महान दलित नेता आंबेडकर ने बौद्ध धर्म अपनाया था, साथ ही दलितों को अपने अनुसरण के लिए प्रोत्साहित भी किया था। बौद्ध धर्म तुम्हारे लिए ख़ासतौर से प्रासंगिक है क्योंकि तुम पीड़ित हो और आंबेडकर का धर्म, उनका धम्म, सभी दुखों से मुक्ति के बारे में ही है। इतना ही नहीं, आंबेडकर ईश्वर में भी विश्वास नहीं करते थे।"

"हाँ, आपने मुझे पहले भी बताया था, लेकिन मुझे यक़ीन नहीं है कि आप दुखों से इस तरह निजात पा सकते हैं, और मैं यह भी नहीं समझ पाता कि ईश्वर के बिना कोई धर्म कैसे हो सकता है। मैं तो लौटकर सिर्फ़ हाड़-तोड़ मेहनत करना चाहता हूँ, खेतों में या फिर निर्माण के काम में मज़दूरी भी कर सकता हूँ, ताकि मैं इस क़दर थक जाऊँ कि मुझमें इतनी ताब ही न रहे कि मेरा दिमाग़ गोल-गोल घूमकर यह गुत्थी सुलझाने में लगे कि इतना कमउम्र, इतना अच्छा और इतना सुन्दर कोई इनसान हमसे क्यों छीन लिया जाना चाहिए।"

"मुझे वाक़ई अफ़सोस है कि तुम ऐसा सोचते हो कि हमें कभी बातचीत करनी ही नहीं चाहिए थी। मगर वह मेरे लिए बहुत मायने रखती है।"

"आप तो मुझसे हमेशा अच्छी तरह ही पेश आए, हैलिडे साहब। वरना ऐसा कौन साहब होगा, जो इन मामलों पर अपने चौकीदार से बात करे? यह तो अब जाकर मेरी समझ में आया कि यह सब एक सपना था। अब यह अहसास हुआ कि दुख ही हक़ीक़त है। दुनिया में सौन्दर्य नहीं है, यहाँ करुणा और इंसाफ़ की कोई जगह नहीं है। और इस देश में जहाँ हर किसी को अपनी हैसियत मालूम होनी चाहिए, किसी नौकर के लिए अपने साहब से बराबरी के बारे में सोचना असम्भव है। दुनिया ऐसे ही चलती है, किसी तरह का भ्रम पालने से कोई फ़ायदा नहीं। नौकर को अपनी औक़ात हमेशा याद रखनी चाहिए।"

"मैं तुमसे साहब की हैसियत से नहीं, बल्कि दोस्त के तौर पर बात करता रहा, जैसे एक इनसान दूसरे इनसान से करता है। मुझे केवल यही तरीक़ा मालूम है।"

"नहीं, साहब, हमारे बीच में फ़र्क़ तो एकदम पक्की बात है। भारत ऐसे ही मतभेदों पर टिका है, शायद पूरी दुनिया ही ऐसी हो। लेकिन आपके लिए मेरे मन में बहुत आदर और स्नेह है, और मैं आपका बहुत कृतज्ञ भी हूँ।"

"तो तुम मेरे सम्पर्क में रहोगे?" हैलिडे ने राम भरोसे को गले लगाते हुए पूछा।

"सम्पर्क में न रहना ही बेहतर होगा," राम भरोसे ने ख़ुद को आलिंगन से छुड़ाते हुए कहा और फिर वहाँ से बाहर चला आया।

हैलिडे को अपने पुराने चौकीदार की कोई ख़बर नहीं मिली। जल्दी ही उन्होंने सोचना शुरू कर दिया कि जात-पाँत और आर्थिक-सामाजिक परिस्थितियों के आधार पर बँटे भारत और इसके मज़बूत मतभेदों को ख़त्म करने की उनकी कोशिश ख़ालिस मूर्खता थी। उन्हें राम भरोसे के साथ दोस्ती की कोशिश करनी ही नहीं चाहिए थी।

राम भरोसे के जाने के क़रीब पाँच साल बाद, हैलिडे के सुबह की सैर पर निकलने से ठीक पहले फ़ोन की घंटी बजी। दूसरी ओर की आवाज़ ने सवाल किया, "हैलिडे साहब?"

"हाँ। तुम कौन हो?"

"आप मुझे नहीं पहचानते?"

"नहीं, मुझे ऐसा नहीं लगता।"

"कोशिश कीजिए। मैंने कभी आपके यहाँ काम किया था।"

"राम भरोसे? हे भगवान! आख़िर तुम हो कहाँ? तुमने अभी फ़ोन कैसे कर लिया—मुझे लगा कि अब तुम्हारा मुझसे कोई लेना-देना ही नहीं है। मुझे ख़ुशी है कि तुमने अपना इरादा बदल दिया। तुम कहाँ हो? गाँव में?"

"मैं एक मन्दिर में हूँ।"

हैलिडे चकित था। "मन्दिर में? लेकिन तुम तो हमेशा कहा करते थे कि भगवान में विश्वास नहीं करते हो। तुमने ही मुझे बताया कि पत्थर की मूर्तियों से मदद माँगने वाले हिन्दू दिमाग़ी तौर पर बीमार होते हैं। तो तुम आख़िर मन्दिर में क्या कर रहे हो?"

राम भरोसे ने हँसते हुए कहा, "जवाब आसान है। यह बौद्ध मन्दिर है। मैं भिक्षु हूँ। आपने ही सुझाया था कि मुझे बौद्ध बन जाना चाहिए क्योंकि तब मुझे ईश्वर पर भरोसे की ज़रूरत नहीं होगी। और मेरा नाम अब राम भरोसे नहीं, भिक्खु ज्ञान रत्न है, मगर आप मुझे अब भी राम भरोसे ही बुला सकते हैं।"

"मुझे यक़ीन नहीं हो रहा है, राम भरोसे। सालों से तुम ग़ायब हो और फिर अचानक मुझे मिलते हो इस तरह भिक्षु बनकर! यह नामुमकिन है।"

"यह मुमकिन है। मैं यहाँ इस मन्दिर में भिक्खु का चोला पहने बैठा हूँ। मैं कभी दिल्ली आता हूँ तो आपसे मिलकर सब कुछ समझाऊँगा।"

राम भरोसे को पक्का पता नहीं था कि दिल्ली वह कब आ पाएगा। मगर उसने हैलिडे को एक फ़ोन नम्बर दिया, जिस पर उससे बात की जा सकती थी।

राम भरोसे को बौद्ध मठ का नारंगी चोला पहने हुए देखने के लिए हैलिडे व्यग्र थे। वह जानना चाहते थे कि उनकी बातचीत किस तरह राम भरोसे के रूपान्तरण की वजह बनी, और भिक्षु होने के नाते उसके दायित्व क्या हैं। इन्तज़ार करना उन्हें अखर रहा था। तो अगले ही दिन उन्होंने राम भरोसे के दिये नम्बर पर फ़ोन करके भिक्खु ज्ञान रत्न को पूछा। कुछ मिनट बाद राम भरोसे लाइन पर आ गया। हैलिडे ने जब पूछा कि क्या वह उनसे मिलने के लिए मठ आ सकते हैं, तो वह ख़ुश हुआ और बुद्ध विहार तक पहुँचने का सारा ब्योरा समझा दिया।

अगले शनिवार की सुबह हैलिडे ने जयपुर शताब्दी एक्सप्रेस पकड़ी और अलवर में उतर पड़े। वहाँ से उन्होंने लोहरिया गाँव जाने के लिए टैक्सी ली। राम भरोसे ने वायदा किया था कि वह बस स्टैंड पर मिल जाएगा लेकिन वहाँ वह कहीं नज़र नहीं आया। पास ही चाय की एक दुकान थी, वहाँ पूछा तो चाय वाले ने हैलिडे को सड़क के नीचे की तरफ़ कच्चे रास्ते से जाने को कहा। उनकी टैक्सी जैसे ही उस

कच्चे रास्ते पर मुड़ी, हैलिडे को आगे एक जुलूस दिखाई दिया। जुलूस में पच्चीस-तीस लोग थे, पूरी ताक़त से ढोल पीटता एक नौजवान उनके आगे-आगे चल रहा था। आगे जाने की गुंजाइश नहीं थी मगर हैलिडे जुलूस के पीछे फँसे नहीं रहना चाहते थे तो उन्होंने ड्राइवर से कहा कि किनारे की तरफ़ चलते हुए वह जुलूस पार करने की कोशिश करे। लेकिन जैसे ही टैक्सी क़रीब पहुँची, जुलूस में उन्हें एक साधु दिखाई दिया, उसका सिर घुटा हुआ था और उसने नारंगी चोला पहन रखा था। पहले तो वह पहचान नहीं पाए, फिर अचानक उनके दिमाग़ में कौंधा कि वह साधु तो राम भरोसे है। हैलिडे ने चीख़ते हुए अपने ड्राइवर से कहा, "धीमे चलो, उनके पीछे चलते रहो!" जुलूस के पीछे चलते-चलते उनकी टैक्सी एक मठ के परिसर में पहुँच गई। वह कंक्रीट की बड़ी आयताकार इमारत थी, जिसके ऊपर ठूँठ-सी मीनार थी। हैलिडे कार से उतरे तो राम भरोसे ने मुड़कर उनकी ओर देखा और मुस्कुराया। हैलिडे ने महसूस किया कि राम भरोसे को उनके आने का पता पहले ही चल गया था।

चमचमाता हुआ सफ़ेद कुर्ता और सफ़ेद जूते पहने छोटे क़द का एक अधेड़ उम्र आदमी उनकी तरफ़ बढ़ा। राम भरोसे ने उनका परिचय दिया, वह लोहरिया के सरपंच प्रेम कुमार थे। सरपंच ने हैलिडे को क्रीम के रंग की एक शॉल ओढ़ाई और फिर चटख़ नारंगी रंग की पगड़ी उनके सिर पर रख दी, जो थोड़ी मुश्किल से सन्तुलित हो पाई। फिर हैलिडे को वह मठ के अन्दर ले गए।

मठ की धूसर दीवारें ख़ाली थीं। फ़र्श पर ढीले कालीन पड़े हुए थे। थोड़ा-सा फ़र्नीचर था। एक छोर पर एक चबूतरा बना हुआ था, जिसके ऊपर सिंहासन पर बैठे बुद्ध की एक सुनहरी प्रतिमा रखी हुई थी। हैलिडे ने अन्दाज़ा लगाया कि मूर्ति और सिंहासन छह फ़ीट से ज़्यादा ऊँचे थे। सरपंच ने गर्व से बताया, "यह प्रतिमा जापान के बौद्धों का उपहार है। यह अष्टधातु प्रतिमा सोने, ताँबे, चाँदी, एल्यूमीनियम और लोहे सहित आठ धातुओं को मिलाकर बनी है, इसलिए बहुत मूल्यवान है।" बुद्ध के गले में गेंदे के फूलों की माला थी, और ऊपर की ओर नीले बल्बों की एक झालर लिपटी हुई थी। बुद्ध की प्रतिमा के सामने बाबा साहेब आंबेडकर की एक छोटी-सी मूर्ति थी। चबूतरे के ऊपर एक लम्बा बैनर लटका हुआ था। उसके बीच में भी आंबेडकर की तस्वीर थी।

बैनर की ओर इशारा करते हुए सरपंच ने कहा, "हम उनके अनुयायी हैं। उन्होंने हमारे पुरखों को सम्मान दिलाया और हम उनके बताए रास्ते पर चलते हैं।"

"हाँ, आंबेडकर के बारे में जानता हूँ," हैलिडे ने कहा। "कभी-कभी मैं सोचता हूँ कि 1932 में अगर दलितों को अलग निर्वाचन का हक़ वह दिला पाए होते तो क्या भारत का समाज आज के मुक़ाबले बेहतर नहीं होता।"

"पृथक निर्वाचक मंडल के ख़िलाफ़ अनशन करके बाबा साहेब को ब्लैकमेल करने के लिए हममें से बहुत से लोग गांधी को माफ़ नहीं कर पाते। वे इस अधिकार को हिन्दू धर्म के लिए ख़तरा मानते थे, इसलिए उन्होंने हमें न्याय से वंचित कर दिया। वह इसी तरह के सन्त थे।"

सरपंच ने एक कुर्सी की ओर इशारा करके हैलिडे को बैठने के लिए कहा। "मृत्यु से ऐन पहले बाबा साहेब ने नागपुर में अपने पाँच लाख अनुयायियों के साथ बौद्ध धर्म अपना लिया था," वह बोल रहे थे। "वह चाहते थे कि इनसानों के बजाय हमसे जानवरों की तरह बरताव करने वाला हिन्दू धर्म हम छोड़ दें। वह हमारे बौद्ध धर्म अपनाने के हामी थे।"

"तो कह सकते हैं कि आप आंबेडकर बौद्ध हैं?" हैलिडे ने पूछा।

"बिलकुल, आप ऐसा कह सकते हैं। हमारे जैसे तीन करोड़ लोग हैं, और बहुत सारे विदेशों में भी हैं। यहाँ गाँव में हमारा छोटा-सा समुदाय है, क़रीब पाँच सौ लोगों का।"

जब सरपंच बोल रहा था, हैलिडे ने ग़ौर किया कि बुद्ध और आंबेडकर की मूर्तियों के सामने क़रीब पचास लोग, जिनमें मर्द, औरत और बच्चे शामिल हैं, फ़र्श पर पालथी मारे बैठे हैं। मूर्तियों के क़रीब ही एक छोटे चबूतरे पर राम भरोसे बैठा था, दाहिने कन्धे को छोड़कर उसकी बाक़ी देह नारंगी उत्तरीय से ढकी थी। वह ख़ामोश होकर सारी कार्रवाई देख रहा था, मगर उसमें शामिल नहीं था। उसके बगल में चोला पहने एक और भिक्षु बैठा था, जो उन सब लोगों में सबसे उम्रदराज़ था। उनके चेहरे पर वैराग्य झलकता था, वह जैसे ऊब की तरह का भाव था।

हैलिडे ने सरपंच से पूछा कि क्या उनके लोग बुद्ध की मूर्ति की पूजा करते हैं। "नहीं," उसने दृढ़ता से उत्तर दिया। "ऐसा बिलकुल नहीं है।"

"तो फिर कैसा है?"

"मूर्ति केवल प्रतीक-भर है। यह हमारी संस्कृति की निशानी है। यह हमारी पहचान है। अगर हम बुद्ध के मार्ग का अनुसरण करते हैं तो किसी मूर्ति या छवि की पूजा करने के मुक़ाबले कहीं ज़्यादा पा जाते हैं। हम देवी-देवता बिलकुल नहीं पूजते क्योंकि बुद्ध भगवान नहीं थे। वह तो महामानव थे।"

आंबेडकर बौद्धों की मान्यताओं के बारे में उनकी चर्चा काफ़ी देर चलती रही, तभी राम भरोसे के पास बैठे भिक्षु ने खड़े होकर कहा, "बहुत बातें हो चुकीं, अब खाने का समय हो गया है।"

दोनों भिक्षु, सरपंच और हैलिडे बाहर निकलकर एक कच्चे रास्ते पर आ गए। रास्ते पर कीचड़ था। कहीं-कहीं गड्ढे भी, जिनमें पानी भरा था, और दोनों तरफ़ ईंटों के बने छोटे-छोटे मकान थे। इन सारे मकानों में आंबेडकर बौद्ध रहते थे। थोड़ी दूर चलने के बाद वे एक मकान के छोटे-से आँगन में दाख़िल हुए, जहाँ कोमल और बड़ी-बड़ी आँखों वाली एक भैंस बँधी थी। उन लोगों को देखकर वह धीमे से रँभाई, जैसे स्वागत कर रही हो। अन्दर के तंग कमरे में पहुँचकर दोनों भिक्षु वहाँ पड़ी चारपाई पर जम गए। उन्होंने अपनी गोद में बड़े-बड़े रूमाल बिछा लिए। उस घर में रहने वाले पति-पत्नी थाली में दही-भात और एक कटोरी दाल लेकर आए। भिक्षुओं के सामने घुटनों पर बैठकर उन दोनों ने उन्हें भोजन की थालियाँ दीं।

अभी तक एकदम चुप लगाए रहे राम भरोसे ने हैलिडे को समझाया, "हर दिन हमें अलग-अलग घर में भोजन करना होता है। बुद्ध विहार में पाँच सौ लोग रहते हैं, तो पर्याप्त है। फिर हर तीसरे महीने हम आगे बढ़ जाते हैं तो अक्सर एक घर में दोबारा खाने नहीं जाते।"

"आप लोग आगे क्यों बढ़ जाते हैं?" हैलिडे ने पूछा।

"ताकि हम एक ही जगह पर रम न जाएँ। कहीं ऐसा न हो कि किसी से निकटता हो जाए, या हमें बहुत ज़्यादा प्रतिष्ठा मिल जाए, हम बहुत लोकप्रिय हो जाएँ।"

दोनों भिक्षुओं ने खाना ख़त्म कर लिया तो मेज़बानों ने घुटनों के बल झुककर उन्हें दस-दस रुपये का नोट दिया। भिक्षुओं के भोजन कर लेने के बाद, सरपंच ने हैलिडे को अपने साथ खाने का न्योता दिया। हैलिडे अब राम भरोसे से बात करना चाहते थे मगर सरपंच ने ज़ोर देकर कहा कि बौद्ध परम्परा के मुताबिक़ अतिथि को भोजन कराना उनका धर्म है। सो कहीं दोपहर बाद जाकर हैलिडे को राम भरोसे के साथ इत्मीनान से बैठने और यह जानने का मौक़ा मिला कि वह क्यों और कैसे बौद्ध बन गया।

तो यह रही वह कहानी जो राम भरोसे ने उन्हें सुनाई।

स्नेहा को खो देने के बाद राम भरोसे को लगने लगा कि जीवन बिलकुल अर्थहीन है। वह उसकी बेटी जैसी थी, उसकी देखभाल करते हुए, उसको बड़ा होते देखते हुए राम भरोसे के अकेलेपन की कचोट काफ़ी हद तक कम हो गई

थी। उसका होना उन्हें ज़िम्मेदारी का अहसास कराता। किसी बेटी या बेटे को पालने की ज़िम्मेदारी अब उन्हें तो मिलने से रही। जब उनकी ब्याह की उम्र थी, तब माँ-बाप उनकी तीनों बहनों के लिए रिश्ता खोजने में जुटे रहे, जिनकी शादियों में ख़र्च के लिए उन्होंने भी पैसे दिये। और जब यह सब हो चुका तो उन्हें लगने लगा कि राम भरोसे की ब्याह की उम्र तो निकल गई तो वे उसके छोटे भाइयों को ब्याह कर दुल्हन घर ले आए।

स्नेहा की मृत्यु के बाद अवसाद में डूबे राम भरोसे को बौद्ध धर्म के बारे में हैलिडे की कही हुई बातें याद रहीं। दिल्ली छोड़ने के पहले इतवार को वह नई दिल्ली के आंबेडकर भवन गया। वहाँ बौद्ध सांस्कृतिक केन्द्र में साप्ताहिक प्रार्थना में शामिल हुआ। वहीं उसे एक छोटी-सी किताब दिखाई दी—"बौद्धचर्या प्रकाश।" उसके किताब ख़रीद ली और अपने साथ अपने गाँव ले गया।

बलरामपुर लौटकर अपने घर में वह किताब पढ़ता और बौद्ध धर्म के बारे में विचार करते हुए सोचता कि क्या उसके लिए धर्मान्तरण सम्भव है। धर्म परिवर्तन के इच्छुक लोगों के लिए ज़रूरी बीस प्रतिज्ञाओं ने उसे ख़ासतौर पर प्रभावित किया। उनमें शुरुआती तीन तो यही थीं कि धर्मान्तरित शख़्स हिन्दू मूर्तियों, जैसे विष्णु और कृष्ण, को कभी देवता स्वीकार नहीं करेगा, न ही उनकी पूजा में कभी शामिल होगा। चौथी प्रतिज्ञा थी कि वह ईश्वर, या सर्वशक्तिमान के मानव रूप में जन्म लेने, या उनके अवतार की बात पर कभी भरोसा नहीं करेगा। राम भरोसे के लिए, नौवीं प्रतिज्ञा ख़ासतौर पर महत्त्वपूर्ण थी, जिसमें कहा गया था, "मैं इस सिद्धान्त में विश्वास करूँगा कि सभी इनसान समान हैं।"

लेकिन बौद्ध धर्म अपनाने का विचार उसे जितना आकर्षित करता, उससे कहीं ज़्यादा बड़ी यह दुविधा थी कि यह बहुत बड़ा क़दम होगा। आमतौर पर दलित लोग सामूहिक रूप में बौद्ध धर्म अपनाते आए हैं जिसमें पूरी बिरादरी धर्म परिवर्तित करती। मगर यहाँ, गाँव में, उसे अकेले ही, सब कुछ अपने बूते ही करना होगा। उसके घर वाले और बिरादरी वाले भी सख़्त विरोध करेंगे। गाँव की ऊँची जाति वाले भी इसे मंज़ूर नहीं करेंगे, क्योंकि उन लोगों को लगेगा कि वह जाति-व्यवस्था को चुनौती दे रहा है, धर्मान्तरण उनके लिए इस बात का सबूत होगा कि दलित अपनी हैसियत भूल रहे हैं, कि उन्हें उनकी औक़ात बताना ज़रूरी हो गया है। जो भी हो, उसे यह बताने वाला भी तो कोई नहीं था कि बौद्ध बनने के लिए करना क्या होगा?

फिर एक दोपहर को उसने अपनी माँ को बताया कि वह बौद्ध पूजा के एक समारोह में शरीक हुआ था। वह सहम गईं। "बौद्ध पूजा? तुम पागल हो गए हो क्या?" उन्होंने कहा। "यह बात किसी और को मत बताना! फ़िज़ूल में अगर यह अफ़वाह फैल गई कि तुमने अपना धर्म बदल लिया है, तो हम कहीं के नहीं रहेंगे? ऊँची जात वाले क्या कहेंगे? तुम गाँव में बँटवारा करा दोगे। हमारी अपनी बिरादरी वाले भी तुम्हारा साथ नहीं देंगे। हमारे पास अपने सन्त हैं, या तुम रवि दास को भी भूल गए? उठो और सीधे अपने मन्दिर जाओ, वहाँ पूजा करके आओ ताकि लोगों को पता चल जाए कि तुम अब भी हिन्दू हो। सन्त रवि दास से प्रार्थना करना कि उन्हें छोड़ देने के विचार के लिए तुम्हें क्षमा कर दें।"

राम भरोसे किसी के आगे हाथ जोड़ने या प्रार्थना करने के ख़िलाफ़ था, इसलिए उसने माँ का कहा तो नहीं माना। लेकिन माँ के प्रतिरोध का नतीजा यह हुआ कि धर्म-परिवर्तन का ख़याल उसने अपने दिमाग़ से निकाल दिया। वह गाँव के लोगों की तरह ज़िन्दगी बसर करने लगा, खेतों में और बनती हुई इमारतों में दिन-भर खटते, और इसके साथ ही अपने वजूद पर तारी ख़ालीपन की गहरी भावना से जूझते हुए।

फिर, एक रात, राम भरोसे को एक सपना आया। सपना में उसने देखा कि वह साक्षात् बुद्ध के सामने बैठा है। बुद्ध कह रहे थे कि उसे उनका अनुयायी बनने के लिए बुलाया गया है। "दुख पीछे छोड़ दो, क्रोध पीछे छोड़ दो, मोह-आसक्ति के सारे बंधन पीछे छोड़ दो," उसने बुद्ध को बेहद कोमलता से कहते हुए सुना। "सब कुछ जल रहा है, आओ, धम्म की शरण में आ जाओ।" सपना इतना सच्चा था कि राम भरोसे को लगा जैसे उसके विचारों की दृष्टि मिल गई। स्नेहा की मृत्यु के बाद से वह जो कुछ करना चाहता था, यह बात उससे एकदम मेल खाती थी; वह अपने अतीत से सारे रिश्ते ख़त्म करना चाहता था। अगले कुछ दिनों में उसका इरादा और मज़बूत होता गया, अन्ततः उसने बुद्ध के मार्ग पर चलने का संकल्प कर लिया। उसने अपनी माँ को यह समझाने की कोशिश की कि सब ठीक हो जाएगा, और यह कि उसे इसके लिए बुलाया गया है। रात की ट्रेन से वह दिल्ली के लिए रवाना हो गया।

सबसे पहले वह आंबेडकर भवन गया, जहाँ उसे हॉस्टल में ठहरे हुए दो भिक्षु मिले। राम भरोसे से बात करके वे दोनों ख़ुश हुए। आंबेडकर बौद्ध धर्म के बारे में बताने और उसकी जिज्ञासाओं-सवालों का जवाब देने में उन दोनों ने दो दिन लगाए। इसके बाद उसे यह कहकर गाँव वापस भेज दिया कि जो कुछ बताया है,

वह उस पर सोचे और ग़ौर करें। आंबेडकर की लिखी किताब 'बुद्ध और उनका धम्म' पढ़ने के लिए कहा—जिसके बारे में आंबेडकर ने कहा था कि इसे बौद्धों की बाइबल होना चाहिए।

राम भरोसे की माँ उसे देखकर ख़ुश नहीं हुई। उसके विचारों को वह पागलपन कहतीं और इसे लेकर हर समय बड़बड़ाती रहती कि अगर कहीं गाँव वालों को भनक लग गई तो उसका यह पागलपन तबाह कर देगा। मगर राम भरोसे उनका बेटा था, और परिवार के लिए उसने अपनी ज़िन्दगी क़ुर्बान कर दी थी, इसलिए उन्होंने हमेशा की तरह उसकी देखभाल की, और राम भरोसे ने पूरी कोशिश की कि उसके धर्मान्तरण के बारे में गाँव में किसी को मालूम न पड़ने पाए।

आंबेडकर की किताब समझना राम भरोसे के लिए आसान नहीं था, और यह सोचकर कि इसकी व्याख्या करने में उन्हें किसी की मदद की ज़रूरत है, उसने दिल्ली लौटने का फ़ैसला किया। वह जब आंबेडकर भवन गया तो यह जानकर निराश हुए कि उसे किताब पढ़ने की सलाह देने वाले दोनों भिक्षु वहाँ से जा चुके हैं। वे कहाँ गए, यह कोई नहीं बता पाया। पर एक बुज़ुर्ग भिक्षु धम्म दीप से उसकी मुलाक़ात हो गई। उम्र के साथ उनकी काया झुक गई थी, देह दुर्बल थी, गाल धँस गए थे मगर उनकी निगाह और मृदु मुस्कान शान्ति का भाव मिलकर उनके चेहरे को ऐसी आभा देते थे कि राम भरोसे अभिभूत हो गया। ज़िन्दगी में पहली बार उसने अपने पिता की नसीहत के ख़िलाफ़ झुककर उस बूढ़े भिक्षु के पैर छू लिए।

भिक्षु ने राम भरोसे को अपने पास बैठा लिया, और फिर उसके वहाँ आने की वजह पूछी। राम भरोसे ने उन्हें स्नेहा की मृत्यु के बाद की अपनी पीड़ा और ज़िन्दगी में उद्‌देश्यहीनता की भावना के बारे में बताया।

भिक्षु ने कहा, "शायद मैं तुम्हारी मदद कर सकूँ। बुद्ध के बताए रास्ते पर चलकर मैंने अब यह जान लिया है कि दुनिया सचमुच दुखों की खान है। मैं बाबा साहेब आंबेडकर का शिष्य हूँ, और उन्होंने मुझे सिखाया है कि बुद्ध के धम्म का आधार, उसकी नींव यही है कि दुखों से छुटकारा पाने का एक तरीक़ा होता है। मगर यह मत सोचना कि यह कोई जादू है, जैसे कि देवताओं से दुखों से छुटकारा दिलाने के लिए प्रार्थना करना और फिर यह अपने आप हो जाता है। यह बौद्धों का तरीक़ा नहीं है। बुद्ध के रास्ते में तुम्हें जीवन जीने का अपना तरीक़ा बदलने की ज़रूरत पड़ती है। क्या तुम यह करने के लिए तैयार हो?"

"किस तरह से?" राम भरोसे ने पूछा।

"कुछ सिद्धान्त हैं, तुमको जिन्हें जीना पड़ेगा, अपने आचरण में लाना पड़ेगा : किसी को चोट न पहुँचाओ या किसी की हत्या मत करो। चोरी मत करो। झूठ मत बोलो। वासना से दूर रहो, और शराब मत पियो।"

"लेकिन मैंने कभी किसी की जान नहीं ली और न ही किसी को चोट पहुँचाई, कभी किसी का कुछ चोरी नहीं किया। ज़िन्दगी-भर ब्रह्मचारी रहा, और शराब को कभी हाथ नहीं लगाया। तो मुझसे ग़लती कहाँ हुई, जो मुझे यह सब भोगना पड़ रहा है?"

भिक्खु मुस्कुराया और धीरे-से कहा, "तुमने ही मुझे बताया कि तुमसे ग़लती कहाँ हुई है। तुम्हें ख़ुद पर अभिमान है। तुम अपने आप से ख़ुश हो। तुम्हें लगता है कि तुमने कुछ ग़लत नहीं किया है, फिर भी तुम्हारे साथ ग़लत हुआ, अन्याय हुआ। आंबेडकर ने कहा है कि अहंकार निन्दनीय है।"

"पर मुझे नहीं लगता कि मैं अहंकारी हूँ।"

"ऐसा इसलिए है क्योंकि तुमने अपने अन्तस की गहराई में झाँका नहीं है। साथ बैठकर हम यह परख सकते हैं। हम तुम्हारे भीतर के सूक्ष्म अहंकार और लोभ की पहचान कर सकते हैं, और ईर्ष्या की भी, जो लोभ ही है। मगर आज के लिए इतना ही काफ़ी है। जब भी ख़ुद को गहराई से जाँचने का मन करे, चले आना। इस उम्र में मैं ज़्यादा यात्राएँ नहीं करता। और आमतौर पर यहीं मिलता हूँ।"

भिक्खु की विनम्रता और उनकी सीख पर राम भरोसे मुग्ध हो गया। उसने महसूस किया कि भिक्खु की शिक्षा कितनी सरल, फिर भी जीवन के लिए कितनी प्रासंगिक थी। भिक्खु से बात करने और दूसरों को उनसे बातें करते हुए सुनने के लिए वह हर रोज़ उनके पास जाने लगा।

आख़िरकार भिक्खु ने राम भरोसे से पूछ लिया, "तुम मेरे पास बैठने के लिए बार-बार क्यों चले आते हो?"

राम भरोसे ने जवाब दिया, "क्योंकि मुझे लगता है कि मैं मन से आपके साथ जुड़ रहा हूँ और इससे मुझे सन्तुष्टि मिलती है।"

"मैंने तुम्हें बताया था न कि हम इतनी दूर ही साथ चल सकते हैं, फिर तुमको मुझे छोड़ना होगा। तुम मुझे अपनी बैसाखी न बनाओ, न ही मुझ पर आश्रित बनो। तुम्हें तय करना होगा कि आगे तुम्हें किस रास्ते जाना है। अब तक तुम्हारी ज़िन्दगी के बारे में मैं सब जान चुका हूँ, जानता हूँ कि तुमने बहुत दुख झेले हैं। दुखों से छुटकारा पाने का समय आ गया है। तुम्हारा जीवन त्याग और बलिदान का रहा है,

अपने भाइयों और बहनों की शादी कराने, उनका घर बसाने के लिए तुमने बहुत त्याग किए हैं। तुमने ख़ुद ब्याह का सुख नहीं जाना। तो अब वह समय भी आ गया है, जब तुम्हें ख़ुद अपने लिए कुछ करना चाहिए।"

"मुझे क्या करना चाहिए?" राम भरोसे ने पूछा।

भिक्खु के जवाब ने उन्हें हैरान कर दिया। "चूँकि तुम पहले से ही ब्रह्मचारी हो, तो शायद तुमको मेरी तरह भिक्खु बन जाना चाहिए। यह मुश्किलों भरा रास्ता है, और उसके बाद का जीवन भी आसान नहीं, लेकिन मुझे विश्वास है कि तुम्हारे लिए यही सही होगा। जाओ और इस बारे में सोचो, फिर लौटकर मुझे बताना। मत भूलना कि मुझे तुम पर विश्वास है।"

राम भरोसे दंग रह गया। समानता पर ज़ोर देने वाली बुद्ध की शिक्षा के बारे में जो कुछ पढ़ा-सुना था, उसके बावजूद वह विश्वास नहीं कर पा रहा था कि कोई दलित, जिसकी स्कूली शिक्षा भी पूरी नहीं हुई, ऐसा आदमी बन सकता है, दूसरे जिसकी इज़्ज़त करें, यहाँ तक कि वह दूसरों को शिक्षा भी दे। मगर फिर, उसे ख़ुद ही ख़याल आया कि जिस भिक्षु का वह इतना आदर करता है, वह भी तो दलित ही जन्मे थे। सच तो यह है कि ज़्यादातर आंबेडकर बौद्ध दलित पृष्ठभूमि से ही आए हैं। भिक्खु बनने के विचार ने यक़ीनन उसे बहुत उत्साहित किया। इससे जीवन में उद्देश्य की उसकी तलाश पूरी हो जाएगी, साथ ही जीने का रास्ता भी मिलेगा। वरना, वह क्या करता? यही न कि अपने गाँव लौट जाता, वहाँ खेतों में खटता या मज़दूरी करता, मगर दोनों ही जगह सन्तोष नहीं पाता?

अन्ततः प्रतिष्ठा और उद्देश्य से भरी नई ज़िन्दगी की सम्भावना ने उसके डर पर विजय पाई। वापस जाकर उसने भिक्खु धम्म दीप को बता दिया, "अगर आप सचमुच ऐसा मानते हैं कि मैं भिक्खु बन सकता हूँ, तो ऐसी कोशिश के लिए मैं प्रस्तुत हूँ।"

भिक्खु ने एक बार फिर राम भरोसे को आश्वस्त किया और फिर कहा कि सबसे पहले उसे एक तरह की अग्नि-परीक्षा से गुज़रना होगा। उसे दस दिनों की सख़्त मौन साधना करनी पड़ेगी, जिसे विपश्यना कहा जाता है। भिक्खु ने सुझाया कि उसे विपश्यना केन्द्र जाना चाहिए, जो दिल्ली से क़रीब चालीस किलोमीटर दूर है।

विपश्यना केन्द्र भव्य इमारतों वाला जटिल परिसर था। लेकिन उस परिसर में दाख़िल होने के बाद, जब उसने बताया कि भिक्खु धम्म दीप ने उसे भेजा है तो भिक्खु ने उसे बताया था कि केन्द्र का कोई शुल्क तय नहीं है; बस विपश्यना की अवधि पूरी कर लेने के बाद दानस्वरूप कुछ देना होगा। उसके लिए यह यक़ीन

कर पाना मुश्किल था कि गाँव के छोटे-से घर और दिल्ली के बाहरी इलाक़े की तंग कोठरी में रह आया उसके जैसा आदमी केन्द्र की इतनी बड़ी और आलीशान जगह में रह सकता है, वह भी मामूली-सा दान देकर। उसने जब पूछा तो उससे कहा गया कि इस बारे में चिन्ता न करे।

सन् 1987 की शरद ऋतु में शाम को छह बजे राम भरोसे कोर्स के लिए पहुँचा था। अपनी नई ज़िन्दगी की शुरुआत के रूप में यह शाम उसे हमेशा याद रहेगी, बस एक क्षण—जिसके बाद कुछ भी वैसा नहीं रहा, जैसा हुआ करता था। लेकिन पहले तो, कोर्स शुरू होने का इन्तज़ार करते हुए, उसने मन ही मन सोचा, "दस दिन का मौन तो कोई मुश्किल बात नहीं, इतनी लम्बी ज़िन्दगी में मैंने और किया ही क्या है। लेकिन सोलह घंटे के ध्यान के बारे में मुझे कुछ नहीं मालूम। मैं नहीं कर पाया तो क्या होगा?" हालाँकि, अगले दो दिनों में साँस लेने के सही तरीक़े का रियाज़ करने के बाद, उसने ख़ुद को काफ़ी संयत पाया, मगर ध्यान के वक़्त दिमाग़ में आने वाले तमाम ऊलजलूल ख़यालों से अभी निजात नहीं मिली थी। इस संशय से उबरना उसके लिए बहुत मुश्किल था कि क्या वह सचमुच भिक्खु बन सकता है। वह अपने कम शिक्षित होने पर चिन्तित होता। उसे यह भरोसा भी नहीं था कि भिक्खुओं के लिए तय नैतिक मानदंडों पर खरा उतरने लायक़ आत्म-अनुशासन उनमें हो सकता है। उसका जीवन कठिन रहा है, मगर भिक्खु का जीवन तो बेहद कठोर है, पता नहीं कि उससे हो भी पाएगा या नहीं?

तीन दिनों के बाद, कुछ लोग कोर्स छोड़कर चले गए, मौन, घंटों लम्बे ध्यान, सख़्त दिनचर्या और विरल आहार का अनुशासन उनके बस का नहीं था। राम भरोसे रुका रहा, शान्ति और सन्तुलन की उसकी भावना उत्तरोत्तर बढ़ती जा रही थी। दस दिनों के बाद भिक्खु बनने का उसका संकल्प और मज़बूत हो गया था।

विपश्यना कोर्स के दौरान हासिल प्रगति से प्रसन्न राम भरोसे भिक्खु धम्म दीप के पास लौट आया और बताया कि अब उन्हें पक्का यक़ीन हो गया है कि उसमें भिक्खु बनने की योग्यता है। बुज़ुर्ग भिक्खु ने भिक्षु बनने के उसके अतिउत्साह पर उसे चेताया, "अगर तुम किसी चीज़ की बहुत लालसा करते हो तो इसका मतलब है कि तुम लालची हो रहे हो। जीवन की सारी परेशानियाँ, सारे दुखों का मूल तो लालच ही होता है। भिक्खु बनने पर इतराने से भी सावधान रहें। यह सोचना बड़ा आसान है कि तुम दूसरों से अच्छे हो क्योंकि तुमने साधु का चोला पहन रखा है। ऐसा आध्यात्मिक अभिमान भिक्षुओं की बड़ी कमज़ोरी है।"

"इससे कैसे बचा जा सकता है?" राम भरोसे ने पूछा।

"तुम्हें याद रखना होगा कि इस रास्ते पर चलने का अर्थ आत्मसंयम और संसार से विमुख होना नहीं है। जैसा कि बाबा साहेब ने कहा है, 'बुद्ध सामाजिक सन्देश देते हैं।' मैं तो कहूँगा कि दूसरों के हित के लिए तुम्हें कड़ी मेहनत करनी चाहिए। किसी का अहित न करो। एकता के लिए, सम्पूर्ण और सार्वभौमिक समानता के लिए काम करना चाहिए। अपनी बुरी आदतें छोड़ देनी चाहिए। तुम्हें दूसरों से सीखना चाहिए। तुम्हें अन्तर पहचानना चाहिए।"

"कैसा अन्तर?"

"यह अन्तर कि तुम्हें किससे सीखना है; सभी भिक्षु विद्वान नहीं होते। और एक आख़िरी बात। ख़ुद को धोखा देना बन्द करो। यह मत सोचना कि भिक्खु का जीवन आसान है। बाबा साहेब ने कहा था, दुनिया छोड़ना मुश्किल काम है। रमता भिक्षु पीड़ा से व्याकुल रहता है।"

इसके बाद भिक्खु धम्म दीप ने राम भरोसे को क़स्बे के एक बुद्ध विहार में जाकर रहने को कहा। यह क़स्बा उसके गाँव से बहुत दूर नहीं था। भिक्खु धम्म दीप ने कहा कि उसे वहाँ तब तक रहना पड़ेगा, जब तक वहाँ के भिक्षुओं को यह नहीं लगता कि वह परिव्राज के लिए तैयार हैं। परिव्राज वह अनुष्ठान है, जिसमें उसे भिक्षु घोषित किया जाएगा।

बुद्ध विहार में रहते हुए राम भरोसे को जल्दी ही पता चल गया कि यह बात सच है कि सभी भिक्षु विद्वान नहीं होते। वहाँ के भिक्षु अखिल भारतीय भिक्खु संघ के थे। यह उनका शिक्षक समुदाय भी था। भिक्खुओं में से एक को उनका उपाध्याय चुना गया, जिसकी ज़िम्मेदारी उन्हें बौद्ध आध्यात्मिकता समझाने की थी। उपाध्याय की उम्र चालीस से ऊपर थी, कमोबेश वह राम भरोसे के हमउम्र ही थे। उन्होंने बनारस हिन्दू विश्वविद्यालय से प्राचीन भारतीय इतिहास में एम.ए. किया था, इसलिए वे ख़ुद को विद्वान समझते थे। आंबेडकर ने भले ही समानता पर बल दिया था, मगर उपाध्याय ने साफ़ जता दिया कि राम भरोसे को वह हीन मानते हैं और सिर्फ़ दसवीं पास को पढ़ाना-सिखाना उनकी हैसियत से नीचे का काम है। उन्होंने राम भरोसे को कुछ किताबें देते हुए कहा, "ये इतनी सरल हैं कि तुम्हें आसानी से समझ में आ जाएँगी, इन्हें पढ़ लो," और फिर उन्हें पूरी तरह नज़रअन्दाज़ कर दिया। राम भरोसे उन किताबों में पढ़ी हुई किसी चीज़ के बारे में जब भी कोई सवाल लेकर जाता, तो उपाध्याय कहते कि वह व्यस्त हैं। एक बार

उन्होंने कहा, "मेरे पास मूर्खतापूर्ण सवालों के जवाब देने का समय नहीं है। भिक्खु बनने के लिए दसवीं के सर्टिफ़िकेट से ज़्यादा क़ाबिलियत की ज़रूरत होती है। चलो, जाओ यहाँ से।" राम भरोसे की सहनशक्ति जवाब दे गई। "अपनी ज़बान को लगाम दो," उसने धमकी भरे स्वर में कहा और उपाध्याय की ओर बढ़ने लगे। वह भयभीत होकर पीछे हट गया, और चिल्लाया, "क्षमा, क्षमा, क्षमा, मेरा आशय आपको ठेस पहुँचाना नहीं था।"

उसके बाद उपाध्याय ने उससे ढंग से बात की, उसके सवालों के जवाब दिये। लेकिन बिना बहुत समय गँवाए, उसने राम भरोसे को परिव्राज समारोह के लिए तैयार घोषित कर दिया, मतलब साफ़ था कि अनुष्ठान के बाद उसे बुद्ध विहार छोड़ना होगा।

लेकिन तभी एक अड़चन आ गई। उपाध्याय ने राम भरोसे से कहा कि समारोह में उसे अपने परिवार वालों को बुलाना पड़ेगा। भिक्षु बनने का संस्कार तभी पूरा होगा जब उनकी मौजूदगी में वह घर त्यागकर दूसरों की सेवा के लिए निकलने का संकल्प करेगा और घर के लोग उसे इसकी मंज़ूरी दे देंगे। घर वालों में सिर्फ़ माँ ही ऐसी थीं, राम भरोसे को जिनकी परवाह थी और भिक्षु बनना तो दूर, अभी तक तो वह उनके बौद्ध बनने के ही सख़्त ख़िलाफ़ थीं। उनको मनाने की एक और कोशिश के इरादे से वह गाँव चला गया।

पहले तो उसने अपने छोटे भाई से सहयोग माँगा। उनके परिवार के पास थोड़ी-सी ज़मीन थी, और उसका यह भाई गाँव में ही रहकर खेती-बाड़ी करता था। उसने भाई को समझाया कि भिक्षु बनने के बाद वह अपनी सम्पत्ति नहीं रख सकते, यानी तब वह न तो फ़सल में और न ही ज़मीन में अपना हिस्सा माँगेंगे। "बिरादरी वालों को क्या जवाब देंगे?" भाई ने पूछा। राम भरोसे ने कहा, "उनसे कहना कि मैं साधु बन गया हूँ। उन्हें कभी पता नहीं चल पाएगा कि मैंने धर्म बदल लिया है या मैं बौद्ध हो गया हूँ। भिक्षुओं और साधुओं के चोले में बहुत फ़र्क़ नहीं होता। वैसे भी, मुझे परिवार छोड़ना ही है तो वे मुझे अक्सर नहीं देखेंगे, मैं बार-बार घर थोड़े ही आ रहा हूँ।"

उनकी माँ को मनाना मगर ख़ासा मुश्किल था। माँ इसी बात पर अड़ी थीं कि उसके धर्म बदलने से परिवार तबाह हो जाएगा, लेकिन छोटे भाई ने माँ को समझाया कि राम भरोसे के धर्म बदलने की बात किसी को पता ही नहीं चलेगी तो बिरादरी में बखेड़ा खड़ा होने का कोई सवाल ही नहीं उठता। यह भी कि अगर कुछ हुआ

तो उसकी हिफ़ाज़त के लिए वह तो रहेगा ही। लेकिन माँ पर इन बातों का कोई असर नहीं हुआ। आख़िर में राम भरोसे ने उससे पूछा, "तो तुम चाहती हो कि घर वालों के लिए फिर से मैं ही त्याग करूँ? मेरी न तो बीवी है, और न बच्चे, मैं तो अकेला ही हूँ, तो क्या अब तुम मुझे संघ में भी शामिल नहीं होने दोगी, जहाँ कम से कम भिक्षु समुदाय का हिस्सा बनकर मैं कभी अकेला नहीं रहूँगा?"

राम भरोसे के इस तर्क से माँ सचमुच पिघल गईं। सिर झुकाए वह सोचती रहीं। वह चुपचाप उनके फ़ैसले का इन्तज़ार करता रहा। आख़िर में उन्होंने सिर उठाकर उसकी ओर देखा और कहा, "अगर यह बात है तो फिर ऐसा ही सही।"

राम भरोसे ने उनको गले से लगा लिया। "मैं जानता था कि तुम मान जाओगी, मुझे जाने दोगी। लेकिन वादा करता हूँ कि मैं तुम्हें नहीं छोड़ूँगा। कभी-कभार गाँव आता रहूँगा।"

"मैं जानती हूँ कि तुम आओगे। जब भी मुझे तुम्हारी ज़रूरत पड़ी है, तुम हमेशा आए हो," उन्होंने कहा।

तो परिवार को छोड़ने का परिव्राज समारोह हुआ। पहले एक नाई ने राम भरोसे का सिर मूँड़ा। फिर प्रार्थना हुई और राम भरोसे ने नौ प्रतिज्ञाएँ लीं, जिनमें ब्रह्मचर्य और दारिद्र्य का संकल्प शामिल था। उसके दोनों भाई इसके साक्षी बने और उन्होंने राम भरोसे को घर-परिवार छोड़ने की अनुमति दी। फिर उपाध्याय ने राम भरोसे को भिक्षुओं का चोला भेंट किया—टखनों तक पहुँचती हुई एक लुंगी, एक बनियान और एक शॉल। ये वस्त्र नारंगी और भूरे थे। इसके अलावा उसे एक उस्तरा, भिक्षा-पात्र, सुई-धागा, और पानी छानने के लिए एक कपड़ा भी दिया गया। भिक्षु को अपने पास केवल यही चीज़ें रखने का अधिकार है। उसके उपाध्याय ने मठवासी के रूप में उन्हें नाम दिया—ज्ञान रत्न।

इस समारोह के बाद, राम भरोसे से कहा गया कि अब वह बाहर निकले और बुद्ध की शिक्षा और उनके सामाजिक सन्देश का प्रसार करे। पहले वह एक भिक्खु के पास गया, जो अकेले रहते थे, और जिन्हें एक संगी चाहिए था। राम भरोसे उनके साथ ख़ुश थे। भिक्खु विद्वान और अनुभवी थे, उन्हें दीक्षित हुए बीस साल से ज़्यादा हो चुके थे। उन्होंने राम भरोसे को उपदेश देना सिखाया, लेकिन उन्होंने बहुत अच्छी तरह सिखाया। राम भरोसे अपने गुरु से ज़्यादा लोकप्रिय हो गया और इतना लोकप्रिय हुआ कि स्थानीय बौद्ध समुदाय के मुखिया ने उससे वहीं रुक जाने को कहा। मगर राम भरोसे को डर था कि ऐसा करके वह अपने सहयोगी की

ईर्ष्या का कारण बन सकता है, तो उन्होंने अपने संघ के प्रमुख से सलाह माँगी, संघनायक ने उन्हें अलवर के पास बुद्ध विहार भेज दिया।

राम भरोसे ने अपनी कहानी पूरी की तो हैलिडे ने उससे कहा, "मुझे बहुत ख़ुशी है कि आपने ज़िन्दगी में अपना उद्देश्य पा लिया—और मैं यह भी कहना चाहता हूँ, हालाँकि शायद मुझे ऐसा नहीं कहना चाहिए, कि मैं खुश हूँ कि इसमें छोटी-सी भूमिका मेरी भी है। मेरा बस एक सवाल है। निश्चय ही यह बहुत मुश्किल जीवन है, निराशाओं से भरा हुआ। क्या आपको यक़ीन है कि बाक़ी ज़िन्दगी आप भिक्षु बने रहेंगे?"

राम भरोसे ने मुस्कुराते हुए कहा, "बिलकुल, मुझे यक़ीन है। मैंने निरुद्देश्य जीवन का दंश झेला है और मैं फिर उस जीवन में नहीं लौटूँगा। मैंने जो कुछ भी सहा, उसकी वजह से मैं ख़ुद को अधम मानता था; मगर अब मुझे उस पर ज़रा भी अफ़सोस नहीं बल्कि ख़ुश हूँ क्योंकि वही सब मुझे यहाँ तक ले आया, जहाँ मैं हूँ।"

साल-भर बाद, हैलिडे की कम्पनी ने आख़िरकार उन्हें मुख्यालय वापस बुलाने का फ़ैसला कर लिया कि भारत में रहते हुए उन्हें लम्बा वक़्त हो चुका था और कम्पनी के एचआर मैनेजर के हिसाब से इतने अरसे में वह 'देशी' हो गए थे। हालाँकि, राम भरोसे से उनका सम्पर्क बना रहा, और वह ज़िन्दगी भर भिक्खु बने रहे।

आभार

इन कहानियों को लिखने के क्रम में मैंने ढेर सारे लोगों से बहुत कुछ सीखा है। उन्होंने अक्सर मुझे प्रेरणा दी है, मेरा उत्साह बढ़ाया है। ख़ासतौर पर मैं अफ़ज़ल अंसारी का ज़िक्र करना चाहूँगा, जिन्होंने मुझे करैल से परिचित कराया और गाँवों की ज़िन्दगी को समझने के दौरान मेरे मार्गदर्शक बने रहे। भारत के प्रतिष्ठित पुलिस अफ़सरों में से एक, कृपाल ढिल्लों की सलाह ने जासूसी कहानी लिखने का मेरा हौसला और आत्मविश्वास बढ़ाया। जब मैं संतनगर में दौड़ का ब्योरा दर्ज कर रहा था, इंजीनियर और स्टीम फिटर माइक विडन और इंडियन स्टीम रेलवे सोसाइटी के उनके सहयोगियों ने मुझे बराबर पटरी पर बने रहने में मदद की। हाल ही में दिल्ली विश्वविद्यालय से स्नातक करके निकले निशिता बनर्जी, भानुशाली गहलोत और नुसरत अंसारी का आभारी हूँ, जिन्होंने कैंपस के जीवन के बारे में अपने अनुभव साझा किए। बौद्ध भिक्षु के बारे में मेरी कहानी भिक्खु आगा धम्म के साथ मेरी बातचीत के बिना शायद सम्भव न होती। बुद्धिस्ट सोसाइटी ऑफ़ इंडिया के शान्ति स्वरूप बौद्ध ने मुझे डॉ. भीमराव आंबेडकर द्वारा चलाए गए आन्दोलन के इतिहास और दर्शन पर सलाह दी

है। जब भी मेरा उत्साह छीजने लगता, मेरे सम्पादक और प्रकाशक रवि सिंह के प्रोत्साहन ने मुझे आगे बढ़ने की ऊर्जा दी है। उन्होंने हमेशा ही बेशुमार और बेशक़ीमती सुझाव दिये हैं।

मगर इन सबसे ऊपर, अपनी सहधर्मिणी जिलियन राइट के प्रति आभार व्यक्त करता हूँ, जिन्होंने मेरे दिमाग़ में बसी इन कहानियों को कहने की छटपटापहट के लम्बे अन्तराल में आते रहे तमाम उतार-चढ़ावों में मेरा साथ दिया है।

अनुवादक की ओर से

'अपकंट्री टेल्स : वन्स अपऑन अ टाइम इन द हार्ट ऑफ़ इंडिया' का अनुवाद करना ख़ासा दिलचस्प तजुर्बा रहा, हालाँकि यह उतना आसान नहीं था, जितना कि इस किताब की कहानियाँ पढ़ जाना। पढ़ते हुए ये कहानियाँ सरल और सरस मालूम देती हैं, मगर अनुवाद करते हुए इन्होंने कई मौक़ों पर ख़ूब उलझाया और छकाया भी है। और इसकी वजह मार्क टली का कहानी कहने का ढंग और कहन का प्रवाह बनाए रखने की ख़ातिर भाषा का उनका बरताव है। उनकी भाषा में संवाददाता के अनुभव और क़िस्सागो की कहन का अनूठा मेल तो है ही, ख़ास तरह का बेधक व्यंग्य और वक्र उक्तियाँ इस तरह अन्तर्निहित मिलती हैं कि अनुवाद के लिहाज़ से चुनौती बन जाती हैं।

मैंने उनकी पहले लिखी हुई कहानियाँ पढ़ी हैं; और चुनार के इक्कावान, बलरामगाँव की बाँझ, रामचन्दर की कहानी या 'द री-राइटिंग ऑफ़ द रामायण' के क़िस्सों के हवाले से भारतीय समाज और मानस के बारे में उनकी गहरी समझ से ख़ूब वाक़िफ़ रहा हूँ। पूर्वांचल की ग्राम्य पृष्ठभूमि में रची गई इस संग्रह की कहानियाँ उन्हीं अनुभवों का विस्तार हैं। ये कहानियाँ गुज़री सदी में हमारे देश में व्याप्त

सामाजिक और आर्थिक विषमताओं की कहानियाँ हैं, जो प्रजातंत्र में राजनेताओं, नौकरशाहों और लोप हो चुकी सामंतशाही के अवशेषों के गठजोड़ में फँसे आम आदमी और तरक़्क़ी के उसके सपनों की ऐसी तस्वीर रचती हैं, बेशक जो आपको चौंकाती नहीं हैं, मगर यह अहसास ज़रूर दिलाती हैं कि आपने इन्हें पहले भी सुना है, इनके किरदार आपको पहचाने हुए लगेंगे। यही इनकी ताक़त है।

इन कहानियों को पढ़ते हुए कई जगह ऐसा लगता है कि मार्क टली पर उनका पत्रकार हावी हो गया है मगर थोड़ा-सा आगे बढ़ते ही कोई नई परत, नया तथ्य या नया ट्विस्ट आपको अपनी गिरफ़्त में ले लेता है। और जिन चुनौतियों का ज़िक्र मैंने पहले किया, वे ऐसे ही मौक़ों पर उपस्थित होती हैं। ख़ासतौर पर उनकी वक्र उक्तियाँ। कहानियों में ये गुदगुदाने के ध्येय से नहीं आतीं, बल्कि कुरेदने-कचोटने और ध्यान खींचने के लिए आती हैं।

किताब की भूमिका में अपनी परदादी के संस्मरणों के हवाले से उन्होंने गोरखपुर और सलेमपुर के कई वाक़ियों का ज़िक्र करते हुए पूर्वांचल से अपने रिश्तों का जो ब्योरा दिया है, मेरे लिए वह बोनस की तरह है। जगदीश स्वामीनाथन ने एक बार किसी प्रसंग में मार्क टली से कहा था—देयर आर नो फ़ुल स्टॉप्स इन इंडिया, ओनली कॉमाज़। मार्क टली ने अपनी एक किताब को यही नाम भी दिया—'देयर आर नो फ़ुल स्टॉप्स इन इंडिया'। उनकी क़िस्सागोई का अन्दाज़ इतना दिलफ़रेब है कि मैं इन कहानियों को 'कॉमा' मानकर आगे भी हुँकारी भरने के लिए तैयार बैठा हूँ। और इन कहानियों के अनुवाद का मौक़ा फ़राहम करने के लिए सत्यानन्द निरुपम को शुक्रिया भेजता हूँ।

—प्रभात सिंह